吊るされた女

キャロル・オコンネル

キャシー・マロリー，ニューヨーク市警の刑事。完璧な美貌，コンピュータ・ハッキングにかけては天才的な頭脳をもち，決して他人に感情を見せることのない氷の天使。相棒の刑事ライカーの情報屋だった娼婦が何者かに吊るされた。美しい金髪は切られて口に詰めこまれ，周囲には虫の死骸。犯人は犯行現場にハエを持ってきたのか？　臆測を巡らす他の警官を尻目に，マロリーは事件を連続殺人鬼の仕業と断定する。コンピュータにも入っていない古い未解決事件。確かに手口は一致しているが……。ミステリ史上最もクールなヒロインが連続殺人鬼に挑む。

登場人物

キャシー・マロリー……………ニューヨーク市警ソーホー署巡査部長
ルイ・マーコヴィッツ…………マロリーの里親。故人
ヘレン…………………………ルイの妻。故人
ライカー………………………ソーホー署巡査部長。マロリーの相棒
チャールズ・バトラー…………マロリーの友人。コンサルタント
ジャック・コフィー……………ソーホー署警部補
ジェイノス……………………同、刑事
ハーヴェイ・ローマン…………イーストサイド署警部補
ロナルド・デルース……………同、新人刑事
エドワード・スロープ…………検視局長。ルイ・マーコヴィッツの旧友
ヘラー…………………………鑑識課長
ゲイリー・ザッパータ…………消防士。元警官
ラース・ゲルドルフ……………引退した刑事
アラン・パリス…………………元警官。ローマンのかつての相棒
スパロー………………………娼婦。ライカーの情報屋

ケネディ・ハーパー……
ステラ・スモール……　女優志望の女性
ナタリー・ホーマー……二十年前に殺された女性
エリック・ホーマー……ナタリーの前夫
ジェイン……エリックの二番目の妻
ジュニア……エリックとナタリーの息子
スーザン・クエレン……ナタリーの妹
アリス・ホワイト……ナタリーのアパートメントの現家主
〝のっぽのサリー〟……メイシー百貨店の店員。元オカマの娼婦
ジョン・ウォーウィック……古書店主
フランキー・デライト……麻薬の売人。故人

吊るされた女

キャロル・オコンネル
務　台　夏　子　訳

創元推理文庫

CRIME SCHOOL

by

Carol O'Connell

First published by Hutchinson.
This book is published in Japan
by TOKYO SOGENSHA Co., Ltd.
Japanese translation rights arranged with Hutchinson,
an imprint of The Random House Group Limited, London.
through Tuttle-Mori Agency, Inc., Tokyo

吊るされた女

教師たちに

セルマ・ランティーラはかつてこう言った。「子供はみんな、十歳になったら、ニューヨーク・シティのまんなかに逆さまに落っことし、うちへの帰り道を自力でさがさせるべきなんです」こんなかたちでこの教師は、父兄全員の心臓になまくらなナイフを突き刺し——それをゆっくりとひねったわけだ。この発言と、さらにいくつかの非道な振る舞いにより、彼女はわたしのヒーローとなった。とはいえ、この先生はどこにいようと、心ここにあらず、といった様子だったので、こちらはてっきり、彼女はわたしがこの世に存在することさえ知らないものと思っていた。

わたしが最後に見たとき、先生は書類や本など一年分の紙屑《かみくず》が入った段ボール箱をかかえて歩いていた。その髪はさながら、鋭く尖った鉛筆たちの潜む危険な巣だった。彼女は出口へ、夏休みへと足早に向かっており、誰かと目が合って引き留められたりしないよう、しっかりと足もとを見つめていた。

先生を追いかけ、廊下を急ぎながら、わたしはさよなら以外、言うべき言葉を見つけられずにいた。と突然、ランティーラ先生が足を止め、こちらを向いて言った。「ねえ、ほんのときたま、あなたは才能の片鱗を見せたわね——ほんの一瞬だけど」

わたしは呆然とし、言葉もなく立ちつくした。おかげで先生は、脱出に必要な時間を稼ぐことができた。

プロローグ

はるか上空で、アパートメントの無数の窓はくすんだ黄色の汚点となっており、これはニューヨーク・シティでは星明かりで通っている。カーラジオの放つやかましいラテンのリズムが一番アベニューを流れていく。そのセダンは金髪の小さな女の子を危うくはねそうになりながら、ブレーキの悲鳴とともにいきなり角を曲がった。子供は飛び立とうと身構え、白く細い翼のように両腕を広げて、つま先立ちになった。

翻《ひるがえ》る髪と回転する脚のそよ風となって女の子が走り去るとき、歩道を行く女の手から一冊の本が払い落とされた。通り過ぎてゆく大型ラジカセの音楽に合わせ、小さな足が路面をたたく。ロックンロールに乗った逃走。走る子供の目は緑ではなく、キャシーの目ではない。それでもぎくりとした女には、その子供が時空を駆け抜けてゆくおなじみの亡霊に見えた。

もう十五年だよ、この馬鹿。キャシー・マロリーはもはやそんなに小さくはない。それにあの子は死んでもいない。幽霊になるわけはないのだ。

スパロー の顔を汗が伝い落ちた。仮にこの本を盗んでいなかったら、そんな錯覚も起きなかったのでは？　再度うしろを振り返ったが、本屋からつけてきていた例の男の気配はなかった。ここまで彼女は、まっすぐ家に向かわずにぐるぐると歩き回って、男をまこうとしてきた。一方、男のほうは少しも足を速めずに、同じ距離を保った。揺るがぬ決意とともに、マーチの規則的なリズムで、彼は歩いていた。その体は何も語らず、命も宿していなかった。

死者に歩くことができるならね。

スパローの両手にはじっとり汗がにじんでいた。不安の表れ。しかし彼女はそれを、日没後のこの薄暗い時間帯のひどい蒸し暑さのせいにした。また、他の通行人がじろじろ見るのは、自分の衣装のせいに。マトンスリーブのブラウスと長いスカートは、二十一世紀の熱波のなかでは、どう見ても異様だ。彼女のすぐ横で、マッチがパッと閃いた。どこかの男、無害なタイプが、タバコに火をつけ、そばを通り過ぎていく。心臓の鼓動がさらに速くなったが、彼女はこの第二の警告を、罪悪感のせいということでかたづけた。

この本のことさえなけりゃ――

彼女は空っぽの両手を見おろして恐怖に駆られ――それから、ほっとため息をついた。大切なペーパーバックは足もとの歩道にあった。彼女は腰をかがめ、すばやく本を拾いあげた。身を起こすとき、別の誰かが彼女と一緒に煙のように静かに動いた。ドラッグストアのウィンドウの、六枚並ぶ鏡の人影。こんなふうに偶然、自分自身に出くわすと、いまだに彼女は驚くことがある。なぜなら、外科手術が変えたいまの顔には、化粧で過去の骨折や皮膚の傷を隠す必要もないのだから。鏡に映る青い瞳が、十七年の歳月の彼方からこちらを見返す。南部発の長距離バスを降りた日のままに生き生きと。

スパローはうなずいた。「あんたのこと、覚えてるよ」

この幽霊だらけの夜ときたら。

彼女は本を背後に隠した。ぼろぼろになった小説に、盗む価値などありはしないのに。事実、彼女はそれを燃やしてしまうつもりだった。しかしあのストーカーがほしがっているのは、その本ではない。スパローは北に南に目を走らせた。この常人たちの群れのなかなら、あいつがいればすぐわかる。どうやら、何度目かに角を曲がったときにうまくまいてやれたようだ。それでも彼女は全身ぞくぞくしていた。まるで千匹もの小さな虫が皮膚の下を這い回っているかのように。

彼女は家路を急いだ。それ以上振り返らずに、ただ頭のなかの声だけに耳を傾けながら。恐怖は彼女の古きよき友だ。それが他の考えに割りこんできて言う。こんにちは。つづいて、暗くなりだしたね。そして今度は、急ぎなよ、あんた！　と。

第一章

グリニッチ・ヴィレッジはとうの昔にその活気を失い、ニューヨーク・シティのこの界隈の貫録《かんろく》ある老婦人となりつつある。ワシントン・スクエア・パークの石の大アーチの下には、この貴婦人の申し子がひとり立っていた。その若者は今風の迷彩模様のズボンをはいている。これこそ革命の装備。バスがいつか来るように、その時もいつか来るにちがいないのだ。

若者の足もとには、通行人からの心づけを募《つの》ってギターケースが開かれている。しかしそこに小銭を投じるために歩調をゆるめる者はない。人々は汗をかき、八月の猛暑を呪いながら、さっさと通り過ぎていく。誰もが冷えたビールと録音された音楽の待つ自宅へと急いでいる。今宵、彼らの注意を引くためには、もっとスケールの大きな見世物が必要なのだろう。

マークのない警察車両が、エアコンをきかせ、音もなく、のろのろと通過していく。ライカー巡査部長は助手席の窓を巻きおろし、やわらかなナイロンの弦の奏でるメランコリックな調べに耳を傾けた。

これは期待していたものとはちがう。

このティーンエイジャーのミュージシャンは若さの意味がわかっていないようだ。三十五年前は、ライカーもこのアーチの下に立つ若者だったが、彼のギターはスチール製で、電気が通り、アンプにつながれ、血を沸かす音楽をビリビリ響かせていた。道行く人々は、それを聞くと思わず踊りだしたものだ。

なんたる快感。

そして全宇宙が彼を中心に回っていた。

ライカーはロックンロール以上に好きになった女の子に指輪を買うため、そのエレキギターを売った。そしてやがて結婚生活は終わり、音楽もまた彼を見捨てた。

窓が閉じられた。車はそのまま進んでいった。

勤務時間中、ハンドルを握るのはいつもキャシー・マロリーだが、これに関しては選択の余地はない。酒を取るか運転を取るか悩むうちに、ライカーは免許証を失効させてしまったのだ。ふたりの刑事の勤務時間はそろそろ終わりで、ライカーの見たところ、マロリーには夜の予定があるようだった。彼女はシルクのTシャツとジーンズに合わせ、フォーマルなランニングシューズ、すなわち黒いやつを履いていた。白いリネンのブレザーの袖はまくりあげられている。これは暑さに対する、彼女の唯一の譲歩だ。課の最若手の刑事がどんな女性なのか仮に訊ねられたら、ライカーは、天然の金髪の持ち主らしい白い肌や天然のものとはとても思えぬ瞳といった、わかりきったことには触れず、ただこう言うだろう。「マロリーは汗をかかないんだ」

そして、彼女には他にもいろいろ異常なところがある。

ライカーの携帯電話が鳴った。彼は町の反対側にいる男とふたことみこと言葉を交わすと、携帯を折りたたみ、ポケットに収めた。「今夜のディナーは中止だな。一番アベニュー、九番ストリートで、殺人課の刑事がアドバイスを求めてる」

道がすいてくると、マロリーはスピードを上げた。角を曲がって、北に向かう車の流れに突っこんでいくとき、ライカーは車体が傾くのを感じた。彼女が黄色いタクシーの後尾に勢いよく迫ると、タクシーはただちにその車線から――彼女のものとなった車線から出ていった。他のドライバーたちも衝突の危険を冒すほど冒険好きではなく、じりじりと脇に寄り、後方へと離れていった。携帯用の回転灯やサイレンを、マロリーは決して使わない。この町の人間は警官に敬意を払いはしないから。しかし激しい恐怖は、どんなときでも人を動かす。

ライカーは彼女のほうに身を乗り出し、落ち着き払って言った。「今夜は死にたくないんだがな」

マロリーは彼に顔を向けた。ダッシュボードの不気味な光を盗みとり、あの釣りあがった切れ長な緑の目がきらめく。彼女の微笑は、よかったら飛びおりれば？ と言っていた。こうして神経戦が始まった。目下、行き交う車は彼女の視野の隅に入っているだけだ。ライカーが降参の印に両手を上げてみせると、マロリーは道路に視線をもどした。

ライカーはいまは亡きルイ・マーコヴィッツに無言で語りかけた。こんなふうに不安に駆られたときよりどころとなるように、彼はその幽霊をいつも心に抱いて歩いている。それは祈りのようなもので、決まってこんなせりふで始まった。ああ、ルイ、この野郎め。

キャシー・マロリーが街をさまよう子供だったころから、もう十五年が過ぎている。ホームレスとして生きていくのはひどくきつい仕事であり、ライカーの旧友、ルイ・マーコヴィッツはその疲れた小さな女の子をなんとかさがし出そうとしていた。ただしそれは趣味としてだ。行方不明の子供は重大犯罪課の職責には含まれない――その子供が生きているかぎりは。そして職業上の興味に値するためには、子供たちは異常な状況下で死なねばならないのだ。だからキャシーは、勤務時間後のハンティングで追われる金色の小さなキツネとなった。ゲームはいつも、さりげなく口にされるこの言葉で始まった。「そうそう、ライカー。銃を向けられてもあの子を殺すなよ。あれはプラスチックの空気銃なんだ。それにあの子はまだ九つか十なんだからな」

捕えられたあと、キャシーはか細い肩をぐいと引き、精一杯背を伸ばして、自分は十二歳だと主張した。なんという嘘つき。なんという誇り高さだろう。そんな嘘は一笑に付すこともできたが、マーコヴィッツはそうはせず、それはもう辛抱《しんぼう》強く交渉し、十一歳ということで手を打たせた。そして養父となる手続きは、このまああ信憑性のある嘘から始められた。現在、キャシー・マロリーのもうひとつの名は、〝マーコヴィッツの娘〟だ。

親父さんはすでに殉職しており、ライカーは毎日、彼のいない淋しさを味わっている。ルイの里子もいまでは背が伸び、五フィート十インチ。プラスチック銃は三五七口径リボルバーにグレードアップされ、相棒はもはや彼女をキャシーとは呼ばせてもらえない。

いま、この重大犯罪課の刑事たちは、他の男が受け持つ事件現場に猛スピードで向かっている。イーストサイド署のその警部補は、ふたりともこんな殺しは見たことがないという賭けに二倍のオッズを提供し、彼らを誘惑したのだった。

その道の角には、赤や黄色の回転灯という目印があった。イースト・ヴィレッジとアルファベット・シティの境目の交通は、警察車両と消防車によりそこで遮断されていた。事件の現場は脇道に入った先なのだが、各建物の非常階段は、見えるわけのない煉瓦《れんが》とモルタルの壁の向こうをのぞこうと、金属の手すりから身を乗り出す人々で鈴なりだった。何台もの車が警官たちに向かってクラクションを鳴らしており、あたりには罵声《ばせい》が飛び交っていた。

マロリーの褐色のセダンが唯一空いていたスペース、バスの停留所にすーっと入った。彼女がエンジンを切って歩道に降り立つのと同時に、パートナーもまた車を降りて助手席のドアをバタンと閉めた。ライカーのスーツは皺《しわ》だらけで、しみのつきがちな箇所には残らずしみがついていた。そしていま、彼はネクタイをゆるめ、ベーシックなだらしな系ファッションに仕上げを施した。ライカーにはドライクリーニング代を出すだけの金がある。彼はただクリーニング屋というものがあることに気づいていないだけなのだ。これがマロリーの持論だった。

歩道はごった返し、ざわついていた。人々が「ほら、速く！」と叫んでいる。犯罪はこの活気ある地域においては、劇場の代わりになる。老いも若きも、無料《ただ》のショー、殺しと火事の二本立てを見ようと群れをなして走っていた。だが、それも、遅れをとったほんの一部の連中にすぎないのだ。

ふたりの刑事は縦一列でくるくる回るライトのほうへと向かった。バリケードの向こうの制服警官たちは、下手くそに野次馬を制御しようとしている。車道も歩道も、むしゃむしゃとピザを食べ、缶入りのソーダやビールをあおる民間人でいっぱいだった。

「大盛況だな」ライカーが言った。

マロリーはうなずいた。確かにすごい動員数だ。娼婦ひとりの死にしては。本件を担当するイーストサイド署の警部補は、それ以上詳しいことは語らなかった。

彼らは人混みをかきわけて進んだ。十人乗り越えたところで、警官たちがふたりに気づいて人間除雪機を形成し、肘や肩で納税者たちを押しのけだした。警官たちは叫んだ。「こっちです！　進んでください！」ひとりの巡査が、赤煉瓦のアパートメントの前に張りめぐらされた黄色いテープをどけた。ライカーが先に立って進んでいった。彼は通りの下のコンクリートに囲われた場所まで短い階段を下りていき、地下室のドアの向こうへと消えた。

マロリーはお付きの警官たちを手を振って追い払い、ひとり歩道に残った。まもなく彼女は情報を浴びせられることになる。そのいくつかは誤っており、大半は役に立たない。彼女は鍊《れん》鉄《てつ》の柵から身を乗り出して、低くなったコンクリートの四角いエリアを見おろした。地下の窓の前にはゴミ袋や空き缶が積みあげられているが、ドアの上の明るい電球のおかげで襲撃者が身を隠す陰はない。その一方、ガラスの割れたアーチ窓に防犯用の格子はついていない。これではお入りと言っているようなものだ。

割れた窓の奥の部屋では、この地区の刑事たちが借り物の消防士の長靴で溜まり水のなかを歩き回り、鑑識員たちの邪魔をしている。さほど靴に頓着《とんちゃく》のないライカーは、担架《たんか》に載った死体へとざぶざぶと向かっていく。水面を漂う十本ほどの赤いロウソクが、通り過ぎる彼の背後でくるくると渦を巻いた。

死体はフレンチカフスのついたハイカラーのブラウスを着ていた。長いスカートは安物のビニール製のブーツにからまっている。八月の熱気にさらされていた娼婦にしては、妙な服装だ。

マロリーは検視局長の助手の姿に目を留めた。全能なる神の役を担うその若き病理学者は、怒った鑑識員たちがやめろと手を振るのもおかまいなしに、タバコに火をつけている。そしてようやく死体を見ようという気になり、彼はぶらぶら部屋を横切っていった。被害者の心臓にしばらく聴診器を当てたあと、その先生は遅ればせながら正式に死亡を宣告した。死体の頭の短い金髪、不器用に髪を剃ろうとした明らかな証拠にはなんの興味も見せずに。彼はまた、ぽっかり開いた女の口に詰めこまれた毛の塊にも無関心なようだった。

蘇生《そせい》を試みる際、なぜ消防士らがその毛を取りのぞかなかったのか、マロリーは不思議に思った。犯行現場の証拠を破壊するのは、連中の性《さが》なのに。

警察のカメラマンがくるくると手を回すと、その要望に応じ、病理学者は死体を横向きにして、女の両手を背後で縛る粘着テープを見せた。さらに、つぎのショットのため、首の輪縄《わなわ》がはずされた。断ち切られた縄のもう一方の端はいまも、ロウソク形の電球のついた低いシャンデリアから垂れさがっている。イーストサイド署の警部補の言葉は大げさではなかった。暴徒によるリンチの時代が過ぎて以来、吊るし首による殺しはめったに見られない。また、マロリーには、被害者がすぐに死ねなかったことがわかった。落下距離がもっとなければ、女の首は折れなかったはずだ。

拷問なの？

人混みのほうに向き直ると、かつて同じ署の制服警官だった男の姿が目に入った。彼は失職まであと一歩というところで市警を辞めるという決断を下し、現在は消防士となっている。

「ザッパータ、窓を破ったのは誰なの？　あなたたち消防士？　それとも犯人？」

「われわれだよ」新米消防士はゆるゆると歩み寄ってきた。その笑いは小憎たらしく、マロリーはいつか暇なときにこれを矯正してやろうかと考えた。ザッパータは彼女の顔を見あげようとはしなかった。そんなことをすれば、自分のほうが背が高いという幻想が壊れてしまう。彼はマロリーの胸に向かってしゃべった。「ひとつたのまれてくれないかな」

ご冗談でしょ。

声に出して、彼女は言った。「消防車は一台だけ？」

「ああ。大した火災じゃなかったからな。ほとんど煙ばっかりさ」彼は、黒っぽいスーツを着た、派手な黄色い髪の若い男を指さした。「ほら、あのアホな見習いな。あいつのとこへ行って、何も消防隊員全員から話を聞くことはないって言ってやってくれないか」

「あれはうちの署員じゃない。彼の上司に言ったら？」そうなればもちろんローマン警部補は、この消防士の首を引きちぎるだろう。それでひとつ手間が省ける。彼女は犯行現場の窓にふたたび顔を向けた。「じゃあ遺体を下ろしたのは、あなたたちなのね？」

「いいや、警官どもさ」ザッパータは悦に入っている。「おれたちが着いたとき、女はもう完全に死んでいた。だからおれは現場を保存したんだ」

「つまり——彼女をそのまま吊るしておいたわけ？」

「ああ、若干、水にやられたし、ちょっとばかりガラスが割れたが、警官どもが到着したとき現場はほぼ手つかずのままだった」

そんな権限などないのだが、事件現場を仕切るのは、ザッパータの昔からの夢だった。マロリーは他の消防士たちの顔を見渡した。消防車のそばに固まっている実動部隊。幹部の姿はどこにもない。ザッパータが元警官でなかったら、他の隊員たちも彼の指示に従いはしなかっただろう。歩道の前には死体運搬車ではなく、救急車が一台、駐まっていたはずだ。そしてマロリーは、なぜ一度に三つの組織が現場に集合したのかを悟った。「今夜、通報は全部、あなたがしたのね？」

「ああ、おれはツイてたよ。死体運搬車も鑑識のバンもほんの数ブロックのところにいたんだからな。連中は刑事たちより早く現れた」ザッパータは、彼のものではない権力——警察権を行使したことへの称賛を待って、笑みを浮かべた。

ザッパータを破滅させる仕事は、立入禁止のテープの向こうから彼を呼びたてているリポーターたちに任せるとしよう。マロリーはそう決めた。ザッパータがマイクの束と熱心なハゲタカ記者団のほうへ悠然《ゆうぜん》と向かうと、いくつものカメラがその顔に迫った。そしてザッパータは、今夜のショーのために——誤ったかたちでそれを進行するために——自分がどれだけ規則と手順を踏みにじったか、逐一彼らに打ち明けだした。

マロリーはコンクリートのエリアに向かって階段を下りていき、地下室の窓の前に立った。

その位置からは、クロゼットのドアノブに結ばれたロープの片端がよく見えた。シャンデリアの下の床には、即席の絞首台の材料となったものは何も残っていない。

犯人が女の首に輪縄をかけ、もう一方の端を引っ張って女の体を引きあげるさまが目に浮かぶようだった。被害者の両足は縛られていなかった。彼女はもがき、床の上を走って逃げようとしただろう。そうして走りつづけ、死ぬまで足で宙を漕《こ》ぎつづけただろう。

犯人は男だ。それは明々白々。この方法で人を吊るすには、上半身の膂力《りよりよく》が求められる。また、被害者と加害者のあいだに激しい愛憎はなかったようだ。心底女を愛している場合、男はその女を自分の拳《こぶし》で殴り殺すか、刺して刺して刺しまくるかなのだ。

ライカーが身をかがめ、水のなかから何かを拾いあげたとき、マロリーは彼の背中を見ていた。こちらを振り向いたとき、その手は空っぽで、彼はスーツの上着のボタンをかけようとしていた。自分の目で見なければ、彼女はこれを信じなかったろう。ライカーは真っ正直な警官なのだ。

いったい何を盗んだの？

それに、なぜ彼はそんな危険を冒したのか？

ライカーは他の面々に合流し、一同は死体から離れていった。若い男が地下室に入ってきたのに気づく者はひとりもなかった。ザッパータの大敵、あの派手な黄色い髪の新米刑事が担架に近づき、被害者の上にかがみこんだ。彼は死体の口から詰め物を取りのぞいた。マロリーは、濡れた金色の毛髪がひと束、彼の手によって引き出されるのを目にした。

あれは鑑識の仕事なのに。

このぼんくら。

今夜は他にどんなまちがいが起こるやら。

若い刑事はマロリーの視界をさえぎり、まるでキスでもするように、死者の白い顔をのぞきこんだ。

何してるのよ？

つぎの瞬間、彼は死体にまたがっていた。

いったい何を――

その馬鹿は被害者の胸を圧迫していた。死んだ女に救命措置を施しているのだ。彼は笑みをたたえて叫んだ。「彼女、生きてるぞ！」

だめよ、だめ！

刑事三人がさっと振り返った。ショックを受け、病理学者が担架のほうへと向かう。だがライカーのほうが早かった。被害者のそばにしゃがみこむと、彼はその鼻先に指を当てた。「あ、くそっ！　呼吸している！」めずらしく怒りを露《あら》わにし、ライカーは両の拳を握りしめて、若い男をどなりつけた。「自分が何をしたかわかってるのか？」彼が口にしなかったつづきの言葉は、このド阿呆、だ。

女が一度死んだあと、すでにかなりの時間が経過している。つまりたったいま、未熟者の一警官が完璧な死体を捜査に使えない植物人間にしてしまったわけだ。

「人間の生体解剖は五十州全州で違法とされている」――検視局長がそんなにべもない宣言で、病室内の沈黙を破った。ドクター・エドワード・スロープは背の高い老将軍の風格をそなえている。目下着ているタキシードと、医療用バッグ、そして、瀕死《ひんし》の女の面前での酷な皮肉にもかかわらず、その印象は変わらなかった。シーツにくるまれた青白い患者は、別に怒りもしない。意識があるように見えるのは、目の不随意運動のもたらす錯覚にすぎないのだ。「解剖は死んでからでもいいだろう」

「細かいことを言わんでくださいよ」ライカーは言った。「彼女は一度、死んでたわけだし」それにこのドクターがやってくれるなら、通り一遍の検査だけでいい。彼がこうと言えば、法廷はそれを認めるのだから。

「もうじきまた死ぬだろうよ」検視局長はクリップボードを持ちあげて、患者のカルテを眺めた。「担当医のメモがここにある。〝蘇生処置を行わないこと〟。彼女は脳死状態だ。生命維持装置なしのまま、あと十時間待てばいい。それで彼女は死ぬよ」ドクターはライカーの横に立つ禿《は》げ頭の男に顔を向けた。「ローマン、明日の朝、遺体をわたしの解剖室に持ってきてくれ。だがまず――脈を確かめるように」

ローマン警部補は彼自身死にかけているように見えた。イースト・ヴィレッジで何かのウイルスが蔓延《まんえん》しているため、彼のチームは人手不足に陥っており、その勤務時間の長さは充血した目と青白い肌の色に表れていた。「うちの事件じゃないんでね、先生」ローマンはライカー巡査部長の肩をぴしゃりとたたいた。「いまじゃそれは彼の遺体だ」

「冗談じゃない！」マロリーが言った。ローマンに対するあてつけに、彼女は患者をにらみつけた。明らかに彼女は、昏睡《こんすい》状態の娼婦の価値を死んだ猫と同程度とみなしているらしい。

「これはきみの事件だ」警部補の声は相変わらず、低く轟《とどろ》く雷に似たあの危険な域にあった。

「取引は取引だよ。スパローはライカーの情報屋だった。彼は遺体をほしがってる」

この戦いには両手が必要とばかりに、マロリーはライカーに署のカメラを手渡して、ローマンに向き直った。「お客が娼婦を弔るしあげた。それは重大犯罪課の事件じゃない。あなただって知ってるでしょう」彼女は礼儀を思い出し、「警部補」と付け加えたが、その後すぐさま目上に対する作法をかなぐり捨てた。「放火課の連中に押しつけたら？」

「犯人は異常者だぞ！」ローマン警部補はベッドのそばを離れ、マロリーに迫ってきた。「馬鹿言うな！　その男が彼女に何をしたか見てみろ！」

被害者の髪の残骸は、ツンツンと毛の逆立った道化のカツラさながら。その口からは涎《よだれ》が滴っている。そんな虚《うつ》けの図の仕上げとして、彼女の目玉ははじかれたビー玉よろしくゴロゴロ転がり回っていた。

ライカーはベッドのまわりのカーテンを引き、患者と検視局長とともに自分自身を囲いこんだ。「ざっと診るだけです。いいでしょう？」

「だめだ」ドクター・スロープは言った。「誰が遺体を勝ち取ったかわたしにわかるように、彼女のつま先にメモを結んでおいてくれ。こっちはディナーに遅れているのでね」

薄いカーテンの外で、病室をノックするあわただしい軽い音が激しさを増し、ふたつの拳がガンガンとドアをたたきだした。それからその音が唐突にやんだ。ライカーは、廊下に立てた見張りの警官のくぐもった抗議の声を耳にした。ふたたびガンガン音がしだすと、マロリーが騒音に負けじと声を大きくした。彼女はローマン警部補に、ご親切にどうも、でも死にかけの娼婦はそちらでとっておいてね、と言っている。本人の名誉のために言うなら、警部補はカッとなりながらも、階級にものを言わせたりはせず、ただ大声でわめいていた。うちは人員が足りないんだ、誰も彼もがぶち切れて、殺人件数が急上昇する熱波のなか、死体は増える一方なんだ。

警官と殺人者にとって、八月は忙しいシーズンなのだ。

ドクター・スロープのほうは、執拗《しつよう》で激しいノックが何を意味するのか、鋭くも見抜いていた。その皮肉っぽい笑いが、〝わかったぞ〟と言っている。「担当医は自分の患者が刑事たちの見物する前で脱がされるのを許さないわけだ。ちがうかね？」ドクターはライカーの手のカメラを見つめた。それは、こいつ、実はポルノ写真家なんじゃないか、と疑うような目つきだった。

「あの医者はまだ子供です。研修医なんですよ」ライカーは言った。「たとえ彼が検査をしたって――その証言を法廷で使えるわけがないでしょう？」

ドアをたたく音がさらに大きくなり、そこに叫び声が加わった。「おいこら、なかに入れろ！」

ドクター・スロープの笑いが消えた。「そしてあれは、患者のもとにたどり着こうとしているその熱心な若い医師にちがいない。今夜、自分がいくつ法を破ったか、きみはわかっているのかね？」

「そりゃまあ――わたしも刑事ですからね」

ドアの開く音がした。マロリーが外の廊下で若い医師に言っている。「ここは病院なの。静かにして」ドアがバタンと閉まり、彼女のローマン警部補との交渉が再開された。「人員不足はこっちも同じよ」マロリーは言った。「この事件をやるなら、お宅の人間を少なくとも三人は貸してもらわないと」

「きみはイカレてる！　イカレてるよ！」警部補の声はうわずっている。もしもこれがマーコヴィッツの娘でなかったら、ローマンはとっくに彼女を壁にたたきつけていただろう。

薄いカーテンの保護膜のなかで、ライカーは声を低くして検視局長にたのみこんだ。「どうか五分だけ。パパッと検査して、いくつかサンプルを――」

「おことわりだ」スロープは音のするほうに顔を向けた。「あの医者を入れてやるんだ」

「どうして？　この期に及んで彼に何ができるって言うんです？　どうせ――」

「この女性に家族がいたら、市は訴えられることになる。だから規則に則ってやろうじゃないか」

スロープがカーテンに手を伸ばしたとき、マロリーが外からさっとそれを開いた。イーストサイド署の警部補はすでに、病室のドアの外に閉め出されていた。ローマンは置き土産に、廊下で医師に八つ当たりして鬱憤《うっぷん》を晴らしたらしい。ドアをたたく音はやんでいる。

「ローマンから下働きの刑事をふたり獲得したわ」マロリーはドクター・スロープに顔を向けた。「生きていようと死んでいようと、検査はしてもらわないと。いますぐによ」

この検視局長は命令を下す側の人間であり、彼女からの命令を受ける気などなかった。口を開いたとき、彼の声ははっきりとそのことを告げていた。「被害者は朝までに死ぬだろう。検査はそれからでいい」

ライカーは新たなラウンドに備えて身構えたが、マロリーは意外な反応を見せた。「たぶんあなたが正しいのかもね」彼女は言った。「隠蔽《いんぺい》工作をしたほうがいいのかも」この言葉は、ドクター・スロープの注意を引いた。

彼は腕組みをした。「いったい何を――」

「今夜は失策つづきの夜だったの」マロリーは言った。「誰も救急車を呼ばなかった。新米の消防士が被害者は死んでいると判断したのよ。彼女が瞬《まばた》きしなかったせいかしらね。その消防士は以前警官だった。だから犯行現場を保存したわけ」マロリーは病院のベッドを指さした。「あの女性を吊るしたままにして」

マロリーの養父は、エドワード・スロープの旧友であり、週に一度の移動ポーカーの集いの創始者でもある。このドクターは子供時代のマロリーを知っており、彼女に無条件の愛を注いでおり、彼女を信用してはいけないことを承知している。そこで彼は、このきわめて疑わしい話の裏付けをとるべく、彼女の相棒に顔を向けた。

「ほんとのことですよ」ライカーは言った。「イースト・ヴィレッジのウイルスのせいです。今夜、その消防車には上の人間が乗ってなかったんです」

マロリーはあくびをせんばかりだった。こんな事件、自分にとってはどうでもいいというわけだ。「ローマンの部下たちは殺人事件という判断——消防士の判断に従った。それから、お宅の部下の医者が——聴診器を使える唯一の人物が——被害者の死を確認したの」

「もし彼が確認したなら——」

「いろいろ噂を聞いてるわよ」マロリーは言った。「全部知ってるわ。先月、お宅の死体置き場で遺体が目を覚ましたんだってね。完全には死んでなかった被害者がもうひとり。そっちもあなたの助手が扱ったの？」

「その女性はそのときは確かに死んでいた——」

「確かだなんて誰にも言えない」マロリーはうしろにさがって、ドクターのタキシードを眺めると、手を伸ばし、サテンの襟を赤い爪でなでおろした。「でもどうだっていいじゃない？今夜はパーティーなんだもの」これはマロリー一流の比較的、遠回しな嘲弄《ちょうろう》だ。消防士と警官とスロープ自身の助手とが寄ってたかってひとりの女の脳を昏睡状態に陥らせた——でもドクターのお楽しみを損なう必要がどこにある？「大した損失じゃなし」マロリーはドアをちらりと振り返り、陰謀を持ちかけるように声を低くした。「たかが娼婦よ。看護師たちに体を洗わせて、証拠を台なしにさせましょ。そうすれば、今夜何があったかは、絶対誰にもわからない」

彼女は憤《いきどお》るエドワード・スロープに背を向けた。これを合図に、ライカーは前に進み出、ダメージの緩和にかかった。「どうしても検査が必要なんです。いますぐお願いしますよ」最後の仕上げに、彼は賄賂《わいろ》を申し出ることでドクターの面子《めんつ》を救った。「パーティー会場まで、警察のエスコートをつけますから。今夜の道の混雑は殺人的ですからね」

「降参だ」ドクター・スロープは医療用バッグをベッドに置くと、マロリーに顔を向けた。「キャシー、メモをとれ」ドクターにしてみれば、これが復讐なのだ。マロリーはいつも自分を呼ぶときは堅苦しく姓を使うよう求めている。彼女のいらだちにドクターは満足の笑みを浮かべ、ラテックスの手袋をはめた。

「化粧っ気なし」ライカーはベッドの上に身を乗り出し、一枚目の写真を撮った。「スパローは今夜は出かけなかったようだな。つまり、ホシは彼女が道でひっかけたお客じゃないってことだ。ヤクをやってた形跡は？」

ドクター・スロープはまず女の目を、つづいて手の爪を調べた。「明らかな痕跡はないね」女の腕に痣《あざ》はなく、新しい刺し傷もなかった。ドクターはペンライトをつけて鼻腔《びこう》を調べ、その後、鞄から空の注射器を取り出した。「吸引してはいない。だが血液検査をさせるよ」

シーツがめくられ、病院のガウンのひもが解かれると、体の左側面の古い刺し傷が露わになった。「これをやったやつは、傷口を広げるためにナイフをひねったようだな。実に残酷だ」ドクター・スロープは感心した。「どうやら彼女が殺されかけたのは、今回が初めてじゃないらしい」

手袋をしたドクターの手が傷をさぐっていく。ライカーはカメラのファインダーごしにその様子を見守っていた。「前のはずっと昔のことです」

「喧嘩《けんか》かね？」

「たぶん」マロリーならその喧嘩についてもっと詳しく語れることを、ライカーは知っていた。だが彼女は、小さなキャシーの長きにわたる沈黙をいまも守りつづけている。「スパローのナイフさばきは大したもんでしたよ」

「だとしたら、相手の傷は見たくないね」ドクターは顔を上げた。「それとも、わたしは見たんだろうか――解剖台の上で？」

ライカーはただ肩をすくめた。この男に嘘をつきたくはない。「わたしは担当じゃなかったんで」そしてこれは本当のことだった。彼はカメラをスパローの顔に向けた。いま、その青い目にマスカラと紫のシャドーという偽装はない。彼女の身元が確認されたあとでさえ、それがスパローの目であることが、彼にはしばらくわからなかった。二年前、この娼婦の髪は麦藁《むぎわら》色に漂白されていた。今夜、彼女の毛髪の残りはもっと自然な金髪になっている。それに、ライカーが最後にその姿を見てから変わった点は他にもあった。

ああ、スパロー、おまえ、あのすばらしい鼻に何をしちまったんだ？

かつて彼女の折れた鼻は、挑戦的にそこに突き出し、美しい顔の中央でいかにも凶悪そうな疵《きず》となっていた。いまその鼻は作り直され、彼女のキャラの唯一の名残りは、ぐいと上がった、わずかに突き出た顎だけだ。それは真のニューヨーカーらしく傲岸不遜《ごうがんふそん》に〝だから何？〟と言っている。

ライカーが最後に会ったとき、スパローは三十代初めだった。ドラッグと売春に明け暮れる日々が彼女をさらに二十も老けこませていたが、いまの彼女はふたたび新品になったように——とても若々しく見える。「彼女、フェースリフトをやってるでしょう?」「鼻形成術もだよ」スロープは言った。「それに皮膚剝離《はくり》術も。最後にやったのは、ブローリフトだ。まだ術後の腫れが少し残っている。いい仕事だよ——金がかかってる。彼女は高級コールガールだったんだろうね」

「いや、そんな大層なもんじゃありません」スパローは、なぜか彼を笑わせる才能のあった、ケチな売春婦にすぎなかった。彼女が痩せっぽちのティーンエイジャーだったころ、ライカーは彼女を自分の情報屋に仕立てたのだ。

おまえ、あの夜は濡れネズミになってたよな。へべれけの状態で、雨のなか家に入りもしないでさ。

彼女は歩道を行ったり来たりしながら、摩天楼《まてんろう》に向かって拳を振ったり、わめいたり、祈ったりしていた。「ああ神様! 勘弁してよね!」スパローの神々はみな、高級アパートメントのいちばん高いところに住んでいるのだ。そして彼女は、天の恵みはそういった高層階の天国から落ちてくるものと本気で信じていた。ただしそれは、その神々の目を引くことさえできればだが。

でも、おまえは一度も成功しなかった。

何年にもわたり、彼女は体を売り歩き、ヘロイン代を稼いでいた。いつも、もうやめる、明日からやめる、と誓いながら。あの嘘つき。それでもライカーは、誰よりも熱心に彼女にだまされつづけてきた。雑に切られた短い髪の残骸に、彼はそっと手を触れた。「ホシは何を使ったんでしょう？　ハサミですか。それとも剃刀《かみそり》かな？」

ドクターは肩をすくめた。「散髪は専門外なんでね」

「剃刀よ」マロリーが言った。行きつけのサロンの美容師に数百ドル支払う彼女が。

ライカーは、凶器がスパローの髪をたたき切るさまを思い描いた。剃刀が顔に――新品の顔に迫り、彼女の目が恐怖に大きくなっていく。そして緊張はぐんぐん高まり、やがて彼女は正気を失う。

マロリーがベッドに歩み寄った。「あの腕の痕は？　あれも剃刀の傷みたいね」

「確かではない」スロープが訂正する。「メモをとるときは注意するように、お嬢さん。わたしはサインする前にすみずみまで目を通すからな」彼は身をかがめ、スパローの腕の細長いかさぶたをのぞきこんだ。「これは何日も前の傷だよ――防御創ではない」そう言って、患者のカルテを眺める。「担当医はレイプ検査を行っている。精液は残存せず。性器周辺に外傷の痕跡なし」彼はマロリーをちらりと見やった。「だが、娼婦との合意に基づく性交渉で、コンドームを使用したとも考えられる。だから想像を飛躍させないことだ」裸の女を転がしてうつぶせにすると、ドクターは左右の膝の裏を調べ、さらに足の裏と足指のあいだの皮膚を調べた。新しい刺し傷はない。

スパローは依存症を克服したのだ。彼女はふたたびクリーンになっていた。

そしてふたたび若くなり――やり直そうとしていた。

その新しい顔でどこへ行こうとしていたんだい？

エドワード・スロープがマロリーのメモに目を通してサインし、自分という人質を救う交渉を成立させると、マロリーはドアを開け、彼を解放した。ドクターは外に出るなりうしろにさがって、インターンの短い白衣を着た男のために道を空けた。その若い医師は、金属やガラスの機器を満載したカートと、駆け足の看護師をすぐうしろに従えて、部屋に飛びこんできた。

ドクター・スロープはその場に留まり、インターンと看護師が自分たちの患者にチューブやコードを取りつけるのを見守った。「そんなことをしてなんになるのかね。彼女は――」

「脳活動があるぞ」インターンはスパローのぐるぐる動く青い目をペンライトの光で追いかけた。「馬鹿警官どもの話になんか耳を貸すんじゃなかったよ。連中はこの女性は死んだ二十分後に蘇生したと言ったんだ。そんなことはありえないのにな」彼はぎくりとしたライカーに顔を向けた。「それに、ぼくをここから閉め出す権利などあなたにはないはずだ。生命維持装置につなぐ前に、患者が悪化したらどうする？」

「いい加減にしろ」エドワード・スロープは自分より小柄な医師を見おろすと、泣く子も黙る検視局長の身分証を掲げてみせた。若造はたちまち鼻をへし折られ、彼は満足して先をつづけた。「きみの患者はわたしがこの室内にいるあいだ、危険な状態には陥らなかった」そして、ベッドの手すりのチェーンからぶら下がるクリップボードを取りあげ、カルテのいちばん下の欄を指さす。「ここに、蘇生処置は行わないよう、はっきり書いてあるしな」彼はインターンの名札に目をやった。「これはきみの署名だろう？」

「はい、そうです。しかしそれは心電図を見る前だったので」

「つまりヘマをしたわけだな」これは質問ではない。言い訳の余地なし、というスロープの意見だ。

研修医の顔つきと泣き声は、むくれた少年そのものだった。「さっきちゃんとあの警官に言いましたよ、患者を生命維持装置につながなきゃいけないって」

「おれには誰も何も言わなかったぞ」ライカーは言った。「知らなかったよ」

「彼女は知ってました！」若い医師はくるりと向きを変え、糾弾《きゆうだん》するように指を突き出したが、マロリーの姿はすでになく、ドアはゆっくり閉まろうとしていた。

ライカーはベッドのそばの椅子にすわりこんだ。現在、彼は五十五歳。だが、さらに老いた気分になり、衝撃を受け、急に寒気《さむけ》に襲われていた。それでも彼はなんとか自分を納得させた。どんな警官だってここまで無防備に、〝人命に対する異常な無関心による故殺〟という告発に我が身をさらしたりはすまい。マロリーはスパローを殺そうとしたわけじゃない。

第二章

事件現場の見物客らが甲高く笑う声は、割れた窓をふさぐシーツなどものともせず、外の通りから流れこんでくる。地下の部屋の床はもう水に浸かってはいないが、空気は熱く蒸していた。室内をめぐり歩き、その細部を残らず頭に入れながら、マロリーはブレザーを脱いで一方の腕にかけた。

結露した水滴が簡易キッチンの安っぽい金属製の戸棚を伝い落ち、指紋採取用の黒粉のなかに濡れたすじをつけていく。ベッド代わりの折りたたみ式のソファ、そして、ダイニング・セット代わりの錬鉄《れんてつ》製のガーデン家具。木製の十字架以外、壁を飾るものは何もない。部屋の入口には、鑑識班の金物の密閉容器とビニール袋がまとめられ、バンがもどるのを待っている。

すでに証拠採取の作業はすんでいるが、ライカーはいまもポケットに両手を入れたままだった。これは、ゆっくり動く茶色の目を持つ、袖まくりした人間巨大グマ、ヘラーをなだめるためだ。その鑑識の達人が、小さな紙の箱にヘアドライヤーを吹きつけながら、ぶつぶつとつぶやく。「あの罰当たりなピエロどもめ」窓をたたき割り、彼の犯行現場を水びたしにした消防士を指すものとしては、この表現は非常に控えめと言える。「この箱のフィルムに合うカメラはここでは見つからなかった。おそらく犯人が記念に写真を撮っていったんだろう」

シンクの端に留まった、濡れそぼったゴキブリもいまや乾きつつあり、ヘラーの投光照明のもとで日向ぼっこをしている。虫にとってのリヴィエラ。ニューヨーク・シティのゴキブリたちは、まぶしい光を恐れない。火も、洪水も、銃を持った警官もだ。そして連中を殺すには、その全部を合わせたよりもっと強力なものを用いなくてはならない。

「しかし、妙なことばっかりだな」ライカーはテーブルのそばに立ち、死んだ虫でいっぱいのビニール袋を眺めていた。「なあ、マロリー。実は死んでなかった死体にたかりに、こんなにハエが飛んできたのを見たことあるか？　ここには千匹もいそうだぞ」

「少なく見積もってだね」ヘラーはドライヤーを止め、ゆっくり向きを変える大砲さながらに頭をめぐらせた。「それに、そのハエは犯人が持ちこんだんだ。あの瓶に入れて持ってきたんだよ」

「なんだって？」ライカーはかがみこんで顔を近づけ、証拠袋に収まった、黒粉にまみれた大きなガラス瓶を見つめた。「指紋は出なかったんだな？」

「その瓶が犯人のものとわかったのはだからだよ。そいつは手袋をしていったんだ」ヘラーは、消防隊員や警察官の指紋が押された除外用のカードの束をめくっていった。「ここで採れた指紋はどれも被害者のもの、もしくは、あの薄ら馬鹿のザッパータのものだ」彼はビニール袋を目顔で示した。「瓶にはひびが入っている。犯人が落っことしたか、消火ホースが当たってテーブルから落ちたかだな。あのハエどもは水面からすくいとったんだが、どれも床に落ちる前に死んでたことはわかっている。死因も特定できるくらいだ」

ライカーは、ほう？　とばかりに一方の眉を上げた。「溺死かい？　それとも、連中の小さな肺に煙でも入っていたのかな？」

ヘラーの静かな蔑《さげす》みの眼は、まちがいなくこう言っていた――大家《たいか》を馬鹿にするんじゃない。

「瓶のなかは殺虫剤の匂いがした。ハエどももだ」彼はポケットから標本瓶を四本取り出し、テーブルの上に並べた。透明な液のなかには、死んだハエが一匹ずつ浮かんでいた。「腐敗の段階はそれぞれちがっている。おそらく犯人は一週間前からハエを集めていたんだろう。昆虫学者がこの意見を支持するほうに、二十ドル賭けるよ」

「いやいや」ライカーは手を振った。負けは最初から決まっているのだ。法廷でもそれ以外の場所でも、鑑識課のこの男の言葉に異を唱える者はまずいない。

「それじゃそいつはしばらく前からこの犯行を計画していたわけね」マロリーはにわか作りのカーテンに顔を向けた。その異常者はただ通りすがりにふと下を見て、スパローを目にし――彼女を殺すことにしたのだろうか？　そいつがハエを集め、溜めこみはじめたのも、その日なのだろうか？　いや、あの娼婦はたまたま街で彼に出くわしたのかもしれない。ニューヨーク特有の事故。暴力的狂気との偶然の遭遇。

ヘラーは道具箱のそばにしゃがみこみ、剃刀《かみそり》の刃や綿棒、刷毛《はけ》や粉の瓶をしまいだした。

「コフィー警部補から電話があった。こっちに向かっているそうだよ」

マロリーは、〝ほらね〟という微笑を浮かべた。ライカーはそれを無視して、ヘラーの前に立ち、先を促《うなが》した。「それで？　コフィーは怒ってたかい？」

「もちろん。警部補はきみたちがこの事件を重大犯罪課で引き受けたという恐ろしい噂を耳にしたんだ。いったいどうやって彼を納得させる気かな？　考えてみたのかね？」

「ああ」ライカーは相棒を見やった。「彼女がなんとかするさ」

ヘラーはうなずいた。「利口な選択だ」

マロリーは煉瓦《れんが》の壁の底部の焦げ跡をチェックし、灰と紙きれの入った証拠袋に目を向けた。

「犯人は火を起こすのに何か特別なものを使ったの？」

「マッチだけだね」ヘラーは言った。「促進剤が使われていないか調べるが、おそらく出ないと思う」

バスルームのドアは、ロッキングチェアと小さなマガジンラックにふさがれている。そのふたつはもともと焦げた壁の前にあったものと思われた。「それにあなたは、消防士たちは家具を動かしてないと確信してるわけね？」

ヘラーはそれぞれのスプレー缶を道具箱の決まった場所に収めながら、上の空でうなずいた。

「ローマンの部下のひとりが消防車にいた全員の供述をとったからね」

マロリーは別の壁に立てかけられたカウチのクッションを指さした。その一部は大きく四角くくり抜かれていた。「あれはどういうこと？」

「焦げ跡を切り取って、証拠袋に入れたんだ。犯人が最初に火をつけようとしたのがあのクッションでね。本当ならあれは松明《たいまつ》みたいに燃えあがるはずだったんだよ。あのカウチは州外で製造されたにちがいない。ニューヨーク州の法律では、張地に防火性能は求められていないからね。あれが燃えなくてよかったな。もし燃えてたら、四分以内に部屋全体が火に包まれていただろう」

「そして証拠はすべて消え失せたわけか」ライカーが言った。「犯人の望みがそれじゃなかったってのは、確かかい？」

「ああ、確かだとも。その男は迅速に、なおかつ、燃え広がらないように、火を起こそうとしていたんだ。煙はたっぷり、だが大きな被害は出ないように。かがり火の周辺は、念入りにかたづけているんだよ」

マロリーも同意見だった。その絞首人は自分の作品に注目してほしかったのだ。それを破壊したかったわけではない。彼女の足もとには、華やかな布とスパンコールの濡れた小山があった。「この衣類のいくつかにも焦げ跡があるけど」

「点火実験に使われたんだ」ヘラーは言った。「犯人は薄い素材だという理由で、それらの衣類を選んだ。だが今度もだめだった。この州の法律でも、服には防火性能が求められているからね。最終的には、そういう衣類も燃えるだろう。なんだってそうなんだ。だがその男は急いでいた。だからつぎに、紙という紙を集めた。ダイレクト・メール、雑誌。窓のシェードまで燃やしたんだよ」

「するとわれらが主人公は、放火にかけちゃ素人《しろうと》だったわけだ」ライカーはかがみこんで、証拠袋に入れる価値なしと判定された、濡れた布地の塊を点検した。「おれも風紀課に四年いたがね、こういうコスチュームをそろえてる街娼の話は聞いたことがないな」彼はスパンコールがちりばめられ、翼が縫いつけられた小さな衣装を引っ張り出した。「こいつは前に見たことがあるぞ。確か六月だ。そう、セントラル・パークでシェイクスピアをやってたときだよ。演目は『夏の夜の夢』。あの妖精たちは、実によかった」

めずらしく驚きの色を見せ、ヘラーが振り向いて、文化的なものにはまず接近しそうにないこの男をまじまじと見つめた。

ライカーは首を振って言った。「いやいや、あれは十月だ。ハロウィーンのパレードで見たんだな」

鑑識の達人はため息をつき、道具箱の整理にもどった。

マロリーは、テーブルの上の、きちんとラベルの貼られた虫の瓶を見おろした。コフィー警部補が昆虫学者の意見のために金を出すと思っているなら、それはヘラーの考えちがいだ。この事件を重大犯罪課でキープするだけでも、相当骨が折れるだろう。ドアのそばに積まれた証拠品のなかには、奉納ロウソクの袋もあった。長さのまちまちな溶けかけたロウソクが二十本以上。どれもみな、指紋採取用の粉にまみれている。「あのロウソクは犯人のものなの？」

「ああ。彼のささやかな儀式の一環だね」ヘラーはシャンデリアの下のエリアを指さした。「残っている蠟《ろう》を見てごらん」溶けて滴った蠟は消火ホースの攻撃を耐え抜き、コンクリートの上に点々と輪を描いていた。「被害者のスカートにも何箇所かに赤い蠟がついていた。そのことから、ロウソクが燃えているあいだ、彼女が床に横たわっていたことがわかる。わたしは残った芯の長さから時間を割り出した。最後のロウソクに火が灯されたのは、この部屋が水びたしになる十五分前だ。つまり、犯人には女性を吊るしてかがり火を起こすのに、それだけの時間を使えたわけだ」

「そんなはずはない」マロリーは敢えて異論を唱えた。「スパローがロープから下ろされ、蘇生《そせい》されるまでには、さらに十分か二十分が経っている。でも彼女は脳死状態にさえなっていないのよ」

「彼女は酸欠に陥っていた。だが完全に空気を断たれていたわけではなかったんだよ」ヘラーは証拠品の山に手を突っこみ、缶をひとつ選びとった。封印をはがすと、彼はロープを取り出した。「絞首用の輪縄《わなわ》だったら、数分で殺せたろう。だがこれは固定された二重《ふたえ》結びだ。この輪縄は体の重みで締まりはしない。納得したかな？」

そう、納得した。いまマロリーの目にはそれが見えた。静かにぶら下がって死んだふりをし、少しずつ空気を吸いながら、異常者が立ち去るのを待っているスパロー。利口な娼婦だ。彼女は希望を持っていただろう。窓に覆いはなく、明かりはすべてついたままだ。助けはいつ来てもおかしくない。やがて煙がその肺を満たし、スパローは気を失った。あるいは、救助の連中の存在を、周囲をうろつく消防士らのやりとりを、ぼんやり意識していたろうか。しかし、女を天井から助けおろそうとする者はひとりもいなかった。

「ハエの死骸の瓶というのは、違和感があるわね」マロリーは言った。

「確かに」ヘラーは作業の手を止め、垂れた蠟でできたきれいな円をじっと見つめた。「整然たる仕事ぶり。実に綿密。毛髪を刈るときまでもだ。口髭を整えるだけでもまわりには毛が散らかるもんだが、女の衣類には一本もついていなかった。それに、あのロウソク――全部、きっかり等間隔に置かれていたよ。きみたちの犯人は異常なまでに几帳面だ。そいつがハエをつかまえているところなんて想像もつかないね」

マロリーには想像がついた。男がゴミ袋を破って開け、殺虫剤の缶を手に辛抱《しんぼう》強く待つさまを、彼女は思い浮かべた。死んだハエや瀕死《ひんし》のハエを採集するために、彼は手袋をしていたろう。それでもハエに触るときは、吐き気を覚えたことだろう。

部屋のドアが開き、バタンと大きな音を立てて閉まった。重大犯罪課のボスの到着だ。この前、昇進するまで、ジャック・コフィーは、中途半端な茶色の髪と目を持つ、印象の薄い顔だちの平凡な男だった。三十七歳のいま、指揮官の地位のストレスが、その後頭部の禿《は》げた部分を拡大し、十年早い心労の皺《しわ》と風格とを彼に添えている。ライカーは警部補の両手が固い拳《こぶし》になるのを見て、彼が爆発するまでのカウントダウンを開始した。

コフィーの視線がふたりの男を素通りし、課の唯一の女性刑事に据えられた。彼女に話しかけたとき、その口調は不気味なまでに穏やかで理性的だった。「ローマン警部補が娼婦の事件の書類を置いていったときのわたしの驚きがわかるかね」そして、声の音量が十デシベル跳ねあがり、彼は怒号した。「しかもその娼婦は死んでさえいないんだからな!」

マロリーはぴくりともしなかった。うとうとまどろむ猫よろしく、彼女はゆっくり瞬《まばた》きした。この平静さのせいで、いつも警部補は決め手の一点を入れ損なうのだ。

「この事件はイーストサイド署に放り返す」コフィーは言った。「今夜だ！　いったいぜんたいきみたちは何を考えているんだ？　これは単なる暴行事件であって、殺人じゃないんだぞ。ローマンは性的なお遊びが暗転したんだと言っていた」

「自己性愛ということかな？」ヘラーは道具箱に目を据えたまま、首を振った。「わたしも十代の少年が首を吊るのなら見たことはある。もっと年のいった男がやるのもだ。しかし女がやるのは見たことがないね。被害者は両手をくくられ――」

「彼女は娼婦なんだ」コフィーは言った。「金さえもらえれば、なんだってやったさ。縛られるのはあの商売の一環だしな」

「スパローは変態どもや連中のプレイとは距離を置いてたよ」ライカーはごくさりげなくそう言った。会話に放りこまれた無造作なひとこと。

警部補の反応は予想どおりだった。「たれこみ屋に義理立てして、うちの署員を拘束するわけにはいかんだろう」

ライカーは肩をすくめた。壁に寄りかかってタバコに火をつけ、戦いは相棒に任せた。マロリーとスパローの個人的な関係など、コフィーは知る由もない。最後にこの娼婦と言葉を交わしたとき、マロリーはまだ十歳だったのだ。

「犯人は連続殺人鬼よ」彼女は言った。「ローマンの部下たちにやらせたら、きっとしくじる」

ライカーは息を吸いこんだ。おい、マロリー、どういうつもりだ？　彼女はこの事件を放り捨てたいのだろうか？　連続絞首刑魔なんてものは聞いたことがない。どの警官もそれは同じだ。これなら、ハエの死骸フェチの潔癖症《けっぺきしょう》の異常者というヘラーの線で進めるほうがまだましだろう。

「連続殺人鬼？」コフィーは舌で唇を湿らせ、その言葉を味わった。「では教えてくれ」彼はおざなりに室内を見渡した。「他の死体はどこにあるのかな？」

「未解決事件課のファイルのなかに」マロリーは言った。「手口が一致している。ロープに、切られた髪――何もかもよ」

おもしろくなってきたぞ。少なくともライカーには、コフィーの笑いがそう言っているように見えた。警部補は両手を腰に当て、マロリーの顔を真っ向から見据えた。「で、そのファイルはどこにあるんだ？」

「ありかはまだわからない」

ライカーは少し緊張を解いた。相棒はいま安全地帯に入った。未解決事件課のファイルは、一九〇六年の分からある。あの課では最近、その膨大《ぼうだい》な記録を新しい本部ビルに移したばかりだ。重大犯罪課をなだめるために、彼らが飛んでいって百個の段ボール箱を開梱《かいこん》するとは思えない。

ジャック・コフィーの硬い笑みは揺るがなかった。「すると、その情報はコンピュータから引き出したわけだな。プリントアウトはどこなんだ？」

「その事件の情報は、コンピュータには入っていない」マロリーは言った。「古いファイルはほとんどみんなそうなのよ。入ってるのは基本的なデータだけ。名前とか番号とかね」

予算の関係と人員不足のため、未解決事件課が過去百年の迷宮入り殺人事件をすべて入力し終えるまでには、この先何年もかかる見込みだ。マロリーはこのまま逃げおおせるかもしれない。

そうはさせんぞ。コフィーの目が言っている。「もしファイルを見たことがないなら――」

「その話はマーコヴィッツから聞いたの」マロリーは言った。

警部補の口がへの字になった。「おみごとだね。証拠が死人とはな。実に都合のいい話だ」

ライカーもまた疑念を抱いていた。マロリーならもっとうまい嘘がつけるはずなのだ。

ヘラーが道具箱の蓋をバタンと閉じた。一同が注目するなか、彼はこう言いながら立ちあがった。「彼女がその吊るし首の話を聞いたとき、わたしもその場にいたよ」

ジャック・コフィーの笑いが失せた。彼は鑑識課のボスのほうを向き、そのおかげでライカーの目に浮かんだ衝撃の色を見逃した。

「詳細は知らないがね」ヘラーはつづけた。「しかしマーコヴィッツもその点は同じなんだ。彼の担当ではなかったんだよ。彼はただ現場の部屋と遺体をちらっと見ただけだ。だが、そのことがどうしても頭から離れなかったらしい。妙な殺しかただったからね」

ヘラーは決して嘘の片棒を担いだりはしない。市警にこれ以上信用できる人間はいないのだ。まるで譲歩のせりふが天井に書いてあるかのように、コフィー警部補は目玉をぐるりと上に向けた。「マロリー、その事件のファイルを持ってこい。それを見るまでは、きみの娼婦に重大犯罪課の予算と人員を使わせることはできない。わかったな?」彼はドアに向かった。「ローマンから借りたあの若いのは使ってもいいが、それ以上は認めな――」

「男二名よ」マロリーは言った。「ローマンはふたり貸すと約束してる」

こちらに向き直ったとき、ジャック・コフィーは楽しげにさえ見えた。「ほう、そうかね？するときみはやつにだまされたわけだな。彼がよこしたのは刑事一名――半人前のやつだ。なんの経験もない白バッジだよ。いちばん傑作なのはな、マロリー、それが遺体を蘇生させたあの薄ら馬鹿だってところだ。つまりローマンの課は、死にかけた娼婦とドヘマな警官を放り出し、厄介払いしたってわけさ。うまい話だろう？」

警部補に一点。

ライカーはめでたいことだとさえ思った。がんばりつづけるために、ジャック・コフィーにはこういった小さな勝利が必要なのだ。この警部補もいつしか、ヒットエンドランの利点がわかるようになったらしい。得点を入れたところで、彼はバタンとドアを閉め、出ていった。

ヘラーが床に膝をついて道具箱のスナップを留め、それからライカーを見あげた。「マーコヴィッツはあの吊るし首の話をあんたにしなかったんだな？　うん、彼が他人様の事件現場の詳細をよそに漏らすわけはない。鑑識の仕事でもそれは金科玉条《きんかぎょくじょう》だ。彼がその話をできる相手はわたしだけだったんだろうな」ヘラーは親指でマロリーを指し示した。「マーコヴィッツは彼女には何ひとつ話してない。当時、彼女はまだ十三歳だった。覚えているよ。われわれはドアの外で立ち聞きしていた彼女を見つけたんだ」

ライカーはタバコをもみ消した。「他にあんたが知ってることは？」

「被害者の女性は両手を縛られていた。ロープか粘着テープでね。どっちかは断定できないが」ヘラーは立ちあがって、ハンカチで額をぬぐった。「それで、自殺の偽装という線は除外できる。マーコヴィッツは計画的犯行にちがいないと言っていたよ。犯人はそのパーティーに自前のロープを持っていった。今度のホシと同じだね。だが吊るし首を計画するとは、どういうことだ？」鑑識課のボスは椅子の背から自分の上着をつかみとった。そして、このとき初めて彼は気づいた。地下室のこの蒸し暑さにもかかわらず、ライカーだけはワイシャツ姿になっていない。

ライカーは思わず、閉じた上着のボタンを押さえた。「金《かね》がらみじゃないのか？　ルイはいつもそっち方面に着目していたが？」

「いや」ヘラーは言った。「勤務時間外に調べてはいたが、成果はなかった。セックスの線でもだ」

「被害者は椅子に乗って首に縄をかけたんじゃない」マロリーが言う。「彼女は輪縄を巻かれ、床から引きあげられたの。スパローのケースと同じよ」

「だが火の痕跡はなかった」ヘラーは言った。「ロウソクもなし、ハエの瓶もなしだ」その声は彼女を非難しているようだった。「それに、被害者の口のなかには毛髪などなかった。きみの親父さんはそういったことは一切口にしなかったぞ」

ライカーは両手をポケットに突っこんだ。「マロリー、なんだってあそこまで言ったんだ？　さっきコフィーに、被害者の髪が――」

「問題ないわ。名前も事件番号もわからないなら、ファイルは絶対見つからない。日付さえわかってないんだから」

「彼女の言うとおりだ」ヘラーが言った。「マーコヴィッツがわたしに話したときは、事件発生からすでに何年も経っていた。その件は長いあいだ、彼を悩ませていたんだよ。矛盾点があまりに多いから」彼は肩をすくめた。「わたしが覚えていることは、これで全部だ」

ドアが開き、鑑識員のひとりが入ってきて、かかえられるだけ容器をかかえあげた。ヘラーは証拠袋をふたつ手に取り、部下のあとから外で待つバンへと向かった。

ライカーは灰と燃えかすの入ったその袋を、最後にもう一度見つめた。そこには、炭化した雑誌の背表紙が見えた。なのに、奇跡的にも、燃えて当然のペーパーバックの小説はそっくり残ったわけだ。彼が水中から拾いあげたとき、それは焦げてさえいなかった。ホルスターのストラップに締めつけられ、その濡れた本の湿り気が肌に感じられる。

マロリーの目は、彼のスーツの胸に広がっていくしみに吸い寄せられていた。その視線が少し下がった。「あなたはこれまでボタンをかけたことなんてなかったわよね」

そのとおり、彼はわざわざ上着の前を閉じたりしない。しかしこれまでは、隠すものなど何もなかったのだ。

この薄気味悪いチビめ。いつだって妙なところに気づきやがる。

マロリーは彼の視線をとらえた。そのまなざしは揺るがない。明らかに、彼が何か言うのを待っているのだ。

を破れるのか？

告白するのをか？

なんてやつだ。事件現場で彼が盗みを働いたことに、彼女は気づいているらしい。しかし直《じか》に問いただすわけにはいくまい。警官は相棒を疑ってはならない——おまえさんはこのルールを破れるのか？

ライカーは冷えたビールをさがしに行ってしまい、マロリーはヘラーの仕事をチェックすべくあとに残った。犯人が押し入ったという点に関しては、誰がなんと言おうと譲れない。しかし錠の表面に最近できた傷はなく、その機構全体を取りはずしてもなお、金属でこじられた痕跡は見られなかった。

スパロー、なぜそいつをなかに入れたの？

あの娼婦には、人を見る目、イカレたやつを見分ける才覚があった。ハエの死骸の収集家がスパローのお客だったとは考えにくい。そういうやつなら、必ず彼女のレーダーにひっかかったはずだ。だが、禁断症状に苦しみ、破れかぶれになっていたとしたら？　その場合、彼女はどんな売人でも迎え入れたろう。たとえ、そいつがイカレていてもだ。しかしドクター・スロープのチェックでは、最近クスリを使っていた形跡はなかった。それに、証拠品のリストに注射器は載っていない。

ヤク中のあの娼婦は新しい注射器を切らさぬよう常に気を配っていた。子供時代とも言えぬ子供時代、キャシー・マロリーは町の病院から何箱も注射器を盗み出したものだ。スパローへの贈物、シェルターの提供者への子供なりの支払いとして。

一方の手がカウチのクッションの裂け目へとさまよっていき、何か硬いものに触れた。ヘラーの鑑識班はそこにあるものを見逃したようだ。指が張地にもぐりこみ、華奢《きやしや》な歯の象牙《ぞうげ》の櫛《くし》を引っ張り出す。スパローはいつもそれを髪に挿していた。その東洋風の彫刻は非常に凝っていて、印象的だった。あの娼婦がヤクのためでも売らなかった、ただひとつの価値ある品。アンティークのその櫛は、遠い昔、初回のお話の支払いに充《あ》てるため、キャシーが盗んできたものだ。ため息とともにこのプレゼントを下に置き、スパローはこう言った。「ベイビー、支払いはいらないんだよ。お話はただなんだから」

ううん。幼いキャシーは首を振って、それはまちがいだと主張した。そしてこの子供の理屈に、反論の余地はなかった。もしそうだとしたら、娼婦はみんな、ただのお貰いさんになっちゃう。もしそうだとしたら、娼婦の嘘には価値がないってことになるもの。しかしスパローは、その子供が何を買っているのか、正確にはわかっていなかった。

ふたりはどれくらいの期間、一緒にいたのだろう？　また、なぜ？

路上生活時代の初期の出来事は時系列に関係なく、無秩序に断片的によみがえってくる。いまやそれらはあまりに遠い記憶なので、いくらでも好きに歪曲することができた。スパローはせいぜい、死んだ母親の粗悪な模造品というところだ。マロリーはそう決めつけた。

ただの娼婦、それ以上じゃない。

事件現場に着いたとき、彼女は新しい顔になったスパローに気づかなかった。病院に向かう途中、ライカーがそのことを告げたのだ。そして彼の伝えかたはひどく優しかった。まるで被害者が彼女の家族であるかのように。実はあの娼婦は、過去の危険な破片なのだが。でもスパローはじき死ぬだろう。あの逸話を知る者はライカーだけとなるだろうし、それを語ることは彼には決してできないだろう。

マロリーの手が櫛を握りしめた。それはクッションの裂け目に落ちたわけではない。そこに埋めこまれたのだ。つまりスパローには櫛を隠すだけの時間があったことになる。でも、それはいつだろう？　絞首人がドアをノックしているとき？　いや、彼女が大事な櫛を盗まれまいとクッションの奥に押しこんだとき、そいつはすでになかにいたのだろう。言葉を交わす時間はあったのだろうか？

マロリーは割れた窓を覆うシーツをじっと見つめた。早く逃げればいいものを、なぜその男はわざわざ危険を冒して窓のシェードを燃やしたのだろう？　スパローは、自分を殺さないよう男を説得したのだろうか？

あんたは自分の作品を大勢の人に見せたかった。警官だけじゃなく、一般市民にも。名声？　あんたがほしかったのはそれなの？　そう、そいつはサインまで残している。ハエの死骸という署名を。

ドアが開いた。立ちあがってくるりと振り返ると、そこにいたのは、あの新米消防士、ゲイリー・ザッパータだった。彼は入口に立っていた。袖なしのTシャツとチノパンツは、ワンサイズ小さい。これは、ジムで作った上半身を見せびらかすためだ。黒い髪はうしろにつるりとなでてあり、シャワーを浴びたせいでまだ濡れている。また、彼はコロンの匂いをぷんぷんさせていた。

「ここは犯行現場なんだけど、ザッパータ。規則を忘れたの?」マロリーは、とっとと出ていけとばかりに、顎でドアを示した。

「せっかく手伝いに来てやったのに」ザッパータはドアを閉め、ぶらぶらと部屋に入ってきた。その笑みやしぐさのすべてに傲慢《ごうまん》さがうかがえる。「それで、えー――」一方の手がもどかしさを装い、ひらひらと動く。彼女の名前が思い出せないとでも言いたげに。「どんな調子なんだ?」・

「いま仕事中なのよ。いったいなんの用?」

ザッパータはベルト通しに左右の親指をひっかけ、悠然《ゆうぜん》とカウチに歩み寄った。「未解決の問題を処理しようと思ってね」

「わたしの時間を無駄にしないで、ザッパータ。何かつかんだなら、聞こうじゃないの」

彼はむっとしながらも、作り笑いを浮かべた。彼女は許されたわけだ。「おれはきみの力になれるんだぜ、ベイビー。あの火事についていろいろ知ってるんだからな。たとえばだ、ロウソクは火事とはなんの関係もない」

「すごい情報じゃない。寄ってくれてありがとう」マロリーは彼に背を向け、部屋の燃えた一画の焦げた壁を調べだした。ややあって彼女は、いつまでいる気? という顔で、肩ごしに振り返った。

この露骨な追い立てには取り合わず、消防士はカウチにドンとすわった。「犯人はプロじゃない」彼は布張りの肘掛けから一方の脚をだらんと垂らした。これはマロリーに、しばらくここにいるつもりだと知らしめるためだ。「本物の放火魔なら導火線を使ったろう。炎の熱さが一定レベルに達すると、空気が発火する可能性もあるからな」

「消防学校で習ったの？」

自分が新人であることを思い出させるこの言葉が、ザッパータは気に入らなかった。警官だったときも、彼のキャリアは新米の地位から抜け出せるほど長くなかったのだ。「よく聴けよ、マロリー」これは命令だ。「犯人は殺しに関してもアマチュアだよ。こういうやつらは必ず過去の成功例を踏襲する。だからこれは、おれたちのホシにとって初めての犯行にちがいない。火を起こすのにしくじってるからな」

いい、い、
おれたちのホシ？

にわか作りのカーテンの向こうを通過する男の影に気づき、マロリーは窓を見あげた。男の帽子は制服警官のものだった。ライカーが事件現場の見張りを要請したにちがいない。これはまずい。承認を得ずに人員を使えば、ライカーはコフィー警部補から文句が出るだろう。

ザッパータはカウチを離れ、シルクとレーヨンの華やかな布地から成る濡れた小山の前に立った。ライカーが感嘆していたあのきらめく衣装を、彼は拾いあげた。「あの売春婦がこれを着たとこはどんなだったろうな」

「手を離して！」マロリーは大股でそちらに向かった。ザッパータに狙いを定め、彼を踏み倒すか突き破るかするために。ザッパータは衣装を胸に抱きかかえ、きらめく布地と妖精の翼の陰になんとか隠れようとしながら、ドアのほうへとあとじさった。

「彼女のものに触らないで！」マロリーはその手から衣装をひったくった。「出ていきなさい！」

ドアノブに手をかけたとき、ザッパータは、見張りの警官の影が窓のシーツの向こうをさっとよぎるのに気づいた。地下室のドアをめざし、足音がコンクリートの階段を駆けおりてくる。

ザッパータは妙な噂が立つのを恐れる女子学生並みに神経質になっていた。彼はぐっと胸をそらし、なんとか強がってみせようとした。

見張りの警官が近づいてくる。

ザッパータは聞こえよがしにこう叫びながらドアを開けた。「もういいさ、このアマ！」まるでそれが自分の意志であるかのように、彼はどかどかとアパートメントから出ていった。

マロリーは思った。消防本部はあの新人が臆病者なのを知っているのだろうか？　しかし、手のなかの象牙の櫛に目を落とすなり、彼のことは念頭から消えた。

なぜその殺人鬼を家に入れたの、スパロー？　彼も贈物を持ってきたの？

アパートメントのその一室は、何時間も前に調理され、摂取された食べ物の匂いがした。エレベーターから足を踏み出したとき、ライカーの腹はぐうぐうと鳴っていた。

家主の住まいがある階はふたつに分かれている。片側はチャールズ・バトラーの自宅、廊下をはさんだ向かい側は、エリート引き抜きのコンサルタント会社だ。キャシーは勤務時間外はここで法を破っている。彼女の仕事は、身の程知らずやいかさま師などのほら吹きどもを調査して、シンクタンクに職を求めるお客たちから除外すること。そうして残るのは、ずば抜けた才能を持つ、たいていは情緒不安定な人々だ。ライカーは彼らを火星人と呼んでいる。

コフィー警部補はこの会社の共同経営をやめるよう——今夜やめるよう、マロリーに直接命令しており、ライカーはこれに対するマロリーの回答をいま初めて目の当たりにした。実にスマートな解決策だ。彼女は、おなじみの古いドアに新しい真鍮《しんちゅう》の表札を打ちつけていた。かつて、そこは《マロリー&バトラー》社のエントランスだった。いまその社名は《バトラー&カンパニー》に変わっている。彼女は匿名の社員《サイレント・パートナー》となったのだ。

終わったばかりの食事の匂いに吸い寄せられ、ライカーは廊下を渡って個人の住まいのほうへと向かった。ファーストフードに敏感な彼の鼻が、これは中華のテイクアウトだぞと告げる。ドアはノックをする間もなく開き、彼は視線を上へ——さらに上へと向けて、チャールズ・バトラーを見あげた。

この男は、地球上の大半の人間より、少なくとも頭ひとつ分背が高い。鼻もまた人並み以上、鳩が一羽止まれるみごとな鉤鼻《かぎばな》だ。まぶたの分厚い目は飛び出し、小さな青い瞳は広大な白目の海に取り巻かれ、それがその顔に、カエルや怯えた馬と相通ずる驚愕の表情を添えている。首から下は、母なる自然が上手に作っていた。いや、ライカーの評価では、それどころではない。その肉体はたくましく、天使の姿と力に迫っている。

「ライカー、どうも！」チャールズ・バトラーがほほえむと、その顔は虚《うつ》けじみたものとなる。

ただそれは、実に感じのいい虚けなのだが。四十年生きてきて、本人は自らのこの特性に関し、かなり神経質になっていた。笑みを浮かべた口は、きまり悪げに中途半端な曲線を描いており、うれしそうですみません、と言わんばかりだった。

「やあ、元気かい?」この友人がめずらしくサヴィルローのスーツ姿でないことに、ライカーは気づいた。そのデニムのシャツは見るからに金がかかっていそうだった。既製服ならそんなにぴったり体に合うわけはない。マロリーが自分のブルージーンズを作らせている仕立て屋にチャールズを紹介したのは明らかだ。どうやらふたりは相変わらず、〝カジュアルな服装〟というプロジェクトと格闘しているらしい。

「夏休み中なんだってな」

「ええ、マロリーの考えですが」チャールズはくるくる渦を巻く薄茶の髪をまぶたから払いのけた。彼はいつも床屋に行くのを忘れてしまうのだ。「秋までは依頼は受けません」ここでチャールズの顔が曇った。「彼女に何かあったんじゃないでしょうね? あなたが来たのは、まさか――」

「いやいや。あいつは元気だ。来る前に電話すべきだったな。ごめんよ」ライカーは本気で反省していた。チャールズは、彼がマロリーの早すぎる死を知らせに来たものと思ったにちがいないのだ。「こんな時間だし。もう帰るよ」

「馬鹿言わないでください。せっかく寄ってくださったのに」チャールズはうしろにさがって、お客をなかへ招き入れた。「ただちょっと心配になっただけですよ。実は、夕食の約束をしていたんですが、彼女は家にいなかったし――」

「キャンセルの電話もよこさなかったのか？　じゃあビシッと言ってやらないとな」料理好きのグルメの家になぜ中華のテイクアウトの匂いがしたのか、そのわけがこれでわかった。ライカーは玄関ホールを通り抜け、応接間に何歩か入って足を止めた。「あいつ、きみのステレオを配線し直したんだな？」

「どうしてそれが――」

「刑事だからさ」完璧であることがマロリーの署名であり、その署名は見えないところに入っている。彼女はプレイヤーとコードとスピーカーを目につかないようにうまく隠していた。また、音のバランスはすばらしく、オーケストラがライカーの脳の中央にいるかのような幻想を生み出している。いま流れているコンチェルトは明るく、希望にあふれており、まさに弦楽器とフルートで描かれたチャールズ・バトラーの肖像だった。

マロリーの私用車ではCDを見かけたことはない。ライカーはときどき思う。彼女は音楽を聴くことがあるんだろうか？　聴くとしたら、たぶんカチカチブンブンいうニューエイジのメタリックなやつだろう。

「何か飲みますか？」

「ビールならことわらないよ」ライカーがソファにだらんとすわると、チャールズは格式張った食堂を通り抜け、キッチンに向かった。

ここにはもう何度となく来ているが、ライカーは骨董品《こっとう》の並ぶ鏡張りのその部屋をじっくりと眺め回した。テーブルや椅子のすべてに本や雑誌が積みあげられている。これは住人が時間を持て余している証拠だ。そのときライカーはめあてのものを見つけた。食べ物——新聞の下に半ば隠れたカシューナッツの鉢。それを全部平らげたころ、チャールズがなかでビールが泡立つ、霜で白くなったグラスをふたつ持ってきた。冷凍庫でビールのグラスを冷やしておく男はみな、ライカーの生涯の友だ。

「実はね——」ライカーはビールを受け取り、ソファの横の小テーブルに載ったおみくじクッキーを横目で見やった。「ただ遊びに来たってわけでもないんだ」彼はクッキーをつかみとり、それから作法を思い出した。「もらっていいかい？」

「どうぞ」チャールズは肘掛け椅子にすわった。「それで、どういうご用なんです？」

ライカーはスーツの上着のボタンをはずし、現場で盗んだあのびしょ濡れのペーパーバックを引っ張り出した。「これを修繕できないかな？」

チャールズは濡れそぼった表紙のイラストを見つめた。カウボーイと六連発拳銃。彼自身の好みの文学とはかけ離れている。弱々しくほほえもうとしたとき、その顔には〝勘弁してよ〟と同じ意味で、それよりは礼儀正しい表情が浮かんでいた。「できると思いますよ。少し時間がかかるかもしれませんが」

「時間ならあるよ」ライカーはクッキーを割って開いた。印刷された彼の運命がこぼれ落ちる。ライカーは薄いその紙が床に落ちるのを見守り、それをそこに放置した。彼はクッキーそのものがほしくておみくじクッキーを食べる稀有な人間なのだ。そして彼は、もう一個どこかにないかとあたりを見回した。

　チャールズはちょっと失礼と席をはずし、しばらくするとナプキンでくるんだサンドウィッチを手にもどってきた。ライカーは自分の濡れた本をそのライ麦パンのローストビーフ・サンドと喜んで交換した。だが一瞬後、彼の幸せは打ち砕かれた。チャールズの手の上で本が開かれたとき、その裏表紙に紙片が一枚はさまっているのが見えたのだ。疲労と空腹で気もそぞろでなかったら、彼も本を手渡す前にひととおりなかを調べたはずだった。「それはなんだい？」

「レシートですね」チャールズはそっと紙をめくりあげた。「ウォーウィック古書店のです。おかしいな。ぼくはマンハッタンの古本屋なら一軒残らず知ってるつもりだったんですが」彼はその古い小説本を閉じ、けばけばしい表紙を眺めた。「これはあなたにとって大切なものなんですね」育ちのいい彼には、いったいどうしてこんなものが、とは訊けないのだった。

「ああ、もうどこに行っても手に入らないからね。そのウェスタン小説は四十年前に絶版になってる。ジェイク・スウェインの書いた最後の小説なんだよ」時間を稼ぎ、適当な言葉をさがすために、ライカーはサンドウィッチをがつがつむさぼり、つづいてビールを飲み干した。ピーティ保安官、ふたたび馬に。もう一方の登場人物はなんて名前だったろう？　ライカーは遠い昔、その名を頭から閉め出し、二度と思い出さずにすむよう願ったのだ。

「まず手始めに乾燥させないと」チャールズは立ちあがった。ライカーは彼のあとにつづいて隣の部屋に移った。その図書室は、高さ十五フィートで、壁面は本の革表紙のモザイクに埋め尽くされている。書棚のひとつに設けられた幅の狭いドアが、四角い小部屋に向かって開いた。

糊《のり》の壺、テープのロール、刷毛、ピンセット、糸巻きが長い作業台に載っている。愛書家チャールズは、そこで自分のコレクションの背表紙やページを修繕するのだ。彼は金箔《きんぱく》で装飾された数冊の書物を脇へ押しやり、刊行年の価格がたった五十セントだったペーパーバックのために場所を作った。

「マロリーにはこのことは話さないでくれよ」ライカーは言った。「たのんだぞ。おれがだめにしちまったのを知られたくないんだ」

犯行現場から盗んだこと、奪い取ってきたことを。

しかし彼女にばれることは決してないだろう。チャールズを信じさせることさえできれば――

「この本は彼女のなんですか？」チャールズは絶対にポーカーゲームに近づかせてはいけない男だ。その顔には胸のうちの想い、頭のなかの考えがことごとく表れてしまうのだから。いま彼は、ライカーが嘘をついたと考えている。向かい側のオフィスには、マロリーの蔵書がすべて保管してあるが、そのほとんどはコンピュータ関係の本であり、フィクションは一冊もない。それに彼女は、カレッジを出てニューヨーク市警に入る前、名門バーナード大学で二年間エリート教育を受けている。この本が彼女のものだなんて、信じられるわけがないのだ。それでも彼はうなずいて言った。「わかりました」作業スペースの上の棚に手をやって、吸い取り紙をひと束引きおろす。「あなたはここには来なかった。この会話はなかったことにしましょう」

「よかった。恩に着るよ」ライカーには、この男の驚異的な頭脳のギアが高速に切り替わり、光の速さで事実をつなぎ合わせているのが聞こえるような気がした。

チャールズはページの塊を背表紙からそっと切り離した。それから、お客の不安げな様子に気づき、心配でたまらないのだろうと勘ちがいした。「大丈夫ですよ。あとでもとどおりにしますから」彼は表紙を脇に置くと、いちばん上の宣伝のページをめくりとり、その下のページを見つめた。「おお」彼の顔は、突然、謎が氷解したことを告げていた。「このページに吸い取り紙は使えませんね。書きこみのインクがほとんど吸われてしまいますから。献辞のほうはどうにか残せますが、ルイの署名は消えてしまうでしょう」

ライカーは静かに言った。「なんだって?」頭のなかで、彼は叫んでいた。なんだって?

「これはルイ・マーコヴィッツの筆跡ですよね? わかりますよ。この無残な状態をマロリーに見られたらたいへんだ」

ライカーはハッとして、献辞のページを見おろした。古い友の癖のある字が青いインクのにじみのなかで消えかけている。「いや、いいんだ。彼女はまだこの本を見ていない。あとで渡すつもりだったんだよ。プレゼントさ」

チャールズは献辞に目を通した。「これはルイからマロリーへの贈物だったんですね。まるで詩みたいだな。ルイは自分が死んだあと、マロリーにこれを譲りたかったんでしょう? 死後のさよならですか」

「まあ、そんなところだよ」嘘だ。それを書く機会のあった唯一の日、ルイ・マーコヴィッツは自分の死など予想もしていなかった。彼にはまだ何年もの未来があった。キャシー・マロリーを育てるのに充分な時間が。親父さんはその本の存在を忘れていたにちがいない。ライカーもそうだった。スパローの部屋を漂っているのを見るまでは。

「ルイの葬式からはもうだいぶ時間が経っていますよね」チャールズは締め具と綿を使って、板の上にそのページを固定した。それからてのひらサイズのヒーターを手に取り、そのスイッチを入れた。「ちょっと渡すのが遅すぎやしませんか？」

「そうだな」ライカーはショックからゆっくり立ち直りつつあった。死んだ男が自分の嘘に協力しているとは。それも、その嘘をつく十五年も前に。

一時間後、室内は、吸い取り紙にはさみこまれた本のページに埋め尽くされていた。むきだしのままなのは、献辞のページだけだった。ライカーはその青いインクの走り書きを見つめた。家なき子を愛した男の言葉を。内容から見て、それは、親父さんがあの十歳児はもう死んでいるという確かな証拠を目にしたあとで書かれたようだった。しかし悲しみに暮れるあの刑事は、キャシーはもどってくるかもしれないという狂った考えにしがみついていたらしい。

ライカーはページの上にかがみこみ、その文章をもう一度読んだ。

かつてひとりの小さな女の子がいた。いや、訂正、おチビさん。きみはいつだってそれ以上の存在、並外れた人だった。きみになら歌を捧げることもできたろう。あのおなじみの「星条旗」をね。なぜならきみは、長く恐ろしい夜をすべて乗り越えてきたんだから。きみはわたしのヒーローだよ（アメリカ国歌「星条旗」は、米英戦争の際、イギリス軍の猛攻の一夜の後、城砦の上に翻る星条旗を讃えた歌）。

エレベーターの前でライカーを見送ったあと、チャールズは《バトラー&カンパニー》のドアの下から漏れている細い光に気づいた。マロリー？　六月の初旬以来、彼女の顔は見ていない。彼は走りたいのを我慢して、歩きだした。オフィスに入り、明るい受付エリアを通り抜け、その先の狭い廊下を足早に進んでいく。マロリーの部屋から流れ出るほのかな光に吸い寄せられ、機械たちが住むところへと。

開け放たれたドアの前で足を止め、彼はマロリーの背中を見つめた。彼のビジネス・パートナーは三台あるコンピュータのひとつの前にすわっていた。オフィスの大部分は闇にのまれ、そのなかに、あの光の輪が——髪を透かして輝くランプの明かりのつややかな金色がくっきり浮かびあがっている。

なんと声をかけたものだろう？　ディナーをすっぽかしたことをマロリーが後悔するとは思えない。思い出すかどうかも怪しいものだ。なぜなら彼女は機械たちとの神聖なる交流の最中であり、いまは人間の落胆になどかまっていられないからだ。

何年か前、チャールズは、コンピュータ・サイエンスにおけるマロリーの天賦《てんぷ》の才をテーマに、かなり詩的な小論文を執筆した。職業柄、彼はこれまでに何人も、電子機器に鞭をふるい、妙技を演じさせる奇才たちを査定してきた。しかし彼女はまるで別物で、作曲家にも似たアーティストの感性を用いる。テクノロジーと融合し、効果をイメージし、音楽家と数学者の魂をミックスして、電子の鐘と笛のための独創的な調べを書きあげるのだ。

彼女を研究していたころ、チャールズはとても発表できない、ある空想的な考えにふけっていた。自然はこの新たな世紀に向け、マロリー創造の際に長く眠っていた遺伝子が目覚めるよう仕組んだのではないだろうか。後に、彼女の子供時代をもっと知るようになると、彼の見かたは変わり、もっと暗いものとなった。なぜならマロリーは、ハンマーでたたいて形作られ、いまの彼女に――異質で冷たいものの完璧な受け皿になったのだから。

かつてチャールズはコンピュータに対しどっちつかずの感情を抱いていた。いまはそれを、マロリーの指とキーボードとの境界線をかすませる邪《よこしま》な兵士たちとみなしている。彼はその影響力を美術品の贈物や骨董品のやわらかみで弱めようとしてきた。マロリーはこれに反撃し、彼には到底我慢できない醜悪なテクノロジーでオフィスのキッチンを侵蝕した。さらに彼女は彼の住まいまで攻めこみ、その音響システムを改変するという奇襲攻撃を行った。彼は呆然自失の態で、敵のコンポを経由した音楽的完成による包囲攻撃にさらされた。つまみを回して細かなチューニングをする人の手はもう必要とされていない。その完璧な美はいっとき彼を堕落させた。だがいま、マロリーのこの姿を目にして、彼はふたたび戦闘態勢にもどり、新たな作戦を夢想しだした。彼女をコンピュータから切り離すため――あらゆるコンピュータのコードを抜き、マロリー自身のコードをも抜くために。

これは正義の戦いだ。

チャールズがそばまで行っても、マロリーは顔を上げなかった。彼はその椅子のかたわらに立ち、モニターを見つめた。彼女の今夜の仕事は、なんの害もない文章の打ちこみだった。さんざ気をもんだあげくがこれか。括弧《かっこ》つきのクエスチョン・マークが輝く画面に点々と散らばっている。作業台の金属の天板には、ぼろぼろの手帳が一冊、載っていた。それは開かれており、ページの上には、薄れかけたコーヒーのしみや、青いインクの文字が見える。旧式の万年筆で書かれたメモ。チャールズはその万年筆の色や形まで知っている。それはルイ・マーコヴィッツが遺言で彼に残した万年筆なのだから。今夜はこれで二度目だが、彼はあの古い友人の筆跡を見ているのだった。マロリーは養父の速記の走り書きを解読しようとしている。はっきり読める二語、〝粘着テープ〟と〝ロープ〟のあいだの言葉を。

マロリーが顔を上げ、ふたりは挨拶の笑みを交わした。彼らのテクノロジー戦争は、ふたりのあいだに悪感情をもたらしてはいない。彼らはいまも、大きな溝をはさんで、ほほえみあい、手を振りあっている。

第三章

ライカーはマロリーの褐色のセダンの助手席から、ゆっくりうしろに流れていく歩道を眺めた。彼の前で風景は変わりつづける。幼いころ見た、葬式の黒をまとうビート族はいつしか消え、カラフルなフラワーチルドレン、ラヴピースで身を飾るヒッピーたちにその座を譲った。ギターを持った若者であれば誰とでも寝た、ダイアフラムのイヤリングをした娘たちに幸いあれ。

ロックンロール。青春時代。

つぎに登場した流行《はやり》ものは、鼻輪だった。薬品が作る蛍光《けいこう》色の虹の色に髪を染めた、恐れ知らずの子供たちが練り歩いた一時代。タトゥーを入れ、残忍そうな金属スパイクが乳首代わりの時代ものの胴着をまとい、彼らはイースト・ヴィレッジの暗黒街へと飛びこんでいった。

今朝、ここにいるのは、店のハンガーの跡がまだ残る白いポロシャツとジーンズを身に着けた若い娘だ。そしてもうひとり、別のヤッピーがこれもそっくりの服装でぶらぶらと歩いていく。いつか、ライカーが背を向けている隙に、若者はみなGAPに買物に行ってきたらしい。

彼はハンドルを握る相棒に目を向けた。「〝のっぽのサリー〟とは、おれが話したほうがいいかもな」もう少しで、用心のために、と付け加えるところだった。彼を不安にさせるのは、あの前科者の体格ではない。サリーとスパローには過去がある。キャシー・マロリーがまだ子供だったころに。「別におまえさんに任せられないってわけじゃないが——」

信号が赤になる前に、車が急停止した。警告もなく！　ひどすぎる！　マロリーはブレーキを強く踏みこみ、ライカーはダッシュボードにたたきつけられた。シートベルトのおかげで歯は折らずにすんだものの、危ないところだった。「つまり、絶対だめってことだな」ライカーは言った。

沈黙のなか信号が青に変わると、車はふたたび進みだした。マロリーが黒いサングラスを下げて言った。「代わりにあのお婆さんのほうをやれって言うの？」

その言葉だけで充分だった。報告書によると、その高齢の目撃者は心身ともにきわめて脆弱《ぜいじやく》なのだ。マロリーは彼女をドライブに連れ出しかねない。

事件現場の前に着くと、ライカーは歩道に降り立ち、走り去る車を見送った。マロリーは一台追い越したが、それ以外走っている車は見当たらない。スパローの家の通りは朝日を浴びて、しんと静まり返っていた。あちこちの窓の桟《さん》にフラワーボックスが載っている。高級化、法と秩序の印だ。もっとも、花は全部、昨夜の野次馬たちに持ち去られており、いま、頭のない茎《くき》は茶色くしなびかけていた。

ローマン警部補から借りた例の刑事は、アパートメントの正面階段のそばにぼんやりと立っていた。ぴかぴかの新しい靴とスーツとで身を固めたその若者は、もしや自分はまずい立場なのではと危ぶんで、一方の足からもう一方へ重心を移した。そして実際、彼はまずい立場なのだった。

ライカーの視線は煤《すす》で汚れた煉瓦《れんが》へと向かい、つづいて、歩道に落ちている立入禁止の黄色いテープへと移った。それは、割れた窓に板を打ちつけているつなぎ服の男のために、どけてあるのだった。地下のスパローの部屋の上では、顔見知りの制服警官が見張り番をしていた。ライカーは笑顔を作った。「やあ、ウォラー。何か食ってこいよ。しばらくはおれがここにいるから」彼は作業の男と若い刑事を顎で示した。「あいつらは何もかっぱらっていったりしないさ」

制服警官が道を渡りきり、充分遠ざかったところで、ライカーはダークスーツを着た不安げな面持ちの若い警官に向き直った。その新人は、制服警官の銀バッジと刑事の金バッジのあいだの、白バッジというあの中途半端な位置にいた。それに、そもそもこの若さでここまで来られたのも、ポリス・プラザ一番地に勤める義父の七光にすぎない。彼の唯一の特徴は、脱色したその髪だ。金髪どころじゃない。それは派手な黄色、アヒルのヒナの色だった。

そしてライカーは、それに即してこの若造にあだ名をつけた。

市警内の政治的事情により、彼はダックボーイの処遇に充分配慮することになっている。そこで彼は、この若い刑事の報告書を持ちあげてくしゃくしゃに丸めてやった。「こりゃあ屑《くず》だよ」ライカーは通常、批判にここまで手間をかけない。紙を丸めてみせれば、もう言葉はいらないはずなのだが、今朝にかぎっては気持ちにゆとりがあったのだ。彼は道を隔てた真向かいのアパートメントに視線を移し、その一階の窓からのぞく、白髪がこんもり盛りあがった女性の頭を目を細くして見つめた。

ああ、世界一の観察者、高齢のご婦人がたほど愛おしいものはない。

彼はさっき丸めた紙、ダックボーイの報告書を広げて、結びの言葉を読みあげた。「〝狂信者。年寄りの長話〟。これだけか？　いったいどういう供述録取書なんだ？　これじゃローマン警部補のとこに帰したとき、おれがおまえをちゃんと教育しなかったと思われちまうよ」

ウォラー巡査が朝食の茶色の袋を手にデリカテッセンからもどってきたので、ライカーはダックボーイを従えて道を渡った。ふたりは建物の狭い正面口へとつづく短い階段をのぼっていった。

「これから授業を行う」ライカーはブザーを押した。「口を閉じて、よく聴いてろ」

ドアを開けたのは、花柄の長いサマードレスを着た眼鏡の老婦人だった。眼鏡のレンズは分厚く、片目は白内障で濁っていたものの、彼女はすぐさまダックボーイに気づいた。どうやら彼との思い出は楽しいものではないようだった。「おや、また来たの」

ライカーは老婦人のかすかな南部訛に気づいた。「エメルダ・ウィンストンさん？　わたしはライカー刑事です。エメルダ嬢とお呼びしてもかまいませんか？」

「あら、もちろんよ」婦人の目が輝いた。赤く塗った足のつま先までもが色めき立ち、サンダルのなかでくねくねと動いている。この婦人はもう彼のもの、北部では絶対誰も使わない、この伝統ある呼びかたにメロメロになっている。

「ふたりともなかにお入り」彼女はうしろにさがって、さらに少しドアを開けた。「うちの居間はいい風が入ってきますからね」

　ふたりの男は巨大な馬毛のソファでしばらく待たされた。やがてエメルダ嬢が、お茶のカートを押して部屋にもどってきた。カートには、白いリネンとグラスとチョコレートチップ・クッキーの皿が載っていた。

「スパローのことでいらしたのよね」婦人はレモネードのピッチャーを取り、グラスに一杯ずつ注いだ。「実はね、火事のことを通報したのはわたくしなんですよ」

「ああ、あなただったんですか」ライカーは若い刑事にちらりと目をやった。「誰もわたしには教えてくれませんでした」彼はクッキーにかぶりついた。それは自家製にちがいなかった。石みたいに硬くなるのを防ぐ保存剤が入っていないから。「それで、エメルダ嬢、スパローのことはどの程度ご存じだったんでしょう?」

「それがあまり知らないのよ。残念ですけどね。ほんとにかわいそうな子。数週間前に越してきたばかりだった」

「では、彼女がどんな仕事をしていたかはご存じないわけですね?」

「いえいえ。あの子は女優さんだったんですよ。でもあれでどうしてやっていけるのかしら。わたくし、きのうリハーサルを見に行ったんです。小学校の地下室でやるお芝居で、チケットはほんの数ドルですって。たぶんもう取りやめになったでしょうけど」

　ライカーはうなずいた。「スパローがなぜあんな格好をしていたのか不思議に思っていたんです。長袖のブラウスに、長いスカート。それにブーツ。あれは芝居の衣装だったんですね?」

「ええ、時代ものをやる予定だったんですよ。確か、チェーホフのお芝居じゃなかったかしら」老婦人はほほえんだ。「スパローはみごとだったわ。胸を打つ名演技でしたよ」

石並みに硬いクッキーをさらにふたつ摂取し、レモネードが残り滓だけになるころには、彼らは——ライカーとエメルダ嬢はすっかり仲よくなっていた。

「奥さん」ダックボーイが禁を犯して、口を開いた。「こちらの刑事にあの天使の話をなさっては？」

「ああ、そうそう。ゆうべのことだけど。一度、人垣が割れてね。いいこと、ほんの一瞬よ。それで、スパローのうちの窓の前に天使が漂っているのが見えたのよ」エメルダ嬢は手を打ち合わせた。「すばらしくきれいだったわ。でも朝刊には天使のことはなんにも載ってないのね」

エメルダ嬢のこの発言にもまったくひるまず、ライカーはほほえみつづけた。「それはどんな天使でしたか？」

「あれはケルビムじゃないかしらねえ」エメルダ嬢はドレスのポケットをさぐって、クリスマス・ツリー用の小さなオーナメントを取り出した。「そちらのお若いかたにもお見せしたんだけど」彼女はダックボーイに視線を投げると、聞こえよがしにライカーにささやいた。「どうも意味がわからないようよ。わたくしの頭がおかしいと思っているの」

ライカーは同情をこめて首を振った。「近ごろの若い者ときたら」彼は、エメルダ嬢の手のなかのオーナメントをじっと見つめた。胴体のない、金色の巻き毛の子供と、二枚の白い翼。ソファのうしろの窓に目をやると、道の向こうにスパローのアパートメントが見えた。なるほど、老婦人の見た天使とは刑事だったのか。昨夜、マロリーの黒いジーンズは闇にのまれていた。エメルダ嬢には、あの金髪と白のブレザー、つまり、翼のあるものが宙を舞っている姿しか見えなかったのだ。

「奇跡だわ」エメルダ嬢は祈りのかたちに両手を組み合わせた。

ライカーはそれで納得した。分厚い眼鏡をかけていようがいまいが、この老婦人にはそれなりの視力がある。彼はレモネードを飲み干して、ゴシップの交換といった風情で身を乗り出した。「ここだけの話ですが、犯人は誰だと思います？　スパローを吊るしたのは？」

「リポーターでしょ。当然よ」

ダックボーイが目玉をぐるりと回し、上司に蹴られて身をすくめた。この制裁は、お茶のカートに掛かったリネンの陰で加えられた。脛骨《けいこつ》へのみごとな一撃。死ぬほど痛けりゃいいんだが。そう思いつつ、大切な目撃者に視線をもどして、ライカーはほほえんだ。「確かにリポーターって人種は信用できませんね」

エメルダ嬢はうなずいた。「いたるところにいますものねえ？　木の上にまで——そうやって四六時中、人を見張ってるんですよ。あのときも、カメラを持ったのがひとり、うろうろしてるのを見かけたわ。それも、煙の匂いがするより前によ。いかにも怪しいじゃありませんか？」

「そうですね」ライカーは言った。「で、そのリポーターですが、どんなやつかよく見えました？」

「いいえ、あいにく、顔は見えなかったの。向こうを向いていたものでね。カメラのことは覚えてるんだけど――そうそう、白いTシャツを着て、青いジーンズをはいていたわ。それに、野球帽をかぶっていたような気がする。そうだわ、まちがいない。いま思い出した」エメルダ嬢は上品に眉を寄せた。「昔は、リポーターもスーツにネクタイだったのにねえ」

ライカーはふたたび窓に目をやり、エメルダ嬢にどこまで見えるのか判断を下そうとした。どんなものであれ、道の向こうにあったなら、彼女にしっかり見えたはずはない。見えていたら、マロリーを天使に仕立てることもなかったろう。「その男までの距離はどれくらいでした?」

「彼は木の上にいたの。さっき言わなかったかしら? そう、この家のすぐ前よ。それからバンが来て、テレビ局の連中がもっと現れたわ。バンのサイドにニュース番組の名前が書いてあったけど、どの番組だったかしらねえ――ごめんなさい、思い出せない。想像がつくでしょう? そりゃあすごい騒ぎだったわよ。それから一、二分すると、消防車が来て。もちろん大した火事じゃなかったけれど――ありがたいことにね」

「まったくです」ライカーは言った。「すると、カメラを持った男は、テレビ局のバンが来る前にもう木の上にいたんですね?」

「ええ、わたくしが煙の匂いに気づく前に」エメルダ嬢はソファのうしろに回って、窓辺に寄ると、歩道に立つ近くのオークの木を指さした。それは大木、コンクリートの上で大きく育ったためずらしいやつだった。「その木ですよ」

「奥さん」ダックボーイが鉛筆と手帳を取り出した。「その容疑者のビデオカムに、局のロゴは入ってましたか？」

困惑したエメルダ嬢は、年長の刑事に顔を向け、この若者は何語をしゃべっているのか、と無言のうちに訊ねた。

「わかりますよ」ライカーは言った。「わたしにはカメラなんかどれも同じに見えます」

「わたくしのをお見せしましょう」老婦人はせかせかと部屋から出ていき、古いインスタント・カメラを持ってきた。「その男のはこれより少し小さかったわ。それに、ブランドもちがったんじゃないかしら。彼のはポラロイドかもしれない。でも写真はわたくしのと同じように、前から出てきたわよ。すぐその場で現像されるの。見せてあげましょう」

まぶしい光がダックボーイの目をくらまし、鉛筆をバキッと折っているその姿がカメラに収められた。

あの窓の修理屋はすでにいなくなっていた。ライカーはエメルダ嬢のアパートメントを出て、ダックボーイとともに道を渡っていった。目撃者からはあのあともうひとつ重要な情報がつかめた。それに——なんたる幸せ——誰よりやっつけてやりたいやつがいま手の届くところにいる。元警官ゲイリー・ザッパータ。彼がスパローの部屋に向かって階段を下りはじめると、ウォラー巡査がその腕をつかんで歩道に引きもどした。

「邪魔するな！　おれはここに用があるんだ！」ウォラーより背の低いザッパータは、ぐっと胸をそらし、Tシャツにプリントされた消防本部のマークを誇示した。これが身分証だと言わんばかりに。

きっとザッパータは、消防士のバッジと身分証の返却を求められたのだろう。まもなく、彼の重大な違反行為を糾弾《きゅうだん》する聴聞会が開かれるはずだ。新しい職からの解雇のプレリュード。

ウォラー巡査は地下の部屋への入口をふさいだ。

「そこをどけ」ザッパータが言った。「何度も言わせるな」

巡査は恐れ入ったふうもなく、返事の代わりにジュースの缶を傾け、なかの炭酸オレンジを飲み干した。公式な男同士の力比べが進行中。そしてウォラーの勝ちはすでに決まっている。生粋《きっすい》のニューヨークっ子である彼は、まもなく元消防士となる元警官には目もくれず、ベーグルにかぶりついて空を見あげた。

ザッパータは、ちょうど道を渡りきったふたりの刑事に顔を向け、年配のほうを指さしてどなった。「おい、あんた!」

ライカーはそういった呼びかけにはまず答えない。それに、その命令口調のほうはもっと気に食わなかった。彼は手を振ってあっさり相手を退けた。「あとにしてくれ」

このイタチ野郎。

ライカーはウォラーのパトカーのドアを開き、こっちへとダックボーイに合図して、前部座席に乗りこんだ。窓を巻き上げると、彼は言った。「すっかりわかったか?」

「何がです?」

「スパローは芝居をやっていた。これで彼女の交友範囲が広がったわけだ。リハーサルに参加した人間全員の名前が知りたい。それに、消防車が来る前から現場にいたっていうリポーターどもの名前もだ。仮にあのご婦人の通報が遅かったとしても、連中が消防車より早く火事場に駆けつけられるわけはない。なんでテレビ局のバンが来てたのか、さぐり出してくれ。そのためなら、誰と寝ようとかまわんぞ。ただしリポーターとやるときはコンドームをつけろよ。あいうやつらはどこで何をしてるかわからんからな」ライカーはダックボーイの体ごしに手を伸ばし、車のドアを開けた。「行け！」

若い刑事は車から転がり出ると、一目散に走り去った。アヒルのヒナが世に送り出されたわけだ。

ライカーはあわてず騒がず歩道に足を踏み出した。いま彼のすぐ前には、あの背の低い消防士がいる。

ゲイリー・ザッパータは筋肉隆々の肩をぐっとそらして、〝お山の大将〟の短期決戦に備えた。

数ある幼稚な遊びのなかで、よりによって〝お山の大将〟とはな。

自分にそんな暇がないことが伝わるよう、ライカーは腕時計に目をやった。それから、初めて相手の存在に気づいたような顔で、消防士を眺めた。「ああ、なんの用だ?」

ザッパータはウォラーのほうに顎をしゃくった。「あいつ、おれを入れようとしないんだ」

「そういう指示なんでね」ウォラー巡査は身をかがめて、規制のテープを門柱に留めた。「入れるのは、重大犯罪課の刑事だけ。役立たずの消防士は立入禁止だ」

ライカーはウォラーに警告のまなざしを投げた。この制服警官はザッパータと一緒に働いたことはない。ザッパータは、かつてソーホー署の暴走車だった。イカレた元警官というやつは、手を組むにしろ、敵に回すにしろ危なすぎる。

「あんたの相棒のあのアマは？」ザッパータが問いただす。

ちょうどいまごろ、ニューヨーク一背の高い売春婦をさがすため、メイシー百貨店に入っていくところだろう。「彼女は忙しいんだ。おれも同じだがね」ライカーは敵を作ることには慣れていた。この男もスパローを吊るした容疑者のリストに加えてやろうか。彼はそんな考えをもてあそんだ。それとも、これは馬鹿げた発想だろうか？　相手がガールスカウトの女の子でも、ザッパータには正々堂々と戦う度胸などないのでは？　しばらく思い迷いながら、ライカーはタバコをくわえ、あちこちのポケットをさぐってマッチをさがした。すでにいらついている相手を、さらにもう少しいらつかせるために。「一分だけ時間をやろう」このせりふは怒りを買っただろうか？　ああ、まちがいない。消防士の顔はぴくぴくひきつっていた。ときどきライカーはこの仕事が大好きになる。

「あんたの相棒のおかげで、おれは停職処分になった」ザッパータが言う。「たぶんきのうの晩、彼女を怒らせちまったんだろうな」

「ああ、おまえ、現場で担当刑事のふりをしたんだってな」

「あのアマ――」

「彼女からそのことを聞いた人間はいないよ。彼女はたれこみなんかしないんだ」

「それじゃどうして――」

「自分で考えるんだな。ところで、あの玄関口の明かりのことを説明してもらえないかね」

「なんだって?」

「ザッパータ、目撃者がいるんだよ。その人は、消防士が到着したときは明かりは消えていたと言っている。さすがの消防隊もスペアの電球までは積んできちゃいない。で、どこかのトンマが電球がゆるんでる可能性を考えたんだろうな。そして、その大馬鹿野郎は電球を回してみた。するとこれが大正解、電球は切れちゃいなかった。ただソケットのなかでゆるんでただけだったんだ」

自分が核心に迫っているのがライカーにはわかった。消防士は白目をむいている。これは恐怖の表れだ。「ところがそのド阿呆の消防士は、そのことを警官に言おうとは思ってもみなかったわけだ。きっとおれたちは気にしないと思ったんだろうよ。犯人はゴミ缶の陰に隠れてた行きずりのやつだったのかもしれない。気の毒なあの女を暗闇で待ち伏せ、不意打ちを食らわせたのかもしれないのにな。だが、おれたちはこう考えるべきなんだろ。スパローは自らドアを開けて、知り合いの誰かを迎え入れた。そうすりゃ何日か空回りして時間を無駄にできるもんなあ」

ライカーはこの世の他の誰よりもザッパータを憎んでいる。もっと早くロープから下ろしていれば、何も映らぬスパローの目が眼窩《がんか》のなかで無為にぐるぐる動くことはなかったろう。彼女は涎《よだれ》など垂らしていなかったろう。

彼は最後の一斉射撃で、敵の息の根を止めた。「たぶんその低能な消防士は電球に触る前に、手袋を脱いだんじゃないかな」ライカーは制服警官に顔を向けた。「ウォラー！　鑑識員をひとりここに呼べ」そう言ってドアの上の明かりを指さす。「そいつにあの電球をはずさせて、指紋を採取させるんだ」

しゅんとしたザッパータに背を向け、ライカーはつぎの行き先、アベニューAに向かって歩きだした。そこで彼はある十歳の女の子をもう一度、死なせるつもりだった。


ドアが開かれ、大殺戮《さつりく》が始まった。未経験の女性ふたりが乱暴に押しのけられ、男がひとりよろめいて片膝をついた。この町でのショッピングは、観光客こと〝足の不自由な人々〟が挑むべき競技ではない。陳列台の向こうでは、男や女がアドレナリンをほとばしらせ、敵の襲来を待ち受けている。お客の大軍が前へ前へと進んでいく。それに、アルマーニのサングラスをかけた背の高いブロンドがひとり。

マロリー刑事が身に着けているものはすべて、この女は収賄警官だと宣伝しているも同然だった。シルク混紡のTシャツは、リッチなスタイルでの皮膚呼吸を許している。黒っぽいリネンのブレザーはオーダーメイドだ。特注のジーンズにも、それ相応の手仕事のきめ細かさが見られる。緑の目をサングラスで覆い隠すと、そこには、かつてこの店を定期的に襲い、あるオカマの娼婦の要望に応じて商品をかっさらっていた、あの飢えた子供の面影はまったくなかった。

〝のっぽのサリー〟は昔からメイシー百貨店の熱狂的ファンで、他のどの店で盗んだものよりこの店の商品をありがたがった。しばらくすると、サリーの弟子の万引き犯、十歳のキャシー・マロリーは、すっかり売り場の連中のおなじみとなった。店員たちはときおり、ニューヨーカーならではの警戒心の鎧《よろい》を脱ぎ捨て、カウンターに身を乗り出して幼い少女に手を振った。このことは小さな泥棒を混乱させた。彼女がメイシーを狙うのは週一回だけだし、盗みの現場を押さえられたことは一度もなかったからだ。

なぜ店員たちにはあたしがわかったんだろう？

小さいころ、彼女には火を見るよりも明らかなその答えが見えなかった。それは、彼女自身の濃い緑の瞳と、胸が痛むほど美しい顔――忘れがたい顔とにあったのだが。そのホームレスの子供は店内の百もの鏡を通り過ぎながら、そこに映る自分の姿に気づかなかった。店員たちに自分が見えるということが、彼女には衝撃だった。

ある日のこと、子供はこの謎を解こうとし、自分が目立つのは汚れ放題の衣類のせいだと結論づけた。彼女は従来より服装に気を配り、盗んだばかりのジーンズを身に着けて、ヘラルド・スクエアへと向かった。清潔ななりの買物客に溶けこめるよう、汚い髪はうしろへなであげて野球帽で隠した。変装の仕上げとして、彼女はさらにもうひと工夫した。恐ろしく値の張る、フレームが本物の金《きん》でできた、デザイナーズ・ブランドのサングラスをかけたのだ。中流階級のお客たちにはとても買えないようなやつを。

それで彼女は、絶対姿が見えないと思っていた。

十五年後のいま、マロリー刑事はサングラスをさらに値の張るものに変えている。店員たちもまた変わった。陳列台のあいだを進みながら、彼女は見慣れぬ顔をひとつひとつ確認し、プラチナブロンドの長い髪を持つ身長七フィートの店員をさがし求めた。老舗デパート、メイシー百貨店は採用の条件を甘くしたのにちがいない。あるいは、〝のっぽのサリー〟がこの店で働くことが生涯の夢だったのだと店側を説き伏せたかだ。なんと言っても、これは本当のことなのだし。めあてのオカマは、化粧品売り場で働いていた。当然だろう。これならサリーは世界中の化粧品を盗むことができる。それも、小さな子供の手を借りずに。声を裏返して、その店員は言った。「何をおさがしでしょう、お客様？」

わたしがわからないの、サリー？

そう、厚化粧を施した灰色の目に、気づいた気色《けしき》はまるでなかった。マロリーは金バッジと身分証を掲げた。「スパローのことで来たの」

「そんなものしまって」〝のっぽのサリー〟の声がぐっと低くなり、もっと男らしい声域に入った。「あんたたち、なんであたしをいじめるのよ？　保護観察官にはちゃんと毎週会ってるわよ」

マロリーはバッジを下ろした。「メイシー百貨店はあんたの前科のことを知ってるの？……えっ、知らない？」なんて意外な。サリーは履歴書に嘘を記載し、重窃盗《せっとう》および未成年者に対する犯罪教唆という前科に関しては口をぬぐっていたわけだ。マロリーはバッジを衆目にさらすべく革のフォルダーを陳列台に載せた。サリーの目は刑事の金バッジに釘付けだった。それは爆弾を見るような目つきだった。「スパローとあんたは以前一緒に仕事をしていた。こう言えば、思い出せる?」

「ここは大きな店なのよ、あなた。その人、何売り場で働いてたの? そんな名前、覚えてないわ」

このわたしのことは、サリー? わたしを置いて逃げたことは覚えてる?

声に出して、マロリーは言った。「スパローとあんたはふたりとも、ある強制捜査の際に売春容疑で調書をとられた。ふたりとも勤め先として、同じ街角を挙げている。ごまかそうなんて思わないことね」

「ああ、あのころは、娼婦の知り合いが大勢いたから。その全員を覚えてろって言われても——」

「メイシーの人事部長はあんたが男だって知ってるの?」

「あたしは本物よ、刑事さん」サリーはみごとな乳房のついた胸を突き出した。「あらゆる部分が本物。この意味、わかるでしょ」

「性転換したわけ?」

〝のっぽのサリー〟はうなずいた。

保護観察官はそのことには触れなかった。それに、この泥棒が男専用の刑務所に入っていたことはわかっている。手術を受けたのは、最近のことにちがいない。「お金のかかる手術よね。

刑務所の洗濯室じゃそこまで稼げないはずよ。いまは自分で盗んでるの？　それとも、相変わらず小さな子供を使ってる？」

「少し貯えがあったのよ」

言い換えれば、大金を盗んでいたということだ。そしてマロリーはそのやりかたを鮮明に覚えている。ピッキングの道具一式を子供の頭上に高く掲げ、脅しをかけるサリー。「もしつかまったら、あたしの名前は忘れるんだよ、チビ。さもないと痛い目に遭うからね」十歳のキャシー・マロリーはサリーの道具をひったくると、配達用トラックに歩み寄り、記録的タイムで後部の扉を開けた。弟子が師匠を超えたのだ。

わたしを置き去りにしたのを覚えてる？

いつものように、このオカマはキャシーがひとりで仕事を終えるまで、充分に距離をとり、安全なところに立っていた。小さな女の子が苦労のすえに、そのか細い腕で山積みのビデオデッキを買物カートに積み終えるまで。警察の車を目にしたとたん、〝のっぽのサリー〟はステーションワゴンに乗りこみ、すべての法と信号を守りつつ、子供を見捨てて走り去った。

車の制服警官二名は、配達用トラックの開いた扉のすぐ内側に立つキャシーの姿に気づいていた。隠れる場所はない。逃げるすべもない。そこで小さな泥棒は荷台の端まで出ていって、色白の細い手を上げ、警官たちに振ってみせた。満面に笑みをたたえて。警官たちも頬をゆるめ、手を振り返した。そして車はゆっくり通り過ぎていった。

何年もの月日を経たいま、すっかり成長し、なおも恨みを忘れていないあの子供に〝のっぽのサリー〟は気づかずにいる。

「それじゃただの偶然なのね」マロリーは言った。「スパローが新しい鼻を手に入れたのと同じころ、あんたがヴァギナを取りつけたのは」

「あのヤク中の娼婦、鼻を治したの？」〝のっぽのサリー〟の声がふたたび高くなり、抑揚豊かなものへと変わった。これは女子同士のおしゃべりだから。「ねえねえ、教えて、どんな感じになった？」

これでふたりの娼婦が最近、会っていないことがわかった。〝のっぽのサリー〟は昔から嘘が下手だった。細部にやたらと色をつけ、虚偽が虚偽であることを暴露していたものだが――今回はちがう。大仰な誓いは一切なし。サリーはスパローの新しい顔を見たことがないのだ。


アベニューAでは、半裸の男たちが空気ハンマーで道路を掘り起こしていた。空気中にはもうもうと粉塵がたちこめ、本屋の前の路面はぶるぶる震動している。ライカーは口のなかに埃の味を感じながら、ショーウィンドウの前に立ち、そこに並ぶくたびれたペーパーバックのタイトルを目で追った。この朝、彼はお客の第一号になるつもりだった。

ジョン・ウォーウィックが向こうから歩いてきた。痩せ衰えた男が、ゆっくりと、老人じみたすり足で。すれちがう通行人たちと目を合わせまいと、その白髪頭は低くかがめられている。そして、彼は店の戸口で足を止めた。

「やあ、ジョン。おれを覚えてるかな？」

書店主はウィンドウに顔を向け、ガラスに映る刑事に答えた。「ライカー。何年ぶりだろう。十四年？　いや、十五年かな？」

「それくらいだろうね。実は、あんたがルイ・マーコヴィッツにたのまれてさがしてた、古いウェスタン小説のことで来たんだよ」

ライカーに殴られるとでも思ったのか、書店主はさっと身を引いた。「あれは売り物じゃない。あんたには渡せないよ。あの女の子のものだからね」

「あの子は死んだんだ」ライカーは嘘をついた。「あんただって知ってるはずだぞ。マーコヴィッツから聞いたろう――」

「いいや」ウォーウィックは首を振った。十五年経っても、彼はまだ、十歳のキャシーはただ行方がわからぬだけだと信じているらしい。その考えのなんと真実に近いことか。そしてウォーウィックは、警察に対する妄想性の不信感のみをたよりに、彼なりの真実にたどり着いたのだ。

「あんたはまだあのウェスタンを持ってるんだね？」ありえない。その本はライカー自身がスパローの家で見つけたのだから。だがどうやらウォーウィックは、自分の店の在庫状況がわからなくなっているらしい。

「もちろん持っているとも。わたしがあの子以外の人間にあれを渡すと思うかね？」

「もう終わったんだよ、ジョン。あの子は帰ってこない」ここで彼はいらだちを装って、疑問を投げかけた。「あの本のことを最後に人に訊かれたのは、いつのことだ？」

「ここ二週間、毎日、訊かれてるさ」ウォーウィックは身をすくめた。「どこかの女――背の高い金髪の悪魔に」

マロリーに似ている――だがライカーには、それが彼女でないのがわかった。

「スパロー」ウォーウィックが言った。「それがその女の名前だ。彼女は紙きれに名前を書いてよこした――自分の電話番号も。もう捨てちまったがね」

「だがその女が来る前は？　何もなし。そうだろ？　十五年、なんの問い合わせもなかった。ということは――」

「あの子は生きてる」ウォーウィックは言った。「あんたにはつかまえられんさ。誰にもできっこない」彼はか細い両腕を殴打を防ぐように持ちあげた。「あの子の本は渡さないよ」

スパローのことをどう訊いたものか、ライカーは思案をめぐらせた。人生最後の日々、彼女がどこで何をしていたか、彼には知る必要がある。だが法の名のもとにこの男を尋問するわけにはいかない。ウォーウィックの精神的な病歴を思えば、それは恐ろしい記憶の扉をノックすることになりかねないのだ。「ジョン。ちょっとすわって、この件について話さないか？　ほんの数分でいいんだ。そうしたら帰るから」

ウォーウィックは灰色のリネンのハンカチを引っ張り出した。彼は眼鏡をはずし、言うべき言葉をさがしながら、わざとらしくレンズを磨くふりをした。「マーコヴィッツにはさんざ苦労をさせられたよ。あの小説をさがせと言うんで――」

「あの子は死んだ。もう本を取りには来られないんだ」

「あんたには渡さんぞ!」そう叫ぶや、ウォーウィックは身をすくめ、いまどなったのは誰なんだと言わんばかりに、左右にこそこそ目を配った。彼はしゃがれたささやき声でつづけた。「あの子がもどってくるかもしれないからね」

ジョン・ウォーウィックは、ルイ・マーコヴィッツの主宰する教団の信者なのだ。彼はいつまでも待ちつづけるだろう。だがそのことは、ほとんどキャシー・マロリーの脅威にはならない。この男に彼女の名を知る機会がなかったことを、ライカーはありがたく思った。ただ最悪の場合、この書店主はいつか街で彼女と出くわし、あの非凡な緑の瞳に気づくかもしれない。それとも彼が待っているのは、いまも十歳の子供なのだろうか?

ライカーは少しうしろにさがり、この華奢《きやしゃ》な小男をあらためて観察した。昔から彼はいつも正気と狂気の境でよろめいていた。権力者という脅威は、ジョン・ウォーウィックを怯えさせる。それでも彼は警察に立ち向かっている。たとえそうしながら、ぶるぶる震えてはいても。これは誰の目から見ても、勇敢な行為だ。

たのむ。おれに強引な手を使わせないでくれ。

ライカーは店先の鉄のベンチに腰を下ろした。彼はもう相手の前にそそり立ってはいない。だから小柄なウォーウィックも緊張を解いた。「あんたを無理やりしゃべらせることはできないが」ライカーは言った。「話をしてくれるまで、おれは帰れないんだ」この通りを他の警官に調べさせ、ウエスタン小説を愛する緑の目の子供とスパローとのつながりに気づかせるわけにはいかない。彼は歩道に視線を落とし、ささやいた。「たのむよ」

ウォーウィックは首を振り振り店の入口の鍵を開け、のろのろなかに入っていった。二分後、取り乱した目をし、いまにも泣きだしそうになりながら、彼はふたたび外に出てきた。「あの女にやられた！　きのうはレジのうしろの棚にあったのに、いま見たらないんだ。よそ見してる隙に、あの女が盗んだんだよ」

いかにも公僕らしく、市民による窃盗の訴えを書き留めるべく、ライカーは手帳を取り出した。「女の名前はスパローだったね？　すると彼女はきのうこの店に来たわけだな」

「二週間、毎日だ。きのうは彼女が最後のお客だった。店を閉めるほんの数分前だったよ。だから盗んだのはあの女に決まっている。そう書いとくれよ」

ライカーは店のウィンドウの営業時間の張り紙に目をやった。哀れなスパロー。そんなにもあの本がほしかったのに、彼女はそれを読む間もなく切りつけられ、吊るされたのだ。

第四章

日当たりのよいそのキッチンには、きらめく銅底の鍋、店以上に豊富な調味料、神と一流コックらの知る、ありとあらゆる調理器具が並んでいた。そしてここでもやはり、アンティークは幅を利かせている。チャールズ・バトラーは、古めかしいパーコレーターの下に火を灯した。彼はきのうと同じシャツとジーンズを身に着けており、その目はマロリーのために夜を徹して働いたせいで赤くなっていた。彼女へのプレゼント――あの濡れそぼったペーパーバックを修理した手柄が彼のものとなることは決してないというのに。ライカーには、マロリーに対するこの男の熱烈な片思いが理解できたためしがなかった。チャールズは、異常心理の分野ではバージンとは言えない。彼女がどういう人間かは、わかっているはずなのだ。

ライカーはキッチンのテーブルに着き、修復された本の、献辞の入ったページを開いた。ルイ・マーコヴィッツの署名が消えていることを別にすれば、損傷の痕跡は一切見られない。本当にこれをマロリーに贈ってやろうか。ライカーはそんな考えをもてあそんだ。「新品同然だね。まるで魔法だ」

「その本の紙はとてももろいやつでね」チャールズはコーヒーカップとフォークをテーブルに並べた。「ぼろぼろにならないように、つや消しのポリマーを使わなきゃなりませんでした。

もちろん希少本だとしたら、そんなことをすれば価値が下がってしまいます。だから事前に少し調べてみましたよ」

どうやらこれはジョークではないらしい。ライカーはキッチンテーブルに積みあげられた本に目をやった。どれも熱心な本の蒐集家の使う参考文献だ。なかの一冊のタイトルは、『アメリカ文学におけるウェスタン小説の役割』となっていた。「こいつはなんの価値もない本なんだろ?」

「ええ、残念ですが」チャールズは、テーブルのペーパーバックの横にウォーウィック古書店の古いレシートを置いた。「ぼくにはさっぱりわかりませんよ。なぜルイはこの本のためにこんな大金を払ったんでしょうね」

「言ったろう。なかなか見つからない本なんだ。この一冊もさがすのにかなり手間取ったんだよ」

「ああ、本さがしのプロを雇ったんですね? ぼくもときどき利用しますよ。なるほど、それでわかりました」チャールズは身をかがめて、レシートの消えかけた日付を指さした。「これはルイがマロリーを引き取った年じゃありませんか?」

不意にめまいと寒気《さむけ》がライカーを襲った。梯子《はしご》の上で足を踏みはずしたような感覚。この本を盗んだことに後悔はない。たとえバッジを失う危険があっても、また同じことをするだろう。そう、彼が大きな過ちを犯したのは、感傷に駆られ、本を処分しないと決めたあの瞬間だ。そして第二の過失は、この本をマロリーを愛する男のところへ持ってきたことだった。「なあ、本当に感謝してるよ。ずいぶん手数をかけ——」

「別に他にやることもありませんでしたから」チャールズはパイの皿をふたつテーブルに置くと、レンジの火を弱めた。「どうも夏休みってやつは性に合わないみたいです。そうそう、もう少しで忘れるところでした。ジェイク・スウェインの作品リストを見つけたんですよ。彼の作品が他に十一作あるのを知っていましたか？」

「ああ、知ってた」ライカーは思った——この厄介な状況を脱するまでに、自分にはいくつ本当のことが言えるのだろう？

チャールズはコーヒーをカップに注ぎ、テーブルの向かい側にすわった。「ルイがそこまでやったというのは、おもしろいですね」その口調は、軽い興味のこもった打ち解けたものにすぎず、疑わしげではなかった。いまのところは。「プロを雇ったとすると、その本がどうしてもほしかったわけでしょう」

もちろん、これは不可解にちがいない。チャールズと故ルイ・マーコヴィッツはともに、もっとまともな作家たちの作品に親しんでいた。おそらく彼は、このひどい小説がマロリーと養父の内輪のジョークのネタであるよう願っているのだろう。

「プロじゃない」ライカーは言った。「その本屋の店主が彼のためにさがしたんだよ」コーヒーをすすると、胆汁が喉にせりあがってきた。

「それで——あなたはどうしてスウェインの他の本のことを知っていたんです？　どれも名もない作品なのに。ルイから聞いたんですか？」

「うん、ルイは全作読んでいたからな」そう言っても信じてもらえないことが、ライカーにはわかっていた。だがこれは本当の話なのだ。

チャールズは疑わしげだった。「なぜ彼はこんな――こんな本を読んだんでしょうね？」彼の膨大《ぼうだい》な語彙《ごい》をもってしても、どうにもならない。結局、〝どんでもない屑《くず》〟をもっとうまく言い換える婉曲表現は出てこなかった。

ライカーはフォークでパイを突き刺した。「大傑作だからじゃないか？」

「いや、そこまでとは思えません。ちょっといいですか？」チャールズは本に手を伸ばし、最後のほうのページを開いた。「最終章に、かなり奇妙な撃ち合いのシーンがあるんですよ」

チャールズが記憶を呼び覚ますのに、本を見る必要はない。彼は一般人がページを繰るのと同じ速さで読めるうえ、内容をすべて直観記憶として蓄えることができるのだ。それでも彼は伝統を守って、ごくふつうの方法をとる。常に、実際より凡庸《ぼんよう》なふり、化け物でないふりをするのだ。これは自分にも責任があるのではないか、とライカーは思う。たぶん、《バトラー＆カンパニー》の輝かしい依頼人たちを火星人呼ばわりするのは、もうやめるべきなのだろう。チャールズも連中と同じ遠い星から来ていることを、彼はときどき忘れてしまうのだ。

「ほら、ここです」チャールズが本から顔を上げた。「まず、拳銃の一挺がブローランプのように赤い炎を噴出する。つぎに野次馬どもが歓声をあげる。そう、そしてここで、市長がふたことみこと何か言う。それから、決闘の相手方の体に弾丸がめりこみ、その音を耳にした年増のダンスホール・ガールがメインストリートの向こう端で気を失うんです」チャールズは目を上げて、ライカーを見た。「発砲から標的が倒れるまでの、これらすべての動きと会話を計算に入れると、この弾丸は通りを飛んでいくのに約六分かかったことになるんですよ」彼は本を閉じ、宣言した。「無茶苦茶ですね」

　ライカーはにやりと笑った。「きみがそう言うのは、射撃練習場のルイを見たことがないからだよ。やつの撃った弾が的に当たるまでには、丸一日かかってもおかしかなかった」彼はまことしやかな嘘をつくため、コーヒーをすすって時間を稼いだ。「どの巻にもたいてい二度、撃ち合いのシーンがあるんだ」ここで彼は、ガンマンの名前を思い出した。「この巻は読んでないが、最後の撃ち合いはピーティ保安官とウィチタ・キッドの対決なんじゃないか？」彼は悲しみを装い、ゆっくり首を振ってみせた。「なるほど、そういう結末なのか」

「あなたもこの作家の作品を読んでいたんですか？」

「ああ、半分くらいはな」それも強要されて読んだのだ。ルイ・マーコヴィッツはセカンド・オピニオンを求めていた。というのも、十歳の女の子がなぜそのくだらないウェスタンにそこまで執着するのか、まるで理解できなかったからだ。

　チャールズはまだ疑わしげだった。これは、スーツやネクタイはともかく、読み物に関するライカーの趣味はもっとよいはずだと信じているためだ。友人を嘘つき呼ばわりすることなど思いもよらないとはいえ、彼がもっと証拠をほしがっているのは明らかだった。

「第一巻では」ライカーは言った。「ピーティ保安官は、カンザス州のフランクタウンというのどかな村で、幼い少年の成長を見守っている。少年とその母親は、ある日、ウィチタから駅馬車でやって来たんだ」ストーリーが徐々によみがえってきた。いつしか彼の食欲ももどっていた。「少年は小さな影みたいに保安官にくっついて歩いた。実は、その子をウィチタ・キッドと呼びだしたのは、ピーティ保安官なんだ。それはまるでガンマンの呼び名みたいに聞こえた。ただのジョークさ。わかるだろ？　だが少年はその名前が大好きでね。そう呼ばれて、鼻高々だったんだ」

ウィチタ・キッドが最初の六連発銃、〝一ドルで買った錆びた古い拳銃〟を手に入れるころには、ライカーはパイを食べ終えていた。「さて、キッドの誕生日のことだ。彼は十五になったんだよ。その朝、保安官は銃声で目を覚ました。それで通りに駆けつけたんだ」ライカーはそこに亡骸《なきがら》があるかのように、床に視線を落とした。フランクタウンでは見かけないそのカウボーイは丸腰で、血と埃のなかにあおむけに倒れていた。

「〝瞬《まばた》きしないその目は、太陽をじっと見あげていた〟」ライカーは、この陳腐なくだりを一言一句たがわず引用できた自分自身に驚いた。「〝そして、その遺体の前に立っていたのは、誰だろう？〟」ライカーの手が架空の銃を形作る。彼は指先から出る煙をふうっと吹いた。「〝ウィチタ・キッドにとっては、きわめて不利な状況だった〟」

少年が馬を盗んで町から逃げ出したため、事態はさらに悪化した。つぎの章では、保安官は黒馬にまたがっている。「彼はキッドのあとを追っているんだ」ライカーはコーヒーを飲み終えた。「ピーティ保安官にはほとんど前が見えなかった。その目は涙で曇っていた。彼はあの少年を愛している。しかしウィチタは人を殺した。だから吊るされなくてはならない……。物語の最後に、保安官はキッドを峡谷の断崖から追い落とす。その谷は深く、底までは何百フィートもあるんだよ。ところがつぎの巻でも、ピーティはまだ少年を追っているんだ」

「じゃあこの物語はエピソード集なのか。同じ登場人物が出てくる連続ものというわけですね」

「ああ。そのうえ、どの巻もそういう終わりかたなんだ。それでみんな、はまっちまうんだろうな」

チャールズはうなずいて、テーブルのこちらへとペーパーバックをすべらせた。この件は終わったのだ。

ライカーは本をつかみあげ、まるでエロ本を隠すようにすばやくポケットにしまいこんだ。それは、猥褻《わいせつ》というよりむしろ危険な本なのだが。


氷の女王、来《きた》る。

白バッジのロナルド・デルースは、刑事部屋を歩いてくるあの美女を見つめた。公僕には絶対手が届かないブランドもののランニングシューズで、金《かね》がドアから入ってくれば、彼にはそれがわかる。マロリーが仕立て屋やヘアサロンにどれだけ金をかけているかは、人に教わるまでもなかった。あの人は賄賂《わいろ》をとっているのだろうか、と彼は思った。

なんていう緑の目だろう。なんていう冷たさだろう。

彼女はデルースにまるで気づかず、彼を素通りしてその向こうを見ていたが、それでも彼は他の連中に感じるほどの恨めしさは感じなかった。自宅で染めた真っ黄色の髪を持つ凡庸《ぼんよう》な男、デルースは、自分が彼女の注目にも軽蔑にも値しないことを心得ていた。これは彼の階級とはなんの関係もないことなのだ。

彼は仕事にもどり、なぜ昨夜の現場に消防車より先にテレビ局のバンが来ていたのか、その詳細な説明をせっせとタイプしていった。今度はライカー刑事も文句のつけようがないはずだった。

マロリーが足を止め、彼のコンピュータ・モニターにテープで留めてある張り紙を眺めた。もともとそれは、彼の背中に留めてあったものだ。上着を脱いで、その背に張られた紙に気づくまで、デルースはこのジョークを見過ごしていた。彼の新しい肩書―― 〝死んだ娼婦の蘇生《そせい》係〟。彼は戯れに、人目につくところにそれを張り出し、通りかかった刑事の何人かをにやりとさせた。

マロリーはおもしろがらなかった。

彼女はモニターから紙をはがして、ぎゅうぎゅうに丸め、デルースのキーボードの上にぽとりと落とした。彼はその押し固められた小さな丸い玉を見つめた。彼女の紙の丸めかたは、ライカーより本格的だった。去っていく彼女を見あげ、デルースはその背中に呼びかけた。「すみません」

いまのは要求がましく聞こえたろうか？

マロリーは彼を黙殺した。だが他の刑事たちもみなそうなのだ。デルースは報告書を捨て置いて、彼女のあとを追った。廊下の先には、気を散らす窓などひとつもない広い部屋があった。

その壁は一面コルク板に覆われ、捜査中の事件の血なまぐさい写真や書類にぎっしり埋め尽くされている。その日、刑事のひとりが彼を案内し、重大犯罪課の付属施設、すなわち、男子トイレとランチルームをひとまわりしたが、ここは対象外だった。当然だ。その必要がどこにある？　捜査会議に備え、折りたたみ式の椅子が客席風に並べられてはいるものの、彼がそうした会議に招ばれることは金輪際ないだろう。

　部屋に入ってすぐのところには、大型テレビの載ったテーブルがあった。マロリーはその脇に立ち、年かさの男、ジェイノスと話していた。

　本物の刑事と。

デルースには邪魔をしないだけの分別があった。だが、おしっこに行く許可を待つ小学生よろしくそこに突っ立っているのもいかがなものか。そこで彼は、鋲《びょう》で留められた写真や書類を眺めながら、コルクの壁の前をぶらつきだした。そこには、あの吊るされた娼婦に関するものはひとつもなかった。どうやらあれは重要な事件ではないらしい。報告書の作成は、市警副長官の義理の息子に与えられた無意味な仕事のひとつ、彼を排除しておくためのちょっとした手にすぎないのだ。

　マロリーがビデオデッキにテープを入れた。デルースは画面とそこに映る映像に吸い寄せられた。昨夜の吊るし首のときの消防車と野次馬たち。テレビ局のディレクターにビデオテープと録音テープのコピーをことわられたわけがこれでわかった。テープはすでにマロリーが回収していたのだ。

ジェイノス刑事がリモコンのボタンを押すと、画像が停止した。「あいつかい？」彼は、群衆のずっとうしろのほうに立つ人物、Tシャツにジーンズの男を指さした。

「そう。彼が、例のお婆さんの言う木の上の男かもしれない」

デルースはびくっと身をすくめた。エメルダ嬢のこと、最初の聴取で自分がつかみ損ねた諸《もろ》諸《もろ》の情報のことが思い出された。だが彼はライカー巡査部長から多くを学んだ。なんであれ、彼にものを教えようとする刑事は、あの巡査部長だけだ。骨折り損だったテレビ局への旅も、おそらくはトレーニングの一環であり、まったくの時間の無駄ではなかったのだろう。デルースはマロリーに話しかける準備として、まず咳払いをした。彼女に声がかすれるのを聞かれるくらいなら、死んだほうがましだった。「テレビ局の連中から話を聞くのは、わたしの仕事だったはずですが。ライカー巡査部長がわたしに――」

「こっちが先に着いたの」淡々とした口調だったが、それでも彼にはわかった。どうやら自分は何かヘマをしたらしい。

マロリーはまちがいなく、彼の知っている以上のことを知っている。自分のメモと彼女のメモを比べるようなまねをすれば、また恥をかくだけだ。「報告書がもう少しでできあがるんですが」彼の無意味な報告書が。「つぎは何をしましょうか？」

「ひとつあなたにできることがあるけど」マロリーはほほえんだ。

ひっかけようってのか？　まちがいない。デルースは身構えた。彼女は失せろと言うのだろうか？　それとも、もっとひどい話だろうか？

マロリーは手帳を取り出した。「何日かかってもかまわない。とにかく粘ってさがしつづけて」彼女はある倉庫の住所と自分のほしい品目を書きつけると、そのページを破り取って彼に渡した。それから、いま思いついたことのように付け加えた。「その殺人事件は、十五年か二十年前のものかもしれない」

するると、この漠たる時間枠をたよりに、名前も事件番号もわからない殺人事件の段ボール箱をさがし出せというわけか。これでは、絞首索の入った箱など一切見つけられないまま、何年も捜索をつづけるはめにもなりかねない。要するに、これは失せろということなのだ。そしてマロリーはいま、彼をじっと見据えている。たぶん、どうしてこいつは消えないのかと不審がっているのだろう。

デルースは廊下を引き返し、刑事部屋を通り抜けた。四方の壁に無言で別れを告げながら、彼はふたたびここに来ることはあるのだろうかと考えていた。数分後、若者は自分の車に乗りこみ、ガス欠に気づいた。

この馬鹿め。

目下、彼はバイクや車に乗り降りする警官たちに取り巻かれている。どの男も燃料一パイントくらい貸すことはできるし、それだけあれば充分、ガソリンスタンドまでたどり着ける。しかし、またヘマをしたと認める気にはなれず、デルースは車を捨てて、徒歩で駅へと向かった。地下鉄が倉庫の近くを通っていることを祈りつつ。そして、彼はこの臨時の任務が終わるまで、その倉庫で無数の長い通路をさまよい、埃っぽい棚に積まれた古い段ボール箱を見て歩くことになるのだろう。

期待してろよ、この馬鹿。

ホームに着いてみると、いま出ていった電車の最後尾の車両がトンネルの奥へと消えるところだった。彼は、電車を逃したトンマな警官用に置かれた木のベンチに腰を下ろした。すると、耳に痛いキーキーという雑音とともに、拡声器のスイッチが入った。非人間的な声がロナルド・デルースに、どこに行くつもりにせよ、おまえはそこにはたどり着けない、この駅からは無理だ、きょうにかぎっては、と告げた。線路で火災があり、もう電車はここには来ないと。

ニューヨークは、二度目のチャンスをくれない町なのだ。


その店の汚れたウィンドウの向こうには、説教壇ほどの高さのデスクがあり、そこに老人がひとり背を丸めてすわっていた。これは、古本の列のあいだに潜む万引き犯をつかまえるためだろうが、この午後、店内にお客はひとりもいない。デスクの端のプレートにはこう記されていた。〝店主、ジョン・ウォーウィック〟。

チャールズ・バトラーが店に入ると、ブザーの音が彼の入店を知らせた。入口近くにはテーブルと二脚の椅子が置かれ、そこに扇風機がむらなく涼やかに風を送っていた。このことは、ミスター・ウォーウィックが単なる商人ではないことを告げている。自分の商売を愛する者でなければ、店内の貴重なスペースを犠牲にし、疲れた読者のためのこうしたエリアを設けたりはしないだろう。

書店主は仕事から顔を上げ、薄い灰色の目を拡大する分厚いレンズごしにじっとこちらを見つめた。ここで初めてチャールズは、この男が年寄りではなく、四十歳の自分と同年配であることを知った。彼はウォーウィックの若白髪と瘤《こぶ》のように丸まった背中に惑わされていたのだ。古めかしい眼鏡もまた、超高齢という錯覚を招く一因となっている。そのうえ、店内の暖かさにもかかわらず、ウォーウィックのすり切れた白いシャツの袖は長く、袖口のボタンもきちんとかけられていた。

「ミスター・ウォーウィック?」

丁重に言ったのだが、書店主は混乱したようだった。それから彼は、チャールズの呼びかけを持ち場から下りてこいという命令と受け止めた。椅子から立ちあがるとき、その動作はすばやかったが、短い階段を下りてくるときは緩慢だった。骨のもろい人間特有の慎重な動きで、彼はのろのろやって来て、チャールズの前に立った。そして顔を伏せ、じっと足もとを見つめた。

命令を待っているのか?

「えーと、ちょっとすわりませんか?」チャールズはお客用のテーブルを手振りで示した。

ウォーウィックは従順に腰を下ろした。その椅子が木の葉ほどの自分の重みに耐えられないとでも思っているのか、ゆっくりゆっくりと。そしていまはまた、つぎの指示を待っている。

彼は相手の支配を受け入れ、あきらめきってうなだれていた。

チャールズは気づいた。これは、入院患者や囚人など長期間施設にいた人間に特有の動作だ。

しかし刑務所はただちに除外した。ウォーウィックの異常なまでの老けかたを考えると、もっとも可能性が高いのは、病院での長期にわたる収容だ。この男の場合、施設収容に起因する症状は顕著であり、長期監禁の悪影響が出はじめたのは、ごく若いとき、おそらくは子供時代と思われる。シャツのカフスは、華奢《きやしや》な手首を横切る剃刀《かみそり》の傷跡を隠すためなのだろうか？　こういう繊細な人を相手に、話を進める方法は？　そう、もちろん優しく、共通の知り合いの名を出しながら、がよい。「実はある友人からあなたのお名前をうかがいまして。たぶんあなたも彼をご存じじゃないかな。ライカー巡査部長ですが？」

　ウォーウィックは一瞬、視線を上げたが、またすぐに顔を伏せ、じっとテーブルを見つめることで目を護った。チャールズは名刺を取り出して、テーブルの向こうへとすべらせた。書店主は近眼の目に深い疑いの色をたたえ、名刺を手に取った。「職業が書いてないね」

　もっともな指摘だ。チャールズ・バトラーという名前のうしろには、いくつか博士号が並び、そのあとにまたずらずらと学位が連なっているものの、その名刺に彼の職業は記されていない。これはマロリーのアイデアだ。こうしておけば、説明の過程で彼は口頭で会社の宣伝ができる。

「わたしは人材派遣の仕事をしているんです。特殊な才能を持つ人たちを評価し、そのうえで、政府や民間の研究機関に彼らを――」

「あんたは精神科医だろう」ウォーウィックは、この言葉をまずいもののように吐き出した。

「いいえ、ちがいます」チャールズは名刺を見おろした。「確かに学位のいくつかは心理学関係ですが、わたしには臨床の経験は――」

「おつぎは、ライカーの話は嘘じゃないと言うつもりだな。ちがうかね、ドクター?」ウォーウィックはテーブルを見つめたまま、さらにこうささやいた。「あの男を信じないわたしは狂ってるってわけだ。そうだろう?」

「わたしの知るかぎり、ライカーが嘘をついたことはありません」チャールズは声を和らげた。この男に脅されているなどと思ってほしくはなかった。「あなたにも嘘をついたりは――」

「またペテンかね」ウォーウィックは身に染みついた服従の姿勢を克服し、まっすぐに背筋を伸ばした。その視線が書棚から書棚へと飛び、最後に尋問者の目に注がれた。深く息を吸いこむとき、彼はエネルギーを吸いこんでいるようだった。その声が前より力強くなった。「帰ってライカーに伝えてくれ――」震える指が拳《こぶし》からぬっと現れ、銃のように突き出された。「彼に言え――あの子は生きている!」

「それは誰のこと――」

「言っておくが、わたしは老いぼれてはいない。最初はマーコヴィッツ、おつぎは――」

「ルイ・マーコヴィッツですか?」

「わたしがあの名前を忘れるとでも思ってるのかね? わたしの記憶にはなんの問題もない。ライカーにそう言ってくれ」

「わたしはあなたを鑑定しに来たわけじゃありませんよ」チャールズは笑みを浮かべた。本人も知ってのとおり、そんなふうにほほえむと、彼は看守の目を盗んで逃げてきた薄ら馬鹿に見える。それほど間の抜けた顔なのだ。どんなに重篤な妄想症患者でも、彼を脅威と見ることはありえない。

ウォーウィックも徐々に緊張を解いていった。「ずいぶん昔のことだが、何もかも覚えているよ。ああいう子はめったにいなかった。家出する子の大半はティーンエイジャーなんだ。あの子みたいな小さい連中は、たいていひどい目に遭う場所に送られる。養護施設や、里親のところへな。あの子がどうして追っ手から逃れられたかわかるかね？　あの子はやつらより利口だったんだ。実に利口だったよ」

「やつらと言うと？　警察ですか？」

「マーコヴィッツとライカーだよ。あのふたりはこの店で張り込みをした。あの馬鹿どもめが」ウォーウィックは鼻梁の上のほうに分厚い眼鏡を押しあげた。「あの子があいつらにつかまるわけがないのにな」

「誰のことです？　あの子というのは――」

「ウェスタンが大好きだったあの小さな女の子さ」とぼけるなと言わんばかりに、ウォーウィックは言い放った。

チャールズは、直観記憶の保管庫から古い写真を呼び出した。ルイ・マーコヴィッツがいつも財布に入れて持ち歩いていた写真だ。完璧な記憶は、財布のビニールポケットの破れ目まで再現していた。「その子供の髪ですが――長くてウェーブがかかっていました？　金髪でしたか？」

「それに、くしゃくしゃで汚れていたよ」ウォーウィックはうなずいた。「顔も汚れていたし」

その目が中空のどこかに注がれた。彼もまた記憶の結ぶ像を見つめているのだった。「ジーンズはいつもまくりあげてて、裾が分厚くなっていた。服は体に合ってたためしがなかったよ。ランニングシューズは別だがね。靴はいつだって真っ白だった。きっと毎週、新しいのを盗んでいたんだろうね。マーコヴィッツは、あの子がニューヨーク・シティから盗みまくってると言っていた。だが、わたしからは何ひとつ盗まなかったよ。いつも棚から本を一冊取って、前に借りていったやつをもどしていたんだ」ウォーウィックはいまほほえんでいる。だが、楽しげにではなく、挑むようにだ。「わかったろう？　わたしは何事も忘れないのさ」

「その張り込みはどれくらいつづいたんですか？」

「中断も含めてかね？　二カ月だな――それでもあの子はつかまらなかった」

　チャールズは別のストーリーを思い起こした。妻の誕生日に、ルイが帰宅途中、たまたま車上荒らしをしている見知らぬ子供に出くわしたという昔語り。書類の記入に夜を費やす気になれず、彼はそのまま祝いの席にキャシーを連れていった。すると、妻はその小さな犯罪者を自分へのプレゼントだと思いこんだ。なんて美しい物語だろう。この話は何度となく語られてきた。こちらのバージョンではライカーは名前すら出てこない。それに、何カ月にもわたって女の子を追跡した、追い回したなどという説明もなかった。

「それで、あなたはどうかかわっていたんです？　その子に本を貸していただけなんでしょうか？」

「そうじゃない」ウォーウィックはむっとした。おそらくいまも、これを精神鑑定の面接、ひつかけ問題のテストだと思っているのだろう。「あの子はただ本を持っていったんだ。まるでそうする権利があるみたいにな。一冊ずつ持っていっては、返しに来る。それでマーコヴィッツには、あの子が小さな町から来たのがわかったんだ」

「なんですって?」

「マーコヴィッツは言っていた。あの子のいた土地では、図書館がこの小さな店くらいの大きさなんだろうとね。彼はこう言った――『あのチビが本を返しに来るのは、母親がきちんとしつけをしたからだよ』その後、あの男はあの子のウェスタン小説を押収した。最後の一巻だけ残してな」

「彼のためにあなたがさがした本ですね?」

ウォーウィックはうなずいた。「他の巻はある家財整理のセールで入手したものだった。わたしはそのセールに来ていた買い手をひとり残らずさがし出し、やっと最後の巻を見つけたんだ。マーコヴィッツはわたしに金を払い、その本を棚に挿した。あの子が必ず気づくようにな。だがそうはならなかった。わたしはその後、あの子の姿を見ていない。最後に店に来たとき、マーコヴィッツは、あの女の子は死んだとわたしに言った。そして、例の本に短い文章を書きこんで、それを置いていったんだ」

「では、彼が何を書いたか、あなたは知っている――」

「あれは死んだ子供に宛てたラブレターだ。あんた宛じゃない」ウォーウィックはため息をついて、自分の手を見おろした。「マーコヴィッツはわたしに、あの子は死んだと思わせようとした。だがあれはただのペテンさ。あの日、彼は泣いていた。だからこっちも——危うく信じるところだったよ」

「おもしろいパターンだな」チャールズは言った。「その小さな女の子とお気に入りの本。あなたが警察に届け出るまでに、彼女は何度も店に来ていたんでしょうね」

「わたしは何も届け出ていない。あの子を裏切ったことは一度もないよ」そう言ったとき、書店主は非常に誇らしげだった。またひとつ、ひっかけ問題を見破ったぞ、と言わんばかりに。

いや、そうじゃない。

この男が誇りに思っているのは、ひとりの子供との暗黙の約束を守り抜いたことなのだろう。チャールズは、書店主と幼いキャシー・マロリーのあいだに会話はなかったものと確信していた。「あなたはその女の子から三フィート以内には、近づけなかったんじゃないですか」我が子として育てた野生児をルイ・マーコヴィッツがなんと評していたか、チャールズは思い出そうとした。「彼女は猫みたいに鋭敏だった。そうでしょう?」

すべてのピースが正しい場所に収まり、チャールズは気の重い結論にたどり着いた。ウォーウィックは、その女の子がつかまって、どこかの施設に収容されるのを恐れたのだ。彼もそういった施設に閉じこめられ、おそらくは、職員の手間を省くため日々薬漬けにされていたから。ウォーウィックは、キャシー・マロリーの将来に、養子になるとか里親のもとで暮らすといった幸せなど予見していなかった。そう、かつて精神を患《わずら》ったこの男は、幼い子供のなかに自分とよく似た疾患《しっかん》、異常で不可解な何かを見出したのだ。病《やま》う心の主が別の病う心の主に手を差し伸べ——

チャールズは首を振って、この考えをなんとか払いのけようとした。自分が信じられるような、もっとましな理由を聞こうと、彼は書店主のほうに身を乗り出した。「その子の服装や髪——それを見れば、彼女に家がないことはわかったはずです。なのにあなたは警察に届けなかった。どうしてですか?」

ウォーウィックの目はこう訊ねていた。あんたは嘘を受け入れるかい? そしてチャールズは、ああ、もちろん! と叫びたいのをこらえるのがやっとだった。

ジョン・ウォーウィックは、まるでチャールズが実際に叫んだかのような反応を見せた。架空の殴打《おうだ》のもと、彼は首をすくめた。骨ばった肩がせりあがり、顎はシャツの襟のなかに埋もれた。その姿は、甲羅に逃げこむ怯えたカメだった。

声に深い謝罪をこめ、もっと気楽な質問でふたたび彼を誘い出すべく、チャールズは身を乗り出した。「その子はどんな本が好きだったんでしょう?」

書店主の首が徐々に細長く伸びてきた。目はまだ用心深く、どこかに潜む敵をさがして店内を見回している。「ウェスタン専門だったね」ウォーウィックの顔がほころびかけた。「しかも同じ作家のばかりだ」動揺は収まり、椅子の背にもたれたとき、その姿からうかがえるのは疲れだけだった。「ジェイク・スウェインの全作品。大昔に絶版になったやつだ——それも当然だよ。とんでもない駄作だったからね。だがあの子はそのウェスタンを何度も何度も読んでいた。同じ十一作を繰り返し」

「どうしてだと思います？」

「さあねえ」書店主は首を振った。「あの子はとにかく小さくて痩せていた。身を護るすべもなく――ひとりぼっちだった。たぶんあのシリーズはなぐさめになったんじゃないかね。本のなかで何が起こるか、あの子にはいつもわかっていたから」ウォーウィックは通りに面した窓に顔を向けた。「外じゃ何が起こるか、わからなかったからな」

第五章

ライカー巡査部長は重大犯罪課の刑事部屋を奥に向かって歩いていった。室内には、デリカテッセンの袋やピザの箱や銃を持つ男たちで雑然としたデスクが十五台、無計画に置かれている。部屋の突き当たりには、大きなガラスの仕切りがあり、その向こうにはコフィー警部補のオフィスが見える。室内ではマロリーが、非行を悔いる女子学生よろしく目を伏せて、デスクの前に立っていた。

なんかおかしくないか？

彼はふらりとなかに入って、いつもの定位置についた。つまり、口の端からタバコをぶら下げたまま、いちばん手近な椅子にでれっとすわったのだ。胃にもたれる昼食のあとなので、わざわざ言葉を発する気にもなれず、彼はただ心もち目を大きくしてみせた――オーケー、来たよ。なんの用かな？

「きみはあの坊主を――」コフィー警部補は言葉を切って、部下のタバコをにらみつけた。この方法が功を奏したことはいまだかつてないのだが。「ローマンのところから来たあの男――名前はなんといったかな？」

「ダックボーイ」

「きみは彼を八百万箱分の古い証拠を調べさせるために倉庫へやったそうだな。たぶん、そこで行方不明になるのを期待してのことだろうが」

ライカーは肩をすくめた。意図はだいたいそのとおり、だが彼の意図ではない。しかしマロリーは、進み出て己の手柄を主張しようとはしなかった。目下、彼女は警部補の書類すべてを逆さから読むのに忙しいのだ。

「ところが、あの坊主はツキに恵まれていた」ジャック・コフィーは証拠品の段ボール箱を床から持ちあげ、デスクの端に置いた。「問題の絞首索はたった五分で見つかったんだ」

マロリーは関心がなさそうだった。段ボール箱の陰で、彼女は警部補のデスクの雑多な書類の山からこっそり赤いフォルダーを抜き出して開いた。ライカーはそこに現れたフルカラーの解剖写真をちらりと見ると、ダックボーイの冒険に興味を引かれたふりをして、上司の顔に視線をもどした。「あいつ、どんな手を使ったんだ?」

「先月、倉庫の屋根の雨漏りで、箱のいくつかがやられてね」コフィーは箱の蓋を開けて、茶色い包装の大きな物体を取り出した。「職員のひとりがこの証拠を梱包《こんぽう》し直したのを覚えていたんだよ。書類はめちゃめちゃだったが、数箇所で事件番号が読みとれた。というわけで、ダックボーイは——彼には別の名前をつけてやろう、いいな? あの坊主はその番号をたよりに、検視局の文書保管室からファイルを一冊、引っ張り出したんだ」

警部補はロープの包みを開くと、段ボール箱をデスクから払い落とし、マロリーの手から赤いフォルダーをつかみとった。「そして、この検視報告書は二十年も前のものだ。スパローとの関連はこれによってすっかり消える。したがってわれわれはあの娼婦をイーストサイド署に蹴りもどす。今後、彼女はローマンの厄介になるわけだ」警部補はロープとフォルダーをデスクの上に落とした。「これにて一件落着だな」

〝まあ、そうあわてないで〟と言わんばかりに、マロリーはデスクからライカーの膝へと証拠のロープを払い落とし、検視報告書のフォルダーを開いた。その中身をデスクの上に広げると、彼女は中央に置いた一枚の写真を軽くたたいた。「これを見て」

ライカーとコフィーはかがみこんで目を近づけ、増殖する蛆虫《うじむし》とガスとで膨張《ぼうちょう》した遺体を見つめた。

「この遺体も髪を刈られている」長く赤い爪で、マロリーは女の頭皮に貼りついたくしゃくしゃの金髪を指し示した。「剃刀《かみそり》で切り落とされたのよ」

警部補のほほえみは、〝努力は認める、だが無駄だね〟と言っていた。「これはショートヘアの女性だろう。それに口のなかに毛髪は入っていないようだが」

「この人も金髪だね」ライカーは言った。「スパローと同じだ」

「それだけじゃあな」コフィーは、関係書類をかきまわすと、ホチキスで留められた数枚をライカーに渡した。「ほら、この報告書を見てくれ。発見時その女性は吊るされていたが、死因はそれじゃなかったんだ。当時は、ドクター・ノリスが検視局長だった。彼によると、被害者はまず首を絞められたんだよ」

「そのヘボ医者が判断を誤るのは、それが最初じゃなかったでしょうね」マロリーは他の写真をチェックした。「彼はたいてい酔っ払ってるってマーコヴィッツが言っていたもの」

「いいや」ライカーはぴしゃりとデスクをたたいた。「あの老いぼれのことなら、おれも覚えてる。やつはのべつ酔っ払ってたよ」

コフィーは頭のうしろで両手を組んで、椅子の背にもたれた。「するときみたちは、酔っていようがいまいが、病理学者が被害者の口に詰めこまれた毛髪を見落とすことがありうると思っているのか」

「昨夜、スパローは死んだと言ったのも、病理学者だった」マロリーは言った。

警部補の笑みが広がった。「説得力に欠けるね」

ボスがあまりにもご機嫌なので、ライカーは不安を覚えた。予知能力なんてものは信じていない。それでも彼には、ジャック・コフィーがマロリーを落とす深い穴を掘り、小枝や大枝でその穴を隠しているさまがはっきりと見えた。

なのに彼女に警告するすべはない。

マロリーは古い検視報告書を手に取ると、デスクに身を乗り出し、警部補の鼻先にそれをぶら下げた。「ちゃんとこれを読んだ?」その口ぶりははっきりと、責任がコフィーに転嫁されたことを告げていた。「この検視には手伝った人間がいない。でもそんなのおかしいわ。この飲んだくれのミスをカバーするには、助手がふたりは必要だって、マーコヴィッツが言っていたもの。ノリスは絶対ひとりでは仕事をしなかったのよ」

ジャック・コフィーは別に感心もしなかった。「何が言いたい?」

「証拠を隠蔽《いんぺい》する気だったなら、ノリスも人を立ち会わせたくなかったろうってこと。つまり彼はいくつかの事実を伏せ――」

「いや、それはないだろう」コフィーはマロリーの手から報告書をひったくった。

お楽しみは終わりだ。

警部補はもう笑ってはいなかった。「オーケー、マロリー。もうひとつのおとぎ話について話し合おう。例の未解決事件課の古いファイルってやつだがね。あの課に、きみから捜索を要請された覚えのある者はひとりもいないんだ。わたしはファイルを申請するよう命じたはずだがな。きみがなぜその手間を惜しんだか、わかる気がするよ」コフィーは報告書を見おろして、被害者の名を確認した。「ナタリー・ホーマーか。未解決事件課は彼女の殺人事件を扱ってはいないそうだ」

「連中は嘘をついてるのよ」マロリーは言った。「きっとファイルをなくしたのね」

さすがのコフィーも、この面の皮の厚さには感嘆せずにいられなかった。「つまり、彼らはばつが悪くてファイルをなくしたのを認められずにいるって言うのか？　だから、嘘をついたと？」

「そのとおりですよ」ジェイノス刑事の声がした。三人の頭が開いたドアのほうを向く。そこには、冷蔵庫並みの体格の、ごま塩頭の男がいた。「ナタリー・ホーマー事件は確かに、未解決事件ファイルになっている」ジェイノスの静かな声は、きわめて危険な凶悪犯の顔写真を思わせるその容貌にまるでそぐわなかった。「連中はそのファイルを民間人に貸し出したんです」

「すると、彼らは事件ファイルと、マロリーの申請書の両方をなくしたっていうのか？」コフィーはまだ納得していなかった。「そして、そのことで嘘をついたと？」彼の口ぶりは、この室内では警官の嘘というのが斬新な発想であることをほのめかしていた。

「大目に見てやりましょうよ」ジェイノスは笑みを浮かべた。「未解決事件課は新しいオフィスに引っ越したばかりだ。ちょっとごたごたしてるんですよ。そのファイルも、貸し出す前にコピーを取っていなかったなら、二度と見つからんでしょう。コピーがあれば、貸し出しメモが付いているんですが。無駄のないファイル方式ですね。ところがきょう、吊るされた娼婦の事件がビッグ・ニュースになり、第一面を飾った。そして連中は、関連するファイルを――なくなったファイルを申請されたわけです。そう、連中はあなたに嘘をついたんだと思いますね、ボス」

「だが、きみはそのファイルを見つけたんだな？」

「見つけたどころか」ジェイノスは言う。「検視報告書に担当刑事の名前が載ってましてね。わたしは、わかっている彼の最後の住所を訪ねてみました。ドアに出てきたのは、その爺さん本人、しかも手に事件のファイルを持ってたんですよ。彼は言いました。『何をぐずぐずしてたんだ？』ほら、見てください」ジェイノスは刑事部屋の向こう端を目で示した。そこには階段室のドアがある。「あれがそのラース・ゲルドルフです」

ライカーは刑事部屋に面したガラスの壁のほうに椅子をくるりと向けた。その先に見えたのは、痩せた白髪頭の男だった。「あの男は七十五にもなるんじゃないか」

ラース・ゲルドルフはすでに待ちくたびれていた。彼は歩きだし、警部補のオフィスに向かってきた。よたよたとではなく、悠然《ゆうぜん》と。誰もこの退職警官に、あんたはもう年なんだ、と教えたことはないらしい。彼は本人の若かりし日の最先端の青年らしくシルクのスーツをまとっていた。そのえらそうな歩きかたは傲岸不遜《ごうがんふそん》な笑いによく釣り合っている。それを見れば誰だって、彼の胸の内を読みとれるだろう。ゲルドルフはこう思っているのだ。おれがおまえを助けてやる。

「こりゃあ面倒なことになるぞ」コフィーが言った。

ライカーも同感だった。あの男を見ると、自分の父親を思い出す。退職後、編み物を始めるような潔さのなかったもうひとりの刑事を。ゲルドルフは父と同じ歩きかたをしている。足もとの大地はすべておれのものだと言わんばかりに。老人はぶらぶらオフィスに入ってくると、自分の名前と名声は先に届いているという確信のもと、無言でコフィーの手を握った。それから彼は、シルクの生地が皺《しわ》にならないよう、上着の前を開けてすわった。

親父とおんなじだ。

上着が開かれたとき、ライカーはまたひとつ厄介な問題に気づいた。ゲルドルフは腰にリボルバーを帯びていたのだ。この老人は仕事にもどる気になっている。

コフィー警部補の顔から慇懃《いんぎん》な笑みが消えた。「何か持ってきてくださったそうですね」

「すべてこのなかにある」ゲルドルフは、新しい革の匂いのするファスナーつきのポーチを掲げた。「ナタリー・ホーマー事件。今回のホシの手口については、今朝の新聞で読んだよ」狡《こう》猾《かつ》そうな笑いにその目が細くなる。「犯行現場からマスコミを締め出せなくて、残念だったな」

これはまちがいなく批判だ。なぜなら彼自身は自分の事件の詳細をみごとに包み隠したのだから。きょうに至るまで、二十年前のナタリー・ホーマー絞殺事件について耳にした者はひとりもいなかったのだ。

ジャック・コフィーはさっきの古い検視報告書のフォルダーを掲げた。「しかしあなたの事件は、手口がちがっていますが」

「いいや、同じさ」ゲルドルフは言う。「細部までことごとく一致している」

「ナタリー・ホーマーの検視報告書には、口内に毛髪があったという記述はありません」そして新聞各紙は今回、そのことをさかんに書き立てている。コフィーは赤いフォルダーを開いて、古い報告書の一ページ目に視線を落とした。「検視局長によると――」

「ドクター・ピーター・ノリス」ゲルドルフは言った。「酔いどれにして、三流の能なし。やつが死んでくれてよかったよ。それに、きみはまちがっているぞ、お若いの。死体運搬車が来る前に、わたしがこの手で被害者の口から毛髪を抜き取ったんだからな」彼は椅子の背に体をあずけ、自己満足の笑みを浮かべた。「当時、マスコミへの漏洩は、検視局からと決まっていたんだ」

コフィー警部補は古い検視報告書を声に出して読みあげた。「〝扼殺《やくさつ》〟。検視局長によると、あなたの事件の被害者は吊るされる前に、犯人の手で絞め殺されていたわけです」

「ああ、そうとも。イカレとるな」ゲルドルフは笑みを浮かべた。「あるいは、そいつはただ、イカレた人間を装っただけかもしれんが」彼はマロリーを見あげた。「あんたはどう思う?」

「好きだわ、その異常者」彼女は言った。

老人はライカーに顔を向けた。「きみの意見は? ひとつヒントをやろう。女が自宅にロープをひと巻き置いているということは、まず期待できない」

ライカーはなんとも答えず、ただ椅子の肘掛けを指先で連打した。この儀式ならよくよく知っている。老いぼれ師匠から学べってやつだ。いままで、これは自分の父親の発案だと思っていた。息子をカッカさせるために考案されたゲームだと。彼は手を伸ばし、元刑事から革のポーチを取りあげようとした。それは緊迫の一瞬だった。なぜならこのファイルは、重大犯罪課と相乗りするためのゲルドルフの切符なのだから。彼はポーチをつかむ手をゆるめようとしなかった。マロリーが老人の目をとらえ、無言で脅しをかけた。さっさとよこすのよ、この老いぼれ。ゲルドルフの手がゆっくりと開いた。ライカーはポーチをつかみとって、ファスナーを開け、なかをかきまわした。「それで、口から抜き取ったその毛髪はどうなったのかな?」

「他の証拠品と一緒にしてある。事件が迷宮入りになったあと、わたしが自分で箱に詰めた」

コフィー警部補が首を振った。「毛髪はない」

「じゃあ倉庫のほうでなくしたんだろう」ゲルドルフはどうでもよさげに肩をすくめた。「よくあることさ」

ライカーはポーチに入っていた写真の一枚を警部補に渡した。そのナタリー・ホーマーの口には、金髪が詰めこまれていた。

ジェイノス刑事がゲルドルフの椅子のそばに立ち、腰をかがめてその耳もとで言った。「例のロウソクの話をしてください」

なんだって？

二十四本のロウソクとハエの死骸の瓶の件は、朝刊に載っていない唯一の情報なのだ。なぜジェイノスはそれをこの老人に明かしたんだろう？　ライカーはその他の現場写真にざっと目を通したが、奉納ロウソクが写ったものは一枚もなかった。

「あの夏、イースト・ヴィレッジは輪番停電の対象になっていてな」ゲルドルフは言った。「日没後の三時間は、電気が止まっていたんだ。それでナタリーは、自宅アパートメントに三本ロウソクを置いていた」

マロリーは例の段ボール箱から赤い蠟の塊の入った袋を取り出した。その長いロウソクは溶けてくっつき、ひとつになっていた。

「ほらな」ゲルドルフが言った。「連中は証拠をそんなふうに扱うのさ。そのロウソクは新品だった。芯を見てみろ。まだ火はつけられていない。それでわかったんだ。ホシはまだ明るいうちに現れたわけだよ。夕方という見かたは、ノリスの死亡推定時刻とも符合する」

それらのロウソクは色は合っているものの、形がちがう。それに数も三本だけだ――スパローのアパートメントからはあんなに見つかったのに。

ゲルドルフは、未点火の三つの芯に関する自らの鋭い読みへの称賛を待っている。

「やりますね」証拠の取り扱いにおけるこの老人の不手際にもかかわらず、警部補の声に皮肉っぽさはなかった。ジャック・コフィーは常に、過去の幽霊に対し礼儀正しいのだ。「少し部下たちと話をさせてください。あなたのお相手はジェイノス刑事が務めますので」

ゲルドルフとその付添い人の背後でオフィスのドアが閉まると、コフィーは首を振った。「やはり関連はないな」彼はライカーの渡した写真を持ちあげた。「この事件の犯人は、もう四十を超えているだろう。金髪女を吊るすなんてのは、若い男のやることだ」彼はライカーに写真を放り返した。「これは連続殺人鬼の犯行じゃない。そもそもスパローはまだ生きている。きみたちの手もとには、まだ遺体すらないんだぞ」

ライカーは相棒を振り返った。マロリーは世界一のポーカー・プレイヤーに育てられている。彼女こそそのみの綱、その力にたよれば、スパローの事件を重大犯罪課でキープできるかもしれない。

「犯人はいまごろ、つぎの犠牲者を物色しているでしょうよ」マロリーはライカーの手からポーチを奪い取り、切り札として掲げてみせた。「わたしはふたつの事件のつながりを証明できる」

「ほう、そう思うか?」コフィーは腰をかがめ、足もとの段ボール箱からビニール袋を取り出した。そこには、さきほどのものより短いロープが入っていた。その袋は水に濡れた証拠品をしまっておくのによい入れ物とは言えなかった。警部補がそれを開けると、なかからは白カビの匂いが漂ってきた。そしていまライカーの目の前には、古典的な絞首索がある。それはきれいに巻かれ、輪になった端の部分がてっぺんに載っていた。

スパローの事件は失われた。

「これを説明してくれ」コフィーは書類の束から今回の吊るし首の写真を引っ張り出した。「ふたつの輪縄《わなわ》は同じじゃない。似たところさえもない。スパローのは単に結んであるだけだ」彼はナタリー・ホーマーの首にかけられていたロープを掲げた。「こっちのは、確実に殺せるようになっている。もし今回の犯人が絞首索の結びかたを知っていたなら、なぜあの娼婦にそれを使わなかったんだ？」

マロリーは沈黙を守った。彼女はただ輪縄を見つめていた。手札のすべてを彼女が見せるまで、ボスが出さずにいた最後の証拠物件を。今回はボス側の明白な勝利かに思えた。しかしライカーは、この男が勝者の優雅な笑みを浮かべるのはまだ早いと感じた。マロリーはまだ競技を終えてはいないのだと。

ジャック・コフィーはつづけた。「この事件がどうしてきみの親父さんを悩ませたか、わかるか？　マーコヴィッツは、吊るし首が単なる偽装だということを知らなかったんだ。検視報告書は封印されていた。彼はこの女性が吊るされる前に、扼殺されていたことを知らなかったんだよ」

「いいえ、知っていた」

「証明してみろ！」

マロリーは尻ポケットからぼろぼろの手帳を取り出して、警部補に手渡した。「吊るし首に関して、あなたの考えはまちがっている」

ジャック・コフィーがぱらぱらとページを繰っていく。判読不可能な速記の文にぽつりぽつりとふつうの単語が混ざっている。ライカーは絶対眼鏡をかけないが、それでも、その字がルイ・マーコヴィッツのものであることはわかった。

コフィーはマロリーを見あげた。「何が書いてあるのか、わたしにはほとんど読みとれない――」

「わたしには読みとれる」マロリーは言った。「ナタリーの手首はテープが皮膚に食いこむほどきつく縛られていたの。でも血流が断たれていた形跡はなかった。そしてそのことは検視報告書に書かれていない。これもミスのひとつね。マーコヴィッツには、酔いどれのノリスより死体を見る目があった。彼には、犯人がすでに死んでいる被害者の手を縛ったことがわかったの。女性が吊るされる前に死んでいたことを、彼は知っていた。それでもなお、あのロープが彼を悩ませたのよ」

コフィー警部補は手帳を閉じた。「きみはただわたしの説を裏付けただけだな。これは、異常者による絞首刑に見せかけた、ごく平凡な殺人だったわけだ」

「ちがう！　犯人はずっと前からナタリー・ホーマーを吊るすつもりだったのよ。でもどこかで筋書が狂ったの」

「その考えには無理があるな、マロリー」

「もし事前に吊るし首を計画していなかったなら、なぜ犯人はロープを持ってきたわけ？」マロリーは警部補の手から古い手帳をひったくると、大股で部屋から出ていった。部外者なら、この退場を冷ややかな怒りの表明ととらえたろう。コフィーはそうとらえた。だが実は、これは単にマロリーが完璧なタイミングを心得ているということにすぎない。

　そして、その時はいまなのだった。

「もっともだな」ライカーは言った。

「もっともなものか。ナタリー・ホーマーの遺体は金曜から日曜の夜まで部屋に放置されていた。犯人にはロープを持ちこんで偽装工作を行う時間が事後にたっぷりあったんだ。マロリーはふたつの事件を無理やり結びつけようとしている」

「彼女の言うことは全部つじつまが合ってるよ」ふつうならライカーはこれを奇跡とみなすところだ。しかし神がマロリーの味方をするなどということがあるだろうか？「警部補も彼女がルイの手帳から他に何をつかんだか、知りたいだろ」彼は手帳ともどもさっさと出ていった相棒を胸の内で讃えた。「おれたちに一週間くれないか。スパローの事件をローマンに放り返したあとでまた死体が出てきたら、体裁が悪いもんな」

「馬鹿言うな、ライカー。ふたつの事件に関連性はまったくない。きみもわかっているはずだ。きみたちにあるのは、散髪に失敗した女ふたりとロープ数本だけだろう」コフィーは片手で顔を覆った。部下にいらだちを見せてもなんの得にもならないからだ。「では、こうしよう。きみたちはゲルドルフと彼のファイルをわたしの部屋に近づけない。また、彼には絶対にスパロー事件の証拠は見せない」

「決まり」ライカーは靴の底でタバコをもみ消すと、椅子から立ちあがった。彼はこの勝利に違和感を覚えていた。どうも話がスムーズすぎる。

警部補は、ばらけた書類や写真をかき集めて赤いフォルダーに収めた。「それともうひとつ。ゲルドルフはリポーターから遠ざけておけ。関連性に関する嘘八百の見出しなど、わたしは見たくないからな」彼は検視報告書のファイルをライカーに放ると、足もとの段ボール箱にロープを落とした。「それと、このゴミ屑《くず》をどこかへ持っていってくれ」

ライカーはかがみこみ、証拠品の箱をかかえあげた。「大丈夫、全部一緒に――あの爺さんもろとも――隠しておけるいい場所があるんだ」ボスは《バトラー&カンパニー》の名を聞きたくはないだろう。いまもつづくマロリーとあの会社とのかかわりを暗示する言葉など。

「結構」コフィーは言った。「四十八時間以内に関連性を証明できなかった場合は、あの娼婦はローマンに返すんだぞ」彼はデスクマットの上の書類を見るふりをして、視線を落とした。「さっき病院に電話してみたよ。娼婦の容体はあまりよくないようだ。たぶん助からないだろう」彼は顔を上げた。「気の毒にな。きみとスパローは長いつきあいなんだろう?」

ライカーはうなずいた。これですべてがわかった。彼の相棒は、最後の締めを――屈辱的な部分を彼に任せたわけだ。ジャック・コフィーの言葉は、この措置が老いた刑事と死に瀕した売春婦への単なる恩情であることをはっきりと示している。

ラース・ゲルドルフがドアを開けると、マロリーは彼につづいて、アパートメントのその一室へと入っていった。室内には、タバコ臭い灰皿ときのうの食事の匂いがこもっていた。おんぼろの家具と画面の小さなテレビは、彼が恩給の範囲内でつましく暮らす正直な警官である裏付けとなっている。炉棚の上の大きな鏡が、ヘルズキッチン八番アベニューを見おろす窓の光を反射している。女がここに住んだことのある気配はまったくない。埃は厚く積もり、窓ガラスはタバコ百万本分のニコチンで黄ばんでいた。そして部屋の壁はゲルドルフ一色だった。

額に入った新聞の切り抜きが、若かりし日の彼自身の写真とともに、一箇所にまとめられている。それらの写真のゲルドルフは、マロリーが生まれる前に死んだ政治家や警察官と並び、カメラに向かっていた。ひとつだけある表彰状は、いちばん立派な額に収められ、単独で掲げられている。輝かしい経歴の証とはとても言えないが、どうやら本人はそれを非常に誇りに思っているらしい。

ゲルドルフは、壁の記念品をお客が観賞できるようしばらくそこで時間をとって、笑みを浮かべ、体を前後に揺らしていた。それから彼は、つぎの部屋にマロリーを通した。そこでは、また別の大きな鏡が中心的位置を占めていた。鏡は漆喰《しっくい》に走る一本のひびをほぼ覆い隠していたが、その真の目的はもっと別なところにある。老人は鏡の前に立った。何十年も流行遅れのシルクのスーツをまとったクジャク。金のピンキーリングをきらりと光らせながら、彼はネクタイを直し、自分の姿に大いに満足してほほえんだ。それから、この部屋にもあった一群の写真を指さした。「あのまんなかのは、あの夜、われわれがロープを切ってナタリーを下ろしたときの写真だ。わたしが自分で撮ったんだがね」

マロリーは額に入った事件現場の写真を見つめた。毛髪はすでに被害者の口から取りのぞかれていた。遺体は開いたままの死体袋に収められ、床の上で展示されている。死んだ女のうしろには、笑みをたたえた警官がふたり、狩りの獲物とともにカメラに向かうハンターとして立っていた。しかし本当の獲物は、この現場では単なるお客にすぎない第三の男だ。担当刑事らにはさまれて立つ、彼らより頭ひとつ分背が高い、高名な刑事。笑顔のふたりはルイ・マーコヴィッツを逃がさぬようつかまえているらしい。おぞましい記念写真の乗り気でない被写体。悲しげに首を振っているため、その顔はわずかにぼやけていた。

この写真の下には、書類に埋もれたデスクがあり、その両隣にはファイルキャビネットが置かれていた。いちばん近代的なオフィス機器は、初期のころのファックスマシンだった。安物の金属製の棚には、段ボール箱が積みあげられており、ふたつある大きな掲示板には点々とメモが留められていた。コンピュータがなくても、マロリーは驚かなかった。この老人はいまもタイプライターの時代を生きているのだ。

「なぜこのうちを捜査の拠点にしないのかわからんな」ゲルドルフは大きな箱をひとつ棚から下ろした。「必要なものはすべてそろっているんだが」

「コフィーが厳重なセキュリティを求めているので」マロリーは嘘をついた。「ダウンタウンのほうが場所的にも便利だし」

「厳重なセキュリティか」ゲルドルフはうなずいた。「それはいい」

ナタリー・ホーマーの名前が記された箱は、半ばまで埋まっていた。そこへ彼はさらに書類を入れはじめた。このサイズの箱は、未解決事件のファイルにはそぐわない。報告書と供述書だけなら、分厚いフォルダー一冊で事足りるはずだ。「この事件を長いこと調べているんですね？」

「そうとも。わたしは、現役時代に解決できなかった事件のことは、絶対に忘れないんだ」ゲルドルフは言った。「退職後もあれやこれや断片を集めつづけたよ。そして聴取を行う準備ができると、未解決事件のファイルを借り出し、捜査を公式なものにするわけだ」

「では、調べるのはご自分の担当した事件だけなんですね？」

「そのとおり。十二年前のこの部屋を見せてやりたかったね。そこらじゅう箱だらけで、身動きができないほどだった。やめたくなっても外には出られなかったんだ」彼は自分のささやかなジョークに彼女がほほえむのを待ち――さらに待った。それからゆっくりと何も載っていない棚のほうに頭をめぐらせた。「わたしはひとつずつ未解決事件を終結させ、それぞれの箱、それぞれの幽霊をかたづけていった。もう残りはわずかだよ」ゲルドルフは下を向いて、箱詰めの作業に集中した。「現役時代は、殺人事件に充《あ》てられる時間は一件あたりほんの何日かだった。いまじゃ何年もかけられるがね」そして、きまり悪げな微笑とともに先をつづける。「こんなことは言うべきじゃなかったな。これであんたにも、わたしがどれほどお粗末な刑事だったかわかったろう。だが、償《つぐな》いはするつもりだよ。過去の事件はこの手で解決する。一件残らずな」彼はさらに書類を入れ、段ボール箱の蓋を閉じた。「いかようにでもわたしを使ってくれ。フルタイムで働こう」

「感謝します」マロリーの頭にはすでに、彼を遠ざけておく作戦ができていた。老人のお守り役は、チャールズ・バトラーと、ローマン警部補の白バッジ、またの名をダックボーイに交替でやらせるつもりだった。

サングラスをかけると、彼女は頭をめぐらせて、鏡に映るゲルドルフの姿を横目で眺めた。クジャクと思ったのはまちがいだった。人目がないと思っているときは、あの傲慢《ごうまん》さは消え失せている。ああしたうわべを保つのは、さぞかし骨が折れたろう。鏡のなかの老人は、たるみ、小さくなっていた。その目は不安でいっぱいだった。彼は、すべての若い警官を自分の威光に対する潜在的脅威とみなしているにちがいない。

よしよし。

この男をおとなしくさせておくのは、さしてむずかしくないだろう。

ゲルドルフは箱の蓋をガムテープで留めた。「おつぎは、ナタリー事件の現場を見た者全員と話をせんとな」彼はマロリーのほうをちらりと眺めた。「今度のホシがナタリーの口に毛髪があったことをどうして知ったのか、そこが気になるだろう？」

マロリーはくるりと振り向いて、彼にほほえみかけた。老獪《ろうかい》な年寄りめ。「これが連続殺人じゃないことに気づいてるんですね？」

「そのはずはないからな」ゲルドルフのこすからい笑みはすべてを物語っていた。彼の望みはただひとつ、仕事に復帰すること、老齢という寒い屋外からなかに入れてもらうことなのだ。「わたしの第一容疑者は十九年前に死んでるんだ」

マロリーはこの男を好きになりかけていた。ただ心得顔で見つめあい、うなずきあうことで、ふたりは嘘を容認しあい、沈黙の誓いを立てた。彼らはいまや同盟関係にある。どちらも相手を裏切ることはないだろう。

「今度の犯人はよくて模倣犯というところだ」ゲルドルフは重たい箱をかかえあげ、マロリーは手を貸そうとしないことで彼への敬意を表した。ゲルドルフは彼女についてきながら、話をつづけた。「今度のホシがどこから情報を得たかわかれば、おそらくナタリー事件にも決着がつくだろう。そうとも、われわれは助け合えると思うね」

夢を見てなさい、この老いぼれ。

マロリーにはナタリー・ホーマー殺しを調べる気はなかった。手がかりは二十年前のもので、もう役に立たない。彼女はゲルドルフのためにドアを開けてやり、差し出された鍵を受け取って部屋に施錠した。

「つながりは細部にある」エレベーターに向かいながら、彼はかさばる段ボール箱と格闘していた。「わたしは現場を完璧にコントロールした。マスコミには何ひとつ漏れなかったよ。どんなやりかたをしたか、わかるかね？　わたしは制服警官のひとりに、リポーターどもから賄《わい》賂《ろ》を取るよう指示した。その若造は連中から二十ドルずつ取って、女はロープからぶら下がってたと教えたんだ」

「それで連中は、自殺だと思いこんだわけね」なかなかうまいやりかただ。嘘をつくときは、真実を述べるにかぎる。「そしてナタリー・ホーマーは第十面に埋もれた」

「しかも一紙だけ、ケチな写真が二枚だけだ」彼は箱を下に置いて、エレベーターを呼ぶボタンを押した。「となると、情報がどこから漏れたか絞りこまんとな。ありがたいことに、わたしの手もとには古い事件のメモが残っている」

へえ、そう。

「その聞き込みはそちらにお任せします」マロリーは言った。「バッジ代わりに助手をひとりつけますから」これで、ゲルドルフとダックボーイを同時に厄介払いできる。

「あのでかいのの役どころは？　バトラーだったかな？　彼の名前は？」ゲルドルフは一時間前、《バトラー&カンパニー》のオフィスで渡された名刺を引っ張り出した。

「バトラー博士です」マロリーは言った。もっともチャールズは決してその称号を使わないが。

「彼はニューヨーク市警本部の顧問を務める心理学者なんです」幸い、名刺にはこの嘘に矛盾するような情報は記されていない。「彼もそばでお手伝いします」


　チャールズ・バトラーはスーツとネクタイを着用していた。なぜならこの日は仕事日だからだ。ライカーの介入に大感謝。おかげで、夏休みの退屈にようやく終止符が打たれた。彼は、クイーン・アン様式の調度とワトーの水彩画で設えられた受付エリアを通り抜け、短い廊下をゆったりと歩いていった。さまざまな時代のアンティークのもとを離れ、エレクトロニクスの支配するマロリーの領分、プラスチックと金属とケーブルの領分へと。《バトラー&カンパニー》の奥に当たるそのプライベート・オフィスにも、いくつか魅力的な調度はある。しかし、そそり立つアーチ形の窓は、冷たい鋼鉄のブラインドに隠されてしまっており、床の上では味気ない灰色の敷物が硬材をコンクリートに偽装しようとがんばっていた。

マロリーの三台のコンピュータは、部屋の中央の作業台に整然と並んでいる。モニターはすべて電源が入っていた。ひとつ目小僧たちの四角いブルーの目が侵入者に注がれる。それを見たチャールズは、そのガラスを蹴りつけて、こいつらの目をつぶしてやりたいという、かねてからの夢を思い出した。

部屋の三方の壁は全面、灰色の金属製の棚に占められている。そこに収まっているのは、各種マニュアル、そして、ハードウェアに合ったソフトウェアだ。マニュアルのほうは、各棚板の縁からきっかり一インチ内側にずらりと並んでいる。壁の残りの一面は上から下まで巨大なコルクボードに覆われていた。マロリーはそこによけいなものを掛けたがらず、絵画を飾ろうというチャールズの申し出を拒絶した。

ライカー巡査部長は相変わらず、コルクボードに写真や書類を留める作業に当たっていた。しばらく前に、この刑事はプレゼントとして新しい課題をひとつ、チャールズに与えてくれた。いや、実を言えば、ふたつ――二十年前の殺人と七十五歳の老人とを。

「ふたりはいつもどるんです？」

「一時間半後だな。だいたいのところ」ライカーは革のポーチの中身を調べ、さらにいくつか書類を選び出した。手書きのメモとタイプされた供述書が、行き当たりばったりに壁に留められていく。

「これは全部、ミスター・ゲルドルフをおとなしくさせておくためなんですね？」

「ああ」ライカーは言った。「これでしばらく退屈しないんじゃないか？」

「ええ、確かに。どうもありがとう」チャールズは思案をめぐらせた。恩知らずだと思われないように、あの話題を持ち出す方法は？　そう、ここは遠回しにいくのがいちばんだ。「例の古いウェスタン小説ですが、ルイが亡くなったあと、シリーズのどれかはマロリーの手もとに残されたんでしょうか？」

「いや！」ライカーの手からポーチが落ちた。彼は身をかがめて、それを拾いあげた。

「残念だな」チャールズは壁に向き合い、被害者の部屋の見取り図を眺めた。「ぜひ読みたかったのに。そうすれば、ルイがどこを気に入ったのかわかったかもしれません。たぶんよそでも見つかるでしょうが――」

「いいや、見つかりゃしないさ」ライカーはチャールズに背を向け、解剖台に横たわる内臓を抜かれた女のカラー写真をコルクボードに留めた。「あの小説はもう手に入らない。ただの安いペーパーバックだからな。図書館の書棚にあるようなもんじゃないんだ」

「ジョン・ウォーウィックもそう言っていました。ほぼそのままの言葉で」

ライカーはコルクボードに一方のてのひらをつき、ゆっくりと壁にのめりかかった。たぶん非難に備えてだろう、彼は頭を低くしていた。数々の欺瞞《ぎまん》、長年の嘘をあげつらわれるのを覚悟して。

だとしたら、彼は永遠に待つことになる。

チャールズはマロリーのスチール製のデスクに浅く腰かけた。ライカーがこちらを向くのを辛抱《しんぼう》強く待って、彼は笑みを浮かべてみせた。その天然そのものの惚《ほう》けた表情には、ジョン・ウォーウィックのときと同じく、この刑事に対してもリラクシング効果があった。「それじゃつぎの巻がどうなるのか、話してもらえませんか？」

「うん、ちょっと待ってくれよ」ライカーはパイプ椅子に腰を落ち着けると、やっと気づいて止めていた息を吐き出した。彼は見るからにほっとしていた。おそらく、ジョン・ウォーウィックとチャールズとのやりとりからは、それ以上何も露見していないものと考えたのだろう。

「読んでからもうだいぶ経つからな。第一巻のすじは覚えてるよな？」

チャールズはうなずいた。「十五歳の少年が街で男を撃ち殺したんです」

「丸腰の男をだ。二巻目では、そのカウボーイが結局銃を持ってて、それがフェアな撃ち合いだったことがわかるんだ」ライカーはドアのほうにちらりと目をやった。自分たち以外誰もいないとわかると、彼は先をつづけた。「死んだ男の六連発拳銃は少年が奪ったのさ。そっちのほうが古くて錆びてる自分のやつよりよかったから。だが保安官はその二番目の銃を目にしていない。ピーティが現場に来たのは、少年がその銃をベルトに挿したあとだったんだよ」

そして保安官は、この無罪の証拠についてずっと知らないままでいる。一方、少年は年齢より早く大人の男へと成長していく。

「やがて彼らはひとつ年をとる」ライカーは言った。「ピーティ保安官もその少年も」こうなると、少年が身の証を立てるにはどう考えてももう遅すぎた。「やがてウィチタはまた撃ち合いで勝利を収め、またひとり男を殺すんだ」

ライカーはふたたびドアに目をやった。マロリーが背後からやって来てもなんの音もしないことが、彼にはわかっているのだ。彼女はそれほど静かに歩く。彼はチャールズに顔を向け、物語にもどった。「少年の名前はもうジョークじゃなかった。彼は正真正銘のガンマン、掛け値なしのアウトローになっていた。第一巻の終わりで、保安官は峡谷の崖っぷちから三百フィート下の谷底へ少年を追い落とす。そのとき少年はまだ鞍の上だった。彼は馬もろとも落ちていく」

「でも死ななかった」

「ああ、馬のほうもな。二巻目の冒頭で、少年は川に落ち、衝撃で気を失う。そして、半死半生の馬と一緒に川岸に打ちあげられるんだ。そんな彼をインディアンの娘が見つけ、村まで引きずっていく。娘は少年と同い年、まだ十六歳だ。最後のページでは、保安官がまたウィチタを追いかけている。そして娘は、少年のために少し時間を稼いでやる。彼女は疾走する保安官の馬の前に身を投げ出すのさ」ライカーは、このパターン、わかるよな、とばかりに両手を広げてみせた。そしてチャールズに革のポーチを放った。「きみとゲルドルフでコルクボードを仕上げてくれよ。きみは刑事だ。全力を尽くせ」

チャールズの微笑は今回は儀礼的で、すぐに消え失せた。刑事の考えはおもしろい。でも、つづきが気になる連続ものだということは再読したくなる理由にはならない。そして幼いキャシー・マロリーはその本を何度も繰り返し読んでいる。なぜだろう？

架空の世界になぐさめを求める子供という書店主の仮説は成り立たない。チャールズは無味乾燥な専門誌や参考書が並ぶ周囲の棚に目をやった。マロリーはフィクションは読まないのだ。ルイ・マーコヴィッツはかつて、作りごとのおもしろさを養女に教えこむ戦いがいかに過酷なものだったかをチャールズに語った。そして最終的に彼はその戦いに敗れている。ルイの悲しみにもかかわらず、マロリーは子供時代を通じてずっと、頑《かたく》ななリアリストのままだった。

確かに彼女は子供時代、カウボーイ映画に興味を見せた。だがチャールズはずっと前からこう考えている。幼い彼女が毎週土曜の朝、ルイとともに撃ち合いや騎兵隊の突撃に没頭したのは、主として親父さんとの交流が目的だったのではないか。養父と娘との初期の戦いについて、彼はいろいろ聞いている。それらのエピソードから察するに、ルイとともに過ごしたいというその切なる想いを認めるくらいなら、幼いキャシーはいっそ死を選んだろう。互いに親しみ、愛しあった長い年月のあいだ、彼女はルイとの距離を保ちつづけ、彼を呼ぶときは決まって〝よう、おまわり〟か〝マーコヴィッツ〟だった。

キャシー・マロリーはいまそのことを後悔しているだろうか？　あるいは、とチャールズは思う。

コフィー警部補とジェイノス刑事は顔を上げた。部屋の入口にダックボーイが現れたのだ。彼は礼儀正しく無言のままそこに立ち、声がかかるのを待っていた。

コフィーは彼を室内に招き入れた。「どうした、坊や。なんの用だ？」

「書類がすべてできあがりました」彼は分厚い紙束を掲げてみせた。

「あの倉庫に関する報告書なら――」

「いいえ、警部補。これはライカー巡査部長に要請されたものですが、その巡査部長が見当たらないのです。警部補はこれがご入り用ですか？　誰かこれをほしい人がいるんでしょうか?」

警部補は報告書を受け取り、一ページ目に記されたダックボーイの別名にちょっと目を留め、それから、デスクの端の〝処理済〟のトレイにその書類を放りこんだ。「デルース、きょうはよくやった。だが今後、書類はライカーとマロリーに提出してくれ」彼はジェイノスに顔を向けた。「あのふたり、きみに住所を教えていったかな?」その口調ははっきりとこう言っていた――わたしは連中の居所を知りたくない。

ジェイノスが手帳にペンを走らせながら、デルースに言った。「ここに行けば、あのふたりに会えるよ」

若者はうなずいて、自分の報告書が捨てられた書類トレイを見つめた。「つまり、その報告書はふたりに読ませたくないわけですね?」

ジャック・コフィーは椅子の背にもたれ、ほほえんだ。なるほど、こいつの脳みそはちゃんと働いているわけだ。少なくとも、この小僧には利いたふうな口をきく素質がある。そしてこの新米刑事は発言の機会を与えられた。「オーケー、すわるんだ」

ロナルド・デルースはジェイノスの隣の椅子に収まった。

「わたしに報告していいぞ」コフィーは言った。「だが、簡潔にたのむよ」

「了解です。わたしは例のテレビの取材班に対し聴取を行いました。きのうの夜、彼らはあのあたりである情報の追跡調査をしていたのです。消防車より早く現場に着いたのは、そのためでした。彼らはただ、行ったり来たり通りを流していた――」

こいつ、弁士か？「その情報というのはなんだったんだ？」

「えー、どこかの男から、例の売春婦が吊るされる一時間前に電話があったのだそうです。そのニュース番組には、《ネタ買います》《キャッシュティップ》という、一般からの情報を受け付ける回線があるんですよ。でも、彼らはその前にも一度、似たような電話を録音しています――」

ジェイノスが身を乗り出した。「あの局は電話を録音してたのか？ ニュース・ディレクターがマロリーに渡したのはビデオだけだったんだが。あの野郎ども。つまり連中は警察に隠し事をしていたわけだ」彼は訓練生の背中をぴしゃりとたたいた。「よくやったな、坊主」

「ありがとうございます」デルースは無味乾燥な事実の叙述をつづけた。「彼らは今回の現場から数ブロックのところで起きたという別の殺人の情報をつかんでいました。でもそれは先週のことで、結局、空振りだったのです」

「では、その部分はすっ飛ばそう」コフィーは言った。

「はい、警部補。で、同じ男からまた局に電話があり、彼がスパロー殺しの情報を提供したわけです。今回は名前や住所は出しませんでした。男はただ、煙をさがせ、と言ったのです。まあ、局には撮影班を出すつもりはなかったのですが。前にガセネタをつかまされていますからね。ところが、きのうはたまたまネタの少ない日だったのです。そこで彼らは――」デルースは関心が薄れつつあるのを察知したにちがいない。言葉を継いだとき、その声はいまにも消え入りそうだった。「そうですね、だいたいそんなところです」

ジェイノスが肉厚な手をデルースの腕にかけた。「話の頭にもどろうか、坊や。一発目の情報――空振りだった殺人ってのはなんだったんだ?」

「五、六日前のことです。問題の情報提供者は被害者の住所氏名を告げたのですが、取材班がミズ・ハーパーというその女性のアパートメントに着いてみると、隣近所の人たちが彼らに、彼女はいまバミューダだと教えたのだそうです。そこで記者らは最寄りの警察署を訪ねてみました。すると、当直の警官も同じことを言ったというのです。ミズ・ハーパーは旅行中で――」

「ちょっと待った」コフィーは報告書をトレイから取り出した。「その警官は彼女がどこにいるか、どうして知っていたんだ?　その女性から何か相談でも受けていたのか?」

「わかりません、警部補。わたしはただテレビ局の連中から話を聞いただけなので」

ジェイノス刑事は首を振っていた。「マロリーかライカーにこの話をしてないのか?」

「報告書には書きましたが――」

「わかったわかった」ジェイノスはデスクの向こうに回って、警部補の背後から報告書に目を走らせた。「住所はそこに書かれてますね。ハーパーの部屋の捜索令状を取りますよ。調べる価値はあります。ホシがつぎをやるっていうマロリーの考えは正しいのかもしれない」

ジャック・コフィーは聞こえないふりをした。彼はデルースにほほえみかけた。「よくやったな。おみごとだよ。これでホシの声は手に入ったわけだ」

「いえ、警部補。ディレクターにテープのコピーをたのんだんですが、彼が言うには、それは情報提供者に対し誠意を欠くことに――」

「ジェイノス！」

「はい、ボス」

「テープを手に入れてこい！」


チャールズは、遺体がロープから下ろされたあとの、一連の古い写真を見つめた。ナタリー・ホーマーのわずかばかりの粗末な持ち物のうち、光明を投げかけているのは一対の鍋つかみのみ。そこには、これから咲く薔薇《ばら》、赤いつぼみの絵が入っている。ライカーとマロリーの関心があまりに薄いので、チャールズは二十年前に死んだこの女性を自分のもののように感じはじめており、女性の擁護者、ラース・ゲルドルフとのあいだにも、すでに絆を築きあげていた。

「どうもわたしはついていけてないようなんだが」そのゲルドルフがコルクボードの前を検閲官の態度でゆっくりと歩いていく。

「これは旧友へのオマージュなんです」チャールズは言った。「重大犯罪課の最初の指揮官をご存じですか？」

「ルイ・マーコヴィッツかね？」ゲルドルフは言った。「知ってるとも。一度会ったことがある。彼がこの事件の現場に顔を出したんだ――わたしの相棒に話があって、ちょっと寄っただけだったが。すばらしい警官だったな。握手させてもらえて、実に光栄だったよ」ゲルドルフは雑然とした壁に目をもどした。「すまない、つまりどういうことかな?」

「実は、ルイのオフィスにもこういうコルクの壁があったんです。彼のロジックがのみこめるまでには少し時間がかかりましたが。ほら、毎日、彼があちこちいじるのにつれ、事件の真相が浮かびあがってくるわけです」チャールズは、ひとつの鋲《びょう》で留められた紙の束を指さした。「いちばん上の層は、その下のものを覆す関連情報になっています。ひと目で捜査の進展がわかるわけですよ。まちがった手がかりや無意味な情報に振り回される気遣いもない。また、並べて置かれたものにも関連性があります。そうそう、優先順位もつけられているんですよ。もっとも関連性の薄いものはいちばん外側にあるわけです」

「なるほどな、ドクター・バトラー。なかなかいいやりかただ」

「チャールズと呼んでください」確かに彼は博士号を持っている。事実、複数の博士号を。だが異常心理の分野における彼の知識は、人材評価の仕事に補助的な役割を果たしているにすぎない。おそらく臨床心理学者なら、マロリーの反応を予測できたのだろうが……。

彼は背後の足音に気づかなかった。振り向いたのは、部屋の入口からライカーのつぶやきが聞こえてきたためだった。「なんてこった」その言葉はゲルドルフの耳には届かなかった。老人は相変わらずコルクボードを眺めている。一方チャールズの目は、マロリーに釘付けだった。いったいいつからそこに——この部屋のまんなかに立っていたのだろう? 彼女はチャールズには目もくれない。それは盗みを働いているようなものだった。なぜならそのひととき、彼は隠し事のできない自分の顔が馬鹿をしでかすのもかまわずに、いくらでもマロリーを見つめることができたのだから。

チャールズはもう何時間も壁の前で働いている。ここで初めて、彼はうしろにさがり、マロリーと同じ位置からその全体像を見渡した。書類と写真の凍りついた旋風が、現場写真の集められた中心部から螺旋《らせん》状に広がっている。それは、ユニークな思考のプロセスを明かす、裏返されたごちゃごちゃの脳、壁にぶちまけられた思考の流れだった。紙の堆積《たいせき》となったルイ・マーコヴィッツの頭脳がそこから手を差し伸べ、伸びあがり――いま目覚めようとしている。

ひとことも言わずに、ゲルドルフに気づかれないまま、マロリーは部屋をあとにした。ライカーは交通整理の警官風に一方の手を上げ、彼女を追わないようチャールズに警告すると、廊下を去っていった。しばらくすると、受付エリアでドアがバタンと閉まった。

ラース・ゲルドルフは現場写真の並ぶ四角いエリアを指し示した。「これはオリジナルの写真だね。引き伸ばしのほうが見やすいのではないかな」

「変わったサイズだなと思っていたんです」そのポラロイド写真はどれも、かつてルイのオフィスのコルクボードで見られた八×一〇インチの写真よりずっと小さかったのだ。チャールズは、照明器具からぶら下がる遺体を写した一枚を指さした。「被害者のエプロンのこの黒っぽい部分はなんなんです?」

「油だよ。そしてこの点々は、ゴキブリどもだ」ゲルドルフはかがみこんで、足もとの段ボール箱から封筒を拾いあげた。「これが引き伸ばしだ」彼は写真をひと束、引っ張り出した。「画質が粗いがね、このほうが虫どもがよく見える」

「確かに」そいつらは馬鹿でかかった。

「おや、虫が好きなのかね？　ハエと蛆虫の写真もあるぞ」ゲルドルフは別の封筒を開けた。「今度のには前の写真の二倍もの数の虫が、どれもきわめて鮮明に写っていた。

「検視官が撮ったんだよ。あの野郎は虫が大好きでね。飲んべえのうえ、変態だったわけだ」

チャールズは写真をぱらぱらめくった。「きっと素人《しろうと》昆虫学者だったんでしょう」検視官の写真にはゴキブリを写したものは一枚もなかった。「彼はハエとその幼虫のほうが好きだったみたいですね」

ファックスマシンが信号音を発し、それを聞きつけてライカーがいつになく急ぎ足で部屋にもどってきた。彼は紙が吐き出されるのをじっと見つめ、それからその部分を破り取ると、また出ていった。

「すぐもどります」チャールズは、一方だけ聞こえる会話の声をたよりに廊下を進んでいった。ライカーは受付エリアで、アンティークのデスクの前にだらんとすわり、およそ一九〇〇年ごろの電話に向かってしゃべっていた。

「いや、令状は簡単にとれたさ」彼は電話の相手に言った。「だが管理人がハーパーの部屋の鍵を持ってなくてね」一方の足が浮きあがり、その後ふたたび床にもどった。マロリーがオフィスの椅子や机に足を載せないようライカーをしつけたのだ。「ヘラーに電話を入れるよ。それとスロープにも……うん、錠前屋は鍵を開けただけだ……そうだよ。マロリーはもう現場に向かってる」

ライカーは凝ったデザインの受話器を架台にもどした。その視線が、チャールズを通り越し、たったいまサンドウィッチを手にオフィスのキッチンから現れた若者に注がれた。「坊や、運転をたのむよ。車を取ってきて、正面につけてくれ。一分後に下に行く」

さきほどのファックスがライカーの手からデスクへとひらひらと舞い落ちた。チャールズはそこに書かれたメッセージを読んだ——ふたりとも帰ってこい。すべて許された。愛をこめて、重大犯罪課。「ジャック・コフィーからですか?」

「いいや、ボスにしちゃ優しすぎる。それに彼は相変わらず、マロリーはもうここじゃ働いてないってふりをしてるしな」ライカーはファックスを見おろした。「いや、こいつはジェイノスが書いたんだろう」

「また誰か吊るされたんですか?」

ライカーは肩をすぼめて、スーツの上着に腕を通した。「冴えてるな。人に言うなよ。そう、マロリーは正しかった。連続殺人だ」ドアノブに手をかけると、彼は一瞬、動きを止めて、向こうを向いたまま言った。「ひとつ教えてくれ、チャールズ。マロリーの嘘が全部ほんとになる世界に住みたいと思うかい?」

第六章

部屋から閉め出され、いまや彼らは流浪の民だった。これは鑑識の戒律を破ったことに対するヘラーの罰なのだ。汝、我が事件現場をかきまわすことなかれ。

　結局、現場のいわゆる見回りは、ただそこを駆け抜けるだけで終わった。ふたりの刑事は翅《はね》のある太った黒い昆虫を払いのけつつ、吐き気を嚙み殺し、指紋採取用の粉がまだまぶされていない裏の窓にまっすぐに向かったのだ。目下、マロリーは相棒とともに外の非常階段にすわっている。空気は室内よりはきれいだが、ひどく蒸していて、呼吸しにくいほどだった。太陽は熱く、風はそよとも吹かない。ライカーのまわりには、いやな匂いの雲となったタバコの煙がたちこめていた。

　鍵のかかった窓の向こうの室内には、虫たちの大多数がいまも閉じこめられている。ブンブンというその羽音がガラスごしに大きく絶え間なく聞こえてくる。熟れた遺体は死後、腸を空っぽにして、近所じゅうのクロバエを引き寄せ、肉の腐臭にさらに別の悪臭を添えていた。

　マロリーは金属の格子を透かして下を見おろした。路上の人だかりは前より大きくなっていた。見るべきものは何もない。だがニューヨークは劇場の町であり、事件現場の黄色いテープは歩道に観客が集まるきっかけとなる。先週、犯人はいま野次馬たちがいるのと同じ場所に立っていたにちがいない。リポーターらを犯行現場に呼んだあとも、彼はその場に留まり、取材班の動きを見守っていたはずだ。連中が建物に入っていき、その後、自分の作品になんの反応も示さずに立ち去るのを。「ホシはどれくらい警官を待ったのかしらね。数時間？　それとも数日？」

「さぞいらついたろうな」ライカーはタバコを吸った。「いま制服警官たちにこのブロックの聞き込みをさせている。それで何かつかめるかもしれない」

いや、目撃者が現れるとは、マロリーには思えなかった。歩道をうろつく男のことなど誰も思い出しはしないだろう。死亡から遺体発見までに、あまりに時間が経ちすぎている。

ライカーは非常階段の手すりにタバコをトントンたたきつけた。「まだまだ死体は出てくるのかね。もっとひどい状態のがさ」

「それはないんじゃない。ジェイノスの話だと、キャッシュティップに入った電話は二本だけだったそうだから」そして、犯人が電話で告白し、リポーターが警察署を訪れたにもかかわらず、ケネディ・ハーパーの遺体は八月の猛暑のさなか、六日間、腐敗するがままに放置されていたのだ。「犯人は、警官どもはぼんくらでどうしようもないと思ったでしょうね」

「まあ、それは言えてるしな」ライカーは言った。「やつがスパローの部屋のカーテンを燃やしたわけがこれでわかった。通りから丸見えのとこに女が吊るされてりゃ、見逃すのはむずかしい。やつは第二のショーのために、観客を確保したかったんだ」

ヘラーがガラスの向こう側に現れ、窓を上げた。「オーケー、窓は全部開いてるし、匂いもあらかた消えた。あんたら繊細なお嬢ちゃんたちも、もうなかにもどって大丈夫だ」

たのまれるまでもなく、居住者たちは事件現場の悪臭とのあいだに距離を保っていた。彼らは長い廊下の反対端に寄り集まっている。ロナルド・デルースはそこで、油じみたつなぎを着た男の事情聴取にあたっていた。男の万能ベルトからは大きな鍵束がぶら下がっている。

「あなたはこの建物の便利屋、管理人ですね?」

「よくわかったな、坊や」

これが、そうに決まってるだろ、このマヌケ、という意味であることは、デルースにもわかった。この日最初の事情聴取として、幸先のよいすべり出しとは言えないが、彼はかまわず話を進めた。「約一週間にわたって遺体の腐敗が進んでいたというのに、あなたは匂いにまったく気づかなかったんですか?」彼はちょっと間を取り、ハエを顔から払いのけた。「苦情は出なかったんでしょうか?」虫の大群が壁面をのぼっていく。何匹かは天井をうろついていた。

デルースの背後で、哀れっぽい女の声が響いた。「あら、苦情ならみんな言いましたよ!このずぼらなデブが、たとえ二、三分でも、そのために時間を割くと思います?」

彼方でドアが開き、マロリーが廊下に出てきた。便利屋はちょうど中指を突き立てて、愛と友情を表すニューヨーク式のジェスチャーを実演したところだった。

「ハーパーは錠前を付け替えてたんだぞ!」面と向かってどなるべく、男はぐずぐずうるさい居住者ににじり寄った。「こっちはその鍵を持ってなかったんだ! おれにドアをぶち破れってのか?」

廊下の向こう端から、マロリーがデルースに呼びかけた。「その錠前屋をつかまえて。いつ鍵を付け替えに来たのか、聞き出すのよ」

「ああ、それならこのおれが知ってるよ」便利屋が向きを変えると、その腰の鍵束がジャラジャラ鳴った。彼は美人の刑事に好色そうににやりと笑いかけた。「あれは二週間前だった。おれはその作業に立ち会ったんだ」男の目がマロリーを一枚一枚脱がせていく。ブレザー、Tシャツ、ブラジャー。

すると今度は、彼女の目が彼に注がれた。「その日、ケネディ・ハーパーは家にいたの?」

「ああ」男の目が彼女の全身を眺め回す。「だからなんなんだ?」

刑事の長い脚はブルージーンズに包まれている。しかし便利屋の目に映るそれは、むきだしだった。彼は視線を上げ、ぎくりとした。彼女がこちらに近づいてくる。大股で。ストラップから下がったカメラを武器のように振りながら。

ロナルド・デルースは思案した。マロリー刑事はただ怒っているだけなのだろうか。それとも、自分は――またしても――何か見落としているのだろうか。

マロリーはつなぎを着た男の目の前で立ち止まった。「あなたは他の部屋の鍵は持っていたわけよね」これは糾弾《きゅうだん》だった。

「そうとも。おれはこの建物のあらゆる鍵を持っている」

それは一目瞭然《りょうぜん》だった。男の万能ベルトのバックルは鍵束の重みで垂れさがっているし、それぞれの鍵には部屋番号がついている。デルースは、証人が辛辣《しんらつ》なコメントを口にするのを待った。しかし便利屋は礼儀正しく沈黙を守っている。というのもマロリーが片手を腰に当てて立ち、ショルダーホルスターと馬鹿でかい拳銃を見せつけていたからだ。そして彼女のまなざしは、銃以上に恐ろしかった。この人は瞬《まばた》きすることがあるのだろうか？　彼女がすばやく二歩、前に出ると、便利屋は逃げ場を失い、壁に背中を貼りつけた。

「なぜその新しい鍵だけ持っていないの？　あなたは錠前屋と一緒にここに来たんでしょう。ハーパーはその日、家にいたんでしょう」

「くれってたのみはしたがね。彼女が渡そうとしなかったんだ」

マロリーは、男の股の前に下がる、鈴なりになったタグと鍵を見おろした。彼女がそこに手を伸ばすと、男は身をすくめた。

「まだ古い鍵を持ってるのね」４Ｂの鍵のタグを、マロリーはじっと見つめた。「彼女が錠前を取り替えるまで、あなたは自由にあの部屋に入れたわけね」

「彼女は別に気にしちゃいなかったよ」便利屋はいまや模範的市民と化し、協力を惜しまず、べらべらとしゃべっていた。「五年間、苦情は一切なし。ところがある日、突然、おれは怪しい人物になった。もう鍵は預けられないんだとさ。まったくどうなっているんだか！」彼はデルースに向き直った。「いまのは書くなよ、坊や」

デルースは手帳をポケットにしまうと、ミランダ・カードを取り出して、第一容疑者に権利を読みあげようとした。「あなたには黙秘する権利が――」

「何をしているの？」マロリーがその手からカードを取りあげ、彼にカメラを渡した。「この男はもういい。外に行って、野次馬たちの写真を撮って」

デルースはうなずいた。面子《めんつ》をつぶされるのにも、無意味な仕事をさせられるのにも、もうだいぶ慣れてきた。犯人は遺体が見つかったことを知らない。今回は知りようがないのだ。そいつが野次馬のなかにいるとは考えにくい。マロリーは彼女流の表現で、失せろと言っているわけだ。

ライカーは、悪臭がいちばんきつい場所、簡易キッチンの前に立っていた。彼は床に置かれたハエの死骸の瓶をじっと見つめ、それからソーサーの数を数えた。それはちょうど二ダースあった。赤いロウソクの溶けた残りがそのひとつひとつに載っている。二十四枚のソーサーは円の形にきれいに並べられ、ケネディ・ハーパーの亡骸《なきがら》はその中央に横たわっていた。彼女の首には輪縄《わなわ》が巻かれており、その二重《ふたえ》結びはスパローのものと一致しているが、発見されたとき、この女性はぶら下がってはいなかった。照明器具がはずれ、遺体は警察が到着するはるか前に床に墜落していたのだ。天井の穴から引きずり出された絡み合うケーブルのそばには、割れた電球と砕けた白い球形のガラスが落ちている。彼の足もとの遺体はガスで膨張《ぼうちょう》していた。顔の一部は砕けた漆喰《しっくい》のかけらで隠されており、目は、白い粉が固まって貼りついている一方だけが見えた。その目玉は眼窩《がんか》に引っこんでいた。

あるいは、蛆虫《うじむし》に食われてしまったかだ。

ライカーは顔をそむけた。この女性もスパローに負けずにきれいだったのだろうか？　彼は流しの前の床にかがみこみ、手袋をはめた手で女の財布を拾いあげた。財布を開き、運転免許証の写真を見つめる。そう、ケネディ・ハーパーはとてもきれいだった。だが、刈りとられ、短くなった髪以外、スパローに似たところはない。ライカーは床の上に財布をもどした。見つけたときと同じ場所、バッグからこぼれ落ちたさまざまな物のなかに。彼が脇に寄ると、鑑識員のひとりが死んで干からびたハエたちの瓶に粉をまぶした。そこに遺留指紋がないことは、その男が首を振る前から、ライカーにはわかっていた。

顔を上げると、ヘラーが制服警官と一緒にドアの前に立ち、衣類ひとかかえ分の預かり証にサインしていた。鑑識課のボスは、ハンガーのひとつから透明なビニールをむしり取ると、淡い緑のブラウスを持ちあげて、ライカーに手招きした。「これに興味があるんじゃないかな」ヘラーはブラウスをくるりと回し、背中の部分の、薄くなった大きな×印を見せた。そのしみには、クリーニング屋の〝残念ですが〟のステッカーがついていた。

「わたしは同じ印を前にも見ている」ヘラーが言った。「スパローの洗面台の下に丸めてあったシャツについていたんだ。彼女はそのシャツを雑巾《ぞうきん》にしていたんだよ」

「やっぱりこれは無差別殺人じゃないのよ」マロリーが遺体の向こうから話に加わった。「ホシはストーカーだわ」

「そうだな」ライカーは言った。ブラウスの×印は、殺しの一週間前に取り替えられた錠に関するマロリーの仮説にぴたりと符合する。「やつは街で女を見かける。そして、人混みのなか家までつけていきやすいよう、相手のシャツに印をつける。ちょうど野生の動物にタグをつけるみたいにな」ケネディ・ハーパーとちがって、スパローはストーカーのことやその恐怖を警察に訴えなかった。娼婦は人間並みのサービスは受けられないからだ。

なぜおれのところへ来なかったんだ、スパロー？

イーストサイド署の警部補は、子分を送りこむ代わりに自ら現場に顔を出し、マロリーはこれをもって、彼が自身の監督下での失態につき、罪を認めたものとみなした。

「彼女関連のものを持ってきたよ」ローマン警部補はマロリーの存在を無視して、ライカーだけに話しかけた。「相談を受けだしたのは数週間前だ。どこかの変態が彼女をつけまわしていたんだよ」

封筒を受け取ったライカーは、そのなかからビニールに包まれた四枚の紙を取り出した。どの紙にも、同じ内容の短いメッセージが記されている。ローマンは緊張しており、その姿勢は直立不動に近かった。それを見て、マロリーは考えた。これはライカーが警部だったころからの癖なのだろうか？

「メモは彼女のポケットから見つかったんだ」ローマンはハンカチで禿《は》げ頭をぬぐい、つづいて鼻をかんだ。「別に気になるようなもんじゃないがね」

ライカーはあいまいにうなずくと、証拠袋の添付書類に目を通しはじめた。

警部補は、ライカーの腕にかけられた、しみのついた緑のブラウスを見つめた。「彼女はその服も署に持ちこんだよ。地下鉄でやられたと言っていたな。同じ印のついたTシャツもあるはずだ。あとはこのメモ――毎回ひとつずつ、ポケットに入っているってことだった。メモが入れられるとき、ケネディはいつも人混みに――地下鉄や店のなかにいた。だから、相手をちゃんと見たことは一度もなかったんだ」

マロリーは、被害者がファーストネームで呼ばれているのに気づいた。殺人課の刑事が親しみをこめ、そういうかたちで死者を呼ぶのは、めずらしいことではない。しかしローマンの署にとって、ケネディ・ハーパーはまだ生きている女性、ごまんといる一般市民の相談者にすぎなかったはずだ。彼女は無言の非難をこめて、警部補を見つめた。

あなたたち、彼女をペットにしていたんでしょう？

警部補はマロリーの視線を避け、ライカーが何か言うのを――なんでもいいから言ってくれるのを待っていた。「彼女はホシの顔を見てなかった。われわれに何ができたっていうんだ？」

「近隣のパトロールは強化しました？」

ここに至って、警部補もマロリーに目を向けざるをえなくなった。ライカーが書類から顔を上げたからだ。彼もまた、彼女の質問に興味を見せていた。

「いや」ローマンは言った。「あのいまいましいウイルスのせいだ。パトロールを強化するだけの人手はなかった」

マロリーはただ首を振った。彼を嘘つき呼ばわりすれば、それは上司に対する度を越した反抗となるだろう。しかしケネディ・ハーパーは、問題のウイルスが町のこの地区に蔓延《まんえん》する前に死んでいる。それに、ローマンの部下たちは、美しいケネディ・ハーパーを始終訪ねていたという。署の指揮官までもが彼女を知っていたのだ。

ライカーはメモのひとつ、乾いた血のついた一枚を選び出し、警部補の目の前に掲げた。ローマンが口を開く前に、一瞬、間があった。「それが最後のメモだ。ホシはそいつを彼女のうなじにハットピンで留めたんだ。ケネディはそのまま——血を滴らせながら——警察署に入ってきた。メモはまだ彼女の肌にくっついたままだった」

マロリーにはわかっていた。被害者がそこまでする理由はひとつしかない。これは真剣に受け止めてほしいという女性からの訴えだ。警察がそれまでずっと取り合わなかったから。

ライカーは血に染まったメモを読みあげた。「〝いつでもおまえに触れられる〟」

「ケネディが限界に達したのはその日だった」ローマンは言った。「彼女は町を離れると言った。そうだな、われわれもそれがよかろうと思ったよ。部下のひとりは彼女にコーヒーを出し、救急箱を持ってきた。わたしは彼女のためにバミューダに行く飛行機を予約した」

優しいのねえ。本当にご親切。

「他にも彼女のために何かしました？」

「したとも！」ローマンはマロリーに向き直った。彼は攻勢に転じていた。「あの娘はショック状態だった。だから護衛をつけて病院に行かせたよ。その後、彼らは彼女を家に送り届けた。あとは、タクシーに乗って空港に行くだけだった」

彼女をひとりにしたわけね。

マロリーは警部補ににじり寄った。「それっきり何もしなかったんですね？」

「しなかったさ！　その必要がどこにある？　われわれの知るかぎり、彼女はバミューダに向かっていたんだ」

検視局長エドワード・スロープが、この事件をじきじきに扱うべく到着していた。彼は床に膝をつくと、遺体を転がし、その損なわれた顔を警察のカメラマンの前にさらした。

「いやはや。これは見ものだな」ヘラーの声に室内の全員が振り返って、死んだ女に目を向けた。ハエどもが口から垂れさがる長い金髪のあいだを這い回っている。ロープの二重の結び目は女の上顎にひっかかってその口をこじ開け、引っ張られた唇が生首の笑いを形作っていた。

「あと少しで逃げられたって感じじゃないか」

マロリーだけがローマン警部補の反応を見守っていた。その顔は青ざめ、口もとは弛緩《しかん》していた。事件現場を山ほど見てきたこのベテランが、いまにも吐きそうになっている。彼がいちばん無防備なのはいまだ。マロリーはさらに歩み寄った。その肩が彼の肩に触れた。「すると、リポーターたちが殺しの情報をつかんで署を訪ねてきたのに……それでもまだ何もしなかったわけですね？　警部補殿？」

「うちの部下たちはそのことを知らなかったんだ」またもや彼はライカーだけに話しかけた。「当直の警官はリポーターの件を一切伝えてこなかった。彼の知るかぎりでは、あの女性はバミューダにいるはずだった。勤務ももうそろそろ明けるし、何もわざわざ二階まで上がってわれわれに話すことはなかろうってわけだ。わたしが保証しよう、そいつの首は必ず飛ぶことになる」

　もう遅すぎる。

　マロリーはフォルダーに目を通した。「本件の捜査にはもっと人員が必要です」

「そうだな、ではもう二名貸し出そう。すぐに――」

「三名だ」ライカーは言った。「三名にしてくれ。前回、彼女に人をよこすと約束したとき、ひとり足りなかったからな」

「決まりだ」警部補は言った。「もういいかな？」

　ライカーはうなずき、退席の許可を与えた。相手は彼より階級が上なのだが。ローマンは踵《きびす》を返してドアに向かった。その様子を見て、マロリーは思った。この男は嘔吐《おうと》する前に外にたどり着けるだろうか？

　ドクター・スロープは遺体の回収を監督したあともその場に残り、部屋の間取り図のチェックを始めた。一方ヘラーは、床に落ちた被害者のバッグのそばにしゃがみこみ、散らばった全品目とその位置を記入しながら、スケッチブックに新たな図を描きはじめた。

　マロリーは彼の隣に膝をつき、バッグから放り出された品々を観察した。「もみあったみたいね」

「いや」ヘラーは、黒いクレヨンで落ちている品物をそれぞれ丸く囲っていった。「全部の物が狭い範囲内にある。わたしの見かたはこうだ、彼女はここに立っていて、何かに驚いて飛びあがった」

ライカーが玄関のドアをじっと見つめた。「鍵は三つ、チェーンがひとつある。しかし押し入った形跡はない。問題の女性はひどく神経質になっていた。知らないやつにドアを開けるとは思えない」

「犯人は警官かも」マロリーは言った。

「その線もありうるな」ヘラーは新しい手袋をはめた。「だがわたしは、ホシが来たときドアの鍵はかかっていなかったんだと思うね。女性は長旅を予定していた。だから警官たちが家まで送ってきたあと、あちこち駆け回って用を足したんだ」彼は床から、ひと綴《つづ》りのトラベラーズチェックを拾いあげた。「ほらな？　銀行へひとっ走り」つぎに、小さな薬袋から薬瓶を引っ張り出す。「それから、この処方薬を補充した。しかし彼女は、クリーニング屋の預かり証を家に忘れた。そこでそれを取りにもどった」

ライカーはタバコのパックを取り出した。「それはただの推理なのか、それとも――」

「事実だよ」ヘラーは言った。「クリーニング屋が、彼女はバッグを空にして預かり証をさがしたと言っていた。だがそれはうちにあったんだ。流しの横に置いてあったよ。すると、どうなるかな？　彼女は飛行場に急がなきゃならなかったわけだろう？　きっと預かり証をつかみとって、すぐ外に飛び出す気でいたろうね。だからドアの鍵はかけなかったんじゃないか」ヘラーは立ちあがった。「彼女はここに立ち、預かり証に手を伸ばした。そのときホシに気づいて、バッグを取り落としたんだ。そいつは彼女のすぐあとからうちに入ってきたんだろう」

カシャッ。

ロナルド・デルースは歩道の一般人たちを撮りまくっていた。群衆の類別はすでにすんでいた。自由の女神に扮しているのは、よその町から来たお客。彼らのかぶる、緑の気泡ゴムの棘つき王冠は、段ボール箱ひとつで野次馬相手に商いをする露天商から買ったものだ。ビジターたちはカメラに向かって笑顔を作ると、今度は自分のカメラで、エキゾチックな真っ黄色の髪を持つ若い刑事の写真を撮った。これではまるで観光客のアトラクションだった。

無感動な顔を見せているのは、殺人にはもう飽きている地元っ子だ。彼らの多くは、エメルダ嬢による〝絞首人〟のあいまいな説明に特徴が一致している。Tシャツとジーンズはこの界隈の制服であり、男たちのうち五人は野球帽をかぶっていた。

カシャッ、カシャッ。

フリーの記者は簡単に見分けがつく。制服警官と見れば、すぐにまとわりつくのが連中だ。一方、本物のメディアで働くプロたちは、局のロゴの入ったバンから吐き出されてくる。彼らの技術スタッフは、竿《さお》つきの照明を設置し、カメラを運んでいる。マイクを持った黒髪の女性が彼のほうに向かってきた。彼女は、青い木挽き台の障壁を背に立つ制服警官たちには見向きもしない。その目はひたすらデルースだけを見つめている。半円を描くバリケードの外を回って進み——彼に接近しようとしながら。

彼女は美人だった。彼は写真を撮った。

カシャッ。

リポーターは彼にほほえみかけた。

カシャッカシャッカシャッカシャッ。

彼女が声をかけてきた。誘惑の言葉を。「殺人事件ですよね？」

「ノーコメント」彼は言った。今回、現場は厳しい管理体制下にある。制服警官もリポーターには一切情報を与えられない。相手がどんなに美人だろうとだ。

デルースはフィルムを切らしており、マロリーとライカーが現れる前に、ウォラー巡査が店からもどるよう祈っていた。

彼は救われた。あの巡査が野次馬たちを押しのけながら足早に近づいてくる。完璧なタイミング。やはり神は存在するのだ。ウォラーが補充のフィルムを手渡し、デルースはカメラを開けて、使い終わったフィルムを取り出した。

そのとき、人混みのなかの顔のひとつが彼の注意をとらえた。他のみながアパートメントの入口を見守っているのに対し、その見物人は上層階の窓を見あげているのだ。デルースは四階のケネディ・ハーパーの部屋を見あげた。見えるのは、ガラスに映る青空だけだ。彼はカメラにフィルムを装塡《そうてん》したが、被写体はシャッターを押す間もなく、グレイのキャンバス・バッグを肩にかけ、人混みに引っこんでしまった。そのバッグは、デルースの車のトランクに入っているやつによく似ていた。彼はそこにセントラル・パークでの野球の試合用の着替えを入れている。

ここで彼は思い出した。あの男の写真を撮らなくては。

カシャッ。

くそ。

撮れたのは、向こうを向きかけているその市民の後頭部だけだった。デルースは迷った。あの男を追うべきだろうか？　でもどんな口実を使えばいいのだろう？　失礼ですが、あなたは下ではなく上を見ていましたね？　これは、例の便利屋を逮捕しようとしたとき以上にさえない結末となるかもしれない。

だがその奇妙な見物人のことは、デルースがバリケードの向こうの覚えのある顔に気づくと同時に忘れ去られた。それは、前の事件現場で娼婦を吊るしたままにしたあの消防士だった。ゲイリー・ザッパータの目は、ケネディ・ハーパーのアパートメントの入口に釘付けだった。

何を待っているんだ？

カシャッ。

マロリー刑事が歩道に出てきた。つづいて、彼女のパートナーも。ザッパータの怒りのまなざしがライカー警部補をしっかりとらえた。

カシャッ。

あのふたりはデルースが何を言おうと取り合わないだろうが、写真となれば信じざるをえないはずだ。ザッパータは明らかにライカーの死を願っていた。

マロリーが近づいてきた。消防士に関する自説を披露する暇はなかった。彼女は言っている、いや、命令している。「手帳を出しなさい」

デルースは言いつけに従った。彼の鉛筆が白いページの上で止まる。

「まずフィルムを現像させて」彼女は言った。「文句は言わせないこと。テクニカル・サポートの連中にいますぐほしいと言うのよ。それから署にもどって、捜査本部の壁を一箇所空け、この書類を留める」彼女は大判のマニラフォルダーをよこした。「それと、わたしのデスクにニュース映像のスチール写真が何枚かあるから、そこに写っている顔をここで撮った顔と照合して。その仕事がすんだら、ここにもどってライカーと合流するのよ。彼がつぎの指示を出すから。さあ急いで」

今夜は野球はなしだ。

その肉体、精神ともに、ジェイノス刑事は人間戦車だ。何ものも彼を止めることはできない。もしもコフィー警部補が聖杯をさがす旅に送り出していたならば、彼はとっくにあの杯を持ち帰っていただろう。それ以上にむずかしいのが、某ローカル・ニュース番組の情報提供ラインから録音された音声を確保するという今回の任務だった。

彼は疲れ果てていた。

テレビの連中は、彼を〝ベイブ〟と呼び、五分間に二度も〝シナジー〟という言葉を誤用し、虚しく過ぎたつぎの二十分間は、意味の通じることは何ひとつ言わなかった。番組スタッフは全員、自分たちが殺人の証拠を隠すことを合衆国憲法が許し、奨励《しょうれい》さえしているというイカレた考えのもとに、働いているのだった。

にもかかわらず、ジェイノスはその連中をひとりも殺さなかった。それは彼の流儀ではない。彼はただ、ニュース・ディレクターの前にそびえ立ち、片手を伸ばして言った。「テープをください」

別のスタッフ、女性キャスターは、憲法修正第一条のその部分を読んだことがないことを自ら暴露しつつ、報道の自由をテーマに弁舌をふるった。

そしてジェイノスは答えた。「テープをください」

半時間が過ぎたところで、ようやく局の弁護士が到着し、依頼人たちをどなりつけた。「さっさとテープを渡すんだ、このド阿呆ども！」

ポリス・プラザ一番地では、大量の仕事をかかえる技術スタッフの説得にさらに時間が費やされた。彼はその男に、ただテープを預けていくわけにはいかない、警部補用のコピーがすぐいるのだということをわからせねばならなかった。単にそびえ立っているだけで、これはうまくいった。相手は実験衣を着た小柄な男だったのだ。

そしてついにジェイノスは、やっと勝ち取った戦利品を手に、署の捜査本部へと向かった。ドアを開けた彼は、そこで足を止め、奥の壁に貼りつけられた雑な作りの平たいかかしをしばし観賞した。彼が留守のあいだ、坊主どもは忙しかったらしい。

壁際に置かれたグレイのキャンバス・バッグを、彼は見おろした。丸まったスポーツ用ソックスが一足、床に落ちている。どうやら壁の人形の足として不適格とされたらしい。ジェイノスはこの美的判断をよしとした。〝少なさは豊かさ〟だ。鋲《びょう》で留められた野球帽の下には、男の後頭部を写した写真があった。これは、エメルダ嬢が見たという樹上の怪人、顔のない男に通じる。この写真の下にはTシャツが広げられており、さらに下半身として、ブルージーンズが頑丈な釘で留められていた。人形の手の部分にあるのは、事件現場用の手袋だった。ラテックスのてのひらの一方には釘が一本打ちこまれ、そこから安物のインスタント・カメラがぶら下がっている。これもまた、エメルダ嬢の話にあったとおりだ。

おもしろいね。

しかしいちばん独創的なのは、かかしの野球帽を取り巻くよく肥えた黒い羽虫たちの光輪だった。なかの一匹は大きなアブで、長いピンに貫かれながらもまだ死なず、ぴくぴく動き、ブンブンいっている――

足音に気づいて、ジェイノスは振り返った。そこにいたのは、ローマン警部補のところの黄色い髪の若者だった。そのスリムな体型から、かかしの衣類はこの刑事のものと思われた。それに、もっと確かな証拠もある。急にうしろめたくなったと見え、ロナルド・デルースの顔は真っ赤になっていたのだ。これはたぶん、ハットピンに刺した、まだ死なずにのたくっている羽虫を手にしているせいだろうが。

「デルース、その若さでここまですれちまうとはな」ジェイノスは頬を燃やす白バッジに笑いかけた。それが称賛であるのに気づき、若者はやっと呼吸を再開した。

その場所は娼婦の不安を募らせるべく選ばれた。壁を飾る写真や賞状はどれも、〝ここは警官のバーだ！〞と叫んでいる。しかし肝心のデイジーは酔いが回りすぎていて、それらの額には気づいてもいない。マロリー刑事は、真っ赤な髪のその年増の娼婦とのあいだにマホガニー十五フィート、酒飲み五人を置いてすわっていた。

骨と皮ばかりのその女はスツールに浅く腰かけ、横目でドアを眺めている。ライカーはすでに十分遅れていた。女はそういつまでも待ちはしないだろう。娼婦がこちらに目を向けると、マロリーはサングラスをかけた。もっとも向こうが気づくかどうかは怪しいものだ。ふたりはどちらも大きく変わった。子供だったキャシーは女になり、娼婦デイジーは病み衰えた残骸となった。

昔、この赤毛の女は長い金髪の持ち主で、スパローとヘロインを分けあっていた。あのふたりはいつでも一緒だった。マロリーには子供時代、ふたりの娼婦が同じ便器に吐いているのを見た記憶がある。

デイジーの真っ赤な唇が笑みを形作り、男のお客を誘った。男はバーテンの目をとらえようと向きを変えた。このバーテンも最近赤毛にしたのだが、デイジーみたいなのとはちがう。ペグ・ベイリーの髪は、もっと自然な色合いだ。それにベイリーはもっとふっくらしているし、健康美に輝いている。しかも彼女は若いころ、勲章までもらった警官だった。

お客が一方の眉を上げ、なぜ病気の娼婦をこんなに長居させるのかと問いかけた。慣例によれば、デイジーは文字どおりブーツの足で尻を蹴られ、通りに放り出されるべきなのだ。ペグ・ベイリーは指を二本立ててみせ、娼婦はあと数分で出ていくと男に伝えた。

まずいわね。

このバーはいまの場所に移転したばかりだ。ベイリーがライカーの住まいの近くに店を移したのは、あるいは偶然かもしれない。だがマロリーはそうは思わなかった。

バーテンは壁の時計を見あげ、次いでマロリーに目を向けた。「あんたの相棒はもう来やしないよ、おチビさん。いますぐあの娼婦を放り出すからね」

ＡＩＤＳで衰弱した娼婦は、商売の邪魔になる。

マロリーは窓に顔を向け――そして息をのんだ。元ライカー夫人のアンジーが、道の向こうの床屋のドアから出てこようとしている。彼女は二度目の夫ともうけた子供たち、ティーンエイジャーの男の子四人の行列を率いていた。相棒が娼婦の聴取をこの時間に設定したのは、単なる偶然なのだろうか？　それとも、彼はいまもアンジーをスパイしているのだろうか？

バーテンがカウンターをトントンたたいて、マロリーの注意を引いた。「時間切れだよ、おチビさん！」

「ひとつ教えて、ベイリー。あなたとライカーは彼が結婚していた当時から知り合いだったのよね？」

「知ってるくせに」ペグ・ベイリーの目が突如冷たくなった。それは無言で訊ねていた――何を企んでるの？「あたしは彼の相棒だった。それも知ってるよね。いったい何が言いたい――」

「どうしてあなたは、奥さんが隠れて遊び回ってるって彼に教えなかったの？」マロリーは子供時代、養父母の深夜の会話を立ち聞きして、多くのことを学んだのだ。「アンジーがふしだら女だってことを、あなたは知っていた。なのにライカーが離婚してもまだ、彼に何も言わなかった。あなたが自分に隠し事をしていることを、彼はいまも知らない——」

「あんた、あたしを脅す気じゃないでしょうね？」ベイリーはカウンターに身を乗り出した。

「そういうのは不愉快だな、おチビさん。それと、いまの話をもしひとことでも彼にしゃべったら、その顔をめちゃめちゃにつぶしてやるからね」

マロリーは微笑した。自分のほうが若くて俊敏《しゅんびん》だから、それに、健全な恐怖心に欠けている分、有利だからだ。そうそう、銃を持っているのもこっちだった。

ライカーが到着した。彼は歩道際で車を降り、駐車スペースをさがすべく走り去るデルースを見送った。

ふたりの女のあいだに気づまりな沈黙が落ちた。店内の照明は控えめだ。マロリーとベイリーがのぞきの現場を押さえられる恐れはない。ライカーは明るい陽射しのなかに立っている。それに店の板ガラスは鏡の働きをしてくれるだろう。両手を振って呼びかけるアンジーに反応し、彼はのろのろと向きを変えた。彼の元妻は子供たちを歩道に残すと、車の流れをかいくぐり、道を渡ってきた。その口が楽しげに、〝こんにちは！〟と動いている。元ライカー夫人がさらに近づいたとき、マロリーはペグ・ベイリーの新しい髪色がまさにニンジンの赤になっているのに気づいた。

ライカーがもとどおりウィンドウに体を向けた。彼はいつも来ているこのバーの営業時間の張り紙を眺めるふりをしている。前妻がその背後に近づいた。アンジーはいまも美人だ。しかしライカーはそちらを見ようとしなかった。アンジーは彼のかたわらに立ち、陽気にぺらぺらしゃべっている。たぶん、元気だったか訊ねているのだろう――実を言えば、ふたりは始終顔を合わせているのだが。ライカーの住まいは彼女の住まいのほんの一ブロック先なのだ。しかしライカーには、この女性の近くで暮らし、毎日欠かさずその顔を見られるだけで充分なようだ。彼はもうアンジーと言葉を交わしたりはしない。この先もずっとそうだろう。彼にとってそれはあまりにもつらすぎることなのだ。

あの女の手が前夫の袖にかかる。

ペグ・ベイリーの両手が固い握り拳《こぶし》になった。

ライカーはいつものように肩を丸めず、背筋を伸ばして硬直し、黙りこくっている。彼はウインドウを見つめているが、その目には何も映らず、耳には何も聞こえていない。アンジーは、〝しょうがないわね〟とばかりに肩をすくめた。それから、彼のことはあきらめ、道の向こう側に引き返していった。

それ以上見ていられず、ペグ・ベイリーは元相棒の飲む炭酸水を用意しに行った。ライカーは勤務中は絶対に酒は飲まないのだ。マロリーは歩道にたたずむ男を見守りつづけた。彼は自分の靴を見つめ、みじめさを抑えつけようとしている。これでマロリーも納得した。ライカーとスパローのあいだに色恋沙汰はなかったようだ。彼はいまだに前妻を愛している。それに、ペグ・ベイリーがいまも自分の番を待っているのに、娼婦と仲よくなる必要がどこにあるだろう？

ライカーが店内に入ってきてベイリーに手を振った。彼女が炭酸水をすべらせようとすると、彼は片手でそれを制し、安いバーボンをオーダーした。

ますますまずいわ。

ライカーはネクタイをゆるめ、デイジーの隣にすわった。娼婦はすぐさまシャンパン・カクテルをオーダーした。

ライカーは二杯目のバーボンを飲みながら、娼婦の言葉に耳を傾けていた。その訛のあるゆったりしたしゃべりかたは、スパローにそっくりだ。その昔、ふたりの娼婦は大親友だった。都会に対抗する小さな町の出の南部の娘たち。ここまでのところ、有益な情報は何ひとつ得られていない。そこでライカーは、往時の記憶をつついてみた。「スパローとつるんでた、あの小さな金髪の女の子を覚えているかい？」

「スパローだけじゃないよ。あの子は大勢の娼婦と取引してた」デイジーは、同じのをもう一杯とベイリーに合図した。

「あの子の名前、なんといったっけな？」

「そりゃ、あんた、名前はいっぱいあったさ。ひとりの娼婦は、〝ノミッ子〟って呼んでたし、スパローは〝ベイビー〟って呼んでたよ」

「きみは？」

「〝こら、おチビ〟──そう呼んでた。初めてあの子を見たとき、あたしはクラックの密売所にいたんだよ」娼婦はちょっと間を取り、カクテルをぐいぐい飲んだ。「あの子はスパローをさがしてたんだ。あのちっちゃな汚れた顔ときたら。それにあの目──まるでちっちゃな緑の炎だった。でも、ものすごく冷たいんだよ。あの女の子には、あったかみや可愛さなんてかけらもなかったな。じゃあ凶悪さは？　そりゃわかんないよ、あんた。でも、あの顔ときたらさ──汚れてないときに見たことがあるんだよ。神様は天使だってあれほど綺麗にゃ創らない。でも神様があの子を創ったって意味じゃないからね。あたしは冒瀆的なことは言わないんだ。ママにきちんと育てられてるからさ」

これは少々時間がかかりそうだ。デイジーがどうしてこの街で生きていけるのか、ライカーには不思議でならなかった。ここでは時は金なのだ。彼女は、お客や警察官が娼婦の回想が終わるまで一日でも待っていてくれる、もっと温暖な土地の人間だ。

「さっきも言ったとおり、あたしは密売所にいた。そしたら暗闇で物音がしてね。最初、見えたのは、あの子の目だけ──冷たくて無表情なあの目だけだった。怖かったね。あの女の子には心がないんだよ。あの子はこっちに来て、あたしにシガレット・ケースを渡した。本物の銀のやつをね。そして、表紙にカウボーイの絵がついたぼろぼろの古本をよこしたんだ。あたしの好みじゃなかったけど。そう、それからあの子はちっちゃな足で宙を蹴って、ネズミどもを追い散らした。で、こう言うんだ。『お話を読んで』まるで、それがあたしのこの世における務めみたいにさ」

「するとあの子は字が読めなかったんだな？」

「いいや、読めたよ」デイジーは言う。「あたしより読めた。むずかしい言葉があると、助けてくれたもの。でもその夜は――その最初のときは、あたしの膝に頭を載っけて、お話が始まるのを待ってたよ。だからあたしは、あの子が眠っちまうまで読みつづけた。そのあとも、ネズミがあの子に寄ってこないよう、ひと晩じゅう寝ずに番をしたもんだ。だって、そうしなきゃ。ねえ？」

ライカーはうなずいた。「その夜は、きみがあの子の母親だったわけだ」

「別の夜は、別の娼婦だった――スパローが見つからないときはね」

ライカーはグラスから目を上げた。マロリーはカウンターの向こう端にすわっている。もしあの黒いサングラスを下ろしたら、デイジーには彼女がわかるのだろうか？　いや、それはないだろう。しかしあの切れ長の緑の目は少しも変わっていない。幽霊を信じる娼婦なら、その目を見て震えあがるかもしれない。

「するときみはあの子の面倒を見てたわけだな」ライカーは言った。

「ときどきね」デイジーは答えた。「だってスパローはあてにならないし。あのヤク中の淫売はいつだってラリってて、目を覚ましたときはそこがどこだかわからないんだものね。身の護りかたを心得てて、あの子はラッキーだったんだよ」

ああ、実にラッキーな女の子だよ。

ときとしてキャシーはゴミ缶を漁《あさ》って、冷たい夕食をさがしていた。「スパローが刺された日のことを覚えているかい?」

「そりゃ、あんた、忘れっこないでしょ。病院に見舞いにも行ったしさ。あの子もそこにいたよ。かわいそうに。スパローのベッドの縁にすわって、ぴんと背筋を伸ばしたまま眠りこんでた。疲れすぎて、横になることも、倒れることもできなかったんだね。あたしが生きてるあの子を見たのは、そのときが最後だったよ」

「他に何か覚えてないかな? スパローは誰に刺されたか言ってたかい?」

娼婦は警戒の色を見せた。

「なあ」ライカーは言った。「別に証言しろってわけじゃないんだ。あの一件はもう昔のことだよ。これは個人的な質問だ、わかるよな?」二十ドル札がカウンターの上を移動する。「誰が刺したのか、きみは知ってるのか?」

「たぶんだけど――」娼婦の手が金をつかむ。「ねえ、たぶんってだけだからね。スパローはフランキー・Dがどうとか言ってたかもしれない。あのケチな変態野郎、覚えてるよね?」

ライカーはうなずいた。フランキー・デライトは、現金払い以外の取引にも応じるめずらしい売人だった。「するとスパローはヤクほしさに体を売ってたのか?」

「いいや、クスリのためにあの変態とやるなんてことは絶対なかったね。どんなに苦しくたって関係ない。ちがうんだよ、あんた、スパローは新品のビデオデッキをひと山、売ろうとしたんだ。まだ段ボール箱に詰まってるのをね。〝のっぽのサリー〟がある仕事に失敗して――」

「その話なら知ってるよ」ライカーは言った。十歳のキャシー・マロリーはその計画の実行犯だった。

ビデオデッキ大窃盗《せっとう》。

彼は強盗課の報告書を思い出した。パトロール警官の記録には、現場付近で目撃された不審者の情報があり、そこには緑の目をした小さな金髪の女の子も載っていた。ルイ・マーコヴィッツは事件の詳細をライカーに読んできかせ、畏怖の念と誇らしさの入り混じった口調で言った。「なんとあの子はトラックを襲ったんだよ」

デイジーがライカーを肘でつついて我に返らせた。「フランキーのやつ、いったいどうなったのよ？」

その点は今日に至るまではっきりしていない。「町を出たって聞いたよ」死んだ人間はまあ、町を遠く離れたと言ってもいいだろう。「それで、デイジー、スパローはどうしてる？ 連絡は取り合ってるのかい？」この娼婦が新聞を読むとは思えない。それに、テレビのほうは、ヤクを買うためとうの昔に質に入れてしまったろう。

「ううん、もうつきあいがないんだ」デイジーはグラスのなかを見つめた。「ずいぶん前からね。でもきょう噂を聞いたよ。あるくそ女が、きのうの夜、首をくくった娼婦はスパローだって言うんだ。まあ、嘘に決まってるけどさ。あたしのスパローはクリーンになってた――ヤクからは足を洗ってたんだ。それに、生活のためにスカートをまくるのもやめてたし。もう何年も前のことだよ、あんた。何年も」

ライカーは十ドル札をもう一枚、彼女にやった。デイジーは彼の手から札をひったくると、もぞもぞとスツールを下り、ペグ・ベイリーに目を据えたままドアまであとじさっていった。それからくるりと身を翻《ひるがえ》し、彼女は逃げ去った。これ以上長居して、怪我をしてはつまらない。

店内の男たち全員が見つめるなか、ライカーはカウンターの向こう端までゆるゆると歩いていき、相棒の隣にすわった。「時間の無駄だったよ。ホシは娼婦を狙うストーカーじゃない。スパローは何年も前に足を洗ってる」

懐疑主義者マロリーは首を振った。内容の如何《いかん》を問わず、彼女にはスパローに関するよい噂を本気にする気はないのだ。

〝娼婦は一生娼婦〟ってわけか？

「劇団のほうはどうだった？」

「行き止まりよ」マロリーは言った。「スパローは急場しのぎの代役だった。リハーサル以前には誰も彼女に会っていない。そしてその日に、彼女は吊るされたの」

「しかし誰かがその仕事を紹介したわけだよな。スパローとケネディ・ハーパーのつながりはそこかもしれんぞ」

「いいえ、ライカー。これはブロードウェイの公演じゃない。スパローはスーパーの掲示板の広告を見て、応募したの。彼女は衣装を着けて行ったうえ、せりふもすっかり入っていた。だから監督は役を与えたわけ」

ライカーはチェーホフを暗記しているスパローを思い描こうとした。それから、ショットグラスの中身を干して、カウンターに金を置いた。「で、おつぎは？　死体置き場か？」

「いいえ、スロープはいま、もっと新鮮な遺体の検分に当たってる」

「オーケー」ライカーは言った。「所轄の警官、ウォラーが例のビデオに目を通してね、あのTシャツとジーンズの男の住所氏名をジェイノスに教えたんだよ。アベニューBにあるでかい教会を知ってるよな？」

「神父だったわけ？」

「そのとおり」ライカーは空いたグラスを見つめ、手のなかでもてあそんだ。「かかわりたくなきゃ、そっちはおれがひとりでやるよ」

「いいえ」マロリーは車のキーをつかむと、カウンターにたっぷりチップを置いた。「ちゃんと見届けなきゃ」


イースト・ヴィレッジのその公園は音楽であふれていた。ロックにラップ、ヒスパニックにソウル。さまざまな曲がラジオやCDプレイヤーから流れてくる。若者の何人かはこれ見よがしにイヤホンを着けており、ライカーは彼らの歌をその足取り、踊るようなその身のこなしから推し量るしかなかった。

トンプキンズ・スクエアの中央には、あるすばらしい思い出があった。その夜、ライカーの父親は彼を家から放り出した。ティーンエイジャーの反体制音楽という面倒に対する鮮やかな解決法だ。若きライカーは、古い野外音楽堂で、その場所を自分のものだと主張する別の少年と対決した。その少年の音楽はクールでダークな自画像、クラリネットによるジャズのリフだった。ライカーは、もっとやかましくもっと長いロックンロールの連射でこれに応戦した。そして彼らはしばらく闘い、やがて楽器を置いた。

血みどろの死闘のあと、ふたりの少年はともに切り傷や打ち身を獲得していた。しこたまビールを飲んだあと、彼らは泥酔状態で夜を終えた。お互いに腕を回して支えあい、音楽的に不調和なよろめき歩く四つ足の生き物となって。

ああ、あのころはよかった。

通り過ぎていく大型ラジカセの航跡で、驚いた鳩たちがどっと舞い上がった。ライカーは夕バコの火を消し、教会へと引き返した。なかでは、マロリーの神父拷問計画がどういうわけか狂いだしていた。


その教会は大聖堂には程遠いものの、定番のお飾りはすべて備えていた。ステンドグラスの窓に、巨大な十字架、そして、石膏の聖人像の足もとでは、灯明が何列にも並んで輝いている。

マロリーは神父をゆさぶるだけのために、使い捨てカメラに二十ドル投資しており、この男の笑いは彼女を失望させた。神父は自分の顔写真が殺人事件の容疑者のラインアップに加わることを想像し、おもしろがっているのだ。「いいえ、笑わないで、神父さん」彼女は言った。

「では、スパローはこちらの教区に属していたわけですね?」

「あなたが言うと、それが悪いことのように聞こえるね」

ローズ神父は日々の司祭のお勤めを離れ、彼女とやりあうのを大いに楽しんでいた。この男は、二件の吊るし首の有力な容疑者にはなりそうにない。マロリーはライカーに目をやった。彼は信徒席の最前列にだらんとすわって、自分の出番を待っている。気さくな警官、みんなの友達を演じるときを。

マロリーは神父に顔が見えるようカメラを下ろし、ゆっくりと笑いを浮かべた。彼女にはほほえみのレパートリーがいくつもある。これは相手の不安をかきたてる笑いだ。

「ある人物が昨夜、あなたが事件の現場にいたのを見ているんです」

「そう、確かに大変な人出だったね。それも、消防車が来る前からだ」神父は横を向いた。「横顔も必要なんじゃないかな?」彼は静止して、フラッシュを待った。「その目撃者はお年寄りのご婦人だろう? 分厚い眼鏡の? 道の向かい側で窓辺にすわって、あのショーをずっと眺めていた――」

「ショ、ショー? あれをそうごらんになっているんですか、神父さん?」マロリーはまた一枚、彼の写真を撮った。「なぜあなたは現場にいらしたんです? 何か忘れ物でもしました?」

「するとわたしは本当に容疑者なんだね」彼は気をよくしているようにさえ見えた。

「昨夜は法服を着ていなかったんですね」

「近所の診療所で働くときは、カラーは家に置いていくものでね。わたしは週に三晩、奉仕活動をしているんだよ。傷に包帯を当てたり、アスピリンを出したり――やるのは主にそんなことだが」

マロリーはカメラから顔を上げた。その目に浮かぶ疑いが神父によく見えるように。「名前を挙げてください。あなたのアリバイを証明できるのは誰です？　そう、たとえば火事の一時間前だったら？」

「診療所を運営している看護師だな。消防車の音に気づいたとき、ちょうど一緒に帰るところだったんだ。これなら――」

「スパローと最後に話したのはいつです？」

「日曜日だね。だがわたしは――」

「彼女は敵がいるようなことを言っていませんでしたか？　誰かが待ち伏せしているとか？」

神父は首を振った。

「ノー？　知らないんですか？　それとも言う気がないんですか？　弁護士を呼びます、神父さん？　尋問を受けるとき、あなたには代理人を呼ぶ権利が――」

「もう充分だ、マロリー」いらだった上司の役を演じ、ライカーが信徒席から立ちあがった。「彼の話の裏をとってこい」

静寂の支配するなか、マロリーは祭壇の階段を下りていき、のぼってきた相棒とすれちがった。ライカーは早くも台本から脱線していた。肩を怒らせ神父の前に立ったとき、その顔には気さくさなどみじんもなかった。マロリーはそこに留まり、成り行きを見守った。

「あなたがあの現場に入ろうとしたことはわかっている」ライカーは言った。「今度の目撃者は老婦人じゃない。図体のでかい毛むくじゃらの消防士だ」

「なるほど、スパローは死んだとわたしに教えた男だな。さよう、彼女はカソリックでね。最後の儀式にあずかる資格があるんだよ」

「その消防士の話だと、あなたは警察が被害者の身元を特定する前に、すでに彼女の名前を知ってたそうだね。あそこが彼女のうちだとあなたは知ってたわけだ。ところで、この教区には何人、信者がいるんだろう？　二百人くらいかな？」

ローズ神父はやや不安げな顔をしていた。これがテストであることがわかったのだ。「彼女の顔が見えたからね——」

「すると、あなたはいい席でショーを見られたわけだ。最前列——窓のすぐ前で。で、何か変わった点はなかったかい？」

「口に詰めこまれた髪の毛のことかな？」神父は勢いを盛り返し、いい気になっているようにさえ見えた。「いや、それじゃ簡単すぎる。そのことは見出しに載っていた。そうだろう？」彼は腕組みした。「あなたが言っているのは、ロウソクのことだろうね。そのことは新聞に載っていなかったようだから」ローズ神父は、近くのアルコーヴを手振りで示した。そこには石膏の聖人像が一体あり、ロウソクの列のなかで小さな炎がいくつか燃えていた。「あんなやつだ。そう、わたしはそれが水に浸かっているのを見た」彼の笑みは前より大きくなっていた。

「しかしスパローのロウソクは赤かった。わたしのは白だがね」

するとローズ神父は、水面に無数に浮かぶハエの死骸には気づかなかったわけだ。少なくとも事件現場の秘密のひとつは守られている。

神父は勝ち誇って、笑みをたたえていた。

「楽しんでるのか、神父さん?」ライカーは前に進み出て、相手をあとじさらせた。「スパローはおれの友達だったし、こっちはこの事件を楽しんじゃいない。だからおれの前でにやつくのはやめてもらえないかね」

いきなりパンチを食らったかのように、ローズ神父の頭ががくんとのけぞった。そしてそれは確かにパンチだったのだ。態度を改めた神父に報いて、ライカーは少し手をゆるめた。「もしかすると、事件には宗教的な要素があるのかもしれない。あなたならあのロウソクをどう説明する?」

「そうだね、あれはムードを出すためじゃなかった」ライカーにふざけていると思われないよう、神父は急いで先をつづけた。「スパローの部屋の明かりは全部ついていたからね。そこへ消防士たちが入っていき——」

「神父さんはなんのためにロウソクを灯すのかな?」

「儀式だよ」神父の自信はぐらつきだしていた。「焼いた供物。暗闇の明かり。希望の象徴かな?」この最後の言葉はささやきとなっていた。階段を下りていく刑事を彼は見つめた。

ライカーは神父に背を向けたまま、こう訊ねた。「スパローが売春婦だってことを知ってたかい?」

マロリーは神父が唖然とするのを見守っていた。空気に溺れる魚よろしく、彼は口をぱくぱくさせた。これ以上、この神父からは何も聞けないことが、それでわかった。たとえ彼が告解で打ち明けられたあらゆる秘密を蹂躙《じゅうりん》しようとも。スパローは神父に心を開いてはいなかったのだから。ふたりの刑事は中央の広い通路を出口に向かって歩きだした。するとそのとき、背後から駆けてくる足音がした。

神父が叫んだ。「待ちなさい！」彼は像から像へと駆け回り、すべてのロウソクに火を灯していった。「もう一分だけ。お願いだ」彼は祭壇のロウソクにも一本残らず火を灯した。「悪かった」神父はライカーに歩み寄った。「本当に悪かった。スパローはわたしにとって特別な人なんだよ」その顔には深い悔悟の念が表れていた。「彼女はよい心の持ち主だ――たいていの人間よりも。自分でわかっている以上にいい人だよ」

娼婦を正しく評価できるこの男を見直し、ライカーはうなずいて、小さな笑みを見せた。

「それにムードのことでも、わたしはまちがっていた」神父は言った。「たぶんその線が正しいんだろう。ロウソクは大劇場を造りあげる。電気が全部ついているときでさえ。ほら、まわりを見てごらん」

磔刑《たっけい》像の下でいくつものロウソクが瞬いている。十字架の男は光のイリュージョンのなかで悶えていた。そして壁際のいたるところで、炎が像を下から照らし、動きを、演技を、俳優たちを生み出している。

「ありがとう、神父さん」マロリーは心から言った。神父の意見は一考に値する。しかし別の角度からだ。仮に、宗教的なロウソクに、瓶一杯分の死んだハエと同じ意味しかないのだとしたら？

第七章

検死解剖《オートプシイ》――アウトプシア――自身の目で見ること。

子供のころ、マロリーはラテン語の基礎を検視局長エドワード・スロープから習った。

冷蔵庫と複数のシンクのおかげで、このドクターの解剖室には大型キッチンにも似た雰囲気がそなわっている。目下、室内の長いテーブル数台は、肉を薄切りや賽《さい》の目切りにする道具でいっぱいだ。肉屋のまな板サイズの小さな金属の台には、腸の載った浅いトレイがあり、また、別のある部位は吊り秤《ばかり》の皿に載っている。ドクター・スロープは重さを読みあげてから、録音機をオフにした。「やあ、キャシー」

「マロリーよ」いつもどおり、彼女はドクターを正した。彼女はスチールの解剖台に近づいて、自分と同い年の女性の腸《わた》を抜かれた亡骸《なきがら》を見おろした。胸骨から金色の恥毛の茂みにかけて大きな赤い空洞ができている。塩素の匂いが肉の腐臭と混じり合った。

ホク・エスト・コルプス。これがその遺体である。

きょうは、剖検開始時のこの宣言には間に合わなかったが、彼女はいま、腑分けのプロセスを逆さまに見ている。必要な臓器はすでに脇にどけられており、ケネディ・ハーパーとともに埋葬される部位がくり抜かれた遺体へともどされていく。マロリーは身をかがめ、遺体の皮膚にできたいくつもの小さな穴を間近から観察した。「これは何？　散弾が飛び散った痕みたいだけど」

「干からびた皮膚から蛆虫《うじむし》が出てきた痕だよ」ドクターは拡大鏡を手に取って、鎖骨の上の部分にかざした。「ほら。穴の縁がめくれているだろう？」血で汚れた手袋の一方が、遺体の喉の破れた皮膚を指し示した。「こっちのほうがもっとおもしろいぞ。ロープはこの部分に多くの損傷を与えているが、これは殺害者のせいではない」彼はマロリーの顔を見つめ、弟子が師匠に「なぜ？」と問うのを待った。

この昔ながらのゲームにつきあおうものなら、ほんのいくつか単純な事実を引っ張り出すのにも延々時間がかかるだろう。ドクターは彼女を教育しつづけようと固く決意しているうえ、長い授業が大好きなのだ。そこで彼女は腕組みをして待った。相手が根負けするまでに、瞬き《まばた》は一度しかしなかった。

「この傷は被害者が自分でつけたものだ」ドクターは視線を落とし、大腸をとぐろにする作業にかかった。「この女性は危機に際して非常に冷静だったわけだ」

これもまた矛盾しているように思える。しかしマロリーは、ここにおなじみのロジックの罠を認めた。いいえ、わたしは何も訊かない。

皮膚を縫い合わせ、ぽっかり空いた傷口を閉じる作業を終えたところで、ドクター・スロープは戦術を変え、マロリーに珍妙なアメをひとつ差し出した。「きみもこんな検死解剖を見ることはこの先二度とないだろう」この餌で冷蔵庫の横のスチール台にマロリーを誘い寄せると、彼は血だらけの手術用ガウンを丸め、手袋と一緒にゴミ容器に放りこんだ。

「首吊りの犠牲者なら大勢見てきた。そのほとんどが自殺者だったがね。しかしこんなのは初めてだよ」ドクターは一群の写真をぱらぱらと繰っていった。「通常、結び目の索痕はうなじに見られる」彼は被害者の顔の写真を一枚選び出した。ロープがまだ上顎にひっかかっているときに撮られたものだ。「だがこの女性の場合、結び目は前に来ていた。こうなると、一般的な絞首索ということは考えられない。絞首索は通常、引き結びになっているからな」

「知っている」彼女は皮肉をひとことに留めておいた。輪縄《わなわ》がはずされたとき自分はその場にいたのだとほのめかすのみに。「これは二重《ふたえ》結びだった。ヘラーがすでに――」

「そしてこの輪縄は頸動脈を閉塞しなかった。だからミス・ハーパーは失神もせず、陶酔状態に陥ることもなかったわけだ」

「一過性脳低酸素症ね」マロリーは言った。

「授業をちゃんと聞いてるんだな」ドクター・スロープはかすかな笑みで彼女を讃え、事件現場の見取り図を広げた。「この部分では、ヘラーが手助けしてくれた。われわれは被害者の人生最後の数分をバレエのように振り付けしたんだ」ドクターは、流しの横の調理台を描いた簡単なスケッチを指さした。「これはヘラーの鑑識班が足紋を見つけた場所だ。天井の照明までの距離に注目しなさい」ドクターの指が図の上に円を描いた。「そして、ここが彼女がぶら下がって、死んだふりをしていた場所だ」彼は目を上げてマロリーを見た。「ミス・ハーパーは犯人が現場を去ったとき、まだ生きていたんだ。最初、彼女はサンダルを蹴り捨てた。それは遺体の下にあったよ。彼女が脚を上げると、かろうじて足指が一本、調理台に届いた。そこで彼女は勢いをつけ、ぶらぶら体を揺らしたわけだ」

ドクターは、ヘラーの黒粉がまぶされた調理台の表面の写真を並べた。大写しの一枚には、足指の痕に重なる部分的な足紋が見られた。「ほら、ここにも足跡がある」スロープは言った。「調理台を足で蹴るたびに、体の揺れは大きくなる。そしてついに両足が調理台に着く。このとき彼女の体重は二点で支えられていた。調理台の両足と、輪縄のかかった首とで。ほら、わかるかね？」彼は合成樹脂の調理台に残るふたつの完全な足紋の写真を指さした。「両足ともぴたりと着いている。こうして支点が得られ、彼女は体を回転させて結び目を前に持ってきた。これによって、喉と輪縄のあいだに一インチの隙間ができた。彼女はロープに顎をくぐらせた。ところがそのとき、上顎にロープがひっかかったんだ。どれだけの時間、彼女はそこにそうしていたんだろうな」

ちょうどスパローのように——騎兵隊が助けに来るのを辛抱《しんぼう》強く待ちながら。

「ロープも毛髪も口から出すことはできなかった」スロープが言った。「叫ぶことはできたろう——だが意味の通る言葉にはなるまい」

隣人たちは来なかった。警察も来なかった。

ドクター・スロープは写真を脇に押しやった。「彼女は六日前に死んでいる。しかし死因は窒息ではない。心不全だ」彼は証拠袋に収められた薬瓶を手に取った。「薬を処方した循環器専門医に電話してみたが、ミス・ハーパーの心臓には先天的な——手術不能の欠陥があったんだよ。彼女はずっと、胸に時限爆弾をかかえて生きてきたわけだ」

「死と向き合う訓練ができていたわけね」マロリーは言った。

「なるほど、と思うだろう？　だから、ロープの先で回転しながらも、パニックを起こさずにすんだわけだよ。そして彼女はあと一歩で脱出できたんだ」

マロリーは、この女性が血染めのメモをうなじにつけたまま、警察署を訪れたことを思い出した。そういった冷静さもスロープのシナリオとうまく嚙み合っている。しかし、一分に百万回、心臓が打っているとき、死人の芝居をやってのけた被害者は、これでふたりめだ。それが真相でない確率は、どれくらいだろう？　彼女は検視局長に目を向けて、ほほえんだ。

まさかわたしに隠し事はしてないでしょうね？

ドクターは、法廷で断言できない、裏付けのない情報は決して進んで明かさない。しかし仮にこれで検死解剖が終わりだと思っているなら、それは大まちがいだ。マロリーは部屋の向こうの切り裂かれた女をちらりと振り返った。切ると言ってもいろいろある。「じゃあ、この事件のホシは、生きている人間と死人の見分けがつかないやつってこと？　ねえ、それだけ？　他に何かわかったことはないの？　絞首人は脈の確認もできないただのマヌケな男だってわけ？」

ドクター・スロープは一瞬ためらった。彼は昔から、自分はポーカーの名手だ、生まれつき、手の内を絶対明かさぬ石みたいな顔をしているのだ、と思いこんでいる。しかしルイ・マーコヴィッツは常にブラフでスロープを負かしていたし、ポーカーとこの男に関して持てる知識のすべてを養女に伝授していた。たとえドクターの顔は読めなくても、マロリーには彼の考えがわかった。この恩知らずのチビめ。身の程を教えてやらなくては。彼はそう思っているのだ。

声は不機嫌そうだったが、彼は相変わらずレクチャー・モードだった。「きみの考えでは、犯人は被害者が死んだと思ったことになっている。しかしわたしの考えはちがう。吊るされたあとも彼女は酸素をとりこんでいた。しかし長く意識が保たれるほどではない。それでわかったんだ。犯人はただちに現場をあとにしている。そうでなければ、ケネディには空中バレエをやるだけの時間も余力もなかったはずだ。犯人はその場に留まって彼女が死ぬのを眺めたりはしなかったんだよ」

スパローのときと同様に。共通のパターンだ。

この検視局長との数分は、精神科医との十時間にも値する。なぜなら頭の医者どもは、惨殺死体から何光年も離れたところにいるのだから。マロリーはスロープに背を向け、スチールの台へ――ケネディ・ハーパーの遺体へと向かった。ぞんざいに縫い合わされた体。フランケンシュタイン風の傷。極力、退屈そうな声を出し、彼女は訊ねた。「他に何かない？　何か役に立つことが？」

ドクターの顔はもはやポーカーフェースどころではなかった。驚きと憤慨の入り混じったその表情はいまや誰にでも読みとれた。彼はつかつかと解剖台に歩み寄り、遺体をはさんで彼女と向き合うと、新たな矛盾を発射した。「犯人は暴力的なタイプではないだろう。少々奇妙に聞こえるかもしれないが――」

「奇妙？」

「わかったよ、キャシー。確かにイカレた考えだ。だがどちらの女性のときも、犯人は爆発していない。彼女たちを殴るとか、そういったことは――」

「髪を切り落としたじゃない」

「しかし皮膚に切り傷はなく、殴打による骨折もない。それに、もうひとりのほう、スパローか――彼女も防御創ひとつ負っていなかった。わたしは、男が女性に対して行うありとあらゆるおぞましい行為を目にしてきたがね」ドクターは台の上の亡骸を見おろした。彼が感心してやまぬ女性を。「しかしここにはその種の暴力は認められない。我を忘れた形跡も、怒りに駆られた形跡もないんだ」

そういう犯人が、生きている女性のうなじにメモを留めるとは思えない。彼女がそう言おうとしたとき、ドクターが片手を上げ、論争に終止符を打った。

「わたしにもわけがわからん」彼は言った。「その男は女性たちの生き死ににになんの関心もなかったんだ。彼は歩く矛盾だよ。殺しにさして興味のない連続殺人犯とはな」


ケネディ・ハーパー殺人事件は、重大犯罪課捜査本部の壁の一面をすべて占拠していた。マロリーは、ヘラーの描いた事件現場の見取り図の横に、検死解剖の一連の写真を張り出した。スパローにもやはり彼女用の壁があった。あの使い捨ての売春婦は重要な案件となったのだ。何列にも並ぶパイプ椅子は、刑事たちで埋め尽くされていた。四人の男がオーディオ・プレイヤーを囲んで、キャッシュティップの録音を何度も何度も再生しながら、殺人犯の声に耳を傾けている。彼らはこれ以上何もつかめないとは思いたくないのだ。ある背景音が入るたびに、その音量は上げられた。

プシューッ。

男のひとりが腕時計の秒針でその間隔を計りだす。マロリーは天然の時計、脳の不思議な力を使った。それは、この音が二十秒おきに聞こえると告げている。それはヘレン・マーコヴィッツのアイロン日のスプレー糊《のり》を思い出させた。

マロリーは絞首人の壁に歩み寄り、男の後頭部の写真を見つめた。野球帽を戴き、死んだハエの群れに取り巻かれたその肖像は、コルクに留められた衣類が具現する〝Tシャツにジーンズ〟というあいまいな証言同様、まったくなんの価値もなかった。

プシューッ。

ジェイノスが彼女の隣にやって来た。「どうだい、この〝かかし男〟は？」

「彼、いまじゃそう呼ばれてるの？」

「ああ」ジェイノスは振り返ってあたりを見回した。「なあ、相棒はどうしたんだ？」

「じきにもどるわよ」ライカーが部屋を抜け出して以来、マロリーはずっと経過時間を計っている。ペグ・ベイリーのバーの前でああして奇襲を受けたあとなのだ。きょうの彼は、機会あるごとに一杯やるだろう。前妻との接触はいつも、痛飲のプレリュードとなる。近所の酒場までは徒歩三分。マロリーの体内時計では、その三分はもうとっくに過ぎていた。

プシューッ。

ライカーはまもなくバーボンを飲み干すだろう。マロリーは、店から署へ引き返す時間として、さらに数分を加算した。ライカーは行きほどせかせか歩きはしないはずだ。彼が当直の巡査部長と悪態をつきあえるよう、彼女はもう一分追加した。いまライカーは階段をのぼっている。捜査本部に向かって廊下をぶらぶら歩いてくる。

ドアに目を向けると、相棒が現れた。

プシューッ。

何ひとつまずい点は見当たらなかった。日中は決して千鳥足にならないのが、ライカーの自慢の種なのだ。スーツに新しいしみはない。デイジーの聴取以降にできたやつはひとつも。そしてバーボンのあの跳ねは、とうの昔に乾いている。ライカーはマロリーの隣の椅子にすわり、筒状のミントの包み紙をむいた。「何かいい話は出たかい？」

「いいえ。相変わらずテクニカル・サポートからの連絡待ち」

プシューッ。

プレイヤーを囲んでいた刑事たちがそのそばを離れ、録音の音声が最大の音量で流されたが、それでも容疑者の声は静かだった。

「――イースト・ヴィレッジで女が殺された――」

それは抑揚のないうつろな声で、名声を求める男の虚勢は感じられなかった。これでまたひとつ動機が消えた。

「――名前はケネディ・ハーパー――」

機械的なその口調は、言語障害者のものに近い。少なくとも、ポリス・プラザ一番地の技術者たちはそう言い訳している。彼らはいまだに容疑者の出身地を特定できないのだ。

「――遺体の場所は――」

この男はドラマチックな演出にあれほど長けていながら、事実の叙述においては淡白そのものだった。死、名前、住所。

プシューッ。

マロリーは犯人像に肉付けをしていった。感情の死んだ男。刺激を求めて殺すタイプではない。几帳面で、整然と行動する。計画的な男なのか？　彼女は奥の壁のかかしを見つめた。いったい何が望みなの？

「来たぞ！」ジェイノスがコンピュータ・モニターの前に立ち、画面をスクロールしながら関連情報を読みあげた。「〝かかし男〟は中西部出身。連中はさらに州を特定しようとしている。サポート課によると、例の電話は携帯や公衆電話からじゃないそうだ。それと、背景音は初期のモデルの加湿機か園芸用の自動噴霧機の可能性がある」

ジャック・コフィーが部屋に入ってきて、プレイヤーをオフにした。「みんな聴け！」会話がぴたりとやみ、全員の目が彼に注がれた。「ライカーの目撃者、エメルダ嬢には金塊ひと山の価値があるぞ。ホシはあの老婦人の言う木の上の男だった。例のポラロイド・カメラを持ってたやつだ」

コフィーはふたつのビニール袋を掲げた。どちらにも、ポラロイドのロゴの入った小箱がひとつ収めてある。「このフィルムの空き箱は、双方の事件現場に残されていたものだ。そしてこれらは、偶然残されていたわけじゃない」彼は一方をもう一方より高く持ちあげた。「きょう見つかった箱には、二十年前の消費期限が記されていた」彼はふたつの袋をテーブルに放《ほう》った。「ケネディ・ハーパーが死んだのは六日前だ——公式にそう断定された。そして、二十年と六日前、別の吊るし首の犠牲者が見つかっている」

警部補はマロリーに顔を向けた。「記念日殺人というわけだよ。これで、あの未解決事件とのつながりが確実になった」彼はジェイノスを指さした。「きみはケネディ事件の捜査主任だ。そしてデソート、きみにはスパローを任せる」

マロリーは、ライカーの顔から血の気が引くのを見ていた。その目は大きく見開かれている。彼は左右に頭を振り、声に出さずにこう言っていた——そんな馬鹿な。スパローの事件を他の刑事に渡すわけにはいかない。彼は立ちあがろうとした。マロリーはその袖をとらえ、相棒をすわらせた。

「どうしてもだめなら、スパローの事件は仕事の合間にやりましょう」

聞こえているのだろうか？　大丈夫、彼はうなずいている。

ジャック・コフィーは他の刑事たちへの仕事の割り当てを終え、マロリーとライカーの前にやって来た。「きみたちふたりは、例の未解決事件を調べてくれ。今度のホシは模倣犯だ。そいつがどこで情報を得たのか知りたい」マロリーのうんざりした表情を正確に読みとって、警部補はちょっと間をとった。「何もゲルドルフのお守りをしろってわけじゃない。あの爺さんを利用するんだ。とにかく、重大犯罪課には彼を近づかせるな」

ラース・ゲルドルフはさんざ説明を繰り返し、声を嗄《か》らしたすえに、激高して叫んでいた。彼の相手は、スペイン人の黒い瞳と疑り深い性格を持つ筋張った小柄な女、マンハッタンをきれいにするのがその任務だ。掃除用具のカートからモップを引き出すと、彼女はもう一度言った。「いますぐマロリーのオフィスにかからないと」何者も勇猛果敢なミセス・オルテガを阻止することはできない。こんな年寄りなら――銃があろうとなかろうと――なおさらだ。

ゲルドルフは、事件が終結するまでこの部屋の掃除は無用だと彼女に告げた。どんな民間人も入れられない、別にあんたがどうこういうわけじゃないのだ、と。チャールズもあいだに入り、もうだいぶ遅いからこの部屋は飛ばしてはどうかと提案した。これに対し、掃除婦ミセス・オルテガはこう応酬した。「指示を出すのはマロリーだよ、あんたじゃない」そしてついに、決着がついた。

ミセス・オルテガが勝ったのだ。

しかしゲルドルフは、「あの――あの女の」仕事がすむまでチャールズは部屋を出るべきではない、と言い張って譲らなかった。それから、威風堂々彼はオフィスを出ていった。目下の彼のお守り役、不自然な真っ黄色の髪をした若い刑事とともに。

ドアがバタンと閉まると、ミセス・オルテガは掃除機のプラグをコンセントに挿し、首を振り振り言った。「やれやれ、あのヒヨっ子刑事、なんて頭をしてるんだろう」

チャールズはうなずいた。「でも興味を引かれますよね。たぶんあれはある種の自己主張なんですよ」

「だろうねえ――〝ほら、見てくれ、おれの頭は暗闇で光るんだぞ〟っていうわけだ」

「まさにそういうことです」チャールズはコルクボードに目を向けた。巨大ゴキブリたちの写真はどこに入れるべきだろう？　そう、決まっている。蛆虫の下がいい。

ライカーがふらりと入ってきたとき、カーペットは非の打ちどころなくきれいになっていた。彼はチャールズにどうもとうなずくと、掃除婦ににっこり笑いかけた。「やあ、元気でした？」彼女に会えて、彼は心から喜んでいた。顔を合わせるたびに、この掃除婦は彼を舌による狙撃の練習台にするのだが。

ミセス・オルテガは、ライカーのスーツの数あるしみのなかからひとつを選んでにらみつけると、仕事を中断して、溶剤と布とで彼のクリーニングにかかった。ライカーは彼女の通り道にある物も同然なのだ。「次回、ランチに安バーボンを飲むときは、こぼしたところをちゃんとふくんだよ」

大きさはチャールズのほうが上だが、ミセス・オルテガの鼻はすばらしくよくきく。とはいえ、彼女は嗅覚の天才ではない。別に酒の種類を嗅ぎ分けたわけでも、それが気の抜けた古い匂いだとわかったわけでも、その香りがいまひとつであり――質の劣るブランドのものだと気づいたわけでもない。これはただの隠し芸だ。安バーボンはライカーがいつも飲む酒だし、たとえ匂いは残っていてもしみはすでに乾いており、日中に一杯やったことを示唆している。彼の勤務中の飲酒の証拠を消し去ると、ミセス・オルテガは棚の塵を払う作業にもどり、つぶやいた。「税金を払うかいがあるってもんだよ」

「マロリーがこっちに向かってるよ」ライカーが彼女の背中に語りかけた。「猶予は十五分だ」刑事のほうもまた、彼女の弱点を知っているのだ。ミセス・オルテガは二倍速で埃を払いはじめた。野放しの埃がわずかでも残っているうちは、マロリーに入ってこられたくないのだろう。

「例の物語ですが、まだ最後まで話してくれていませんね」チャールズは言った。「あのインディアン娘はどうなったんです?」

ライカーは首を振って、いまはまずい、と合図すると、すばやく掃除婦に目をやった。やがてミセス・オルテガはカートに道具を積みこんで帰っていったが、物語のつづきを語りだしたとき、彼はまだ不安げだった。「ウィチタ・キッドは逃げおおせる。そしてつぎの巻の冒頭では、インディアン娘はもう死んでるんだ」ライカーはだらんと壁にもたれかかった。その顔は開いたままのドアに向けられていた。

マロリーが来たらわかるように?

ちがいない。また、彼の様子からは、あの本に何か重大な意味があることがうかがえる。そしてそれは、ストーリーとはなんの関係もなく、きのうの殺人やウェスタンを愛した子供とは大いに関係のあることなのだ。

「ピーティ保安官の馬が、娘の頭蓋骨を踏みつぶしたんだよ」ライカーは言った。「そこで彼は追跡を断念し、娘の亡骸を村に運ぶ。ウィチタは自分を救うために娘が死んだことを知らずにいる。彼はその巻のあいだずっと彼女を愛しつづけるんだ」刑事が先をつづけようとしたとき、何かがその目をとらえた。デスクの上の折りたたまれた新聞。彼の左足が規則正しくトントンと床をたたきだす。彼にそういう神経症的な癖はないのだが。

新聞はチャールズのものだ。彼は吊るされた売春婦に関する詳細をすでに読み終え、ナタリー・ホーマー事件との類似点を頭に入れていた。しかし何よりショックだったのは、事件現場の床が消火ホースの水に浸っていたという箇所だ。夜のその時刻と『帰郷』というウェスタン小説のあの湿り具合から、いまの彼にはあのペーパーバックがどうして濡れたのかわかっていた。もちろん、ライカー自身がうっかり水のなかに落としたということもありえなくはない。しかしいつになく神経質なこの男の態度は、信じがたい真相を示唆している。それは、嘘をつくことや勤務中に飲むこと以上に彼らしくない行為だが……。彼は例の本を盗んだのではないか。そう疑いながらも、チャールズが友に向かって言えるのはこれだけだった――「結末を教えてください」

ライカーの目はドアに注がれている。口を開いたとき、その声には緊張がにじんでいた。

「ピーティ保安官はまたウィチタ・キッドの撃ち合いの噂を耳にする。またひとり男がやられたんだ。彼はテキサス州エルパソの町はずれの踏み分け道に入る。最後のシーンで、保安官は敵の待ち伏せる場所へと向かっている。四十対一の戦いだ。行く手に何が待ち受けているか、彼は知っている。自分に勝ち目がないことも。だが彼はそのまま馬を進めていくんだ」

チャールズの部屋には、格式張ったダイニングルームがある。しかし彼は、気楽で温かみのあるキッチンのほうが好きだった。いまそこには、BGM風の低い音量でバッハの協奏曲が流れている。チャールズは鍋の下の炎を小さくした。ライカー巡査部長の好きな料理の赤いソースがぐつぐつと煮立っている。彼のディナーのお客たちは、虚礼にかまけてなどいなかった。ライカーとマロリーはテーブルに着き、まるで飢えた者のように、オリーブと紫タマネギと赤レタスとフェットチーネのサラダをむさぼっていた。

チャールズはカベルネ・ソーヴィニヨンをテイスティング用に一杯注ぎ、テーブルにボトルを置いた。「きっとお気に召しますよ」それは、赤の色の深い上質の古酒なのだ。くるくるとグラスを回すと、立ちのぼる香りはフランスの温かな太陽、田園の空気、熟れたブドウを取り巻く豊饒な土の匂いを想起させた。彼はひと口飲んでみた。強力な魔法。知性を刺激し、舌足らずな愚か者を詩人に変える類稀《たぐいまれ》なワイン。彼は、同じくらい高くついたブレイクの初版本を持っているが、これはまちがいなく飲める芸術作品だ。

そしてライカーもチャールズにつづいた。刑事はその酒をドボドボとグラスに注ぐと、味蕾《みらい》には一切触れさせず、一気にぐーっと飲み干した。

ややあって、チャールズは口を閉じ、目を開けた。「とにかく」ガス台を振り返りながら彼は言った。「これは、さしあたり手に入ったなかでは最高のワインなんです」

「すごくうまいよ」ライカーが言った。食べ物のおかげで、この男はかなりご機嫌になっていた。たぶんワインの影響も多少はあるのだろう。

「おふたりがラース・ゲルドルフの事件に興味を持ってくれて、よかったですよ」チャールズはオーブンを開け、温かなガーリック・トーストの香りを解き放った。「あの人は、あなたたちはただ自分の機嫌をとっているだけだと思っていたんです」トーストのバスケットは、テーブルに置くなり――彼が各自の皿にスパゲッティ・ミートボールをよそい終えるより早く――半分空になった。そのスパゲッティにソースをかけるのも、お客たちがフォークを取るのと競争だった。そしていま、彼は行き交う銀器をかわしながら、チーズを削り入れている。「ライカー、あなたはあの刑事をなんて呼んでましたっけ？　ほら、あの黄色い髪の？　彼は一度ここに来て、すぐ帰ってしまったんですが」

「市警副長官の義理の息子。それがあの坊主のフルネームだよ」

「ロナルド・デルース」マロリーが言った。

「別名ダックボーイ」ライカーはスパゲッティを飲み下し、招待主に笑いかけた。「ところで、チャールズ、きみのほうはきょう一日どうだった？　あの爺さん、何か厄介をかけなかったかい？」

「いいえ、ぜんぜん」チャールズはテーブルに着き、トーストとワインを確保できるだけ確保した。「いろいろおもしろい話が聞けますし」彼はマロリーに目を向けた。「知ってるかな？　きみのお父さんはナタリー・ホーマー事件の現場に入ったんだよ」

「知ってる」マロリーは一冊の手帳を取り出し、ルイ・マーコヴィッツの書きこみのあるページを開くと、彼のほうに押してよこした。「見て」

昨夜、彼女がコンピュータに打ちこんでいた数行が目に留まった。そのシンプルな速記記号を読み解くのは簡単だった。「するとルイはその部屋にほんの数分いただけなんだね」

ライカーがうなずいた。「彼が行ったのは、ゲルドルフが女性の口から毛髪を取り出したあとだ。ルイは毛髪のことを知らなかった」

チャールズは先に進み、さらに何行か読んだ。「彼は、ナタリー・ホーマーはテープで――毛髪じゃなくテープで口をふさがれたと思っていたんですね。でもその根拠は書いてないな」

彼はページを繰るスピードを上げ、細切れの文章をいともたやすく解読していった。どうやら、長い思考のプロセスの最後の数語だけ書き留めるのが、ルイ・マーコヴィッツの流儀らしい。

「〝口紅〟」チャールズはマロリーに目を向けた。「もしかすると彼は、ナタリーの口紅のついたテープを見たんじゃないかな？　もちろん、この言葉は猿ぐつわに関する記述からずっと離れたところにあるわけだけど」

「謎だらけの男なのさ」ライカーはガーリック・トーストを一枚取って、スパゲッティ・ソースに浸した。「彼は、弁護士どもにメモを請求されないように、いつも暗号を使ってたんだ。ゲルドルフの資料はどうだった？　写真は全部見たのかい？　報告書は？」

「まだです。ラースが明日、もうひとつ段ボール箱を持ってくることになっています」

マロリーのフォークが宙に止まった。「あの男、わたしたちに隠し事をしてたわけ？」

「ぼくならそういうふうには言わないな」チャールズは言った。「彼は証拠として使えないものをもう何点か持っているんだよ。全体像を見づらくする細かなものをのぞいておいたから」ゲルドルフの言によれば、〝ちっぽけなくそ〟を、だ。「写真やメモがあといくつかあるらしいんだ」

「段ボールひと箱分な」ライカーが言った。

チャールズはふたりの刑事の顔を見比べ、簡潔な答えは〝イエス〟だったのだと悟った。そう、ゲルドルフは彼らに隠し事をしていた。「きっと、あなたたちが関心を持つとは思わなかったんじゃないかな。でもおふたりが事件のことを調べるつもりだとわかれば――」

「もういいわ」マロリーが皿を脇に押しやった。「これまでにわかったことは？　何かおかしな点はあった？」

「矛盾点がいくつか。それに、大きな問題がひとつ」

ライカーが自分の皿に二杯目のスパゲッティをよそった。「ゲルドルフにその点を指摘したのかい？」

「いいえ、失礼かなと思ったので」

「よしよし」ライカーは言った。「何か気づいたことがあったら、彼じゃなくおれたちに知らせてくれよ。ゲルドルフはもう刑事じゃない。ただのお客だからな」

マロリーがチャールズの腕に手をかけた。それは温かな電流と同じ効果を及ぼした。彼女はめったに人に触らないのだ。「その問題ってなんなの？」

何かって？　蝶の群れが彼の胸の内側でバタバタ飛び回っている。問題はそれだ。そして彼は考えていた。彼女とのこの接触はどれくらいつづくんだろう？　もし静かに静かにすわっていたら？　もし彼女の手の下のこの腕を毛筋ほども動かさなかったら？

マロリーが身を乗り出してきた。それもすぐ目の前まで。「チャールズ、息はできる？」

「え？」

自分の勘ちがいに気づき、彼女が腕から手を離した――彼は喉を詰まらせたわけじゃない。そして完璧な記憶力を持つこの男は、話の流れがわからなくなっていた。顔が火照ってきた。いまに頬が赤くなるだろう。ライカーが世にも優しい笑顔を見せた。かわいそうなやつ、というほほえみを。

「問題って？」マロリーはいまやいらだっていた。

ああ、ナタリーの部屋の鍵のことだった。「ごめん」実に残念だ。「家主の女性の供述によると、廊下の匂いがものすごかったので、彼女はなんとかナタリーの部屋に入ろうとしたらしい。その老婦人は鍵を持っていた。ところがドアは開かなかったんだ。つまり、鍵が取り替えられていたわけだよ。あるいは、もうひとつ取りつけられたのか――そのへんははっきりしないけどね」

ふたりの刑事は長々と目を見交わした。

「ナタリーはセキュリティを気にしていた」チャールズはふたたび間をとった。刑事たちは彼に目を向け、じっと見つめた。「誰かにつけまわされていたんだよ。でもこのことは、おふたりとももう知っていたんじゃないかな？　もしそうなら、こんな話は――」

「つづけて」ライカーが言った。「こっちはちっとも退屈してない」

「家主の女性はもう一度ドアを開けようとし、そのあとすぐに警察を呼びました。そして、現場に一番乗りした警官は、非常に詳しい報告書を書いています。なのに、ドアを蹴破ったとか鍵を壊したという話は出てこない。彼はふつうに部屋に入ったんですよ。つまり、第三者の誰かが警察が到着する前にドアを開けたのは明らか――」

「なのにゲルドルフはそこに気づかなかったってのか?」ライカーがワイングラスを満たした。

「いやあ、彼がそういうことを見落とすとは思えんね。どこかにぶっ壊された鍵の修理の書類があるに決まってる。きっと未解決事件課のファイルに入ってるんだ」

「いいえ」チャールズは言った。「あのファイルなら隅から隅まで読みました。警察は家主の通報から四時間経って到着しています。悪臭の苦情というものは、優先順位があまり高くないんでしょうね。つまりその四時間のあいだに、誰かが鍵でドアを開けたんですよ」

「ホシがナタリーの鍵を持ってたんだろう」ライカーが言った。「殺害のあと部屋の鍵をかけたのは、そいつだろうよ。ところが部屋に何か忘れていって、それを取りに――」

「いいえ」マロリーが言った。「そんな危険を冒すわけない。その日になんてありえないわ」

「ぼくもそう思う」チャールズは言った。「熱気と虫のせいで遺体はひどくいたんでいた。その悪臭はすさまじいものだった――報告書にそう書いてあるんだよ。警察がじきに来ることは、犯人にもわかったはずだ。しかも、それは日曜の夜だった。入居者のほとんどは家にいただろう。いつにも増して危険は大き――」

「オーケー」ライカーが言った。「侵入者は殺害犯じゃなかったとしよう」

「しかし鍵を持った誰かです」チャールズは言った。「恋人かもしれない。その男がもし現場を見たなら——恐ろしい光景ですからね——そのせいでおかしくなった可能性もあります。それは、ナタリー・ホーマーを殺した犯人じゃないけれど——」

「つまり彼がその吊るし首を模倣したやつってことよね」マロリーはライカーに顔を向けた。「記念日殺人だとすると、それですじが通る。ナタリーと同じ長い金髪の女。そしてスパロー——」

「かわいそうなスパロー」ライカーはワインの最後の一滴をグラスに注いだ。「なんの関係もないのに。その変態野郎は、金髪の女が必要だっただけなんだ」


真夜中近く、マロリーは再度そのブロックをひとめぐりし、その後、歩道に静かに車を寄せると、エンジンを切ってライトを消した。その目は、テレビの明かりにぼんやりと照らされた三階の窓に注がれていた。そこでライカーが何をしているか、マロリーは知っている。彼はたてつづけにタバコを吸い、バーボンを——前妻のいない淋しさを癒す薬を飲んでいるのだ。あの部屋のグラスは全部汚れているかもしれない。しかし彼がラッパ飲みをしないことを彼女は知っている。

ライカーのルール——それをするのはアル中だけだ。

マロリーはしばらくのあいだこっそり彼につきあい、暗い車内にすわってその窓を見守っていた。相棒は相棒のためにこういうことをする。たとえ、彼の銃から弾丸が飛び出すとき、あそこまで飛んでいくことができなくても。

前回、彼の前妻が終日つづく暴飲を誘発してから、もう一年が経つ。そのときマロリーは、あの長い階段をよろよろのぼっていく彼に手を貸し、乱れたままのベッドにその体を転がしてやった。彼は服のままそこで眠った。ただし、靴はなしで。また、あの夜、彼女は拳銃も取りあげ、弾丸を持ち去った。

彼はみじめなアルコール中毒者だ。それはいつまでも変わらないだろう。そしてマロリーもまた変わらない。

窓の明かりが消えた。

おやすみ、ライカー。

彼女は車のエンジンをかけ、家に向かった。

彼が暗闇のなかで自殺をするわけはない。手が震えているうえ、何も見えない酔いどれには、引き金に指をかけるのはむずかしすぎる。バスルームにはプラスチックのイエス像の常夜灯があるものの、そのそばで死んでいる彼の姿など彼女には想像ができなかった。

第八章

奥のオフィスにはさんさんと朝日が降り注いでいた。チャールズには、その室温が前回のぞいたときより何度か下がっているように思えた。しかしそれ以外、なかの様子にほとんど変化はない。マロリーは相変わらずコルクボードの紙の嵐から目をそむけている。訪問先の家でも曲がった額をまっすぐにする人間にとって、それは忌むべきものなのだ。彼女は金属の作業台に向かっているが、もうコンピュータのネットワークと交信してはいない。三台のマシンは彼らだけでブンブンいいあっており、マロリーはルイ・マーコヴィッツの古い手帳を繰っている。人間の立てる音といえば、行きつもどりつ歩き回るラース・ゲルドルフの靴音だけだ。

早く仕事にかかりたいらしく、ゲルドルフはスーツの上着を脱ぎ、ネクタイをゆるめた。しかしこの遠回しな催促はマロリーには通じなかった。ときおり彼女は手帳から目を上げて、部屋を——彼女の部屋をうろつきまわるゲルドルフを見つめた。彼は電子機器の収められた金属棚を視察している。雄々しくもわかったような笑みを浮かべ、心得顔にうなずいてはいるものの、実はゲルドルフは彼女の機械にどんな能力があるかまったく知らない。マシンたちは新しく、彼は年寄りなのだ。

マロリーが椅子から立ちあがり、コルクボードに歩み寄って、雑然と並べられた現場写真の前に立った。チャールズはその顔の緊張に気づいた。彼女のなかで起こっている小さな戦争に。マロリーは、壁に貼られた紙をすべてまっすぐに並べ直したいという衝動と闘っているのだ。

ラース・ゲルドルフが急ぎ足でそちらに向かい、彼女に合流した。それを見てチャールズは、ここ十五分の沈黙の意味を悟った。マロリーは常に自分に従うようあの老人をしつけていたのだ。この部屋における序列はこれで決まった。ゲルドルフはもう二度と彼女を〝ハニー〟などと呼ばないだろう。マロリーはきっとこの老人が好きなのだとチャールズは思った。なぜならこれは、軽蔑を表す彼女のやりかたとしては、もっとも穏やかで婉曲なものなのだから。

マロリーは不鮮明な写真の一枚をめくりあげた。その下には、小さな四角い写真が留められていた。つづいて彼女は、同じグループの八×一〇インチ判の写真をつぎつぎめくっていった。どの写真の下にも、インスタント・カメラの小さな写真があった。「ここにあるのは、ポラロイドとその引き伸ばしばかりね」

「そうとも」ゲルドルフが言った。「それがどうした？」

「オリジナルの写真はどこなの？」

「それで全部なんだ、嬢ちゃん」

「マロリーよ」彼女はゲルドルフを正した。

「キャシーと呼ぼうかね？」

「いいえ」これは脅しだった。「じゃあ、現場には警察のカメラマンはいなかったのね？」

「いいや、ひとりいたさ。民間人のが。だがそいつは三分しかもたなかった」ゲルドルフは一方の手をさっと広げ、吊るされた女の写真すべてを示した。八月の猛暑にさらされた死んで二日目の人間――蛆虫《うじむし》の孵化《ふか》器を。「カメラマンは嘔吐《おうと》して、カメラを落とした。それっきりカメラは機能しなかったんだ。そこでわれわれは近所からひとつ借りてきた」

マロリーは照明具からぶら下がるロープの写真を見つめた。「天井のあの茶色い汚れは？」

「食事に向かう虫どもだよ」ゲルドルフは答えた。「ゴキブリは脂が大好物だからな。ほれ」骨ばった指が別の写真を指し示す。そこには、キッチンの床の大きな茶色い斑点が写っていた。「こっちはフライパンにたかっているやつらだ」彼は目をすぼめた。「床に散らばったあの小さな棒切れが見えるかね？　あれはソーセージと虫どもだよ。天井の照明が落ちかけて、漆喰《しっくい》にはひびが入っていた。きっとその上に連中の巣があったんだろう。引き伸ばしはまだあるぞ」

ゲルドルフは壁の前を横歩きで移動し、検視局長の資料のあるところまで進んだ。幼虫たちとともに群れるハエの写真を彼は眺め回した。「チャールズ。いちばん立派なゴキブリたちはどこへやったんだ？」

「蛆虫の写真の下に留めてあります。論理的に考えてそこしかないと思ったので」

「なんですって？」マロリーはまじまじと彼を見つめた。明らかに、そのどこに論理性があるのか不思議がっているのだ。

ゲルドルフが彼に代わって答えた。「事件現場で役に立つ虫はハエだけなんだ。ゴキブリは何ひとつ教えちゃくれない」

「そのとおり」チャールズは言った。「だから、より役に立つハエの写真が上に――」最後まで述べたところで意味はなさそうだった。マロリーは彼の声をシャットアウトしていた。目下、彼女は自分の爪を眺めている。たぶん、虫けらの独白より重大事である爪の瑕《きず》に気づいたのだろう。

彼女が顔を上げた。「話はすんだ？　それじゃ、ゴキブリを表に出しましょう」

チャールズが覆いになっていたハエとその幼虫の写真をすべて取り去ると、マロリーは天井からあふれ出し、ロープを伝い、遺体へと向かっていく巨大ゴキブリたちをじっくり観察した。彼女の注意をとらえたのは、被害者のエプロンが写っている一枚だ。エプロンには長方形のしみがあり、そこに茶色い虫が点々と散っている。

ゲルドルフは壁のすぐ前まで進み出た。「あわてるあまり彼女がフライパンを落っことし、油が飛び散ったみたいだな。夕方、輪番停電があったから——」

「いいえ」マロリーは、足もとの壁に立てかけられたフライパンの現物を見おろした。それから、エプロンのしみの写真を軽くたたいた。「これは油の跳ねじゃない」

チャールズにはわかった。彼女はルイ・マーコヴィッツの古い手帳にあった一行を別の言葉で言い表しているのだ。〝跳ねではない——こすれ〟。ルイはこの見立てを重視し、下線まで引いていた。その長方形の長辺二辺はかなりくっきりしている。これは何かが飛び散った痕ではない。

マロリーがゲルドルフに目を向けた。「ナタリーは食事の支度をしていたのよ。たぶん誰か来ることになっていたんでしょう。彼女の友達に話を聞いてみました？」

「友達はひとりもいなかったんだ」ゲルドルフは言った。「結婚後、亭主は彼女に仕事をさせようとしなかった。金も一切与えなかった。彼女はほとんどうちの外に出なかったんだ。離婚したあとは、たぶん、友達の作りかたがわからなくなっていたんだろうな」彼は床に散らばったソーセージのクローズアップを見つめた。「これはおそらくひとり分なんだろう」

チャールズはマロリーが懐疑的なのに気づき、ソーセージの数を数えた。冷蔵庫にたよれない輪番停電の夏のあいだ、ナタリー・ホーマーは一度でかたづく分しか食材を買わなかったろう。そしてあのほっそりした女性にそんなにたくさんソーセージが食べられたはずはない。そう、ひとりでは無理だ。夕食に招かれたのは誰だったのだろう？　チャールズは自分より小柄な元刑事を見おろした。「ナタリーは家族とも疎遠になっていたんでしょうね？」

「ああ」ゲルドルフは言った。「結婚から一年後には、妹とも口をきかなくなっていた。だがそのことは供述書には書かれていなかったろう。どうしてわかったのかね？」

「配偶者虐待のお決まりのパターンですから。依存の強要、隔離」チャールズはマロリーに目を向けた。「結婚期間中、その夫は彼女を殴ったりしていたんじゃないかな」

「それも当たりだ」ゲルドルフが言う。「ナタリーがそう言っていた」

マロリーの声はいまや疑いに満ちていた。「彼女と話をしたわけ？」

「もちろんしたとも。週に二度、ときには三度」

「きのうの夜、確かぼくはストーカーの件を話したよね」チャールズは壁の中央に留《びょう》められたひと束の紙の前に歩み寄った。「これが彼女の被害届のサンプルなんだ」彼は鋲をはずして、ストーカー被害を訴える五通の書類をマロリーに手渡した。

「つきまといは彼女が離婚した直後に始まった」ゲルドルフは腰をかがめて、壁に立てかけてあった封筒を拾いあげた。「これが残りの被害届だよ」

「それで彼女の死後は？」マロリーは分厚い封筒を見つめた。「こんなに届が出ているのに――手がかりは何もなかったの？」

「彼女はそいつの顔を一度も見ていなかったんだ」ゲルドルフは言った。「初めて彼女が署に来たとき、われわれは単なる被害妄想だろうと思った。そりゃ男どもは彼女をつけまわすだろうさってな」

「なぜなら彼女はきれいだったから」マロリーが言った。壁にはその事実を伝える写真は一枚もないというのに。死後のナタリーはグロテスクだった。

「それどころか絶世の美人だったよ」ゲルドルフは今朝持ちこんだ段ボール箱の上にかがみこむと、茶色い紙袋を引っ張り出し、写真をひと束抜き取った。「これは証拠の部類には入らんだろうが」彼が掲げたのは、金髪を肩に垂らした若い女の笑顔の写真だった。ナタリーの目は大きく青かった。

マロリーは被害届の封筒を小脇にはさむと、壁の空いている箇所に写真の束を持っていき、機械並みの精度で一枚一枚ぴったり等間隔にそれらを留めた。「この写真はプロが撮ったものでしょう」

チャールズもそう思った。ライティングは完璧だし、被写体のポーズも自然ではなく技巧的なのだ。

「写真家のほうも捜査の役には立たなくてね」ゲルドルフは言った。「その女はいまのわたしより年をとっていたんだよ」

マロリーはまだ被害届の封筒を開けていない。彼女はただその重みを一方の手で量っていた。

「ナタリーは長い時間を署で過ごした。かなり長い時間を。やがてあなたたちも被害妄想じゃないと悟り——それから？」

「元亭主をつかまえて、彼女に近づくなと言ってやったよ。そいつは冷静なやつでね。一切口を割らなかった」

「彼女が殺されたあとは？」

「元亭主を連行して尋問した。だがやつには死亡時刻のアリバイがあった。週末いっぱいアトランティック・シティにいたってわけだ。やつはそこで、つぎのミセス・ホーマーと結婚しようとしてたのさ。ジェインというのが彼女の名前だ。ふたりは週末のあいだホテルを一歩も出なかったそうだ。従業員たちによればな。だがメイドやベルボーイの証言を買うのに、いったいいくらかかると思うね？　それに、ふたりめのかみさん、ジェインの供述のほうは——まったくなんの価値もなかった。結婚して二日で、あの野郎は彼女を骨抜きにしてたからな」

マロリーはもう聴いていなかった。証拠用のビニール袋に入ったストーカーのメモに気づいたためだ。彼女は壁からそれを取ると、薄いエアメール用便箋に鉛筆で記された短いメッセージを見つめた。その文字はさまざまなサイズ、さまざまな書体で丹念に書かれていた。

「七通とも文面はまったく同じだ」ゲルドルフが言った。「われわれはそれらを、雑誌からトレースしたものと見た。便箋に新聞のインクの汚れはついていなかったのでね。どれも、ナタリーが夜、仕事から帰ると、部屋のドアの下に挿しこまれていたそうだ。気をつけろ」マロリーが袋から便箋を取り出すと、ゲルドルフは言った。「その紙はすごく薄いんだ。それに鉛筆をこすってしまうとまずい」

チャールズは、マロリーが証拠品の取り扱いに関するこのレクチャーにいらだつものと思った。しかし彼女はその文面に釘付けになり、ただ便箋を見つめるばかりだった――きょうおまえに手を触れた。

ゲルドルフは彼女の表情には気づかなかった。両手をポケットに入れ、ぐらぐら体を揺らしながら、彼は殺人現場の写真を眺めていた。「カメラを取り落とした、あの青二才のカメラマン――あの夜、吐いたのは彼だけじゃなかった。もうひとり、若い警官がやってくれたよ――遺体を見つけた制服警官――パリスだかローマンだかいう」

マロリーが便箋から顔を上げた。いま、その注意はゲルドルフひとりに注がれていた。

彼はつづけた。「その警官はそれっきり部屋にもどろうとしなかった。一時間後、そいつは署にいたが、相変わらずハエを手で追い、ズボンのゴキブリを振り落とそうとしていたよ。もちろん虫なんかついちゃいなかったさ。一匹も。もうそのときはな。だが、やつらの感触はまだ残っていたわけだ。ああ、それにあの匂いときたら。あればっかりは写真には撮れない。しかしわたしが何より鮮明に覚えているのはなんだと思うね？　それは、部屋に向かっていくとき、外の廊下でも聞こえた。そしてドアを開けると――あのすさまじい音、ものすごい数。いやはや、度胆を抜かれたね」ゲルドルフは目を閉じた。「いまも聞こえるよ。あのワンワンいう音――何千匹ものハエどもの唸りが」

ライカー巡査部長がデリカテッセンで買った朝食の袋を腕いっぱいにかかえて、部屋に入ってきた。「何かいい話は出たかい？」

ライカーはコーヒーと食べ物を餌に、廊下の先にあるオフィスのキッチンへとゲルドルフを誘いこんだ。デリカテッセンの袋をテーブルに置くと、彼は不器用に包み紙を開けていった。おめあては白パンのトースト――心臓に悪い脂の滴るベーコンエッグが載ったやつだ。彼はテーブルクロスの上に容器を並べた。赤いチェックのそのクロスは、マロリーが容赦なく部屋の機械化を推し進めるなか、唯一生き残ったなつかしい品だった。

ライカーはデリカテッセンの電話番号をメモしてゲルドルフに渡した。「これをなくしたら、飢え死にしますよ」彼とマロリーが秘密裡にスパロー事件を調べている時間、ゲルドルフは自力でしのいでいかねばならない。オフィス内で食べ物を調達しようにも、チャールズは助けにならない。あの男は、自分のメルセデスのダッシュボードより複雑な操作パネルを備えたキッチン機器はすべて無視する主義なのだ。

「ほんとは買い出しにはデルースが行くべきなんだがな。使いっぱしりをしない奴隷なんて、なんになるんですかね」

ゲルドルフは笑みを浮かべた。「マロリーの指示で、彼は、二十年前の現場にいた全警察官の人事ファイルを入手しようとしてるのさ」

「なるほど、それじゃ当分体が空かないだろうな」おむつ取れたての白バッジがその役目を果たすには、ポリス・プラザ一番地で終日列に並ぶしかないだろう。だがダックボーイのその報告書は、彼らがナタリー・ホーマー事件を調べているという虚構の補強材となるはずだ。ライカーはゲルドルフにコーヒーの紙コップを手渡した。「あなたはこの十二年、いろんな未解決事件を調べてきたそうですね。刑事の仕事が恋しいってわけだ？」

「ああ、ずっとつづけ――」ここでゲルドルフはびくりと身をこわばらせ、それからぴんと背筋を伸ばした。それを見て、ライカーは自分の背後にマロリーが立っているのを知った。どうやら彼女は、この助手にも訓練を施したらしい。ダックボーイも彼女が部屋に入ってくるたびに、これとそっくりの条件反応を見せる。

マロリーは、ライカーのコーヒーカップの横に書類をひと束、置いた。彼は一般市民の被害届の見慣れた用紙をめくっていった。ナタリー・ホーマーは所轄の警察署の常連客だった。これは、ローマン警部補の班がケネディ・ハーパーを警察署のペットにしていたのとまったく同じパターンだ。

「被害届の日付が途中大きく開いているけど」マロリーが言った。

ゲルドルフはうなずいた。「その変態野郎は彼女にひと息入れさせたんだ。二週間後、そいつはつきまといを再開し、どんどんエスカレートしていった。部屋のドアの下にメモを入れるようになったのもそのころだよ。それと電話——完全に無言で、ハアハアいったりもしないんだ。たぶん彼女の声が聞きたかっただけなんだろう」

ライカーはポケットに手を入れ、マッチとタバコをさがした。「その二週間、前の亭主は自分の町にいたのかな？」

「ああ、いたとも。一日も欠かさず、勤め先の郵便局に通っていた。だがわたしにはわかってる。犯人はやつさ」

くしゃくしゃのパックから全部のタバコを振り出すと、ライカーは折れていない一本をさがした。「すると他は当たってみなかったわけですか？」

「その必要がどこにある？　やったのはエリック・ホーマーだよ」ゲルドルフは言った。「あの野郎に死なれさえしなけりゃなあ。殺しのあった一年後、やつは心臓発作にやられたんだ」

マロリーは新たに紙を一枚置いた。「これは前の夫の供述書よ。ナタリーの息子に関する記述が一行だけある。母親が死んだとき、その男の子はいくつだったの？」

「ああ、六つか七つだね。監護権は父親だけが持っていた。離婚後、ナタリーは一度も息子に会っていない」

マロリーの視線がライカーの目をとらえた。彼は賛同してうなずいた。ナタリーの息子は現在二十六歳、連続殺人犯にいちばん多い年齢層だ。彼はタバコに火をつけ、深くひと吸いし、渦を巻いて天井へとのぼっていく紫煙を見つめた。「その子供がいまどこにいるか知ってますか？」

ゲルドルフは首を振った。「父親が死んだあと、継母から聞いたが、その子はナタリーの妹にやったということだった。その妹は警官嫌いでね。協力は一切得られなかった」

「つまり、根に持ってるわけだ」ライカーは調理台を振り返って、灰皿代わりになりそうなものをさがした。「これだけ経っても、まだ姉貴の殺人について何もわからないんじゃね。無理もありませんよ」

「同感だ」ゲルドルフは言った。「だがナタリーの妹は、甥っ子を引き取らなかったんだ。彼女からはそれ以上何も聞けなかったがね。たぶん親戚の誰かにうまく押しつけたんだろうな。未解決事件課のファイルを借り出して何カ月後かに、わたしはその妹に、お袋さんを見限りはしないと甥に伝えるようたのんだ。そしてその後、彼女のことは放っておいてやったんだ」

ライカーはマロリーの顔を盗み見た。彼女も自分と同じ考えを抱いているのだろうか？　ラース・ゲルドルフがうっかり殺しの狂宴を誘発したのではないかと？

老人はふたりに交互に笑いかけた。「きみたちの考えはわかってる。その男の子が成長し、イカレちまったんじゃないかと言うんだろう？　あの娼婦を吊るしたのは彼じゃないかってわけだな？」ゲルドルフは首を振った。「どうして彼に詳細がわかると言うんだね？　その幼い少年に、母親の口に詰めこまれた毛髪のことを教えられたのは、犯人だけだろう。親父が子供にその秘密を打ち明けるとは思えんな」

マロリーはテーブルに椅子を引き寄せた。「じゃああなたは、その男の子と一度も話していないのね？」

「ああ。話す意味がないからな」ゲルドルフは立ちあがった。「すぐもどる」

廊下の向こう端でバスルームのドアが閉まると、ライカーは、新米パトロール警官のサインが入った二十年前の供述書をマロリーから手渡された。「これは、ローマン警部補のファーストネームなんじゃない？　このハーヴェイって？」

なんてこった、そのとおりだよ。しかしライカーが返事するより早く、チャールズ・バトラーが入ってきて言った。「なぜナタリーがああいう写真を撮らせたのかわかりましたよ。あれは女優のブロマイドだったんです」彼はライカーに、ある新聞記事のコピーをよこした。「図書館のマイクロフィッシュにそれがありました。ナタリー・ホーマーの死を扱っている唯一の記事ですよ」

そしてマスコミがその嘘の見出しに使った字数はごくわずかだった。〝自殺〟。ライカーは無味乾燥な最初の数行をすっ飛ばし、ナタリー・ホーマーの生と死に関するその短い記事を読んだ。『あの娘は近所のバーで六時から閉店までカクテルを運んでいました』そして水曜の午後はいつも、オフブロードウェイの劇場の安い席にすわって、暗闇でマチネを鑑賞し、別の仕事の勉強をしていた。彼女はひどく貧しくて、演技のレッスン料などとても払えなかったんです――家主の女性はそう述べていた。それ以外のナタリーの日々は、一向に仕事を見つけてくれない演劇エージェントを、足を棒にしてめぐり歩くことに費やされた。毎日彼女は、自分がいまも生きていて、いまもニューヨークで成功する気でいることを彼らに思い出させた。『あの娘は身を粉にして働いていましたよ』家主は語った。『だからいつもいつも疲れていました。

あの娘について書くなら、そのことを書いてください。何かいいことを書いてくださいよ』」
ある警察関係者によれば、その若い女優は人生の終わりに《アト・ジ・エンド・オブ・ザ・デー》、〝ロープの先で《アト・ジ・エンド・オブ・ザ・ロープ》〟発見されたのだった。

　マロリーは教えられたその住所でジェイノス刑事を待っていた。彼は絶対おもしろいから、と請け合ったものの、女優というつながりについては何も口にしなかった。コフィー警部補に聞こえるところでは、一切何も。

　その細長い建物の隣の敷地は、埃っぽい建設現場だった。そこにある建造物といえば、棺桶を縦にしたような小さな簡易便所だけで、便所のドアの前には、子供たちの一団がくねくねのたくる長い列を作っている。疲れきったひとりの女性、日帰りキャンプの監督者が、安全帽の男たちに、ありがとうと声をかけた。彼女の幼いキャンパーたちは、目下トイレ休憩の最中。彼らは自然に親しむべくこの近隣を散策しているのだ。もっともイースト・ヴィレッジのこの通りの植物相は、熱気と小便のシャワーとで死にかけている痩せ細った都会の木々にかぎられている。野生動物はといえば、側溝のなかのリスの死骸と歩道をぶらつく一羽の鳩くらいのもの。鳩のほうはすぐうしろに、新聞を丸めて持った重大犯罪課の刑事を従えている。子供たちはその男の図体の大きさと凶悪な顔つきにいたく感銘を受けていた。彼らは声をあげて笑い、銃を撃つ手まねをしてから、生きた盾としてお互いを利用した。

「やあ、マロリー」ジェイノス刑事は、建物の入口で彼女と合流した。その間口の狭い商店は現在、芸術映画のための即席映画館となっている。「きみの言うとおりだったよ。誰も彼もが芸能界に入りたがるんだな。ケネディ・ハーパーは夜、働いていた。そうすりゃ日中、自由にオーディションが受けられるから」

「じゃあエージェントがついてたのね？」

「いいや、そんなものは必要なかった。町じゅういたるところで自由参加のオーディションをやっているからな」彼は《バックステージ》紙の古い号から破り取ったあるページをマロリーに渡した。「ヘラーが彼女のゴミのなかからこれと似たような紙を――ずたずたに破ってあるやつを見つけた。きっとそのオーディションはうまくいかなかったんだろう」そして今度は丸めた新聞を手渡す。「こっちは最近の号だ」

新聞は折り返され、出演者募集オーディションの日付と場所の載ったページが表になっていた。「一日に少なくとも五件はオーディションがあるわね」

「よその町でやるのや、歌と踊りのやつを除けば、そこまではない。まあ、一、二件ってとこだな。いま、一件オーディションを見てきたんだがね。俳優が百人も並んでいたよ。スプリング・ストリートに長蛇の列ができていた。ホシはスパローとケネディをそういう場所で見つけたんだろう。ただ列の前を通って、いちばん好みのブロンドを選び出したってわけだよ」

「これで三人中三人だわ」マロリーは言った。ナタリー・ホーマー、ケネディ・ハーパー、そして、スパロー。この三人は全員、女優志望だったのだ。

「ああ、三つの事件を結びつけたのは正しいとおれは思う。しかしコフィーは絶対、その意見を受け付けんだろうな。ボスは新しい吊るし首に集中すべきだと考えている。おれがここにいると知ったら、怒り狂うだろうよ」彼が何を言いたいかは明らかだった。こっそり会うのはこれっきり、というわけだ。彼は《壁の穴》館の汚れた窓に顔を向けた。「スパローの芝居に出る俳優がこの場所を知らせてきた。彼女のリハーサルのビデオがここで流されているんだ」

窓に貼られた手書きのポスターでは、チェーホフの芝居『三人姉妹』のタイトルが『吊るされた娼婦』に改められていた。ポスターの横には、付随の広告が掲げられている。ニューヨークのタブロイド各紙のトップ記事。それらもまた、昏睡《こんすい》状態の売春婦をスターとして扱っていた。

あんた、有名になったのよ、スパロー。やったじゃない。

あとは、死ぬことにより、この長ったらしい事件に終止符さえ打てれば。

ジェイノスが車にもどっていくと、彼女は入口で入場料の三ドルを支払い、カーテンの隙間を通り抜けて、紫煙と汗の匂いのたちこめる暗い室内に入った。椅子は二十あったが、テレビの画面を見つめているお客はたったふたりだけだった。男のひとりが「この泥棒」とつぶやいて席を立った。どうやら、『吊るされた娼婦』が実は正統派の芝居で、ヌードも猥褻《わいせつ》さもないことにがっかりしたらしい。もうひとりの男もやはり腹を立てて出ていってしまい、あとに残された刑事はひとりでビデオを見ることになった。

相当眼の利く観察者でないかぎりその変化には気づかなかったろうが、マロリーの若い顔に、信念を抱く強情な子供の表情が浮かびあがった。彼女は身じろぎひとつせずにすわって、画面を見据えていた。大きな期待をこめて窓を見つめ、スパローを待っているのだ。彼女はもう何年も待ちつづけている。

皺《しわ》くちゃの老婆が舞台上に現れた。若い女優もひとり一緒に。美しい娘だ。涎《よだれ》を垂らし、目玉をぐるぐる回している虚《うつ》けじみた昏睡患者とは似ても似つかない。衝撃の彼方から聞こえてくるその声は、なじみ深く、また初めて聞くようでもあった。

「何ひとつわたしたちの望みどおりにはならないのね――」

スパローは吊るされたときと同じ衣装を身に着けていた。南部訛は消え失せ、天才外科医の力によって、彼女はオーリガ役には若すぎるほどになっていた。マロリーが最後にスパローを見てから、もう何年も経つ。そしていま彼女は、この女のもうひとつの変化に――外科手術では与えられないあるものに気づいた。娼婦は内側から、新たな炎によって輝いていた。その目までもがカムバックを果たし、もう一度、明るく澄んで、初めて世界を眺めている。青春の再来。これは、ふたりが初めて会った夜の彼女の姿だ。

あのときわたしはいくつだっけ、スパロー？　八つ？　九つ？

季節は冬。突然嵐が訪れ、熱っぽかった幼いキャシー・マロリーはニューヨーク・シティ最後の電話ボックスに――ドアがついていて、刺すような雪を閉め出せる唯一のものに這いこんだ。硬貨投入口に、彼女は金《かね》を入れた。それは日々の習慣、路上で暮らした子供時代、ずっとつづけたただひとつのことだった。

何年も前、千マイル以上彼方で、死を前にした女性がこの女の子のてのひらにひとつの電話番号を記した。その恐ろしい日が終わる前に、最後の四桁以外の数字はぼやけて読めなくなっていた。母の死後もキャシーは長いことその指示を守りつづけた。電話をかける理由は忘れてしまったが、消えた三桁に代わる番号を作ることはやめなかった。女性の声が応えると、なぜか希望が高まり、子供はお決まりのせりふを口にした。「キャシーよ、迷っちゃったの」

電話口で驚く女たちのなかにこの子が誰なのかわかる者はなく、それによって彼女らは自分が偽者であることを自ら暴露した。あの夜、連中のひとりは電話に向かって叫んだ。「教えてちょうだい。あなたは誰なの？　何をしてあげれば――」

カチリ。こうしてふたたび電話が切られ、またひとり女が涙し、希望は絶たれた。子供は希望中毒になっていた。このゲームのいちばんの長所は、毎日、いつでも好きなときにやれるという点だった。

熱はひどい寒気《さむけ》に変わっていた。最後の硬貨、最後のワンコールを試してみるとき、キャシーの小さな手はぶるぶると震えていた。「キャシーよ、迷っちゃったの」

千人もの女のなかでただひとり、スパローだけがこう応えた。「いまどこなの、ベイビー？すぐ迎えに行ってあげる」彼女には南部地方の訛があった。死んだ母親とそっくりに。

期待感のおかげで、その南部人がさがしに来るまで、キャシーは睡魔にも死にも負けずに待っていられた。曇ったガラスの向こうに人影が見えたとき、幼い少女の目は閉じかけていた。影は嵐のなか、飛ぶようにこちらに向かってきた。ドアが開き、女の腕が電話ボックスのなかへと伸び、震えている子供を抱き寄せ、まがいものの毛皮と香水の匂いのする体の熱とで温めた。

意識が朦朧《もうろう》としているあいだ、キャシーは死んだ母が迎えに来てくれたのだ、すべてがもとどおりになるのだと思いこんでいた。娼婦の温かな胸にぎゅっと抱かれていたあの吹雪の夜は、キャシー・マロリーにとって最高に幸せな時だった。

「――わたしたちの人生はまだ終わっていない」画面のなかの女優が言った。

夏の熱気に包まれた狭い館内は息苦しいほどだったが、若い刑事は芝居が終わってもなお席を立たなかった。漆黒の闇のなか、彼女は頭を垂れてすわり、つぎの回を待った。スパローに対する深い憎しみを温めつづけられるように。


ライカーはすでに捜査の統合が必要とされる理由を述べ終えており、目下、思案に暮れていた。本来これをやるのはマロリーのはずだったのだが、彼女は姿を現さず、このことは彼の不安をかきたてた。どんな約束であれ、遅れてくるというのは、時間厳守へのあの異常なこだわりと嚙み合わない。

ジャック・コフィーのオフィスに入ってきたとき、マロリーは黒いサングラスをかけたままだった。すすめられるのも待たず、彼女は椅子を引き寄せ、腰を下ろした。自分の悪い癖がうつったのだと思い、ライカーはにやりとした。

コフィー警部補は椅子の背にもたれると、あてつけがましく腕時計に目をやって、マロリーの遅刻を糾弾《きゅうだん》した。「ライカーが言うには、〝かかし男〟には好きなタイプがあるそうだな。女

件を解く鍵よ」

「そう。被害者たちはナタリー・ホーマーの代役なの」マロリーはデスクの端に積まれた新聞のほうに身を乗り出した。その顔は退屈そうにさえ見えた。「彼女の事件は〝かかし男〟の事件を解く鍵よ」

警部補はこの餌には食いつかなかったが、ライカーの考えでは、まだゲームは序盤、第一ラウンドだ。ボスは何も言わず、マロリーからの詳しい説明を待っている。彼女は新聞のひとつを手に取ると、しばらく眺めて脇に放り出し、また別の新聞を開いた。ページを折り返したところで、彼女はちらりとコフィーを眺めた。眉を釣りあげ、なぜ自分を待たせるのかと問いかけながら。

「〝かかし男〟は模倣犯だ。だが出来は悪い」警部補が言った。「やつがナタリー・ホーマーの事件の現場にいたはずはない」

これは弁解口調なのでは？　ライカーはそうだと思った。

「彼はその場にいたとわたしは思う」マロリーはサングラスを下げ、このやりとりより興味深い新聞記事を眺めた。

「一致しない点が多すぎるだろう」コフィーが言った。「あのロウソク、輪縄《わなわ》の結びかた。ホシはあの現場を見ていないんだ」

「ぼくはその反対だと思いますが」感じのよい声がした。コフィーは椅子をくるりと横に向け、頭がドア枠のてっぺんを優に越える長身の男を凝視した。その驚きの表情を誤解し、チャールズ・バトラーは腕時計に目をやって言った。「ああ、すみません。早すぎましたか?」

警部補は、なぜ民間人がこの会議に招かれたのか、不審に思っていることだろう。ライカーはなすすべはないものとあきらめ、どなりあいに備えて身構えた。コフィー側が一方的にどなることは、容易に予想がついた。マロリーはゆったりすわって、相手が自滅するのを待つだろう。そしてたぶん、そのあとで、ローマン警部補がナタリー・ホーマー事件の現場にいたという爆弾を落とすのだ。

空いた椅子はひとつもなかった。そしてチャールズ・バトラーは、知らぬ間に人や家具を矮小《わいしょう》化してしまうことをいつもひどく気にしている。彼はガラスの壁に寄りかかった。それで自分がより小さく、より礼儀正しく見えるものと信じているのだ。「諸々の不一致も、ぼくには理解できます」

警部補はどうにか笑顔を作った。「するとあなたはマロリーの味方なんですね?」

意外や意外!

「ええ」チャールズは言った。「〝かかし男〟は二十年前の記憶をもとに行動しているんです。まちがいがあって当然ですよ。少なくとも彼は、もともとの事件現場にどれほどたくさんハエがいたか、ちゃんと知っているわけです。彼は瓶に入れてハエを持ってきたんですよね」

コフィーはマロリーに非難のまなざしを向けた。しかし、この詳細の漏洩を彼が責めたてるより早く、彼女は言った。「チャールズはわたしたちの顧問心理学者なの。警部補は市警の精神科医は大嫌いでしょ」

警部補はうなずいた。これればかりは否定できない。重大犯罪課のおかかえ精神科医は無能なやぶ医者で、課員全員のいらだちの種なのだ。一年前、コフィーはチャールズ・バトラーにその仕事をオファーしたが、結局ニューヨーク・シティには、複数の博士号を持つ男を雇う余裕がないことがわかった。「われわれに彼に充《あ》てる予算がないのが、つくづく残念だよ」

ライカーは、警部補が大仰な演技をしているのをはっきりと感じた。

「問題ないわ」マロリーは相変わらず積みあげられた新聞をつぎつぎ眺めている。「今四半期、彼はこれ以上稼ぐわけにいかないから」

「そうなんです」チャールズは言った。「税金の関係でね。ですから、いつでもただで働きますよ」

警部補はただほど高いものはないことを知っている。しかしまだ自分を待ち受ける罠には気づいていない。

マロリーはデスクの山から取った最後の新聞を折りたたんだ。「ケネディ・ハーパーのことはどこにも載ってないのね。それに、スパロー関係の記事はめちゃくちゃだわ。記者たちは相変わらず、娼婦のセックス・ゲームなんて言っている。まるであれが事故だったみたいに。チャールズは、このことが〝かかし男〟を逆上させ、犯行に駆り立てるものと見ているの。つぎの殺しはもういつ起きてもおかしくないのよ」

ライカーは、彼女の新しい顧問心理学者がこの意見にひどく驚いているのを見てとった。

「新聞を見るかぎり」マロリーは言った。「危ないのは娼婦だけってことになる。そろそろ真実を公表すべきよ」

「わかった」コフィーは言った。「女優たちに生き延びる一か八かのチャンスを与えよう」彼はマロリーからの気前のいい贈物、チャールズ・バトラーに顔を向けた。「あなたの説のとおり、〝かかし男〟が腹を立てているとしましょう。ではなぜ彼は新聞社に電話をして、連中を正さないんでしょうね」

「これはただ、なんとなく、ですが、彼は警察に真相を解明してほしいんだと思います」

「そして彼はいま、つぎの犠牲者をつけまわしている」マロリーが言った。「ホットラインを設置して、情報を募らなきゃ」

コフィーは首を振った。「何も町じゅうのブロンド女性をパニックに陥れることはない。対象は被害者像にあてはまる女性だけに絞ろう。それと、過去の事件のことはマスコミには知らせるな」彼はチャールズ・バトラーに目を向けた。「〝かかし男〟に関して、他に何かご意見は？」

「彼とナタリー・ホーマーのつながりはきわめて強いものだと思います。彼はナタリーの事件を二度再演したわけですから」

「なるほど、それも一理あるな」コフィーは部下たちに目をもどした。「わたしは、ゲイリー・ザッパータを最有力容疑者のリストに入れた」

マロリーは〝クールなやつ〟を演じるのをやめた。その拳《こぶし》が椅子の肘掛けにぎゅっと押しつけられた。「いったいどうして――」

「まあ待て」警部補は片手を上げ、彼女を黙らせた。「ザッパータの親父さんが刑事だったのを知ってるか？　そう、やつの望みもそれだった」コフィーはチャールズに目を向けた。「警官をしていたとき、その男はクビになるまであと一歩のところまで行きました。そんなとき、うちの当直の巡査部長が、消防士に志願するという考えを彼に吹きこんだんです。消防隊に入るのは簡単だ――ベル巡査部長はその若造に言いました。そうすれば、拳銃を持って刑事のまねごとができるとね」

ライカーはうなずいた。この親切な行為は、ベルの哲学にぴったり合っている。イカレた警官とは常によい関係を保つべし。

「そして先日の夜」コフィーはつづけた。「われらがザッパータは、殺人事件の現場に現れ、ショーを仕切ったんです」

マロリーの赤い爪が椅子の肘掛けをトントンたたいた。「つまりザッパータは新たな仕事として、女を吊るしたってわけ？」

「最後まで聞け」これは要請ではない。コフィーは口を閉じていろと彼女に命令しているのだ。「彼が両方の事件現場にいたことはわかっている。ケネディ・ハーパーの住居の外で撮られた人混みの写真に彼の顔が写っているんだ」

「つまりあいつは警察無線受信機を車に載せてたわけだ」ライカーは言った。「そうしてないやつを三人挙げてみな」

警部補はこのコメントを黙殺し、新任の顧問に話しかけた。「その男はきわめて危ないやつとみなされています。ショットガンを持ってここに現れ、元同僚たちを吹っ飛ばしそうな男なんですよ。この情報は役に立ちますかね？」コフィーはデスクの上の書類をかきまわし、しばらくの後、めあてのものを見つけ出した。「スパロー事件の九一一通報が入ったのは、ちょうどザッパータの勤務時間が始まったときでした。現場から消防署までは二ブロックです。署のダルメシアンがもっと早く煙に気づかなかったのが、不思議なくらいです」

「つまり、彼がスパローを吊るし、そのあと、アリバイ作りのために二ブロック走って出勤したってわけ？」

「そうとも、マロリー」コフィーは一拍間をとった。これはたぶん、皮肉を言うのは上司への反抗に当たることを思い出させるためだろう。「あの半端な輪縄でじわじわ死に追いこめば、いくらか時間が稼げる。だがやつは確かに彼女を死なせたかったんだ」コフィーはチャールズに視線をもどした。「ザッパータの隊が提出した報告書によれば、やつは別の消防士がロープを切ってスパローを下ろそうとしたとき、力ずくでそれを止めたんだそうです」

ライカーは相棒に顔を向けた。「その点は考慮に値するよな」もちろんこれは暗号で、〝如才なくやれ、さもないとボスは捜査を統合しないぞ〟という意味だ。それにしても、彼女はいつ、ローマンのかかわりを持ち出すつもりなのだろう？　あの件は、ボスの関心をただちに引きつけるだろうに。彼はマロリーの視線をとらえ、〝ローマン〟と口を動かしてみせた。

マロリーは首を振って、コフィーに目を向けた。「二十年前の殺人事件の詳細を、ザッパータがどうやって知ったっていうの？」

「親父さんから聞いたんだろう」コフィーは言った。「一致しない点を見てみろ。ホシはロウソクがあったことを知っていたが、何本あったかは知らなかった。輪縄の存在は知っていたが、どんな種類のやつかは知らなかった。これは人づての情報だからだろう。二十年前、ザッパータの親父さんは、事件現場にいた警官の誰かとかかわりがあったのかもしれない。われわれは目下、そこを調べている」

「ケネディ・ハーパーの部屋に火の気はなかった。ザッパータがやったなら――」

「あれは予行演習だった可能性もある。あるいは、やつはあの女性と知り合いだったのかもしれない。だからスパローを殺すことで、われわれの目をそらそうと――」

「ちがう」マロリーは言った。「ボスは、ザッパータを犯人にしたいだけ。わたしだってあのカス野郎は好きじゃない。でもボスの仮説には無理がある。スパローならなまくらな包丁一本であの男を殺せたはずだもの」その言いかたは、昔の敵を讃えているようでさえあった。「武器がなくたって、あの娼婦なら相当の傷を負わせたでしょうよ。彼女はそれくらい強かったのよ」

その点に関しては、ライカー自身が証人となれる。スパローを参らせるのは恐ろしくむずかしかったろう。かつてあの娼婦は、致命傷となるほどの深手を負いながらも生き延びた。そして十五年後のいま、彼女は相変わらず不死身であることを証明しつづけている。担当医の専門的助言に逆らい、彼女はまたひと晩、もちこたえたのだ。

ジャック・コフィーはマロリーにほほえみかけていた。これは悪い兆候と決まっている。

「では、なぜスパローはホシを魚みたいに切り身にしなかったのかな？　答えは？　何も出てこないのか？　それじゃわたしが教えてやろう。ホシは彼女を暗がりで襲ったんだ。あのうちの玄関の上の電球はゆるめられていたんだよ」

　ライカーは自分の靴に視線を落とした。つぎに何が来るかはわかっている。電球のことをマロリーに話すのを、彼は忘れていたのだ――

「それともうひとつ」コフィーはつづけた。「これに関しては、きみは相棒に感謝すべきだな。ライカーは鑑識を現場に呼びもどし、電球に粉をまぶさせたんだ。そして連中はザッパータの指紋を発見した」

　ライカーはマロリーに目をやった。彼女は笑みを浮かべ、ゆっくり首を振っていた。実に慈悲深く――その態度を表すには、この表現がいちばんだろう。「よかったじゃない」彼女は言った。「消防士の指紋が見つかったわけね。火事の現場で」

やるね！　優雅で、シンプルな一撃。あとは、彼女の名前を優勝カップに刻むだけだ。ところが、ジャック・コフィーにはまだ負けを認める気がないようだった。ボスは笑みを浮かべて言った。「わかった。ではこうしよう。動機は不明のままとする。容疑者のほうもだ。しかしきみとライカーはひきつづき過去の事件を調べるんだ」彼は両手を広げてみせた――な？　わたしはフェアな男だろう？　とばかりに。

　女優の吊るし首事件、古いのと新しいのとは、それぞれの捜査主任のもとに留まり、別々の捜査線をたどりつづけることだろう。この点が今後も変わらないことがライカーにはわかっていた。しかしマロリーは警部補に毒を与えた。ジャック・コフィーは一日じゅう不安にさいなまれるはずだ。彼女が正しいのではないか、つぎの殺しは自分の監督下で起こるのではないか、と。

ママがよそのママと紙コップのお茶を飲んでいるあいだに、子供はふらふらその場を離れ、ブンブンというハエの羽音に誘われて、ゴミ缶の向こう側にたどり着いた。男の子は感心しきってその光景を見つめた。蠟紙の中央に載った、小さいけれどすごい匂いのする何か。それをびっしり覆い、蠢《うごめ》いている生きた毛布。虫たちの狂騒の前にひざまずく男の子の膝を、トンプキンズ・スクエアの芝生がくすぐる。こいつら、何を襲ってるんだろう？ ひょっとすると獲物はまだ生きてて、ぴくぴく動いてるんじゃないか？ 男の子は期待をこめ、あらゆる少年が誕生と同時に手に入れるあの棒切れを使って、悪臭ふんぷんたるその塊をつついた。肉塊はぐんにゃりやわらかかったが、まちがいなく死んでおり、なんの反応も示さなかった。ちょっとがっかりしながらも、彼は脚と翅《はね》と肥えた黒い胴部の集合体を見守りつづけた。ブンブンという大音響は、実におぞましく魅惑的だった。

やがて男の子の関心は薄れ、近くのベンチへ、ジーンズと野球帽の男へと移った。その人物は、死んでいった歴代の動物たち、ハムスターや小鳥や金魚に負けず劣らず硬直していた。ハエにたかられた肉塊同様、男には命がなかった。なのに翅のある連中はぜんぜん彼に寄りつかない。さらにベンチに近づくと、この謎が解けた。男の衣類には殺虫剤の匂いが染みついていたのだ。地べたに置かれた口の開いた灰色のバッグには、缶がひとつ入っていた。アパートメントの部屋を飛び回るはぐれ者の虫を追いかけるとき、ママが使うようなやつだ。また、バッグのなかには大きなガラスの瓶もあり、こちらは死んで干からびたハエとまだ生きている数匹とで半ばまで埋まっていた。

コレクターだ。

なるほど、そういうことか。ベンチの男を悪臭のする肉塊とハエの群れに結びつけ、男の子は納得した。みごとな解決法だ。これならハエを追いかける必要もない。

その男は、小さな男の子には目もくれなかった。これは、自分が宇宙の中心なのを知っている子供には奇妙なことに思えた。男は瞬《まばた》きひとつ、身動きひとつしない。懸命に生命徴候をさがすうちに、男の子の目はまん丸くなった。やがて、集中力の持続時間——たぶん三十秒ほど——の限界が来ると、彼はこの対象物は死んだハムスター同様に死んでいるものと断定した。だが念のため、科学的な調査を行う者の精神で、死人の脚をあの棒切れでつついてみた。

死骸が頭をめぐらせ、子供は悲鳴をあげた。

背後でぱたぱたと母親の足音がした。ふくよかな腕が彼の小さな体を包みこみ、かかえあげ、運び去った。駆けていく母とともに弾みながら、男の子はそのやわらかな肩ごしにあの死人が黄色いゴム手袋をはめるのを見ていた。男は殺虫剤の缶を手にブンブン唸るハエの大群に近づき、エアゾールの毒の霧をその上に降り注いだ。

その若い女優は、プラスチックの座席のわずかな隙間をめぐる競争で別の吊り革利用客を制し、地下鉄の電車の席を勝ち取った。彼女は尻をくねらせ、自分の居場所を広げると、イースト・ヴィレッジまでの長い帰路の旅に備え、そこに腰を落ち着けた。

戦いの傷が残っていないかスーツの上着をチェックしたあと、彼女は黄金色の長い抜け毛を一本、襟からつまみとった。そのリネンの服の淡いブルーは、彼女の目の色によく合っている。それは彼女の一張羅、これまで所有した服のなかではいちばんの高級品だ。いつも期待を裏切られ、つぎからつぎへオーディションに落ちているというのに、天邪鬼《あまのじゃく》にも彼女はその服を幸運のお守りとみなしている。

汗ばんだ他人の体の圧迫からなんとか気持ちをそらそうと、彼女は新しい絵葉書のセットを膝に載せ、〝捨てられたステラたち〟への週ごとの嘘を綴《つづ》りはじめた。文言のひとつは、車両の窓の上に掲げられた広告からもらった。ニューヨークはサマー・フェスティバルです。

キャンバス地のバッグが側頭部に当たった。

「ちょっと!」彼女は本物のニューヨーカーみたいにどなった。「気をつけてよ!」視線を上げると、顔からほんの数インチのところに、どこかの男の色あせたブルージーンズの股があった。男は殺虫剤の匂いをぷんぷんさせていた。彼女は絵葉書に目をもどし、つづきを書いた。

わたしはこの町が大好きです。

故郷のオハイオに帰りたかった。

昨年、一家の大卒第一号となった彼女は、演劇専攻生が最初に従事する伝統的な仕事、ファーストフード店の給仕の資格を得た。これは、どちらも十七で妊娠して捨てられた、サービスエリアで働く二世代の疲れたウェイトレス、〝捨てられたステラたち〟にとって苦い驚きだった。

一代目のステラ、おばあちゃんは、貯蓄債券を金に換え、この女優志望の孫娘をドライバー相手の路傍の食堂など一軒もないところ、ニューヨーク・シティに送り出した。そしてその後も毎月、仕送りはつづいている。二代目のステラ、別名、ママは、いまも給仕の仕事をしており、もらったチップは全部、自分の娘、オハイオを離れたことのある唯一のステラに送っている。

列車のエアコンはまるで効力がなく、ステラ・スモールは貴重な酸素を使い果たしてしまう周囲の人間全員に怒りを覚えた。彼女は隣席の女に白羽の矢を立て、〝死ね〟という眼でそいつをにらんだ。しかし当の相手は、少しも恐れ入るふうはなく、まだ生きて動いているこってりしたサンドウィッチを幸せそうにぱくついている。脂っぽいパンからオニオンのリングとどろりとしたマヨネーズがずり落ちてきて、汗と殺虫スプレーの悪臭にまた別の匂いを添えた。ステラは書き終えた絵葉書をバッグにすべりこませ、新たな嘘を紡ぎはじめた。今度のはエージェント宛だ。さて、演技経験もないぼんくらに役を取られたという事実をどう説明したものか？

自宅の最寄り駅、アスター・プレースまであとひと駅だった。いやな匂いのサンドウィッチ女が、スライス・トマトの切れっぱしを座席に残して立ちあがった。トマトのせいで他の乗客はすわれなくなったが、ステラ自身は新たに乗りこんできたお客たちにぐいぐい押され、立とうにも立てなかった。それに、体を搔いている隣の男から離れることも。もうシラミは移ってしまったろうか？　上腕の皮膚がむずがゆくなった。袖に手をやり、その部分を搔くと、生きていてぴくぴく動いている何かに指先が触れた。

ああ、やだ！

太った黒いハエだ。すると今度は、聖書の災厄規模の膨大《ぼうだい》な数のハエが、雨あられと頭上に降ってきた。信じられないことに、そのほとんどは死んでいた。残りのは病に侵され鈍くなっているだけで、まだ動いており、膝の上をのろのろと這っている。そして、脚を伝い——

スカートのなかへ！　ああ！

彼女は座席から飛びあがり、髪や服をばたばたとたたいた。虫が靴のまわりに落ち、四方八方で這い回っている。ステラが悲鳴をあげると、連鎖反応が起こり、他の乗客たちも悲鳴をあげだした。人々は車両の反対側に移ろうとして、互いを踏みつけあっている。ハエどもがストッキングを這いあがってくる。それを振り落とそうと飛び跳ねるステラの足もとで、干からびたハエの死骸がバリバリと砕ける。他の乗客たちもそのヒステリックなダンスに加わり、足を踏み鳴らし、両手を振り回し、指をひらひらさせている。乗客のひとりがステラの背中に留められたメモを偶然はじき飛ばすと、その紙は床に舞い落ち、同時に列車がガクンと停止して、すべてのドアが開いた。メッセージの記された小さな紙きれは、別の女の靴底に貼りついて車外へと逃げていった。

第九章

チャールズ・バトラーは重大犯罪課捜査本部の中央に立ち、左右の壁にちらりとだけ目をやった。そのそれぞれが吊るされた女のひとりに割り当てられている。そして奥の壁は――それは心を奪う代物だった。〝かかし男〟の野球帽を取り巻く死んだハエの光輪は、まぎれもない創造力の証だ。彼は隣に立つ刑事に顔を向けた。「本当に？　ロナルド・デルースがこれをやったんですか？」

「そうさ」ライカーは小さなカセット・プレイヤーのつまみをいじくった。「しまいにはおれもあの坊主を好きになるかもな」

プシューッ。

「それじゃなぜいつまでも彼を頭の足りない子供みたいに扱うんです？」

「わかった、今度ビールをおごるとするよ。これは、劣等生の新米におれが与えてやれる最高レベルの栄誉なんだ」ライカーはプレイヤーの音量を上げ、うつろな声による一本調子な語り口の短い言葉を再生した。灰色の風景のなかにひとりたたずむ〝かかし男〟の声。単調で平板で、感情の高まりも絶望の深さもない。その味気なさを打ち破るのは、ひとつの背景音だけだ。

プシューッ。

チャールズは他の二面の壁を見つめた。そこには、手書きのメモやタイプされた報告書やファックスの紙や写真が留められている。多くの手と頭脳によるその作業には、なんの秩序も認められない。「この書類ですが、うちに持ち帰っても――」

「いいや」ライカーは言った。「この部屋からは何ひとつ持ち出せない。コピーも禁止だ。コフィーの命令でね。だから、ここにあるものをひとつ残らず読んでくれ」

人間コピー機という自分の役どころを悟り、チャールズは南側の壁の前を移動しながら、ケネディ・ハーパー殺人事件の全資料を直観記憶にとりこみだした。解剖関係の情報はすべて、マロリーによって留められていた。紙が曲がっていないのが偶然の賜物にすぎない周囲の乱雑さのなか、それは整然たる配列という小さなオアシスだった。

チャールズとともに向かい側の壁へと移動しながら、ライカーはカセット・プレイヤーの音量を調節していた。「もういっぺんこれを聴いてくれ」

プシューッ。

「等間隔なんだ。自動化されてる何かだよ。うちの技術屋連中は、花屋か業務用温室の噴霧機じゃないかと言っている」

「職場は除外できるんじゃないでしょうか」チャールズは言った。「邪魔の入る恐れがあれば、そのことが声に出るはずです。でもこの声は一定でしょう？　まったく平坦なんです」彼は耳をすませた。新たな一節、そして――プシューッ。「ほら、息継ぎの間です。背景音のところで、間隔があく。まるで句読点があるみたいに。彼はずいぶん長いことこの音と一緒に過ごしているんじゃないかな。もしかすると医療関係の機械の音かもしれませんよ」ライカーに話しかけながら、彼は脳の別の区画で、まだ生きている女性に関するエドワード・スロープの検視報告書を読みこんでいた。「この昏睡《こんすい》患者に苗字はないんですか?」

「スパローだよ」ライカーは言った。「それが名前だ」

室内にはマロリーの姿があったが、チャールズには、彼女が来たのがいつとは言えなかった。あのやわらかな肉球を持つ猫だって、もっと大きな音を立てる。彼はときどき、彼女にとってはこれが——人が驚いて飛びあがるのを見るのが楽しみなんじゃないかと思う。そしてまさにそのとおり、背後からぶらぶら歩いてきた彼女に気づいたとき、ライカーは飛びあがった。マロリーはずらりと並ぶスパローの裸体の写真にはほとんど興味を示さなかった。同じグループのいちばん端の写真、被害者の脇腹の無残な傷跡のクローズアップ。彼女の注意を引いたのは、その一枚だけだった。傷は古いもので、穴の穿《うが》たれた部分に肉が大きく盛りあがっている。マロリーは目を閉じた。小さな、しかし、その胸中を物語るしぐさ。そしてチャールズはそこに多くを読みこんだ。彼女とスパローが共有するものは、事件現場から回収されたペーパーバックのウェスタン小説だけではないのだ。

マロリーが顔を上げ、彼が自分を見つめているところを押さえた。「何?」

プシューッ。

「実は、ぼくの興味をそそる点があってね」彼は病院で撮られた写真群のところにあともどりした。マロリーの几帳面な字で書かれたメモの最後のページには、エドワード・スロープの署名があった。チャールズは、検視局長の手袋をした手が囲うスパローの傷の写真を指さした。

「エドワード・スロープは明らかにこの傷を調べている。なのにきみはメモのなかでそのことに触れていないね」

「それは古い傷だから」彼女は言った。「今度の事件とは関係ないの」

「じゃあきみは、この傷の由来を知ってるわけだね？」

　プシューッ。

　ライカーが突然、ふたりのそばから猛スピードで離れ、部屋の向こうへと向かった。それが、プライバシーがらみの地雷を踏んでしまったことをチャールズに告げる唯一の警報だった。

「それはナイフの古傷よ。とっても古い傷。時間の無駄」マロリーは壁から写真をむしり取った。「これはここにあるべきじゃない」

「でもきみはコフィーに、この女性はナイフ使いの名手だと言ってたよね」

「右に出る者はいない」彼女は片手で写真をくしゃくしゃに丸めた。チャールズは、その知的な目の奥で作戦がめぐらされているのを見てとった。

　ブラフをかけられない顔というハンデゆえに、たいていの人は彼には他人の嘘を見破ることもできないものと思いこむ。マロリーはそうした勘ちがいは決してしない。たぶん彼女は、彼を誤解へと導くにはどの真実がいちばん有効か思案しているだけなのだろう。

「あれは喧嘩じゃなかった」彼女は言った。「スパローはナイフに気づいていなかったの」

「つまり、不意打ちを食らったってこと？」

「いいえ！」マロリーは写真を固く丸め、さらに両手ではさんでくるくる転がし、どんどん小さくしていった。「ええ」いまやその声までもが小さくなっていた。「彼女はジョークに不意打ちを食らったと言えるかも」小さな紙のボールがマロリーの手のなかに消えた。「そいつにやられたとき、スパローは笑っていたのよ」そして、チャールズがこのささやかなマジック・ショーに気をとられていると、彼女の反対の手がさっと飛び出し、彼は赤い爪で軽く胸を刺された。

「これで傷のことは忘れられるわね」マロリーは言った。いや、これは命令だ。「この件はもういいでしょ？」

そう、これほど明快な脅しはない。マロリーは大股でドアに向かった。どんなに急いでも急ぎ足りないといった様子で。ああ、彼女がドアをたたきつけてくれていたら。その場合、彼女はただ怒っているだけ、彼は単に彼女をいらだたせただけということになる。しかしこれはちがった。彼はなんらかのかたちで彼女を傷つけてしまったのだ。スパローの傷のことはもう持ち出すまい。もう二度と。なぜなら、それがマロリーの傷でもあることがわかったから。それでも、あの写真は彼の記憶のなかにしっかりと収められた。忘れることはできない。そしていま、それは成長しはじめ、他の紙きれをいくつか引き寄せた。ウォーウィック古書店の十五年前のレシート。ある子供への献辞が入ったウェスタン小説のタイトル・ページ。マロリーはいつスパローに対するあの凶行を目撃したのだろう？

ひとりの人間に生涯癒えない損傷を与えたいなら、その犠牲者がごく幼いころに始めるのがいちばんだ。たとえば十歳あたりがいいだろうか？

その一帯の爆発物が撤去されたため、ライカーが携帯を折りたたみながらぶらぶらともどってきた。「オーケー、チャールズ、きみの望みがかなったぞ。ダックボーイにまともな仕事を与えてやったよ。彼はこれからあの爺さんを遠足に連れてくんだ。ナタリー・ホーマーの遺体を最初に見つけた警官のところへ。これで気が晴れたかな？」

とんでもない。

ロナルド・デルースは白いページのいちばん上に、ナタリー・ホーマー事件の現場に先着した警察官として聴取対象者の名を記した。険悪な沈黙がつづくあいだ、彼はアラン・パリスの住まいの様子を綿密に記録していった。椅子やソファのすり切れた張地、ひび割れた漆喰《しっくい》、そして、四十二歳を前にどん底に至った男の埃と汚れのすべてを。

パリスの人事ファイルに載っていたのは、ニューヨーク市警におけるその短いキャリアに関する無味乾燥なデータのみだったが、ビールの空き缶であふれんばかりのゴミバケツは彼の深刻な飲酒癖を示唆していた。狭いキッチンの流しには汚れた皿が堆《うずたか》く積みあげられている。そのなかにひとつだけある、ひびの入った華奢《きゃしゃ》なティーカップは、おそらく、二十年前、結婚が破綻したときに、この男の前妻が置いていったものだろう。それは、ナタリー・ホーマーの死のほんの数カ月前のことだ。

アラン・パリスのTシャツはしみだらけで、ボクサー・ショーツは破れ、黒いソックスの穴からは汚い足の爪がのぞいていた。ラース・ゲルドルフ流の尋問に白けきったこの男は、舟を漕《こ》いでいるように見えた。

いや、アラン・パリスは酔っているのだ。

「この嘘つきめ！」相手を惰眠から呼び覚ますべく、ゲルドルフは室内を歩き回り、声を荒らげた。「おまえらのどちらかが情報を漏らしたことはわかっている。おまえかおまえの相棒かだ。さっさと吐いちまえ！」老人は身をかがめ、パリスの鼻先に顔を突き出した。「おれを怒らせるなよ、若いの。切れると怖いぞ」

パリスはどうにか、閉じた口からふっと小さく息を漏らした。お粗末な高笑い。退職刑事とそのあほらしい脅しに驚くべき忍耐を見せ、彼は沈黙を守った。

予告どおりラース・ゲルドルフの怒りが解き放たれ、デルースは律儀にもその罵詈《ばり》雑言《ぞうごん》を一語も余さず速記で書き取っていった。そしてついに老人はパリスを爆発させるのに成功した。目下、猥言《わいげん》は双方向に飛んでいる。デルースの鉛筆は、ゲルドルフが足音荒く出ていくまで、手帳の上を休むことなく走りつづけた。

老人が消えたのを機に、デルースは用意してあった質問リストを引っ張り出した。ゲルドルフが彼のために作ったその台本は、〝よいおまわりさん〟役であちこちの小学校を訪問した制服警官時代をしのばせた。「もう何点か質問させてください」彼がぎこちなく笑ってみせると、ちょうど小学生たちがやったようにパリスも目玉をぐるりと回した。ここにも手強い観客がいたわけだ。

ゲルドルフなんぞくそくらえ。

デルースは笑みを引っこめ、質問リストを折りたたんで尻ポケットに入れた。「隣近所の人たちはどうしていましたか？　誰か現場近くの廊下にいませんでしたか？　もしかすると——」

「なにせ大昔のことだからなあ、坊や」パリスは身をかがめ、新聞を脇へどけた。そこには、以前、飲んだくれたあと、握りつぶして放り捨てたビールの空き缶がひとつあった。彼は大きく開けた口の上でそれを逆さにし、気の抜けた生ぬるい液体の最後の数滴を受け止めた。

まだ焦燥の色は見られないが、この元警官はまもなく酒の在庫の補充のために店へと走りたくなるだろう。

「どうぞゆっくり考えてください」デルースは言った。「こちらはこの仕事に丸一日かけられるので」これで相手の注意が引けた。「現場の写真を見ましたよ。わたしなら、あの夜にまつわることは何ひとつ忘れられないでしょうね」

「確かにな、坊や。だがおれはあの事件のことは誰にも何もしゃべっていない。情報を漏らしたのはおれじゃないんだ」パリスは少し開いたままの玄関のドアを見つめた。その向こうにゲルドルフがいるのを察知し、彼は声を大きくした。「あの老いぼれに言ってやってくれよ——やつが外の廊下に立たせたのは、おれじゃない。おれの相棒のほうさ！　もしかすると、彼のい、前を誰か通ったかもしれんな」声が低くなり、つぶやきへと変わった。「だが確かなことはわからない。ハーヴェイのほうもあの夜のことは一切口にしなかったからな。相手がおれでもだぜ。おれたちは何年も一緒に働いた。でもあのことは一度も話に出なかったよ」

「あなたのパートナーがドアの見張りに立っていたとすると、あなたはずっと室内にいたわけですね」

「いや――ほんの数秒だな。遺体を見つけたのはおれなんだ。ああ、あの匂いときたら。大の男がぶっ倒れるほどだったぜ。あの夜はうちに帰ってもまだ、服や髪に匂いが残ってた。いまでもあの匂いがする。ゴキブリが脚を這いあがってくるのを感じるよ。それにあのハエども。何百万匹いたろうな」

「では、あなたはドアを閉めて、刑事たちと鑑識班が来るのを待ったわけですね？」

「いいや。あの女はぶら下がってたが、おれには手首のテープが見えなかった。おれとハーヴェイは、てっきり自殺だと思ったんだ。さっきも言ったとおり、おれはほんの何秒かしかその場にいなかったしな。自殺なら鑑識が出張《でば》るまでもない。指令係がよこしたのは刑事だけだったよ」

デルースは手帳のページを繰り、きのうのメモのところにもどった。「他に現場に来た人間はいませんでしたか？」

「カメラマンかい？　うん、刑事どもと一緒に来てたな。ほんのガキだったよ。おれよりもっと若かった。こっちもまだ二十二だったんだがね。そいつはゲロを吐いて、カメラを落っことした。それでそのカメラは壊れちまってね、おれがお隣さんから別なのを借りてきたんだ。そのあとおれは刑事たちに追加のフィルムを買いに行かされた。あの夜は、確か二度その店に行ったんじゃないかな」

「パートナーのかたから、あなたのいないあいだに、現場付近に民間人が現れたという話は出ませんでしたか？　えーと、ハーヴェイ――」自分の上司の名前を忘れるわけはないのだが、デルースはメモに目をやった。ライカーの指示により、事件と彼のボスの関係は誰にも告げてはならないことになっている。彼は白紙のページに指を置いた。「ローマンでしたね？　ハーヴェイ・ローマン。彼はずっとドアの前にいたんでしょうか？」

「そうさ。いや、ちがう。おれが店からもどったとき、あいつは廊下の先で、どこかの婆さんの苦情を聴いてやってたっけ」パリスはふっと口を閉じ、それから一方の手で目を覆った。「ああ、ちくしょう」

デルースの鉛筆が手帳の上の宙に止まった。「どうしました？」

「そのとき、ドアのすぐ前に子供がふたりいたんだ。まだ小さな子供、男の子と女の子だ。ハーヴェイは気づいてなかったがね。ドアは開けっぱなしだった。なにせあの匂いだろ。だから、おれが追っ払う前に、子供たちはあれを見ちまったんだ。そのことはずっと気になってた。きっとあの子たちは悪夢を見たろうな。かわいそうだが、こっちにはどうしようも――」

「では、あなたのパートナーは現場の管理に失敗したわけですね。彼はヘマをした。そしてあなたは、彼を困った立場に追いこみたくなかった。そうでしょう？」

パリスはがっくりとうなだれ、その顎が胸についた。「ゲルドルフは、いまもいやな野郎だが――当時はもっとひどかった。子供を通しちまったことを知れば、ハーヴェイの生皮を壁に釘で打ちつけただろうよ。やつはいまだに自分を神だと思ってやがる。刑事ってやつは我慢ならんね。おっと、悪く思わんでくれよ、坊や」

「その子供たちは、被害者の口に毛髪が詰められているのを見たんでしょうか？」

「ああ、何もかも見たさ。遺体はまだ下ろされてなかった。刑事どもはまだ写真を撮ってたんだ」

ふたりともドアの開く音には気づかなかったが、見ると部屋の入口にはラース・ゲルドルフが立っていた。老人の頬はゆるんでおり、デルースにはそれがなぜなのか、見当がついた。この退職刑事は、事件現場の情報管理に失敗したのが他の警官だったことに安堵しているのだ。これでもう誰も、この大失態が彼のせいだとは言えない。


プシューッ。

チャールズ・バトラーは、ケネディ・ハーパーのストーカーのメモを注意深く読んだ。これに比べると、ナタリー・ホーマー宛の古いメッセージは詩的と言ってもいいくらいだった。彼はライカーに目を向けた。「警察が到着したとき、ナタリーの部屋のドアに鍵がかかっていたかどうか訊くように、デルースに指示しました？」

「いいや、そのことは質問させない。それにおれは、アラン・パリスが進んで何かしゃべったりしなきゃいいがと思ってる」ライカーはカセット・プレイヤーの電源を切った。「おれたちには家主の女性の古い供述がある。そしてその人は、ドアには鍵がかかっていたと言ってるんだ」

「もちろん、その人が通報したときはそうだったんでしょう。でも警察が着いたときは――」

刑事はチャールズの肩に手をかけた。「ドアに鍵がかかってなかったとすると、八百万人のニューヨーカー全員がその部屋に出入りできたことになる。その場合、合鍵を持っている彼氏という線で絞りこむのは、むずかしくなるだろ。いざ裁判となったとき、地方検事がそれを喜ぶわけはない。わかるよな?」

チャールズは上の空でうなずいた。彼はまだ、メッセージの相違のことで頭がいっぱいなのだった。「ナタリー・ホーマーを殺した男は、彼女に異常な愛情を抱いていた。彼はナタリーの気管を素手でつぶしている。これは激情に駆られての行為です。そういうことが習慣化するとは思えないな。感情面で、〝かかし男〟はその人物の対極にありますし」彼はケネディ・ハーパーの検視報告書を軽くたたいた。「それにこの日付。記念日殺人だということは、時間をかけて計画したということです。これをやった男は、単に行為そのものにとりつかれているだけなんです。吊るされた女性、数ダースのロウソク、瓶いっぱいのハエ――全部、小道具です。〝かかし男〟はセットを作り、立ち去った。それくらい淡白なわけです。そうそう、もちろん彼は完全に狂っています」

「陪審裁判は避けようか?」

「賢い選択ですね」

「自白はさせられるかな?」

「簡単ですよ。ただつかまえればいいんです。それで知ってることは全部話すでしょう。事実、彼はいま現在そうしている。なのに誰も聴こうとしないわけですよ」チャールズは血の染みこんだメモの入ったビニール袋を壁からはずした。〝かかし男〟の几帳面な活字体はマロリーの筆跡そっくりで、それを見ると心が騒いだ。

「きみは筆跡の分析はやるのか？」ライカーが訊ねた。

「いいえ、残念ですが。黒魔術は使いません」チャールズは袋をくるりと反対に向け、紙の裏側に浮き出たいくすじもの深い溝を見せた。「あと少しペンに力が入っていたら、この紙は破れていたでしょうね。ここからはいらだち、もしくは、怒りが読みとれるんじゃないでしょうか」

「彼はそのメモを女に——生きてる女のうなじに、ハットピンで留めたんだ。そりゃもちろん怒りをかかえていたろうさ」

「ところがね、その怒りは筆跡にしか見られないんです。ケネディ・ハーパーに向けられてはいないんですよ。〝かかし男〟は彼女に痛みを与えることなど考えていなかったと思います。彼女はただの物——掲示板だったわけです。でも彼は確かに、あなたたち警察に含むところがあるようです。彼女が最寄りの警察署に行くことを、彼は知っていたんでしょう。このメッセージは警察に宛てたものですよ」チャールズはスパローの壁へと移動し、昏睡状態の被害者を写した写真の前に立った。「スパローの腕のこの剃刀《かみそり》による切り傷——彼は警察にメッセージを理解してもらえないがために、エスカレートしているんだと思います。ところで、彼女はなぜこの被害を届け出なかったんでしょう？」

「彼女には売春のまえがあるからさ。スパローは、警察は動きゃしないと思ってたんだ。確かにその考えは正しいしな」


ライカーはコーヒーのカップをチャールズに手渡した。ふつうサイズの人間用に作られたこんな小さなテーブルでは、この男は居心地悪くてしかたないだろう。しかしプライバシーを求めたのはチャールズ自身であり、その点では檻のあるこの部屋以上に安全な部屋はない。「そうしたければ、つづきはきみのうちでやってもいいぞ」

「いいえ、大丈夫です、本当に」チャールズはカップを口に運び、そのコーヒーが合格点であるふりをした。「もうひとつだけ質問をさせてください」

「さっさと言えよ」ライカーは椅子をくるりと反対に向け、その上にまたがると、木の背もたれに両腕を載せた。「なんでもどうぞ」

「ルイは自宅に連れ帰った夜より少し前から、キャシーに興味を持っていたようですね。正確に言うと、いつからなんでしょう?」

血圧が一気に上がったが、ライカーはほほえまずにはいられなかった。さすがチャールズ。緊張を強いる質問をするのに、警察署はもってこいの場所だ。しかし今回、真実にはなんの害もなかった。「ここだけの話だぞ」

「もちろん」

「ある夜遅く、ソーシャルワーカーが刑事部屋を訪ねてきた。ルイはその女性に借りがあってね、彼女はある子供を――ほんとに特別な子なんだが――さがしてほしいと彼にたのみこんだんだ。当時は、九つか、十近かったかな。キャシーは町を移動するのに地下鉄のトンネルを利用していたが、いつも列車に乗るとはかぎらなかった。その夜、あの子はトンネル内で運転士を相手にチキンゲームをやったんだ。列車に轢《ひ》かれる寸前まで線路上に立っていて、あわやという瞬間に飛びのいたのさ」ライカーは秘かに、その夜あの子は死にたかったのだと考えている。

「気の毒に、おかげで運転士は心臓発作を起こすとこだった。そのあと彼は、子供が給電用レールに触れて感電するんじゃないかと心配になった。そこで鉄道警察のやつらを呼び、連中はトンネルを封鎖したわけだ。ところが、そのピエロどもは六人がかりでも、小さな女の子ひとりをつかまえられなかった。彼女は連中をあざ笑った。そこへソーシャルワーカーが到着してね。その女性はトンネルに入っていき、きっかり二分で女の子を確保したんだ。どんな手を使ったと思う？　実はキャシーが自分から彼女のところに行ったんだよ。まっすぐに、その背の高いブロンド女性の――」

「あなたの友達のスパローと同じですね」

「ああ、キャシーはその女性が一緒なら喜んでどこへでも行った。施設で書類の記入をするあいだは、そのソーシャルワーカーの手を握ってたくらいだ。こうして子供は保護された。入浴し、食事をもらい、あとは寝るばかりとなったのさ。ところがその時点でソーシャルワーカーは帰ってしまい、キャシーはひとり取り残された。背の高いブロンドはもういない――するとキャシーも消えた。あの子は五分後に出てったんだ。警備員もどうやって抜け出したのかわからなかった。あの施設で脱出に成功したのは、キャシーひとりだよ——あとにも先にもな」

「まるでウィチタ・キッドの悪い癖がうつったみたいですね」

ライカーは凍りついた。ドアはいつから開いていたんだろう？　いったいいつから？

ジャック・コフィーが部屋の入口に立って言っている。「きみにお客が来てるぞ」

すると、あのウェスタン小説の危険性を知っているかのように、チャールズ・バトラーが言った。「どうもすみません」


ライカーが席にもどってみると、古い友人が彼を待っていた。ヘラーの顔には、いい話なのか悪い話なのか告げるヒントはまったくなかった。この男は無表情の帝王なのだ。彼は一枚の名刺を掲げた。「この人物を知ってるだろう？」

ライカーは名刺を受け取って、そこに記された店の名を読みあげた。「ウォーウィック古書店」胃がぎゅっと締めつけられた。彼はデスクの前の椅子にゆっくりとすわった。突然、口がからからになった。「ああ、事情聴取をした」

ヘラーはゆっくり椅子を回転させ、横を向いて窓の外を眺めた。「ジョン・ウォーウィックが入ってきたとき、わたしはたまたまここにいた。で、ジェイノスに彼を押しつけられたんだ。あの小男はひどく興奮していた。わたしの鼻先で新聞を振り回すと、ペーパーバックがどうのこうのとわけのわからん話を始めた。彼は、わたしがスパロウの部屋でその本を見つけたはずだと言うんだ。いいか、見つけたかどうか訊いたんじゃない。そう断言したんだ。見つけたのはわかってる、返してくれとね。どうやらあの娼婦は、吊るされる一時間前に彼の店からその本を盗んだらしい」ヘラーはふたたびデスクのほうを向いた。みじめな顔をした刑事のほうを。「ウォーウィックはきみが証人だと言っていた。彼の供述をとったのはきみだから」

「ああ、確かにな」ライカーは側頭部をコツコツたたいてみせた。あの書店主はイカレているのだと。「その本はたぶん燃えちまったんだろう。ウォーウィックには話さなかったがね」

「わたしは話した」ヘラーは言った。「そう、きみの言うとおり――あの小男はイカレている。なにしろそれを聞くなり、泣きくずれたんだからな。その本は彼にとってよほど大事なものだったんだろう。スパローにとってもだ」

「みたいだな」ライカーは、ボタンが全部かかった自分の上着のことを思い出していた。うだるような事件現場で、あれはいかにも奇妙だった。死んだハエの検視ができる男、ヘラーなら、上着の胸に広がったあのしみに気づいたはずだ。それだけでなく、あの夜のスパローの部屋でのあらゆることに。

ヘラーは自分の手の上の開いた手帳を見おろした。「ウォーウィックは、それはジェイク・スウェインの『帰郷』という本だと言っていた」彼は顔を上げた。「だがきみはもう知っているんだろうな」

この男は、事件現場から安物の小物を盗んだことを理由に、何人かの警官を警察から追放している。証拠品の窃盗《せっとう》が明らかになると、ヘラーはニューヨーク・スピードで告発を行う。二十年にわたる友情も一切無関係だ。ふたりはじっと見つめあった。その沈黙はあまりにも長かった。

「ウォーウィックが帰ったあと」ヘラーが言った。「わたしはラボにもどり、あの現場の灰や燃えかすをすべて調べた。雑誌の何冊かは無傷だったが、ペーパーバックの痕跡はなかった。これは――その本がいくら古くて、紙がいくらもろくても――妙な話だ。ふつう、芯の部分、押し固められた紙の塊は残るはずだからな。やろうと思えば、いろいろテストの方法はある。調べをつづけたほうがいいかね？」

ライカーはゆっくりと首を振った。これは告白も同然だろう。

ヘラーはうなずいた。それから手帳からそのページを破り取って、屑《くず》入れに落とした。「そうか、では、この件はこれで終わりだな」さよならも言わず、彼は椅子から立ちあがり、階段室のドアへと向かった。

自分がバッジを失わずにすむことが、ライカーにはわかっていた。彼を吊るすための物的証拠は何もないのだから。だがあの男はもはや彼の友ではない。ヘラーはそれを告げるためにここに立ち寄ったのだ。


マクドゥーガル・ストリートのカフェ・レッジオは、さまざまな外国語が混ざり合う都会のざわめきに満ちあふれていた。チャールズ・バトラーは、人と絵画と選び抜かれた家具で満杯の、その広い食堂を眺め渡した。彼の知人は隅のテーブルにいた。

アンソニー・ハーマンは、子供がイメージするこびとそのものだ。背丈は五フィート足らず、鼻は小さくて丸く、耳はホットケーキ並みのサイズで、こびとらしい角度で突き出している。その薄茶の髪はうしろに撫でつけられ、そこにまぎれもない魔法の印、V字形の生え際がくっきりと現れている。しかし彼の本当の仕事は、世間的には退屈そうに見えるだろう。目下、ハーマンは赤いボータイを落ち着きなくいじくりながら、なんとかその陰に隠れようとしてメニューを眺めている。ディナータイムはもうとっくに過ぎているというのに。

チャールズがテーブルに着くと、この古書売買業者は茶色い紙にくるまれた包みを彼に手渡して言った。「全巻セットだ。ここで開けないでくれよな」

高額の小切手がテーブルの上を移動し、ハーマンのポケットに収まった。深夜の食事客たちがこのやりとりに注目しているとは思えない。その記録をつけることも、脅迫写真を撮ることもまずないだろう。それでも小男は不安らしくこそこそあたりに目を配った。トントン靴を鳴らそうにも、そのつま先は惜しいところで床に届かない。そこで彼は指でテーブルをたたいた。

「もしわたしがこの本をさがしたことを人にしゃべったら――」

「わかってます」チャールズは言った。「ぼくをさがし出して殺すって言うんでしょう？　大丈夫、あなたの評判に傷はつきません」彼は本の包みをテーブルに置いた。「どうしてこんなに早く見つかったんです？」

「コレクターがいるんだよ」ハーマンは言った。「いや、それには程遠い。てんで見る眼がない男だからな。でもそいつはウェスタン小説の宝庫で、そのジャンルのあらゆる本を持ってるんだ。わたしははるばるコロラドまで行った。請求額が高いのはそのせいさ。本自体には一銭も払ってない。その牧場主とのビリヤードで勝ち取ったんでね。あちらさんはその屑を芸術作品だと思ってるんだ」

アンソニー・ハーマンがビリヤードを？　チャールズがその奇妙な事実をなんとかのみこもうとしていると、相手は付け加えた。「牧場主はその三文小説の初版本も持ってたよ。もしそれもほしいなら、今度はきみが行って、あのおやじとビリヤードをやるんだな」

「あなたはどの巻も読んでないんですよね？」チャールズがじっと見ていると、ハーマンの目にかすかな恐怖の色が浮かんだ。「そうか、読んだんですね？」

「飛行機のなかでどれか一冊をちらっと見たかもな」小男は口をへの字にし、〝なんてことを訊くんだ〟と無言で抗議した。彼はこんなものを読む人間じゃないし、クライアントならそれくらい心得ているべきなのだ。

チャールズは包みを開けた。古書探偵が激しく首を振り、人前でそんなまねはするなと哀願している。第一巻の章のひとつにざっと目を通したあと、彼はハーマンにほほえみかけた。この男にもやはり速読の才がある。それは原稿鑑定のプロに付きものの能力なのだ。「軽い読み物ですよね？　すかすかのページもいっぱいあるし。飛行機の旅は何時間くらいでした？　三、四時間というところかな？」

「ああ、わかったよ」ハーマンはうなだれた。「確かに読んださ。十二巻全部」

「他にも読むものは持っていたでしょう――」

「きみのせいだよ、チャールズ。なぜきみがこの小説をそれほどほしがるのか、どうしても知りたかったんだ。そうこうするうち、すっかりはまってしまってね」

「あまり出来はよくないですよね？」

「ああ。文章はひどいもんだし、筋書も薄っぺらだ。駄作だよ。救いようがない。どれもこれもな」

「なのにあなたはシリーズ全作を読んだ」

「勘弁してくれ」

「それで、あの待ち伏せシーンの結末はどう思いました？」

「ああ、あれは最高だった」ハーマンの皮肉は驚くほど楽しげだった。そして突如、その顔に意地の悪い表情が浮かんだ。「いや、待てよ。最高なのは、『最果ての小屋』の冒頭だな。その前の巻で、ウィチタ・キッドは恐水病のオオカミに嚙まれるんだ。口から思い切り泡を吹いてるやつにな」

「でも、ウィチタの時代に恐水病のワクチンはなかったんですよ」

「知ってるさ」ハーマンは言った。歴史に関しては、この男は素人《しろうと》ではない。「あの時代、恐水病は死の宣告も同然だった」

「じゃあ彼は民間療法で治るわけだ」チャールズは言った。「何かその類のことでしょう？」

小男の微笑は愉快そうだった。「いいや、そうじゃない」

「でも、彼は最後の巻まで生きている。だから、そこで死ぬわけは――」チャールズは、はたと気づいて椅子にもたれ、頬をゆるめた。たったいま彼は、自分もジェイク・スウェインにやられていることを暴露してしまったのだ。「一本取られましたよ」

そしておつぎは――巻き返しだ。

ハーマンをぞっとさせつつ、彼はシリーズ全巻をテーブルにずらりと並べて人目にさらし、煙やら拳銃やら棹立ちの馬やらが描かれたどぎつい表紙をチェックした。「ぼくはこの小説を深く愛しているある人を知っています。彼女は何度も繰り返しこのシリーズを読んでいるんです。あなたはこの全巻を評価する機会を得たわけですが――何かご意見はありませんか？」

「いやあ」ハーマンは心底とまどっているようだった。「人がこれを読むのは、つぎがどうなるか知りたいからだろう。一度読んだらもう読む理由はないはずだよ」

「でもそれ以上の何かがあるはずなんですよ」チャールズは本を寄せ集めてひと山にした。それから顔を上げ、古書探偵を見つめた。「で、これは要するにどういう話なんです？」

「突き詰めていえば」ハーマンは言った。「これはウィチタ・キッドの救済の話だよ」

ライカーはその聴取報告書の最後にたどり着くまでに、一杯目の酒を飲み終えた。それは偏執的なまでに細かく、なんとアラン・パリスの足の爪の汚さにまで触れていた。「それにこの会話。一語一語全部書き取ったのか？」

「速記で記録したので」デルースはビールで喉を湿らせた。つぎに口を開いたとき、彼はなるべくさりげない声を出そうと努めていた。「それで――ぼくが重大犯罪課に正式に配属される見込みはどれくらいですかね？」

「きょうのところか？　限りなくゼロに近いね。おまえさんにはまだなんの経験もないわけだしな、坊や」一級まで昇進する刑事はほんのひと握りだが、うち十名が重大犯罪課の所属なのだ。「おれたちは白バッジは取らない。それにおまえさんはいま――えー、二十五？　二十六か？　課員の大半は三十代か四十代なんだぞ。おまえさんと同い年の刑事はひとりだけだ」

「そして、偶然にもマロリーは前の課長の娘――」

「口が過ぎるぞ、デルース。彼女は重大犯罪課で育ったんだ。中学に通っていた時分にはもう、出勤日数がおまえさんを上回っていたんだからな」

「彼の言うとおりよ」店のバーテンはすでに、ライカーの若いころの相棒としてデルースに紹介されていた。ペグ・ベイリーは会話に加わりながら、ライカーの空のグラスを新しいバーボンの水割りと取り替えた。「あの子はあたしたちの唯一の技術スタッフだった。当時、うちの課には中古のおんぼろコンピュータしかなくてね。そいつはしょっちゅうダウンしてたの。でも十三のとき、あの子が全システムを整備し、いつでも使えるようにしたわけ」ペグはデルースの前にビールを置いた。「だけどあんたは、マロリーがどうやって一級刑事のランクを獲得したのかって思ってるんだよね。あの子は自分の親父さんを殺したホシを突き止めたのよ。ニューヨーク・シティの最重要事件。あれはつらいかたちの昇進だった」

ペグ・ベイリーは別のお客のグラスを満たしにカウンターの向こう端へと去っていき、ライカーは新人教育の締めくくりとして、一語一語力をこめて言った。「マロリーが重大犯罪課に籍を置く権利に疑問を呈したやつはいまだかつていない」若い男のほうに身を寄せながら、彼は笑みを見せた。「市警副長官の義理の息子となると、おまえさんには克服すべきものがもっとたくさんあるわけだよな」

「妻と別れたら?」

「第一歩だね」ライカーは上着のポケットから書類の束を引っ張り出して、カウンターにぴしゃりと載せた。「これは、ナタリーの事件現場にいた警官たちに関する、おまえさんが行った経歴調査だ。ここに書かれている情報なら、おれたちはすでにつかんでいた。マロリーがコンピュータから引っ張り出したんでね。彼女は二分でやってのけた」

「じゃああれは、もともといらん作業だったわけですね」

ライカーはこの事実の叙述を聞き流し、カウンターの上で紙を均《なら》した。「こいつにはなんの価値もない。おまえさんはコンピュータが吐き出したもの、職員がカウンターごしによこしたものをただ受け取っただけだからな。もしオリジナルのファイルをのぞいてたら――何か汚物が見つかったかもしれないぞ。とはいえ、公式記録のおとぎ話からも、いろいろとつかめることはあるもんだ。いまから消えるインクの読みかたを教えてやろう」彼は一枚目の紙を脇へやった。「現場には五人の警官がいた。刑事が三人、制服警官がふたり。そのうち四人は同時期にその分署を去っている。これは見過ごせない事実だ」

「そのことなら気づいてました」デルースはむきになって言った。「でもそれは殺人とはなんの関係もないでしょう。六年もあとのことですから」

「しかし四週間のあいだに全員だぞ。これは内務監察部があのおまわり小屋を急襲したことを物語っている」

「彼らの記録に、告発を受けたという記述はひとつも――」

「言ったろう、デルース、公式記録はおとぎ話なんだ。で、どうする？　寝る前のお話のつづきを聞くかい？　それとも、もうお開きにしようか？」

「すみません」

「いいから飲んでろ――おとなしくな」ライカーの指が文章をたどっていく。「制服警官のひとり、アラン・パリスは上司に対する反抗で解雇されてる。こいつはでたらめだな。巡査部長を撃ちでもしないと、その手の理由じゃクビにはならない」ライカーはつぎのページ、つぎの男へと移った。「その前の週、パリスの相棒は――おまえさんの現在のボス、ハーヴェイ・ローマンだが――別の分署に異動になっている。このことはローマンが内務監察と取引して相棒を裏切ったことを意味する」

彼は別のページに進んだ。「退職して民間で職に就いた刑事もひとりいるな。じゃあ、この裏にある真実は？　やつらはこいつを追い出したのさ。吊るしあげるだけの証拠がなかったんだろう。こいつのつぎの仕事はトイレの清掃だった。そして何年かあとには、飲んだくれて死んでいる」

そして最後のページ。「死んだ刑事はもうひとりいる。こっちは自殺だ。つまり死んでるか生きてるかはともかく、五人中四人が同時期に署をおさらばしたわけだ。拳銃自殺したこの男はたぶん檻でのお勤めを予期していたんだろう。つまりこいつは、最後に降参したやつだったのさ。だがもう売る仲間は残ってなかった。もし死ななかったら、こいつが生贄《いけにえ》、ムショ行きになる刑事だったんだろうよ」

もちろんライカーはずるをしているのだ。あの署に巣食っていたゆすり屋どものことなら、ニューヨーク市警内の誰もが知っていた。「アラン・パリスへのおまえさんの事情聴取は、紙の上で見栄えがするだけさ。ほら、この話はどうだい？　ふたりの目撃者——廊下にいた小さな子供たち。パリスはあれこれもっともらしいことを言ってるが、ふたりを見つける手がかりは一切口にしてないだろ？　この話は眉唾だな。パリスも容疑者として有力だよ」

「ですがＦＢＩのプロファイリングによると、連続殺人犯というものは——」

「あれもおとぎ話なんだ」

ステラ・スモールは夜の残りを自ら作りあげた霞《かすみ》のなかで過ごした。彼女はラム酒のカクテルの力を借りて、死んだハエ、瀕死《ひんし》のハエ、争って逃げる乗客が入り乱れる地下鉄の残像をかき消そうとしていた。また別の人混みのなかで、また別の一時間が過ぎた。隣のバー・スツールには、観光客がすわっている。そのＴシャツは、この町の標語、〝アイ・ラブ・ニューヨーク〟で派手に飾られていた。

ニューヨークのくそったれ。

ステラの鼻腔《びこう》にはタバコの煙が充満している。それでも彼女は、地下鉄の大惨事の際、鼻を刺したあの殺虫剤の匂いがまだそこにある気がした。頭はラム酒でくらくらしており、世界はぐるぐる回っている。たぶん、紙のパラソルのついた飲み物をオーダーしたのはまちがいだったのだろう。でも、観光者だらけの店内で泣きだして恥をさらす気にはなれないし、鎮静剤よりずっと味がいいこの酒には、涙を抑える効果がある。

お客のひとりが男子トイレに向かう途中、ドンと背中にぶつかった。どなりつけようと振り向いたときにはもう、男の姿は酔客たちのなかにのみこまれていた。

いまいましい観光客。

そちらに気をとられていると、別のお客がその隙をつき、一方の胸をさっとなでた。一瞬、彼女は呆然とした。くるりとスツールを回したときはすでに遅く、あの隣の男はスツールから消え、人混みにまぎれていた。ステラはカウンターに突っ伏し、木製の天板にガンガンと二度額を打ちつけた。

泣くもんか。泣くもんか。

そしてそのとおり、彼女は泣かなかった。自宅の鍵をつかみあげ、彼女はバーを出た。すると半ブロック行ったところで、ひとりの男が目に留まった。男はまちがいなくなんらかの使命を帯びており、行進する兵士の規則正しいリズムで歩いていた。いや、むしろ、おもちゃの兵隊。妙に器械的で、全身バネとレバーに見える。ものまねはステラの特技だ。彼女はここでその技を使い、自らも四肢を硬直させて、行進する男を追った。

大通りに出た男は左に折れた。やがて彼が足を止めたので、ステラもこれに倣った。街灯の明かりで、男の持つグレイのスポーツバッグが見える。そいつはバーで彼女の胸に触ったあの変態だった。

　器械男がさっと方向転換し、いきなり進路を変えた。大通りに至る前、ステラは回転する赤色灯に気づいた。ふたりの警官が自分らの車のフードにティーンエイジャーを押しつけて身体検査をしている。振り返って、ぜんまい仕掛けの男をさがすと、彼は変質者として通報されるのを恐れ、行進のスピードを二倍にして逃げていくところだった。ささやかな勝利。でもちゃんと味わおう。

　数分後、ステラは自宅の玄関の鍵を回していた。もっとも部屋までの階段をのぼった記憶はなかったが。ブルーのリネンの上着はきれいにたたんで腕にかけてあった。地下鉄のパニック、ハエの雨、器械仕掛けの変態男……いろいろあったが、その服は奇跡的にも無傷だった。それは汚れもせずほとんど皺《しわ》にもならずに波瀾の一日を切り抜けていた。これこそ、このスーツに魔力がある確かな証拠だ。

　ステラはドアを開け、外気より少なくとも十度は高い、むっとする熱気のなかへと足を踏み入れた。そのワンルームの部屋は学生の下宿風に、ゴミ収集車に積まれる寸前に道端から引きずってきた雑多な家具で設えてある。鉢植えはどれも――作りものの植物までもが――放置されて萎《しお》れていた。一度も埃を払ってもらえずに、ビニールの蔦《つた》は本物の死の色と同じ灰色になっている。

　ステラはスカートを脱いで、ブレザーと一緒にひとつのハンガーに留めた。幸運のスーツが無事クロゼットに収まると、エアコンをつけ、涼しい風のなかに立ってブラウスを脱いだ。ベッドを兼ねたカウチにそれを放り出そうとしたとき、彼女はその白い生地についた黒いインクの汚れに気づいた。そこには太い布用のペンで×印が描かれていた。

疲労の極致に至り、彼女は心にもないことをつぶやいた。「この町、大好きだわ」わたしはなんでこんなところにいるんだろう？　壁に飾った家族の写真を見つめると、〝捨てられたステラたち〟が笑顔で彼女を見つめ返した。おばあちゃんとママは、サービスエリアの食堂とも、精力絶倫なトラック運転手とも、彼女ら三人の父親たちとも無関係な、ステラの未来に大きな期待を寄せている。

ステラはブラウスを持ちあげ、その大きな黒い×印がそれで消えるかのように、強い拒絶をこめて首を振った。そして、カウチにすわりこむと、両手で頭をかかえて泣きだし、長い一日をようやく涙で解き放った。

犯人は、朝のオーディションで一緒だった役者の誰かだろうか？　俳優たちが待合室に入れられたとき、ブラウスはむきだしだった。彼女は、舞台に出てキャスティング担当者の前でせりふを言う直前に上着を着たのだ。

いや、その蛮人はあの混雑した地下鉄の車両にいたのだろう。もしかすると、死んだハエと瀕死のハエの豪雨を降らせたあの変質者と同一人物だろうか？　あるいは、そいつは、きょう最後の人混みの一員、近所のバーのお客のひとりかもしれない。そう、背中にぶつかってきたあの観光客。あいつがああして彼女の気をそらし、その隙に一着しかないまともな白いブラウスを台なしにしたのかも。

「変態」もうひとり怪しいのは、彼女の胸に触ったあの変質者だ。「変態その2」

ステラはブラウスを丸め、ビニール袋を内側にかけてある屑入れに放りこんだ。その夜はゴミの収集がある。そこで彼女は、ワンルームの室内を歩き回って、ゴミを拾い集めた。勇を鼓して冷蔵庫を開けるときは、前もって鼻を押さえた。傷んだ牛乳の匂いで吐き気をもよおすことはわかっていた。そしてそのワイヤー製の棚には、他にもおぞましいものが生育していた。ふわふわのカビに覆われた未確認生物、庫内を這ってゆき、その奥で死んだ、放置された果物のかけら。しかし彼女は冷凍庫のドアは開けなかった。なぜならそこでは極寒の冬が始まっており、エンドウマメ半パックが氷に封じこめられて、未来の世代のために保存されているからだ。

その他のものはすべてゴミ袋に流しこまれた。心機一転に向けての大仕事、重要なワンステップだ。明日はまた別のオーディションがある。そして幸運の青いスーツは、この一日を無傷で切り抜けた。

吉兆だわ。

捨てられたブラウスの×印は、いまや腐った生ゴミや凝固した牛乳や瓶の蓋やキャンディの包み紙やデリカテッセンの容器に覆い隠されている。ステラはその服の小さな胸ポケットに入った折りたたまれたメモに気づかずじまいだった。それは彼女の生活ゴミにまぎれこんだ。だから彼女はそのメッセージを読まずじまいだった。いつでもおまえに触れられる。

第十章

朝の気温は二十八度。ラッシュアワーの一番アベニューを車や徒歩で移動するイースト・ヴィレッジの住民らは、すでに疲れを見せていた。

その観光ガイドは運転手と並んでバスの最前部に立っていた。マイク片手に、彼女が指し示しているのは、野生のニューヨーカーの比較的カラフルな個体群だ。しかしフィンランド人観光客はほぼ全員、ひとつの個体のみに目を奪われていた。Tシャツにジーンズというありふれた制服を身に着けていながら、その男は群れのなかでひときわ目立っていた。男の胴体と頭部は硬い木片でできているように見え、左右の手はメトロノームのリズムでチクタクと揺れている。彼はグレイのキャンバス・バッグを持っているが、その重みも両腕の反復運動の妨げにはなっていない。そして一歩一歩は毎回、同じ歩幅、同じ速度で、直線上から決してそれることはないのだった。

ここ一時間の渋滞で、観光バスのお客たちはほとほと退屈していた。彼らの通訳は今朝、病気になり、代わりに来たアメリカ人の観光ガイドは、彼らが〝ツァーリスト〟という言葉と便利な悪態数語以外、英語はしゃべれないし理解もできないという事実をいまだ把握していない。目下、彼らはバスの片側に寄り集まって、高まる期待感とともに歩道を行く奇妙な男を見守っている。

きっと何かが起こる。

車列がふたたび動きだすと、バスは木の男と同じペースで進み、彼のあとにつづいて脇道に入った。通行人はみな男をよけ、道を空けていたが、ふたりの小さな人が彼に衝突した。その体が衝撃ではじけ飛んだ――が、男はそのままだった。バスを従え、アベニューBを渡るとき、男は犬を蹴飛ばした。ただし、怒って、ではない。そのスパニエルが彼の足の前にいたというだけのことだ。犬の飼い主が男に罵声《ばせい》を浴びせたが、男は振りあげられた拳《こぶし》にも、通り道にいるどの生き物にも気づかずに、その女性の前を素通りしていった。

男がくるりと方向転換してバスの前を横切りだすと、運転手は勢いよくブレーキを踏みこんだ。乗客はそろって笑顔になった。やっとおもしろいことが起きた――臨死体験だ。

フィンランド人たちは反対側の窓に移動した。全員の目が道を渡っていく男を追う。向かい側の歩道に着くと、男はグレイのバッグから野球帽を取り出した。それを目深にかぶって顔を隠すと、今度はポケットから巨大な〝アイ・ラブ・ニューヨーク〟のバッジを取り出して、Tシャツに留めた。それから彼は、通行人の行き交うなかへと足を踏み入れ、手を上げもせず人人にぶつかりながら、強引に進んでいった。他人の姿はその目には映らず、声は耳に届かない。人々は怒声をあげ、卑猥なサインを出しながら、脇へ押しのけられていく。

バーンと大きな音がし、フィンランド人の何人かが身を伏せた。みんな、ニューヨークと武装したその住人たちを描いた映画の見すぎなのだ。

男が止まり、バスも止まった。バスの車体がパンクしたタイヤの上に沈みこみ、運転手は排泄物といらだちとを同時に表す便利な一語を口のなかでつぶやいた。観光ガイドがバスを降りる乗客たちに、代わりのバスが来るまでここを離れないよう注意する。たとえフィンランド人たちに英語が理解できたとしても、その警告は要らぬお世話だったろう。彼らにはどこへ行く気もないのだから。

一同は路上の観客となり、サングラスという盾の陰から木の男を見守った。男はとあるアパートメントの入口付近に立っていた。その小さな中庭と猛暑のなか健気に育つデイジーの花壇とは、鉄の柵に護られている。男は鉄の門に近づいた。そしてあのキャンバス・バッグを開いて、カメラを取り出すと、腕時計を眺めた。

フィンランド人たちは悟った。男もまた何かが起こるのを待っているのだ。彼らも男とともに待ち、地下鉄へと向かう人の波のなかに立つその姿を見守りつづけた。Tシャツに留めてある土産物の大きなバッジを別にすれば、通勤者の多くは彼と似たようなカジュアルな格好なのだが、木の男は現実の世界に溶けこめてはいない。

彼がふたたび腕時計に目をやった。観光客らはうなずきあった。もうじきにちがいない。

男がくるりと向きを変え、中庭の門に顔を向けた。フィンランド人たちの二十対の目が彼の目線の先を見つめた。

鉄の門の奥で、赤いドアがさっと開いた。ほっそりしたブロンド女性が白いハイヒールをカツカツ鳴らし、小さな中庭を足早に進んでくる。そのブラウスもやはり白で、淡いブルーのスカートは腕にかかった上着と対になっている。若い女性は鉄の門を開け、長い髪を片手で梳きながら、歩道際までせかせかと足を運んだ。車の流れからタクシーを一台釣りあげるべく、彼女はそこで手を振った。

フィンランド人たちはその美人を見つめ、首をひねった。あれはテレビか映画に出ている人なのだろうか？　その女性が女優であるよう彼らは願った。なにしろこの二日間、セレブなどひとりも目にしていないのだから。

例の男がサングラスをかけ、金髪美人のほうへと向かった。ふたりのあいだを通行人の一団が通り過ぎていく。男が雑踏のなかからよろめき出て、金髪美人にぶつかったとき、何か金属のものが陽射しを反射してきらりと光った。

女が叫んだ。「このぼんくら観光客！」二十人のフィンランド人はぎくりとしたが、別に気分を害しはしなかった。

男がカメラを彼女に向けた。反射的に、女はさっと髪を振り払って微笑した。タクシーが止まり、ブロンド女性は車内に乗りこんで走り去った。木の男に何をされたか気づきもせずに。ショーは終わった。男は歩きつづけ、フィンランド人観光団はよそに目を向けた。ニューヨーク・シティのよき伝統に従い、彼らは知らん顔を決めこんだのだ。

タクシーはミッドタウンで渋滞にはまり、ステラ・スモールはメーターが上がるごとに不安を募らせていた。彼女は運転手と自分を隔てる防弾ガラスをバーンとたたいた。もちろん運転手は振り返らなかった。振り返ってなんになる。彼は英語はしゃべれないのだ。それを知りながらも、ステラはどなった。「身代金は出ないわよ！　こっちは文なしなんだから！」ターバンをした運転手はうなずいて、すぐ動きだしますから、と請け合った。この運転手は非常に礼儀正しい。これもまた彼が生粋《きっすい》のニューヨーカーでない証拠だ。

この三分で三度目になるが、ステラはまた腕時計に目をやった。やはりこのままでは遅刻する。

「オーケー、あんたの勝ち！」彼女はバックミラーに映るよう紙幣を振ってみせた。支払いをすませ、タクシーを降りた場所は、ホテルから二ブロックのところだった。淡いブルーの上着は、煤《すす》や低空飛行の鳩たちの糞から護るため、丁寧にたたんで腕にかけてあった。

たちまち人の波にさらわれ、彼女は足早にカツカツと歩道を歩きだした。こちらに向かってきたふたりの女が、いまはラッシュアワーだというのに、あろうことか歩調をゆるめた。いまその女たちは、ニューヨーク・シティにおける重要なサバイバルの掟を破り、他人と目を合わせるという危険な行為に及んだばかりか、あからさまに彼女を凝視している。ステラは思った。この人たちは、わたしが最近、テレビの昼メロで通行人の役をやったのに気づいたんだろうか？

ありえないでしょ、この馬鹿。

ひとりの老人が足を止め、まじまじと彼女を見つめた。ステラは彼にほほえみかけた。

そう、わたしよ。せりふをもらったことのないあの有名な女優。

いまや彼女は、すれちがうあらゆる人から強い視線を浴びせられていた。ある中年のカップルは足を止めて彼女を指さし、スターの姿に夢中になって、何やら口を動かしている。きっと昼メロはステラが思っていたより人気が高いのだろう。

この人たち、定職に就いてないわけ？

女優はホテルのドアを通り抜け、人工の冷たい空気のなかへと足を踏み入れた。入口にいた、退屈そうな若い男は、彼女に目を向けようともしなかった。彼は紙の山からその一枚を取って、彼女のほうに振ってみせた。女がひとり、舞踏室の閉じたドアの前に立ち、イニシャルがＲの何人かの名前を呼んでいる。ステラ・スモールはほっとため息をついた。アルファベットの名前の順が彼女を救ったのだ。

ステラはスーツの上着を着ると、ロープで仕切られたオーディションのエリアに行って他の女優たちに合流した。女たちは誰ひとり彼女に注意を払わなかった。厚塗りの目はどれも、配布された紙の一行だけの台本に吸いついたままだ。ステラは自分の紙を見おろした。一行、六語。これにどれだけ研究が必要だというのだろう？

幸運のスーツを皺《しわ》にしたり汚したりしてはならない。そう決意した彼女は、混み合った場所を避け、シダの鉢植えと壁のあいだに陣取った。やがて名前を呼ばれると、大きな扉を通り抜け、舞踏室へと入っていき、ボトルやガラスの食器や書類や食べ物のトレイで埋め尽くされた長いテーブルの前に進み出た。リネンのテーブルクロスの向こう側には、キャスティングの担当者とプロデューサーがアシスタントの一団とともにすわっている。その連中は男も女も、ステラがまだせりふを言いもしないうちから、全員仰天し、目玉を飛び出させていた。彼女はとっておきのほほえみを浮かべた。彼らは気をのまれ、目を奪われ、呆然とし――なおも彼女の最初のせりふを待っている。

ステラは何かぬるりとしたものを手に感じ、視線を落とした。太く長い血のすじが上着の袖に染み出している。リネンの生地の内側でも、血は腕の皮膚を伝い落ちており、指先からぽたぽたと滴っていた。

「こんなのもういや」まちがったせりふだが、それでもとにかくせりふを言うと、ステラ・スモールは気を失って目を閉じた。そして彼女の後頭部が硬材の床にぶつかった。

その小さな緊急治療室は緑のカーテンで三方を囲われていた。若いふたりのためのプライバシーの薄い膜。ステラ・スモールの脚は金属の診察台からだらんと垂れさがっており、彼女の傷ついた腕を治療する医者ははにかんだ笑みを浮かべていた。

突如、薄いカーテンのすぐ向こうに大きな影が出現し、医者はハッと頭をめぐらせた。影の形はまるでちがったが、ステラはすぐさま、これは映画『サイコ』のワンシーンだと気づいた。手の影がさっと上に上がり、高く高く掲げられ、そして――緑のカーテンが乱暴に引き開けられた。若い医者はぎくりとした。その目の前にはいま、黒い髪をピラミッド状に盛りあげ、尼僧の衣に似た長い黒のドレスをまとった恰幅《かっぷく》のいい女がいる。

ステラはかねてから、自分のエージェントはかなり遠くからでも新鮮な血の匂いがわかるのではないかと疑っていた。マーサ・サットンは、侮《あなど》りがたい女性であり、無類のドラマ好きであり、本物の尼僧より恐ろしい。

「みごとな登場ね」

「おお、ステラ、ステラ！」きらきら光るサットンの目が、クライアントの切られた腕と彼女の衣類の真っ赤なしみを値踏みする。「その姿、すばらしいわ！」エージェント語で、これは〝宣伝になる〟ということだ。

若い医者は細長い傷を洗浄する作業にもどった。「なんとか縫わずにすませられると思います」彼は蝶の形をした小さな絆創膏をいくつか貼りつけた。「傷口はきれいですし――とても浅い傷ですから。でもカメラでなぜこうなるのか、どうもわかりませんよ。仮に金属部が欠けていたとしても――」

「よく聴いて」ステラは言った。「その観光客はカメラを手にぶつかってきた。わたしは自宅のアパートメントの前で、タクシーを呼ぼうと――」

「わかりました。お好きなように解釈してください」医者は診察台を離れ、去っていった。

「あなたは剃刀《かみそり》でやられたように見えますけどね」

マーサ・サットンの目が歓びに輝き、狡猾《こうかつ》そうな色を帯びた。「すばらしいせりふ。いまのも使いましょ」

「でもカメラだったのよ」ステラは前より強く主張した。

サットンは彼方の壁を指さした。男がひとり、ガラスのドアの向こう側に立っている。「ほら、あの男。彼はリポーターよ。ねえ、あんたは仕事がほしいんでしょ、ベイビー？」

「ああ」これは、〝わたしは信仰を得た。光を見た〟という意味だ。声に出してステラは言った。「わたしは剃刀でやられたんです」

「いい子ねえ」サットンは言った。「それと、ホテルからあんたを運び出したあのトンマのことも宣伝してね。あれはうちのクライアントのひとりなの。幸い、彼には止血するだけの知恵がなかった。ロビーの絨毯《じゅうたん》についたあの血のすじは、値千金だわ。リポーターに名前のスペルを言うのを忘れないでね。あの男もトンマだから」サットンはいったん立ち去りかけてから、ふと足を止めた。「あんたのために、別のオーディションの予約を入れておいたわ。特別なやつ――警察署でやるのよ。実はついさっきまでソーホーの警官と電話で話してたんだけどね、彼はドライクリーニングのことで困ってるブロンドの女優限定で人を募ってるの。ひょっとしてあんた、背中に大きな×印が描かれたブラウスを持ってない？」

ステラはうなずいた。「どこかのろくでなしに黒いペンでやられたわ」

「すてき。その警官は連続器物損壊犯をさがしてるのよ。きょう一日、大きな事件がないことを祈りましょ。もしかすると、あんたの顔をテレビに出してもらえるかも。ブラウスも持っていくのよ。最高の小道具になるから」

「でもそのブラウスはもうないのよ」ステラは言った。「捨てちゃったもの」

「だめよ、ハニー、そんなこと言わないの。わたしの目を見て言いなさい。そのブラウスは取ってあるって」

もう一枚、こしらえるのは別にむずかしいことじゃない。
「わかった。ブラウスは取ってある」
「いい子ねえ」

二時間後、ふたたび自宅にて。シャワーを浴びてさっぱりし、血の汚れを落としたスモール・ステラは、腕の傷の疼きがそれで鈍ってくれればと缶ビールを開けた。ふと目をやると、脱ぎ捨てた衣類のそばにはスニーカーの一部が見えた。ううん、あれはだめ。エージェントから大量に鎮静剤を与えられたため、靴ひもなどとても結べそうにない。ステラは椅子の下に手を伸ばし、サンダルをさがした。

埃の霞《かすみ》のなか、カウチにドンと腰を下ろすと、彼女は読んでいる唯一の新聞《バックステージ》を眺めた。折り返してあるページ、オーディション・スケジュールの欄によれば、きょうは何もないことになっている。それでも、この午後は確かどこかに行くはずだったという気がしてならなかった。

彼女はテレビのリモコンを手に取って、つぎつぎチャンネルを変えていき、最後に子供番組にたどり着いた。

うん。漫画は気楽でいい。

と突然、画面が真っ暗になった。そしてリモコンのどのボタンを押しても、その復活はかなわなかった。これは凶兆だ。しかしステラは完全に打ちのめされはしなかった。それはまだだ。

彼女はこの厄《やく》がどこまでつづくのか、最終的にどこまでひどくなるものか、見届けたくなっていた。また、この町で生き残るためとあれば、どんな人生経験も無駄にはすまいと固く決意していた。

虫が一匹、脚を這いのぼってくる。彼女は悲鳴をあげ、それから、ほほえんだ。ただのクモだ。はじき飛ばして、そいつが床を這っていくのを見つめる。大きなやつだが、〝捨てられたステラたち〟はいつも、家のなかにクモがいるのは幸運の印だと言っていた。でもこれはどう見ても大きすぎる。彼女は新聞を丸め、そいつをたたきつぶした。

〝捨てられたステラたち〟の言うことは、いろいろだった。

彼女は床に手を伸ばし、血のしみのついた上着を拾いあげた。お祓《はら》い箱にする前にと、ポケットをつぎつぎ調べていくと、なかのひとつからエージェントの手書きのメモが出てきた。ああ、そうそう、このオーディション。彼女はソーホーの警察署の住所と自分が行くべき時刻を——他の女優も数百名行くわけだが——確認した。警察署は歩いていけるところにあり、出かけるまでにはまだ優に一時間の余裕があった。

電話が鳴った。ステラは身をすくめ、その電話を留守録に取らせた。オハイオ出身のこの若い女性は、目下ひどく弱っていて、ニューヨーカーと渡り合うのはとても無理だった。

留守録に注意を向けると、鎮静剤の霞の彼方から〝警察〟という一語が聞こえてきた。ステラは受話器をつかみとった。「どうも！　ソーホーでやる女優の面接の件ですか？……えっ？　ミッドタウン？　でも確か……ああ、なるほど。すみません。知らなかったもので……ええ、行きます」

ようやく記憶がよみがえった。彼女は警官が来るまで緊急治療室で待つよう指示されていた。なのにあのエージェントにそこから引きずり出されたのだ。例のリポーターが警察より優先され、彼女はその男とともに病院をあとにしたのだった。

自分はどの程度まずい立場にあるのだろう？

時間はぎりぎりだ。ツキに恵まれ、地下鉄がちゃんと動いてくれれば、どちらの警察署のアポイントにも間に合う。ただし、ソーホーでの面接がアルファベット順ならば、だ。マーサ・サットンのメモには、小道具として落書きされたブラウスを忘れず持っていくように、との注意書きがあった。

クロゼットや引き出しをかきまわした結果、狭い室内はいたるところ衣類だらけになり、昨夜の大掃除は徒労となった。これほどがっくりくることはない。その散らかりようを見るだけで、疲労感が襲ってきた。〝捨てられたステラたち〟の笑顔の写真に目をやったが、彼女たちも制御不能となった人生をどうすべきか教えてはくれなかった。

足もとの衣類のなかには、ちょうど目的に合いそうな、古着屋で買った服があった。そこで彼女は、今度は簡易キッチンを散らかしに行き、あちこちの引き出しを空にして、ブラウスの背に大きな×印を描くためのペンをさがした。

重大犯罪課がブロンドと指定したにもかかわらず、ソーホー警察署の一階は、あらゆるサイズ、あらゆる髪の色の女優でごった返していた。ジャック・コフィーは大通りに面したドアの前に立ち、二重駐車されたテレビ局のバンの列を見つめた。リポーターどもは各群れごとに歩道をうろうろしていた。

彼はウォン刑事を振り返った。「正確なところ、きみはタレント事務所になんと言ったんだ？」

「警部補に言われたとおりに。地下鉄の器物損壊事件を捜査中だと言ったんですが」

デソート刑事が携帯電話をたたんで、警部補に顔を向けた。「エージェントのひとりがリポーターどもに情報を流したんです。その女は連中に、警察がブロンド好きの色情狂をさがしていると言ったんですよ」彼は開いたままのドアに目を向けた。大勢のリポーターが右往左往している通りの眺めに。「しかしあいつらは誰も重大犯罪課の関与に気づいていません」

コフィー警部補は、階段の上のドアに彼の課の名称を入れなかった市のしみったれ会計士に胸の内で感謝した。「オーケー、女優たちを一度に十人ずつ刑事部屋に連れていって、あの話をするんだ。いいか、重大犯罪課の名前は絶対出すな。誰も名刺など渡さんように。相手がどんなに美人だろうとだぞ。黒髪は排除しろ」

コフィーは階段のほうに誘導されていく女優たちを見守った。階段の手前では、デソート刑事が黒髪の女を脇へどけている。ブロンドの第一グループがウォン刑事の引率で階段をのぼっていった。彼女らはみなとても若く、行く手に何が待ち受けているかまったくわかっていない。

数分後、コフィー警部補が刑事部屋に入っていくと、女優たちはきっちりと横一列に整列していた。その姿勢は気をつけに近かった。ジェイノス刑事が彼女らの訓練担当軍曹となり、列の前を行ったり来たりして、彼の部隊を閲兵している。「新聞に名前を出したいがために警察によけいな手間を取らせた場合、きみたちは司法妨害の罪を問われる。つまり留置場でしばらく過ごすことになるわけだ」

その声は穏やかだったが、彼は凶悪犯の顔と小惑星並みの重力質量をそなえている。ずらりと並ぶブロンドの頭は刑事の動きを追いかけ、右へ左へそろって動いていた。

「われわれの留置場は、あまり清潔とは言えない。ノミもいる。うようよだ」

薄茶っぽいブロンドの女ふたりが、階段室のドアのほうへじりじりと移動していく。他の女たちはまだ逃げようかどうしようか迷っている。

「そうそう、シラミも多くて困っているんだ」ジェイノスはため息をついた。「だからきみたちは服を脱がされ、大シャワー室でシラミを駆除してもらうことになるだろうな」

女優たちがいっせいに逃げ出したあと、残ったのは、かなり見栄えのする大胆なブロンドひとりだけだった。巨漢の刑事はその娘とにらめっこを始めた。彼女はわっと泣きだすと、ドアへと走った。そこでは別の十人の女性が並んで待っていた。ジェイノスはどなった。「つぎ!」

第十一章

《バトラー&カンパニー》のマロリーのオフィスで、チャールズは議論を戦わす他のふたりから少し離れて立っていた。

検視局長エドワード・スロープが言う。「いいや、ライカー、わたしは、少なくともあと十年は、あの病院には行かんよ」瀕死《ひんし》の昏睡《こんすい》患者の話にけりがついたところで、彼はオリジナルの何倍にも引き伸ばされた、ナタリー・ホーマーの新しくて、より画質のよい解剖写真のチェックにもどった。

マロリーの魔法は、不鮮明な引き伸ばし写真からくっきりした画像を作りあげていた。コンピュータの力で、光と影が精錬され、あいまいなものが明確になり、オリジナルでは見えなかった細かな部分が鮮明になっているのだ。一見、カメラの目を通した真実に見えるものの、チャールズは彼女が、写真を構成するピース、画素を適当にいじったのではないか――したがってその結果は、人工知能によるきわめて優れた推理にすぎないのではないかと疑っていた。

「わかりましたよ」ライカーは少々不機嫌そうだった。「それじゃこれについてセカンド・オピニオンをもらえませんかね?」彼はスロープに、ナタリーの頭部X線写真を渡した。これはマロリーが手をつけていない写真だ。

ドクターは窓の光にフィルムをかざした。「きみの言うとおりだ。わたしの前任者は、死因以外のありとあらゆることを見落としていたようだな。これは頭蓋骨骨折だ。被害者がこのせいで気を失ったかどうかはわからない。しかしショックを受けたのは確かだよ。凶器は鈍器だな。その点ははっきり言える」

つぎにライカーは、ナタリーの右手の引き伸ばし写真をドクターに渡した。「これは火傷《やけど》の写真なんですが」

ドクターは首を振った。「これについては力になれんな。虫どもが食い荒らす前に、皮膚が焼けていたかどうかは知りようがないんだ」

ライカーはルイ・マーコヴィッツのメモをタイプで起こした文書を眺め、なかの一行を指さした。「ほら、ここ。ルイは手に火傷の痕があると言ってます」そしてまた新たな議論が始まった。

「ゴキブリがいたからですね」チャールズは仲裁役を務めようと会話に割りこんだ。「きっとルイは被害者の手に虫がたかっているのを見たんですよ。それは油の付着を示唆しているのかもしれない。もしフライパンから熱い油が飛んだなら――」

「憶測だろう」エドワード・スロープは言った。「わたしは事実しか述べない」彼は腕時計に目をやった。「他に何もなければ――」

「スパローのことですが」ライカーが言った。「せめて彼女の医者と話してみてくれませんか――」

「絶対におことわりだ」ドクターは言った。「相手があのライト級の研修医なら、チャールズで充分だろう。専門用語もすべて知ってるわけだしな」

「スパローは死に瀕している」ライカーが言った。「医者の意見が必要なんです」

「昏睡に関することなら、チャールズこそ適任だ」スロープはドアに向かった。「まちがいない。あの病院のスタッフに、人間の脳について彼より詳しい者はいないね」

ドアが閉まり、打ち負かされたライカーはデスクの前の椅子にへたりこんだ。「スパローの医者は警官嫌いなんだ。おれとは口をきこうともしないんだよ。力を貸してくれるかい？」

「エドワードは誇張しているんですよ」チャールズは答えた。「昏睡状態の脳についてぼくが発表した論文はひとつだけですから。でも医者と話すくらいのことは、たぶんなんとかできるでしょう」

「よかった。ありがとうよ。だがマロリーにはこのことは言わないでくれよ、な？」

ライカーは目を閉じて、両足をデスクに載せた。これはうたた寝するあいだ、マロリーがここにもどる見込みのないことを示している。そしてチャールズは、なぜライカーが病院への見舞いを秘密にしたがるのかという謎とともに取り残された。ライカーの相棒も、彼と同様、あの被害者には興味があるだろうに。これはおもしろい問題だ。そしてこの謎を解く手がかりは、マロリーが敵を気遣う行為を許すわけがないというところにある。

男ふたりは隣の部屋の大音響に飛びあがった。

「あのガキども」ライカーの足が床に下りた。「一秒だって目が離せないんだからな」

ふたりがオフィスのキッチンに入っていくと、そこにはロナルド・デルースの姿があった。彼は、襞《ひだ》飾りに至るまでナタリー・ホーマーのものそっくりのエプロンをかけ、手にはプラグを抜いた電気フライパンを持っていた。あたりを見れば、いたるところに水が飛び散り、床の上にはいくつも水たまりができている。テーブルに並べられた事件現場の写真の引き伸ばしも、やはり濡れていた。

「これはおれのせいだよ」ライカーが言った。「おれがあいつに、壁のハエが何を見たか解き明かせと言ったんだ」

チャールズはガス台に飛び散った水のしずくを見おろした。「するとそれがナタリーのソーセージの油というわけだね？」

「ええ、そうです。見てください」デルースはフライパンをもう一度水で満たし、それを振りかぶってオーバーハンドで投げる場面を実演してみせた。水の大部分は彼のうしろにこぼれ、残りはなんの罪もない冷蔵庫に飛び散りながら、架空の襲撃者へと飛んでいった。デルースの右手は濡れていたが、体の他の部分は乾いたままだった。「エプロンには水はかからないんです。つまり被害者はフライパンを身を護る武器として使ってはいないんですよ。わたしはフライパンを持っていたのは犯人のほうだと思います」

「なるほど、すじが通るな」ライカーが言った。「スロープは頭蓋骨の骨折を確認した。おそらくホシがフライパンで頭を殴ったんだろう。よくやったな、坊や」

「それじゃ、このあと始末をして」いつのまにかマロリーが入口に立っていた。その目が濡れた床や壁のあちこちを伝う細い水のすじをゆっくりと眺め回す。彼女は石のように黙りこくってデルースに目を向けた。彼はあわてて流しからスポンジをつかみとり、タイルに膝をついて、水をふきはじめた。

「フライパンに関しては、きみはまちがってるよ」チャールズは言った。「ナタリーは実際、それを武器として使ったんだ。まちがえるのも無理はないけどね」彼は、調理時間を計るためのマイコンのパネルがついた電気フライパンを指さした。「それは柄の部分が熱くならないタイプだよ」

「なんですって?」デルースはゆっくりと床から立ちあがった。

チャールズはちょっと席をはずし、その後、犯行現場に実際にあったフライパンを手にもどってきた。「これがナタリーのだよ。鉄製の頑丈なやつだ。柄の部分はとても熱くなったろう。使うときは鍋つかみが必要だったろうね」彼はテーブルに並べられた写真の一枚を指さした。「ほら、壁にフックがあるよね? ガス台のそばに。右と左の鍋つかみ用にひとつずつ。そして鍋つかみはどっちもちゃんとかかっている。でもソーセージはまだできあがっていなかった。ほらね? 手前のコンロからはまだ火が出ている。料理の途中で邪魔が入ったんだよ」

「そうでしょうね」デルースは言った。「彼女は殺されたんだから」

「でもその始まりは――さほどドラマチックじゃなかった」チャールズは言った。「たとえばノックの音がしたとかだな。殺人者のためにドアを開ける前、ナタリーには鍋つかみをフックにかけるだけの余裕があった。何事もなければ、彼女が火にかけたままのソーセージを長いこと放っておくわけはない。このことから、争いがただちに始まったことがわかる」彼はデルースの手からスポンジを取って、現場写真のひとつに飛び散った水のしずくをぬぐった。「ソーセージの数から見て、きみはこの実験に水をたくさん使いすぎてると思うんだ」彼はナタリーのエプロンの写真をちらりと見た。画質を上げたマロリーの写真では、油の汚れのいちばん長い縁は前よりくっきりした直線となっていた。ルイ・マーコヴィッツのメモは正しい。これは跳ねでも飛び散りでもない。こすれなのだ。

写真の一枚を他から離して、チャールズはナタリーの右手にたかるゴキブリどもを指さした。「この手は火傷を負ったものと仮定しよう。彼女は転倒もしている。それで気絶したか、朦朧《もうろう》となったかだよ。ナタリーはフライパンを振りおろすには至らなかった。でもそれを武器にする気はあったんだ。そうそう、犯人はフライパンには手を触れてもいないよ」

デルースは腕組みをした。「どうしてそう言い切れるんです？　彼女の頭には――」

「きみの実験からわかるように、フライパンを振りおろした人間の衣類は濡れない。そして誰かがフライパンを振りおろせば、キッチンじゅうにそのしぶきが飛ぶはずなんだ」チャールズは蛇口の水をフライパンにちょっと注ぐと、ガス台の手前のコンロにもとどおりそれを置いた。「ナタリーは犯人と向き合っていた。鍋つかみを取る暇はない。彼女はフライパンを素手でつかむ――」彼はフライパンの柄をつかみすばやく持ちあげた。するとその手と腕に少し水がこぼれた。彼がフライパンを振りあげると、水はさらに背後の床へと飛んだ。「熱い鉄と油で手が焼ける。ナタリーはフライパンを投げつける前に、柄を放してしまう」

チャールズがフライパンを放すと、それは彼のすぐ横の床にガチャンと落ちた。「犯人が向かってくる。彼女はうしろにさがる」チャールズは見えない男からじりじりと離れた。「靴には油がかかっている。だから彼女は足をすべらせ、うつぶせに転倒する」

デルースは否定的だった。「どうして転倒したとわかるんです？　それに、どんなふうに倒れたかまで？」

「ロジックだよ」チャールズは言った。「すべての事実に符合するシナリオがひとつしかないなら、それが実際に起きたことなんだ。いいかな？」彼は一方の手を伸ばし、差し出されたエプロンを受け取ると、床の上にそれを広げた。「ナタリーは倒れている。彼女は動いていない。おそらくガス台の角で頭を打ったんだろう。頭蓋骨の骨折が鉄のフライパンによるものでないことは確かだ。それなら頭蓋骨が陥没しているはずだからね」彼は身を起こして、デルースを振り返った。「ぼくの作った油の広がりは、きみのより小さいよね。こっちのはエプロンの胸の部分に隠れてしまうんだ」彼は、エプロンの写真を軽くたたいた。「もし彼女がもがいたなら、油染みの縁がこんなにまっすぐになったはずはない。だから、犯人に引きずられたとき、彼女は朦朧としていたか気を失っていたかだよ」チャールズは身をかがめ、エプロンを自分のほうへ引き寄せた。彼がエプロンを拾いあげると、濡れた部分はナタリー・ホーマーのエプロンのしみと同じサイズ、同じ形になっていた。

「これが壁のハエが見たものだよ」チャールズは詫びるような口調になって、先をつづけた。「きみだって解明できたに決まってるんだ。でもきみは料理をしたことがないから。そうだよね？」

病室の床はモップでふかれたばかりで、市の死体置き場と同じ塩素の匂いがした。外の廊下からは、チャールズ・バトラーがあの若い研修医と話している声が聞こえた。

スパローの目がぐるぐる動くのは、不随意運動だ。ライカーにもそれはわかっていた。でもこの虚《うつ》けじみたうわべは、スパローの心の――その残った部分の窓なのかもしれない。ライカーは彼女の目を閉じてやりたいという誘惑を退けた。それは死者にすることだ。

彼はベッドの前にすわり、患者の身元を正確に知りたいという病院の要望書で紙吹雪を作った。スパローのフルネームなら知っている。だがそれを人に明かす気はなかった。スパローはそんなことは望まないはずだ。ある雨の夜、ライカーが彼女を車に入れてやり、コーヒーをふるまったとき、本人がそう言っていた。その冬、この娼婦はずっと体調が悪く、痩せ衰えていた。ライカーも、彼女はもう長くないだろうと思ったものだ。すると、スパローが墓標の話を持ち出したのだ。

彼は、縁起でもないそのやりとりが大風呂敷に変わったとき、笑ったことを覚えている。〝スパロー〟――彼女が墓碑に刻みたい言葉は、それだけだった。日付も、碑文もなし。ラスベガスの看板みたいに、太字で彫った名前のみ。それが名声の証だ。その考えはいかにもスパローらしかった。ずうずうしくも、墓地を訪れる人々に彼女が誰なのか……誰だったのかわかるものとみなすとは。

医師との立ち話を終え、チャールズ・バトラーが病室に入ってきた。彼はそうっとドアを閉めた。どんな音を立てようと、スパローの眠りの妨げにはならないというのに。「あなたのおっしゃるとおりでしたよ。あの医者は確かに警官嫌いです。でも彼女にはできるだけのことをしていますから。彼女の命を維持することが、彼の使命なのかと思うくらいです」チャールズはベッド脇の細い支柱に目をやった。そこにはビニールのパックが吊るされており、そのなかから患者の腕へと液体が流れこんでいる。「あれは感染症を防ぐ抗生物質です。そして、喉に挿しこまれたあのチューブは、肺虚脱への対策です。この女性の体はぼろぼろだったんですね。たとえば、医者は慢性的な呼吸器系の病気を疑っています」

ライカーはうなずいた。「彼女は毎冬、体調をくずしていた」

「それに長期にわたる栄養不良と薬物摂取によるダメージも受けています。娼婦という経歴から、医者は性病が肝機能障害の原因ではないかと見ています。つまりこれは単なる昏睡ではないわけです。いろいろな合併症が重なっているんですよ」彼はライカーの肩に手をかけた。「本当にお気の毒です」

ライカーは病院のベッドに横たわる女を見つめた。死ぬまで友である人を。「彼女、そのなかにいるのかな？　つまり——脳はフル回転で稼働してるんだろうか？」

「その可能性はあります」チャールズはベッドのそばの機器に目を向け、山と谷を描く画面上のラインを見守った。「現在の彼女の状態はいわば、夢を見ているようなものです。おそらく彼女は死ぬときも夢を見ているでしょう。痛みも恐れもありません。これで少しは気持ちが楽になりますか?」

「うん、なるよ。ありがとう」ライカーはスパローの機械による呼吸に耳をすませ、彼女の体を出入りしているチューブを見つめた。

「もうそろそろ行かないと」チャールズが言った。「時間どおりあなたをブルックリンに送り届けるとマロリーに約束したんです」

「うん——いま行く」ナイトテーブルのティッシュの箱は空になっていた。そこでライカーはあのペーパーバックをベッドに置き、あちこちのポケットをさぐってハンカチをさがした。

「この話を聞けば、あなたも元気が出るんじゃないかな」チャールズが言った。「ナタリー事件の現場でカメラを落としたという例のカメラマン、ウィリアム・ハートの所在に関する手がかりが見つかったんです。ある画廊に電話してみたんですが——」彼はウェスタン小説を手に取って、ぱらぱらとページを繰った。「もう読み終わりました?」

「まだ読みはじめてもいないよ」ライカーはスパローの涎《よだれ》をぬぐった。

「無理もありません。ひどい駄作ですからね」チャールズはベッドの上の女を見つめた。「スパローと出会ったとき、マロリーはまだ子供だったんでしょうね。十歳くらいですか? それとももっと小さかったのかな?」

スパローの口をぬぐう作業の途中で、ライカーは凍りついた。急に酒がほしくてたまらなくなった。嘘をつくわけにはいかず、真実を語るわけにもいかない。彼の長い沈黙自体、多くを語りすぎていた。

チャールズは手に持った本に視線を落とした。「このシリーズの全巻セットをどうにかさがし出したんです。昨夜、全部読みました」

ハンカチが床に落ちた。ライカーは目を閉じて、自分の声に出ているのが疲れだけであるよう祈った。「きっと四分で読めたんだろうな」

「もっとかかりました。二度読みましたから。それでもまだわからないんです。なぜキャシーがそんなに何度もあれを読んだのか」

最近は、マロリーのファーストネームを耳にすることはめったにない。ライカーには、チャールズがいま、本人の知らない子供時代のキャシーのことを話しているのがわかった。ルイ・マーコヴィッツが彼の美しい娘——現在のあの警官をチャールズに紹介したとき、彼女はすっかり大人になっていた。ふたりが出会ったその日、マロリーは恒例の養父との朝食会のためにソーホーのカフェに現れた。いつも優雅なチャールズが、このときはあわてて紳士ぶろうとし、椅子をひっくり返して立ちあがった。そしてこれまたスマートとは言えない振る舞いだが、チャールズは食事のあいだじゅうマロリーの鮮やかな緑の瞳を見つめつづけ、彼女が振り向くたびに恐縮して間抜けな笑みを浮かべていた。そのあらゆるしぐさ、膝にこぼれた食べ物、ひっくり返ったジュースのグラスが、彼の胸の内を彼女に告げていた——〝ぼくはあなたに夢中です！〟。

「どうしても説明がつかないんですよね」チャールズが言った。彼は相変わらず、あの最後の巻のページを繰っている。「十歳だったとしても、彼女は並みの大人より利口だったでしょうから」

　例の古書店主以外、あの小さな女の子のウェスタン小説への執着を暴露できる者はいない。ライカーは信じられない思いだった。被害妄想の化身、ジョン・ウォーウィックが赤の他人に心を開いたとは。しかし、チャールズはどうして子供時代のキャシーとスパローとの関係に感づいたのだろう？

「この紙はよくもっているようですね」チャールズは本のページを扇のように広げ、自分の仕事をテストした。「もう決心はつきました？　この本はマロリーに贈るんですか？　それとも処分するんですか？」

　刑事はベッド脇の椅子に腰を落ち着けた。その微笑は観念の笑いだった。彼がこう言ったとき、それはあながち冗談でもなかった。「きみは危険な男だな、チャールズ」

「そうそう、ぼくのほうはもう全巻、焼いてしまいましたよ。だからどうぞご心配なく。きのうの夜、すべて暖炉にくべました。キャシーがまだ小さいころ、ルイも似たようなことをしたんですよね。彼は可愛い我が子とウェスタン好きの小さな泥棒とを結びつけるものなどほしくはなかったんでしょう。どうやら、彼女の子供時代はぼくが思っていたより、なんと言うか――波瀾に富んでいたようですね。ルイは彼女の本を処分したんでしょう？　最後の巻だけ残して全部？」

　ライカーはただうなずいた。しゃべらなければしゃべらないほど、この男の手がかりは減ることになる。「このウェスタンのことはこれ以上、何も話せないよ」

「特に最後の巻のことは、でしょう？」チャールズは言った。「きっとそれは、ぼくが犯罪への関与を否認できるようにという配慮なんでしょうね。ちがいますか？」

ライカーがこの言葉の意味をのみこむのには、若干時間がかかった。彼が事件現場で盗みを働いたことを知らない者も、まだ多少はいるんだろうか？　これがとっさの犯行の難点だ。周到な計画はなく、痕跡を隠す時間もない。おまけに彼はまだ盗んだ品を所持している。頭の足りないこそ泥だって、もうちょっとましな仕事をするだろう。

「きっとぼくには、彼女がこの小説のどこを読んでいたのか、永遠にわからないんだろうな」チャールズは本の表紙のイラストを見おろした。棹立ちになった馬にまたがるピーティ保安官、火を噴く二挺の六連発拳銃、金バッジに反射する太陽の光。「彼女はヒーローに心酔していたんでしょうか？」

ライカーは肩をすくめた。かつてルイ・マーコヴィッツはもっと暗い考えを抱いていた——キャシーは牛泥棒や駅馬車強盗たちに感情移入しているのだろうと。

看護師が患者の体をふきに来たため、男ふたりはそっと部屋をあとにした。廊下を歩いていきながら、チャールズは、ライカーが読んだことのないある巻のストーリーを語った。ふたりが駐車場に近づいたとき、ウィチタ・キッドは口から泡を吹いている恐水病のオオカミに嚙まれた。それは恐水病のワクチンが発明される前の時代だというのに。そして彼らの車がブルックリン・ブリッジの入口に近づいたとき、あの無法者は燃えさかる小屋のなかに意識を失って倒れていた。小屋は、松明《たいまつ》や熊手を手にした怒り狂う農夫の群れに取り巻かれており、ひとりの説教師がやはり炎に囚われた老婆、魔女とされる女を糾弾《きゅうだん》し、作物を枯らしていく旱魃《かんばつ》のことで彼女を責めたてている。

「後生だから」ライカーは言った。「そのイカサマ説教師がなんと本当に雨を降らせたなんて言わないでくれよ。おかげで小屋の火は消え、旱魃も終わった、農夫たちも大喜びし、その婆さんを殺さないことにした、なんてさ。それから説教師がもうひとつ奇跡を起こし、ウィチタの恐水病まで治しちまった――まさかそんな話じゃないだろうな」

「ぜんぜんちがいます」チャールズは言った。「つぎの巻、『最果ての小屋』の冒頭でも、ウィチタ・キッドはまだ炎に囲まれているんです。脱出するすべはないんですよ」

ライカーは、もっとおもしろい脱出の話を知っている。それも実話を。しかしスパローが死にかけているいま、彼にはその話をする相手がひとりもいない。この二年、彼はスパローに会えないのを淋しく思っていた。そしていまは、その死を悼んでいる。彼女はまだ完全に逝ってはいないけれど。

車がブルックリン・ブリッジに入っていくとき、チャールズが訊ねた。「ルイはどうやってウォーウィック古書店までキャシーの足取りをたどったんです？」

ライカーは窓の外の水面を見つめた。おれを撃ち殺してくれ。いますぐに！「おれたちはただ、ある夜ツキに恵まれただけさ」

彼には気の滅入る古い思い出がある。息をはずませながら、あの子供の靴が歩道をかすめ、ぐんぐん遠ざかっていくのを見守っていた記憶が。五十ポンド太りすぎている男、ルイ・マーコヴィッツからすたこら逃げ出しながら、彼女は笑っていた。心臓が止まるものと確信しつつ、街灯にしがみついているライカーにやっと追いついたとき、哀れなルイはゼイゼイいっていた。

「しばらくしておれたちは、古書店の窓の奥に見えるあの子の姿に気づいたんだ」あのチビ泥棒は、小さな手をかたっぽ書棚について、平然とウェスタン小説を読んでいたっけ。ついさっき、警官ふたりを駆け回らせ——もう少しで殺すところだったというのに——忙しい一日の終わりを迎えた他の子供たちと同様、疲労はその目にしか見られなかった。

「ふたりで店内に入ると、ルイが店主にしばらく他のお客は入れるなと言った。それからおれたちはあのチビをつかまえに行った。ところがあの子は消えていた。そして奥の部屋の鍵はなかからかかっていた。頭が変になりそうだったよ。きみもあの店を見たろう。あの子が気づかれずに出口まで行けたわけはないんだ」そのときふたりは、古書店主の目に浮かぶ恐怖の色に気づいた。ルイはあのバセットハウンドそっくりの垂れ頬を寄せ集め、まばゆいばかりの微笑を浮かべて、その人間的魅力で店主を籠絡《ろうらく》した——というより、本人はそのとき籠絡したと信じていた。

キャシーの脱出の謎は、その夜もつぎの夜も解けなかった。「それから一週間、ルイはあの店の張り込みに非番の時間をすべて捧げた。そしてキャシーのウェスタンを全部読んだんだ」彼はまたそのあいだに、あの脆弱《ぜいじゃく》な古書店主とよい関係を築きあげた。「とうとうウォーウィックは、あの夜、キャシーがどうやって逃げたかを明かした。ほんの三秒ほどだろうが、店主と話をするあいだ、おれたちは店の奥に背を向けていた。その隙にあの子は書棚をのぼっていったんだ。猿みたいにすばしっこく、煙みたいに静かに、てっぺんまでするすると。書棚と天井のあいだには、やっと体をねじこめるくらいの狭い隙間があったんだよ」

「じゃあ店主は彼女がのぼっていくのを見ていたわけですね」

「そうとも。だが彼はあの子を引き渡さなかったんだ。警官の姿を見ただけで震えあがる男なのにな。ルイが怯えきったあの小男と話しているあいだ、キャシーは書棚の上で耳をすませ、彼をあざ笑っていたのさ」刑事は肩をすくめた。「つまりおれたちは十歳の女の子にしてやられたわけだ。最高の夜とは言えんよな」

自分が何者を相手にしているか、ルイ・マーコヴィッツが気づきだしたのは、そのときだった。彼女はふつうの子供ではなく、一人前の人間なのだ、と。そして彼は、ただのかっぱらいの経歴書を修正し、〝脱出の名人〟という立派な肩書を付け加えた。キャシーはルイの尊敬を勝ち取ったわけだ。彼女はまた彼の心をえぐりとった。しかしそれはまた別の夜のことだ。そしてそのときあの子はあと一歩で勝利し、あと一歩であの男を打ちのめすところだった。

話すことはなぐさめになっただろうが、ライカーはキャシーがやってのけた最高の脱出の物語を誰にも語ることができない。そしていま、彼の心は橋を渡り、川を渡って、昏睡の眠りのなかで夢を見る女のもとへともどっていった。きみはひとりで死ぬわけじゃない、と彼女に告げるために。

スパロー、あの秘密がおれを蝕んでいくよ。

マロリーが褐色のセダンの車内から、走り去るチャールズのメルセデスを見送っていると、相棒が助手席にするりと乗りこんできた。

「あの家よ」彼女は道の真向かいの建物に目をくれた。ナタリー・ホーマーの妹は、プロスペクト・パークの眺めのよさで評価が高い、ブルックリンのあるエリアに住んでいた。どうやらスーザン・クエレンというその女性は、順風満帆らしい。「外でつかまえたほうがいいわ」そうすれば、あの警官嫌いも彼らの鼻先でドアをバタンと閉めることはできない。「近所の人たちは、彼女はいつも公園でランニングをするって言っている。毎日同じ時間によ」

「きっと健康オタクなんだな」ライカーは額の汗をぬぐった。「この暑さじゃ死んじまうんじゃないか」

玄関のドアが開き、短パンにTシャツという格好の贅肉《ぜいにく》のない女が、短い階段のてっぺんに現れた。ナタリーの妹は背が高く金髪で、顔だちも姉に似ていた。ふたりの刑事は彼女が歩道に到達するより早く車を降り、それぞれ身分証と金バッジを収めた革のフォルダーを掲げて、そちらに向かった。

「ミス・クエレン？　わたしはマロリー刑事、こちらは――」

女は怒った険しい顔になった。「どいて！」

ライカーが階段の下で立ち止まった。「奥さん、できればご都合に合わせてうかがいたかったんですが――」

「先日の吊るし首のこと、新聞で読んだわよ」スーザン・クエレンは言った。「あんたたちもあれは隠蔽《いんぺい》できなかったわけね。今回はそう簡単じゃなかった。そうでしょ？」

「奥さん」ライカーは言った。「われわれは隠蔽などしません。ときには詳細の公表を差し控えることがありますが、それは――」

「そのせりふなら前にも聞いたことがあるわ。二十年前、刑事どもは記者たちに姉は自殺したんだと言ったのよ」

「その刑事たちはあなたにもあまりいろいろ教えなかったんでしょう？」マロリーは階段をのぼりだし、ゆっくりと女に迫っていった。「連中はあれは殺人だとあなたに話した。それにあなたはロープのことも聞いていた」だが、刑事たちがナタリー・ホーマーの口に詰めこまれた、たたき切られた毛髪のことまで明かしたはずはない。

相手まではあと一歩――もう手で触れられる。びくついてる、スーザン？「どうしてあなたはお姉さんと吊るされた娼婦との関連に気づいたんです？」

「新聞でその記事を読んだから」

マロリーは首を振った。「いいえ、あなたは嘘をついている。ロープだけで関連づけられるわけはない。新聞に載っていた諸々の事柄――あなたはなぜそれをお姉さんの事件に結びつけ――」

「話は終わりよ」スーザン・クエレンは階段を下りだした。

「待ちなさい」マロリーは彼女の前に立ちふさがった。「お姉さんの事件の情報はどこから――」

「弁護士があなたたちと話す必要はないと言ってるの」

「いいえ」マロリーは言った。「それは弁護士にまだ相談していない人間の言うことよ。お姉さんの事件の捜査はいまもつづいている。あなたは警察に話をしなきゃならない」

ライカーが階段を一段のぼって、クエレンに近づいた。その声はマロリーより穏やかで温厚だった。「われわれはナタリーの殺人事件にいくつか矛盾点を見つけたんです。彼女の息子ならその謎を解明できるかもしれません。彼はいまどこにいるんです?」

「わたしは知らない」スーザン・クエレンは言った。

「後に行われたその子の継母への聴取の記録を読んだわ」マロリーは言った。「彼女は、父親が死んだあと、その子はあなたが引き取ったと主張していた」

ここでライカーが言葉を添えた。「ナタリーの殺人事件から一年後くらいでしょうかね」彼の口調はこう言っていた――いいだろ、ちょっと手を貸してるだけなんだからさ。

「でも、どうも妙なのよね」マロリーの声に含まれた脅しは、聞き逃しようがなかった。

「つまりですね」ライカーがまた言葉を添え、緊張度の目盛りをもとにもどす。「彼は母親の死後、一度も学校に行ってないんです。夏休みが終わっても――」

「それじゃ親がその学区から引っ越したんでしょ」

「いいえ、ミス・クエレン」マロリーは言った。「継母はいまも同じところに住んでいるの」

マロリーがさらに距離を詰める。「彼女はゲルドルフという刑事に、あなたが子供を引き取ったと言ってるのよ。なぜ彼女が嘘をつくわけ? それに、その刑事が電話したとき、なぜあなたはまちがいを正さなかったの?」

クエレンの目に混乱の色が浮かんだ。民間人は、だましにかけては素人《しろうと》だ。遠い昔についた嘘の細かい点までは覚えていられない。それに連中は簡単に怖気《おじけ》づく。ライカーは女にほほえみかけた。まるでふたりが旧知の仲で、お天気か最近読んだ本のことでも話しているかのように。「ナタリーの息子がどうなったのか教えていただけると、とても助かるんですがねえ」

「それに、彼がいまどこにいるかも」マロリーは一気に糾弾から攻撃に転じた。「話すのよ! いったい子供をどうしたの?」

冷ややかな落ち着きは消し飛び、スーザン・クエレンは刑事ふたりにぶつかりながら、猛スピードで階段を駆けおりていった。マロリーはひとっ飛びで歩道に至ったが、ライカーが彼女に飛びかかり、腕をつかんでどなった。「待て! まず継母から話を聞こう。クエレンはそのあと、司法妨害で引っ張ればいい。しばらく留置場の檻に入れとくのさ。きっとビビるだろうが、それなら合法だ」

マロリーは、歩道を逃げていく女を見つめた。彼女は走りながら両手を振り回している。通行人はみな、警官たちが彼女に銃を向けたと思うにちがいない。この距離ならまだ詰めるのはたやすい。そしてマロリーが追いつくとき、スーザン・クエレンは息を切らし、震えあがり、無防備になっているだろう。

「心配するな」ライカーが言った。「おれのやりかたのほうがずっとおもしろいって」

そうは思えない。

ウィリアム・ハートは耳障りなその音に身をすくめた。この隠遁者は人との交流が苦手で、それを避けるためなら力の及ぶかぎりどんなことでもする。何より恐ろしいのは、ノックの音、罠が閉じてくる音だ。彼は息を殺してじっと静かに立っていた。しかし訪問者たちは立ち去ろうとしない。そして今度は家主の声が聞こえてきた。「なかにいるのはわかってる。あの男はドアを開けるのに丸一日かかるのさ。もっと強くたたくんだな」

しかしもう一方のお客はそんな乱暴なことはせず、遠ざかっていく家主の足音に「ありがとう」と声をかけると、ごく軽くドアをたたいた。それから男は、鍵と差し錠のかかったドアに向かって話しかけてきた。「こんにちは。ハートさん？　画廊のほうでお住まいを教わって来たんですが」

教養を感じさせるその声は、安心感を与えたうえ、セールスへの期待をふくらませた。誘惑に負け、ウィリアムはドアを開けた。彼がそこに見たものは、おとぎ話の比喩の寄せ集めだった。背の高いその男は、王子の肉体と服装と貴族的雰囲気をそなえていたが、目はカエルっぽく、鉤鼻《かぎばな》はフック船長の鼻そのものだった。幅の広い肩は恐ろしげで、不思議なことに一秒ごとに大きくなっていった。

ウィリアムが一歩うしろにさがると、訪問者はこれを招待と受け取った。男は彼の脇を通ってなかに入り、カウチのそばで立ち止まった。スプリングがごつごつ突き出た、詰め物がほとんどない、すり切れた代物。室内に、男の大きな骨格が収まりそうな椅子は他にない。あとはどれも、華奢《きやしや》な木の棒でできた腰掛けばかりだ。

「すわってもいいでしょうか？」

ウィリアムはうなずき、カエルの王子は腰を下ろした。

「わたしはチャールズ・バトラーといいます」男の笑みがあまりにトンマなので、ウィリアムも思わず頬をゆるめた。するとバトラー氏は名刺をよこした。「画廊のディーラーから聞きましたが、あなたは事件現場の写真をお撮りになるそうですね」

「いや、それはずっと昔の話だ。ぼくはもうそういう仕事はしていない」

バトラーはコーヒーテーブルの上のラジオをじっと見ていた。あれが警察無線受信機だとわかったのだろうか？　ウィリアムは咳払いした。「つまり――警察の委託はもう受けていないということだがね。交通事故とかそんなものを撮っているんだ」

「ええ、そうですよね。あなたの作品はタブロイド的と言ってもいい。そうでしょう？　強いコントラスト、強烈な光、真っ黒い影。そしてどの写真にも若干の残酷性がある」

逃げ出すか失神するか――写真家はそのあいだで揺れ動いていた。チャールズ・バトラーが資金潤沢《じゆんたく》な美術収集家であることは明らかだが、名刺に記されたその学位のいくつかは心理学関係だ。ウィリアムは頭の医者を信用していない。

「あなたの初期の作品を見せてほしいんですが」バトラーが言った。「事件現場の写真ですね。ぼくが特に興味があるのは、ナタリー・ホーマー事件です。たぶんその名前に覚えはないでしょうけれど。もう二十年も前の事件ですから。新聞ではそれは首吊り自殺となっていました」

「あの写真はもうない――」ウィリアムはここで首を振り、初めから言い直した。「その仕事はできなかったんだ。カメラが壊れてしまったから」そう言う声も徐々に小さくなっていった。相手が信じていないことが彼にはわかった。チャールズ・バトラーの顔には、胸の内の考えや疑いがことごとく表れている。ウィリアムには、自分が測られ、評価されているさまが実際に見えた。その目に浮かぶかすかな憐れみまでもが。

「あれはふつうの人間が記憶に刻みたがるような写真じゃないよ」これは本当のことだった。あの種の写真をほしがるのは、猟奇趣味を持つ特殊なタイプの変態だけだし、バトラーはそのカテゴリーにはあてはまりそうにない。

「では少なくとも一枚は撮ったわけですね」それは質問ではなく、事実の叙述だった。

ウィリアムは汗ばんだ手をぎゅっと握りしめた。それから視線を落とし、コーヒーテーブルの上に突如、現れた革の小切手帳を見つめた。そばには古風な万年筆もあった。彼は緊張を解いた。なぜならこれは単なる金のやりとり、単純な商取引だからだ。

「ぼくが見たいのは、その写真だけです」バトラーは小切手帳を開けた。「興味があるんです」

彼はウィリアムを見あげ、笑みを広げた。そうして、緊迫感をあとかたもなく消し去り、室内の快適度を高めたところで――いきなり爆弾を落とした。「あなたはナタリーと知り合いだったんでしょう?」

たとえそうしたくとも、ウィリアムには口がきけなかったろう。

バトラー氏はつづけた。「ふつうに考えればそうなります。家主さんから聞いたんですが、あなたはずっとこちらにお住まいだそうですね。お母様から賃貸契約を引き継がれたとか。それにこのアパートメントは、ナタリーが亡くなった場所からほんの一ブロックですし。知っている人の遺体を撮るのは、つらかったでしょうね」

「彼女は——知り合いじゃなかった」ウィリアムは両腕で自分を抱きしめ、パニックを鎮めようとした。彼にはわかった。今度も相手は信じていない。懺悔《ざんげ》専用の声のトーンで、彼は言った。「彼女がこの近所で暮らしたのは、わずかな期間だった。ぼくは彼女と話したことはない」心と口を制御しきれなくなり、彼はつかえつかえ早口でつづけた。「街でときどき見かけたけどね。彼女はとてもきれいだった。こんなところにふさわしい人じゃなかった。誰にでもそれはわかったよ。ああ、あの美しさときたら」

ナタリーを見つめる他の男たちとちがって、ウィリアムは決して彼女に欲望など抱かなかった。なぜならその微笑は、母の存命中この部屋を飾っていた絵画や彫像の聖母たちを思い出させたからだ。長い夏のドレスを着た美しいナタリー。

ウィリアムは、すべてが顔に出るチャールズ・バトラーの表情をうかがい、自分が多くを明かしすぎていないかどうか確認した。「彼女を見つめるのは、ぼくだけじゃなかった。彼女は行く先々でまわりの人たちを振り向かせていたよ。男たちみんなを。連中は、とにかく見ずにはいられなかったんだ」

「そして彼女の死後、あなたはその写真を撮った」読心術師のお客は言った。「吐き気はすぐには襲ってこなかった。たぶん、吐く前にどうにか一度だけシャッターを切ったんでしょうね。

あなたは超一流のカメラマンです。それは——写真を撮るのはごく自然な反射的な行動だったんです」

では、この男は嘔吐《おうと》のことまで知っているのか。

「わかった。売ってやるよ」実のところウィリアムはほっとしていた。これは確かにバトラーに猟奇趣味があること、家賃を賄うための貴重なお客だが、画廊の外ではかかわりたくない歪んだタイプであることを意味する。したがって、この変態のめあては、本当にそれ——事件現場のおぞましい記念品なのだ。

寝室に入ると、ウィリアムはドアに鍵をかけ、差し錠を差した。ふたたび居間にもどったときは、古い写真のプリントを一枚手にしていた。

商品とともにお客が立ち去ったあと、ウィリアムは小切手に書きこまれた金額がこちらの言い値より大きいのに気づいた。彼は自分の貧しさの証を見回した。新たな恐怖が襲ってきた。チャールズ・バトラーは変態でもなんでもなく、慈悲深い男なのではないだろうか？

ウィリアム・ハートは寝室にもどった。家主は彼の部屋の鍵を持っていないが、ドアにはふたたび用心深く鍵をかけ、差し錠を差した。彼はベッドに横になり、向かい側の壁を見つめた。毎晩、明かりを消す前に、彼が見るのはこれ——壁一面の百枚もの写真なのだ。それらはどれも同じだ。同じ顔、同じロープ、同じ虫の群れ。この写真は彼の最高傑作だった。ハエたちは密な群れを作り、超高速で飛び回っているため、カメラのとらえたその姿は黒い雲にしか見えない。そしてそれは、蛆虫《うじむし》と油虫の聖母を取り巻いている。

第十二章

現在は未亡人の、エリック・ホーマーのふたりめの妻は、東九十一番ストリートにあるアパートメントの大きな部屋で暮らしていた。「家賃統制のおかげなんです」彼女は言った。「月二百八十ドルなんですよ。考えられないでしょう？　昔はなんだかぱっとしない地区でしたけどね。いまは、ほら、見てくださいな」

ライカーは、この女にとって近所とはすぐそばの窓から見える範囲内にかぎられているのだろうと思った。濃いコーヒーをちびちび飲みながら、彼はタバコが吸いたくてたまらなくなっていた。病室の異臭をかき消すささやかな煙がほしかった。

ジェイン・ホーマーは黄ばんだ巨大な肉の山だった。彼女がふつうのドアを通り抜けられなくなり、家にこもりだしたのがいつごろなのか、ライカーにはだいたい見当がついた。彼女の髪は長く、ネズミの毛に似た茶色で、ひどくもつれあっており、その毛先だけが明るいブロンドに染まっている。虚栄心はもう何年も前に消えたのだ。

簞笥《たんす》の上には、いまは亡き夫とともにカメラに向かう若かりし日の彼女の写真が何十枚も飾られていた。そこに写るかつてのジェインは、ひとりめのミセス・ホーマーと同じくらいほっそりしている。彼女の継子が写った写真はただの一枚もない。

隣室では、通いの女性看護師が忙しげに食事のあとかたづけをしながら、なんだかんだとマロリーに話しかけている。

ミセス・ホーマーの障害は、ライカーに有利に働いた。寝たきりの病人のご多分に漏れず、彼女はおしゃべりをしたがっていたのだ。いましも彼女は言っている。「こないだの晩、テレビであのニュースを見ましたよ。ナタリーの事件はテレビじゃ一度もやらなかったのにねえ」

ライカーはほほえんだ。「そう、ふたつの殺人事件はそっくりですよね？」

女はぼんやりとうなずき、このことはライカーに希望を抱かせた。ヘルスケア・ワーカーが帰っていき、ドアの閉まる音がすると、彼は言った。「ご主人はあの事件について何か話していませんでしたか？」

「それはもちろん。エリックとナタリーの妹——名前はなんと言ったかしら？　スーザンなんとか。どうでもいいわね。主人と彼女は、電話で何時間も話していました。エリックは葬儀の手配をしたんですよ——費用まで負担したんですからね。そんな必要はぜんぜんないのに」

ライカーの考えはちがった。前妻の遺体を自分のものにするというのは、いかにもコントロール魔らしい行動だ。死んでもなお、ナタリーはエリック・ホーマーから逃れられなかったのだ。「あの男の子は？　あなたは先妻の息子とうまくいっていました？　つまり——実の母親が死んだあとですが？」

ミセス・ホーマーの目にかすかな驚きが浮かんだ。あるいはそれは罪の意識かもしれない。

「ジュニアには何も問題なかったわ」

「何も？　そうでしょうね」知らぬ間に音もなくマロリーが入ってきていた。彼女は銀縁の写真立てを両手に持ち、ベッドの女をにらみつけて言っている——いや、これは糾弾《きゅうだん》だ。「ご主人が死んだあと、あなたはその子を親戚に押しつけましたね」

「うん」ライカーは言った。「あなたの最後の供述ではそうなってます。あなたはその子を手放したって言ってますよ」

「そうね、エリックの死亡保険金は大金とは言えなかったし」ジェイン・ホーマーの目はマロリーの持つ写真立てに釘付けになっていた。それは彼女にとって貴重なもの、あるいは、怖いものなのだ。「それにあの年、わたしはあちこち具合が悪かったんです。甲状腺の病気とかがあって。ジュニアはおじいちゃんとおばあちゃんが大好きだったしね」女はまずライカーを、それからマロリーを見つめた。自分が何かミスをしたのに気づいたのだろう。彼女はふたりの沈黙を言葉の奔流で埋めた。「面倒を見るなんてとても無理だったんです。おわかりになるでしょう？」

マロリーがベッドに歩み寄ってきた。「あなたはある刑事に、その子はブルックリンに住むナタリーの妹のところに行ったと話している」

「そうだったわ」ミセス・ホーマーはマロリーをなだめようとして弱々しくほほえんだ。「いま思い出しましたよ。義父はアルツハイマーだったの。そのうえに小さな子供となると、義母の手には負えなかったんでしょう。それでしばらくすると、ジュニアはナタリーの妹のところに行ったの。わたしが言ったのは、そのことですよ」

マロリーがジェイン・ホーマーの体ごしにその銀の写真立てをよこした。ライカーは写真立てを表に返した。背景はおなじみのブロンクス動物園だった。男女のカップルが写るその写真には一面にうっすら皺《しわ》が刻まれていた。まるで一度誰かにくしゃくしゃに丸められてから、フレームに収められたかのようだ。ジェイン・ホーマーが屑入《くずい》れから回収したということだろうか？　そう、それが真相にちがいない。この写真では他の写真より彼女がきれいに写っている。そこに立つ娘はまだ結婚指輪をしていない。そして彼女はその日、幸せだったようだ。第三の人物は写真から切り取られていた。そのよけいな絵姿のうち残っているのは、にこにこ笑う父親の大きな手に握られた小さな子供の手だけだった。

「その男の子には何か困った点があったんですか？」ライカーは訊ねた。

マロリーがベッドの女の顔に顔を近づけた。「ジュニアは母親の死にどう折り合いをつけたの？」

「ナタリーは八月に死んだ」ライカーは言った。「なのに、ご主人は九月になってもジュニアを学校にやっていませんね」

「その子がどうなったのか話すのよ」マロリーが言った。

自分が警察の十字砲火のただなかにいることに気づき、ジェイン・ホーマーの目が大きくなった。「あの子の祖父母が――」

「いや！」ライカーは椅子をきしらせ、さらにベッドに近づいた。「いや、ジェイン、それはちがうだろう」

マロリーが身をかがめ、女の耳もとに口を寄せた。「エリック・ホーマーが最初の妻をどう扱ったか、わたしは知っている。彼は妻に一銭も金を与えず、出かけることも許さなかった。あなたのときも――」

「買物はエリックがしてくれましたからね。わたしは出かける必要がなかったんですよ。それに――」

「あなたが最初に警察の事情聴取を受けたのは、結婚の直後ですね」ライカーは言った。「警官たちは、あなたがご主人を恐れているという印象を受けてます」

「暴力が始まったのは、いつなの？」マロリーの声が大きくなった。「新婚旅行のとき？　彼が初めてあなたをぶちのめしたのは？」

「ここには写真がたくさんある」ライカーは簞笥の上にごちゃごちゃと並ぶ写真立てに目をくれた。「あなたとご主人の写真がたくさん。なのに、男の子のはひとつもないんですね。あなたはジュニアと一緒に暮らしたことがないんだ。そうでしょう？」彼は、女の目に不意に浮かんだ恐怖に気づいた。「あなたはナタリーの息子に何をしたんです？　彼は生きてるんですか？」

ジェイン・ホーマーは左右に首を振った。

「それはノーということ？」マロリーが訊ねた。「その子は死んだの？」

女は身を震わせた。すすり泣きとともに、その胸が揺れている。もう言葉は出てこない。彼女の口が音もなく〝知らない〟と動いた。

マロリーがさらに身を寄せた。「ホーマーが子供に対してカッとなる可能性はあった？　息子を殺す恐れは？」

女は、双方の刑事の機嫌をとろうと懸命になり、左右に交互に顔を向けて、言葉をふたりに分配しながら、つかえつかえしゃべった。「ナタリーが発見された夜――エリックの帰りは――とても遅かったわ。わたしはあの子はどうしたのって訊ねた。そしたらエリックは――わたしを殴ったのよ――すごい力で」一方の手が口もとへと上がっていく。「歯が折れたわ――そのあとあの人は――ジュニアの持ち物を処分した――玩具も服も。それに写真も――全部ずたずたに引き裂いたの」

ジェイン・ホーマーは、ライカーの手の写真を見つめた。楽しかったころの、笑顔の自分と夫の姿を。ささやかな抵抗として、彼女はその銀の写真立てをライカーから奪い返すと、両手で覆い、胸に抱きしめ、幸せな日々を護った。大粒の涙が頬を転がり落ちた。彼らにはもう彼女をどうすることもできない。彼女に何をすることも。


ソーホー警察署前では、若い女優たちが歩道に集結し、リポーターや観光客のカメラの前でポーズを取っていた。制服警官たちはこの幸運に頬をゆるめている。ここは警察官の天国だ。彼らは群衆の整理にあたっていた。相手が黒髪女性なら帽子を傾け、帰り道を指し示す。金髪女性なら用紙の記入を行い、名前と電話番号を書き留める。女たちは重大犯罪課の刑事たちとの面談のため、彼らの前を続々と通り過ぎ、正面口から建物内へと入っていく。

マロリーの車が歩道際に停まった。ライカーが助手席のドアを開けても、彼女はエンジンを切らなかった。彼は片足を路面につけていた。「署にもどらないのか？」

「ええ、わたしはナタリーのアパートメントに行ってみる」それから彼女は、どうでもよさそうに付け加えた。「来たければ一緒に来れば」

「いや、いいよ。車で前を通ってみたんだが、すっかり改装されてたからな。新しい家主はたぶん、なかをかなり作り変えてるだろうよ」美女で埋め尽くされた歩道にはなんの感慨も表さず、彼は車の床に片足をつけたまま、さらにしばらくマロリーを引き留めた。「制服警官をふたり、スーザン・クエレンのとこへやるつもりなんだがな。おまえさん、彼女が引っ張られてきたときのお楽しみを逃すことになるぞ」数秒間の沈黙の後、ライカーは彼女がまるで無関心なのを悟った。彼は車を降り、ドアを閉め、手を振って彼女を追いやると、女優たちの黄金色の海へと消えた。

町を横断し、イースト・ヴィレッジを通り抜け、二十年前の事件現場へと向かいながら、マロリーはまたもや致命的ミスを犯したジャック・コフィーを呪っていた。彼は女優たちとの面談のために、それぞれの捜査線から人員を引き離したのだ。あんなやりかたで、つぎの犠牲者が見つかるわけはないのに。

またひとり、女が死のうとしている。

彼女は一番アベニューでハンドルを切ると、アベニューAをめざし、脇道を徐行で進んだ。かつてこの地区は、極貧の人々に安価な住まいを提供していた。いまや、以前の住人がここに住むことはまず無理だ。

マロリーは、ナタリー・ホーマーが生活し、死んでいった建物の前に車を停めた。一見したところ、その骨格以外、ラース・ゲルドルフの古い写真と一致する部分はなさそうだ。はがれかけた灰色のペンキは砂吹き機でこすり取られ、赤煉瓦《れんが》がむきだしになっている。窓はモダン、ジュリエット・バルコニーの錬鉄《れんてつ》製の手すりは修復されている。ゲルドルフのメモによれば、前の家主はすでに世を去り、昔の居住者は改装前に出ていったという。

ライカーの言うとおり。これは貴重な時間の無駄遣いだ。

そして女がひとり、死のうとしている。

それでも彼女は車を降りて、階段をのぼっていき、家主の女性が住む部屋の呼び鈴を鳴らした。ドアを開けたのは、知らない人向けの温かな笑みを浮かべた、ふっくらした女性だった。この新しい家主はどう見ても生粋《きっすい》のニューヨーカーではない。もっと小さな、被害妄想がさほど蔓延《まんえん》していない町からの転入者だ。

「ミセス・ホワイト？」マロリーはバッジと身分証を掲げた。

女性の笑顔が崩れた。「ナタリーの件ですね？　いついらっしゃるかと思っていました」

ミッドタウン署の民間人補助員イヴ・フォレッツリは、背の低い痩せた女で、茶色の髪と金髪女性への偏見を持っている。彼女は愛読するタブロイド紙――〝女優、白昼に刺される〟という見出しのやつを掲げると、デスクの向かい側にすわる長身の美人をにらみつけた。「実物のほうが見栄えがするわね」

これはもちろん皮肉だ。新聞紙面のその不鮮明な写真には、女優の後頭部しか写っていないのだから。顔のほうは、別の俳優の胸に押しつけられている。血を流す意識のない犠牲者を両腕に抱きかかえたその男は、カメラに向かってポーズを取り、にっこり笑っていた。

金髪女の青い目が大きく見開かれた。「どうして新聞に載っているのかしら？　つい今朝がたのことなのに」

フォレッリは新聞のロゴのすぐ下の行を指さした。「これは遅い版なの」若い女がついてこられずにいるのを、彼女は見てとった。「これは第二版なのよ」そしてそれは無料《ただ》の版——落ち目の新聞の宣伝道具だった。「ところで、あなたの苗字の正確な綴《つづ》りを知りたいんだけど。病院はLを一字しか使ってないの。それでいいわけないわよね」彼女は金髪女に新聞を手渡した。「この記事にはあなたの名前は出てないし」

驚いた女優は壁の時計から目を引きはがし、記事を眺めた。「ほんとだ。なんなのよ、これ！」

「綴りは？　ミス・スモール？」

「音のとおりです。どうかステラと呼んでください」女はにっこり笑った。「あのう、これってまだまだかかるんですか？　わたし、一時間以上待ったんですよ。もうソーホーでのつぎの約束に遅れてるんですけど」

イヴ・フォレッリは無言で女をにらみつけた。すべては、この——この金髪が警察に供述をとらせもせず病院を出てしまったせいなのだ。おかげでソーホー署重大犯罪課のプリンスのひとりが、当直の巡査部長を叱り飛ばして、その刺傷事件の書類を即刻よこせと要求する事態となり、その結果、フォレッリの上司が彼女の骨ばった尻に忍び寄ってきた。その後、食物連鎖のずっと下に位置する、疲れきったこの警察署の職員は、病院の職員を金切り声でどなりつけ、それでようやくこのさまよえる女優の身元が判明したのである。そしていまフォレッリは、担当医の殴り書きの報告書と犯罪被害者の話とをひとつにまとめようとしている。「それで、あなたを刺したのは――」

「そんな！　やめて！」女優は言った。「警察とかかわるのはごめんよ。いえあの、すみません、おまわりさん、でもね――」

「わたしは警官じゃないんだけど」フォレッリはブラウスに留めた名札を指さした。そこには彼女が民間人職員であることがはっきり示されていた。「どこかにバッジがある？　ないわよねえ。わたしはただ書類仕事をしてるだけなの」

「すみません」ステラ・スモールは包帯の巻かれた腕に触った。「これはカメラでやられたんです。別に大騒ぎするようなことじゃありませんから」

イヴ・フォレッリの顔は無表情なままだった。「男に刺された。か、か、か、カメラで」もちろんそうだろう。そしてこの話は、金髪の毛根は脳細胞を攻撃するという彼女の持論に裏付けを与えている。

「いいえ」女優は新聞を振った。「これは記者の勘ちがい。わたしは刺されてなんかいません。

切られたんです」

「カメラでね」

「でも事故だったのよ」金髪女は椅子のなかでぐったりした。青い目で天井を仰ぎ、彼女はため息をついた。これは罪を認めた明らかな印だ。「わかった。実はこういうことなの――わたしのエージェントが、人混みで男がぶつかってきたというよりも、剃刀《かみそり》で切られたことにしたほうがいいと考えた」

「なるほど、わたしもきっとその手を使ったでしょうねえ」

「医者が警察に知らせるなんて知らなかったもので」

「ああ、医者どもね」フォレッツリはため息をついた。「連中は切った張ったがあるたびに、いちいち報告書を書くの。いったいなんのためなんだか。理解に苦しむわ」

「この件を問題にしたりはなさらないわよね？」

「ええ、どうだっていいもの」フォレッツリは働きすぎで、疲労困憊《こんぱい》し、頭がくらくらしていた。用紙の適切な欄に、彼女はタイプでこう打ちこんだ――〝淫売がカメラと衝突。のっぽの金髪女は全員、呪われろ〟。

この書きこみは上司の気に入らないだろう。あのぐうたら野郎がわざわざこれに目を通すとしての話だが――そういうことはまずない。あの無学なぼんくらにかかると、彼女の名文も結局無駄になるわけだ。そして彼女はこれから、書き言葉が苦手なもうひとりの知識人、重大犯罪課の刑事に電話で詳細を伝えねばならない。

「でも、今後は警察に嘘の報告はしないこと。いいわね？　気をつけないと、刑務所行きになるかもよ」本当なのかどうか定かではないが、このせりふには金髪女を怯えさせる効果があった。

女優が立ち去ったあと、フォレッリは窓を開け、外に身を乗り出してタバコを吸った。下に目をやると、ステラ・スモールが歩道に立ち、左右を見回しているのが見えた。あの女はまた金髪女の難題にぶつかり、途方に暮れているわけだ——どっちに行けばいいの？

他には特に見るべきものもないので、フォレッリは、若い女が小さく丸めたブラウスをバッグから取り出し、歩道際の屑籠に放りこむのを見守っていた。

フォレッリがタバコを吸い終える前に、今度はもっと年のいった女が歩道に現れた。ぼろを着た、髪がくしゃくしゃのこの女は、金属製の屑籠からさきほどのブラウスを取り出して、しばらくそれを眺めていた。ブラウスの背の部分には大きな×印がついている。それでも、ホームレスの女は——警察署の真ん前で、ノーブラなのに——シャツを脱ぎ、屑籠から見つけ出した拾得物を着こんだ。

ミセス・ホワイトがあれやこれや改装の苦労を語りながら、建物内を案内してまわるあいだ、マロリーは礼儀正しくその話に耳を傾けていた。「この家は、小さなスペースに区切られてて、まるでウサギの飼育場だったんです。いまでは、最上階の数室が残っているだけですけれど」その他の階の部屋は、広さ、設備とも昔のような家族向けのものに修復されていた。

「あの殺人事件はどこで起こったんでしょう？」

「わたしが昔の間取りを覚えているならですが――」アリス・ホワイトは両開きの大きな木の扉を開け、格式張った食堂に足を踏み入れた。「たぶんここね」

もうひとつのドアの先には、隣のダイニング・キッチンが見えた。必ずキッチンに行くんだよ。これがルイ・マーコヴィッツの教えだった。事情聴取の対象者も、台所という気楽な場では多少警戒をゆるめる。それは友人や家族で集う場所だからだ。

ミセス・ホワイトの声は震えており、途切れがちだった。警察官の前では、民間人は神経質になるものだ。しかしマロリーは、これには何か別の理由があるのでは、と疑いを抱いた。

何か隠そうとしているんじゃない、アリス？

ミセス・ホワイトは、彫刻の施された椅子八脚が囲む、オーク材の大テーブルのそばで足を止めた。「そうだわ、まちがいない。ここがナタリーの部屋のあった場所です。広さもこの部屋と同じくらいでした」

被害者が死んだとき、この新しい家主はまだ子供だったわけだが、どうやらふたりは知り合いだったらしい。事件に触れるとき、ミセス・ホワイトにとって吊るされた女は常にナタリーなのだった。

近づきの印のお愛想、社交辞令はここまでだ。マロリーは、心にのみ痣《あざ》と指紋が残る攻撃スタイルで攻めることにした。彼女は顔を上げて、テーブルの上のシャンデリアを見つめた。おそらく、八月の二日間、ナタリー・ホーマーが吊るされていたのと同じ場所を。「いまも目に見えるようなんでしょう?」

これで優しいアリス・ホワイトはそれを見ずにはいられなくなった。その視線が天井の照明に釘付けになり、心の目が、ロープからぶら下がり、夏の暑さのなかで腐っていく屍《しかばね》を映し出す。今後彼女は、このダイニングを通るたびに、そこに吊るされたナタリーを見出すにちがいない。

マロリーは、新たな傷を負った民間人にゆっくりと向き直った。

ハエの羽音が聞こえる、アリス?

あたかもその考えが聞こえたかのように、女はぎくりとし、開いた口に手をやった。

「ミセス・ホワイト? コーヒーを一杯いただけませんか?」カフェインは最高の自白薬だ。

「えっ? ああ、はいはい。入れたてのがコンロにありますから」アリス・ホワイトは一刻も早くこの部屋、この亡霊から離れ、安全な隣室に移りたがっており、マロリーはそのあとについた。

キッチンテーブルの前にすわると、彼女は書類を一式、取り出して、花柄のテーブルクロスの上に広げた。「あなたはこのアパートメントを五年前に購入されたんですよね」

「いいえ、そうじゃありません」ミセス・ホワイトはカラフにコーヒーを注いだ。「買ったわけじゃないんです」つぎに彼女は、陶製の華奢《きゃしゃ》なカップや皿の入った戸棚を開けた。これは悪い兆候だ。この女性はお客にいちばん上等の茶器を出そうとしている。

「わたしはマグカップがいいんですが」マロリーは言った。

「ああ、わたしもです」ミセス・ホワイトは笑顔になって、壁のフックからセラミックのマグカップをふたつ取り、それをテーブルに置いた。

「きっと書類上のミスなんでしょうね」マロリーは所有権譲渡書のコピーを掲げてみせた。「これによると、あなたはこの建物をアンナ・ソレンソンから買ったことになっていますが」

アリス・ホワイトはカラフを手に書類を見おろし、関連箇所に目を走らせた。「ええ、確かにまちがってます」彼女はカップにコーヒーを注ぐと、テーブルの向こう側にすわった。「この家は買ったんじゃありません。アンナ・ソレンソンはわたしの祖母なんです。わたしは遺言でこの家をもらったんです」

「あなたはお祖母様《ばあ》の家を訪ねたんですよね――まだ小さいころ」のろのろと十秒が経過した。しかしマロリーはミセス・ホワイトを急かそうとしなかった。彼女はただコーヒーを飲み、沈黙の終わりを待った。

「ええ」アリス・ホワイトは言った。それは告白だった。「わたしはあの夏、ここにいました」

ふたりの目が合った。

「ナタリーが死んだ夏」ミセス・ホワイトの手が砂糖壺に巻きつく。彼女はそれをマロリーのほうに押しやった。「このコーヒー、濃すぎますよね。ノルウェー人はコーヒーをスープみたいにしてしまうんです」彼女はクリームの紙パックに手を伸ばした。「クリームはいかが――」

「いえ、結構です」

さあ、行くわよ、アリス。

「それで、あなたがナタリー・ホーマーを最後に見たのは――」

「わたしは十二歳でした」ミセス・ホワイトは紙パックのクリームをピッチャーに注ぐというささやかな作業で時間を稼ぎ、適切な言葉をさがした。「あの人は大変な美人でしたよ。まるで映画スターみたい。祖母はそう言っていました。わたしは古い口紅やハイヒールをもらったりしたものです」

「ではあなたは、ナタリーによく会っていたわけですね。彼女、自分のことを何か話しましたか？」

「いいえ、あんまり」アリス・ホワイトはひどく動揺していた。クリームも砂糖も入れていないコーヒーをかきまわすほどに。「あの人の家族が移民だということは知っています。でもナタリーはちがうんです。祖母も、あの人のノルウェー語は上手じゃないって言っていました」

彼女は強いて明るい笑みを浮かべた。「わたしもひとこともしゃべれないんですよ。両親は、わたしに内緒の話をするときしかノルウェー語を使わなかったので。だからナタリーがノルウェー語でおばあちゃんと話しているとき、わたしはおもしろいネタを全部逃していたわけです」

マロリーは書類を繰って新たな文書を見つけ出し、ミセス・ホワイトに手渡した。「これはナタリーの婚姻証明書のコピーです。彼女の旧姓は変わっていますね。クエレン。これはノルウェーの名前なんでしょうか？」

「聞いたことがないわ」アリス・ホワイトは証明書を見つめた。「たぶん、崩してあるんでしょうね。外国人の名前の多くは、エリス島で変わってしまったんです。たぶんもとの綴りは、

QUじゃなくKVなんじゃないでしょうか。もしそうだとしても、よくある名前とは言えませんけど」

「よかった」マロリーは言った。「だったら、助かるんですが。彼女の親戚をさがすのがいくらか楽になります。彼らがどの州に住んでいるかわかれば、こちらでつかんでいる近親者はブルックリン在住の妹だけだし、その人は警官嫌いなんですよ」

「わたしの祖母もそうでした。警官はみんな泥棒なんだと言って。連中はこの建物に条例違反があることにしては、呼び出し状をよこしていたんです。それで、おばあちゃんが少し袖の下を渡すと――」目の前のお客も警官だったことを思い出し、彼女は申し訳なさそうに弱々しい笑みを浮かべた。「でもそれはずっと昔のことですから。わたし自身は一度もそんな目には――」

「ナタリーの親戚をさがす手がかりになるようなことを何か覚えていませんか?」

「確か彼女はウィスコンシン州のラシーン出身でした。わたしの両親があそこに住んでいるので、祖母がふたりを知らないかってナタリーに訊いていたんです」

マロリーは、テーブルの端に載っていた、折りたたまれた新聞に手を伸ばした。それは数日前のものだった。彼女は新聞を広げ、第一面の、救急車に運びこまれるスパローの写真を表に出した。「これについて話しましょう」

アリス・ホワイトの目は哀願していた。お願い、やめて。

「いずれ警察が来ることをあなたは知っていた」マロリーはテーブルの向こうに新聞を押しや

った。「この吊るし首は、ナタリーの事件によく似ている。切り落とされ、口に詰めこまれた髪。この記事を読んだとき、あなたはそうした細かな類似点に気づいた。だからわたしが来るのを予想していたんですよね。あなたがナタリーの遺体を見たのを、わたしは知っている。あのとき現場にいた警官が、外の廊下にあなたがいるのを見たと供述しているんです。あなたはもうひとりの子供――小さな男の子と一緒だったそうですね。彼はいくつだったんです?」

「六つか七つです」アリス・ホワイトは、マロリーの発言が憶測ではなく絶対的確信に基づくものと誤解していた。それでも彼女はなんの驚きも見せていない。そこにあるのは、全知全能の警察を信仰する者のあきらめだけだった。

「あなたたちふたりはすべてを見た」マロリーは言った。「そのあとで、パリス巡査に追い払われたんですね?」

アリス・ホワイトはうなずいた。「こそ泥おまわり。おばあちゃんは彼をそう呼んでいました。彼じゃなく、もうひとりのほうかもしれませんけど」彼女は視線を上げた。

「すみません――でも制服警官って――」

「みんな同じに見える。わかっています。とにかく、あなたはすべてを見た。遺体の髪や――」

「わたしにはいまでも見えます」

「その男の子は誰だったんです? あなたの弟ですか?」

「いいえ。名前は知りません。その子は廊下をうろうろしていたんです。それをおばあちゃんが見つけて、うちに連れてきたわけです。おばあちゃんはその子の小さなスーツケースを隅から隅まで調べました。そうしたら、電話番号がひとつ見つかったんですよ。でも電話してみると、その家には誰もいなかったんです」

「なぜお祖母様はその子を警察に引き渡さなかったんでしょう?」

「そんなことするわけ――」ミセス・ホワイトは肩をすくめた。「さっきも言ったとおり、おばあちゃんは警察が嫌いでしたから。子供を警察に渡すわけがありません。あの子の場合はなおさら。だってね、ちょっと様子がおかしかったんですよ。何も話せないし、話そうともしないし。祖母は、きっと誰かを訪ねてきた子だろうと考えました。ほら、スーツケースがありましたからね。それでそのスーツケースを開けてみると、なかにはきちんと荷物が詰めてありました。男の子はひどい匂いがしてましたよ――きっとお漏らしをしたんでしょうね。おばあちゃんはその子をお風呂に入れて、着替えをさせました。それからここのお部屋をひとつひとつ回ったんです。アパートメント内のお宅をひとつ残らず」

「では、警官たちが現れるまで、あなたはその男の子とふたりきりだったわけですね?」

「ええ。警察を呼んだのは祖母ですけど、連中はいつまで経っても現れませんでした。あのすさまじい悪臭はお隣からしていたんです。おばあちゃんはもう半狂乱でしたよ。ナタリーのうちの合鍵は持っていましたが、それではドアが開かなかったんです。おばあちゃんが出かけてから数時間後に、やっと外の廊下で警官たちの声がしました。そのうち、ひとりがどなったんです。『なんだ、これは!』って」

「で、あなたは好奇心に駆られた」

「ええ、そうです。それからもっと大勢、警官がやって来ました。今度はスーツを着たのが。制服警官のひとりは部屋の前に立って、そばに来る人を追っ払っていました。わたしはじっと待っていました。そして、その男が近所の人と話しに廊下の向こう端に行ってしまうと、ナタリーの部屋の前に行ったんです。ドアは大きく開け放たれていました」

「例の男の子も一緒だったんですね？」

「わたしはあの子と手をつないでいました。おばあちゃんに、ひとりにしちゃいけないって言われてましたから。そう、わたしは遺体がぶら下がっているのを見てしまったんです。でもそれはとてもナタリーとは思えませんでした。彼女の目、それにあのきれいな長い髪――それがあんな――」アリス・ホワイトは深く息を吸いこんだ。「それに、あの虫。たくさんの虫がロープを伝って彼女のほうへ下りていっているんです。男たちは彼女をぶら下げたままにして、写真を撮っていました。それからわたしたちは、別の警官に追い払われました」

「男の子はどうなったんです？」

「その夜、男の人が引き取っていきました」

「それは知っている人でした？」

「いいえ、わたしはもうベッドに入っていましたし。ただ別の部屋から聞こえてくる声を耳にしただけなんです。でもおばあちゃんは、知っていたんじゃないかしら。あるいは、もう一度、あの番号――スーツケースで見つけた番号に電話をしてみたのか。そうだわ、きっと電話でその人と話したんですよ。訪ねてきたとき、彼は特に名乗りもしませんでしたから」

「お祖母様に話しました？　あなたとその子が――」
「いいえ、まさか。話したら、どんなに怒られたことか。おばあちゃんはちゃんとあの子の面倒を見てあげるようにって言ったんですよ。なのに残る一生、悪夢を見るような目に遭わせてしまったわけですから」

チャールズ・バトラーはブルックリンの街に疎《うと》いわけではない。彼は友人たちとのポーカーの集いのため、マンハッタンの外のこの区をよく訪れる。しかし、よきニューヨーカーの例に漏れず、彼が知っているのは自分がいつも通るルートだけだ。ライカーが運転免許証の期限を切らしてしまうまで、その他の道はどれもこれも彼にとっては未知の領域だった。プロスペクト・パークぞいのこの大通りでさえも。

チャールズを車内で待たせ、刑事は道を渡っていって、パトカーのそばに立つふたりの制服警官に合流した。三人のいる場所は遠すぎて、そのやりとりは聞こえない。そこでチャールズは、ボディランゲージをたよりに盗み聞きをした。

警官の一方が〝すみません〟と肩をすくめる。ライカーの両手が憤然と広がる。彼は少なくともひとつは悪態を口にしたにちがいない。今度は警官が〝しかし、われわれのせいじゃないんで〟と両手を腰に当てた。刑事は背を丸めて立ったまま、黒いサングラスの奥から制服のふたりをかわるがわる見つめた。彼が何を考えているかはまったく読めない。突如、ふたりの警官はてのひらを上に向け、新たなかたちで詫びを入れだした。おそらくは、相手をなだめる

〝サー〟という敬称も添えて。身振りを節約すべく、ライカーは〝まあいいさ〟と片手を振ってふたりを退けた。メルセデスの助手席に乗りこんできたとき、彼はひどく憂鬱《ゆううつ》そうだった。

「問題が起きたようですね」チャールズはエンジンをかけた。

「ナタリーの妹がとんずらした」ライカーは制服警官たちを顎で示した。「あのふたりのピエロはただあそこに突っ立って、車で行っちまう彼女を見ていたんだと。向こうはスーツケースを持ってたってのにだぞ」彼はやわらかな革のシートにもたれ、頭をのけぞらせた。「こうつぎつぎとルールを課されちゃたまらんよな、チャールズ。どうやらいまじゃ、三回つづけて〝弁護士〟って言われたら、警官はそいつを行かせるしかないらしい。おれのせいさ。〝逮捕〟じゃなく〝抑留〟って言葉を使ったんだからな」

「ツイてませんね。お気の毒です」メルセデスは歩道際を離れた。

「うん。あの女を震えあがらせてやるのをすごく楽しみにしてたのにな」ライカーはむっつりと黙りこみ、前方にブルックリン・ブリッジの大アーチが現れるまで口を開かなかった。

チャールズは、刑事の憂鬱の原因が証人の逃亡だけでないのを感じとった。この悲しみには他にどんな理由があるのだろう？　道の混雑で車の流れが止まると、彼はライカーに顔を向けた。「何かぼくにできることはありませんか？」

「ああ、あるとも」刑事はもぞもぞ体を動かして、すわり直した。「ウィチタ・キッドのあのオオカミの嚙み傷のことが気になってしょうがないんだ」

そんなわけはない。だがこれでチャールズにも、ライカーの悩みは本人だけの問題で、自分の知ったことじゃないのだとわかった。「つまり、ウィチタ・キッドがどうやって助かったか教えてほしいと――」

「いいや、おれの名推理を聞いてくれ。百万分の一の確率で、ウィチタ・キッドがワクチンなしで恐水病を克服する可能性もあるんじゃないか」

「確かにそうです。でもあの本を書いたとき、ジェイク・スウェインがそれを知っていたとは思えませんね」橋を渡っていきながら、チャールズは、恐水病に侵された無法者を追って町から町へと旅するピーティ保安官の物語を語りだした。「彼は通る町のあらゆる医者にかたっぱしから声をかけていき、やがてある医者に出会います。その医者はこんな噂を耳にしていたんです――」

「ちょっと待った」ライカーが言った。「当てさせてくれ。保安官は、そのオオカミがそもそも恐水病じゃなかったことを知ったんだ。そうだろ？」

「大当たり。彼は、同じオオカミに嚙まれたのに死ななかった人がいることを知ったんです。そのオオカミは実はジステンパーだったんですよ。症状は恐水病に似ていて、口から泡を吹いたりしますが、ジステンパーは人にはうつりません。ところが、傷口をきちんと洗浄しなかったものだから、ウィチタはひどい感染症にかかったわけです。彼は発熱や幻覚に苦しんだ――でも水を恐れる徴候はなかったんです」

すでに興味は失われたようだったが、刑事は礼儀正しく、へえと言うように一方の眉を上げた。短い沈黙の後、チャールズは言った。「病院から何か知らせがあったんでしょう？　あのお友達は――」

「ああ」ライカーは助手席の窓に顔を向けた。川の上に広がる空の眺めに。「いいほうの腎臓がだめになりだしてる」

となると、たとえジェイク・スウェインでも、スパローを脱出させるのは無理だろう。しかし、友人の深い憂慮を前に、チャールズは次善の策を思いついた。こうなったらあのことを話してやれ。「ナタリー・ホーマーの殺人事件には目撃者がいたんですよ。これで少しは元気が出ませんか?」渋滞のなかメルセデスは橋の途中で停止した。みごとに痛みを忘れ、ライカーは驚いた顔をこちらに向けた。

車列がふたたび動きだすと、チャールズはギアを切り替えた。「しかも、例の鍵がかかったドアの問題も、この仮説で解決されるんです」

刑事は窓に視線をもどした。これは〝ああ、またそれかい〟という意味だ。

「まあ、聞いてくださいよ。最初ぼくは、警察が到着する前に、誰かが合鍵でナタリーの部屋のドアを開けたんだろうと思いました。でもこの目撃者には鍵は必要なかったんです。なぜなら彼はなかからドアを開けたんですから」

「で、きみの仮説の穴はこうだ」ライカーは言った。「その目撃者は二日間、室内にいて――女の遺体が腐っていくのを見ていたことになる」

「ええ。ちょっと前にもどりましょう。殺された夜、ナタリーはふたり分の食事を料理していました。彼女には友達はいなかったし、妹とはうまくいっていなかった。つまり食事のお客は、

「おもしろいね」ライカーは言った。これは彼流に礼儀正しく、ぜんぜんおもしろくないと言っているのだ。「つまり、エリック・ホーマーが新婚旅行に出かける前に、子供を前妻に預けたってわけだ。いや、それはないな、チャールズ。やつはコントロール魔だった。離婚後、ナタリーには絶対子供を会わせなかったんだ。一度たりともだよ。その仮説は成り立たないよ」

「なぜです？　エリック・ホーマーは再婚しようとしていたんですよ。彼には支配する新しい女がいた。それに、前妻に子守りをさせるのも、彼自身のためなんです。だからこそ、この仮説は成り立つわけですよ。それに誰も、その男の子の事情聴取はしていない。ぼくたちはあの八月の二日間、ジュニアがどこにいたのか知らないんです。その後もずっと、ですよ」チャールズは、ライカーがこの説をまったく認めていないのを見てとった。「あの部屋に遺体と一緒に留まる者がいるとしたら、それは小さな子供だけでしょう。その男の子は母親のそばを離れたくなかったんです。生きていようが死んでいようが、彼女はその子の全世界だったんですよ」

「ちょっと待ってくれよ」見下した口調になるまいとして、ライカーの声は不自然に硬くなっていた。「現場は、ワンルームだったろ。子供の隠れる場所なんかないはずだよ。たとえ小さな子供でもだ。なのにジュニアは――」

「ねえ、ライカー、世界中どこでも、母親は食事の前に手を洗ってくるよう子供に言うものなんです。これは普遍的事実ですよ。犯人が母親を殺しているあいだ、男の子はずっとバスルームにいたんでしょう」

「あれは八月だった」刑事は言った。「ナタリーのうちにエアコンはなかった。それに輪番停電。夜の半分は、明かりも消えている。ガス台の火はついたままだった。昼になれば、もっと気温は上がる――」

「そうです。二日後、生存本能がトラウマを克服し、男の子は部屋を出た。そう考えると、ドアの鍵が開いていたわけもわかります。それに、男の子の所在に関する話に食いちがいがあることも、きれいに説明がつきますよね。つまり父親が子供をよそへやったわけです。エリック・ホーマーは、自分の息子が目撃者だということを犯人に気づかれまいとしたんですよ」

《バトラー&カンパニー》の奥のオフィスに足を踏み入れたとき、チャールズとライカーは相変わらず意見が割れたままだった。

マロリーはふたりに気づいたそぶりはまったく見せなかった。彼女は機械たちとの会話に没頭し、キーボードのコマンドで彼らに語りかけていた。機械たちは、画面にデータを表示したり、各自のプリンタから紙を吐き出したりして、それに応えている。マロリーは、意見の食いちがう男たちと雑然たるコルクの壁に背を向けてすわっていた。そのため彼女の視界に入るのは、完璧なハーモニーでハミングする無菌の領域のみとなっている。

チャールズは作業台の向こう側に回った。するとそこには、冷たい機械の光を反射する彼女の瞳があった。彼は、電線の献身により彼女に電気を供給している太いケーブルを見おろした。このプラグをうっかり蹴飛ばして、彼女の電源を断ってやったらどうだろう？

ライカーがモニターのてっぺんをコツコツたたいた。それでも彼女の注意を引けないとわかると、彼は言った。「チャールズによれば、ナタリー・ホーマー殺人事件には目撃者がいるんだとさ」

「ええ。ナタリーの息子でしょ」マロリーは輝く画面から目を上げようともしなかった。「現場のドアの鍵を開けたのは彼よ。でも、ジュニアがいまなんて名乗っているかは、わからない。だから当面は、〝かかし男〟のままでいきましょうよ」コンピュータが何かおもしろいことでも言ったのか、彼女はそいつにほほえみかけた。「これで、スタートラインに立てたわね」

第十三章

チャールズは胸の内でルイ・マーコヴィッツに別れを告げた。あのなつかしい友の人格は、斜めになった写真や書類の層ごとコルクの壁から消去されようとしている。

マロリーは、報告書をむしり取り、鋲《びょう》を宙に飛ばしながら、コルクの前を進んでいく。肥えた黒いハエどもの写真が床に落ち、拡大されたゴキブリたちや女優ナタリー・ホーマーの笑顔のブロマイドと混ざり合う。マロリーが病的整理魔であることに鑑《かんが》み、チャールズは、これは自制心の消失、怒りの表明と見ていいのではないかと思った。しかし口を開いたとき、彼女の声は平静そのものだった。「それじゃナタリーの妹は逃亡したわけね」

「うん」ライカーが言った。「いま犬どもに追わせてるがね。運がよけりゃ、彼女が車を捨てて飛行機かバスに乗る前につかまえられるかもな。たぶんスーザンはおれたち以上に自分の甥っ子を恐れてるんじゃないかね」

「恐れて当然ですよ」チャールズは言った。「ナタリーの息子が〝かかし男〟だとしたら――」

「彼は〝かかし男〟よ」その言葉につづき、壁の向こう端で紙がパサッといい、鋲がグサグサ突き刺さる音がした。ウィリアム・ハートから買ったあの写真をマロリーがコルクボードに留めているのだ。「それですべてつじつまが合う」彼女は、写真の背景に見える、開いたままのバスルームのドアを指さした。「チャールズの言うとおり。母親が殺されているとき、その男の子はたぶんこのなかにいたのよ。二日後、彼は廊下をうろうろしているところを見つかった。スーツケースを持って、完全なショック状態で。そしてそれは最初の警官が現場のドアを開けるより前だった」

「オーケー」ライカーが言った。「〝かかし男〟が、成長したナタリーの子供で、冷酷非情な殺人に対し消極的じゃないとしよう。もし誰がお袋さんを殺したか知ってるなら、彼はただそいつを消すんじゃないか」

「いいえ。その子は隠れていた。鍵穴かドアの隙間からのぞいていたのよ。たぶん犯人の顔は見てないでしょう」

「実際の殺害場面は見てないのかもしれないし」チャールズは言った。「〝かかし男〟が模倣しているのは、扼殺《やくさつ》による母親の死じゃない――死後の吊るし首だけだからね」ここで彼は《バトラー&カンパニー》のオフィス内がしんと静まり返っているのに気づいた。「ところで、ラース・ゲルドルフは?」

「デルースに家まで送らせた。あの年寄りは排除する。わたしたちはこれから三つの事件を統合するのよ。今後、彼は立ち入らせない」彼女はチャールズに目を向けた。「何か問題がある?」

「うーん、彼はナタリーの事件にかなりの投資をしてきたからなあ」マロリーの手が腰へと向かう。それを見て、チャールズは悟った。正しい答えは、〝いいや、ぜんぜん〟だったのだ。

しかし彼はあの老人に好感を抱いていた。だからあきらめずにつづけた。「ラースはこの先も捜査に貢献できると思うよ――」

「無理ね」マロリーは彼に背を向けた。「ゲルドルフがつかんでいるのは、ストーカーのやり口と、どんな警官でも目をつける容疑者、前の夫のことだけ。彼はずっと、エリック・ホーマーのアリバイを崩そうとして、時間を無駄にしてきた」マロリーが一直線に文書や写真を留めていくのとともに、コルクの壁には以前のものより直線的な人格が生まれようとしていた。赤い爪がスーザン・クエレンの供述書を軽くたたく。「ナタリーの妹は義理の兄を嫌っていた。この書類上でも、ふたことめには〝あのろくでなし〟と言っている。でもそのあと、同じ夜に、彼女はエリック・ホーマーと何時間も話をしているの。そしてふたりが話し合っていたのは、葬儀の手配のことじゃなかった」

チャールズはうなずいた。「彼らが子供を隠す算段をしてたと言うんだね？」

「そのとおりよ」マロリーは言った。「ふたりは目撃者がいたことを犯人に知られまいとした。だから誰にもジュニアを見つけることができなかったのよ。彼は州外の親戚のもとへ送り出されたの」

コンピュータのひとつがピーッと鳴って、マロリーの注意を引いた。彼女は作業台の前にすわり、画面上を流れていく文章を見つめた。「一時間前、ウィスコンシン州在住の夫婦、ロルフ・クエレンとリザ・クエレンの前科記録を見つけたの。ふたりは、幼い少年を誘拐した容疑で逮捕されている。ただ年齢がナタリーの息子と合ってないけど」マロリーは、画面をびっしり埋め尽くすその文書をスクロールダウンした。「やたら資料が多いわね」彼女は各プリンタの受け皿に注ぎこまれていく紙の束を見つめた。「これじゃとても時間が足りない」

プリントアウトを山のように持たされ、チャールズは彼専用のオフィスの快適な一画、技術革新時代以前のやわらかな革の椅子と木製のデスクの領域に引っこんでいた。裁判所の文書——審理の記録、および、ソーシャルワーカーと警察官の報告書——の最後のひとつを速読で読み終えると、彼は観客を見あげた。退屈した刑事たちはフラシ天のソファに深く身を沈めていた。ふたりはデリカテッセンの袋を漁《あさ》りながら、チャールズのレジュメを待っている。ロルフ・クエレンと妻リザの逮捕と裁判の概要を。

「クエレン夫妻にはジョンという名の息子がいました。しかし、その子は八歳の誕生日を迎える少し前に溺死しています。それはナタリー・ホーマー殺人事件の一年前のことでした。ナタリーの遺体が発見された二日後、クエレン夫妻はウィスコンシン州ラシーンの家を捨て、百マイル離れた小さな町に落ち着きました。そこで彼らは亡くなった息子、ジョンを初等中学校に入学させたんです」

「ド素人《しろうと》どもめ」ライカーが言った。

「確かにね」マロリーはベーグルを食べ終えた。「年齢的に無理がある。死んだ少年の出生証明書の日付は二年、ずれてるんだから」

「その学校の校長もそれに気づいたんだよ」チャールズは言った。「彼は、少年の成績簿は火事で焼けてしまったと言われていた。最終的に、校長はラシーンでそれらの記録を見つけたんだ。本物のジョン・クエレンの死亡証明書と一緒に」

「それで、警察が呼ばれたわけだな?」これはライカー流に礼儀正しく先を急がせているのだ。そうでなければ、彼がこんなわかりきったことを言うわけはない。つづいてライカーは、もうひとつ遠回しな督促を試み、腕時計に目をやった。

「ええ」チャールズは言った。「警察は誘拐を疑いました。しかしクエレン夫妻は捜査に協力しようとしなかったんです。それは少年のほうも同じでした」

「ジュニアは怯えていたのよ」マロリーが言った。

「担当の刑事も同じ意見だった」チャールズは言った。「その少年がどこから来たのか、警察には皆目わからなかった。子供の失踪届のどれとも、彼は一致しなかったんだよ。そこで彼は里子に出され、クエレン夫妻は裁判にかけられた。誘拐の罪は結局立証されなかったものの、夫妻は文書偽造で有罪となり、高額の罰金を科せられた。里親に関する記録は封印され、少年は手続きの書類のなかに埋もれて消えたわけだ」

ライカーが手帳とペンを取り出した。「事件番号や何かは?」

「男の子のですか? 裁判所の文書にはなんの番号もないんです。残念ですが」チャールズは書類を掲げた。「これはクエレン夫妻の弁護士がファイルした摘要書です。夫妻は少年を養子にしようとしたんですが、訪問権を得ることすらできませんでした」

「だから彼は見つからなかったのね」マロリーが言った。「福祉局はクエレン夫妻を脅威とみなしたわけよ。それでジュニアの名前を再度変え、彼の事案に新しい番号を付けた。いったい年齢をいくつにしたのか、わたしたちにはそれさえもわからない」

「ここまでわかったことから見て」ライカーが言った。「裁判所命令を取って、封印された記録を開示させるのはまず無理だな。彼はいまこの瞬間、別の女を吊るしてるかもしれないってのに」

「だとしたら、そのことはじきにわかるはずよ」マロリーが言った。「スパローのとき、彼はエスカレートしていた。今回は、もっと派手なショーをやるでしょうよ」


ライカーの自宅のキッチンは惨状を呈していた。引き出しは引っ張り出され、戸棚はひっかき回され、リノリウムの床には前夜——あるいは、その前の夜——落としたピザがひと切れ、裏返しに貼りついている。それでもまだ、目下捜索中の公園のビデオは見つかっていない。遠い昔、何度も何度も再生したあげく、ライカーはそのテープをだめにしてしまうのを恐れ、どこかにしまいこんだのだ。

彼はリビングをちらりと振り返った。チャールズ・バトラーはソファにすわって、埃の雲に取り巻かれていた。その足もとには、テイクアウトの紙容器と何カ月分もの新聞が雑然と積みあげられている。一見リサイクルのためにまとめてあるようにも見えるが、ライカーはリサイクルという慣例については話に聞いたことしかない。灰皿はどれも、異臭を放つ吸い殻であふれんばかりとなっている。しかしきわめて礼儀正しく、きわめて育ちのよいチャールズは、不潔というものに不慣れなそぶりはみじんも見せなかった。

ようやくめあてのビデオが見つかり、ライカーはそれをリビングのカセットデッキに挿入した。それから、残っていた唯一のきれいなグラスをお客に手渡し（これがライカーなりの育ちのよさなのだ）、そこにバーボンを注いで水をドボドボ加えると、もう少し濃いめに自分の酒を作ってから、革張りの肘掛け椅子に腰を落ち着けた。

「このテープは、おれの友達がある小児性愛者から押収したものなんだ。その変態野郎はセントラル・パークで子供を物色していたんだよ」彼は振り向いて、チャールズの顎が突然こわばったのに気づいた。「まあ、落ち着いてくれ。そいつはこの子供には手を出してない。ただビデオを撮ることしかできなかったんだ」ライカーはリモコンの再生ボタンを押した。「ルイの注意を引いたのは、実はこのテープなんだよ。おれたちが初めてこれを見たのは、撮られて数年してからだったが」子供のいないライカーにとって、小児性愛者のこの秘蔵ビデオは、ホームビデオの代用品だった。

画面が明るくなり、澄んだ夏空が映し出された。映画は、小さな金髪の女の子のクローズアップから始まった。女の子は汚いTシャツを着ているが、そのTシャツは大きすぎてまるでテントみたいだった。ライカーは一時停止のボタンを押した。「このテープのキャシーはおそらく八歳だと思う。でも、ずいぶん長く路上生活をしていることがわかるよな」

彼はふたたび再生ボタンを押したが、小さな女の子は、公園の端っこの芝生の上で凍りついたままだった。進むべきか留まるべきか決めかねて、彼女は小首をかしげていた。このホームレスの子供は、同じ年ごろの他の子供たちと同様、自分もその場所の所属メンバーだと知っていたにちがいない。たぶん、彼女は自分からむしり取られた正常さをそこに見出したのだろう。だから彼女はここにいる――必要を満たすために。

自分にできる精一杯のことをしているんだよな。

キャシーは遊びに来たのだ。

チャールズ・バトラーは、その美しい女の子、ミニチュアのマロリーにすっかり魅せられ、画面に向かって身を乗り出した。彼女のまわりでは、動きと音を巻きこんで世界がぐるぐる渦巻いている。群れを作って走る小さな足、憤慨や歓びの小さな叫びが。

ひとりぼっちの子供は、さらにしばらくためらっていた。それから、猫のように用心深く抜き足差し足、ブランコの列へ、長い鎖からぶら下がる灰色の板の並びへと近づいていった。ブランコのひとつにすわると、子供は深い疑いをこめ、左右をうかがった。それから、ためらいがちに小さくブランコを揺らしはじめた。やがて彼女は、体を大きくうしろに傾けて、揺れをぐんと大きくした。飛翔の驚異にその口から小さくクックッと笑いが漏れる。上昇した彼女は、鉄柵のてっぺんに突き出た残忍そうなスパイクの列よりも高く舞い上がった。カメラの魔術により、それらの槍は子供のすぐそばに迫ってその体を刺し貫かんばかりに見えた。

硬い地上にある何ものも恐れずに、子供はさらに大きく体を傾け、さらに高くブランコを舞い上がらせた。むこうみずに、笑みをたたえ、彼女は駆け昇っていく。恐怖を目に浮かべた女たち、母親や子守りらの頭上へと。彼女たちは手を振り回し、叫んでいる――下りなさい！

ライカーはチャールズを振り返った。無言の祈りに、その口は動いていた。落ちないで。つま先が太陽を指し、彼女は笑いながら空に向かって疾走していく――笑いながら。カメラのレンズを見つめたとき、その喜びは一気に消え失せた。彼女の目が突然、大人の冷たい目になった。両手が鎖を離し、キャシーは飛び立った。文字どおり空中に浮揚し、カメラのフレームの外へふっと消えたのだ。そして画面は真っ暗になった。

同じビデオをもう何百回も見ているというのに、ライカーの手はバーボンのグラスをぎゅっと握りしめていた。彼にとってあの子供は、いつまでも落ちてこない投げられたコイン――いまも空中を飛んでいるし、永遠にそのままなのだ。

チャールズはきのうの服を着たまま、自室のカウチでぐっすり眠りこんでいる。日の出まで起きていたのは、マロリーだけだった。彼女は朝刊の束を手に《バトラー&カンパニー》のオフィスにもどったところで、いまは肘掛け椅子にすわり、コーヒーを飲みながら、警察による公式発表をさがしている。どの新聞もそれを第一面に持ってきてはいなかった。〝かかし男〟の事件は、すでに古くてカビ臭い先週のニュースなのだ。

八月半ばの猛暑の候を境に、セントラル・パークを舞台とした白昼の刺傷事件、〝観光客狩り〟のシーズンは幕を閉じた。きょうのトップ記事の犠牲者は、空飛ぶマンホール蓋により首を切断された男。その蓋は〝破裂した下水管のコルクの栓〟と化し、吹っ飛んだのだという。第二位に入ったのは、ブロードウェイで死んだ女で、こちらは崩れかけた建物から落下した石のガーゴイルにやられたのだ。これらの事故は、この町が下水道から摩天楼に至るまで衰え、腐敗し、もはや手に負えなくなっていることを如実に表している。

それに、ライカーの問題もある。

きのう、ライカーの血の気のない肌は、剃刀《かみそり》による小さな切り傷でいっぱいだった。飲みすぎた日の翌朝、彼の手はいつも震えるのだ。アルコール中毒がそのお決まりのコースをたどり、彼をじわじわ殺そうとしている。下り坂の警官のほとんどが真っ先に失うのは、倫理観だ。他のすべてが失われたあとも、ライカーはずいぶん長いことその倫理観を維持しつづけている。彼は常に尊敬に値する男だった。バーから四つん這いで這い出てきたときでさえも。

その彼がなぜ、職を失う危険を冒してまで、スパローの事件現場で盗みを働いたのだろう？　警官や消防士はよくそういうかたちで窃盗《せっとう》を犯す。死者から金や小物を盗むのだ。しかしマロリーは、たとえマンホールの蓋がひとつ残らず吹っ飛び、この町が崩れ落ちようとも、ライカーが盗みを働くことはありえないと信じてきた。そして、いまもなおそう信じている。彼女が疑っているのは、彼がそれ以上に重大な罪を犯したのではないかということ――相棒に情報を伏せ、証拠を隠し、陰で動いているのではないかということなのだ。

マロリーは公式発表をさがして、またページを繰った。ニューヨーク・シティの全ブロンド女優に向けた警告はどこだ？　その記事は第三面の最下段にあった。コフィー警部補は、つぎの犠牲者に一か八かのチャンスを与えるというあの約束を果たしたわけだ。しかし〝かかし男〟もまた、自分の獲物に警告を与えていた。彼はあの女性たちを警察の腕のなかへと突き飛ばしたも同然なのだ。　なぜそんなことを？

イカレた男のすることにロジックを求めても意味はない。　マロリーは自分のこの過ちを寝不足のせいにした。


ステラ・スモールは、二度、三度と人手を経た、古着屋で買った服、〝捨てられたステラたち〟のお下がりを着せられて育った。他の誰も着たことがないのは、あのすばらしい青いスーツだけだった。だがその服もいまでは、ニューヨーク風に血に汚れて台なしになり、彼女は鎧《よろい》を失っている。道行く人々には、旅の男たちがハイウェイに捨てていったゴミ屑《くず》、私生児三世の遺伝子が見えているにちがいない。

その朝、若い女優はアップタウンのＡＴＭの前に立ち、手にしたキャッシュカードをじっと見つめていた。彼女は決して小切手帳に残高を記入しない。それをやると、人生の楽しさの最後のひとかけらが吸い取られてしまうから。なおかつ、それはかなり怖いことだから。口座の残高ならだいたい見当がつく。下着を買える程度。でも彼女はもっとあるよう願っていた。カードと反対の手にはパンフレットが一冊、しっかりと握られている。彼女はここで一拍置いて、祈りを捧げた。ダイレクトメールに神のご加護を！　デザイナーズ・ブランドのスーツは、セール品のコーナーの二ページ目に載っていた。そのファッション・アウトレット店はここからほんの一ブロックで、つぎの自由参加のオーディションまでにはまだ一時間の余裕がある。ステラは〝意味ある偶然〟を信じ、地下鉄代を払ってここまで来た。そしていま、覚悟を決め、魔法の挿入口にキャッシュカードを入れた。

その目がぎゅっと閉じられた。お願い、お願い、お願い。

ステラの白いブラウスとスカートは二度洗ってアイロンをかけてある。それでもその布地からは古着屋の匂いがした。これは敗残者の匂いだ。彼女はうなだれ、肩を落として、負け犬の格好をしている。でもそれもまもなく変わるはずだ。

いつもの祈りをＡＴＭに捧げ終えたちょうどそのとき、機械が必要なだけの神の御恵みを吐き出した。オーディション用の新しいスーツが買えるだけそっくり。まず頭に浮かんだのは、これは家賃に充《あ》てるべき金だ、〝捨てられたステラたち〟が早めに振り込みをしてくれたのだ、という考えだった。そして、つぎに浮かんだのは、ＡＴＭの神様は本当にいて、彼は演劇人が大好きなのだという考えだ。

彼女は同じブロックの端まで駆けてゆき、店の外に集まった買物客の群れに加わった。その全員が早朝セールを待っている。戦闘計画はすでに立ててあった。ドアが開かれ、狩りが始まった。彼女は、サポート・ストッキングをはいた年上の女たちを猛スピードで追い越し、地階への階段を駆けおりると、スーツが吊るされている奥の壁へと突進した。もしサイズが合えば、そして、もしプロデューサーが彼女の姿を気に入れば、人生は一変するのだ。未来は文字どおり、目の前のラックにかかっている。ステラはまっしぐらにそちらに向かった。

そして足を止めた。

もう！――ニューヨークってやつは！

根元だけ灰色の茶色い髪のデブ女が、サイズ8のところから一着しかない青いスーツを抜き出している。その中年のお客が突き出た腹をジャケットのなかに収めようとし、ボタンを一個吹っ飛ばすのを、ステラはただ呆然と眺めていた。ああ、それに、あの最低のあばずれめ、一方の袖に化粧の汚れをつけてしまった。

ステラはふと、近くの壁の鏡に映る自分の顔に目を移した。無意識のうちに、彼女はあの中年女の皮のなかにもぐりこみ、そのしかめっ面、細められた感じの悪い小さな目、生気のなさをまねていた。

中年女はジャケットに体を押しこむのをあきらめ、足音荒くドタバタと歩み去った。ステラは落ちていたボタンを拾いあげ、自分の獲物を回収した。それは床に放り出されていたのだが、ああ、ありがたい！　踏みつけられてはいなかった。彼女は襟を確認した。なんと本当に聞いたことのあるデザイナーのやつだ。値段は半額になっている。これもまた神の御業。〝捨てられたステラたち〟がいつも言うように〝イエスは救い給う〟だ。

ステラは腕時計に目をやった。時間があまりない。でもオーディションにはまだ間に合う。もしも自分が急げば。もしもレジ係がもたつかなければ。もしも電車が遅れなければ。自分の成功の条件をなおも列挙しながら、彼女は試着室に駆けこんだ。そして服を脱ぎ、スーツを試着し、ぴったり合っていると断定した。

古いスカートを腕にかけ、ステラはレジへと向かった。奇跡的にも、そこには誰も並んでいなかった。おかげで彼女は、三面鏡の前で身づくろいをし、あらゆる角度から自分の姿を観賞するという、贅沢《ぜいたく》な数分を享受することができた。化粧の汚れは右手を下ろしているかぎり、目につくことはない。ボタンのほうは、地下鉄に乗っているあいだに余裕でつけられる。丸一年間、ボタン一個で人生が決まるきょうのような日に備え、彼女は自分のバッグすべてに旅行用の小さな裁縫セットを入れ、持ち歩いていたのだ。

突然、強く背中を突かれ、ステラは鏡にぶつかった。彼女はハッと息をのみ、両手を前についた。見ると、三面ある鏡のひとつに男の姿が映っていた。ニューヨークにおける衝突はすべて当て逃げのはずなのに、男は掟を破って、彼女の背後に突っ立っている。雑踏のなか、他のお客はみな動いていた。誰も彼もがラックからラックへと駆け回り、衣類やハンガーを放り投げている。完全に静止しているのは、この男ただひとりだ。そしてその目はステラだけを見つめていた。

第十四章

どうやらこの男も昼メロのファンらしい。ステラは鏡のなかの彼にほほえみかけた。

ええ、そうよ、わたし。

男はその微笑に応えなかった。それに、ふつうの人のようにこちらと目を合わせようともしない。まるで自分を見返す目を持たない物体を見るように、男はステラを見つめていた。彼女は男の姿勢をまねて身をこわばらせると、鏡に映る自分の姿に視線を向けた。その目がぐんぐん冷たくなっていく。口が表情を失い、真一文字に結ばれる。いまのステラは、なかから外まで男そっくりだった。彼女の内側にはもう誰も住んでいない。ただ墓場の小さな塵がひとつ、あるばかりだ。

彼女のこの芸術的人物描写にも、男は感心するふうがなく、それに気づいた気色《けしき》すらなかった。野球帽のつばの下のその顔は、少しも変わらず、凍りついている。生気のない物体（彼女自身）と向き合う生気のない物体。さらに類似を極めようと、ステラは完全に死んだ目をし――

オーディション！

このままでは遅刻する。

ステラは男との不気味なつながりを断ち切って、腕時計に目をやった。ふたたび顔を上げて鏡を見ると、女性客らの頭の上にあの野球帽がわずかにのぞいていた。男はあとじさってゆき、人混みにまぎれこんだ。通行人の役を逆向きに演じる役者だ。

男が視界から消えるまで、ステラは呆然と立ちつくしていた。それから彼女はもう一度、腕時計に目をやった。まさかと思うほど時間が経っていた。レジの前には、他のお客らが並んでいる。彼女はのろのろとレジに向かう老婦人を追い抜くため、全速力で走った。前傾姿勢になり、背中の曲がった白髪頭の買物客と接戦を繰り広げながら、ステラは対戦相手の目に突如浮かんだ警戒の色を無意識にまねていた。老婦人は終盤に少し加速し、その後、この徒競走の勝利を若い相手に譲った。ハアハアゼイゼイいいながら、サポート・ストッキングを足首にたるませた敗者は、笑みをたたえる女優のうしろに並んだ。

順番が来ると、ステラの口は目の前の顔をまねてへの字に曲がった。また彼女は、その店員のむやみにてきぱきした雰囲気をもとりこんだ。「すごく急いでいるの。値札だけ切って。このまま着ていくから」ステラは古いスカートをカウンターの向こうに押しやった。「あと、これを袋に入れて。いいわね?」

「そちらさえよろしければ」店員の声は単調で、まるで電話会社の録音だった。「返品は受け付けておりませんが」

店員が値札を切れるよう、ステラは淡いブルーの袖の一方を差し出した。「気をつけて切ってね」

店員の声が突如いらだちを帯びた。「さきほども言いましたが、お客様、返品は受け付けておりませんよ」てきぱきするのはもうやめて、女は宙に浮いたステラの腕をそのままにしていた。相手に身の程をわからせるべくたっぷりと時間をかけ、店員は古いスカートを二本の指でつまみあげると、臭いものでも持つように手の先にぶら下げて、袋のなかに落とした。それからようやくハサミに手をやり、ゆっくりとステラの袖の値札を切った。店員はお客の列のうしろにある鏡に目をやって言った。「そのジャケットは傷物ですけど。わかってます？　汚れがあるのが？」

ああ、あの化粧の汚れね。

「大丈夫。ちゃんと落とせますから」

「でしょうねえ」店員は歩み去る金髪女を見送った。その真新しいスーツの背には、大きく黒黒と×印が描かれている。それから彼女は、列のつぎのお客、のろのろと近づいてくる老婦人に無情な目を向けた。「お急ぎください！」

コフィー警部補は、刑事部屋を出ていく最後の女優を見守っていた。彼女はふたりの刑事に付き添われている。美人を階下までエスコートするのには、それだけの人数が必要なのだ。階段室のドアのところで、市警副長官の義理の息子が三人とすれちがった。そして彼はいま、このオフィスに向かっている。

すると、マロリーとライカーがまたなんらかの手でデルースを追っ払ったわけだ。

警部補が、第二日目の面談に訪れるブロンドのリストをチェックしているあいだ、若者は礼儀正しく距離をとり、声がかかるのを待っていた。階級を重んじるこうした姿勢には好感が持てる。だがコフィーは、この若者が刑事として大成するかどうかは怪しいものだと思っていた。

「きみはラース・ゲルドルフを見張ってたんじゃなかったのか」

「彼はきょうは自宅にいるんです。わたしはライカー巡査部長をさがしているんですが」

「三十分後に来るよ」コフィーはタブロイド紙を掲げた。その見出しはこうだ――〝女優、白昼に刺される〟。「オーケー、坊や、ひと働きしてくれ」彼は第一面の上部余白を横切る乱暴な手書きのメモと電話番号を指さした。「ミッドタウン署は、この女優の名前をまだ知らせてきていない。彼女が誰なのか訊いて、面談のリストをチェックしろ。もしまだ面談に来ていないようなら、きょう来させるんだ」

「はい、警部補」新聞を手に、デルースはいちばん近くの空いた席に急降下して電話を取った。

ジャック・コフィーはデスクの前に腰を落ち着けた。あの新米がオフィスの開いたドアの脇柱をコツコツとたたいたのは、そのわずか数分後だ。警部補はなかに入るよう手振りで彼に合図した。「何がわかった、坊や?」

「記事の女優はステラ・スモールという名前でした。いま、イヴ・フォレッツリという警察補助員と話したんですが、彼女によると、あれは宣伝目的の芝居だったのだそうです」

警部補は若者の手のタブロイド紙に顎をしゃくった。「その記事は読んだか?」

「いいえ、警部補。ただ女優の名前がわかればいいのかと――」

「読んでみろ。出だしのところに、血のことが書かれているから。ホテルの絨毯《じゅうたん》に血だまりができていたって話だよ」コフィーは身を乗り出して、デルースの手から新聞をひったくり、意識を失った女の写真を指さした。「そうそう、それに、彼女の袖のこの黒っぽいしみ。これもやっぱり血だな」彼は新聞をデスクマットにたたきつけた。それでもその声はまだ静かだった。「わたしの経験では、タブロイド紙に載るために自傷行為に及ぶ女優はまずいない」ここで彼は口をつぐんだ。ローマン警部補の署の新米を教育するのは、彼の仕事ではないからだ。「とにかく彼女の名前はわかった。これもひとつの成果だな」ブロンド面談者のリストに目を走らせると、そこにはステラ・スモールの名前もあった。「エージェントが面談を手配したにもかかわらず、スモールは現れていない。どうやらこの女はニュースも見なけりゃ新聞も読まないらしいな。彼女をさがし出せ」

「でも彼女の供述ならもう補助員がとっていますから」デルースは言った。「その女優は、道端で観光客と口論になったんだそうです。それでその男にカメラで殴られ、何針か縫うはめになったというわけです。その後エージェントが病院に現れて、その怪我をもう少しニュース・バリューのあるものにする手を思いついたんだとか。刺されたなんて話になったのは、そのせいですよ」

「補助員が供述をとっただと？　民間人《ヽヽヽ》がか？　なるほど、そりゃあすばらしい」コフィーは新米に新聞を放った。「ミッドタウン署からその供述書のコピーを手に入れろ。そして女優をここに呼ぶんだ」

「でもそれは――」

「無意味な仕事だってのか？　こっちは一日の大半を無意味な仕事に費やしているんだぞ。わたしは無意味に忙しい男というわけだ。きみはこの仕事をやるのかね、それとも、やらないのかね？」コフィーが本当にデルースに訊きたいのは、なぜ彼が髪を染めているのか、そして、この世に無数に色があるなか、なぜよりによって暗闇で光る黄色を選んだのか、だった。

ジェイノス刑事が刑事部屋の前のほうに立ち、他の男たちに告知した。「われわれは朝のニュースの三十秒のスポットとラジオの丸一分を獲得した。ホットラインのほうでもツキに恵まれるかもしれない」彼は、自由参加のオーディションの日付と場所が載っている新聞の紙面を掲げた。「きょうは二件、オーディションがある。一件は二十分後に――」

「おい！」ホットラインの対応に当たっていたデソート刑事が叫んだ。「聞いてくれ！　たったいま、背中に×印をつけた女が十六番ストリートとレキシントン・アベニューの交差点を通ったらしい。公衆電話からどこかの男が知らせてきたんだ。彼が言うには、その女は地下鉄の駅に向かっていたそうだ。髪はブロンド、薄い青のスーツを着ている」

「スーツか」ライカーが言った。「ミッドタウンのオーディションに行くところだな」

「場所はウェストサイドだ」ジェイノスがあれこれ指示を出しながら、急ぎ足でドアに向かった。「そこへ一班送りこめ。彼女は四十二番ストリートで乗り換えるはずだ」

「それはどうかな」アーサー・ウォンがデスクの引き出しから銃をつかみとった。「彼女、背中の×印に気づいたら、行くのはやめにするんじゃないか。うちのかみさんならきっと――」

「地下鉄だ！」ジェイノスがどなった。

デルースをのぞく全員が動きだしていた。ライカー巡査部長が足を止め、彼の肩をたたいて言った。「一緒に来るんだ、坊や」

そして彼らは出ていった。デルースは刑事たちの群れに加わり、コフィー警部補の与えた〝無意味な仕事〟は忘れ去られた。一同は階下へ駆けおりていき、それぞれの車へと向かった。一台、また一台と、マークのない警察車両のエンジンがかかる。回転灯がすばやく屋根に載せられ、一行はウェストサイド・ハイウェイに向かって、ヒューストン・ストリートを猛スピードで飛ばしていった。

アップタウン方面へと。

なんてドライブだ！

警察の隊列は楔形《くさび》に広がり、行く手に現れるタクシーを右往左往させ、素人《しろうと》ドライバーたちを震えあがらせた。五つのサイレンが甲高い悲鳴をあげ、拡声器がわんわんと鳴り響く。「道を空けて！　どいたどいた！」奇跡的にも、軍団が四十二番ストリートの駅の前にたどり着くまで、町を横切る信号はすべて青だった。

男たちは車から飛び出し、密集隊形で地下鉄の階段をドタバタと駆けおりた。そして、コンクリートの床を革靴でたたき、アドレナリンをあふれ出させ、心臓を燃やしながら、長い通路を走り抜けて、ついに往復列車の終点に出た。

そしてぴたりと停止。

何かおかしい。

朝のこの時間帯にしては、人が多すぎる。

三人の刑事がコンクリートの傾斜部に上がって、電車待ちのお客らを眺め渡し、背中に×印のあるブロンド女性をさがした。六人が線路の反対側に回り、そちらの群衆を調べてから、首を振り振りもどってきた。

その女はここにはいない。

周囲のお客らはいまにも暴徒化しそうだった。彼らは足を踏み鳴らし、声を荒らげている。駅構内の蒸し暑さのなか、その怒りはいつ爆発してもおかしくない。大半の人間は線路から離れだしているが、楽観的な連中はまだホームの端に立ち、暗いトンネルに目を据えている。彼らには、列車を呼び寄せるのは操車係ではなく見つめる者たちだというニューヨーカーの信念があるのだ。

人はなおも増えつづけており、言葉を交わすのではなく、唸り声をあげている。同じひとつの思いに、声が低く轟《とどろ》いている。公共交通機関で働く者たちに死を。やつらを全員殺しちまえ。あちこちで、お客が爆竹のようにはじけ、悪態を吐き散らしている。誰かが誰かを殴るのは、時間の問題だ。この広いスペースは血の海と化すだろう。

警察詰所の近くでは、どこかのバンドのミュージシャンたちが楽器を取り出し、アンプを接続していた。地下鉄のお客らのいらだちがいまにも暴力沙汰を招きそうなこのときに、これがこの町の緊急対応策なのだ。

ジェイノスが携帯電話を閉じた。「出口には制服警官を配置してある。まだ彼女は現れていない」

人混みのなかに消えていたデソート刑事が駆けもどってきた。「いいニュースを聞きたいよな？　自殺だよ。線路に男が飛びおりて、轢《ひ》きつぶされた。この連中はラッシュアワーのお客なんだ。それがずっとここで待たされてるわけだよ」

「で、悪いニュースのほうは？」

「血とはらわたの掃除はいますんだ。往復列車がこっちへ向かってる。五分きっかりでこの人混みは消滅するだろう」

デルースはこの最悪のシナリオの意味を理解した。ここにいる神経をすり減らした民間人のなかに、地獄を抜け出す乗り物を逃してまで警官と話をしようという者がいったい何人いるだろう？「列車を止めるわけにはいかないんですか？」

デソートが彼に目を向けた。その顔はこう言っていた――おまえ、いったいどこの町の出なんだ？「おれの言ったことが聞こえなかったんだな、坊や。さっき列車を止めた男は死んだんだよ」

「まだ五分ある」ライカーが言った。「デルース、線路際のお客をたのむ。女を当たれ。男は役に立たない。連中が見るのは胸だけ、背中は見ないからな。他のみんなはおれと一緒に来い」

刑事たちは縦一列で、数人のミュージシャンから成るバンドのほうへと向かった。軽いラテンのリズムに近づくにつれ、刑事たちのしぐさも変化していった。醜悪な怒りを鎮めるために、そっとかき鳴らされるギターとベースの弦――そして、ドラマーは何もしていない。

〝誰も見てません〟〝何も知りません〟一辺倒の供述をデルースがとっていると、ライカーが十代のミュージシャンのひとりからギターを取りあげた。

デルースは、ホームの縁《へり》の雑踏の隙間からその様子を見守っていた。あの年配の刑事の手がギターのネックを駆けあがっては駆け下り、ロックンロールのリフを奏でる。しかも彼はうまかった。まさに超絶技巧。若いお客らが、ビートに合わせて指を鳴らし、頭を揺らしながら、音楽に吸い寄せられていく。彼らはみな生き返っていた。

バンドの連中もバックで演奏しはじめた。ライカーの手が滑空し、滑走する。弦はビュンビュン唸り、群衆は喝采している。ライカーが片手を激しく動かし、バリバリ音を放出しながら、反対の手をぐるぐる回して、テンポをあげろと合図する。ベースの指の動きがぐんぐん速くなっていく。ドラマーは狂ったようにスティックを振り回し、シンバルを打ち鳴らし、ドラムをたたいている。

ジェイノスが人混みから女をひとり引っ張り出した。ふたりはいま、腰をくねらせ、旋回し、体をからませあっている。他の刑事たちもみな、見知らぬ女をつかまえては、へとへとになるまで踊らせて、すばやく放り出している。誰も彼もが動いていた。構内はロックし、スウィングし、ジャンプしている。ビートがコンクリートを震動させ、ロナルド・デルースの靴の底から全身に伝わってくる。

人々はライカーのまわりに輪を作って、手拍子を打ち、甲高く口笛を吹いていた。ジェイノスが新しいパートナーをぐるりと回し、高々と持ちあげてから空中に放り出した。女は喜んで金切り声をあげ、ジェイノスは彼女を受け止めた。ライカーのリフがまた始まると、群衆は大いに沸いた。開いたギターケースに雨あられとコインが注がれ、バンドはとりつかれたようにさらにテンポを上げ、演奏はさらに激しく、音はさらに大きくなった。列車が入ってきた。しかし人々は動かない。みな音楽に酔い痴れている。刑事たちは決してリズムを乱さずに、つぎつぎとパートナーを変え、質問を浴びせている。

ふたつの手がさっと上がり、オーケーサインを作った。

フィナーレだ。

ライカーがバンドに喉を掻き切る格好をしてみせると、まるでドアが閉じたかのように、突然、音楽はやんだ。

そして世界が止まった。

ミュージシャン刑事は目から汗をぬぐい、轟くような拍手を前に深々と頭を下げた。彼はジェイノスを振り返り、騒ぎに負けないよう大声でどなった。「何かわかったか?」

「ある女性が×印を見ていた。例のブロンドは乗り換えていない。そのままレキシントン線のダウンタウン行きに乗っていったんだ。彼女、泣いていたそうだよ」

「うちに帰る気だな」デソートが叫んだ。「別の女がおととい、シャツに×印のあるブロンドを見ている。ちょっと不気味な話なんだがね、彼女はアスター・プレース駅で死んだハエの一群を払いのけようとしてたっていうんだよ。電車を降りたのもその駅だそうだ」

デルースは、電車に乗るお客らの流れに逆らって進み、どうにか人混みから抜け出した。見ると、刑事たちはちょうど、地下通路に飛びこんでいくところだった。彼が地上に出たとき、他の男たちは車に乗りこもうとしていた。サイレンを鳴らし、赤色灯を回転させて、キャラバンは走り去った。こうして若い警官はひとり歩道に取り残された。まるで自分も巡査部長ライカーズ・バンドの音楽で踊ったかのように、ハアハア息をはずませながら。

第十五章

留守録の点滅ライトが、人間の心臓――ステラの心臓の鼓動とともに脈打っている。メッセージを入れたのは警察に決まっている。連中は、なぜ彼女がソーホー署での面談をすっぽかしたのか知りたいのだろう。そのうえ彼女は、今朝の芝居のオーディションまで逃してしまった。エージェントは最後にもう一度、名誉挽回のチャンスをくれた。今夜のオーディションというチャンスを。そしてそれは、よくある集団オーディションではない。今回、ステラはその役の候補となった四人の女優のひとりなのだ。

なのに彼女には着るものが何もない。

クロゼットや引き出しの中身は、部屋じゅうに散乱し、着古しの衣類の小山を作っている。そういった服は、彼女を何かもっとちっぽけな劣ったものに変えてしまう。心のなかで、彼女はすでにそのラストチャンスのオーディションに落ちていた。きょうという日が終わるとき、彼女には仕事もエージェントも生きる意味もなくなっているだろう。ステラはソファベッドに腰を下ろした。それからあおむけに寝転ぶと、目を大きく見開いて、瞬《まばた》きせずに天井を見あげ、死んだふりをした――ただ、死という概念に慣れるために。

新たな×印で傷物となった新品のジャケットは床に放り出されている。彼女は地下鉄の車内で、ボタンを縫いつけようとしてジャケットを脱いだとき、その汚れに気づいたのだ。いま、彼女の目は涙のせいで赤くなり、ひりついている。家賃に充《あ》てる金はもうないし、これ以上無心するわけにもいかない。〝捨てられたステラたち〟の自尊心はとうの昔に磨滅している。あのふたりには、彼女の自尊心のもろさも、淡いブルーのリネンで織られた魔法のマントの重要性も絶対理解できないだろう。

ママとおばあちゃんのところへは帰れない。どんなにふたりが恋しかろうとだ。明日彼女は、また一枚、絵葉書を送るだろう。またひとつ、嘘っぱちを。富と名声まであと一歩よ。そして彼女はウェイトレスの仕事をさがす。ふたりがいちばん恐れていたことが現実となったことは、彼女らには決して告げないだろう。

挫折。そして、故郷の喪失。そこに、また別の考えが影を落とした。あのストーカー。警察に助けを求めることはできない。新聞に載るために作り話をしたあとで、それは無理だ。あの女、フォレッツリはもう上に報告しただろう。ステラは、あの警察署をテレパシーを持つクモたちの集落になぞらえてみた。どのクモもせわしげに彼女をつかまえる罠を織っている。彼らに対する犯罪に加え、彼女は、犯罪被害者のブロンドを対象とするソーホーでの面談までもすっぽかしてしまった。いま、正真正銘の×印のついたジャケットがせっかく手もとにあるというのに、彼女にはなんの得もない。警官たちはそれが本物だとは絶対に信じないだろう。

ステラはベッドから起きあがって、背筋を伸ばした。わたしは女優だ。連中を信じさせよう。必要なのは、堂々と振る舞い、信頼に足る人物になりきること。だけどそれってどんな人物？

壁の鏡を振り返って、彼女は訊ねた。「きょうのわたしは誰?」

誰でもない、と鏡は答えた。おまえはただのオハイオ出の女の子だよ。

ステラはうなずいて、損なわれたジャケットを拾いあげ、あの憎らしい黒い×印を指でなぞった。この町ではよいものは何もかも損なわれてしまう。最低な町。

廊下の彼方から重い足音が近づいてきた。部屋の外でそれは止まった。警察が来たの? ステラは息を止め、彫像のふりをして、ドアの下からすべりこむ白い封筒に目を据えていた。あれは呼び出し状にちがいない。ああ、こんなことになるなんて。足音は階段のほうへと遠ざかっていった。床の封筒に近づいていくとき、彼女の足は恐怖のあまり鉛と化していた。死を覚悟し、封を切るまでには、さらに何分かかかった。

まさかそんな。

それは五番街《アベニュー》の某デパート、彼女などその空気も吸えないほど高級な店の商品券だった。すごい金額。これなら、デザイナーズ・ブランドのコーナーで代わりのスーツを買うこともできる。それに靴も。新しい靴もだ。

五番街が彼女に歌いかけている。飛んでおいでよ、ベイビー。

部屋を出ながら、ステラはこのプレゼントの贈り主は誰なのだろうと考えていた。日曜学校の神様は即座に除外した。あのかたはニューヨーク・シティでは五分と生きられないだろう。彼女の救い主は、やりすぎてしまい、償いをしたがっている頭のおかしい昼メロ・ファンにちがいない。これはあの器物損壊魔からの謝罪なのだ。

イカレたやつらに幸あれ。

階段を途中まで下りたところで、彼女は立ち止まった。このアパートメントの共有部分にエアコンはない。それでも彼女は胸の奥が冷たくなるのを感じた。映画で得た知識によれば、空き家のどこかに不気味に冷たい場所があったら、そこには何かがいるのだ。では、女の体にそれがある場合は？

その男はわたしのうちを知っているんだ。


ベル巡査部長は、警察署の入口に面した受付デスクに向かっていた。まもなくコフィー警部補から、容疑者を上によこせとの指示が来るだろう。目の隅で、彼はゲイリー・ザッパータを見張っていた。あの消防士は、制服警官たちに愛想をふりまき、さも親しげに彼らの背中をぴしゃりとたたいたりしている。実は、この署には彼の友人などひとりもいないのだが。

入口から刑事たちが入ってきた。イーストサイド署の白バッジを数に入れるなら、全部で三人。ライカーがふたことみこと何か言うと、デルースは重大犯罪課をめざし、疾走する子犬よろしく二段抜かしで階段を駆けあがっていった。

ライカーとマロリーは別に急ぐふうもなく、縦一列で、フロアを横切っていく。ふたりとも、肩を怒らせて向かってくる新米消防士には目もくれない。

股を広げ、両手を腰に当てて身構えると、ザッパータはどなった。「やりやがったな、ライカー！　このカス野郎！　たれこみ屋め！」

ベル巡査部長は胸の内で哀願した。たのむぜ、ライカー、馬鹿なまねはするなよ。ライカーに殴られれば、あの男は訴訟を起こすことができる。たぶんそれがザッパータの狙いなのだ。彼は消防本部での仕事を失ったし、ニューヨーク市警にはもう二度ともどれないのだから。

ザッパータはふんぞり返って、ふたりの刑事に歩み寄った。「てめえ、おれのことを密告しやがったろ」彼はライカーをにらみつけると、ぐっと胸をそらした。「この飲んだくれのくそったれめ」そして今度は、えらそうなその顔をマロリーに向けて言う。「ああ、この〝女の応援団〟さえいなけりゃあな。邪魔すんなよ、あばずれ」このひどい過ちに拍手でも期待しているのか、彼は肩ごしに振り返って、制服の男女の一団に笑いかけた。

マロリーはぴくりともしなかったが、ライカーの両手は拳《こぶし》になった。ベル巡査部長は、警部補を呼ぼうかと思った。さもないと、まずいことに――

上に目をやると、階段のてっぺんにジャック・コフィーが立っていた。彼は両手をポケットに入れ、無言で成り行きを見守っている。

短軀の消防士は少し移動して、ライカーの行く手に立ちふさがった。

これも大きな過ちだな。

「てめえ、男らしくおれとやりあえねえんだろ」ザッパータは言った。「この卑怯なくその塊め」

ふたりの刑事が消防士との距離を詰めた。

始まるぞ。

電話がすべて鳴りやんだ。聞こえるのは、民間人の事務員がタイプを打つ音ばかりだ。その指が軽くキーをかすめていく。

タッタッタッタッ。

消防士は観客を意識して虚勢を張り、世にも傲慢な態度でぐらぐら体を揺らしている。身構えもせずに、大きすぎる笑みをたたえて。制服警官たちの沈黙は、この男に先を読む手がかりを与えてはいない。ライカーはいままさに彼を殴り倒そうとしているのだが。

そのパンチは不意打ちを狙ったものではなかった。しかしザッパータはそれが来るのを――マロリーの拳がすごい速さで、なおかつ、振りおろされるハンマーのように的確に飛んでいくと――〝女の応援団〟から来るのを予期してはいなかった。彼はいまのいままで立っていた。それが、もう床に倒れており、静かに鼻血を流していた。

彼女はぐったりしたザッパータの体のそばに立ち、プロボクサーよろしく足を踏んばって、敵の返報を待っていた。この男がふたたび立ちあがったとき、それは必ず来るはずなのだ。彼女はライカーにちらりと目をやり、彼を引きさがらせた。ベル巡査部長はほほえんだ。部屋じゅうの人間がよしよしとうなずいている。マーコヴィッツの娘なら、その体勢から、ザッパータごときをやっつけるのに、相棒であれ、誰であれ、人をたよったりはすまい。ベル巡査部長には、彼女がどちらの膝を敵の股間にたたきこむ気でいるかまで予測できた。

彼女の足もとの男は意識はあるものの、動こうとはしなかった。あるいは、動けないのだろうか。彼はあおむけに横たわったまま、阿呆のようにぽかんと目を開け、だらしない口をして天井を見あげていた。

職員がタイプの手を止めた。制服警官たちは、部屋の中央にある爆弾、マロリーをちらちらと盗み見ている。電話のベルが鳴り響き、みなの神経をかきむしった。つづいて、また別の電話が鳴りだした。書類がガサガサいい、タイピングと会話が再開された。警官たちが行き交っている。なかには、ドアに向かう途中、ザッパータの体をまたいでいく者もいた。かくして日常がもどった。


階段室のドアを閉め、ジャック・コフィーと顔を突き合わせたときも、マロリーは〝だから言ったでしょ〟とは言わなかった。しかし彼に背を向け、捜査本部へと向かうそのうしろ姿から、彼女がそう思っていることは明らかだった。

階段室のドアが開き、ベル巡査部長が顔を出して訊ねた。「警部補。ザッパータですが、やっぱり尋問します？」

「いや、表に放り出せ」コフィーは、十人の制服警官とこの巡査部長に倣って、あの消防士がつまずいたときはよそを見ていたと言うつもりだった。警察官の青い壁がしっかりとマロリーを囲いこんだわけだ。もっともコフィーは結果を心配していたわけではない。ザッパータが〝女〟を相手どり警察の蛮行に対する訴えを起こすだろうか？　マロリーはこのまま無傷で逃げおおせるだろう。警部補がじっと見ていると、彼女は廊下の突き当たりのドアへと消えた。

「気がついたかな」ライカーが椅子に身を沈めた。「警部補お気に入りの容疑者は、顎が弱いんだ」彼はタバコを一本取り出した。「スパローはでかい女だし、喧嘩にも強かった。マロリーの上をいくくらいだよ。あのノロマに彼女をやれたわけはないね」

「剃刀《かみそり》があってもか？」

「やつにその使いかたがわかると思うか？　そりゃないな。おれたちのホシは、ザッパータよりずっとおっかないやつだよ」


ライカーは捜査本部の奥の壁に向かって立ち、その一箇所に空きスペースを作っていた。そこに入るのは、女優ナタリー・ホーマーのブロマイドの一枚だ。三件の吊るし首がついにひとつの事件となった。彼はあの衣類で作られた人形と並べて、女の笑顔をコルクボードに留めた。これでふたりはつながった。ナタリーと〝かかし男〟、母親と子供。


女優刺傷の新聞記事の近くに、ジェイノス刑事がメモをひとつ留めた。「ステラ・スモールのエージェントと切り傷を手当てした医者から話を聞いたよ。どっちも、彼女は街なかの人混みでやられたんだと言っている。これはローマン警部補の話とも一致するな。犯人は常に混雑した場所で手を出すんだ」

「スパローはそのパターンにはあてはまらんよ。吊るされる前の週にかぎってはな」ライカーは隣の壁に歩いていくと、供述書をひとつはずしてジェイノスに手渡した。「これは芝居の演出家の供述だがね、スパローは彼に、いまは仕事をしてない、と言ってたそうだ。それに、オーディションの前に四日かけて芝居のせりふを覚えたとも話したらしい。演出家はこれに感銘を受けたんだな。スパローに役をやったのはだからなんだよ。ちなみに、彼女がやられる前の週、自由参加のオーディションは一件もなかった。つまり彼女はラッシュアワーに地下鉄に乗ることもなかったわけだ」

「なるほどな」ジェイノスは言った。「でも、この町はいたるところ混雑しているだろう？」

彼が部屋を出ていくと、ライカーはふたたび壁に向かって、三つの事件の書類を統合する作業にもどった。ジェイノスの言うとおりだ。ニューヨーク・シティは、どこもかしこも人だらけ——

「娼婦で混み合ってる場所よ」マロリーの声がした。

彼は驚いて飛びあがった。いつのまにか彼女が背後に立っていた。

「娼婦はひとり見かけたら、必ず八人か九人はいる」

ライカーは首を振った。「いいや。デイジーが言っていた。スパローは足を洗ったんだ。ひょっとすると〝かかし男〟が彼女に印をつけたのは——」

「スパローはいまも街に立っていたのよ」

「どうしてわかるんだ、マロリー？　またスパローをつけまわしてたのか？」マロリーをよく知る者でなければ、その顔、その凍りついた姿勢から、心に受けたダメージを読みとることはできなかったろう。ライカーは、言ったあと後悔したことのリストにいまの言葉を追加した。

何年も前、スパローは彼に、誰かにこっそりつけられている、ときおり若い警官を見かける、と言っていた。マロリーは自分にも尾行ができるという世にも奇妙な考えを抱いている。本人は、人目を引かずにどんな道も歩けるし、どんな部屋にも入っていけると思いこんでいるのだ。ライカーが最後に会ったとき、スパローは商店のウィンドウに映る痩せ衰えた自分の姿を眺め、骨ばかりの手で目を覆って言った。「キャシーがなんであたしをつけてるのかわかるよ。あの子はじきにあたしが死ぬと思ってるの。それを見たがっているんだよ」あれからすでに二年が経つ。マロリーももうスパローをつけまわしてはいない。それくらい承知しているべきだった。事件現場の住所にも、手術で変わったあの顔にも、マロリーは気づかなかったのだから。彼は意味もなく彼女を傷つけてしまったのだ。

つぎに口を開いたとき、マロリーの声は機械的だった。「彼女の美容外科医を見つけたの。殴られた女性を大勢、治している医者よ。スパローの新しい顔はただじゃなかった。でも彼は分割払いで引き受けたの。彼女の金は全部そこに注ぎこまれたわけ。手術やケミカル・ピーリングの代金を払うために、彼女は相変わらず体を売ってたのよ。つまりデイジーは嘘をついてたってこと。ほんとに意外よねえ？」

「だが、彼女がどうやってその金を稼いだかは——」

「いいえ、わかってる。手術代は安くなかったし、スパローにできる仕事は、売春だけだった。それと、下手くそな芝居とね。彼女にポン引きがついてたことはない。だからいつも彼女は他の娼婦たちと連《つる》んでいた。大勢の娼婦たちとよ。数の力、集団の力で身を護っていたわけ。それに、夏のコンベンション、ボートの展示会、車の展示会も利用できる。大勢の男。娼婦の天国。人混み」

「わかった」ライカーは言った。「彼女の連れの娼婦たちをさがしてみよう」昏睡《こんすい》状態のいまでさえ、スパローには彼の目を惑わす魔力がある。そして、それに幻惑されれば、非常に高い代償を払うことになるのだ。「〝のっぽのサリー〟をつかまえるよ。デイジーともう一度話してみる」ふたりのどちらかが有望な通りを挙げたら、その一帯の手入れをしよう。そして、罪状認否手続きや保釈をぎりぎりまで先に延ばすのだ。売春婦の大半は麻薬中毒者《ジャンキー》だ。留置場で十八時間過ごすくらいなら自分の母親を売るだろう。

デルースが新たに出た報告書を壁から引きはがしていく。ライカーが、チャールズ・バトラーのために最新資料のコピーをとるよう彼に指示したのだ。デルースは用心深くマロリーとの距離を保っており、彼女はあの新米刑事が捜査本部にいることをほぼ忘れかけていた。だがそれも、新たな過失──彼の過失に気づくまでのことだ。

彼女は壁に留められた新聞の第一面を見つめた。その写真の女優は、刺傷事件の被害者のブロンドだ。そこにはデルースのイニシャルとともに、短い手書きのメモが添えられていた。女優の住所氏名、そして、〝宣伝目的の芝居〟という覚え書き。しかしこれは、血が滴っていたという記事の内容と矛盾する。「ステラ・スモールの供述書はどこなの？」

デルースはコピーマシンから顔を上げた。「彼女とはまだ話していないんです。でも留守電にメッセージを残しておきましたから」

マロリーは壁を見回し、別の書類をさがした。「ミッドタウン署からの報告書は？」

「警察補助員がファックスで送ってくることになっていたんですが――」

「記事には救急車のことが書いてある。担当医の報告書はどこ？」マロリーは向きを変えて、デルースを見つめた。彼が答えられないのは明らかだった。それでも彼女はちゃんと我慢した。ちょっと手が出てもおかしくはなかったのだが。絶対に自制心を失わないのが、マロリーなのだ。消防士とのことは――本人の組み立てた否認のロジックによれば――数に入らない。彼女は怒りに駆られてザッパータを殴ったわけではない。あれはライカーが停職の憂き目を見ないようにするための方便だったのだ。そう、切れやすいのはライカーのほうだ。これが彼女の結論だった。なにしろ彼女の性格にはそうした傾向は一切見られないのだから。そしてもちろん、彼女は怒りを抑制し、あの消防士が自尊心以外の部分に傷を負わないようちゃんと手加減をした。あんなのは軽くコツンとたたいた程度だ。この新解釈はたったいまできあがったものだが、穴はどこにも見当たらなかった。

白バッジの刑事は彼女のかたわらに立ち、先日、襲われたブロンド女優の写真を無頓着に眺めている。彼女の住まいはイースト・ヴィレッジだ。つぎの犠牲者のプロファイルにこれ以上ぴったり合う人間はいないのでは？

デルースは言い訳を思いついていた。「もう一度、電話してみようと思ってはいたんです。でも先延ばしにせざるをえなくて。ライカー巡査部長が――」

「それはミスよ」マロリーは一語一語、力をこめてそう言った。彼に話しかけながらも、彼女はコルクボードから目を離さなかった。「電話はしなくていい。彼女のうちに直接行って。供述をとるのよ」

彼はまだぐずぐずしている。そこでマロリーは言った。「いますぐよ、デルース。彼女が死なないうちに」

マロリーは、走りだした新米のあとから歩いていった。ただし、彼よりもゆっくりと。その足取りは重かった。睡眠不足の影響は他のところにも出ていた。彼女は携帯電話を取り出して、女優の刺傷事件を管轄する警察署に電話をかけた。

ミッドタウン署の当直の巡査部長とつながった十分後、マロリーは刑事部屋にいた。電話の向こうの巡査部長は、ステラ・スモール刺傷事件の書類をさがしている。彼女は、椅子の背に頭をもたせかけ、目を閉じてそれを待っていた。ようやく彼が電話口にもどってきた。「すみません。供述書は見つかったんですが、これじゃなんにもならんでしょう。フォレッツリというちの補助員が、また仕事中に作文をしたようで――」

携帯を持つ手にぐっと力が入ったが、マロリーの声は平静だった。「読んできかせて」

「では。〝淫売がカメラと衝突。のっぽの金髪女は全員、呪われろ〟。これでおわかりでしょう?」

マロリーの顔に表情はなかった。彼女は自分の右手を眺めた。ザッパータを殴り倒したときの痛みはすでに退《ひ》いている。そこで指を丸め、ぎゅっと固く手を握りしめると、デスクに拳をたたきつけた。新たな痛みが起こり、集中力がよみがえった。頭の冴えがしばらく持続するよう、彼女はさらにもう一度、デスクを殴りつけた。すさまじい痛みが襲ってきた。

第十六章

ステラ・スモールの住むアパートメントの赤いドアと小さな中庭は、鉄の柵によって護られていた。マロリーはその門の前に立ち、インターホンのボタンを押した。住人の誰からも応答はない。そこで彼女は、ジーンズの尻ポケットからベルベットの小さなケースを取り出して、なかに収められたピッキングの道具一式に目を走らせた。それは、彼女が十歳のときに、師匠である〝のっぽのサリー〟から盗み出した品で、その後しばらく――子供時代の終わりまで――消えていたものだ。ケースは、ルイ・マーコヴィッツの死後、彼の金庫から出てきた。感傷的な男。彼は可愛い娘の初めての玩具を捨てることができなかったのだ。

マロリーが柵の鍵を開ける道具を選び出す前に、ロナルド・デルースが赤いドアから現れた。彼は小さな中庭を横切ってきて、門を開けた。「誰もいません」デルースは言った。「部屋のドアの下に名刺を入れておきました」

「なぜ彼女がいないってわかるの？」

「本当ですよ」彼は言った。「なかには誰もいない。確認したんです」

マロリーはベルベットのケースをポケットに入れた。もっともデルースにそれが住居侵入の道具だとわかるとは思えないが。「へえ、確認したの。どうやって？」

「ドアをドンドンたたいたんです。返事はありませんでした。なんの物音もしなかったし。どう考えても――」

「吊るされてる女がどんな音を立てるっていうの、デルース？」

「確かに」彼は赤いドアへと引き返し、その鍵を開けた。

「その鍵、どこで手に入れたのよ？」

「道の先の管理会社で」デルースはドアを押さえてマロリーを通すと、その脇をすり抜け、先に立って階段をのぼっていった。「彼女の部屋の鍵は渡せないそうです。令状がないかぎり」彼は2Bのドアの前で足を止めた。「ここです。なかに入るのは、ほんとに違法じゃないんでしょうね？」

「ええ。彼女が命の危険にさらされているとわたしたちが思うなら」警察学校で学んだはずの事柄をまたここで教えなければならないとは、迷惑な話だった。どうやらデルースは、勉強ができるほうではないらしい。ここまで見るかぎり、この市警副長官の義理の息子は、ニューヨーク市警刑事局にぜひ入れたい人材とは言えなかった。

彼はドアの前からどくよう彼女に合図した。「わたしがなんとかしましょう」

へえ、そう。

マロリーはドアの脇に立って腕組みをした。

鍵のかかったドアに関しても、デルースは何も学んでこなかったらしい。右足に全身の力を集め、彼はドアのどまんなかを思い切り蹴りつけた。もちろん鍵は壊れなかった。分厚い金属のドアにはへこみひとつできていない。マロリーはときには痛い目にも遭ったほうがよかろうと思い、彼が足を折ろうと再度挑戦するあいだ辛抱《しんぼう》強く待っていて、その後にこう訊ねた。

「すんだ?」

足を引きずって引きさがる彼を見るのは、いい気分だった。マロリーはベルベットのケースを取り出して、金属の道具を二本選ぶと、デルースの視線をさえぎる格好で、ドアに向かって作業にかかった。彼女はまず、ピッキング防止錠と謳われているいちばん上の鍵を開けた。

デルースが彼女の横ににじり寄ってきた。「何をしているんです?」

「ショートヘア用のピンで鍵を開けてるの」実はヘアピンなどひとつも持っていないのだが、マロリーはそう答えた。「緊急時に備えて、いつも持ち歩いているのよ」そして作業は終わった。

ニューヨーカーの例に漏れず、ステラ・スモールも残りのふたつの鍵はかけていなかった。ノブはあっさり回り、ドアが開いて、安物の家具で設えられた部屋が現れた。あちこちに放り出された衣類はさらに安物だった。室内は雑然としていた。汚れた皿が放置されているし、ベッドも乱れている。床の上にはカウチのクッションがひとつ投げ出され、《バックステージ》紙が半ばその下敷きになっていた。

「泥棒に入られたみたいだな」デルースが言った。

マロリーは首を振った。その乱雑さには、ライカー方式とでも呼ぶべきものがあったのだ。

「ステラはただ何か着るものをさがしていただけよ」ライカーの場合、それはしみやタバコの焼け焦げのいちばん少ない服をさがす作業となる。

「死体はぶら下がっていませんね」デルースが照明具を見あげて笑みを浮かべた。「だから言ったでしょう。彼女は家にいないって」床の上には、淡いブルーの衣類が丸まって落ちている。それも、すぐに目につくところに。なのに彼は、少しも興味を引かれていない。

「あなたたちが追跡していた例の女性だけど」マロリーは言った。「彼女は何を着てたんだっけ?」

「薄い青のスーツです」ここでようやくデルースは、床の上の服に気づいた。いかにも気まずそうに、彼がその青いジャケットを拾いあげて広げると、案の定、背中の部分には×印がついていた。

「ホシのつぎの標的は、ステラ・スモールよ」マロリーは言った。はっきり言葉にしなければ、デルースにはわかるまいと思ったのだ。彼の手からジャケットを取りあげ、彼女はそのラベルを確認した。れっきとしたデザイナーのブランドだ。仕立てはよい。生地もしかり。マロリーは衣類とハンガーの山のあいだをめぐり歩いた。時代遅れのものを見抜く眼を持つ彼女には、衣類のほとんど、もしくは、全部が古着であることがわかった。それでも、何点か見られる流行遅れの高級服からは、生来のセンスのよさがうかがえる。汚された青いスーツは、部屋にあるどの服よりも上等だった。自分のブレザーがみな特注であるにもかかわらず、彼女はこれを一流の品と認めた。ポケットから出てきたレシートは、案の定、ディスカウント店のもので、彼女の疑いを裏付けていた。デザイナーズ・ブランドの在庫一掃セールだ。

ドアの近くのテーブルには、未開封の手紙が積みあげられていた。その雑な山には、〝いやがらせの手紙〟と記された黄色いポストイットがついている。すべて請求書。そしてそのどれもが未払いだ。マロリーはテーブルの引き出しを開け、なかを漁《あさ》って小切手帳を見つけ出した。メモ欄に記入されているのは、小切手の受取人の名前のみ――金額も、現在の残高もない。また、切られた小切手にクレジットカード会社宛のものはひとつもなかった。つまりあの女性は文なしで、きょうはもう買物をしないということだ。

マロリーは通りに面した窓を振り返った。この町は家から一歩踏み出しただけで金がかかる。あの貧しい女優は、じきに帰ってくるだろう。「デルース、ここを動かずにステラを待つのよ。一日かかったってかまわない――ひと晩じゅうかかっても。わかった？」

いくつかある取調室のうち、ライカーが選んだのは、重大犯罪課でいちばん狭い部屋、留置場だった。四方の壁は茶色がかった黄色。長年、紫煙にさらされ、ジャンキーたちのゲロの噴射を浴びなければ、この独特の色艶を出すことはできない。部屋の半分は、金網と木材でできたちゃちな小屋に占められている。目下、この檻の扉は開け放たれ、ニューヨーク・シティ一、背の高いプラチナ・ブロンド女への招待兼脅しとなっていた。

そのオカマはパイプ椅子にすわった拍子に、テーブルの下部に膝をぶつけた。「いつまで待たせんのよ？　あたし、今夜はデートなんだけど」

ライカーはドアを――ゆっくりと――閉め、腕時計に目をやった。「そう長くはかからんよ、サル。そうだな、もし急いでるなら、明日にしてもかまわんぞ。昼ごろに店の前までパトカーの迎えを出そうか?」

「あらら、そりゃまたご親切に。でも結構よ」〝のっぽのサリー〟は壁の時計をじっと見つめ、ブラジャーのストラップやはねた髪を落ち着きなくいじくった。「話ならもうひとりの刑事にもうしたよ。アルマーニのサングラスをしたブロンド女にさ」ここに来て、この元娼婦、元男、元泥棒は、レディーらしく振る舞うのを忘れた。「アルマーニたあなあ。あのあばずれ、袖の下をもらってるんだろ」

「おまえがあの刑事に何を話したかは知ってる」ライカーは古いフォルダーをテーブルに放った。「あれは嘘だよな」彼は椅子にすわると、こっちはいくらでも時間があるんだと言わんばかりにテーブルに両足を載せた。「スパローの話をしようじゃないか。いや、なんだったら昔の思い出話でもいいぞ」ライカーはフォルダーを反対に向け、サルにその大文字の表題が読めるようにした。フランキー・デライト。「十五年前の事件だが、この殺しは未解決のままだ。そしておれはおまえがその現場にいたのを知っている」

やったぞ。

オカマは椅子にすわったまま、その金属の脚四本をギーッときしらせ、うしろにさがった。

「あたしは関係ないよ!　フランキーはどう見てもイカレてた。あのカス野郎を殺したい娼婦なら百人もいたろうよ」

「不思議だよなあ?　やつの死んだ夜、おまえがやつと一緒にいたのを、どうしておれが知ってるのか」〝のっぽのサリー〟が男という性から逃れ、女性の一員となったいま、火災の灰のなかから見つかったあの死体がフランキー・デライトのものだったのを知る男はライカー以外にいない。「時効はないぞ、サル。殺人の罪は永遠に消えないんだ」

「ナイフであいつを刺したのがあたしだって言ってるなら、スパローは大嘘つきだよ」

検視局長に名なしの死体《ジョン・ドゥー》として知られるフランキー・デライトは、実際にナイフで殺されている。サルは、犯罪者とは度しがたい阿呆の集団であるという古くからの定説に裏付けを与えたわけだ。

「そこがまた問題でね」ライカーは言った。「スパローもフランキーが死んだその夜に刺されているんだよ」ライカーはフォルダーを開け、電動鉛筆削り機の購入を申請する四枚綴《つづ》りの書類を眺めた。「これは救急車の運転手の証言なんだがね、彼は現場に向かう途中、身長七フィートのブロンドが通りを逃げていくのを見ているんだ」これは実際、本当のことなのだ。ただし、十五年前にその証言を聞いた人間はライカーただひとりであり、彼はどこにもそれを書き留めなかったのだが。「そこでだ、サル、おまえはこれをどう——」

「あたしがいなかったら、あのジャンキーは出血多量で死んでたとこよ」サルの手がいかにも女っぽくひらひらと動く。「それか、ネズミどもに食われてたかだね。あたしはあの女の命の恩人なの」

これは、ライカーが話に聞いているこの前科者のキャラに合わない。〝のっぽのサリー〟にいいところなどないはずなのだ。

「おまえは、配達用トラックからビデオデッキを盗み出すのに、十歳の女の子を使ったんだよな」彼はふたたびフォルダーを開き、新たな書類に興味を引かれているふりをした。今度のは白紙だ。「おまえがその現場にいたことを証言できる警官がふたりいるんだ。彼らのパトカーが現れると、おまえは、かわいそうに、その子供を置き去りにしたんだろ」

「なんだってそんな――」

「質問に答えるのはそっちだ、サル。それが決まりだよ。その子供が、盗んだデッキひと山をスパローにやったのを、おれは知っている。その後、おまえはスパローがそのブツでヘロインを買っている現場を押さえた。そしておまえは彼女を刺し、売人を殺した。動機と機会はそろってる。この事件を終結させるのに必要なものは全部な」

「あたしがあそこに行ったときフランキーはもう死んでた。あたしのまえを知ってるでしょ。どっかにナイフなんか出てくる？　ううん、どんな武器だってさ！」その声が次第にヒステリックになっていく。「スパローを刺したのは、フランキーよ。あたしは血を流してるあの娼婦をおぶって、三ブロックも運んでやったんだからね」

「おまえは事件の現場から彼女を動かした。そうすりゃそこに引き返して、警官どもに邪魔されずにブツを回収できるからな」

「そうじゃない、あれはあの子供の思いつき。あのチビがアベニューBの空きビルまであたしを引きずってったの。手入れがある前、あそこはクラックの密売所だったのよ。あの淫売はビルの前の歩道に倒れてた。だからあたしは、半死半生のあの女を運んでやったわけ。チビは壊れてない公衆電話をさがしながら、先に駆けてった。あいつ、九一一に電話するのに、あ、た、し、の小銭を使ったんだからね！　あたしはスパローをそこに下ろして――」

「ビデオデッキを取りもどしにクラック密売所にもどったわけだ。で、フランキーの遺体に気づいたのは、そのときだって言うんだな？　それがおまえの言い分だろ、サル？」

「あのくそガキ、そのことを黙ってたのよ。あたしのブツのすぐ隣に死体があるなんてさ。あたりは血の海だった。あいつの体の血が全部流れ出ちゃってたわけ。脚にはまだナイフが刺さってたわ」サルはライカーを指さした。「そしてそれはスパローのナイフだった。柄の部分にでっかいSの字が入ってたもの」

「警察がその凶器を回収してないのが残念だよなあ」これは嘘だった。そのナイフは、遠い昔、ライカーが自らの手で処分したのだ。「ひょっとするとその子供がおまえの証人になれるかもな。子供の名前はわかるかい？」

「ううん、知ってるのは通り名だけ。あたしは、〝ノミッ子〟って呼んでた。そりゃもう足が速かったから。どのみちあの子はもう死んでるわよ。スパローが、火事で焼け死んだって言ってたもの」

　これでようやく確信できた。この前科者の頭のなかで、キャシーという名があの子と同じ緑の目を持つ一刑事と結びつくことは絶対にあるまい。「状況はおまえに不利だぞ、サル。弁護士を呼ぶか？　なんだったら、昔のことは忘れてやってもいいんだが。おまえはときどきスパローに出くわすんだろ？　もし嘘をついたら、仮釈は取り消しだと思えよ」

根競べが始まった。そしてついに、〝のっぽのサリー〟が身を乗り出して言った。「もうひとりのおまわり、あの背の高いブロンドだけど。彼女の話じゃ、スパローは鼻を治したんだってね。あたしがあの娼婦を見かけたとしても――それはその前のことよ」

「それだけじゃあな、サル。こっちは、スパローがやられる前の週、どこでどう過ごしてたかを知りたいんだ」

「そう言われたって、ないものは出せないじゃない。三カ月前、あたしは週末、市外にお出かけした。で、リンカーン・トンネルで渋滞につかまってたら、そこにスパローがいたわけ。あの女、他の似たような娼婦どもと一緒に、車から車へめぐり歩いてたのよ。あれは通勤客相手のフェラの女王様だからさ」

「嘘だろう。一年以上前に、娼婦どもはあのトンネルから一掃されたんだ」

「あんた、あんまり運転しないんでしょ、ライカー？」

サルがすぐばれる嘘をつくとは思えない。そのとき、ドアの外から話し声が聞こえてきた。その一方は、ロナルド・デルースの声だ。

「ようし、もう行っていいぞ」〝のっぽのサリー〟が部屋から飛び出していくとき、ライカーは実際に風を感じた。デルースはあわててドア枠に貼りつき、駆け抜けていくブロンドの大女を通した。ライカーは、サルのほうがこの若い警官より髪の色が自然なことに気づかずにはいられなかった。

「オーケー、坊や。何を持ってきてくれたんだ？」

「ミスター・バトラーのためにコピーした資料一式です」デルースは書類の山をテーブルに載せると、サルがすわっていた椅子に腰を下ろした。マロリーがドアに現れたとき、彼はそちらに背を向けていた。

ライカーはペーパーバックの入ったポケットを軽くたたいた。マロリーにこの古いウェスタン小説を渡すよい機会があれば、と思っていたのだが、いまはそれにふさわしい時ではない。彼女は黒いサングラスをかけていた。本人はこれで顔を隠しているつもりなのだ。〝のっぽのサリー〟が顔を出すことはもうないだろうが、事情聴取はまだつづき、娼婦たちはまだやって来る。スパローの黄金色の影法師——不思議な緑の目をした子供を覚えている女たちが。マロリーは追いつめられた気分にちがいない。

いや、彼女の頭にあるのは何か他のことのようだ。その視線は、テーブルに着いた若い警官に注がれている。音もなく室内に入ってくると、彼女はデルースの椅子のうしろに立った。それから身をかがめて、彼の耳もとに口を寄せ、静かにささやいた。「わたしは、ステラ・スモールの部屋にいろって言ったのよ。あの鍵の開いた部屋に」

これはデルースを銃で撃ったも同然だった。

胸に手をやり、顔を上げると、彼は舌をもつれさせながら、天井に向かって言った。「ドアの前に制服警官の見張りを立たせておきましたから」

マロリーは落ち着き払ってテーブルに尻を載せると、左右にゆっくり首を振った。「いいえ、あなたには制服警官に命令することなんてできない。それはあなたの仕事じゃないし、あなたはそういう階級でもない」

「それにそんなことをすりゃ、連中のボスの巡査部長たちがむっとするだろうしな」ライカーも付け加えた。

マロリーはサングラスを下げた。自分の手が出るまであと一歩だということをデルースに知らしめるために。「その制服警官は見張りの務めを放棄して、どこかの家のもめごとを収めるために別のアパートメントに行った。ステラ・スモールを待つことは人命にかかわる重大な任務なのに、誰もそのことを彼のボスに話しておかなかったから」

デルースは彼女から視線をそらすことができずにいた。彼は怒りの爆発を待っている。だがマロリーはただ、どんな目に遭うのか相手に想像させ、その不安をかきたてるばかりだった。

「もう一度行ってきます」デルースは椅子から立ちあがろうとした。

「いいえ、必要ない」

彼は、立っているともすわっているともつかない、ぎこちない姿勢のまま凍りつき、ズボンを濡らす許可を待っていた。

マロリーは声を荒らげもしなかった。「その警官のボスと話して、応急処置を施したわ。彼は、ドアの見張りに一名、アパートメントの住人の聞き込みに一名、人員を貸してくれた。聞き込みもほんとはあなたの仕事だったんだけどね」

「でも、そんな指示は――」

「いちいち言わなくてもわかるはずよ、デルース。すわりなさい」

彼は椅子にへたりこんだ。

「仕事は制服警官たちがやる」マロリーは言った。「あなたは首を突っこまないで。とにかく何もせず、おとなしくすわってなさい」

ライカーは彼女が出ていくまで黙っていた。それから彼は、打ちのめされた白バッジを立ち直らせるという難題に取り組んだ。「おまえさん、ローマンのところにどれくらいいたんだっけな？　四カ月か？」

若者はうなずいた。

「あそこでもちっとはものを教えるのか？」

「ええ、巡査部長」そう答えたとき、デルースの声は妙に皮肉っぽさに欠けていた。「クリームと砂糖を入れるのが誰で、ブラックで飲むのが誰か、わたしは知っています。サンドウィッチにマヨネーズを追加するのが誰で、バターを塗るのが誰かも。それにデリカテッセンに使いに行くとき、わたしは絶対に注文をまちがえないんです」

「そうさ」ジェイノス刑事は言った。「あのトンネルには娼婦がうじゃうじゃいる」

市長が新たな妄念にとりつかれ、イースト・ヴィレッジを襲ったウイルスを媒介しそうな、翅《はね》のある昆虫類の殲滅《せんめつ》に没頭している隙に、娼婦たちは古巣にもどっていたのだ。この夏は、殺虫剤により、重い肺気腫の高齢者が二名殺されたうえ、誰も殺さなかった虫たちが大量に処刑された。しかし娼婦らは、市全域にわたる昆虫および老人駆除の被害を免れたのだった。少なくとも、ライカーと並んでのっしのっしと歩道を進みながら、ジェイノスが語ったところによれば。

「ぜひ自分の目で見てみないとな」ジェイノスの大きな両手が上に上がり、その太い指が空中から適当な言葉をつまみとろうとくねくね動いた。「トンネルの入口に群れてるあの娼婦たちの数ときたら。あの図はすばらしく男根象徴的だよ」

これが、凶悪な殺し屋の顔と体をそなえた男のせりふとは。ライカーはくるりと向きを変え、デルースが追いついてくるのを待った。「なあ、坊や。リンカーン・トンネルに行って、何人か娼婦をつかまえたくないか?」

「いいですね」デルースは笑みを浮かべていた。

「手袋ははめられんぞ。警察だってのが、ばれちまうからな。だからよく考えろよ、坊や。ヒトジラミに毛ジラミ、梅毒にヘルペス——あそこには、この世のありとあらゆる病気がはびこってる」

ジェイノスがにやりとした。「あれは、神の作りたもうた死にゆく娼婦たちのための小さな待合室なんだ」

「きっと楽しいぞ」ライカーは言った。「それでも行きたいのか?」

「はい、巡査部長」

コフィー警部補は捜査本部のテレビを見つめた。ステラ・スモールは目下、十五分間のスポット・ニュースで取りあげられている。警察は、犯罪被害者となりうる一市民をさがすため、マスコミの協力を求めたのだ。「ゴールデンタイムじゃないか。まさかここまでやってもらえるとはな」

「いやいや、テレビ局も喜んでるんですよ」ウォン刑事が言った。「今週は視聴率調査の週なんで。これをやれば、広告収入がボーンと跳ねあがるでしょう。テレビ局は連続首吊り魔のその部分に惚れこんでるわけです」

画面のリポーターは、ステラ・スモールの近所の居酒屋のバーテンにインタビューをしている。店のお客たちが身を乗り出してそこに割りこみ、視聴者に手を振る。カメラは窓へと移動し、さらにドアを通り抜けて道に出ると、左を向き、右を向いた。リポーターが訊ねる。「彼女はいまどこなんでしょう？　見かけたかたはいませんか？」その声は、〝一緒に遊ぼう〟とテレビの前のみなさんに呼びかけるゲーム番組のホスト風だった。

画面下に警察のホットラインの番号が流れ、映像が切り替わって、衣装を着けた一群の幼い子供たちが映し出された。オハイオ州の幼稚園で上演されたこの劇のビデオを、ローカル・ニュースの専門局がどうやって入手したのか、コフィーは不思議に思った。子供サイズのステラ・スモールが大人のハイヒールを履いて、舞台上を危なっかしくよろよろと歩いていく。その小さな女の子はたちまち靴から落っこちて尻餅をつき、重大犯罪課の刑事ふたりと八百万人のニューヨーカーの胸をきゅんとさせた。純白の小さなソックスがばたばたと宙を打ち、子供は泣き叫んだ。「ママー！」

「くそ」コフィーはこのビデオの出所に気づいた。「あのエージェントだな。あいつがステラの家族に向けて記者どもを放ったんだ」

ロナルド・デルースはトンネル入口の少し手前に車を駐めた。その先の渋滞した道路では、女たちの大群が仕事をしている。ハイヒールでゆっくり歩きながら、娼婦らは汗の粒に輝く胸をちらつかせていた。車列はその路上市をのろのろと進んでいく。そこでの売り物は、さっとまくられるスカート、あらゆる色調の尻、銅色、金色のスパンコールや安いカツラ、そして、真っ赤な唇だ。

女たちのなかには、すばやく車内に飛びこむと、頭を低くして視界から消え、やがて現金を握って出てくる者もいた。

「娼婦は何があろうと被害届を出さない」運転席の若い警官を振り返って、ライカーは言った。「それに、犯人の特定にも絶対協力しないしな。どうしてかわかるか？　ホシが仮釈で出てきたとき、ぶちのめされるから——悪くすると、殺されるからさ。目撃者が死んだ？　なら起訴は却下だ。われわれの司法制度なんてその程度のもんでね。だからこっちは、あの女たちに証言台には立たずにすむと信じさせなきゃならない。だがそこんところは任せてくれ、坊や。女に嘘をつくことにかけちゃ、おれのほうが熟達してるからな」

彼はネクタイをゆるめ、拳銃とホルスターが見えないようスーツの上着のボタンをかけた。「まず十五分くれ。おれが見込みのありそうな娼婦を何人か選び出す。それから、二、三人、つかまえてみようや」

ライカーは路上に出ていくと、車の故障を装って、デルースの車のフードを開けた。それから、少し蛇行しながら、ぶらぶらと女たちのほうに向かった。指を鳴らしながら——しかしそのテンポは、徐行する一台の車がワンワン鳴り響かせる音楽には合っていない。なぜなら彼は、娼婦たちのおまわり探知レーダーにひっかからないよう、テンポが世間とずれている人畜無害な酔っ払いの役を演じているのだから。

二十分後、彼は三人のジャンキーに目星をつけていた。スパローと同じ年齢層の年増の娼婦たちだ。あの連中ならぶちこまれて一時間足らずで半狂乱になるだろう。そして禁断症状に苦しむ娼婦は、なんだってしゃべってくれる。そのひとりは見たような顔だったが、仮に彼に逮捕されたことがあるとしても、向こうも彼を覚えてはいなかった。彼はスパローについて質問したりはしなかった。この女たちはしたたかだから。それでもなんとか、売春するスパローが最後に目撃されたとき、町のこの界隈で仕事をしていた常連たちを見つけ出すことはできた。

彼は腕時計に目をやった。デルースのやつ、いったい何をしているんだ？　所定の時間はもうとっくに過ぎている。それに、有望な娼婦のひとりはいまにも逃げてしまいそうだ。

赤いセダンがゆっくりとそばを通り過ぎた。徐行するその車と並んで、ハイヒールのサンダルがカツカツと進んでいく。女がかがみこんで、ドライバーにほほえみかけ、歌うように声をかける。「ねえちょっと、坊や」その娼婦はくるりと体を回転させてフードの上に乗っかると、ドライバーとの値段の交渉に入り、フロントグラスに向かって叫びながら、そのままトンネルへと入っていった。

振り返ると、デルースが大急ぎで車から降りてくるのが見えた。女たちにかなり近づいたところで、彼はようやく気づいて歩調をゆるめた。あいつ、何を持っているんだ？　ライカーは目を細め、それから上着のポケットに手をやった。

空っぽだ。

あのペーパーバックは車内のどこかに落ちたにちがいない。

デルースは自分を取り巻く裸の肌を見つめまいと努めている。そして、このことはただちに周囲の目を引いた。危険を察知し、女たちは顔を起こしている。みんな、警官臭がしないかどうか、風の匂いを嗅がんばかりだ。じりじりと離れていく者もいれば、警戒し、緊張し、いつでも飛び立てる状態で、遠くから眺めている者もいる。ライカーは悟った。この分だと、連中のひとりでもつかまれば御の字だろう。

こりゃあ最悪だな。いや、ちがうか。

この八月はあとにも先にも一度しか強い風は吹かないのだが、それがよりによってこの夜だったのだ。デルースの上着がふわりと開き、真新しいショルダーホルスターに収まったその拳銃に、娼婦のうち三人が気づいた。そして彼女らはいま、熱気のなかで溶け去りつつあった。

娼婦の店が閉じようとしている。

黒髪の女たちはみな、じりじりと退いていく。ところがそんななか、金髪の女のひとりが他の金髪たちに声をかけ、ロナルド・デルースのほうにぶらぶらと歩きだした。

どうなってるんだ？

娼婦が人種ごとに群れるのなら見たことがある。だが、髪の色ごとというのは初めてだ。さらにふたりの金髪が、若い刑事のほうへと吸い寄せられていく。黒髪の娼婦らも恐怖を忘れ、商売を独占しようと動きだしていた。彼女らは勤め帰りのドライバーをつぎつぎ一本釣りし、車に這いこんでは這い出てきて、十ドル、五ドルと現金をかき集めている。

デルースは漂白ブロンドの天国に埋もれていた。ホルタートップからはみ出した白い肌の山に。女たちは彼の髪を、胸や膝をなでている。みんな、金歯や欠けた歯で、「ヘイ、ベイビー」「ハイ、シュガー」と、彼にほほえみかけている。ひとりの娼婦が彼の手の本を軽くたたいて言った。「それじゃあんた――この話の結末を知ってるのね？」

ライカーはぽかんと口を開け、デルースがあのペーパーバックのウェスタン小説を開くのを眺めていた。そして若い刑事は、熱心に耳を傾ける半裸の読書マニアの一群に読み聞かせを始めた。

第十七章

コフィー警部補は、オハイオとのこのデリケートな電話のためにもう少しプライバシーを確保すべく、オフィスのドアを閉めた。彼が年かさのステラ・スモールに優しく話しかけているあいだ、若いほうのステラ・スモールは子機の向こうでずっと泣いていた。母親はすぐに会話から消えたが、祖母は涙で言葉が出なくなるまで電話口に留まった。

受話器を置いたコフィーは、部屋の隅の小さなテレビに目を向けた。ふたりのステラがリポーターの待つ自宅のリビングにもどると、オハイオからの生中継が再開された。女性たちのすわるカウチの向こうには、一枚ガラスの窓ごしに彼女らのトレイラー・パークが見えた。外にはマスコミの大群がキャンプしている。

リポーターは母親と祖母に、ニューヨークの重大犯罪課との電話会談について訊ねていた。

「警察は、死ぬ前にステラを見つけられると思っているんでしょうか？」

なんてひどいことを。

警部補はガラスの仕切りを見あげ、オフィスの前を通り過ぎていく娼婦の数を数えた。総勢十人。行列を率いているのは、ロナルド・デルースだ。そして、いちばん最後にライカーが階段室のドアから出てきた。刑事部屋の刑事たちは全員、笑みを浮かべ、頭をめぐらせて、女たちの姿を追っている。その胸の内は造作もなく読みとれた。

またブロンドかい。実にありがたいね。

警部補はオフィスのドアを開けて、ライカーに声をかけた。「チャールズ・バトラーが来ているぞ。きみが迎えを出したそうだな」


チャールズは劇場の観客よろしく、明かりを落とした狭い部屋にすわっていた。すわり心地のよい座席はひな壇式になっている。そしてこの劇場に、悪い席というのはない。ステージは、片面ガラスの向こう側の広々した明るいスペース。ロナルド・デルースがその入口のドアを押さえ、露出度のまちまちなブロンドの一群を室内に通している。女たちは長テーブルを囲んで椅子にすわった。その全員が同時にしゃべっているが、会話の内容はさっぱり聞き取れない。

ライカーが部屋に入ってきて最前列の席にドスンとすわり、窓からの明かりに疲れた顔をさらした。

「大変な一日でした?」

「シュールな一日だったよ」刑事は目玉をぐるりと回した。「あの若いのと娼婦を釣りに行ったんだ。で、気がつくと、なんとご婦人がたがあいつに群がってるじゃないか。そう聞いたら、デルースのぴちぴちした若い体が狙いだと思うよなあ?」

「いえ」チャールズは言った。「それじゃ簡単すぎますよ」

ライカーはため息をついた。「女どもは彼と文学の話をしたかったのさ」彼はあの古いウェスタン小説を掲げてみせ、ガラスの向こうの大きな部屋を見つめた。「あそこに見えるのは――あれは、〝キャシー・マロリー　娼婦のブックサロン〟だよ。あの女たちは、キャシーのウェスタン小説の登場人物をひとり残らず挙げられる。みんな、子供のころの彼女にあの本を読んでやってたんだ。ただし、一度に一時間ずつな。なかの誰かは、物語の初めのほうを知ってる。中盤や終わりを知ってるやつもいる」

「でも、一冊丸ごと読んだ人はいない」

「そのとおり。で、あの女どもが商売の合間に何をやってたと思う？　連中は協力しあってシリーズ全巻のすじをつなぎ合わせていたんだよ。他の娼婦たちも口コミで参加した。やがて女たちは《ヴィレッジ・ヴォイス》（ニューヨークの無料の週刊紙）に広告を出した。お互いを見つけるのには何年もかかったそうだ。そして今夜、連中は、デルースが大好きな作家の本を手にやって来るのを目にしたわけさ。その巻は連中が一度も見たことのないやつだったんだよ」

「最後の巻ですね」チャールズは言った。「なるほど、あの人たちはその物語を知りたかったのか」

「そうなんだ。デルースは女たちに、自分もまだ読みだしたばかりなので、と言った。そして本を開いて、娼婦の一団に読み聞かせを始めたんだ。車の流れはものすごく遅くなった。ニューヨーク・シティじゃあんな光景、誰も見たことないもんな。しばらくすると、あの坊主は読むのをやめて言った。『この本を全部読んだ人を知ってるんですけど』で、娼婦たちは、だったらぜひ警察署に行かなきゃ、と思ったわけだよ。それだけじゃない。街角に立ってる他のブロンドも何人か招待したんだぞ。こっちはその全員をピックアップするのに、署の車を何台も出すはめになった」

「それで、ぼくのお役目は？」

「おれはあのシリーズをたぶん半分くらいは読んでいる。だが、それは十五年も前のことだからな。あれを全巻読んだのは、きみだけなんだよ。いまからおれたちは話のすじと引き換えに情報を入手する。あの女どもの少なくとも半数は、スパローを直接知っているんだ。おれは吊るされる前の週の彼女の動きを知りたいんだよ」

「あの人たちの誰かが〝かかし男〟を見ているかもしれないというわけですね？」チャールズはガラスの窓に目を向けた。その向こうでは、デルースが衝立《ついたて》を設置して小部屋をふたつ作っている。プライバシーという幻想を。

ライカーに倣って、チャールズは立ちあがった。すると刑事が彼の腕に手をかけて言った。

「もうひとついいかな、チャールズ。よく聴いてくれよ。あの娼婦たちは誰もマロリーのほんとの名前を知らない。彼女をキャシーと呼んでたのは、スパローただひとりなんだ。でもあの女たちは、ブロンドの髪と緑の目を持つ小さな女の子の話をするはずだ。その子供は公式にはいい、いい、死んでいる。死んだままでいないと、殺人と放火の罪を問われることになるんだ」

この警告とともに、チャールズ・バトラーは呆然としたまま、すみやかに部屋の外へと連れ出された。廊下に出ると、ライカーはドアに鍵をかけてから、てのひらを広げて三つの鍵を見せた。「鍵はこれで全部だ」さらにセキュリティを強化すべく、彼は楊枝を一本、鍵穴に挿しこみ、金属の口ではみ出た部分をへし折った。「盗み聞きされちゃかなわんからな」

取調室にぶらぶらと入っていくと、刑事は言った。「ご婦人がた、どうかご期待ください」

彼はチャールズの肩をぴしゃりとたたいた。「われわれはシリーズ全作の結末を知っています」

盛大な拍手が巻き起こった。


スパローの仲間が集まる娼婦の同窓会からマロリーを護りたかったなら、ライカーはドアに見張りを立てるべきだったのだ。鍵のかかったドアというものは、常に彼女の興味をかきたてる。もっともこのドアは、難関と言うほどのものではなかった。マロリーは爪で楊枝をかき出すと、しばらく錠をこじる作業に当たった。それから、明かりの落ちた室内に入り、サングラスをはずして、片面ガラスに面した座席の最前列にすわった。そしていま、彼女は公演が始まるのを待っている。

何かがおかしい。

マロリーはガラスに向かって身を乗り出した。その娼婦たちのほぼ全員を、彼女は知っていた。子供時代のお話の時間の女たち。傷跡や折れた歯でひどく変貌した者でさえ、見分けはついた。こんなに大勢生き残っていたとは、驚くばかりだ。もっとも、これはもとの人数の数分の一にすぎない。そして、女たちの共通の分母はスパローではなく、マロリー自身だった。

ライカーは何を企んでいるのだろう?

デルースが娼婦らのテーブルの上手に立ち、猛スピードで手帳にメモを取っている。おそらくデリカテッセンに使いに行くため、女たちの注文を聞いているのだろう。ライカーは事情聴取が始まる前に、あの若者を部屋から追い出したいわけだ。

マロリーは音響システムのスイッチを入れた。チャールズ・バトラーの声を耳にして、彼女は新たな衝撃を受けた。彼が立ちあがり、遠いほうの小部屋を囲う灰色の衝立の上にその頭がのぞいた。ライカーが娼婦のひとりに彼を紹介している。チャールズには、グレタと握手したあと、ちゃんと手を洗うだけの分別があるんだろうか？　その娼婦、彼の新しい友達は、遠い昔に受けた損傷により、片耳が半分なかった。

食事の注文をとり終えたデルースがドアへと向かっている。事情聴取はまもなく始まるだろう。マロリーはインターホンの音量を上げた。その音響システムは、一度にひとつの声を――六つの会話ではなく、ひとりの言葉を――盗聴するようにできている。彼女は目を閉じて精神を集中すると、ざわめきをふるいにかけ、まずひとりの男の声を、つづいてもうひとりの声を抽出した。

なぜチャールズが、あのウェスタン小説のすじを知っているんだろう？

マロリーはひとつの声のみに焦点を合わせ、さらにしばらく耳をすませていた。チャールズは『果てしなき道』の結末を語り終えたところで、いまはグレタに、スパローの動きについて質問をしている。

マロリーはライカー側の小部屋に注意を移した。彼はそこで別の娼婦と話している。その会話を聞きはじめて数分後、彼女は、ライカーが解決しようとしているのが別の殺人事件であることを知った。

「スパローがあの子と仲よくしてるなんて、マーコヴィッツは知らなかった、あの刑事はただ、誰か街に目を配る人間がほしかっただけ」ベルは言った。「ほら、もしあの子を見かけたら、知らせるような――」

「金髪の女の子だよな」ライカーはそう言って、面談のスピードアップを図った。物語のこの部分は、彼もすでに知っている。情報を求めて、スパローに近づいたのは彼自身なのだ。そしてルイ・マーコヴィッツがその金を払った。

「うん。おまわりどもはあの女の子を血眼でさがしてた。スパローに金をやるからって言って。それもはした金じゃないんだよ。そのうえ、前払いとして、彼女は〝ただで檻を出る〟許可証までもらったんだ。マーコヴィッツが自分で署名したやつだよ」

ライカーは観念した。この女を加速させるのは到底無理だ。彼女がどんなクスリをやっているにせよ、そこにスピードは混ざっていない。

「つまりスパローは朝は娼婦だったけど」ベルは言った。「午後にはたれこみ屋になってたわけ。そして同じ日の夜、彼女は十歳の泥棒のために盗品を倉庫に運びこんでいた。本業がどんだけうまくいってなかったか、これでわかるよね」

「盗品を倉庫に?」ライカーは、まさかという顔をしてみせた。彼はそれが例のビデオデッキであるよう願っていた。「あのチビはただのケチなこそ泥だったんだぞ」

「ちょっと、横から口を出さないでよね。そう、あたしはスパローと道を歩いてた。彼女、そんときはもう、マーコヴィッツなんかほっとこうって決めてたよ。そしたら向こうからあの子がやって来たの。ビデオデッキがいっぱい入ったショッピングカートを押してさ。しかもデッキは全部新品で、まだ箱に入ったままだった。あたしは、お話を読んでやろうかって訊いてみた。でもあの子は、いいって言うんだ。そんなこと初めてだったよ。あの子はスパローをあてにしててね、ブツを隠す場所が必要だって言ったわけ」

これは、かの〝大トラック強盗〟の別バージョンだ。この女の話では、盗みの手柄はすべてキャシーのものとなっている。

「で、その後、あの子はブツを現金に換えたがった。スパローの知ってる故買屋といやあ、〝のっぽのサリー〟だけだったけど、あの子はサルとは取引したがらなかった。理由は言わなかったけどね。とにかく、ふたりは別のバイヤーを見つけたんだよ」

「そのバイヤーってのは、ひょっとしてフランキー・デライトじゃないか？」

ベルは肩をすくめた。「さあねえ。あたしは知らないよ。それで？『闇の世界』は最後どうなるの？」

その物語ならライカーもよく知っていた。それは彼のお気に入りの巻なのだ。月のない夜の、闇のなかでの遠隔射撃という歴然たる欠陥も気にならないくらいだった。「あれは待ち伏せシーンで終わるんだ。四十人の牛泥棒が崖の上に潜んでいる。ピーティ保安官が下の谷を通るのを待っているのさ。まるで自らの運命を知っているかのように、保安官はその道に不吉なものを感じる。でも彼に選択の余地はない。彼はウィチタ・キッドを追わなきゃならないんだ」

「〝なぜならそれが彼の職務だから〟」ほぼ全巻の一ページ目に出てくる決まり文句を、ベルは暗唱した。「〝法こそ彼の命なのだ〟」

「そのとおり。しかし彼にあるのは、六連発銃二挺のみ、しかも予備の弾は一発もない。その夜は曇りで、空に星はなかった。ただのひとつも。彼にとっては、それが最悪の点なんだ。もう二度と星の光は見られない。彼はそう思っている。それに星がなければ、おれは道に迷ってしまうだろう。行く手を示してくれる道しるべが空になければ。だから彼は馬を止め、しばらく鞍にすわっているんだ。おれの一生はなんだったのか——彼は胸にそう問いかける。信仰は失われ、行くべき道もわからない。胸のバッジすらもう見えない。あたりはそれほど暗かったんだよ。その巻は、保安官が馬に拍車をかけるところで終わる。彼は馬を全力疾走させて谷間へと入っていく。それが罠であること——勝ち目のない戦いであることを知りながら。ならず者どもは銃撃を開始する。保安官が見あげると、峰という峰から銃が撃たれ、まぶしい光を放っている。まるで星のように」

「なんて美しいの」ベルはそう言って、立ちあがった。

ライカーは列のつぎの女にうなずいてみせた。「きみの番だよ」

ふたりめの娼婦の名は、カリーナ。彼女にはいくつか自分からも訊きたいことがあった。

「ねえ、さっきフランキー・デライトの話をしてなかった？　あの男ってどうなったの？　別にあのイカレたチビ野郎を気遣ってるわけじゃないよ。ただ、どうなったのかなと思って」

「おれが最後に見たときは」ライカーは言った。「黒焦げだったよ。死んで、死体置き場の台の上にいた」

マロリーの目がぱっちり開いた。どうしてフランキー・デライトの殺害のことをライカーが知っているんだろう？　あの売人の遺体は火によって破壊されたのに。あの焼死体の名前は、誰にもわからなかったはずだ。

クレイジー・フランキー。

彼女はふたたび目を閉じて、あるヤクの売人のぴりぴりした顔を思い浮かべた。アベニューBの空きビルのなかに立つ、痩せっぽちの白人の若者。ドレッドロックスに破れジーンズ。じゃらじゃら下がる金のチェーン。

あのアクセサリー？　ライカーは遺体の身元をあれで確認したのだろうか？

いまふたたび、深い闇に包まれたあの空きビルが目に浮かぶ。その内部の壁の半分は崩れ落ち、いたるところにネズミがいる――そして出口はひとつしかない。フランキーが略奪を企んでいること、金を払わずデッキを奪う気だということに、いつスパローが気づいたのか、彼女にはその瞬間を特定することができる。ナイフは抜かれていない。いまはまだ。しかし娼婦と売人はぐるぐると輪を描いていた。

あの子供、キャシーが空気銃の銃口を売人に向けると、刑事マロリーの手も無意識のうちにピストルの形になった。いままたすべてが繰り返されようとしている。脇腹を押さえて片膝を落としたとき、フランキー・デライトは彼女の照準のなかにいた。彼は腹が痛くなるほど激しく笑っていたのだ。彼女の玩具の銃を指さし、彼はヒイヒイと声を絞り出した。「そのちっぽけなので、でかい穴を開けようってのか?」そして今度は、スパローに顔を向けて言う。「なあ、あばずれ。てめえの注射針のほうがもっとでかい穴を開けられるんじゃねえか」まだ子供をいじめ足りず、彼は立ちあがり、相変わらず上機嫌でキャシーを振り返った。「そいつを使やあ、太ったゴキブリをやっつけてやれるぜ。脚を撃ってやるのさ。そうすりゃ一生歩けねえだろうよ」

スパローも笑っていた——とそのとき、売人がいきなり彼女の脇腹にナイフを突き刺した。それから彼は、そのナイフをぐいとひねって、さらに少し傷を広げた。

ああ、娼婦の目に浮かんだあの驚愕の色。

壁をずり落ちていくスパローの滑稽《こっけい》な姿に、フランキーがどれほど笑ったことか。彼女がゆっくり沈んでいくのとともに、壁面にはべったり血の痕が残った。そしてフランキーの笑い声は、子供の悲鳴にかき消された。

ライカーはカリーナのタバコに火をつけた。「すると、きみがその取引のお膳立てをしたわけだな」

「そう。スパローはビデオデッキをひと山、売っ払いたがってたの。どっかの子供がかっぱらってきたんだってさ。信じられる?　それはともかく、あたしはある半端な売人を知ってたの。

品物でヤクを売る唯一のやつ。他の売人はみんな現ナマがなきゃそれでおしまいだったけどね」

「スパローはデッキをヤクと交換したがってたのか？」

「うん。でもほんとに必要だったのは、現ナマだよ。家賃の支払いがかなり遅れてたからね。彼女はまずデッキでヤクを手に入れ、それからそのヤクを金に換えようって考えたの——街でお客どもに売ろうってわけよ」カリーナは紫煙をふわりと吐き出した。留置場の法律通らしく権威たっぷりに、彼女はつづけた。「そうすりゃ、トラック強盗から二倍遠ざかれるでしょ」

　ライカーは口もとをほころばせた。これは、違法な収益を麻薬の金で洗濯した最初の事例だ。実に独創的じゃないか。


　折れた歯すべてと金の冠ひとつを見せて、メイはチャールズにほほえみかけた。「『闇の世界』の待ち伏せは、どうなるの？」

「つぎの巻の冒頭でもまだ、そのシーンはつづいています」チャールズは言った。「銃撃が始まる前に、ウィチタ・キッドは谷を通り抜けていました。牛泥棒たちが狙っていたのは、ウィチタを追っている男です」

「ピーティ保安官ね」

「そのとおり。保安官に逃げ道はないように見えます。弾の残りはわずかです。ところがそのとき、ウィチタ・キッドが馬首をめぐらせ、保安官を救うために谷へと引き返してくるんです」

「彼ならそうすると思ってた」メイは言った。「けど、崖の上には四十人の牛泥棒がいたじゃない？　ウィチタはどうやってその全員を撃ったの？」

「いや、どの泥棒も撃ちませんでした。彼は保安官を撃ったんです」

メイは、〝えっ？〟と言うように首をかしげた。露骨に〝あんた馬鹿じゃない？〟という顔をすると、彼女は大きく身を乗り出した。それから、確信をもってこう言った。「ウィチタがそんなことするわけない」

「いえいえ、本当なんですよ」チャールズはこの突然の敵意にとまどっていた。これはただの物語なのに。「彼は保安官を撃ちました。ただし、よく聴いて、肩に傷を負わせただけです。それでも、保安官は鞍から投げ出されたんです。実際、これは実に利口な手だったんですよ。牛泥棒たちは保安官は死んだものと思い、銃撃をやめたわけですからね」もっとも、作者の言うところの〝漆黒の闇〟のなかで、連中の弾が命中する恐れはあまりなかったのだが。「泥棒どもは、ウィチタ・キッドに喝采を送ったくらいです。疾走する馬の上からみごと敵を仕留めたというので」実を言えば、そんなことは不可能だ。しかし、この作家の取り柄はロジックではない。

「彼ってほんとにカッコいいわねえ」娼婦はパチパチと拍手した。

「では、ぼくからの質問ですが」チャールズは言った。「あなたがスパローを最後に見たのは、いつのことです？」

「四カ月くらい前。もっと前かも」

チャールズはメイの椅子のうしろの女性に目をやった。「マダム、あなたの番です」

隣室の会話に集中するのはむずかしかった。映像がなだれのように心に降り注いでくる。マロリーにはそれを防ぐことができなかった。ひとりの子供の目を通して、彼女は床の上で身もだえするスパローを見ていた。脇腹の刺し傷からは、血がドクドクと流れ出ていく。彼女はうめいていた。「ジーザス！　ジーザス！」

ジーザスのことならキャシーも知っていた。彼は、いばらの冠を戴き、釘で刺し貫かれた〝苦痛の王〟だ。そして彼女もときどき、これと同じように彼に呼びかけてきた。救いなど少しも期待せずに。あの呼びかけは〝お話の時間〟と同じく、ひとつの儀式にすぎない。

今度の相手にライカーは見覚えがあった。だが記憶を呼び覚ましたのは、顔ではなく、名前でもない。その娼婦の首からスカーフが落ちたとき、なじみのある傷がちらりと見えたのだ。サービスの代価を払う代わりに、彼女の喉を掻き切ったある男の置き土産だ。ライカーは慎重に歩を進めた。この女は、夜のニュースでの三秒の名声ほしさに、火事で死んだ小さな女の子とスパローの関係をしゃべった娼婦なのだ。

娼婦のほうにライカーを覚えているふうはなかった。ずっと昔に死んだ某女優のこの老けたそっくりさんにとっては、警官やお客はみな、同じに見えるにちがいない。このマリリンは唇が薄く、赤い口紅はその輪郭《りんかく》のかなり外まではみ出している。だが、息の混じるセクシーな声のほうは、本物に実によく似ていた。

「ええ、ようく覚えている」マリリンは言った。「もう十四、五年前だけど。あたしはスパローのクスリを病院に持っていったの。あれは彼女が刺された翌日のことだった」

「彼女のクスリ？　ヘロインを持ってったのか？」

「ほんのひとなめ。ほんの一服分よ。おかしくなっちゃうほどじゃない。スパローの健康は、あたしにも大事だったし。彼女にはお金を貸してたのよ。ああ、あのときの彼女の取り乱しようときたら。あたしの持ってったものなんか、大して役にも立たなかったわ」

ライカーは身を乗り出して、女のタバコに火をつけた。「例の女の子は見舞いに行ったのかな？」

「ええ。あたしが入っていったら、ベッドの縁にすわってた。スパローが病院のトレイの食べ物を食べさせてたわ。あの子ったら、いまリンゴを食べてたかと思ったら、もうぐっすり眠りこんでるの。まぶたがくっついちゃって、リンゴはあのちっちゃな手から転がり落ちてった。変よねえ？　何年も経つのに、そんなことを覚えてるなんて」

「その日、他にはどんなことがあった？」

「スパローはあの子をゆすぶって起こした。それから、何かやるべきことがあるのを思い出させたの。急がなきゃって言ってね。結局、あたしにはなんのことなのかわからなかったけど。あの子はベッドから這いおりた。きっとすごく疲れてたのね。かわいそうに。よろよろとドアから出てったわ。あたしが生きてるあの子を見たのは、それが最後だった」

マロリーは身を乗り出し、自分が病院に行ったときの話に耳を凝らした。あれは、スパローがあの廃墟のクラック密売所に彼女を送り返した日——火事の日のことだ。その記憶をよみがえらせたくはない。だが映像は彼女の意志に反して、意識のなかへ押し入ってきた。死んだあの男をネズミたちが食っている。そして、死骸からスパローのナイフを引き抜くときの、あのずぶずぶという音が、彼女には聞こえた。

「ううん、ベイビー」クリスタルは言った。「スパローはここしばらくトンネルには来てない。あたしが最後に見たときは、鼻を治すって言ってたよ。その後、アップタウンのホテルで稼いでるって噂を耳にしたけど。だったら、その鼻の手術ってのがよっぽどうまくいったんだろうね。あたしなんか、あの手のホテルに行ったら、速攻で放り出されちゃうもの。で、あの話のつづきは？」

「その前にひとつ教えてくれませんか」チャールズは言った。「あなたはなぜ、あのシリーズがそこまでお好きなんです？」

クリスタルはしばらくじっくり考えてから、歯の欠けた口で笑った。「なんていうか、ずっとはらはらしてる感じなんだよね。この意味、わかるかなあ？　わかる？　よかった。それじゃ、ベイビー、こっちは十五年も待ってたんだからさ。話のつづきを教えてよ」

「わかりました。ウィチタが殺したあのひとりめのカウボーイを覚えていますか？」

クリスタルは腹立たしげに言った。「もちろん覚えてるよ。あの話は全員が知ってるんだ。

あのときだけ、あたしらは報酬をもらったの」

「どういう意味です？」

「読み聞かせの料金——あの子が払ったの。いちばん初めの物語のときだけ。そう、最初の一時間だけね。自分の盗んだものをくれたんだよ。すごく高価なものを。あの子は趣味がよかった。それは確かだね。でも最初の一時間のあとは、お話は全部無料《ただ》だった。あの子はただ『お話を読んで』って言うだけでよかった。そうすりゃ、娼婦の誰かがあの子を自分ちに連れてくからね」

「みんながその子にお話を読んでやった——物語の結末をどうしても知りたいから」

「そういうこと。でも、同じ巻を二度つづけてってことは絶対なかったよ。みんな、まったくちがう物語を一時間、追っかけていく。でも結末まではたどり着けない。でなきゃ、終わりの部分だけもらって、最初がわからなかったり」

「物語のつづきですが——『帰郷』では、いちばん初めに死んだカウボーイが人殺しだったことがわかるんです。その男は、ウィチタの父親を殺してその家畜を奪ったギャングの一味だったんですよ」

「それで、ウィチタのお母さんはダンスホールで働くようになったんだね。前々から不思議に思ってたんだ。彼女はフランクタウン唯一の、教会に行く売春婦だったもの」

「そうです」チャールズは言った。「彼女には酒場で働くか飢えるかしかなかった。そのうえ育てなければならない子供もいた。その巻で、ウィチタの目的はほぼ果たされます。彼はギャングの最後のひとり――フランクタウンに身を潜めていたやつを見つけ出すんです。そして撃ち合いのすえ、彼は相手を殺します」

「保安官はキッドを逮捕するの？」

「いいえ」

「それじゃ、キッドはそのまま町を去っていくんだ。そうでしょ？　彼はまた逃げていくんだね？」

「いえ、この巻ではちがいます」ここでようやくチャールズは気づいた。この女性は『帰郷』がシリーズの最終巻だということを知らないのだ。

「まさかウィチタが自首したなんてことはないよね？」クリスタルは、隠し事のできないチャールズの顔から、それ以上に恐ろしい運命を読みとった。「まさかそんな」彼女は言った。「彼が死んだなんて言わないでよ。絶対いやだからね！」彼女は叫んだ。「キッドが死ぬわけないじゃない！」

部屋じゅうの会話がぴたりとやんだ。十人の娼婦がウィチタ・キッドの死を悼んで喪に入ったのだ。

マロリーは暗闇にすわり、目を閉じたまま、ゆっくり首を振っていた。彼女には『帰郷』という本のことが思い出せなかった。

沈黙がつづくあいだ、ライカーはじっと待っていた。そしてついに娼婦たちは立ちあがった。彼女らにはまだ解決すべき問題があったからだ。

「それじゃ、あの馬はどうなったの？」ミニーが言った。「何巻目かの最後で、オールドブレイズが崖から転落するでしょ。せめて、あの馬は死ななかったって言ってよね」

「うん」ライカーは言った。「確かにオールドブレイズはまずいことになってたな。でもあの馬はつぎの巻にまた登場する。あるインディアンの娘が――」

「グレイバード？ ウィチタ・キッドを愛してる子でしょ？ キッドはほとんどどの巻でも、彼女の話をしてるよね」

「そう、その子だよ。彼女が魔術と薬草で馬を治してやるんだ。娘は死んじまうが、馬のほうはすっかり元気になるよ」

「それってロマンチックじゃない？」

「確かにな」

マロリーは警察署の建物を出て、自分の車を素通りし、隣のブロックの《バトラー&カンパニー》をめざした。ゴミ収集日の夜のため、道は生ゴミと腐敗臭とに縁取られている。点々と並ぶ金属の缶を通り過ぎるたびに、暗がりのなかを何かがするすると逃げていった。彼女はぎゅっと目を閉じ、両手で耳をふさいで、腐った木の床をカタカタ進むネズミたちの足音を閉め出そうとした。連中は、倒れて血を流すスパローへと競走で駆けてくる。マロリーには、灯油の匂い、煙と焼ける皮膚の異臭を振り払うことができなかった。

彼女は公衆電話の前で足を止め、硬貨を投入口に入れた。まず適当に三桁の数字をダイヤルし、つづいてもう四桁を加える。この儀式は子供のとき以来やっていないが、下四桁はちゃんと頭に入っていた。ベルは鳴りつづけ、彼女は昔と同じように期待に胸がふくらむのを感じた。でもなぜだろう？　電話の向こうに彼女が求めているのは、安らぎなのだろうか？

女の声が応答した。「もしもし？」街からの電話を受けた何千もの見知らぬ人の、新たなひとりが言う。「もしもし？　どなた？」

マロリーは儀式の手順を忘れてはいなかった。つぎのせりふはわかっている――〝ギャシーよ、迷っちゃったの〟。しかし彼女にはもう、それを言うことはできなかった。

「もしもし？」不安を募らせ、見知らぬ女の声が甲高くなっていく。

ああ、あなた、このネズミの足音はそちらにまで聞こえるの？


チャールズは自らの以前の仮説を捨て去った。あの子供はヒーローに憧れていたわけでも、架空の人々を友達代わりにしていたわけでもない。見当ちがいもいいところだ。かつて彼女は、娼婦の一群を物語によって縛りつけ、従えていたのである。それは洞窟の時代からある古い餌だ。人は常につぎにどうなるか知りたがる。

なんて利口な子だろう。

グロリアとマクシーンと話すため、彼は小部屋にもうひとつ椅子を引っ張ってきた。このふたりは親戚ではないが、お互いによく似ており、赤のホルタートップにショートパンツと服までおそろいだった。年は他の娼婦たちより若かった。メイクは控えめで、露出している部分に傷はひとつもない。ふたりは一緒に面談を受けると言ってきかなかった。

「あたしたちはいつでも一緒なの」グロリアのほほえみはとても温かだった。「いつでも、いつでもよ、ハニー」

リクエストに応じ、チャールズは『最果ての小屋』の冒頭がどうなるか、ふたりに教えようとしていた。

「でも例の説教師が雨を降らせたなんて言わないでよ」グロリアが言った。

「いえいえ、そんなんじゃありません。ウィチタの熱が下がったとき、小屋はまだ炎に包まれているんです。その前の巻のラストシーン、覚えていますかね――」

「忘れるわけないでしょうに」グロリアが言った。「農夫たちは、例の老婆が魔女で、日照りを起こしたのも彼女だと思ってる。彼らは窓やドアの前の茂みにつぎつぎ火をつけていく。四方の壁が燃えだし、ウィチタは死にかけている。少なくとも老婆はそう思うのよ。だから彼女はひざまずき、大声で神に慈悲を請うの」

「そのとおり」チャールズは最後の一文を思い出して言った。「〝大空の星をも震わせる叫び〟ですよ。さて、つぎの巻で、ウィチタは意識を取りもどし、バケツの水を老婆に浴びせます。老婆を肩に担ぐと、彼は正面のドアから外に出ていきます。火柱のなかを通り抜けていくんですよ」ここで彼はそのページの一文を引用し、娼婦たちをぞくぞくさせた。「〝……上半身裸のまま、黄金色の長髪を風になびかせ、火花に焼かれながら、その肌の汗を熱気で蒸発させせつつ〟。老婆が大声で神に慈悲を請うた直後のこの光景は、非常に印象的でした。それを見て、イカサマ説教師は信仰を得るわけです。彼は地面にひざまずき、あの男は天使だと宣言します。そしてご想像のとおり、この言葉は農夫たちの何人かを躊躇《ちゅうちょ》させます。その機に乗じてウィチタ・キッドは六連発銃を抜き、残りの連中も魔女を火あぶりにするのを考え直すわけです」

ふたりの娼婦はうっとりしていた。「キッドは炎のなかを通り抜けたのね」

「ええ」チャールズは言った。「ですが、その巻の終盤で、彼はまたひとり男を撃ち殺すんですよ」

「あら、それはいつものことよ」グロリアが言った。どうやら連続殺人鬼であるということは、彼女にとって許しがたい欠点ではないらしい。「なるほどねえ。ウィチタ・キッドは炎のなかを通り抜けたのかあ」

「ところで」チャールズは言った。「あなたは最近、スパローに偶然出くわしたとおっしゃっていましたよね」

「先週ね」グロリアは言った。「マクシーンとあたしは、コロンブス・サークルのコンピュータ・コンベンションでお客を漁《あさ》ってたの。スパローはそこにいたのよ。そうよね、マクシーン？」

「そうよ」マクシーンがまたガムをくちゃくちゃやりだした。

「彼女、そこの人混みでお客を漁ってたの。あたしたちとおんなじ」グロリアは言った。「でもすごく控えめだった。ちら見せもなし。もうぜんぜん娼婦みたいじゃなかった。ほんとに品よく見えたもの。そうよね、マクシーン？」

「うん、品がよかったね」

「あのう」チャールズは言った。「その日、何かお気づきになったことはありませんでしたか？　何か変わったことは――」

「スパローの新しい鼻のこと？　それとも、剃刀《かみそり》で彼女を切ったあの男のことかな？」


デルースは刑事部屋のデスクに向かっていた。すぐ横では、マクシーンがコンピュータ・モニターを一心に見つめている。ふたりは、FBIのソフトの力を借りて、さまざまな人の顔の分割写真、目と鼻、耳と口から、彼女らの怪物を創造しようとしているのだ。

いくつかデスクをはさんだ先では、昔ながらの鉛筆とグロリアとを使って、似顔絵画家が仕事をしている。「どんな男だったのか、もう少し詳しく説明してもらえませんか？」

「そうね、冷酷非情なやつだった」グロリアは言った。

「しかし、それじゃあ――」いらだった画家は、ライカーの〝口を閉じてろ〟の合図に気づいた。そして彼は黙りこんだ。

「髪の色は？」ライカーは言った。「淡い色だったかな？　それとも黒っぽかった？」

「ブロンドよ」グロリアはそう答えると、声を大きくして言った。「髪はブロンドだったよね、マクシーン？」

「ううん」彼女の友達が叫び返す。「茶色だった。ごくふつうの茶色」

「あんた馬鹿じゃない、マクシーン。あいつはブロンドだったよ、まちがいない。でもすごく自然なやつ」娼婦はロナルド・デルースの頭を見やった。「漂白したのじゃなくて」

なんとか調整を図ろうとして、ライカーは言ってみた。「もしかすると、大人になってから黒っぽく変わった金髪なんじゃないか？」

「そうそう」マクシーンが言った。「それよ。ちょうどグロリアの髪の根元みたいな色だった」

彼女はデルースに顔を向けた。「髪は茶色にして」

画家の似顔絵のほうは、木炭ペンシルによる墨色の絵だ。「ううん、これじゃだめ」グロリアが言った。「最初っからやり直して。横顔にしてよ。警察で撮る顔写真みたいな。だって、あたしが見たのは横顔だけなんだから。マクシーンはちゃんと前から見たけどね」彼女は友達に向かって叫んだ。「あんたはちゃんと見たよね、マクシーン？」

「見たよ」

グロリアはライカーのためにその出会いの物語をつづけた。「それでね、彼女に声をかけようとしたら、しゃちこばった変てこな男が彼女のうしろから近づいてきたの。だからあたしはただその場にじっと立ってた。まずいことを言って、スパローに迷惑かけたくなかったから。でもそのお客——そいつのほうもなんにも言わないのよ。スパローはまだそいつに気づいてもいなかった。そしたら、その変態、スポーツバッグからカッターナイフを取り出したの」

グロリアはチャールズを見あげた。カッターナイフには縁のない、高級服を着た男を。「カッターナイフってね、大きな金属の握りのついた、剃刀みたいなものよ」彼女はライカーに目をもどした。「そいつ、彼女の腕を切ったのよ。自分の目が信じられなかった。まわりは人でいっぱいなのに、そのどまんなかで切りつけたんだもの。冷酷非情よね。そのあとそいつは離れていった。落ち着き払って。まるでそんなの日常茶飯事って感じで。カッターは、スパローが切られたことに気づきもしないうちに、バッグにしまいこんでた。彼女はあたしが教えるまで何も気づかなかったのよ。確かあたしはこんなふうに言ったんじゃないかな——〝ねえ、あんた血が出てるよ〟。そうだったよね、マクシーン？」

「結構似てきたよ」マクシーンはもう友達の言葉を聴いてはいなかった。彼女はデルースのモニターをじっと見つめていた。コンピュータの生み出す画像は、グロリア側の手描きの絵より速くできあがっていく。デルースは、冷たいまなざしを示唆するもう一方の女の言葉もちゃんと耳に留めていた。画面の顔にうつろな目がするりと入った。

「よくなった」マクシーンが言った。「でももう少し手を加えなきゃ」

《バトラー&カンパニー》のコルクボードから持ってきた一枚の写真を手に、チャールズがそちらに向かった。彼は、〝かかし男〟の父、エリック・ホーマーの結婚写真をマクシーンに手渡した。

「目はちがってる」彼女はデルースに顔を向けた。「口もとは同じだけど、こんなふうに笑わせちゃだめよ」

ライカーはグロリアに、黒パンのローストビーフ・サンドを渡した。「男の持ってたバッグのことを何か覚えてないかい？」

「ふつうのバッグだったけど。そうでしょ、マクシーン？　あいつのバッグ、ふつうだったよね？」

　マクシーンは首を振った。「あたしのスポーツバッグによく似てた。Ｋマートのセールで買ったやつ。ただ同然だったのよ」

　ライカーはマクシーンのところに移動して、彼女の注文したデリカテッセンのスープの容器を手渡した。「そのバッグはどんなやつなんだ？」

「グレイでストライプがひとつ入ってるの」

　デルースが作業の手を止めた。「赤いストライプ？」

「そう。あたしのとおんなじ」

　若い刑事は画面の似顔絵をじっと見つめた。それから、グロリアの側へ移動して、似顔絵画家のスケッチブックをのぞいた。「この男なら見たことがあります。この前の事件現場の外の人混みにいたんです。彼のバッグ、覚えていますよ。わたしもそっくりのを持っているんです。ただ彼のには赤いストライプが入っていました。ちがいはそこだけです」

「Ｋマートのじゃない？」マクシーンが訊ねた。「ナイロンのやつでしょ？」

「いや、Ｌ・Ｌ・ビーンだ」デルースはライカーに目を向けた。「わたしのバッグはキャンバス地です。その男のも同じでした」

　ライカーはチャールズを振り返った。「ご婦人がたのお相手をたのむよ」彼はデルースの腕をつかむと、ずんずんと廊下を進んでいった。捜査本部に入ると、ふたりは壁の一箇所に歩み寄った。そこには、ケネディ・ハーパーの解剖写真とともに、事件現場の外で撮られた一連の写真が留めてあった。

「どの男だ？」ライカーは、ケネディ・ハーパーのアパートメントを取り巻く群衆の写真を指さした。「どの顔なんだ？」

若い刑事は向きを変え、奥の壁を指さした。例のかかしのTシャツと野球帽のあいだにある写真を。だが、そこに写る男はカメラから顔をそむけている。「あれがその男です……すみません」

そよ風にあおられ、紙屑《かみくず》やタバコの空き箱がソーホーの狭い道を転がっていく。道端で突然、車のアラームが鳴りだした。そのけたたましい悲鳴は、いつまでもやまない。上のほうの階で、いらだった住人が窓から大きく身を乗り出し、黒っぽい飛び道具を舗道めがけて投げつけた。だがそのブロンズのベビーシューズは、にっくき車には当たらず、道を行くふたりの男を危うく直撃しそうになった。

その民間人を見あげて、ライカーがどなった。「この下手くそ！」声を低くし、彼はチャールズ・バトラーに言った。「だがこれでもましなほうかもな。こういうやつらのなかに銃を持ってるのがどれだけいるかと思うと、恐ろしいね」

少し先の建物からもうひとり、別の男が現れた。その手には野球のバットが握られている。

ライカーとチャールズに気づくと、男は気を変えて、戸口の暗がりに留まった。ふたりが通り過ぎるとき、バットは男の背後へと消えた。

「あの男は本気だ」アラームの鳴りつづける車から充分距離が開いたところで、ライカーが言った。「あいつはやるよ」

ガラスの割れる音、硬い木が金属をガンガンたたく音を聞きながら、ふたりは角を曲がった。そしてその後、ありがたい静寂が訪れた。

彼らが向かっているのはこの先のブロック、チャールズのアパートメントだ。マロリーは《バトラー&カンパニー》の奥のオフィスで仕事をしているだろう。チャールズには、ライカーとふたりきりで話す機会はもうないかもしれない。「さっき、あの女の子は死んだとおっしゃっていましたよね。でももちろん、それはキャシーがほんとに死んだという意味じゃない。ということは――」

「おれはこの目で彼女の死亡証明書を見てる。それを裏付ける消防士二名の宣誓供述書もあるしな。そのふたりは、おれにもルイにも何ひとつ借りはないんだ」

「説明する気はないってことですね?」チャールズの声にはあきらめがこもっていた。「ヒントもなし、カギもなし、ですか」

「そのとおり」

「さっきの殺人と放火って話ですけど――」

「無駄だよ」

第十八章

マロリーはオフィスのキッチンに立ち、カップにもう一杯、コーヒーを注いだ。まぶたが徐徐に下りてくる。最後に眠ったのはいったいいつのことだろう？

またしても古い映像が頭のなかに侵入し、集中力をかき乱そうとしていた。ネズミたちがあの娼婦に向かってくる。強欲な害獣ども。フランキー・デライトの血と肉だけでは足りず、スパローまで食おうというのだ。

マロリーは水道の蛇口をひねった。シンクの上にかがみこみ、冷たい水を顔に浴びせてから、キッチンテーブルの前にすわった。コーヒーはカップのなかで冷えかけている。目を閉じると、目覚めて見る夢と眠って見る夢のあいだにカーテンが下りてきた。タバコを吸う習慣はないが、一方の手が口もとに上がっていき、存在しないタバコに火をつけた。彼女は十歳の子供にもどっていた。スパローが血を流しながら言っている。「泣かないで、ベイビー」

でもキャシーは泣かずにはいられなかった。半狂乱になった子供は、スパローが眠りへ、死へと漂っていくのを止めようと、その体をゆすぶった。「いま助けを呼んでくるから！」

「あたしをひとりにしないで」スパローは言った。「もう少し待ってよ」娼婦は暗がりに目を向けた。そこでは、フランキー・デライトの死骸をめぐり、ネズミたちが争っている。「あいつらを寄ってこさせないで。最後まで」

「死んじゃだめ！」

スパローは優しく子供の顔に触れた。「ベイビー、あたしはいつもあんたにお話をしてあげてる。なのに、あんたのほうは〝お話を読んで〟って言うばっかり。何かお話をしてくれない？　ただし、長いやつはだめだからね」ゆっくり目を閉じていきながら、スパローは自分のささやかなジョークにほほえんでいた。

「医者を呼ばなきゃ！」キャシーはスパローをゆすぶった。娼婦の青い目がふたたび開くと、子供は開いた傷口に両手をあてがい、あふれてくる血を止めようとした。

「ネズミどものなかにあたしを置いてかないで」スパローは言った。「教えてよ。あの巻の最後はどうなるの？『果てしなき道』そう、それだよ。ウィチタ・キッドは故郷に帰ろうと決心する。その理由を彼は言う？」

「その巻は、彼が小径を進みだすところで終わるんだよ」キャシーはスパローのバッグを逆さにして空けると、通り側のドアから射す日の光をたよりに、床に散らばったその中身に目を凝らした。「ウィチタはフランクタウンの標識の前で馬を止めるの」部屋が暗くなっていく。日が暮れようとしている。スパローが死にかけている。子供はハンカチを見つけた。「しばらくのあいだ、彼はただじっと標識を見つめてるんだ」彼女はその白い四角形のリネンで刺し傷を覆った。スパローの脇腹に押しあてたとたん、布は血でぐしょぐしょになった。「それと、最後のほうになんとか書いてあったよ。でもあたし――」全巻そらで覚えているはずなのに、パニックが彼女を圧倒している。スパローを死なせちゃいけない。

「なんて書いてあったの、ベイビー？」

キャシーは口のなかに血が流れこむまで唇を噛んでいた。集中するにはこの痛みが必要だ。やがてその一節が、音声として聞こえるようにはっきりと脳裏に浮かんだ。彼女はそれを暗唱した。「〝単に故郷に帰りたいというだけではない。彼は自らの救済に向かって馬を進めているのだ〟」

「救済ってどういう意味か知っている、ベイビー？」

「知らない」それにどうだっていい。キャシーはスパローのバッグから長いストラップをはずすと、血染めのハンカチをそれで縛って固定した。「助けを呼んでくる。すぐもどるからね」

「ううん、ベイビー。ここに一緒にいて」スパローのつぎの言葉は、ほとんどささやくよう、ため息のようだった。「救済」彼女の声が少し力強くなった。「小さな泥棒にこれを説明するには、なんて言えばいいんだろう？」

ネズミたちが近づいてくる。子供は床をドンと踏み鳴らし、金切り声で叫んだ。「あっちへ行け！　この人は死んでない！　生きてるの！」

「そうだよ、ベイビー。こいつらに言ってやって」スパローの声が弱っていく。「救済――それは、悪い業《ごう》をすっかり買いもどすことだよ。そうすりゃ天国が盗めるの」

業ってなんなの？

娼婦はふたたび目を閉じた。そして今度は、どうやっても彼女を起こすことはできなかった。

暗がりのほう、ネズミたちの足音のするほうに、子供はさっと顔を向けた。両手を振り回したが、連中はもう彼女を恐れてはいなかった。血の誘惑は強力だ。そのとき、ドアから注ぎこむ弱々しい光の端に、また別のネズミが現れた。

「あっちへ行け！」キャシーは空気銃を取り出すと、ネズミを狙って発砲し、的をはずした。彼女は泣いていた。視界を曇らせながら、叫んでいた。「この人は死んでない！　まだ生きてるの！」

娼婦のバッグから落ちたガラクタに手をやると、そこには何か硬いもの、飛び道具になるものがあった。銀のライター。彼女がスパローのために盗んできた品だ。そのライターを彼女はぎゅっと握りしめた。それから、ヘアスプレーのすぐ横に散らばっていたタバコを一本拾いあげた。彼女は笑顔になり、バッグのそばにしゃがみこんだ。いいことを思いついた。

スパローは以前、タバコを吸いながらヘアスプレーの缶を振っていて、危うく髪を燃やしかけたことがある。

キャシーはタバコに火をつけた。ぷかぷかやっては咳きこんでいると、ついにそれが燃えだした。彼女は赤く輝くその先端を見つめ、パニックを抑えつけて待った。やがてネズミが足もとまでやって来た。彼女はスプレー缶の狙いをつけると、しっかりレバーを押しつづけ、ネズミをびしょびしょに濡らした。目に入ったヘアスプレーの痛みに、そいつはキイキイ泣き叫んだ。キャシーはその毛皮にタバコを落とし、うしろにさがった。ネズミは炎に包まれ、悲鳴をあげた。

生きたまま焼かれる肉の匂いにおびき寄せられ、別の一匹が暗がりから出てきた。キャシーは背中を丸め、そろそろとそちらに忍び寄った。ライターを床に近づけ、その小さな炎を狙ってスプレーのレバーを押す。すると、化学薬品のスプレーはブローランプとなった。二匹目のネズミが燃えている。ぐるぐるぐるぐる駆け回り、炎のすじで輪を描いている。そいつは人間のように泣きわめき、共食いを習いとする同族をフランキー・デライトの死骸から引き寄せた。

キャシーは何も感じなかった。呆然としていて、ネズミたちが互いに何をしているかなど気にもならなかった。彼女は重い荷と格闘しながら、じりじりと進んでいった。スパローを引きずって、暗いビルの外へ、薄れゆく光のなかへと。外の歩道では、また別のネズミたちがゴミ容器のあいだをうろちょろしながら、ふたりを待っていた。

《バトラー&カンパニー》のキッチンで、マロリーの体がぐらりと横に傾いた。椅子と女がバタンと床に倒れる。タイルに顔が密着した。時間と空間における自分の真の居場所を静かにさがし求めながら、彼女は数秒間、身じろぎひとつせずそこに横たわっていた。それからなんとか立ちあがると、調理台の端につかまって身を支えた。冷水を再度顔に浴びせるとき、その両手は震えていた。自分が起きていなければ、ステラ・スモールは死ぬことになる。

「こんなことをしたって無駄さ」ライカーがマロリーのコンピュータに背を向けた。「ウィスコンシン州には一千万人くらい人がいるんだろうしな」

「四百五十万前後ですよ」チャールズは、地図帳のその統計を最後の一桁まで正確に引用することができる。でもそれをやったら嫌味だろう。「それにぼくたちが調べてるのは、里子に出されたとき少年がいた、ひとつの小さな郡だけですから」

ライカーは首を振った。「もう時間がないんだよ。ステラ・スモールはいまこの瞬間も、首吊りのひもからぶら下がってるかもしれない。生きたままだぞ」

マロリーがモニターから顔を上げた。「いったいわたしにどうしろって言うのよ、ライカー？　役にも立たないあの漫画を持って、一軒一軒、ドアをたたいてまわれってわけ？」彼女は、ライカーがあの二枚の似顔絵を留めたコルクボードを目で示した。

まったくだ、とチャールズは思った。それらは、その男がどんな人物でないかを示しているにすぎない。男は太ってても痩せてもいない。アフリカ系でもアジア系でもない。髪は長くも短くもない。

マロリーはモニターに視線をもどした。彼女もやはり極度の疲れを見せている。「いま、データベースであらゆる新聞をチェックしている。もしこれっていう記事があったら――」

「時間を食いすぎるだろ」ライカーが言う。

「ご協力ありがとう」マロリーは言い返した。

チャールズはその背後から画面をのぞきこみ、彼女がスクロールしていくのと同じ速さで、過去の新聞のテキストを読んでいった。同時に彼は、脳の別の部分でライカーの気がかりに対応した。「可能性はふたつあるんです。何か最近の出来事が今度の事件の引き金になったのか、あるいは、〝かかし男〟の反社会的な行動は少年犯罪というかたちで始まっているのか」

「それじゃやっぱりどうにもならんよな」ライカーは言った。「未成年の犯罪記録は封印されてるんだから」

「でも過去の新聞は見られます。その郡はほとんど小さな町ばかりです。異様な行動があれば、地元の新聞が必ず取りあげたはずですよ」チャールズは、ライカーが納得していないのを見てとった。彼は腕時計を見ている。ステラ・スモールにはもう時間がないんだと言わんばかりに。そして彼は部屋から出ていった。数秒後、受付エリアのドアがバタンと閉まった。

マロリーが携帯電話をよこした。少年課の人よ。彼女に〝かかし男〟のプロファイルを教えてくれない？」

その小さな電話は、チャールズの大きな手のなかに埋もれてしまいそうだった。彼は、虐《しいた》げられたひとりの子供の特徴を電話の相手に説明した。その少年が親や家庭を含め、すべてを失ったこと。会ったこともない人々に引き取られたこと。そして結局、その人たちからも引き離されたこと。その後、警察に保護され、里子に出され、さまざまな変化や見知らぬ人々に対処しなければならなかったこと。「つまり、たてつづけに数々の不幸に見舞われたわけです。前歴としては、軽犯罪や些細な暴力行為が考えられます。反社会的行動はごく早期に始まっているかもしれない。九歳、十歳、あるいはもっと低年齢——」

チャールズは、マロリーの目が閉じるのを見た。その指がキーを打つのをやめる。彼女の手はキーボードの上で止まっていた。チャールズは、いっそ死んでしまいたいと思った。自分がいま示した大まかなプロファイルは、彼女のプロファイルでもあるのだ。

彼は大急ぎで、キャシー・マロリーの幼少期のエピソードでは言及されたことのない唯一の特性を付け加えた。「小動物を虐待したり殺したりといった事例も見つかるかもしれません」

ステラ・スモールは拡声器からの呼びかけに耳をすませた。上のほうの階で小火《ぼや》が出た、お客は全員すみやかに店外へ退避してほしい、という。

絶好のタイミング。新しいスーツの代金はすでに支払いずみで、彼女はいまそれを着ている。しかし、穴の開いたパンティー・ストッキングはまだ新しいのにはき替えていないし、更衣室の前には女店員がひとり立ちふさがっている。ステラは肩をすくめた。トライベッカでの夜のオーディションまでに、家に帰って靴下を替えるくらいの時間は充分にある。買物客らは、非常階段に誘導しようとする従業員の抗議などおかまいなしに、断固としてエスカレーターに向かっていた。ステラはその流れに加わった。

前へ前へと進む買物客の群れ。大きく手を振り回す店員たち。そのなかに、ただひとつじっと動かない人影があった。エスカレーターの下で男が待っている。黒っぽいサングラスをかけてはいたが、ステラにはそれが誰かわかった。今朝の買物のとき見かけた男。ディスカウント店の鏡のなかで背後に立っていた、あの昼メロファン。そう、野球帽も、あの硬直した立ち姿も同じだ。もうまちがいない。あいつこそ、器物損壊犯、ストーカー、商品券の贈り主だったのだ。それに、あのグレイのバッグ。あれも前に見たことがある。でもどこでだろう？　ステラは彼をじっと見つめた。あなたはどの程度イカレているの？

男は下りのエスカレーターをのぼってきた。行く手を阻む人々をものともせず、ひしめく体を左右に押しのけ、そのあいだを通り抜けて、ステラとの距離を詰めてくる。そして、機械仕掛けのステップはふたりを下へと運んでゆく。男が彼女の横に至り、新品のジャケットの襟にぴしゃりとメモを貼りつけた。彼はステラの目をまったく見なかった。生身の女ではなくキオスクにメモを貼りつけたも同然だった。彼女はジャケットからメモをむしり取り、そこに書かれた言葉を読んだ――〝いつでもおまえに触れられる〟。

チャールズは革張りのカウチに寝そべっていた。彼のオフィスにアンティークでない家具はほとんどないが、このカウチはそのひとつで、平均より長い彼の脚に合わせて作った特注の品だ。プリントアウトの最後のひと束を、彼はあと少しで読み終える。その目はときおり文書を離れ、ポータブル・テレビに向けられた。ローカル・ニュースを常時追いかけられるようにと、マロリーがそれをよこしたのだ。そして彼はいま、画面上に現れたおなじみの顔に仰天していた。「マロリー！」廊下の向こうの部屋に聞こえるよう、彼は大声で叫んだ。「ライカーがテレビに出てるよ！」

返事はない。まあ、彼女は忙しいわけだから。

チャールズは画面に目をもどした。ライカー巡査部長が視聴者に紹介されている。気の毒なライカー。キャスターの舞台化粧の健康的な色艶に比べ、その顔はひどく青白く見えた。彼は逃亡中の証人、ナタリー・ホーマーの妹の写真を掲げた。

ステラはエスカレーターからあふれ出てくる人の波と闘っていた。新たな出口の標識を見つけ、彼女はそちらに向かって走った。買物客らの頭上に見え隠れしている野球帽を振り返ったのは、一度だけだった。誰もがエレベーター乗り場に背を向けていた。従業員たちがそのドアの前に立ちふさがり、エレベーターは使用できません、と叫んでいる。別の連中はお客らを非常口へと誘導しており、そのドアの前には行列ができていた。

ステラが最初に気づいたのは殺虫剤の匂いだった。それから誰かの手が顔をなでた。振り返ると、あのストーカーが離れていくところだった。階段の行列へと向かいながら、彼はうしろを振り返って、ステラのほうを眺めた。ただし、視線は合わせない。おそらくあの男にとって、彼女は店のマネキン人形なのだろう。彼は、彼女が自分と一緒に列に加わるのを待っているのだろうか？

こっちの頭もおかしいと思ってるわけ？

ステラはくるりと一回転して、逃げ道を示す赤文字の標示をさがした。エスカレーターは腕組みした三人の女によってブロックされている。権力に酔い痴れ、その三人はお客らを階段のほうへと追い返している。「非常口はあちらです！」そして彼女らは、ステラの見せた変質者からのメッセージにもまるで心を動かさなかった。「ほら、まわりを見て。どこかに警官がいますか？　いませんよね」そしてふたたび、彼女は認可された唯一の出口、階段を指し示された。なんてひどい話だろう。彼女はニューヨークという野生の王国のルールをすべて守ってきたのに。この町に放たれている奇人変人をペットにしようとしたことは一度もないのに。連中に餌をやったことも、その目を見つめたことも。

ステラはまた別の標示を見つけ、そこに向かって走った。化粧室に入ってドアを閉めたあと、彼女は真鍮《しんちゅう》のドアノブのロック・ボタンを押した。イカレた男が、聖域を示す〝婦人用〟という標示に気をくじかれるとは思えない。個室のドアはすべて開いていた。あたりはしんとしており、聞こえるのは彼女自身の足音だけだった。ステラはシンクの列へと歩み寄り、長い大理石の洗面台に買物の袋を載せた。燃えさかる建物のなかで生きながら焼かれる可能性など少しも考えてはいなかった。彼女ももうこの町は長いのだ。火災訓練をそこまで真剣にとらえたりはしない。それよりも、頭のイカレたストーカーという目の前の脅威のほうが――あるいは買物のほうが――重大だろう。彼女は店がふたたびお客と店員でいっぱいになるまで待つつもりだった。要は時間をつぶすだけのことだ。

ステラは破れたパンストを脱ぎ、新品の一足が入ったセロファンを不器用に開けた。壁の時計は、夜のオーディションまでにまだ数時間あることを告げていた。鏡に目を向け、新しいスーツをほれぼれと見つめる。口紅ははげ落ちていたが、メイクを一からやり直すだけの時間はあった。彼女は化粧道具をさがして、バッグをかきまわした。ううん、待って。火災訓練が終わる前に、トイレに行っておこう。いつもの習慣で、買物の袋とバッグをまとめて持った。ニューヨーカーは決して持ち物を放置したりはしないのだ。

ドアの開く音がしたとき、彼女は便座にすわっていた。重い足音。男だ。きっと店の従業員だろう。それ以外、誰がトイレの鍵を持っているというのだ？　ドアが閉まった。ステラはじっと静かにすわっていた。息を殺し、尿意をこらえて。永遠とも思える時間が過ぎたあと、彼女は床に膝をついて、左右の個室をのぞいた。

誰もいない。それでも、個室を出たあとは、見られているという感じをぬぐいきれなかった。それに、この音はなんだろう？　ハエ？　それも一匹じゃないのでは？

「警察はこの女性をさがしています」ニュースキャスターがスーザン・クエレンの写真を掲げた。その女性は四十代だが、チャールズは、さすがに姉妹はよく似ていると思った。つづいて、そのナタリーの妹の写真に、ステラ・スモールの写真が加わった。

「きょう、この女性たちのどちらかを見かけたかたは」写真のうしろで声が言う。「画面に出ている番号にお電話ください。では、ライカー巡査部長からひとこと」

ライカーがマイクに向かって身を乗り出した。「ミス・クエレンは、この行方不明の女優の居所に関する情報を持っています。われわれは今夜じゅうにステラを見つけなくてはならないのです。彼女はきわめて危険な状況にあり、みなさんの助けを必要としています」

「ただいまこの放送は」キャスターが言う。「ウィスコンシンの姉妹局でも流されています」彼はゲストに顔を向けた。「警察は、スーザン・クエレンがラシーン近郊に隠れているものと見ているわけですね？」

「そう、いまそちらに向かっているかもしれない」ライカーは言った。「しかしわたしは、彼女はまだ隣接三州にいると思っています」

「もし重要な情報を握っているなら、なぜこの女性は警察から逃げているのでしょうか？」

「それは彼女がステラ・スモールの生き死ににはなんの関心もないからですよ」

おみごとです、ライカー。

どんな人間もこの事件をここまで雄弁に語ることはできないだろう。


驚きのドキリから、激しいドクッ、ドクッ、ドクッへ。人間の鼓動を駆り立てるすべを、彼は知っている。そして、それをなだめるすべも。麻痺させるすべも。

どちらの仕事も別に好きでも嫌いでもないが。

準備はほぼ完了。

男はトイレの便座にあぐらをかいてすわっていた。この格好なら、個室のドアと床の隙間から足が見える恐れもない。膝の上で、彼はそうっとグレイのキャンバス・バッグを開けて、なかのカメラに手を伸ばした。その横にある大きなガラス瓶には目もくれなかった。彼は小規模の恐怖になどなんの関心もないのだ。

瓶の中身は、黒いハエのスープだった。なかにはまだ生きていて、殺虫剤に酔い、のろのろ動いているやつもいる。大パニックのなか、連中は干からびた死骸に衝突し、その上を這い回って、死んだ仲間まで蠢《うごめ》かせていた。みんな、翅《はね》を傷め、脚をもがれながら、瓶のてっぺんに、一インチの空気に、命にたどり着こうと必死にあがいている。

それからハエたちはふたたび暗闇に包まれた。男がスポーツバッグを閉じたからだ。やはり無頓着に、彼はカメラのレンズを個室のドアとドア枠の隙間に向け、ファインダーごしに金髪の女優を見つめた。その若い女はシンクの前に立っているが、ひどくびくついていて口紅もちゃんと塗れないほどだった。彼女はティッシュを取って、神経質そうに何度か軽く口を押さえた。それから首をかしげて、くんくんと空気の匂いを嗅ぎ、殺虫スプレーの異臭をとらえた。いまやその匂いは彼の衣類に染みついている。彼女は、暗示の力と彼のバッグの瓶からのかすかな羽音が生み出した架空のハエを手で追った。

それまで琥珀《こはく》色だったカメラの準備完了ライトが、緑になった。その色の変化が聞こえたかのように、女は口紅を取り落とし、金属の筒がタイルに当たった音に飛びあがった。口紅は床の上を転がっていった。

女は靴とバッグと買物の袋をかき集め、裸足のまま化粧室から駆け出ていった。

チャールズはカウチから立ちあがってぐっと伸びをすると、廊下の向こうの奥のオフィスに歩いていった。デルースの姿はどこにもなく、マロリーはコンピュータに向かい、キーボードに両手を置いて軽くキーを打っていた。

「マロリー」チャールズは身をかがめて、プリンタの受け皿からまたひと束、紙を回収した。すでに過去の新聞記事千枚に目を通したが、いまのところ収穫はゼロだった。「まだこれといったものは見つからないよ」〝かかし男〟の少年時代、ウィスコンシン州グリーン郡の子供たちはすばらしく行儀よくしていたらしい。「こんなこと、時間の無駄なんじゃないかな」マロリーは彼に気づいたふうもなく、ただキーを打ちつづけている。チャールズはやや用心深くそちらに近づいた。彼女の集中を妨げたくはない。こうして自分を無視するのが何か目的があってのことなら――

なんだ、これは？

彼女は目を閉じて眠っている。なのにその指は、キーを打ちつづけていた。その反復運動がモニター上に作り出しているのは、でたらめな文字の羅列にすぎない。それでもチャールズは、いまや機械がマロリーを操作しているのだという妄想を振り払えなかった。不安な思いでその寝顔を見つめながら、彼はマロリーを両腕でかかえあげ、しっかりと抱きしめた。それから、彼女を抱いて、機械たちの手の届かない自分のオフィスに引き返し、やわらかな革張りのカウチにその体を横たわらせた。マロリーの両手を自分の両手で包みこむと、彼は空《くう》でキーを打ちつづける彼女の指を押さえつけた。

店内は人気《ひとけ》がなく不気味だった。本当なら、お客も店員ももうもどっているはずなのだが。なにしろ出火の気配はなく、サイレンの音もせず、煙もどこにも見当たらないのだ。ステラは無人の通路をひとりで歩いていった。いや、ひとりではない。マネキン人形がいちいち視線をとらえて、彼女をぎくりとさせた。やがてステラ自身も、人形のひとつとなり、動きと呼吸を止めた。彼女にはただ、エスカレーターの前に置かれたグレイのキャンバス・バッグを凝視することしかできなかった。

　あの男はいまどこだろう？　こっちを見ているのだろうか？　隠れ場所が無数にある広い店内に、彼女は視線を走らせた。エレベーター乗り場へと駆け寄ると、ライトの消えた呼び出しボタンの上には〝停止中〟というそっけない標示が貼られていた。そばの階段室のドアを開けようとしたが、ノブは回らなかった。別の標示――ただの矢印――に導かれ、彼女はその階段を離れて貨物用エレベーターにたどり着いた。こちらのエレベーターは扉が開いていた。彼女はなかに入って、一階のボタンを押した。

　新しい靴に裸足の足をすべりこませながら、ステラはふと顔を上げた。すると、そこにはあの男がいた。彼は閉まりかけたドアを押さえた。その目にステラの姿は映っていないようだった。男はなかに入ってきて、あのグレイのキャンバス・バッグを床に置いた。いますぐ動けば――すばやく動けば、男の横をすり抜けられる。彼女は脚が自分を運び去ってくれるよう念じた。

　その瞬間が過ぎ、エレベーターの扉が閉まった。

　ステラは扉の上の明るく光る階数標示を見つめた。エレベーターは下に向かっている。床の上のキャンバス・バッグは開いており、彼女の目は、カッターナイフの鋭い切っ先に釘付けになっていた。静けさのなか、ふたりは下へ下へと降りていった。耳朶《じだ》に触れるのは、男のバッグから聞こえてくるブンブンという音――昆虫の発するかすかな醜い音だけだ。彼女自身の甲高い悲鳴は、想像の産物にすぎなかった。

目を開けたとき、マロリーの頭はチャールズ・バトラーの膝の上に載っていた。いま何時だろう？　見当もつかない。体内時計はもう機能していなかった。

相手が目覚めたとも知らず、チャールズはぼんやりと彼女の髪をなでている。マロリーは静かにさらさらいう紙の音に耳をすませ、つづいて、絨毯《じゅうたん》の上の山へと舞い落ちていく白いページを見守った。もう起きなくては。時間は貴重だ。

髪をそっとなでていく手の感触は、うっとりするほど心地よかった。マーコヴィッツ夫妻を——まずヘレンを、次いでルイを——失って以来、彼女が人肌に触れることはめったにない。妻が死んだあとの数年、親父さんは顔を合わせるたびに欠かさず二回、養女にキスしていた。母親の穴を埋めようという涙ぐましい努力だ。また彼は、彼女をぎゅっと抱きしめる機会があれば、まず逃さなかった。自分自身と彼女、ふたりのために。そしてその後、親父さんは死んだ。

彼女は始終、誰かを失っている。

マロリーは目を閉じて、耳をすませた。廊下で足音がする。ほどなくライカーの声が響いた。

「おれだよ。どんな調子だい？」

「有望なのが一件」チャールズが言った。「ぼくが思い描いていたようなものじゃありませんが。ほら、この記事を見てください」

「〝里親詐欺〟か」ライカーが言った。「興味をそそる見出しだな」

「記事の里子は十二歳のとき家出しています。しかし警察に届はなかったんです」

「で、里親は養育費の小切手を受け取りつづけてたってわけか」

「ええ。この少年は、クエレン夫妻がナタリーの息子を取りあげられたのと同じ年に、この里親にあずけられています」

もうひとつの手、ライカーのが、束の間、肩に置かれ、つづいて、顔にかかる髪を優しく払いのけた。「こいつが眠っているのを初めて見たよ」彼は言った。「おれはいつも、このチビはちっちゃなコウモリみたいに天井からぶら下がって寝るんだろうと思ってたんだ。くそっ、起こすのがつらいな」

「じゃあ、寝かせておいてください」チャールズが言う。

「だがプレゼントがあるんだよ。スーザン・クエレン。あの女が自ら出頭したんだ。ジェイノスがいま彼女を連れてこっちに向かってる。手錠をかけてな」

「どうしてここに？」チャールズが訊ねた。

「人目がないだろ」


ステラはエレベーターの内壁に背中を貼りつけ、男がベルトの輪から下げた無数の鍵の一本で金属パネルを開けるのを見守っていた。この男は管理人なの？「あなた、ここで働いてるの？」

答えはなかった。男は彼女の存在をまったく意識していない。これはいい兆候だ。結局、すべてものすごい偶然なのかもしれない。この男はここで働いているのだ。この店の人間なのだ。どうりで店の商品券をくれたわけだ。きっと社員割引か何かあるんだろう。そしていまはただ、はぐれたお客を集めているところで、彼女を安全な場所へエスコートしようとしているだけだ。ステラはこれをすっかり信じている女の役を演じてみたが、長続きはしなかった。

男が金属パネルを閉じたとき、一階を示すライトはもう輝いていなかった。エレベーターはいま地下に向かっている。鼓動がさらに速くなり、戦いに備え、アドレナリンがありとあらゆる筋肉に行き渡った。扉が開いたとき、ステラの脚は彼女を乗せて走りだし、段ボール箱のあいだの広い通路へとまっしぐらに突っこんでいった。背後から急いであとを追う足音は聞こえてこなかった。あの男は逃げられるのを心配してはいないのだ。その必要がどこにある？ハイヒールの音をたよりに彼女を追うのは造作もない。

この馬鹿。

ステラは靴を脱ぎ捨て、裸足で音もなく箱の廊下を走っていった。闇にのまれ、光から逃れて。

すべてのテレビ局が、ステラ・スモールの危機の最新情報をひっきりなしに流していた。彼女の幼少期のさまざまな写真が映し出され、母と祖母宛の手紙の抜粋もさかんに読みあげられた。この母と祖母は地元では〝捨てられたステラたち〟として知られている。いちばん若いステラの綴《つづ》る手紙の言葉は、楽しげで、希望に満ち、夢にあふれていた。わたしは有名になる。

名声まではあと一歩、あと十歩よ。

「なんだろう、いまのは?」ライカーは音声を消した。すると、受付エリアのドアをノックする音が前よりはっきりと聞こえた。「彼女が着いたんだな」

彼はドアを開けに行き、ジェイノス刑事を笑顔で迎えた。ナタリー・ホーマーの妹の紹介は無用だった。手錠をした女に向き直ったとき、その顔は厳めしかった。わずかにうなずいて、彼は言った。「ミス・クエレン」


ステラはネズミのまねをして段ボール箱のうしろの狭い隙間にもぐりこみ、震えながら耳をすませた。足音が近づいてくる。そしてそれは止まった。すぐ近くの箱が動かされている。彼女はぎゅっと目を閉じて、“捨てられたステラたち”に思いを馳せた。こんなかたちであのふたりを落胆させるのが、残念でならない。でもステラにはわかっていた。ふたりはきっと彼女の死を乗り越える。それがあの人たちの意志の強さなのだ。ふたりが路傍の食堂でゆっくりと死んでいく運命を受け入れたのは、いまの彼女よりもっと若いときだった。

でも待って。ここはニューヨーク・シティよ。ルールがちがう。臆病者は許されない。

奮い立ったステラは、暗闇にすわって覚悟を決めた。カッターナイフで殺されるくらいなら、なんだってやってやる。敢然と顎を突き出すと、一世一代の役作りに入り、自分自身の心臓を思い浮かべた。それが充血し、役柄に順応し、より激しく、より大きく、より強く、鼓動しはじめるさまを。

この音が聞こえる、くそったれ？

箱が脇へ押しのけられた。彼女をつかまえようと手が伸びてくる。すると、オハイオ州きっての女傑が床を蹴って立ちあがった。彼女が五本の指の長い爪で男の胸をひっかくと、そのTシャツに赤いすじが残った。男の動きが止まった。まるで電池が突然切れたかのように。物が反撃したのに呆然として。ステラはさらに男の顔をひっかいた。

先に傷を負わせたのはこっちだ。そしていま彼女は、段ボール箱の通路の果ての光をめざし、叫びながら走っている。「生き延びてやるからね、このろくでなし！」


ジェイノスは奥のオフィスのドアに寄りかかり、その囚人、スーザン・クエレンに、もう逃げられはしないということをはっきりと知らしめた。マロリーとライカーが彼女に迫っていく。女はあとじさってコンピュータの作業台にぶつかり、足をすべらせた。手錠はうしろ手にかけられており、本人に転倒を食い止めるすべはなかった。彼女はぎこちなくどうにかしゃがんだ姿勢になり、さらに立ちあがって、顔から顔へと視線を移しながら、ゆっくり向きを変えていった。「なぜわたしが逮捕されなきゃならないの？」彼女は手錠の鎖をジャラジャラ鳴らした。「何もしてないのに」

「確かにそのとおりだ」ライカーが言った。「あんたは協力しようとしなかった。そして逃亡した」

それは淡々とした口調だったが、女はどなりつけられたかのような反応を見せた。彼女はうなだれて、足もとに視線を落とした。この神妙な態度に報いて、ジェイノスは手錠をはずしてやり、うしろにさがった。

マロリーは容疑者のほうへ椅子を蹴飛ばした。それがひっくり返ると、ライカーが命じた。

「椅子を起こせ!」

スーザン・クエレンはその言葉に従った。

「すわれ!」ジェイノスは言った。

「あなたたちがうちに来たあの日は――」クエレンの声が震え、うわずった。「協力のしようがなかった。わたしは何も――」

「これに署名するんだ」ライカーが、憲法上の彼女の権利が列挙された小さなカードを差し出した。「そうしてほしけりゃ、弁護士を呼んでやる。自分の権利がわかったか?」

「弁護士なんかいらないわよ。別に何も――」

「じゃあ、署名しろ!」ライカーは演技しているわけではなかった。デスクからクリップボードをつかみあげ、カードとペンをそこに載せたとき、彼は本気で怒っていた。クリップボードの縁にゆっくりと指が巻きつき、女はそれを受け取ってペンを走らせた。マロリーは女の手からクリップボードをひったくって、部屋の向こうへ放り投げた。クエレンは飛びあがった。クリップボードは床を転がっていき、壁にぶつかる寸前に止まった。

「さてと」ライカーが言った。「あの頭のイカレた変態は、町に着くなりスーザン叔母さんをたよってきたんじゃないか?」

「あんたたちのせいよ！」クエレンは彼らひとりひとりの顔をにらんだ。「警察は人に嘘をつく。いつだって――」

「新聞に載ったあの諸々の事実」マロリーが言った。「それであんたはつながりに気づいた。あの吊るし首と――」

「姉の事件の？　警察はわたしに、ナタリーは殺されたんだとしか言わなかった。姉が吊るされたことは新聞で読んだのよ。あの見せかけの自殺、偽装工作のことを！」スーザン・クエレンの声は甲高く、ヒステリックに震えていた。「誰もナタリーの殺人事件を解決したがっていなかった」

「あんたは甥からその詳細を聞いた」マロリーが言った。「だからすべてを知っていたのよね。そして、今度の事件のことを新聞で読んだら、それはナタリーの事件とそっくり同じだった」

「やめて！　ジュニアは何ひとつ話していないわ！」クエレンは泣いていた。「あの子はほとんどしゃべることもできなかった。まるで緊張病のようだったの」

「そしてあんたは彼をよそへ送った。陰謀をめぐらせ、唯一の目撃者を隠したのよ。彼の協力があれば、警察は犯人を見つけられたかもしれないのに」

「よく言うわ」スーザン・クエレンはもう怯えてはいなかった。彼女は憤っていた。「くそおまわりに姉を殺されたら、誰に訴えりゃいいの？　別のおまわり？」その顔に凄惨《せいさん》な笑いが浮かんだ。そして彼女は、刑事たちの呆然とした顔を見て多少の満足を得た。

通路の果ての光をめざし、ステラは山積みの箱の角を曲がった。すると、その先にはガラス張りの小さな事務所があった。少し開いていたドアを、彼女は大きく押し開けた。背後にドアをたたきつける寸前、我に返り、そうっとドアを閉めると、ノブを回してロックした。ガラス張りのその部屋にデスク以外遮蔽物はなく、彼女は電話機を取って、そのうしろにしゃがみこんだ。九一一をダイヤルしたが、電話はつながらなかった。彼女は自動で流れる録音に耳を傾けた。それは外線をかけるときは、発信番号をつけるよう指示していた。

男が近づいてくる。

カツッ、カツッと機械的に歩く足音が聞こえた。ステラは息を止めた。男がノブを回そうとしている。つづいて、金属同士が触れ合う音がした。鍵穴に鍵が挿しこまれる音が。

ああ、この馬鹿。あいつは管理人なのよ。鍵は全部持ってるのよ。

ステラは目を閉じ、耳をふさいで、現実を閉め出そうとした。ドアの向こうの化け物が消えるよう祈りながら。錠が解かれ、ドアが開いた。いま室内にはあの昆虫の匂いがする。彼女は目を開けた。深いショックのなか、のろのろと顔を上げると、男がデスクの横に立って、こちらを見おろしていた。しかしその目は本当に彼女を見てはいない。それに男は何も言わなかった。人は物とは交流しないのだ。男の背後には標示が見えた。会社がガラスに貼った警告のマークがメタリック・テープに囲われている。もしそのガラスを割ることができたら、防犯装置が作動し、警備員が駆けつけるはずだ。

スーザン・クエレンはほとんど吐き出すように言葉を放っていた。「もしわたしが引き渡していたら、あの子はどれだけ生きていられたかしら。自分の母親が警官に殺されるのを見た唯一の目撃者なのよ。わたしはあの近隣で何年も暮らしていた。麻薬の売人は、はした金で警察を買収していたわ。それにあなたたちはいつだって仲間をかばうわよね」彼女は、口をはさもうとしたライカーを、片手を上げて黙らせた。「何も聞きたくない。わたしは正しいことをしたの。あなたにだってわかってるはずよ！」

「彼は里親の家から逃げ出した」マロリーが言った。「汚い二人組のペテン師のもとから――」

「そしてわたしのいとこ夫婦のところへもどったの。ふたりはジュニアを連れてネブラスカに移った。成長したあの子は、母親の事件に関していろいろと疑問を抱くようになったそうよ。だから、いとこ夫婦は知っていることをすべてあの子に話してやったの。そしたら、あの子は帰ってきた」

「帰ってきた」マロリーが言った。「あんたのもとへ」

「あの子と一緒にいたのは数時間だけよ。それもずっと前のことだし」

「あんたは二度と彼に会いたくなかったんだろう？」ライカーが腕組みした。「彼を見て怖くなったんだよな？」

「まさか！　あの子はイカレてなんかいなかった。わたしと同じ。いたって正常だった」

ジェイノスが手帳を引っ張り出した。「あんたの甥はいまどこにいる？」

「知らないわよ」

「いまはなんて名乗っているんだ？」

「ジュニアじゃない？　いつもそう名乗っていたもの」

「ちゃんと答えるんだ」ジェイノスは彼女に迫った。「質問は聞こえたろう？　彼はどんな名前を使って――」

「知らないってば！」

「そうそう」マロリーが言った。「あんたは役に立つことはなんにも知らないんだった。しょっちゅう忘れてしまうのよね。それで、あんたはなぜ逃げたの？」

スーザン・クエレンは椅子に身を沈めた。恐怖ではなく、激情に身を震わせながら。このなかに〝いい刑事〟はいない。どっちを向いても憎しみだらけだ。

「オーケー」ライカーが言った。「もっと簡単な質問をしよう。なぜあんたは帰ってきたんだ？」


それがどこから生まれたのかはわからない。突如、両腕に力がみなぎった。ステラは木製の重いデスク・チェアを持ちあげて、ガラスの壁に投げつけた。椅子はガラスを粉々に打ち砕き、外に飛び出していった。すると男がドアの横のパネルに向き直り、か細く鳴りだしたばかりの警報装置をオフにした。やがてガラスの雨が降り終えた。しばらくのあいだ、長い破片がひとつだけフレームに残っていたが、ほどなくそれも落下して、床の上で砕け散った。靴で破片をジャリジャリ踏みしだきながら、男がこちらに向かってくる。彼は一方の手をステラのほうに伸ばした。

「いや」ステラは言った。そして叫んだ。「やめて！」

そのとき彼女は気づいた。自分の姿はこの男の目に映っていないのだ。男はそのまま彼女の脇を素通りし、壁のラックからカードを一枚取って、タイムレコーダーに挿入した。それはシフトに入る従業員のごくふつうの行動だった。そのあまりの正常さに、ステラの頭は混乱した。夜警が彼女を救いに来ることはない。この男が夜警なのだ。


「わたしが帰ってきたのは、あなたたちにナタリーの息子の命乞いをするためよ」スーザン・クエレンは、まるで彼らに殴られたかのように体を折り曲げた。「殺しはあなたたちが何より得意なことでしょう？」彼女はいまにも精根尽き果てそうだった。怒りだけが彼女を支えていた。「拳銃フェチのおまわりどもは、始終人を殺してる。ジュニアをあんなふうにしたのは、あんたたちよ。くそおまわりのひとりがあの子の母親を殺した。だからあんたたちはあの子に命ひとつ分、借りがあるんじゃない？　病気の動物みたいにあの子をただ始末するなんて許されないわよ」

ライカーには、この言葉にジェイノスの心が揺らいでいるのがわかった。こう言ったとき、彼の声はひどく静かだった。「あんたの甥がどこに住んでいるのか教えてくれ。うまく逮捕できれば――」

「わたしは知らないの！」クエレンは首を振った。「嘘じゃない。言ったでしょう、わたしがあの子に会ったのは、数時間だけ。それももう三年も前のことで、質問をしたのはこっちじゃなくあの子のほうだった」

マロリーが女の腕をつかんだ。「育ての親たちはなんて言ってた？　彼は向こうにいたとき、何で生計を——」

「あの子は警官をしてたの！」スーザン・クエレンの顔は涙に濡れていた。「信じられる？」彼女はすすり泣きながら、とぎれとぎれにつづけた。「警官……あんたたちと同じ……だからお願い……あの子を殺さないで」

ステラは壁のほうへとあとじさった。ガラスの破片で裸足の足を切ったが、痛みはまったく感じなかった。口はからからに乾いている。目は男の手のカッターナイフに釘付けだった。まず不随意反応が起こり、冷たい化学物質が血管内にあふれ出た。てのひらがじっとり冷たくなり、心臓は激しいパニックにバクバクと鼓動していた。部屋の角以外逃げこむ場所はなかった。彼女は漆喰《しっくい》の壁に背中をぎゅっと押しつけた。その目は大きく見開かれ、カッターの刃を凝視していた。汗ばんだ両手が左右の壁面の上で広がる。そして彼女は壁をのぼった。てのひらと足裏のねばつきをたよりに。足が床から数インチ浮きあがり、つま先が丸まった。人間の飛翔だ。

「お願い、やめて」ステラはうわべを覆うすべてをはがれ、オハイオ出の女の子という裸の人格にもどっていた。「お願い」彼女は言った。そしてささやいた。「お願い」

ジャック・コフィーはオフィスを訪れたふたりの客人を見あげた。ニューヨーカーに〝捨てられたステラ〟の名で知られるようになった女性たち。ふたりは実用的で頑丈な靴を履き、一張羅の服を着て、デスクの前に立っていた。彼女らがコフィーのもとに運んできたのは、怯えた目、勇気の明滅する揺れるほほえみ、そして希望という大荷物だった。その姿だけで彼女らは彼を打ちのめし、彼の心を引き裂いた。それからふたりは、こんにちはと挨拶して言った。

「うちのステラは見つかりましたか?」


ロナルド・デルースの足もとには、またひとつデリカテッセンの袋が置かれていた。彼は目下、ノートパソコンを操作中、ホットラインに入った電話の内容をチェックしているところだ。ステラ・スモールの目撃情報は、四州にまたがっていた。チャールズ・バトラーは、革張りのカウチにデルースと並んですわっている。彼はぐるぐると手を回し、スクロールのスピードを上げるよう若者を促《うなが》した。「ストップ。そこにもハイライトをかけて」

マロリーがふたりのそばに立った。「何? 見せてよ」

「ほら」チャールズは言った。「デパートでの目撃情報が複数ある。この最後のを見てごらん。ステラはきょう、かなり遅い時間に買物をしているんだよ」

デルースが首を振った。「これはまちがいでしょう。あの安売り店ならわかりますよ。でも彼女には五番街で買物をする金なんてないはずです」

「なるほど。《バーグドーフ・グッドマン》では夜のセールをやってたのね」マロリーが言った。「《ロード&テイラー》も」彼女は身をかがめ、ハイライトのかかった別の箇所を見つめた。「そのアウトレット店の件は確認できている。今朝、彼女がスーツを買ったのがそこなの。それを例の男が台なしにしたわけ」

「しかしねえ、五番街で別のをさがすわけはありませんよ」デルースは確信をもって言った。「彼女の住んでるあの部屋を見たでしょう？　それに、未払いの請求書の山も。夜の目撃情報はガセに決まってます」

マロリーはちらりと彼をにらんだ。これはささやかな脅し。警察の仕事と買物に関しては自分に従え、という意味だ。「ステラは趣味がいいのよ」

チャールズは明るい画面をじっと見つめた。「今夜のニュースで、この店のことをやってたな。最上階で小火《ぼや》があったらしい。店内の全員が避難したんだよ。たぶん関係ないだろうけど——」顔を上げると、マロリーは早くも部屋を出ていくところだった。「まあ、調べてみる価値はあるだろうね」

「時間の無駄ですよ」デルースが言った。「〝かかし男〟はいつも被害者を本人の部屋で吊るすんですから」

「二度っていうのは、いつもとは言えないよ」チャールズはデリカテッセンの袋を拾いあげ、サンドウィッチ数種類のなかの自分のディナーをさがした。「そうそう、彼もいまじゃ火事を起こす要領を心得てるだろうしね」

気がつくと、デルースも彼を置き去りにし、廊下の床板を足でバタバタたたきながら、全力疾走で玄関へと向かっていた。

ミセス・ハーモン・ヒース＝エリスにとって、バーがすべて閉まったあとのこの時間帯、タクシーがほとんど走っていないということは、まったく予想外だった。五番街に行けばなんとかなるのでは？――そう思った夫人は、小さな公園を横切り、噴水を通過した。

お気に入りのデパートの前には、六人の人が集まっていた。もしも誰かに気づかれたら？彼女の社会的名声は確固たるものであり、八月というこの敗者の月に町で見られるくらいのことで揺るぐ気遣いはない。それでも義兄のホテルの付近で人目に触れるのは、やはりひどく恐ろしかった。

名士夫人は躍起となって手を振った。しかしタクシーと言えば、一ブロック彼方の信号で停まっている一台だけで、通りを行く車は他にない。夫人はデパートの――彼女のデパートの前にたむろする人々をちらりと振り返った。彼らが着こんでいるのは、あの第三世界の国、〝中産階級〟でなら、夜会服で通ると思しき代物だった。田舎者どもは、ウィンドウのひとつに吸い寄せられている。好奇心に勝てず、彼女はそのみすぼらしい小集団のほうへと向かった。別になんの問題もない。この連中の世界が彼女の世界と交わることはありえないのだから。

彼らの肩の上、頭のあいだから向こうをのぞくと、そこには明るく照らされたディスプレイがあった。これまでの半生、彼女はオートクチュールにたっぷり金を注ぎこんできた。ウィンドウ装飾を批評するのに、これ以上にふさわしい人間がいるわけはない。

なるほど、これは独創的だ。そして必然でもある、と彼女は思った。つぎの流行、〝ヘロイン・シック〟を超える新たな波は、これ――〝死〟にちがいない。

「あれはマネキンじゃないぞ」彼女のすぐ前の男が言った。

そのとおり。どんな馬鹿にだってわかる。これはデパートの人形に扮した生きている女性だ。ひとひねりした古いアイデア。モデルはロープの先でゆっくりと回転し、青いスーツとそれに合った靴をあらゆる角度から見せている。

「彼女、かなり上手ね」ミセス・ハーモン・ヒース＝エリスは言った。「瞬《まばた》きしないもの」もちろん、瞬きはしているだろう。顔が向こうを向いているときに。モデルは安っぽい感じの美人だった。髪はちゃんとしたサロンでスタイリングしたものではない。つんつん突き出た短い毛はあまりに時代遅れだ。モデルの開いた口からは、もっと長いブロンドの毛の房が垂れさがっている。あれはいったい何を表現しているのだろう？

ウィンドウには小さなキッチン機器やキッチン用品が並べられ、高級ファッションとの興味深いコントラストを生み出している。近視ぎみではあるものの、その水色のスーツの仕立てから、夫人にはそれが誰の作品なのかわかった。そう、服はかなりいい。ああ、でもその他の部分、あの気の抜けた暴力表現ときたら。血もなければ、ドラマらしいドラマもないなんて。

ムームー姿のものすごい大女――明らかに市外の者らしいＫマートの常連が泣き声で言っている。「まあ、たいへん、この人、死んでるわ！」ひとりの男がこれに加わった。「おい、誰か警官を呼べ！」

ミセス・ハーモン・ヒース‐エリスは、無知蒙昧《もうまい》な下層民、〝観光客〟を救う者の精神で、慈悲深くほほえんだ。ところが今度は、男のひとりが口をぱくぱくさせながら、ガラスを指さした。自分が何を見落としたのか確認すべく、名士夫人はウィンドウに歩み寄った。

傲慢《ごうまん》な微笑が凍りついた。近づいてくるサイレンの音も彼女の耳には入らなかった。吊るされたモデルの下に、ハエの死骸でいっぱいの瓶があり、そのまわりを囲んで赤いロウソクが燃えている。夫人は顔を上げた。するともう目をそむけることはできなかった。最初、彼女がほくろだと思っていたものは、黒いハエだった。そいつはモデルの顔を這って、大きく見開かれた一方の目へと向かっている。

名士夫人は震えていた。頭のなかの叫びは、重なりあうサイレンの音を凌駕《りょうが》している。ブレーキのきしりと回転する赤色灯に、彼女は飛びあがった。警察車両数台が制服姿の男たち、スーツ姿の男たちをどっと吐き出す。なかにひとりだけ女がいたが、その背の高いブロンドが公務員のはずはない。なにしろ女が着ているリネンのブレザーは、カットもラインも最高の、超一流の品なのだ。そしていま、その若きファッション・リーダーがショルダーホルスターから馬鹿でかいリボルバーを抜き、その台尻で板ガラスを殴りつけた。

もちろんガラスは割れなかった。そのガラスはそうした破壊行為に耐えるようにできているのだ。ミセス・ハーモン・ヒース‐エリスは女にそう教えようとした。とにかく彼女は、このお気に入りのデパートのことならなんだって知って――

「おい、マロリー！」そのブロックの全長を占める店の向こう端で、警官のひとりが叫んだ。「このドアは開いてるぞ！」

マロリーという若い女は、その声が聞こえていないか、聞こえても気にしていないかだった。怒りに燃え、いや、逆上し、まばゆい緑の目をたぎらせて、彼女はガラスを繰り返しガンガン殴りつけている。最後にもう一度、力いっぱい銃をたたきつけると、ガラスの壁が砕け散り、若いブロンドは超一流の服をずたずたにしながら、その破片のあいだを通り抜けて、ロープの先で回転する女のもとにたどり着いた。

その女性警官はほっそりしていたが、それでも難なくぐったりした女の体を抱きあげた。彼女はモデルを赤ん坊のように腕に抱くと、高く差しあげて、首のロープをたるませた。その目は白く静かなモデルの顔を食い入るように見つめている。それを見て、誰もが悟った。彼女は吊るされたあの女を意志の力で死なすまいとしているのだ。

ショーウィンドウの奥には蝶番《ちょうつがい》式のパネルがあったが、このドアが開かれることはなく、奥の壁はひとりの巨漢によって枠から丸ごと引きはがされた。ああ、それにあの顔。あれは野蛮の化身だ。

「上出来だ、ジェイノス」別の男――安物のスーツを着た、そこまで大きくない男が言った。彼は壇の上にのぼると、輪縄《わなわ》の太い結び目を手早くほどいた。ロープがだらりと落ち、マロリーは腕の重荷を下におろした。あの大男の警官、ジェイノスという野蛮なやつが、ぐったりしたモデルの上にかがみこみ、人毛の猿ぐつわを取りのぞく。驚くほどデリケートなしぐさで、彼はモデルの鼻をつまみ、その口を自分の口で覆った。若い女は体を震わせ、痙攣《けいれん》とともに息を吹き返した。彼女の両手が拳《こぶし》になり、空《くう》を打ち、中断された悪夢のなかの亡霊を殴りつける。つづいて女は口を開き、甲高い悲鳴をほとばしらせた。大男の警官は優しく彼女を抱き寄せて、その体をゆっくりとゆすった。顔に似合わぬ穏やかな声で彼は言った。「シーッ、ステラ、もう大丈夫だよ」

ウィンドウの前の小集団は狂喜乱舞していた。笑う者、叫ぶ者、口笛を吹く者。名士夫人は自分自身の止まらぬ笑いに驚いた。気がつくと、彼女はあのムームーの大女のハグにすっぽり包みこまれていた。見も知らぬその女の豊かな胸に顔を埋め、彼女は泣きだした。

第十九章

犯罪被害者さながらの格好だったマロリーも、割れたガラスでずたずたになったブレザーを脱いだいまは、いくぶんましな姿になっていた。その上着はきちんとたたまれ、一方の腕にかけられて、傷に巻かれた包帯を覆い隠している。一方、ホルスターのリボルバーは、五番街に面したショーウィンドウで一般公開中だ。彼女は歩道の観衆に全身をさらし、見つめる者たちを見返した。なかのひとりが路面に散らばるガラクタから小さなガラスのかけらを拾いあげ、こっそりポケットに入れた。その男が他の遺物よりこの小片を高く評価したのは、たぶんそこに小さな赤いしみがついていたためだろう。男はマロリーの血の一滴を盗みとったわけだ。

彼女はロナルド・デルースを振り返った。「もう一度、見て。例の男は本当にいない？」

新米刑事は首を振った。「見当たりませんね」

マロリーは、端のほうに立っている三人の制服警官を指さした。「あの連中はどう？」

彼はぎくりとした。「〝かかし男〟は警官だって言うんですか？」

「わたしが全員を見ろって言ったら、警官も、ということよ」

「いや、やっぱりここにはいません」用ずみなのを感じとり、デルースは鑑識員の邪魔にならないようショーウィンドウの下におりた。

ヘラーが、ぶち割られた天井の奥の管からぶら下がるロープを引きおろした。「几帳面な殺人犯にしては雑な仕事だな」

「それに、前よりもいろいろ危険を冒している」マロリーは言った。「この女性は反撃したって言ってたわね、ヘラー？」

「それだけじゃない。ドクター・スロープが爪から血液と皮膚を見つけたよ」

やったじゃない、ステラ・スモール。

「店のセキュリティはどうなってるの？」

「何もかもそろってるよ」ヘラーは言った。「監視カメラ、警報機、番犬までいる。だがそのどれも機能しなかったんだ。犬たちは物置きに閉じこめられていたし」

マロリーはサングラスを下げた。「この店には夜警がいないわけ？」

「いや、ひとりいる」ライカーがショーウィンドウの高くなった床によじのぼってきた。「その夜警は六十四歳の退職警官なんだ。きっと、騒ぎのあいだずっと眠っていたんだろうよ」

マロリーは歩道に群れる食人鬼の一団を振り返った。「あるいは、その年寄りはもう死んでるのかも」

「おれもその仮説は気に入ってる」ライカーはヘラーの隣に膝をついた。「地下の警備室はめちゃめちゃだった。あたり一面にガラスの破片が散らばってるし、床には血痕もあるんだ。ステラの皮膚に傷は見当たらなかったから、それは夜警の血かもしれない」

ヘラーは、ライカーにはひとことも声をかけず、会釈すらせずに、道具箱を閉じてショーウィンドウをあとにした。この一時間、ふたりの男は一度もけなしあっていない。あのおなじみのパターンがなぜ突然、打ち破られたのか、マロリーは不審に思った。

「ステラはホシに爪痕を残しているの」彼女は言った。

「さすがだね」ライカーは床に落ちた少量の毛髪を見つめた。「今回はすごくきれいに剃ったとは言えないな。それにあの地下の警備室ときたら。ホシはもうあとかたづけにはさほど熱心じゃないようだよ」

マロリーはうなずいた。〝かかし男〟は崩壊しだしている。

地下の警備室の正面十フィート四方は、立入禁止のテープで囲われている。人事部長、ジョン・ワイントローブは、割れたガラスの壁にそれ以上近づくことを許されなかった。この暴力の痕跡は、彼の理解を超えていた。血まみれの破片の入ったビニール袋を手に、警官のひとりが通り過ぎていくと、ワイントローブは凍りついた。

アーサー・ウォン刑事が椅子の高さの段ボール箱を手振りで示した。「どうぞ。こちらにおすわりください」

ぶっ倒れないうちに。

この男が動揺しているわけは容易に想像がつく。それは犯行現場の血のせいだけではない。警察もまた彼の不安をかきたてる要因のひとつなのだ。人事部長は髭を剃っていない。スーツは着ているが、ノーネクタイで、ソックスは左右ちぐはぐだ。こんな早朝に、銃で武装した身長六フィートの制服警官に玄関で待たれながら着替えをするのは、さぞ大変だったろう。

ここ十分、ミスター・ワイントロープはノンストップでしゃべりつづけている。べらべらと、とりとめもなく。そして刑事が携帯電話を切ると、彼は急に黙りこんだ。

「誰も出ません」アーサー・ウォンは携帯をポケットにもどした。「夜警のかたは家にいないようです。そうだろうとは思っていましたが。それに地元のどの病院にも彼は行っていません」

「お手数をおかけしました」ワイントロープは言った。「でも彼が死んだなんて本気で思ってらっしゃるわけじゃないですよね？」

いや、ウォン刑事はまさにそう思っているのだ。「われわれはいまも彼をさがしつづけています。二十名体制で各階を徹底捜索しているところですから。もしここにいるなら——もし怪我をしているなら——」

「でも昨夜、出勤していない可能性は？　うん、そういうことも考えられるぞ」人事部長は警備室の割れたガラスをちらりと眺め、急いで目をそむけた。「あれは彼の血じゃないのかもしれない。ああいう年寄りのことですからね、いまもちゃっかり家にいるって可能性もありますよ。あたりまえに自分のベッドで——ああ、まさか。心臓発作を起こしてるんじゃ？　誰か彼のアパートメントにやってくれませんか？　何かあるといけませんから」彼は一方の手でまばらな髪をかきあげた。「そう、万全を期さないとね」

「もちろんです」ウォンは言った。「警官をひとりやって確認させましょう。早急に」あるいは、ずっとあとに。この朝の警察における優先順位では、その仕事は最下位となるだろう。それより重要なのは、店の人事ファイルのチェックだ。店側は従業員全員の写真を保管しており、目下、ワイントローブが提供した情報のなかで有益なものと言えば、これだけなのだ。少なくともウォンはそう信じていた。

彼はこの民間人を優しく立ちあがらせ、一緒に人事部に上がるため、エレベーターへと導いた。あとで彼はこの優先順位のつけかたを悔やみ、ワイントローブの支離滅裂な話に――その希望と恐れとに――もっと注意を払っていたら、と思うことになる。


給与課でのジェイノスの手伝いを終えたあと、デルースはアーサー・ウォンに貸し出された。目下、彼が配置されているのは人事部長室の外にある秘書のデスク。作業内容は、山と積まれた従業員ファイルの各写真のチェックだ。最初の五十冊がたちどころにかたづいたが、そのなかにケネディ・ハーパー事件の現場で見た例の男の顔はなかった。これもまた無意味な仕事だ。彼は開いたドアに目をやった。先輩刑事はその奥で、コーヒーを飲みメモを取りながら、ミスター・ワイントローブと話をしている。ウォンが彼に気づいて声をかけた。「見つかったか?」

「いいえ、まだです」デルースはまたひとつファイルを閉じた。

アーサー・ウォンがドアまでやって来て、秘書のデスクにファイルを一冊放った。「そいつもその山に入れてくれ。ちゃんとアルファベット順に並べて返却するんだぞ、いいな? 全部見終わったら、ライカーに報告に行け」

デルースはその夜警のファイルを開き、なかの写真をじっと見つめた。彼の目が、ファイル・キャビネットにおけるその男の居場所を確認すべく、名前へと下りていく。名前の下には、覚えのあるイースト・ヴィレッジのある住所が記されていた。アルファベットなどもうどうでもいい。若い刑事は大きな山の中央にそのファイルを突っこむと、職務を途中で放棄して出ていった。

彼にはやらねばならないもっと大事な仕事があったのだ。

《バトラー&カンパニー》の奥のオフィスで、マロリーは電話に向かい、ネブラスカ州オデオン警察署の職員を恫喝《どうかつ》していた。「コンピュータがダウンしているから、なんだって言うの？　いったいそれが——ねえ、こっちがほしいのは写真なのよ……そうそう……一時間前にそう言ったでしょう……それじゃハードコピーのなかから引っ張り出して……なら、ファックスしてよ！　い、い、い、いますぐに！」

幸い、ネブラスカ車両管理局では、コンピュータ・トラブルは起きていなかった。チャールズは、モニターで〝かかし男〟の唯一の写真を見ているところだった。あまりいい写真とは言えないが、免許証写真はふつう、プロの作品のようにはいかない。

ネブラスカ州に移ったあと、スーザン・クエレンのいとこ夫婦は姓を変えており、彼らが匿《かくま》った男の子はジョン・ライアンという名になっていた。いとこ夫婦はそのイニシャルをとり、少年をJ・Rと呼んでいたにちがいない。本人が慣れ親しんでいるただひとつの名前、ジュニアに似るように。

マロリーがコンピュータの前にすわった。「あの連中がファイルの引き出しの開けかたを解明するのには一時間くらいかかるんじゃないかしら」

「ツイてないね」チャールズは言った。「それにしても、クエレン夫妻みたいなふつうの人たちが、どうしてそんなに手際よく身分を変えられたんだろう?」

「なんてことない。馬鹿どもが始終やってのけてることよ」彼女はモニターをじっと見つめた。「〝かかし男〟は東部に来てから、別の名を使いだしたようね。この州のどんなデータベースにももとの名前は載っていないの。これがどういうことかわかる?」

「三年前からこの大殺戮《さつりく》の計画を立てていたってこと?」

「いいえ、彼が計画してたのは一件の殺しだけだと思う」

「母親を殺した男の殺害?」

マロリーはうなずいた。「ネブラスカでは、ジュニアは小さな町の制服警官だった。たぶん大きな事件に携わったこともなかったでしょう。その後、彼は大都会にやって来た。母親を殺した犯人を一日で見つけられる、それも、わたしたちの助けなしでやれると思って」

チャールズも同意見だった。そして、その試みに失敗すると、少年はニューヨーク市警に仕事をさせようと決意したのだ。

「〝かかし男〟は警察を憎んでいる」マロリーは言った。「その点は明確にしてるのよ。だったら、なぜ警官になったわけ?」

「自己を抑制するためじゃないかな」チャールズは、マロリーが市警に入ったのもそのためではないかと疑っている。しかし彼には、彼女と〝かかし男〟とを対で考えることができなかった。「おもしろい選択だよね。彼の心理的問題は、警官でいるあいだは抑えこまれていたにちがいない。崩壊はおそらくニューヨークに来てから始まったんだろう」

チャールズは顔を上げ、部屋の入口にラース・ゲルドルフが立っているのに気づいた。居住者の誰かが、彼を入れてやったにちがいない。それにしても、この男の変貌には驚かされた。老人は一日で十歳も老けこんでいた。

招かれざるこのお客を無視して、マロリーはキーボードに目を据えている。退職刑事は何歩かなかに入ったところで、いまにも倒れそうな様子を見せた。チャールズは椅子をつかんで、そちらへ飛んでいったが、老人は手を振って彼を退け、立ったままでいた。

その視線はマロリーに釘付けだった。「あの気の毒な女性、ステラ・スモールのことを聞いたよ。あんたは、模倣犯が女たちを吊るしてるのはわたしのせいだと思ってるんだろう？　もしもわたしが二十年前、きちんと捜査をしていたら――」ゲルドルフはがっくりと肩を落とした。彼はコルクの壁に片手をついて身を支えると、チャールズに打ちのめされた目を向けた。「やはり椅子にすわるとしよう」彼は腰を下ろして、マロリーの沈黙の終わりを待った。彼女からひとこと聞かないかぎり、そこを動く気がないことは明らかだった。

マロリーはタイピングをつづけながら、まだ彼がいることにいらだって、ときおりそちらに目をやっていた。キーボードに視線を注いだまま、彼女は言った。「捜査中の事件については、詳しい話はできないの。あなたも知っているはずよ」

「ああ」ゲルドルフは言った。「知っている」

マロリーには、ほんのひとことでこの老人を殺すことができたろう。しかし彼女は沈黙を守り、チャールズはこれを、思いやりの心がどこかにある証拠ととらえた。重大犯罪課で育った彼女は、こういう老人たちが物事の結末に納得できず、亡霊のようにとまどい、警察署をうろつく姿を何度も見てきたにちがいない。

マロリーはすでにゲルドルフをかたづけたつもりでいる。ゲルドルフもその点は誤解しようがない。話は終わったのだ。それでも彼は待ちつづけている。しばらくすると、その存在はマロリーの神経に障りだした。彼女は椅子をうしろへすべらせ、彼のほうにくるりと向けた。

「自分がどこでまちがったか教えてほしいわけ？」

そう、ゲルドルフが来たのはそのためだ。彼はどうしても知らねばならないのだ。

マロリーは、昔の殺人事件の遺物で埋まったコルクの壁に歩み寄り、紙を一枚引きはがした。

「これは、吊るし首のロープと粘着テープに関するあなたの報告書よ。すごく短いわよね。〝一般的な品。追跡不可能〟。でもまちがってる。このロープはアパートメントの管理人のものだったの。わたしは大家だった女性の孫娘からその情報をつかんだ」

「事件当時、管理人はよその町に行っていた――」

「身内の緊急事態でね。ええ、知ってる。だから彼は道具箱を廊下に置きっぱなしにしていったのよ。大家の女性が代わりにかたづけておくと約束したの。ところが彼女が自室に運びこむ前に、殺人犯がそれを見つけ、ロープとテープを盗んだわけ。もしあなたが管理人と話していれば、その道具箱から指紋がとれたかもしれない」

これにはゲルドルフも返す言葉がなかった。それでも彼はマロリーから目をそらそうとしなかった。

彼女はさらに二枚、壁から紙をむしり取った。「そしてこれは鍵のかかったドアの件。大家が警察を呼んだとき、鍵はかかっていた。それが警官が現場に着いたときは開いていたのよ」

「そのことならつかんでいた」ゲルドルフが言った。その目に光がもどり、彼は立ちあがって弁明した。「あのドアにはそもそも鍵などかかっていいなかったんだ。ただつかえていただけさ。大家の女性は年寄りだった。八十近かったんだよ。小柄な婆さんで筋力もなかったしな。あれは八月の暑い夜のことで――湿度も高かった。木材は湿気と熱で膨張《ぼうちょう》するもんだ。ドアは鍵がかかっていたんじゃなく、つかえていたんだよ。あの大家自身、認めていた――」

「何を認めていたの？　自分が年寄りだってこと？　あなたの話で混乱したってこと？　彼女は供述を翻《ひるがえ》してはいない。その会話については、あなたのメモもないしね。それにナタリーの息子は？　あなたは彼と一度も話してないのね」

「話す必要がどこにある？　小さな男の子を苦しめてなんの益があるのかね？　その子供は母親をなくしたばかりだったんだぞ。あんたももう少し経験を積めば――」

「ナタリーは警察にストーカー被害を訴えた。なのにあなたたちは彼女を相手にしなかった。あなたも、あなたの仲間たちも。そして彼女が死ぬと、あなたはいちばん手ごろな相手、無実の男を犯人に仕立てあげたのよ」

「前夫の件では、わたしはまちがってないぞ！」

「いいえ、あれも大まちがい」マロリーは少し間をとって反論を待ったが、ゲルドルフはなんとも言わなかった。「そして二十年後、わたしたちがこうして、その失敗のあと始末をしているわけ」

ゲルドルフは椅子にへたりこんだ。その視線がマロリーの足もとの床に落ちる。彼女の勝ちだ。彼はたたきつぶされた。

マロリーは椅子のそばにしゃがんで、ゲルドルフの顔を見あげた。もしもこれが猫だったなら、チャールズはこの体勢を攻撃の予兆ととらえたろう。しかし彼は、マロリーにはもっとよい行為を期待していた。彼女はこの無防備な老人をなぐさめ、これまでの発言を和らげるつもりにちがいない。彼は束の間、そう信じた。

そんな考えは馬鹿げているだろうか？

「よく聴いて」彼女はゲルドルフの腕をつかんでその体をゆすぶり、自己憐憫《れんびん》に浸る彼を目覚めさせようとした。ゲルドルフはびくりとし、彼女の赤い爪を凝視した。まるでその指先にたったいま鉤爪が生えてきたかのように。

マロリーのかすかな笑いはこう言っていた——もうお遊びは終わりよ。「いちばん傑作なのはね、お爺さん、この殺人犯が警官かもしれないってことよ。だからさっさと帰って、うちに立てこもりなさい。仮に警察がノックしても、ドアは開けないことね。それは、犯したミスのどれかが返ってきたってことかもしれない。怖い話でしょう？」

アーサー・ウォン刑事は、ワイントローブとのやりとりを鑑識課長に話してきかせた。彼としては、それは地下警備室の緊張を破るための笑い話のつもりだった。

「残念だが、アーティ。ワイントローブは正しかったんだよ」ヘラーはコンクリートの床の赤い汚れを指さした。「あれは夜警の血液じゃなかった。病院に電話して、被害者の皮膚に傷がないか調べさせたんだがね。ステラの靴を脱がせたところ、足の裏に切り傷があって、傷口からガラスのかけらが見つかったそうだ。ここにあった破片のひとつからは、足跡痕の一部がとれている。ごく小さいもの、女性の足跡だ。これは彼女の血液だよ」

ヘラーの部下のひとりがうなずいて言った。「それに、夜警が今夜、出勤していないという点でも、ワイントローブは正しかったんです。防犯カメラが通用口を出入りしたあらゆる人間を記録しているんですが、その夜警はそこに写っていないんですよ」

「しかし夜警は休暇中じゃないんだ」ウォンは言った。「確認したんだよ」

「となると、ワイントローブは心臓発作という点でも正しかったことになるな」

ウォン刑事は細長い紙片の入った証拠袋を取り出した。「それじゃ、誰がその男の社員証を使ったって言うんだ？　昨夜、何者かがタイムレコーダーに記録を残しているんだけどな」

ヘラーは助手に目を向けた。「もしかすると、夜警はまだここにいるのかもしれない。死体捜索犬を連れてこい。もう一度、店内を調べよう」

マロリーはウィスコンシン州の刑事との通話を終わらせ、チャールズを振り返った。「〝かかし男〟はネブラスカを離れるとき、すでに殺人を計画していたようよ。警察のコンピュータは、実はなんともなかったの。あの馬鹿職員は、記録が見つからないって言えなかっただけ。彼のファイルはコンピュータから消去されてたのよ。ハードコピーもなくなっていた——指紋も写真も何もかも」

「向こうの警察は、例のいとこ夫婦と話をしたのかな？」

マロリーはうなずいて、コンピュータに視線をもどした。「まず令状を待つ必要があったけど、いとこ夫婦の家を捜索したそうよ。見つかったニューヨークの住所はただひとつ、スーザン・クエレンのものだった。いとこ夫婦のところには、この三年ジュニアからの連絡はない。彼らは仲たがいしたの。夫婦がとうとう、彼の母親を殺した犯人はつかまっていないと打ち明けたのね。ちょっと遅すぎたけど。そしてニューヨークに来ると、今度はスーザン叔母さんがまた彼に毒を与えたわけよ」マロリーの指がキーの上を飛び回り、検索範囲を狭めるための新たな条件を入力していく。彼女の目は画面に釘付けだった。「いったいどこに隠れているの？」

「住まいはニューヨークじゃないのかもしれないよ」チャールズは言った。「ニュージャージーならここまで地下鉄ですぐだしね」

マロリーは首を振った。「彼はこの町に住んでいる。デルースが現場の外で彼を見かけたのは、わたしたちがケネディ・ハーパーの遺体を発見した三十分後なの。ということは、ニューヨーク市警に勤務しているか、あるいは警察無線受信機で市内の無線を聞いていたかよ。彼はここにいる」

「確かにすじが通るね」チャールズは言った。「彼の叔母さんも、彼はうちに帰ってきたと言ってるわけだし。うちと言えば、イースト・ヴィレッジだよね」

「いいえ」マロリーが言った。「親権者はエリック・ホーマーひとりだった。ナタリーは離婚後一度も――死ぬ日まで一度も――息子に会ってなかったのよ。〝かかし男〟のうちはずっと、父親のいるアップタウンだったの」

「でも父親は暴君だったんだよ」チャールズは言った。「それに、もう死んでるしね。あの男の子は継母と暮らしたこともない。だとしたら、その家を自分のうちだとはもう思ってないんじゃないかな。彼が愛していたのは、母親のナタリーだよ。いまだに執着しているのも」

マロリーが唐突にキーを打つ手を止めた。

消えた夜警に関する仮説を聞き終えると、ジェイノス刑事はうなずいた。「ああ、知ってるよ。別の男が彼の代わりに来ていたんだ」

ヘラーの助手は店の昼間の警備員にちらりと目をやった。「外で話しましょうか？」

ジェイノスは、彼につづいて店長室を出た。ふたたび部屋にもどったとき、ライカーは相変わらず同じビデオを見ていた。これでもう十回目だ。「まるで使えんな」その映像はひどく暗く、見えるのは、タイムレコーダーに記録する人々の輪郭くらいのものだった。「はっきり写ってるやつはひとりもいない」ライカーは昼間の警備員に目をやった。「わかってるよ。あんたのせいじゃない。新入りの警備員が写ってるテープは、確かにこれだけなんだね？」

「ええ、刑事さん。テープは三日ごとに巻きもどされるんです。だから、きのう――」

「わかったわかった」ライカーは言った。どうりで映像が不鮮明なわけだ。カメラは三秒に一回、シャッターを切っている。黒っぽい人影の動きは、古いサイレント映画のようにぎくしゃくしていた。「このビデオの時刻印は、彼のシフトには早すぎるな。それに、なんで彼はタイムレコーダーに記録してないんだ？」

「地下に専用のタイムレコーダーがあるんですよ」警備員は言った。「なぜあんなに早く出勤したのかは、さっぱりわかりません」

ライカーは警備員に、もう行ってよし、と手を振った。「ジェイノス？　どうなってる？」

「正規の夜警は休暇届を出していない。そして彼の給与の小切手は換金されている」

ライカーはビデオに映る男を見つめた。「それじゃたぶん、こいつには正規の夜警が自分で金を払ってるんだな」

「それならすじが通る。誰もその男の名前を知らないんだ」ジェイノスは店の従業員に対する事情聴取のメモを読んだ。「われわれは残業の多い陳列係から話を聞いた。彼が言うには、ある夜、その新入りが現れたが、誰も何も訊かなかったそうだ。そいつは、夜警の爺さんの鍵束と警備室を開けるのに使うセキュリティ・カードをベルトにつけていた。警報機のスイッチを切れる場所は、その警備室だけなんだ」ジェイノスは手帳から顔を上げた。「しかし警備室のガラスの壁は壊されている。つまり、ホシは鍵を持ってるその男じゃないわけだよ」彼は画面の男に目を向けた。「この男とは別人だ」

「なるほど」ライカーは言った。「正規の夜警のほうはどうなってる?」

「こっちでやってます」アーサー・ウォンが部屋に入ってきた。その顔はひどく不安げだった。「電話には出なかったんで、制服警官を一名、家にやりました。いまのところ、熟した死体みたいな匂いはしてないようです。しかし、なかに入らないことには、なんとも言えませんからね。彼は大家と話してみたそうです。それでわかったんですが、その部屋は又貸しされているんですよ」

「となると、やっぱり休暇で出かけてるってことか」ジェイノスは言った。「それでも、なかを調べる価値はあるな。その爺さんが何か手がかりを残しているかもしれないし。令状をとって、家さがしといこうじゃないか」

「そんな令状にサインする判事はいないさ」ライカーが言った。「その制服警官が大家から話を聞かなきゃよかったんだが。部屋が又貸しされてるとなると、手続きが恐ろしくややこしくなる」彼はウォンを見やり、ふたりはそろって笑みを浮かべた。

「しかし、われわれが又貸しのことを知らないとしたら?」ウォンが言った。「制服警官がその話をわたしにするのを忘れてたことにしましょう」

「ああ」ライカーが言った。「そういうことにしよう」

「それでも令状をとるのに四十分はかかります」

「いいさ。〝かかし男〟がきょうもまたブロンドを吊るすとは思えない。おれはマロリーと一緒にチャールズのうちにいるよ」ライカーは腕時計を見おろした。「おれの足はどこだ？　誰かデルースを見てないか？」

プシューッ。

その旧式の噴霧機は、二十秒ごとに殺虫剤の薄い霧を放出し、室内を有毒な蒸気で満たしていた。この空気のなかに果敢に足を踏み入れるゴキブリなどいるわけはない。それでも、床にはいくつも専用の罠が仕掛けられ、壁の幅木には細長い粘着テープが張られ、物が置ける場所のすべてにハエ取り紙が敷いてある。恐怖症の男による二重三重の備えだ。

ロナルド・デルースは、一連のポラロイド写真をめくっていった。地下鉄車内のステラ・スモールが死にもの狂いで髪からハエを払い落としている。別の一枚では、彼女は青い上着を腕にかけ、カメラに向かってにっこり笑いながら――同時に血を流していた。そしてつぎは、ブラウスの袖ににじみ出ている血のすじには気づかずに、タクシーに乗りこもうとしている姿。つづいて、ロープの先で回転しているケネディ・ハーパーの画像のぶれた写真。死んだ者、瀕《ひん》死《し》の者を写した数々の写真のなかで、いちばん美しい被写体は、病院にいるあの植物状態の女性、スパローだった。

彼は電話の横に置かれた新聞、《バックステージ》紙に目をやった。開かれているのはオーディションの欄。そして明日の二件が赤丸で囲ってある。ミッションはまだ進行中なのだ。

プシューッ。

第二十章

ローマン警部補は電話を置いて、刑事部屋全体に聞こえるよう大声でどなった。「おい、おまえたち！」

五つの頭が彼のほうを向いた。

「今朝、デルースを見かけたか？」

「ブロンディですか？　いえ」刑事のひとりが言った。「見たら覚えてますよ」

イーストサイド署の警部補は、オフィスのドアを閉めて電話にもどった。「いいや、ライカー、彼はここにはいないよ。ところで、さっきも言ったとおり、あの坊主はすごくいい警官とは言えないが、あんたは彼を誤解してるよ。上の連中は彼を特別扱いしてるわけじゃないんだ。市警副長官は、彼を心底嫌ってるんだからな」

「義理の父親が？　どうして？」

「デルースの結婚は四カ月前破綻した。それで、細君の親父さんは血を求めてるのさ。そのやりかたもかなり露骨でね。まっすぐここにやって来て、義理の息子をたたきつぶせとわたしに言ったんだ。しかしわたしとしては、それには加担したくなかった」

「だから、こっちに押しつけたのかい？」

「ほんとのことを聞きたいか、ライカー？　実は、こっちはデルースの存在自体、忘れていたんだ。彼はただデスクのひとつを占めてるだけの人間でね。わたしだけじゃない——誰も彼のことはあんまり気にしちゃいなかったよ。ところが、例の娼婦が吊るされた夜、彼は真っ黄色の頭をしてここに入ってきたんだ」
「それがあんたの注意を引いたってわけか」
「そういうことだ。それで、彼はどうしてる、ライカー？」
「元気さ。あの坊やは元気にしてる」

プシューッ。

ロナルド・デルースは警察無線受信機からの声に耳をすませた。通信指令係が無線コードをよどみなく並べていく。家庭内争議、強盗。指令のなかにこの住所は出てこない。しかしあと数分、連絡が遅れてもどうということはないだろう。

殺虫剤は室内のあらゆるものに染みこんでいる。クロゼットやそのなかの衣類にまで。他の匂いは一切しない。ビニール袋のなかの遺体はかなり腐敗が進んでいるのだが。

プシューッ。

「最高だね！」ライカーは《バトラー&カンパニー》の奥のオフィスに歩いていった。「無許可離隊した刑事がふたりもいるとはな」彼はファックス・マシンの上にかがみこみ、ウィスコンシン州警察から届いた最新の報告書に目を走らせた。「マロリーはこの刑事たちと電話で話してたわけだ。で、そのあとは？」

「ふたりで〝かかし男〟について話をしました」チャールズはコンピュータのモニターを振り返った。「彼女、このコンピュータをいじっていたんですが、突然、出ていってしまったんです。いきなり立ちあがって、なんにも言わずに」

ライカーは腕時計に目をやった。「もうしばらく待とう。彼女から連絡が来るかもしれない」彼はマロリーのデスクに尻を載せ、電話に手を伸ばした。刑事がスパロ－の主治医を呼び出すと、彼がひとりになれるようチャールズは言った。「新しいコーヒーを入れてきますよ」

オフィスのキッチンは、電子機器こそマロリーのテリトリーより少なめだが、居心地のほうは若干ましという程度だ。クロムとプラスチックとマイコンから成るそのコーヒーメーカーがチャールズは大嫌いだった。プログラムどおりできあがるコーヒーは、味蕾《みらい》に届きもしないうちに心のなかで風味を失ってしまう。ゲルドルフとは異なり、チャールズは自らその道を選んだ機械化反対者《ラダイト》だ。機械の操作ができないわけではないが、その気がないのである。それくらいならと、彼は《バトラー&カンパニー》の四歩先にある自宅にもどって、旧式のコーヒーポットの載ったコンロに火をつけた。ライカーが廊下のこちらのキッチンでチャールズをさがしあてるまでに、コーヒーはできあがっていた。

刑事はテーブルに椅子を寄せ、チャールズは、もしよかったら、と灰皿を出した。「スパローはどんな具合です？」

「まあ、おんなじだな。相変わらず危篤状態だよ。向こうはずっとそう言いつづけてるし、彼女はずっともちこたえている。一時間前、主治医は意識がもどるかもしれないと言っていた。だが結局それはまちがいでね。看護師の早合点。患者に手を握られたと思ったんだが、ただの筋肉の痙攣《けいれん》だったらしい」

チャールズはふたつの大きなマグカップにコーヒーを注いだ。「容体をちょくちょく確認しているんですね？」

「うん」

「でもそれは、彼女が犯罪被害者で目撃者だからというだけじゃない。あなたはあの人がとても好きなんでしょう？」

「長いつきあいだからな、おれとスパローは。彼女はすばらしく利口な娼婦でね、おれの仕事を少しばかりやりやすくしてくれたんだ。彼女がくれる情報は、すべて値千金だったよ。もし警察に雇われてたら、いまごろ警部補になってたかもな」いま思いついたことのように、彼は付け加えた。「それに彼女はキャシーによくしてたし」

チャールズは、どうしてそんなことが言えるんだろうと思った。娼婦らによれば、キャシーは誰にもかまわれず、いつも独力で――〝娼婦のブックサロン〟から多少の援助を受けながら――生きていたのだ。「スパローは麻薬中毒だったんですよね。とても母性的なタイプとは言えませんよ。もしそんなに気にかけていたなら、なぜ当局に子供を引き渡さなかったんでしょう？」

「そりゃあ、清潔なシーツや三度三度の食事以上にあの子が必要としてたのは、愛してくれる誰かだったからさ。スパローはキャシーを溺愛していたよ。あの娼婦にはそれ以上のことはできなかった。でも、それはすごく重要なことだったんだ」

チャールズはふたつのカップをテーブルに置くと、椅子にすわった。「でも、いまのマロリーはあの人を憎んでいるんですよね？」

ライカーは沈黙を守り——それによって、すべてを語っていた。イエス以外の答えはありえない。チャールズは刑事の好きな焼き菓子の箱を差し出した。

「なんだよ、これ？」ライカーは言った。「賄賂《わいろ》だな？」

「ひとつだけ教えてください。あのウェスタン小説と娼婦たちのことですけど」

ライカーはにっこりした。「すごいチビだよなあ？　昨夜、おれたちが会った娼婦は十人だけだ。仲間の大半は死ぬか町を出るかしたんだろう。つまりキャシーは、町じゅうの現役娼婦と取引してたわけだよ」

「あの本の使い道はそれだけだったと言うんですか？　彼女は物語と引き換えに援助のネットワークを手に入れたかっただけだって？」

「さあな」ライカーは肩をすくめた。「あの小説のどこがいいのか、ルイとおれは考えに考えた。〝娼婦のブックサロン〟のことは知らなかったよ」

「彼女にとって物語はどうでもよかったというわけですね？」

「どうだかね。彼女はカウボーイやインディアンの話が好きだったよ。土曜の朝はいつもルイと一緒にテレビで古いウェスタンを見ていたもんだ。しばらくは、それがふたりの唯一のつながりだった。あのチビはひと目でヘレンを愛するようになったが、ルイがあいつの信頼を勝ち取るまでには何年もかかったんだ」

「ずっと不思議に思っていたんです」チャールズは言った。「なぜ彼女は、いつも彼をマーコヴィッツと呼ぶんだろうって」

刑事は腕時計に目をやった。「おれはあの最後の巻を読んでないんだ」彼は顔を上げて笑みを浮かべた。「ウィチタ・キッドは撃たれるんだよな？　確かそう言ってたろ？」

「ええ」

「そういう結末だってことは、だいたいわかってたよ」

「最初の六巻しか読んでないなら、どうして――」

「あの保安官は職務を全うするはずだからさ」

「でも保安官はウィチタ・キッドを愛していたんですよ」

「だからこそ、殺さなきゃならないんだよ、チャールズ。それによって、ピーティ保安官はヒーローに――超弩級《ちょうどきゅう》の男になるわけさ。おれの仕事なんか汚いもんだよ。毎日のように悪いやつらを見逃してるんだからな。連中は仲間を売る。おれたちは取引に応じ、連中が歩み去るのを見送るわけだよ」

「でも殺人者は見逃さない」

「ああ、そこには一線がある。誰もそこからは歩み去れない」

「キャシー・マロリーは別としてね。昨夜、あなたは言ってたでしょう？　彼女は殺人と放火で警察に追われてたって」

「そしてあのチビは死後に告発された」ライカーは言った。「事件は終結したんだ」

「でもキャシーは実際には死んでいなかった」

ライカーはコーヒーを飲み干した。「それに、実際には誰も殺してなかったし。それで？」

ライカーは、チャールズの顔の滑稽《こっけい》さに気づかなかった。またしても彼は宙ぶらりんのまま置き去りにされたわけだ。これほどいらだたしいことはない。しかし辛抱《しんぼう》強さが彼の身上だ。

「もうひとつ、いいですか？　マロリーと〝かかし男〟には類似点がありますよね？　そのことは気になりませんか？」

ライカーは空っぽのカップを見つめ、じっくりと考えていた。「警官と殺人者が似た者同士だってのは、古くからある考えだよ。われわれのちがい――それは殺したあとどうなるかなんだ。今度の殺人鬼が自分の犯行を少しでも悔やむと思うかい？」

チャールズは首を振った。「いいえ、この男にかぎっては」

「しかし、警官が誰かを撃ち殺した場合、われわれはその男の銃を取りあげることになっている。彼が罪を悔いて死なないように」

「つまり、あなたはマロリーが〝かかし男〟と同じだとは思わないわけですね？」

「まったくな」ライカーは言った。「おれは、これで彼女もルイ・マーコヴィッツの気持ちがわかったろうと思ってる」

「行方不明の子供をさがす気持ちが？」

「ナタリーの息子、病気の子犬。人にはときどき憎しみのやり場がないことがある」ライカーは腕時計を見つめた。「あのチビめ、なんだって電話をよこさないんだ？」彼はポケットから皺《しわ》くちゃのファックスを取り出して、その文面を眺めた。「ネブラスカ州オデオン。ここに〝かかし男〟の最後のうちがあったわけだな」

「マロリーが立ちあがって出てったとき、ぼくたちは何をもって〝うち〟と呼ぶかを話し合っていたんですよ」

ライカーが突如、拳《こぶし》をテーブルにたたきつけた。マグカップがその際まで踊っていくほどの勢いでだ。「あいつ、彼を見つけたんだ！　〝かかし男〟がどこに住んでいるかに気づいたんだよ。きみたちの会話の内容をすっかり教えてくれ」それは命令だった。「一言一句漏らさずにな」


マロリーは、イースト・ヴィレッジのあのアパートメント、ナタリー・ホーマーが最後に暮らした家の階段に立っていた。彼女はインターホンのボタンを押し、ロビー階を呼び出した。しかし応答はなく、なかからはなんの物音も聞こえなかった。

路上の男が軽い好奇の色を浮かべ、ぶらぶらと近づいてきた。彼は短い階段をのぼってくると、玄関前で彼女と一緒になった。「わたしはここに住む者ですが、何かお手伝いしましょうか？」

この男は本当に力になりたがっているように見えた。そのことから、マロリーは彼を中西部出身のもうひとりの住人に結びつけた。「ミスター・ホワイト？　アリス・ホワイトのご主人ですか？」

「ええ」

マロリーはバッジを掲げてみせた。それ以上言葉はいらなかった。彼は笑顔で玄関の鍵を開け、大きくドアを開いた。なかに入る権利が彼女にあるのかどうか訊ねようともせずに。こういう気さくなウィスコンシン人がどうしてニューヨーク・シティで生きていけるのか、マロリーには不思議だった。「奥さんはご在宅ですか？」

ミスター・ホワイトはホールの小卓に載ったメモを眺めた。「どうやら買物に行ったようですね」彼は大きな両開きのドアを開けて居間に入っていき、すわり心地のよい椅子を手振りで彼女にすすめた。「どうぞお楽になさってください。妻はじきにもどるでしょう」

自分も椅子にすわると、彼は言った。「アリスが家のなかをひととおりご案内したそうですね。どう思われます？　この改装？」

「すてきです」

ミスター・ホワイトは眉を上げて身を乗り出した。もっと何か言ってほしいらしい。それから彼は、あきらめて体をもどした。おそらく、彼女としてはこれが精一杯の世間話なのだと気づいたのだろう。「何かわたしでお役に立てることはありませんか？」

「あるかもしれません」マロリーは〝かかし男〟の二枚の似顔絵、平均的な男の肖像を取り出して、コーヒーテーブルの上に並べた。さらに、この二枚の横にもうひとつ、コンピュータのプリントアウトの顔写真も置いた。

「おや、ネブラスカの人ですか」運転免許証の住所欄に目を走らせて、ミスター・ホワイトは言った。「わたしの妹もネブラスカに住んでいるんですよ」写真をじっと見つめ、彼は額に皺を寄せた。「しかしひどい写真だな」


プシューッ。

デルースは徐々にその毒に慣れだしていた。彼にだってどこにも手を触れないだけの分別はある。殺虫剤を空気中にスプレーする機械のスイッチも切るわけにはいかない。彼はクロゼットのなかに置かれた遺体の前にしゃがみこんだ。その皮膚は緑と黒のカビに覆われている。ビニール袋の内面の大部分も同じだ。白い髪から遺体の年齢は明らかだった。デルースは、透明のビニールに押しつけられた男性的な角ばった手から、遺体の性別を見極めた。

クロゼットの隣には傘立てがあり、なかに野球のバットが入っていた。温かな我が家を護るためのニューヨーカー好みの武器だ。しかし袋のなかの白髪頭の男にむごたらしい傷跡はない。ひと目で死因とわかるような損傷はひとつも。

若い刑事は立ちあがって、ぐるりと向きを変えた。なぜそうしたのかは自分でもわからないが。彼は室内を見回した。どこにも異状はない。

プシューッ。

「そうですねえ」ミスター・ホワイトは言った。「特にめずらしい顔じゃないしなあ」免許証写真と同様役に立たないその似顔絵から、彼は顔を上げた。「すみません。わたしはいつも終日出かけてるもので。入居者全員の顔がわかるのは、妻のほうなんですよ」

「夜、知らない男がアパートメントをうろついてるのを見たことはありませんか？　その男は、野球帽をかぶっていて――」マロリーは頭をめぐらせた。玄関のドアの上で小さなベルがチリンチリンと鳴っている。

　アリス・ホワイトが帰宅したのだ。


　デルースはバスルームの閉じたドアに歩み寄った。自分がこのドアをきちんと閉めたかどうか、彼には思い出せなかった。殺虫剤の自動スプレーの合間は、部屋は静まり返っている。この室内に彼以外、生きているものはいない。それはほぼ確かだ。ほぼ。ドアノブに手を伸ばしながら、彼は銃を抜いた。皮膚が粟立ち、汗が顔を伝い落ちていく。自分の死体を立って見おろすマロリーの姿が目に浮かんだ。彼女は、応援を呼ばなかった彼のミスについて辛辣《しんらつ》なコメントをしていた。

　それでも彼はドアを開けた。

　拳が飛んできて顔にたたきこまれた。鼻からどっと血があふれ出る。膝の力が抜け、彼はよろめいた。バスルームの男のもう一方の手が上がっていく。あれは銃なのか？　デルースは自分の銃を持ちあげた。

いや、あれはスプレー缶だ。

プシューッ。

デルースの両眼は燃えていた。彼は殺虫剤を顔面に浴びたのだ。視力が半ば失われ、いまの彼に見えるのはぼやけた白いもの、宙を漂う顔だけだった。脚がくずおれ、両膝が激しく床にぶつかった。さらに痛みが襲ってきた。

ミセス・ホワイトが夫に声をかけながら廊下へと入ってきた。「ジョン？　わたしの書き置き、見てくれた？」彼女は居間に足を踏み入れると、買物の袋を絨毯《じゅうたん》の上に置き、そこで初めてお客がいることに気づいた。「あら、どうも。きょうわたしが会った警官は、これで三人目だわ」

「なんだって？　いまなんて言った？」彼女の夫が言った。

「今朝、制服姿の若い男性がここに来たの。あなたが出かけた直後に。きっとジョージの友達でしょう。それと、もうひとり――」彼女は言葉を切って、マロリーに顔を向けた。「ジョージというのはうちの入居者でね、昔、警官をしてたんです」

マロリーは似顔絵を持ちあげた。「その男はこんな顔じゃありませんか？」

「いえいえ」ミセス・ホワイトは笑った。「ジョージは、少なくとも六十五にはなってますもの。すごく大柄な人ですし、髪もそんなにふさふさじゃありません」

デルースはうしろにさがった。涙に目を洗われたので、いまでは真正面の男の姿がぼんやりと見える。銃の狙いをつけると、それはあっさり手から奪い取られた。彼は襲撃者との距離を見誤っていたのだ。やみくもに両の拳を振り回すと、それは敵の体に当たった。睾丸《こうがん》を激しく蹴られ、彼は苦痛に体を折り曲げた。つづいて腹部への強烈なパンチで、息が止まった。床に倒れた彼は、ごろりと転がって横向きになり、胎児のように体を丸めた。引き出しをつぎつぎ開け閉めする音が聞こえる。さらに、何かが引き裂かれる音が。デルースは室内での自分の位置をつかもうとした。傘立てはどこだ？　あのバットは？

クロゼットの隣だ。

視界はいまもぼやけている。しかしクロゼットの開いたドアの黒っぽい四角形は識別できた。彼はそちらに這っていき、手さぐりですぐそばの傘立てを見つけた。バットをつかもうと手を伸ばしたとき、走ってくる足音が聞こえた。彼はどうにか立ちあがり、突進してくるそのものに向かってバットを振るった。

バットが何かに当たった。そう、人の体に。男の影が倒れた。

ミセス・ホワイトは似顔絵と写真を見比べた。

「ゆっくり見てください」マロリーは言った。実はそんな余裕などないのだが。「前にその男を見たことはありませんか？」

「そうねえ、この絵に似てる人は大勢いるんじゃないかしら。今朝の若い警官だと言われればそんな気もするし。わたし、ジョージはいないって言ったんですよ。でも、彼が部屋を又貸ししてる人でよければ、もしかすると――」

「その人も夜の仕事なんですよ」ジョン・ホワイトが言った。「ジョージと同じく」

「だから、彼は眠っているのかもって思ったんです」ミセス・ホワイトが言う。「それで、その警官にもそう言いました」

「最初のやつに？」ジョン・ホワイトが訊ねた。「それとも――」

「両方の警官によ」ミセス・ホワイトは答えた。「ふたりめの警官は刑事だったわ。彼はジョージのドアの下にメッセージを入れていってもいいかって言っていた」


デルースはいきなり両足をすくわれた。後頭部が床に激突した。バットはまだ右手にしっかり握られていた。

男がのしかかってきた。ふたりは敷物の上を一緒にゴロゴロ転がっていき、壁にぶつかった。いま襲撃者はデルースの下になっている。彼はほとんど見えないその顔に拳をたたきこんだ。敵はその殴打を感じていないようだった。睾丸をぎゅっとつかまれ、デルースは苦悶の叫びをあげた。

いつのまに彼はバットを放したのだろう？

マロリーには彼らの言葉がどうしても受け入れられなかった。「その男はあなたたちのアパートメントに住んでいる。なのに、名前も訊いてないって言うんですか？」

「そうですね」ミスター・ホワイトが妻の代わりに答えた。「彼はまったく知らない人というわけじゃないんです。何年か前から、よくジョージを訪ねてきていたんですよ」

マロリーはもう一度、コーヒーテーブルの上の絵をたたいた。「これがその男だという可能性は？」

「そうかもしれないけど」ミセス・ホワイトは似顔絵の一方を手に取った。「よくわからないわ。きょう来た警官のどっちかかもしれないし。あの刑事――メッセージを残したがったのはそっちですけど、彼が来たのはほんのちょっと前なんですよ。わたしは彼を上へやりました。こちらは買物に行かなきゃならなかったので。その若い人は勝手に帰るから、と言っていました」

プシューッ。

ロナルド・デルースは横向きに倒れていた。口のなかに血の味がする。彼は粘着テープをむしり取った。もう一方の手は野球のバットをさがし、周囲をさぐっていた。何も見えない指がバットに巻きつくなり、それは手からもぎ取られた。右腕が背後にねじあげられ、筋肉と骨が関節から引きはがされるのがわかった。それは想像を絶する痛みだった。鮮明に見えるのは、点々と散るまぶしい白い星だけだった。彼の悲鳴は、ふたたび口をふさいだ新たなテープによって封じこまれた。

「ジョージの部屋の借り手はとっても静かな人なんです」アリス・ホワイトが言った。「あの部屋からは物音ひとつ聞こえてこないんですよ」

「そりゃそうだろうよ」彼女の夫はほほえんだ。「最上階だからね。ある日、わたしは彼と階段で出くわしたんです。彼はジョージの鍵を持っていましてね、あの爺さんが真夜中に出かけていったと言うんですよ。身内に何かあったんだそうで」彼は疑わしげな顔の刑事を向けた。「彼は実際、ジョージの鍵を持っていたわけですからね。それに身なりもきちんとしていましたし。疑う理由はどこにも――」

「彼が怖かったんですね？」答えを待つまでもない。それは彼の顔に出ていた。なぜ誰もその男に呼び名さえ訊こうとしなかったのか――マロリーはいまその理由を悟った。「もう一度、これを見て」彼女は似顔絵の一方を掲げた。「その男が野球帽をかぶって、赤いストライプの入ったグレイのキャンバス・バッグを持っているところを想像してください」

「あら、だったらジョージのお友達にちがいないわ」ミセス・ホワイトが言った。「あの人はいつだってあのバッグを持っているんですから」

最上階まで見通そうとするように、マロリーは天井に目を向けた。「この建物に裏口はありますか？」

「裏庭に出るドアがありますが」

「それだけ？　非常階段は？」

「ありません」

「それじゃ、外に出たければ、彼は――」

「必ずホールを通るはずです」ジョン・ホワイトがちょうど妻にしていたように刑事の言葉まで締めくくった。

「鍵を貸して」マロリーは手を差し出した。「さあ！」あとになって本人が思い出すことはないだろうが、彼女はむきになって相手をどなりつけていた。「鍵を！」


意識を取りもどしたとき、デルースの両手は縛られていた。彼は頭を起こそうとした。首にはロープがきつく巻かれている。彼の体は、のしかかる男の重みの下でガクガクと跳ねた。息ができない。目が腫れあがっていく。心臓がドクドクいっている。

パニックがふくれあがり、怪物サイズの原初的な恐怖になった。両足が空を蹴り、やがてドサリと床に落ちた。彼はもがくのをやめた。ぐったりしたその体は、前より軽くなっていた。意識が朦朧《もうろう》とし、筋肉は弛緩《しかん》し、恐怖は陶酔へと変わった。彼は目を閉じた。上にのしかかる体重が突然なくなった。重力ももはや彼の体を地上に留めてはいない。彼は真夜中の漆黒の空へとふわふわと昇っていった。

すべての感覚が消えた。

ドアが閉まり、部屋に静寂が広がった。

ライカーがどなった。「いいから、もっとスピードを上げろ！　きみはおまわりと一緒なんだぞ！」

チャールズは思い切りアクセルを踏みこんだ。タクシーとのニアミスにもひるまず飛ばしつづけ、さらに脇道から出てきたトラックを間一髪でかわした。

それは、水道管の破裂が招いたヒューストン・ストリートの渋滞をくねくねと回っていく長い迂回路だった。彼らは直線距離で一マイルのところに行くのに、混雑した十マイルの道を走っていた。

第二十一章

家主は、妻と一緒に階下にいるようにという直接命令に従わず、こっそりマロリーのあとを追って最上階まで来ていた。いまさらこの男を脅してももう遅すぎる――また、その必要もなかった。彼女がリボルバーの大砲、三五七口径スミス&ウェッソンを抜くと、ジョン・ホワイトはあわてて下の踊り場まで退却した。マロリーは、その圧倒的阻止能力ゆえに、他のどんな銃よりもこの銃を気に入っている。

プシューッ。

部屋のドアはほんのわずかに開いていた。そのどまんなかを蹴りつけると、ドア板がバーンとうしろへ吹っ飛び、ノブの激突した壁の漆喰《しっくい》が崩れ落ちる音がした。敷物にはまだ乾いていない新しい血が飛び散っていた。その一部は野球のバットにもついている。マロリーは床に倒れている男にちらりと目をやった。ロナルド・デルースの首にはロープが巻かれていた。人が隠れうるあらゆる家具につぎつぎ銃を向けながら、彼女は室内に踏みこんだ。バスルームは無人だった。もうひとつのドアを蹴り開ける。やはり誰もいない。

居間にもどると、ジョン・ホワイトが床にしゃがんで、倒れた刑事の手首を取っていた。デルースの右腕は異常な角度にねじれていた。鼻は片側へ曲がり、いまもそこからドクドクと血が流れ出ている。それは、心臓が鼓動していること、生きていることを示す唯一の証だった。

「脈はあります」ホワイトが言った。「非常に弱いですが」

マロリーは意識のない男のかたわらに膝をつき、ロープと首のあいだに指を一本挿し入れた。それはきつく締まっていた。酸素は完全に遮断されている。しかし彼の唇はまだ青くなっていない。〝かかし男〟がここを出たのは、せいぜい一分前というところだ。

ジョン・ホワイトもまたロープをいじっていたが、目的はちがった。彼はデルースの気道を確保しようとしているのだった。「ウィスコンシンにいたころ、わたしはボランティアで救急救命士をしていたんです」

マロリーは聴いていなかった。また、ホワイトがマウス・ツー・マウスを行うのを見てもいなかった。しばらくのあいだ、彼女は開いたクロゼットとその中身をじっと見つめていた。それから手を伸ばして、デルースの上着の襟をさっとめくった。彼のショルダーホルスターは空っぽだった。

〝かかし男〟は銃を持っている。

マロリーは立ちあがり、足早にドアへと向かった。そこにはアリス・ホワイトという邪魔者がいた。マロリーは彼女を押しのけて叫んだ。「九一一に電話して！」

「もうしました。さっきあなたが――」

「もう一度するのよ！　警官がやられたと言って」

廊下の突き当たりの最後の階段は、屋上へつづいているはずだ。マロリーはいま、そこに向かって走っていた。階段のてっぺんのドアにたどり着いたとき、下の部屋から悲鳴が聞こえてきた。アリス・ホワイトがクロゼットのなかのカビだらけの遺体に気づいたのだ。

ライカーは携帯で話していた。「もういっぺん言ってくれ。警官がやられた？」

チャールズが脇に寄って救急車に道をゆずろうとしていると、ライカーがどなった。「その救急車につづけ！」

リボルバーを先に立て、マロリーは屋上の物置小屋のドアを通り抜けた。足音を耳にして銃をそちらに向けたとき、彼女の目はまだまぶしい陽射しに慣れていなかった。やがて目の焦点がぴたりと合うと、銃口の直線上には若い女の子の横顔があった。刑事や武器をまだ見たことのないティーンエイジャー。それでも彼女はぶるぶると震えていた。屋上のドアへと逃げていくとき、その顔には絵に描いたようなショックの表情が浮かんでいた。

小屋の角を回ると、血染めのシャツとジーンズのうしろ側が目に入った。男はデルースの銃を額にかざし、頭上の太陽をさえぎった。その顔にはひっかき傷があった。ステラ・スモールのつけた傷だ。右腕は脇にだらりと垂れさがっている。デルースも倒される前に一矢を報いたということだろう。

そこからほんの数歩離れた、タール紙の床の上には、ニンジン頭の小柄な男がうずくまっていた。その小男は物干し綱から引きずりおろした洗濯物の白いリネンのまんなかで身をすくめている。おそらく濡れたシーツで弾丸から身を護れると思っているのだろう。屋根と屋根を仕切る低い煉瓦《れんが》の壁の向こう側では、老婦人が飼育小屋の伝書鳩たちの世話をしていた。この女はシーツに身を埋めた小男の泣き声にも、銃を持った男の姿にもまったく気づいていない。

神経質な忍び笑いを耳にして、マロリーは頭をめぐらせた。背後にはどこかの子供が立っていた。大、中、小と大きさのちがう男の子が三人。そしてこのテレビっ子たちは、どちらの銃にも恐れを見せていなかった。

〝かかし男〟はいま、まっすぐこちらを向いている。朦朧《もうろう》とし、よろめきながら。その額の深い傷から一方の目へと血が滴っている。

頭部の重傷か。ありがたい。

子供たちがショーを見ようとそろそろ前に出てくる音がした。どの子も危険を回避する羊ほどの知恵もないのだ。マロリーは敢えて背中を敵にさらし、くるりと振り向いてどなった。

「なかに入りなさい！」拳銃はその子供たちにはなんの効力もなかった。しかし彼女の目は、いますぐ行かないとひどい目に遭うことをはっきりと告げていた。

彼らはドアのうしろに引っこんだ。消防法に準じた金属ではなく、木でできたドアだ。弾丸は容易に貫通する。いちばん小さな子供は置き去りにされていた。彼は銃と銃のあいだをうろうろしている。

汝、羊を死なせることなかれ。

それはルイ・マーコヴィッツの金科玉条《きんかぎょくじょう》であり、マロリーにとって何よりわかりにくいルールだった。それを守ろうとすると、世にも奇妙なことになる。バッジをつけたとき、彼女は、必要とあれば羊のために死ぬことに同意した。これはずば抜けた生存本能を持つ浮浪児にとって、承服しがたい条件だった。

とはいえ、約束は約束だ。

〝かかし男〟の銃を持つ手がゆっくりと前に出た。マロリーの指は引き金に軽く触れていた。彼女はいつでも相手を倒せる。しかしこちらが撃つのと同時に、相手も発砲するかもしれない。その動作から見て、彼は左利きではない。弾丸はあらぬかたへ飛んでいくだろう。

羊が死ぬ。

子供たちは全員、的となっている。無防備なひとりも、ドアのうしろのふたりも。あるいは、吹っ飛ぶのは、鳩の婦人か、シーツの下の小男かもしれない。〝かかし男〟に発砲させないために、マロリーはリボルバーを下ろした。

〝かかし男〟の銃が小屋のほうへのろのろと動いた。子供たちが隠れている、しかし護られてはいないところへと。視野の隅に、風にはためく花柄のドレスがちらりと映った。火線上にひとり残った男の子のほうへ、怯えきった女性が忍び寄っていく。母親の勇気。女性は男の子を抱き寄せ、一緒に後方へと走り去った。その母子に〝かかし男〟は見向きもしなかった。彼の目はマロリーに釘付けだ。銃を持つ手が上がろうとしている。

マロリーのほうが速かった。電光石火、リボルバーの銃口が彼の目に向けられた。「本当に撃たれたいの?」

この脅しにはなんの意味もなかった。相手はマロリーが思っていたような追いつめられた獣ではなく、それ以上に危険なものだった。天邪鬼《あまのじやく》にも、彼女はリボルバーを高く掲げて真昼の太陽を狙った。そしてさらに天邪鬼を極めるべく、〝かかし男〟をあざけった。「わたしはあなたの母親の死についてあなたより詳しく知ってるのよ」

魔法の言葉。

彼の銃が下がっていく。これで相手の怪我の程度を確認する時間が稼げた。右腕はまちがいなく折れている。体重がかかっているのは右脚のみで、そのことから左脚がいまにもくずおれそうなのがわかる。片目は血でべっとり覆われ、片目は一心にこちらを見つめている。彼は物語のつづきを待っているのだ。

まるで昔みたい――娼婦たちみたいだ。

「あなたがあの夜、何をしたかだって知ってる」

〝かかし男〟のきれいなほうの目が、驚きに揺れた。左脚がガクッとなったが、彼は倒れなかった。震えている湿った洗濯物の山に銃口が向いていることには、どうやら気づいていないらしい。シーツに埋もれたあの小男は泣くのをやめ、気を失って倒れた。

〝かかし男〟は相変わらずお話を待っている。

「あなたはストーカーのメモのひとつを見つけたんでしょう」マロリーは言った。「ナタリーが死んだ夜、床の上にあったのよね」彼女の推理は正しかった。彼はうなずいている。「そしてあなたにはそれを読む時間がたっぷりあった。二日二晩。髪に入りこむハエ、服のなかを這い回るゴキブリ。コンロの火はつきっぱなしだった。部屋のなかは息がつまるほど暑かった」

彼の銃がだんだん重たくなり、その向きがふたたび変わっていく。いま偶然の標的となっているのは、あの老婦人だ。彼は全身疲れている。生きることそのものに疲労している。それでも彼の注意はマロリーに引きつけられていた。「男がお母さんを殺しに来たとき、あなたはバスルームにいた」

鳩の婦人は銃に気づいていない。しかし鳥たちは、嵐の予兆にも似た空気の緊張を感じとり、落ち着きを失っていた。ケージの金網の戸を彼らの翼がバタバタと打ち、ふわふわした白い羽毛が不気味な八月の吹雪となって小屋から舞い散ってゆく。

マロリーは〝かかし男〟のほうへゆっくりと向かった。「あなたは物音を耳にした」彼女はぐるりと彼のまわりを移動し、その体と銃の向きを老婦人からそらした。「そしてバスルームのドアを開けた。ほんの少しだけね。男はお母さんの上にかがみこんでいた」これで確信が持てた。やはり彼は、母親が扼殺《やくさつ》されるところを見ていなかったのだ。あの六歳児は、母親はまだ生きていると思っていた。そう思いながら、犯人が母親の髪をたたき切り、体を吊るすのを見守っていたわけだ。消防士や医者に死者と生者の区別がつかないなら、小さな男の子にどうして区別がつくだろう？

鳩の婦人がふたたび動きだした。マロリーは目の隅でその姿を追った。老婦人は屋上を横切ってきて火線上に入り、鳥の粒餌の重たい袋を持ちあげた。

マロリーはうしろにさがった。ゆっくりゆっくりと。

これで大丈夫。

手の震えで〝かかし男〟の銃が揺れた。彼は深いショック状態に陥り、腰で銃をかまえていた。

「あなたは男がお母さんを吊るすのを見ていた。音を立てず、声もあげず。お母さんは――」

彼はちがうと首を振っている。

ありえない。この部分は絶対まちがっていないはずだ。そう、やはり当たっていた。さっきはただ彼女の押しが弱かっただけだ。「あなたは一切、音を立てなかった。ただ見ていいたのよね」

まるで吊り糸が断ち切られたかのように、男の頭が一方に傾いた。その顔が音のない悲鳴に歪み、血の固まった目から赤い涙が流れ出た。彼はなかと外の両方で血を流していた。

鳥たちが鳴きわめき、翼をばたつかせている。逃げようと必死になり、小屋の金網を打ち据えている。

「あなたはそいつが自分の母親を殺すのを見ていたのよ！　彼女をそいつの好きにさせたのよ！」当然だ。彼はたった六つだった。ひどいショックを受け、呆然としていたろう。そしていま、彼女は罪もないあの子供の罪悪感につけこんでいる。「あなたは助けを呼びもしなかった。その男を止めようとさえしなかった」

鳩小屋の戸がさっと開き、目を見張る飼い主の前で、何十羽もの鳥たちが外へ飛び出していった。はばたきと鳴き声の轟音とともに、彼らは密集隊形で屋上の上を滑空し、〝かかし男〟

の頭上すれすれに急降下すると、進路を変えて上昇した。彼は目に狂気の色をたたえ、太陽に向かって飛んでいく鳥たちの姿を追った。

「あなたの手はロープに吊るされたお母さんに届かなかった」マロリーには、震えている小さな男の子が見えた。死んでいるとも知らず、母親を見あげ、泣いている彼が。「お母さんを置いていくわけにはいかない。まだ生きてるかもしれないもの」

銃が手から落ちたが、彼はそのことに気づかなかった。隣の屋上では、鳩の婦人が空を振り仰ぎ、自らも飛び立とうと両手をひらひらさせている。

「二日後――虫の大群とあの熱気のせいね――あなたはとうとう耐えられなくなった。それで、お母さんを暗闇にひとり残して出ていったのよね。虫どもがお母さんに何をしているかわかっていながら、ドアを閉めて歩み去ったのよ」

傷めた脚ががくりと折れ、彼は折りたたみ式のガーデンチェアさながらにくずおれた。そしてそこで彼は中途半端に立った。脚の下半分を切断されたかのように、両膝をついた状態で。マロリーはそちらに歩み寄り、彼の銃を蹴飛ばした。それは屋上の向こう端へとすべっていった。

彼はもはや無力だった。その目は開かれ、内なる地獄を見つめている。マロリーはその前にひざまずき、祈りの姿勢で彼と向き合った。彼がわずかに顔を上げた。後に彼女がその目を思い出すとき、そこには実際にはなかった埃の膜がかかっているだろう。まるで彼が死んですでにいくばくかの時が――長い長い年月が経っていたかのように。彼の頭に弾丸を撃ちこめば、それは親切、慈悲深い行為となったにちがいない。

復活の時だ。

親切心も慈悲心もない彼女は、ナタリー・ホーマー殺人事件の唯一の目撃者を再建するつもりだった。「あなたの母親を殺したのが警官だってことは知っている。そいつをつかまえるのに協力してくれるわね？　あなたが求めてるのは報復でしょう。わたしならそれをかなえてあげられる」

いいや、彼が求めているのはそれではない。そんなものは少しも求めていないのだ。いまになってマロリーは自分の過ちに気づいた。恐ろしいまちがいに。

ナタリーの息子は銃弾を求め、貪欲な眼でリボルバーを見つめている。彼はずっと昔、幼い子供だったときに、八月のあの熱気のなかでこの瞬間を予見し、実に辛抱《しんぼう》強く罰を待っていたのだ。本人が自分ひとりの罪と信じる犯罪のあの狂った再演には、彼の思いが明白に表現されていた。三件の吊るし首、永遠につづく叫び。つかまえてくれ！　殺してくれ！　彼は被害者たちに警告を与え、自分のメッセンジャーとして――悲鳴を届ける者として、警察の腕のなかへ送りこみさえした。

マロリーには彼の狂気が底まで見通せた。幼い子供の受けた損傷のすべてが。「お父さんがあなたをよそにやったとき――あなたはそれを自分を責めてるからだと思ったのね」

反応はない。〝かかし男〟はその精神の残骸をシャットダウンしつつあった。マロリーが手を触れようとすると、彼は身を引いた。彼女が知りすぎるほど知っている反射的な反応。接触という禁じられた行為の途中で、手が凍りつく。彼女はいつも空をつかんでいる——誰に触れることもなく。それでも彼女は再度挑戦し、傷だらけの彼の顔を指先でそっとなでた。

何かの影が太陽をさえぎった。バットが頭蓋骨をたたき割るいやな音が耳を打つ。彼女はどうにか両腕で彼を抱きとめ、ふたりは一緒に倒れた。

ロナルド・デルースが体を斜めに傾け、立ってふたりを見おろしている。彼の右手からは野球のバットがだらんと下がっていた。デルースはその場にくずおれ、背をまっすぐに伸ばしたまま、両脚を広げてすわった。その目がゆっくり閉じてゆく。

マロリーの武器はいつのまにかなくなっていた。銃を持つべき手が〝かかし男〟の髪をぼんやりとなで、やがて骨と肉の赤いかけらとともに下に落ちた。でもどうしてこんなことに？

彼女はまだ、彼の母親の本当の死因を話していない。母を救うすべが彼になかったことをまだ告げていないのだ。


チャールズ・バトラーのメルセデスがアパートメントの正面に寄り、赤色灯を回転させる警察車両の列の横に停止した。歩道際には救急車が一台、停まっており、白衣姿の男がふたり、空いたままの担架のかたわらに立っていた。

ライカーが先に車を降りてどなった。「何があったんだ？　負傷した警官はどこにいる？」

「わたしのせいです！」取り乱した民間人が飛んできた。そうすれば考えがまとまるとでも思っているのか、彼はさかんに両手を振り動かしていた。「ほんとに申し訳ない。意識がないものと思ったんですよ。それで、ほんの一分、怪我人から目を離したんです。妻がちょっとくらくらしていて、気を失うんじゃないかと心配だったもので。妻はクロゼットの遺体を見てしまったんです。で、振り返ったときはもう――彼はいなかったわけです」

視線を八方に飛ばしつつ、ライカーは銃を手に猛然と小屋のドアを駆け抜けた。まず目に入ったのは、湿ったシーツにくるまってうめいている赤毛の小男の姿だった。隣の屋上では、困惑した様子の老婦人が、鳥たちの逃げていった彼方の空を見あげていた。

ライカーは小屋の横で、片手にバットを握りしめ、すわりこんでいるデルースを見つけた。マロリーは数フィート先に倒れ――遺体の下敷きとなっていた。

また新たなサイレンが近づいてくる。マロリーは、何マイルもの彼方の音を聴くようにその音に耳をすませた。〝かかし男〟の体は、生きているのかと思うほど温かかった。また、彼の血のほうも。それは割れた頭蓋骨から流れ出て、彼女を濡らし、染めていた。

ライカーが彼女の上からその重い荷をどけようとしたとき、それはすぐには動かなかった。マロリーの両手が死んだ男の顔をはさみ、なおも人と人の接触を試みていたためだ。

第二十二章

群衆の会話のざわめきが、警察車両から流れてくる無線の雑音と混じり合う。アパートメントの正面の歩道は黄色いテープで仕切られていた。歩道際には救急車と死体運搬車が並んで停まり、それぞれドアを開け放って生者と死者を待っている。検視局から来た男が、自分の担架に載っている死体袋のファスナーを閉じた。彼は口からタバコをぶら下げたまま、重大犯罪課の刑事の差し出した火をもらった。「ドクター・スロープがあの爺さんの解剖のためにスタンバイしている。それで、もう一方の遺体は?」

「遺体は一体だけだよ」ライカーは訂正した。「これひとつだ」デパートの消えた夜警、ジョージ・ニーダーランドの亡骸《なきがら》を彼は見おろした。

検視局員は空を見あげた。飛び立っていく警察のヘリコプターを。「もうひとつの遺体は屋上から運び出したんだな。いったい何を企んで――」

「ようく聴いてくれよ、相棒。今回の現場には遺体はひとつしかなかった」振り返ると、リポーターがまたひとり、警察の規制線に向かってくるところだった。近くでは、取材班が竿つきの照明やカメラをバンから下ろしている。彼はふたたび向きを変え、検視局の男を見おろした。「一体のみ。マスコミの連中がちがう話を耳に入れたら、ドクター・スロープがあんたのクビをちょん切るだろうよ。おれがちゃんとそうたのんでおく」

　彼の手に濡れタオルが押しこまれた。ライカーは態度を和らげ、アリス・ホワイトを振り返って礼を言った。彼はマロリーの腕をつかんでじっと立たせ、その顔についた血をぬぐった。それからうしろにさがって、顔以外の血の汚れを眺め回した。「いやはや、おまえさんの姿ときたらデルースよりも悲惨だな。その血はほんとにどれも自分のじゃないんだろうな？」

　マロリーは彼に背を向け、鑑識員のひとりがいるところに向かった。「ちょっと！　待ちなさい！」

　ライカーは救急車の乗務員らがいるほうへぶらぶらと引き返した。「きみたちの言ってたとおりだ。マロリーに怪我はない」彼は振り返って相棒を見つめた。彼女はつぎつぎと指示を出し、証拠袋にサインしている。その血だらけの服や髪を見て、野次馬たちが吐き気を催しているのには気づくふうもない。

　デルースの上にかがみこんでいた救命士が言った。「また意識がもどりそうですよ」

　この若者をリポーターや彼らのカメラから隠す必要はなかった。包帯の巻かれたその腫れあがった顔では、本人の母親でも誰かわからなかったにちがいない。包帯はさらに頭にも巻かれている。携帯用の医療機器と注射のおかげで、危険ゾーンの深いショック状態に陥ることもなく、彼の容体は安定していた。

　デルースのまぶたが震え、その目が開くのを待って、ライカーは十分前に中断したレクチャーのつづきを行った。「夜警の住所がナタリーのと同じだと気づいたとき、おまえさんはまずおれに知らせに来なきゃいけなかったんだ。応援もなしにホシを追うなんてもってのほかだよ。それにあのドアの件。あれはドヘマもいいとこだぞ。ドアが開いてたなら、〝かかし男〟はまだアパートメントのどっかにいるに決まってるだろ」

若い警官は咳きこんでいた。言葉を発するのもひと苦労だった。「それはクビってことですか？」彼が痛々しくほほえむと、唇からまた血が流れだした。

「いいや」ライカーは言った。「だったら、わざわざ生き残る方法を教えたりはしないさ。もしおまえさんが消えることになってるならな」

救命士がモニターをはずした。「オーケー、安定しています」

「ちょっと時間をくれないかな」ライカーは言った。ふたりの救命士が救急車の向こう側に消えると、彼は言った。「もうひとつ言っとくよ、坊や。われわれはおまえさんを殺人鬼に昇進させる。一時的にだがね」ライカーは、救急車のなかにすわっているふたりの制服警官を指さした。どちらも彼の信頼する男だ。「おまえさんの身分証とバッジは、ウォラーがあずかっている。病院じゃ彼がすべての質問に答えるからな。おまえさんはただ口を閉じてろよ」ライカーはくるりと向きを変え、血だらけの相棒のほうを眺めた。「そうそう、おまえさんを痛めつけたのは、マロリーだってことにする。だが、そのへんのことはまた明日話そう。いいな？」

とまどうデルースの目の前で救急車のドアは閉じ、それと同時にチャールズ・バトラーが立入禁止の歩道に入ってきた。「マロリーは医者に診てもらわなくていいんですか？」

「そうだな」ライカーは言った。「きみから言ってくれ」

「なんだか変ですよ――彼女の様子」

「へえ、そうかね？」ライカーは振り返って、自動装置さながらに現場を動き回っている彼女を見つめた。

「通常、彼女は異常なまでにきれい好きです。ランニングシューズの一箇所に汚れがあっても耐えられないはずなんです。なのにあれを見てください。服や髪についた血に気づいてもいない――」

「うん、確かにきょうは偏執的とは言えないようだ」ライカーはほほえんだ。「だがそれはいいことなんじゃないか？　進歩だろ？」

チャールズはため息をついた。彼はライカーのポケットの長方形のふくらみを指さした。

「その本を彼女に贈るつもりはあるんですか？」

「ああ、ある。時が来たらな」

マロリーがふたりのほうへやって来た。チャールズは、テープの向こうへもどるよう彼女に命令される前に、すうっといなくなった。

ライカーは顔をほころばせた。どんな状態であれ、彼女が生きて歩き回っていることが、彼にはうれしくてならなかった。「きょうどれだけひどいヘマをしでかしたか、デルースに教えるチャンスを逃したな。代わりにおれが言っといたがね」

「武器を持ってない男を殺したってことも話した？　相手はナタリー・ホーマー事件の唯一の目撃者だったのに」

「いいや、おチビさん、そこんとこはおまえさんに残しといてやったよ。あいつが病院から出てくるまで待ってな。きっと奇襲は予想してないだろうよ」ジョークのつもりだったが、マロリーは本気でそうしようかと考えているようだった。「ときにマロリー、おまえさん、ゲルドルフを思い切りへこませたんだってな」

「自業自得」

「確かに。彼に〝かかし男〟が警官だって教えたのは、そこを考えてのことだよな。よほどの理由がなけりゃ、おまえさんがその手のことを外に漏らすわけはない。おまえさんはあの爺さんもホシの標的になってると思った。だから警告を与えてやったんだろ？　あれは、ひねた形の一日一善だったんだよな」

彼女は自分にそんな人間的な弱さがあることを認めはしないだろう。あるいは、これは彼の側の希望的観測、彼女にこうあってほしいという夢なのかもしれない。彼は空を見あげた。いまにも雨が降りだしそうだ。「今回はなんかすっきりしないんだろ、マロリー？」

そう、そのはずだ。

彼女がライカーの顔を見あげた。するとそこには彼のキャシーがいた。ツイていない一日の終わりの、疲れ果てた十歳の子供が。彼女の世界がまともになるように、彼は誰かを殺してやりたかった。憎しみはぐんぐんふくれあがり、ナタリー・ホーマーを殺した男へと向かった。そのろくでなし野郎は、こんなにも大きな被害をもたらしたのだ。死者の数は、二十年後のいま、スパローが生命維持装置をはずされたときに、正式に決まる。それにマロリーまでもが、気がかりなかたちで変わってしまった。

ライカーはポケットに手を入れて、本の入った茶色い紙袋を取り出した。「そら、残念賞だ」そう言って、ピーティ保安官とウィチタ・キッドの物語の最終巻を彼女に渡した。「おまえさんは、巻頭の献辞を気に入るんじゃないかな」

マロリーが大ファンからのメッセージにちゃんと気づくよう、彼はそのページにブックマッチをはさんでおいた。ルイ・マーコヴィッツとキャシーが正式に引き合わされる以前に書かれたあのラブレターのところに。

マロリーが贈物を開くと、ライカーはその場をあとにし、彼女の車へと向かった。マロリーが自分で運転して家に帰ったりしないよう、彼はその車に細工を施すつもりだった。それに、もし泣いているところを見られたら、彼女は決して彼を許さないだろう。ライカーとしては、もうこれ以上の重荷は背負いこみたくなかった。なにしろ彼は、子供のころの彼女に対する諸の古い罪をいまも償わされているのだ。

「ライカー！」彼女がうしろから叫んだ。「まだ話がすんでないんだけど！」

なんて馬鹿だったんだろう。マロリーが感動して泣くんじゃないかと思ったとは。どうやら彼の妄想の世界は暴走しだしているらしい。

マンハッタンのそのコンドミニアムの室内装飾には、かなり金がかかっており、なおかつ、まったく無駄がない。ただ、そのリビングにはブルックリンの亡霊たち、ルイ・マーコヴィッツツと妻のヘレンの匂いがした。ふたりの古い家も、これと同じ松の香りのエアスプレーの匂いが染みこんでいたものだ。ライカーは、マロリーにとってはこれが形見に当たるものなのだろうと思った。室内には、家族の写真も思い出の品もない。きっと本人は、ここには自分の人となりを示唆するものはひとつもないと思っているだろう。だがそれはちがう。白い絨毯《じゅうたん》は埃に対する耐性が高くない。クロムやガラスは掃除魔の奮闘によって輝いている。黒っぽい革張りの椅子やカウチは、きっちり決まった角度で、または、まっすぐ一直線に配置されている。何もかもが黒か白——譲歩は一切なし。すべてマロリーだった。

だから、どんなに小さくともここにそぐわないものはすぐに目につく。どうやら事件現場で盗みを働いたのは、彼だけではなかったらしい。しかしマロリーは、盗んだ品をぞんざいに扱っていた。ライカーは敷物に膝をつき、ガラスのカクテルテーブルの下に手をやって、その華《きゃ》奢《しゃ》な象牙《ぞうげ》の櫛《くし》を拾いあげた。それは凝った彫刻が印象的な、いかにも高価そうな品だった。彼と顔を合わせるとき、スパローはいつもこの櫛を髪に挿していた。そしてライカーは昔から、この高価な櫛、ジャンキーの愛用の品に興味を抱いていた。ふつうならこういうものは、とっくの昔に売られて、ヤク代になっていたはずだ。スパローがついに死ぬとき、この櫛はマロリーにとって形見となるのだろうか？　それとも戦利品となるのだろうか？

彼は向きを変え、部屋に入ってきた相棒を迎えた。マロリーは長い白のローブ姿で、髪をタオルでふきながらこちらにやって来た。彼女は立ち直りが早い。そしていままでは、すっかりきれいになっていた。

ライカーは携帯電話をたたんでポケットにしまった。「ドクター・スロープが夜警の胸を開いた。あの爺さんは死んでから約二週間経ってるそうだ。自然死だよ。〝かかし男〟は今回の犯行をそんなに前から計画してたのかね？」

「いいえ。彼は何年も前にその夜警と友達になったの。ときどき母親が死んだアパートメントで過ごしたかったのね。彼にしてみれば、あそこが〝うち〟なのよ」マロリーはバーボンのソーダ割りのグラスを彼の手から受け取った。

ライカーはキッチンの戸棚の品ぞろえに驚いていた。マロリーはいつもひとりで飲むのだろうか？　そう、もちろん。外で飲み、人前で自制心を失う危険など、彼女が冒すわけがない。

「じゃあ犯行の引き金になったのはそれなのか？　夜警の死なのかい？」

「それは永遠にわからない。デルースのおかげね」マロリーは彼の携帯が入っているポケットを見つめた。「病院のほうはどうなってる？」

「デルースのことなら、あいつは死なないよ。ただぶちのめされたってだけだ」ライカーは、彼女がウィスキー・ソーダという薬を飲み干すのを見守った。「鼻の骨折、頭蓋骨のひび、肩の脱臼。そう、それと、何針も縫ったんで、顔にはひどい傷が残ることになる。だが医者の話じゃ、あの坊主は気にしてないみたいだよ。それどころか、喜んでるらしい」彼はテレビのリモコンを手に取った。「だがスパローのことなら——彼女は夜が明ける前に逝くだろうって話だ」マロリーがこのことに何か感じたのかどうか、ライカーにはわからなかった。少なくとも彼女はほほえみはしなかった。

「おつぎはいいニュースだ」ライカーはテレビをつけて、音声を消した。ナレーションは自分でつけたほうがいい。「マスコミは、死体の数の不正確な情報のせいで、大混乱をきたしている。連中は〝かかし男〟はまだ生きてるが、重傷を負ってるものと思ってるよ」彼は、何本ものマイクに襲われているティーンエイジャーの目撃者を指さした。「この女の子に話せることといやあ、それだけなんだ」

マロリーはうなずいた。「彼女が屋上にいたのは、ほんのちょっとのあいだだから」

カメラの前の若い女の子はまだ震えている。ライカーはテレビのほうにさらに身を乗り出した。「ほら、見てくれ――この子の親父さんがリポーターをぶっ飛ばすぞ」パンチが飛んだ。「おみごと」今度は、同時にしゃべっている小さな男の子三人に画像が切り替わる。「そうそう、このガキども――こいつらがまた最高でね！」

「その子たちはなんにも見てないはずよ」マロリーが言った。「母親がすぐに屋上から連れ去ったから――」

「ああ、だがこいつらの話じゃ、おまえさんはあの哀れな野郎の両脚を吹っ飛ばしたことになってる。それから、銃でやつをぶん殴り、さらに何発か撃ったってわけだ。しかし犯人がまだ生きてるのは確かなんだと。やつがおまえさんから這って逃げようとするとこを見たんだとさ。あの嘘つきのチビどもに大感謝だな」

「何か容疑者をゆさぶる材料が必要なの」マロリーは捜査本部の奥の壁の前に立ち、コルクボードに新たな写真一式を留めた。「ナタリーの事件を今夜じゅうに終結させなきゃならないから」

もちろんそうだろう。朝になれば、〝かかし男〟が死んだという事実は世間に知れ渡ってしまう。「オーケー」チャールズは言った。「ストーカーは実はふたりいた。そのことを知っているのは、ナタリーを殺した男だけのはずだよ」

マロリーはなんとも言わなかったが、チャールズにはその冷笑の意味がよくわかった。へえ、そう。

「スタイルからわかるんだ」彼はひるまずにつづけた。「第一のストーカーは前の夫だよ。その点では、ラースはまちがっていなかったわけだ。だから、彼を許してやっても――」

いや。マロリーの顔をひと目見ればわかった。その許しは彼女からは絶対に得られない。チャールズはストーカーのメモのひとつを壁からはずし、その黄ばんだ古い紙を掲げた。「エリック・ホーマーは暴力夫で、忍耐力に欠けていた。彼が何時間もかけて雑誌の活字を一字一字なぞるとは思えない。ナタリーのために、こんなにきれいなものを作るわけはないよ。この手紙、なかなか芸術的だよね?」彼はその文章を読みあげた。「〝きょうおまえに手を触れた〟。脅しというより詩みたいだ。これはエリック・ホーマーのスタイルじゃないな。彼が後添えとなる女性に出会うと、ストーカー行為はやんだ。だから彼女の被害届に二週間のギャップがあったわけだよ。これらのメッセージを書いたのは、第二のストーカーだ。そいつは彼女を愛し――そして殺した」

「なるほどね、納得した」マロリーは壁からさがり、そこに展示された容疑者の一団を彼に披露した。五人の男の二十年前の顔。ラース・ゲルドルフの写真は古い新聞記事から取ってきたものだ。彼以外の刑事二名とパトロール警官一名の顔写真は、マロリーのコンピュータで画質を上げた事件現場のポラロイド写真から作られており、もうひとりのパトロール警官の写真は、警察の人事ファイルにあったものだった。「つぎなる問題」彼女は言った。「ホシが警官なのはわかってる。でもどの警官なの？」

「なぜこのなかのひとりだってわかるんだい？」

「なぜなら、あの吊るし首を制服警官が自殺として連絡したから。そして三人の刑事が現場に駆けつけたからよ」

どうやら、物事を謎めかすライカーの悪い癖がマロリーにもうつりつつあるようだ。

「ただのあてずっぽだけど」チャールズは言った。「自殺という連絡の場合、警察はそんなに大勢の刑事を送りこまないものなのかな？」自分は何を見落としているんだろう？　彼はスーツ姿の男たちの写真を見つめた。「そこできみは彼ら三人に絞りこんだ。その全員が、ナタリーの提出したストーカーの被害届に署名しているから。そういうことなの？」

「いいえ」

もちろんちがう。それじゃあまりに簡単すぎる。

「一点だけあなたが当たっていることがある」マロリーは、カメラマンに向かってほほえんでいるナタリー・ホーマーの肖像写真を壁に留めた。「その男は彼女を愛していた。彼女に執着していたのよ。彼はそれまでそんなに美しい人を見たことがなかったの」

きみだって美しいよ。彼は本人にそう言ったことがあったろうか？　いや、一度も。

「なのに彼のほうはつまらない男だった」マロリーが言う。

まるでだめ、ぜんぜん美しくない。

「彼女とは格がちがったわけ」マロリーが言った。「できることと言えば、彼女を見つめ、つけまわすことくらい。きっと彼は、自分の想いを知れば、彼女は笑うと思ったでしょうね。頭のなかは、彼女のことばかり——自分と彼女——一緒にいるふたり。彼女は近づきがたい、手の届かない人だった」

月と同じくらい遠い人。きみには決して——

「わたしがいちばん怪しいと思っていたのは、こいつよ」マロリーはラース・ゲルドルフの写真をたたいた。「この老いぼれはナタリーに執着しているし、その執着は一向に消えない。彼は以前、わたしの容疑者リストのトップにいた」

「以前」チャールズは繰り返した。「それでいまは？」

「バスルームのドアからのぞいたとき、もし私服刑事を見ていたなら、ナタリーの息子には犯人が警官だとはわからなかったはずよ」

彼女の狙いがラースからそれたことにほっとしながらも、チャールズの大事なロジックがここでも支配力をふるった。「ジュニアがもう一度——二日後に部屋の外から——その男を目撃したのを忘れてないだろうね？　室内の男が全員警官だということは、彼にもわかったはずだよ」

「自殺という第一報に、三人の刑事が駆けつけた」マロリーは言った。「でも彼らの注意を引いたのは、現場の住所じゃない。報告を入れた制服警官は、被害者の名前を知らせたの。ナタリーの存命中、彼女のアパートメントにパトロール警官が送られたことは一度もなかった。そのことは確認ずみよ。彼女は毎回、警察署に出向いて被害を訴えていたの。あなたも、アラン・パリスに対するデルースの聴取の報告書は読んだわよね？ ふたりの制服警官があの部屋にいたのは、たったの二秒よ。彼らはすぐさまドアを閉め、報告を入れた。目にしたのはロープからぶら下がる髪を剃られた遺体だけ。それはガスと蛆虫《うじむし》で膨張《ぼうちょう》していた。顔はめちゃめちゃで見分けがつかなくなっていたの」

「ところが、彼らにはそれがナタリーだとわかった」チャールズは言った。「そこが彼女のアパートメントだとわかったわけだね」

「そう、彼らのどちらかにはね」マロリーは制服警官たちの写真をたたいた。「あなたはローマンとパリスの見分けがつく？」

「簡単だよ」チャールズは言った。どちらの男も実物を見たことはなかったが。「現場写真に写っているのが、ローマンだよね。パリスは二度と室内に足を踏み入れなかったんだから。ああ、そうか。このふたりはよく似てるね」そう言えばラース・ゲルドルフも、どちらがどちらなのかわからなくなっていた。ともに二十代初めのそのパトロール警官たちは、同じように目鼻立ちが整っていて、髪は黒く、目は帽子の縁の陰になっている。「アリス・ホワイトと一緒に廊下に出たとき、男の子はその二度目の遭遇で犯人の顔を再確認できるはずだった。ところがそこには、制服警官がふたりいたわけか」

「何よりも彼の記憶に残っていたのは、制服だったのよ」マロリーが言った。「彼にふたりの見分けがつかなかったとすると、わたしたちはどうすれば――」

「コインを投げたらどうかな」チャールズは言った。ロジックですべてがわかるわけではない。


ライカーは刑事部屋の自分の席から近くの窓へと身を乗り出した。下の道の歩道際には、マスコミのバンが何台も二重駐車で駐められていた。白い包帯に頭を覆われた負傷した刑事と、彼を取り囲み、隠している警官たち。その警察の一行を、マイクを手にした数人の男たちが襲っている。その他のリポーターたちは、餌を待つ犬よろしく口を開け、二階の窓を見あげていた。「血に飢えた暴徒ほど恐怖をあおるものはないよな」

ドアから入ってきたとき、ウォラー巡査とその相棒は左右からロナルド・デルースを支えていた。ふたりの大男は、彼の顔を気遣わしげに見守りながら、刑事部屋をそろそろと歩いてくる。その優しい態度は子守り女も顔負けだ。ニューヨークの警官が職務中に負傷すると、刑事と制服警官を隔てる壁はたちどころに消え失せる。

デルースの首のロープでこすれたところには、赤いみみずばれができていた。一方の頬には決闘の傷さながらに縫合の痕が走っているし、脱臼した左肩は腕を吊る包帯に覆われている。また、その蒼白な顔からは、この若者がここ何時間か鎮痛剤をのんでいないことがうかがえた。

これはマロリーの考えだろうか？

ライカーは負傷者の儀仗兵を退出させた。これから起こることを制服警官に見せるわけにはいかない。去っていく警官たちの背後で階段室のドアが閉まると、マロリーがベルトの手錠をはずし、デルースのよいほうの手を吊り包帯から垂れさがる手につないだ。

第二十三章

ジャック・コフィーは留置場の檻の外に置かれたテーブルに着いていた。彼がひとつしかない窓の隙間を鉛筆を詰めてふさいだため、小さな部屋はひどく暑くて息苦しい。そのなかでコフィーは、三人のステラの再会の物語を披露し、イーストサイド署の警部補をもてなしていた。

「それで、その芝居がかったエージェントが――頭のイカレた尼さんみたいにおっかないやつなんだがね――その女がステラ・スモールに昼メロの役をとってきたわけだよ。ところが母親と祖母《ばあ》さんのほうは、あの娘をオハイオに連れ帰るつもりでいたんだ」

「名案じゃないか」ハーヴェイ・ローマンの足がトントンと床を打つ。その目が壁の時計へとさまよっていった。彼は果てしなくつづくこの物語に少々いらだっているようだった。

「かわいそうに、あの娘は地獄をくぐり抜けてきたばかりだった」コフィーは相手のいらだちに満足して先をつづけた。「そのうえ、鎮静剤ですっかりへばっていたんだよ。エージェントは病院のベッドに向かって身をかがめ、すごく鋭い小さな歯をずらりと見せてほほえんだ。『あなた次第よ、ベイビー』彼女は言った。『お昼のテレビの最高にホットな番組との三年契約なの』ここで、心からの気遣いの演技が入ったね。『ああ、ごめんなさい、ハニー。あなたはアイオワに生きたまま埋もれるほうがよかったのかしら？』するとステラの母親が口をはさんだ。『わたしたちが住んでいるのは、オハイオですけど』エージェントは答えた。『はいはい』まるで、このふたつにちがいがあるみたいにな」

「いい話だな、ジャック」ローマンの愛想笑いはしぼみだしていた。彼はハンカチを取り出して、額と禿《は》げた頭をぬぐった。「ところで、わたしはなぜここに呼ばれたのかな？」

「われわれはあんたの昔の事件を終結させようとしているんだ。聞いてないのかい？　ナタリー・ホーマー殺害事件なんだが」相手の顔からは驚きが読みとれた。だがそれ以上のものは何もない。

「あれはわたしの事件じゃないんだがな、ジャック。こっちは当時、制服警官にすぎなかったんだ」

「ああ、知ってる。パリスも招いたよ。いまこっちに向かってるところだ」

ローマンは本当に痛みを感じて身をすくめた。それからふたたび禿げ頭と額をハンカチでぬぐった。「アラン・パリスか？」

「そうとも」コフィーは言った。「あんたの昔の相棒だ」

おまえが金バッジを手に入れるために売った男さ。

コフィー警部補は椅子をうしろに傾け、ぐらぐら揺らしながら、その瞬間を楽しんだ。彼は以前からこの男が嫌いだったのだ。「ところで、なぜあんたはあの昔の吊るし首のことを話してくれなかったんだ？　ふつうなら、娼婦の事件の書類をこっちによこすとき――」

「あの事件が娼婦の事件と関係あるとは思ってもみなかったんだ」

「どっちの女性も首を吊られ、自分の髪を口に詰められていたのに？　どれだけ共通点があればよかったんだ？」

「しかし、現場の状況はまるでちがっていたんだよ」ローマンは立ちあがり、ズボンのポケットに入った車のキーをジャラジャラ鳴らした。「そんなことのために、ここで待つ気はないからな、ジャック」

「ところがこっちには、選択肢を与える気はないんだ、ハーヴェイ。あんたは重要証人のひとりだからな。事件にけりがつくまで、ここにいてもらうよ」椅子から立ちあがるとき、ジャック・コフィーは笑みを浮かべていた。この署内で勝手が通るかどうかやってみろと言わんばかりに。

なおも笑みを浮かべたまま、重大犯罪課の指揮官は外の廊下に出て、小部屋のドアに鍵をかけた。

刑事部屋のなかはほの暗く、ひっそり静まり返っていた。天井の照明はひとつを残してすべて消されている。個々のスタンドも灯っているものはごくわずかで、デスクに着いている者はいない。唯一の明るい光は、マロリーとあの新米刑事だけに注がれている。ロナルド・デルースは血染めのTシャツを着ていた。ジーンズと野球帽のほうは、捜査本部の壁からむしり取られたものなので、血の汚れはついていない。

ライカーは窓辺に立って、人でごった返す下の道を見おろした。ふつうサイズの人間たちや、あの別の種族、リポーターの群れの上には、チャールズ・バトラーの頭が見えた。

マロリーは相変わらず、彼女のスター俳優に指示を与えつづけている。「顔は絶対上げないこと」

まあ、それは簡単だろう。ライカーの見たところ、若者に頭を起こすだけの力があるとは思えなかった。「病院にもどったほうがいいんじゃないか、坊や？」

「彼はこれをやりたいの」マロリーがデルースの代わりに言った。「だからどこにも行かない」

ライカーはさらにもうひとこと言いかけたが、デルースのためを思ってやめておいた。これは、〝かかし男〟を殺したあとのセラピーのようなものだから。もっともマロリーの目的はそれではない。彼女はただ、本当にぶちのめされたドッペルゲンガーがほしいだけだ。

「ひとつ問題があるな」ライカーは言った。「顔が見えなくたって、連中はその頭の毛で気づくんじゃないか。頑丈な壁があいだにあろうと、その漂白頭は見えるだろうよ」

「わかってる」マロリーはこの問題をマスカラの魔法棒で解決した。そのブラシで手早く何度かなでると、頭髪の包帯からはみ出た部分は茶色になった。「あなたはいま注目の的よ、デルース」彼女は身をかがめ、彼と目の高さを合わせた。「だからもうブリーチはしなくていい」

これは直接命令だった。「目立たないなんて心配はもうないんだから」

ライカーは仰天した。人の心の洞察は彼の相棒の得意分野ではない。彼女は、デルースの派手な黄色の髪の謎を解けるはずのない人間なのだ。

「感情は表さないこと」マロリーはつづけた。「わかってるわね?」

「ええ」デルースは答えた。

マロリーは血の出ている彼の唇をティッシュで軽くぬぐった。たぶん新鮮な血を使うのは、あざといと考えたのだろう。「ジェイノスがあなたをここに連れてきたら、わたしがいくつか質問をする。でも口はきかないで。ただうなずくのよ」

「わかりました」

「そのしぐさに多くがかかっているんだからな」ジャック・コフィーが部屋の向こうからやって来て、彼らに加わった。「こっちにはそれ以外何もないんだ、坊や。物的証拠はひとつも」

彼らには逮捕状請求の根拠を示すことさえできなかった。そして唯一の目撃者はもちろん、デルースが野球のバットであの世に送ってしまった。これは言わずもがなのことなので、警部補はあとは無言で若者を従え、廊下を歩み去った。

「じゃあホシを挙げたわけだな」ゲルドルフの声が階段室のドアのほうから聞こえてきた。彼はチャールズ・バトラーとともにそこに立っていた。「やったな!」

「やあ、ラース」ライカーは老人の大きな笑みに笑みを返した。「せりふは全部、わかっているね?」

「ああ、もちろん。チャールズに教わったよ。何も心配は――」

マロリーが手振りでゲルドルフを黙らせた。階段室のドアがふたたび開き、アラン・パリスがウォン刑事に付き添われて入ってきた。ライカーは、アルコール中毒のこの容疑者を同類の眼で観察した。見たところ、大酒を食らっていた様子はない。だが恐怖は酔いを醒ますものだ。

いずれにせよ、パリスは酒臭くはなかった。その新しいスーツもまた、内心の恐怖の表れ。彼は無職の飲んだくれではなく、まっとうな市民を装っているのだ。

「ミスター・パリス」マロリーが部屋の奥のドアを指さした。「あそこでお待ちいただけますか？　すみません」

ゲルドルフは、パリスがコフィーのオフィスに入って、ガラスの壁のそばにすわるのを眺めていた。「あそこじゃ居心地がよすぎるな。必要なのは狭い部屋だよ。窓のない息苦しいやつがいい」老人は生き返っていた。振り向いてマロリーにレクチャーを垂れたときは、あの腹立たしい傲慢《ごうまん》さがすっかりよみがえっていた。「やつを完全に支配しないといかんよ。何もかもこっちで決めてやるのさ。やつがいつ小便をするか。いつ食うかも。仮に何か食うとしてだが」

「口出しは無用よ」マロリーはそう言って、老人に身の程を思い出させた。彼は仮のパスポートで重大犯罪課を訪ねてきたお客にすぎないのだ。「パリスはちょっとおしゃべりするためにここに来たと思ってるの」

「いいや、そうは思ってないね」ジェイノスが向こうから歩いてきた。「ゲルドルフを見て、彼はパニックに陥った。それで、弁護士の同席を求めているんだ。われわれは一時間ほど、暇をつぶさなきゃならない――」

「冗談じゃない」ライカーはコフィーの部屋まで大股で歩いていき、なかに入ってどなった。「いったいぜんたいなんだって弁護士が必要なんだ？」

パリスはぶすっとした声で言った。「あんたらはおれをあの首吊り事件の犯人に仕立てる気なんだろ?」

「きみはテレビを見てないのか? ラジオを聴いてないのか? われわれはきょうの午後、ホシを挙げたんだ。わかったな? さてと、本題だが――きみの供述を読ませてもらったよ。それで、ナタリー・ホーマーに関していくつか質問があるんだ」

「でもおれは――」パリスはドアを振り返った。さらにふたりの人間が部屋に入ってきたのだ。マロリーはコフィーのデスクの前にすわると、ラース・ゲルドルフをにらみつけ、黙って合図を待つよう釘を刺した。

「パリス」ライカーは言った。「何か言いかけてたよな」

「ナタリーの被害届を受け付けたのは、おれじゃない。おれはただの制服警官で、デカじゃなかったからな」

「だがおまえは彼女を知っていた」ゲルドルフがパリスの椅子のうしろに立って、節くれ立った手の一方をその肩に載せた。「毎日、パトロールのとき、見かけていたろう」

パリスは老人の手を払いのけた。「向こうはおれのほうを見ようともしなかったよ」

「それでおまえは腹が立った。ちがうか?」ゲルドルフはパリスの耳もとに口を寄せた。「彼女はすごい美人だった。そしてそこに、銃を持ち、力を握るおまえがいる。なのに向こうはおまえの存在に気づきもしないんだ」

「引っこんでて」マロリーが言った。これによって、ラース・ゲルドルフを共通の敵とし、アラン・パリスも含む室内の全員が結ばれた。

老人はマロリーを無視するふりをし、胸ポケットに手を入れると、ナタリー・ホーマーのポラロイド写真を取り出した。髪と体を損なわれた、死んだ女のクローズアップを。「もうそれほど美人じゃない。そうだろう？　あまりお高くとまってもいないしな」

マロリーが身を乗り出して、写真をひったくった。「いい加減にして」彼女の怒りの一部は本物だった。マロリーはアドリブのせりふや無認可の小道具が気に入らないのだ。

「弁護士を要求する」パリスが言った。

「無理もないね」ライカーは言った。「こりゃでたらめもいいとこだ。だが安心してくれ。あんたは告発されてるわけじゃない」彼はゲルドルフに向き直った。「これ以上ひとことも言うな」このささやかな態度表明により、ライカーはアラン・パリスの笑みを引き出し、彼の大事な友となった。

「ミスター・パリス――アラン」マロリーが言った。「以前はあなたも警官だったわけです。この仕事のむずかしさはおわかりでしょう。彼女について教えてもらえませんか？　何か捜査の役に立ちそうなことは――」

「何もないね。ナタリーは署に来るたびに、デカどもの一団に囲まれていた。連中は何時間もナタリーと話をしていたよ。彼女にはなんの益もなかったがね」

「きみは彼女を気の毒に思ったわけだな」ライカーはうなずいて、理解と同情を示した。いまやふたりは兄弟だった。

「そうとも。あれはひどかった」

「あの近隣のパトロール強化について教えてください」マロリーが言った。「あなたは彼女の身辺に気を配っていたんでしょう？　もしかすると、うちに立ち寄ったり――」

「どこにその必要がある？　おれはそんな指示は受けてないんだぞ」パリスはゲルドルフを振り返った。「あんたらデカどもは彼女を気に入っていた。だがまるで信じちゃいなかったんだよな」彼はマロリーに視線をもどした。「連中は、怯えきっているナタリーしか見たことがなかった。たぶん彼女はいつもそんなふうだと思ってたんだろうよ」

「でもきみはちがった」ライカーは言った。「きみは毎日彼女を見ていた。彼女がどんな思いをしているか知ってたわけだ」アラン・パリスにとって、彼女は常にナタリーだった。ファーストネームで呼びあう知人であり、彼に見向きもしない女ではなかったのだ。

　留置場にもどったとき、ジャック・コフィーはドアを大きく開け放っておいた。ローマン警部補はいま、そのドアから、廊下を連行されていく囚人のうしろ姿を見つめている。マロリーは正しかった。この若い刑事ほど説得力のあるものは他に考えられない。血まみれの姿、手枷《かせ》足枷、おぼつかない足取り。ついに彼がつまずくと、ジェイノスの太い腕が伸び、その体を抱きとめた。

「足枷はやりすぎじゃないか」ハーヴェイ・ローマンが言った。

　ゲームオーバー。コフィーはデルースのうなじに光る汗を凝視した。マスカラの応急処置が茶色のすじとなって流れ出し、Tシャツの血のしみと溶け合っている。それから、彼は自分の早合点に気づいた。ローマンがつづけてこう言ったのだ。「あの哀れな野郎がジェイノスから逃げられるとは思えんよ」

「まあ、そうだがね。地方検事もじきに来ることだし」コフィーは言った。「型どおりにやることにしたわけだよ。足枷から何から。われわれはホシと取引するんだ」

「ほう？　彼は何を提供するんだ？」

「ナタリー・ホーマー殺しの犯人を写真で確認するのさ」コフィー警部補は席を立って、バタンとドアを閉めた。「あんたもあの現場のことはよく覚えてるだろう」

「忘れっこないね。まさにこの世の地獄だった。あの悪臭、それにあの虫ども。だがあれは、今度の吊るし首とは別のタイプのフリーク・ショーだよ。例の娼婦のとはな」

「スパローか」

「ああ。ロウソクの数といい、ロープの結びかたといい。それに娼婦は死んでもいない。やはりつながりがあるとは思えんよ、ジャック」

「つながりは〝かかし男〟——ナタリーの息子だよ。あんたも一度、彼に会ったことがあると思うんだがな、ハーヴェイ」

　チャールズ・バトラーがコフィーのオフィスに入ってきて、マロリーのすわる椅子のうしろに立った。それ以上なんの指示も与えられていないため、彼はただそこにそびえ立ち、自らの不安な思いをこの集いに注ぎこみつつ、成り行きを眺めているしかなかった。いまやメンバーは総勢五人。多すぎるものの、ぴったりの人数だ。そのひとりひとりがエネルギー・レベルと興奮とストレスを高めている。

マロリーは刑事部屋に面したガラスの壁を見据えた。「彼が来た」

五対の目が見守る前で、ジェイノスがひとつだけ灯っている天井照明の下へと囚人を導いていく。警部補のオフィスから見えるのは、手足の鎖と包帯と血痕だけだ。変形した顔は、野球帽の陰になっている。マロリーはチャールズを顧みた。胸の内をすべて明かしてしまうその顔を。そこに表れているのは、好奇心だけだった。その負傷者がデルースだとは彼はまったく気づいていない。

マロリーはアラン・パリスのほうに身を乗り出し、いかにも警官同士といったふうに話しかけた。「ひとつ突破口が見つかったんですよ。目撃者がひとり。あなたも以前、彼に会ったことがあります」

「そうなんだ」ライカーが言った。「きみはナタリーの部屋の入口から彼を追っ払った。覚えてるかな？　当時、彼はまだ六つだったが」

「廊下にいたあの子供たちのかたっぽか？」

ライカーはガラスの壁のほうを向いて、ジェイノスの護衛する負傷者を指さした。「あれはナタリーの息子だったんだ」

「なんてこった！」パリスは、手錠の男をもっとよく見ようとして、くるりと向きを変えた。

「あれがホシなのかい？」その角度からだと、彼に見えるのはデルースの頬の曲線だけだ。「じやあ、あの子供がイカレちまったわけだな」

マロリーはうなずいた。ええ、悲しい話でしょう。本当に。「ナタリーの妹はあの男の子を州外に隠しました。なぜかはわかりますよね」

ガラスの壁の向こうをじっと見つめ、パリスは左右に首を振った。その目は手錠姿の若者に釘付けだった。「彼女の息子があの女たちを吊るしたのか。信じられない。なんてこった」

ウォン刑事がオフィスに入ってきて、デスクの上に茶封筒を放った。ライカーがそれを拾いあげ、中身をあらためた。刑事三名と制服警官二名の二十年前の顔写真。彼はデスクマットの上にそれらを並べた。

予想どおり、パリスの目は、警察学校を出たばかりの若い自分の写真だけに注がれていた。口を開きかけた彼を、マロリーはこう言ってさえぎった。「すぐにすみますから」彼女は写真を回収し、椅子から立ちあがった。

「ああ」ローマン警部補は言った。「廊下にいたあの子供たちなら覚えている。少なくとも片方はな」彼は、それぞれ証拠袋に収められた、二十年前のフィルムの箱とナタリー・ホーマー宛の手紙一式を見つめていた。「わたしがなぜ、彼を覚えていると思う、ジャック？　その小さな男の子は――なんと、ドアの内側に手を伸ばして、フィルムの空き箱を拾ったんだ。彼はむごたらしい殺人事件の記念品がほしかったのさ。冷酷だよな？　あの子供のことが忘れられたらと思うよ」

マロリーは満身創痍の刑事の前に立ち、その腫れあがった顔を見おろした。刑事部屋の向こうまで聞こえるよう、彼女は大きな声で言った。「ゆっくり見て。あなたのお母さんが亡くなった当時、彼らはこんな顔をしていたの」

彼女がコフィーのオフィスから見えないよう注意しながら、一枚一枚写真を持ちあげていくと、デルースはうつむき加減のまま、じっと写真を見つめた。ここでマロリーは、彼への合図である最初の質問をした。「この男?」

若い刑事はうなずいた。

「まちがいない?」

デルースはふたたびうなずいた。

台本から脱線し、マロリーは身をかがめて声を低くした。「何もしゃべらず、じっとしているのよ。わたしはもう少し間を置いてから向こうにもどる。ちょっと時間をつぶしましょう。あなたはあの死んだ男のことが頭から離れないのよね。それは今後もずっと変わらない。いまじゃ彼はあなたの一部なの。あなたが彼にしたこともよ」マロリーはデルースの隣の大男を目で示した。「ジェイノス刑事がしばらくあなたに付き添う役を買って出てくれた」

デルースは傷ついた目をして彼女を見つめた。「わたしがおかしくなってると言うんですか?」

マロリーはうなずいた。「人はみんないい、おかしくなるの」

「狂気は場所なんだ」ジェイノスが言った。「誰もが行き来しているんだよ」

「よくあることよ。そのためのプログラムがあるくらい。自殺防止の見張りね」彼女はもう一度、写真を持ちあげた。「じゃあ、この写真に手を触れて。それで終わりよ」

デルースは手錠の鎖をぴんと張らせて、言われたとおりにした。

マロリーはゆっくりと十まで数えた。「もう一度、うなずいて」

彼は指示どおりうなずくと、頭を垂れて、床に目を据えた。心から悔悟する者の姿だ。

「上出来よ」マロリーはリアリズムを重んじている。

デルースは拳《こぶし》を握りしめ、目を固く閉じて、ぐったり前に倒れかかった。ショックの麻酔効果が薄れかけているのだ。マロリーはジェイノスに目を向けた。「彼を病院に連れもどして」

コフィーのオフィスにゆっくりと向かいながら、マロリーはこれ見よがしに一枚の写真を眺めていた。アーサー・ウォンがその行く手をさえぎり、ビニール袋に収められた証拠物件――ストーカーのメモ一式とポラロイドのフィルムの空き箱を彼女に手渡した。「この二点、ボスのほうはもう用ずみだそうだ」

ウォン刑事は留置場のドアを開け、写真のコピーをひとそろい、コフィー警部補に手渡した。

マロリーが彼に与えたせりふは一行だけだった。「いちばん上のやつです」

ジャック・コフィーは束の間、その写真を凝視すると、ローマンの真ん前にそれを置いた。

「〝かかし男〟はあんたを選んだよ」

「彼はあなたを選んだわ」マロリーは、ラース・ゲルドルフの写真をデスクの向こうにぐいと押しやり、アラン・パリスに目を向けて言った。「どうぞお引き取りください」

元警官はすみやかに部屋をあとにし、ゲルドルフは空いていた椅子に身を沈めた。五十五歳当時の自分の写真をぎゅっとつかみ、彼は首を振った。「馬鹿げてる。無茶苦茶だよ」その顔にパニックの色がよぎる。彼は視線を上げ、マロリーの背後に立つ背の高い男を見つめた。振り向くまでもない。

頭のうしろについた目だけで、マロリーには、すばらしく正直なあのチャールズの顔に刻まれた驚きの色が——正真正銘の驚愕が見えた。どんな役者も、彼女に背中を刺されたこの正直者ほど巧みに裏切られた衝撃を表現することはできまい。

わたしの職場へようこそ。

ラース・ゲルドルフの顔を見つめると、そこには、今夜の自分の役割をようやく悟ったチャールズの悲しみが反映されていた。彼はだまされ、この結末のお膳立てを——友であるこの老人を仕留める準備をさせられたのだ。そしていま、負傷者の一員となり、彼はドアへと向かっている。一刻も早く攻撃者から、マロリーから離れようと。

ああ、でも彼女のほうはまだ用がすんでいない。「チャールズ?」

彼は足を止めた。それは予想どおりだった。こちらを向いたとき、その顔には打ちのめされた表情が浮かんでいた。チャールズは、彼女がいつからこの瞬間に備えていたのか考えているのだろうか？

「残念だわ。わたしもパリスかローマンであってほしかった」彼女はそう言ったが、この嘘つきの女王を信じたのは、ラース・ゲルドルフだけだった。チャールズの背後でドアが閉まり、老人の唯一のなぐさめが消えた。

室内は前より寒くなっていた。

「わたしはナタリーの息子など見たこともないんだ」ゲルドルフが言った。

「たぶん彼が生きていられたのはそのおかげね」マロリーは言った。

老人はライカーに目を向けた。「助けてくれ。いいか、わたしは――」

「ラース、やめろ」ライカーがにべもなく言った。「もう終わりだよ。あの坊主に嘘をつく理由はないだろ」

「あやまらなきゃね」マロリーはほほえんだ。「わたしは、あなたが捜査でヘマをしたのは、お粗末な刑事だからだと思っていた。そう言えば、わたしにそう吹きこんだのは、あなただったわね」彼女は、昔の事件現場のポラロイド写真一式を手に取って、トランプのようにデスク上に並べた。「なぜこのなかにパリスは写っていないのか？　その理由はわかってる。彼はあの部屋に二秒しかいなかった。それじゃあなたは？」彼女はそれらの写真をきちんとひとつの山にした。「あなたが写っていないのは、あの夜の撮影をすべてあなたがしたからよ」

「別に秘密にしてたわけじゃないぞ！」ゲルドルフが言った。

マロリーはフィルムの空き箱を持ちあげた。「わたしはこの箱のことがずっと気になっていたの。〝かかし男〟はすべての犯行現場にひとつずつ箱を置いていった。フィルムの箱はナタリーの殺害とは関係ない。ただあの事件の現場にあったというだけ。この箱は二十年前のものよ。あの男の子は、あなたが死んだ母親の写真を撮っている最中にこれを部屋の入口で見つけたの」彼女はフィルムの箱をぽとりとデスクに落とした。「あなたを思い出すためのささやかなよりどころね」

「これですじが通るわけさ」ライカーが言った。「子供の家族は最初から、犯人が警官なのを知っていた。六つの子供に私服刑事が警官だなんてどうしてわかる？　われわれはそこにひっかかった。それで、容疑者は制服警官――パリスかローマンに絞りこめると思ったわけだ」

「〝かかし男〟がその点を正してくれたわ」マロリーは呼吸をするように嘘をついていた。「現場で母親の写真を撮っている姿を見て、彼はあなたが警官なのを知った。そして、彼があなたを見たのは、そのときが二度目だったわけ」

ゲルドルフは椅子の背にもたれて、笑みを浮かべた。「きみたちは優秀だよ。だが達人をひっかけるのは無理だな。きみたちがやってるそのゲームはわたしが考案したものなんだ。きみたちにはなんの証拠もない」彼は立ちあがって上着のボタンをかけた。「誰か別のカモをひっかけてみるんだな」

「そうあわてなさんな、ラース」ライカーが両手でその肩を押さえ、強引に椅子にすわらせると、男は衝撃の色を見せた。「これから記録を取らないと。容疑は殺人だ」

そしてこの告発は、壁のハエの語る一連の嘘にかかっている。

「あのソーセージの数」マロリーは言った。「ひとり分にしては多すぎる。覚えてるでしょ？実は、ナタリーは息子のために夕食を作っていたの。あなたがその子の母親を殺しているとき、彼はバスルームにいたのよ。わたしたちは最初から、ホシは彼女の知り合いだと見ていた」

「前の亭主さ！」ゲルドルフは叫んだ。その口調が言っている――おまえらは目がないのか？

「いいや」ライカーが言った。「前の亭主は、ナタリーの最初のストーカーだ。その後、彼は新しい奥方に出会い、いやがらせはやんだ。あんたは彼女のドアの下にメモを入れたほうのやつだろ。それで彼女は怯えて、また警察署に行った――あんたのとこにな。笑えるね。あんたとあのうら若い美女。二十年前でさえ、あんたの年は彼女の二倍だったんだからな」

「あの夜、あなたは彼女がいるとは思ってなかった」マロリーは言った。「あなたがラブレターを持ってくときは、いつも仕事に出ていたのよね。あの最後の手紙をドアの下から入れたとき、あなたは彼女に見つかってしまった。ナタリーの息子が、あなたがナタリーを殺す前に、話し声に気づかなかったのはそのせいね。そんな現場を押さえられたら、あなたには言い訳のしようがないじゃない？」

ライカーがドアに向かった。「ボスにかたがついたと言ってくるよ」

マロリーは話をつづけた。「彼は、母親がフライパンに手を伸ばし、それを取り落としたと言っている。それから、足をすべらせて、転んだって。そのとき彼女はガス台に頭をぶつけたのよね。彼女は気を失ったけど、あなたはそれを芝居だと思った。そこで、床にこぼれた油の上で彼女の体を引きずって、あおむけに転がした」

ゲルドルフの目が少し大きくなったのでは？　そう、まちがいない。

「彼女は意識がもどりかけていた」マロリーはつづけた。「声をあげられるのが怖かったの？　だから両手を首に巻きつけて、彼女から命を絞り出したわけ？」

ジャック・コフィーが部屋の入口に現れた。「あんたがパニックに陥ったのは、そのときなのか？」彼は部屋に入ってきて、書類をひと束、マロリーに放った。「ローマンの供述書だ」

ゲルドルフは首を伸ばして、いちばん上のページの手書きの文を逆さから読もうとした。

「ローマン？　あのもうひとりの――」

「アラン・パリスの元相棒さ」ライカーが笑みを浮かべ、ゆるゆると部屋に入ってきた。「ローマンはあんたを売ったんだ、ラース。彼の主張によれば、あんたはこの事件を闇に葬るべく証拠を隠し――」

「わたしは証拠を護っただけだ！」

「あなたと彼のどっちを信じるかよね」マロリーは書類から顔を上げた。「でも彼は警部補だし」実は、ローマンの供述書にはなんの価値もない。その内容は、リポーターたちを意図的に誤解させたというゲルドルフ自身の話とまったく同じなのだ。それでも彼女は言った。「これで決まりね。けりがついた」

コフィーがデスクの上の証拠をかき集めて、段ボール箱に流しこみ、一日のゴミをかたづけだした。途中、彼はちょっと手を止め、マロリーに紙を一枚渡した。「この証人が誰なのかわからないんだが」

「これは家主の孫娘、アリス・ホワイトよ。彼女は男が管理人の道具箱からロープと粘着テープを盗むところを見ているの」これもまた嘘、ダメ押しだ。「写真の確認のためにいま、こっちに向かってる」マロリーはゲルドルフの写真を拾いあげ、さりげなく箱のなかに落とした。「彼女はナタリーの息子があの部屋に二日間いたことを証言してくれるでしょう。彼は死んだ母親とふたりきりで――害虫の大群に囲まれてあそこにいたのよ。小さな男の子がおかしくなるのも無理はないわね」彼女はスーザン・クエレンの言葉をまねて言った。「おまわりに母親を殺されたら、誰に訴えればいいの？　別のおまわり？」彼女はゲルドルフに向き直った。「彼が言うには、ハエどもの羽音は耳を聾するばかりだったそうよ。でも当時の彼はまだ六つだった。きっとその音は彼の成長とともに大きくなっていったんでしょう」

「あんたには黙秘権がある」ライカーがそう言いながら、ミランダ・カードを取り出し、容疑者に弁護士を呼ぶ機会を与える最後の手続きにかかった。

彼らのタイミングは完璧だった。

マロリーは相棒の手からカードをひったくってゲルドルフに渡した。「今夜は長い夜だった。ミランダの内容なら、あなたはすっかり知ってるでしょ。さっさとそいつに署名して。いいわね？」彼女がペンを突きつけると、ゲルドルフは、過去に何千人もの悪党がそうしてきたようにそれを受け取った。差し出されたものを受け取るのはごく自然なことだ。だがここに来て、彼はただカードを凝視している。

黙秘するつもりなの？

マロリーは先制攻撃を仕掛け、バシンとデスクをたたいた。「署名なさい！　弁護士を呼ぶのよ！」

そろそろ大詰め――終局だ。きっとゲルドルフは悟ったろう。こちらが取引を持ちかけることはない。そしてそれは、証拠がたっぷりある証だ。彼は肩を落とし、背を丸め、小さくなりだしていた。その両手が哀願するように上がっていく。「わたしは彼女が好きだった。あんなことになって、どれほど悲しんだことか。ナタリーは――」ゲルドルフは話の筋道を見失った。あったはずの理由を。もう何も残っていない。老人はうなだれた。そのつぶやきを聞き取るには、耳をすまさねばならなかった。「かつてわたしはいい警官だった。そのことは多少――考慮に値するだろう」

マロリーは信じられないと言わんばかりに彼を見つめた。「取引がしたいって言うの？」

「元警官だろうがなんだろうが知ったことか」ジャック・コフィーがいらだちを装って、段ボール箱をかかえあげた。「わたしには彼と取引する気など――」

「これはわたしの事件よ」マロリーはゲルドルフに目を向けた。「あなたの考えはわかってる。市警の不名誉。裁判にかかる市のコスト。これも考慮に値するはずだ。そういうことよね？」

ゲルドルフはうなずいた。

ジャック・コフィーが段ボール箱をドスンと床に落とした。「ほどほどにしておくんだぞ、マロリー。彼に月をくれてやる気はないからな」

マロリーは身を乗り出して、まっすぐにゲルドルフを見つめた。「これがいちばんいい条件

――あなたが得られる唯一の条件よ。州は死刑を求めない。カメラもなし、マスコミの馬鹿騒ぎもなし。真相はこの部屋の外には漏れない。あなたが裁判で争う権利を放棄するなら、われわれはたぶん地方検事を動かせる。罪状認否手続きは夜間刑事法廷でひそかに行われることになる」実は、その段取りはすでに承認されている。ひきつづき、朝には刑の宣告が行われるはずだ。「元警官に対する標準的な特典はすべてつけてあげる。刑は十五年の服役よ」七十五歳の男にとっては、終身刑だ。

マロリーははぎ取り式の黄色いノートをデスクの向こうへ押しやった。「勝手にどんな話でもこしらえなさい。激情に駆られてやったことにしたら？　愛しすぎて死なせてしまったと書けばいいわ。考える時間を六秒あげる。条件をのむか、やめるかよ」

「時間切れだ！」ジャック・コフィーが拳をデスクにたたきつけ、ゲルドルフは飛びあがった。

「記録を取るぞ。いますぐに！」

ラース・ゲルドルフはノートをつかみあげた。告白書を書きだしたとき、その手は震えていた。

マロリーは刑事部屋を進んでいく相棒のあとを追った。彼から目を離す気にはなれない。いまはまだだめだ。ライカーは彼女にとって数少ない大切な人間のひとりだが、だからと言って信用はできない。ライカーは蛍光灯の光の輪から遠く離れた自分のデスクの前にすわった。クリップの皿にマッチが落ち、彼のタバコの火が暗闇で赤く輝いた。

「スパローの容体はどう?」これはテストだ。彼女が雇った情報屋、看護師のひとりによれば、ライカーは一時間ごとに電話を入れているという。

「もう終わりが近い」彼は言った。「時間の問題だな」

マロリーは彼が喜びそうもないコメントを嚙み殺した。そして、ぎこちない沈黙のなか、ふたりはしばらく、ねじくれ、渦を巻く紫煙を見つめていた。「あなたはスパローの事件をすごくやりたがってたわね」マロリーは言った。「たれこみ屋への忠義立て? それとも、フランキー・デライト殺しの件が自分に返ってくると思ったとか?」彼女としては、理由はこのふたつのどちらか——非情な、さほど私的でないものであってほしかった。

ライカーは肩をすくめた。「それだけじゃないさ。だがそれはスパローとおれのあいだのことだ」彼は立ちあがって、夕バコをもみ消した。「これからまた病院に行くよ。そろそろ最期だからな。そばにいてやりたい——」

「いいえ、だめ」マロリーは言った。「わたし知ってるの。彼女は昏睡《こんすい》から覚めたのよね。あなたはそのことを黙ってる気だった。そうでしょ?」マロリーはライカーが目を合わせるまでじっとその顔を見つめていた。「今度はわたしがスパローに付き添う番よ」

頭を蹴飛ばされた気分でしょ、ライカー?

あの娼婦のためにあれだけのことをしてきたというのに、ここに来て彼は引きさがり、身を護るすべもない女をその最悪の敵に、事実上、引き渡さねばならないのだ。それでも彼には異議を唱えることができない。死にゆく娼婦に対する彼女の権利は、彼よりもはるかに大きいのだから。

ライカーはうなずき、話は決まった。

マロリーが刑事部屋の窓から下の道を見守っていると、やがてライカーが建物から現れた。リポーターらがカメラやマイクとともに彼に押し寄せる。スターの扱いだ。ベル巡査部長がライカーを救うため、正面口から駆け出てきた。彼は嘘八百の警察の公式発表を持ち、餌であるその紙を振っている。新鮮な肉へと走る記者どもに置き去りにされたあと、ライカーは道路際に出ていき、タクシーを二台やり過ごした。彼には行くあてがないのだ。

刑事部屋の奥でランプが灯った。鑑識課の課長が両手を組み合わせ、小さな光の輪のなかにすわって、待っている。

スパイしてたの、ヘラー？

彼は、デスク五台分離れたところから彼女をじっと見つめていた。この男はどこまで聴いていたのだろう？　ぶらぶらと歩み寄っていくとき、マロリーは彼の目が寝不足で赤く腫れているのを見てとった。

「ウォーウィック古書店」ヘラーはただひとことそう投げかけて、厳かに彼女の反応を待った。マロリーは呆然とし、脅威を覚えていた。ヘラーは彼女のその表情を読みちがえた。「やはりウォーウィックは容疑者だったんだな。そうだろうと思ったよ」

マロリーはデスクの横の椅子に腰を落ち着けた。この男と渡り合うのは簡単ではない。しかし自分が当惑していることを認める気はなかった。「彼に関する情報を明かす気は一切ないから」真実にそれと同量の嘘を混ぜるのは常に最良の手だ。「ウォーウィックは〝かかし男〟じゃなかった。そう言えば、少しは気持ちが収まる？」

ヘラーの顔がほころび、明るくなった。肉の襞《ひだ》が深まって大きな笑みを形作る。「それじゃ、こんなものはいらないだろうな」彼は一枚の紙を差し出した。「残念だよ。あちこちにたのんで、やっと入手したのに」

マロリーは、短くまとめられたある人物の心の病の病歴にざっと目を通した。子供のころ、ジョン・ウォーウィックは双子の妹を殺害した罪で告訴された。目撃者によって少年の潔白は証明されたが、それは、警察が六時間を費やして、妹の死を嘆き、母親を求めて泣く、怯えきった八歳の少年から虚偽の自白を絞り出したあとだった。さらにリポーターたちが家族につきまとい、なんの罪もない子供の心の傷を深めた。かくしてジョン・ウォーウィックは子供時代の残りを精神病院で過ごすこととなった。そのあいだ彼は、自分の潔白を信じることができず、刑事らの作り話と新聞各紙の見出しに固執し、深い苦しみに埋もれていたのだ。

さっぱりわけがわからないまま、特に感銘も受けず、マロリーはその略歴をデスクに置いた。彼女の記憶が正しければ、あの古書店主には、各犯行現場に残されていた何千ものハエの、ただの一匹たりとも殺せそうにない。ヘラーのこの推理は、あまりにお粗末だ。どうやら彼の優秀な頭脳のどこかがイカレてしまったらしい。第一、ウォーウィックの過去をこんなふうにさぐるのは、鑑識の本分を逸脱した行為ではないか。

マロリーはほほえんだ。彼女は攻撃態勢に入ったときがいちばん幸せなのだ。「こっちの仕事をひっかき回しちゃだめじゃない、ヘラー。ウォーウィックが重要な容疑者だった場合、そのせいですべておじゃんになっていたかも」
「どうしても知りたかったんだ」彼は言った。「ライカーの馬鹿野郎め、わたしにあずけたら、あの本のことがよそに漏れると思ったらしい。本来ならあれはこっちで証拠物件として記録すべきものだったのにな」ヘラーの声に敵意はなかった。それどころか、彼はとてもうれしそうだった。

あの本。

マロリーはコンピュータの速度で事実をつなぎ合わせていった。マシンのロジックが揺らぎ、ふらつく。なぜならあのペーパーバックのウェスタン小説には、火災や放水による損傷の痕跡はなかったからだ。しかしヘラーの言うその本こそ、ライカーがスパローの部屋で水びたしの床からこっそり拾いあげていた例のものにちがいない。ある犯罪への関与の否認権。それがライカーのくれたもうひとつの贈物だ。彼はひとりの娼婦とマーコヴィッツの娘との危険なつながりを隠すために、すべてを賭けたのだ。

「『帰郷』」マロリーは言った。「ジェイク・スウェイン作」

うなずくヘラーを見て、マロリーはこの男がライカーに不利な確かな証拠を握っていることを知った。そしてマシンのロジックとは別のものに導かれ、彼女はつぎの結論にたどり着いた――彼女の相棒は、安物のスーツを着たピーティ保安官なのだ。

ライカーは深く尊敬されている。だから、たとえその罪が疑いの余地なく証明されても、彼が不正を行ったと信じる者はひとりもいない。あろうことか、このヘラーさえ自分のつかんだ証拠を信じることができなかった。なぜなら、ライカーが物を盗むなんてことはありえないから。この鑑識課長は、神聖なる事実に対する自身の信仰を否定した。そして、彼らしくないことはなはだしいが、ありもしないライカーの潔白の証拠をねばり強くさがしまわったわけだ。なんとヘラーは実際、証拠そっくりのもの、真実さながらに光り輝くものを見つけ出した。それは単なる信念にすぎないのだが。

それ以上ひとことも言葉を交わさず、ふたりは署を出て、歩道で別れた。そして、その路上でひとりの市民にぎゅっと抱きしめられ、繰り返し礼を言われたときも、マロリーは黙ったままでいた。彼女はうしろにさがって、その女の笑顔を見つめた。ナタリー・ホーマーを殺した男のつぎの、そして、最後の犠牲者。スーザン・クエレンは、姉の一粒種がまだ生きているという報道を信じこんでいた。

したがって、二十年前の殺人がもたらす被害は、まだ拡大しつづける。その影響は朝までずるずると尾を引くだろう。ラース・ゲルドルフの駆け足の罪状認否手続きと刑の宣告のあと、ナタリーの妹は静かに真相を告げられるのだ。彼女の甥が結局は警官に——野球のバットで殺されたことを。

「本当にお気の毒です、奥さん」ジャック・コフィーは言うだろう。

第二十四章

疲れた目を閉じたとき、チャールズには、娼婦たちとつきあい、狡猾《こうかつ》さを武器に生き抜く小さな泥棒が見えた。動物的本能で夜を切り抜け、生き延びる、驚くべき子供。ルイ・マーコヴィッツのヒーロー。

「チャールズ？」

重たいまぶたがぴくぴくと震えて開くと、彼の目の前でキャシーが成長した。彼女はとても美しく、チャールズは本人にそう告げたくなった。なぜなら教わらないかぎり、彼女に知るすべはないのだから。キャシー・マロリーの悲劇は、名前のない、しかし、吸血鬼のある習性によく似た症状の病をかかえていることだ。彼はただ観察のみによって、この悲しい事実に気づいた。彼女は鏡のなかにも、店のウィンドウにも、自分の姿を求めない。そこに自分が映るとは思っていないのだ。彼は炉棚の上のアンティークの鏡を振り返った。それは、前世紀に舞台で使われていた文字どおりの魔法の鏡《マジックミラー》で、うねる曲線と歪められた現実に満ちあふれている。

「チャールズ！」

「うん」彼は振り返らずに言った。

「今夜いっぱい、ライカーを見張っててほしいんだけど」マロリーは、自分を待たせている携帯電話の相手にいらだち、彼のリビングを行ったり来たり歩き回っている。「彼はきっと例の警官のたまり場にいるから」電話の相手とふたたび話しだしたときも、彼女は歩くのをやめなかった。鏡に映る絨毯《じゅうたん》の赤い模様は、彼女のあとを追いかけているように見えた。

チャールズはその古い鏡をじっと見つめた。自分の巨大な鼻、マロリーのすばらしい目を。彼は、伸びたりよじれたりする彼女の姿、忍び歩く猫のあと脚のように折れ曲がる彼女の脚に、魅せられていた。野獣と美女の場所は入れ替わっている。だがその逆転は、鏡の部屋の逆さまの空間におけるふたりの位置の逆転には留まらない。ぐるぐる歩き回る彼女は人間の顔を失っていた。それは歪められ、獣的なものとなっている。人生に痛めつけられ、深手を負った、ヒョウの檻のマロリー。彼女は優美な獣の脚から血を流して歩いている。傷を負っているのは彼女、痛みを感じているのは彼だ。なんておかしな――

「チャールズ？」

ソーホーのその酒場は、大勢の警官と民間人一名で混み合っていた。チャールズ・バトラーは、死から死への行軍のさなか、どこかで上着とネクタイをなくしていた。その白いシャツは皺《しわ》くちゃで、袖はまくりあげられている。彼の顔には、ときおり仮眠で中断された長い日々の疲れが表れていた。

ライカーは、カウンターの奥の鏡に映る自身の疲れた顔を束の間見つめ、それから急いで目をそらした。「ありがとうよ。だが今夜はタクシーで帰るつもりなんだ。だからきみも一杯やれよ。ひとりで飲むのは嫌いなんだ」もちろん、これはお愛想だ。思い切り飲んだくれるとき、この刑事はいつもひとりなのだから。

チャールズは彼のたのみを聞き入れ、シーバスリーガルをふたり分、オーダーした。「スパローはもう長くないんでしょう？　病院に行かなくていいんですか？」

「うん」ライカーは、昔の敵が現れるはるか前にスパローが死ねるよう祈った。

ああ、マロリー、おまえさんは報復の天才だよ。

その才能は彼女を究極の刑事にしている。彼女は誰もが求める義侠《ぎきょう》の士、完璧な報復マシンだ。ライカーの考えでは、世間の人々は願いごとをする際、もっと慎重であるべきなのだ。人間味も偏見も脆弱《ぜいじゃく》さもまったくなければ、法はソシオパスとなってしまう。

ふたりの前に飲み物が現れた。そしてチャールズはまたもや宙ぶらりんの状態で、死の床の娼婦を見舞わないというこの怠慢への説明を待っている。再度、質問しようとした彼を、ライカーはさえぎった。「教えてくれないか。ピーティ保安官はどうやってウィチタ・キッドに勝ったんだい？」

「ごくふつうに。キッドのほうが銃を抜くのが遅かったんです」

「そりゃないだろ」ライカーは言った。「酔ってようがしらふだろうが——たとえ日の光が目に入ったとしても——あのガンマンの腕は最高なんだから」

「ええ。速さという点ではね。それにその日は——」チャールズの目が虚空を見つめる。彼はいま、カクテル・ナプキンに本のページを投影し、そこから一語一語引用しているのだ。「〝その日、ガンマンは若き神だった。彼は埃の竜巻から歩み出て、一歩進むごとにぐんぐん大きくなっていった。その生得権は他の男すべての上に立つことなのだ」チャールズは身を震わせ、口直しと言わんばかりにショットグラスを傾けた。「ひどい文章ですよね。あなたの言うとおり――ウィチタは早撃ちです。でもピーティ保安官のほうが大きかったんですよ」

「なんだって？」今度は、ライカーが宙ぶらりんになる番だった。彼の飲み仲間は小気味よさげにゆっくり酒を味わっている。チャールズの表情は、彼の不安をかきたてた。それはマロリーの笑いそっくりだったのだ。

「超弩級《ちょうどきゅう》のヒーロー。あなたがそう言ったんですよ、ライカー。彼はウィチタのヒーローでもあった。昔からずっとです。少年はあの男を愛していました。となると、疑問が生じますよね。ウィチタはわざと遅く抜いたのか？　それとも、銃を抜く前に気持ちで負けていたのか？　たぶん、最後のときも彼はまだ、ピーティ保安官は偉大な男だ、自分より上だと信じていたんでしょう。だから保安官は勝てたんですよ……いや、それとも、あれは自殺だったのかな」

「ありがとうよ、チャールズ。おかげでこの先十五年、頭を悩ますことになりそうだ」

「お返しができてよかったですよ」

これはライカー自身のねじくれたやりかたではないか。そう気づくと、彼は潔く負けを認めてほほえんだ。「オーケー、ひとつだけ質問していいぞ。なんでも自由に訊いてくれ。さあ」

「キャシーは放火と殺人で死後に告発されたってことでしたよね」

「そのとおり」

「でも彼女は死んでいなかったし、誰も殺していなかった。その一方、死体と火災は現実にあった。このことはマロリーがスパローを憎んでいることと何か関係があるんでしょうか？」

「うん」

チャールズは説明のつづきを待った。そしてさらに待った。目下、ふたりの男は、どちらがより長く空虚な作り笑いを維持できるかで張り合っている。

ライカーが先に折れた。「オーケー、真相を教えよう。おれはずいぶん時間をかけて、この話を組み立てたんだ。いいか、他言は無用だぞ。それと言っとくが、話が終わったら、きみはきっと聞かなきゃよかったと思うだろうよ。キャシー・マロリーの死の謎は、人生最後の日まできみを悩ますことになるからな」

「誓いますよ、絶対口外しません」

「ほんとにわかってるのかい、チャールズ？　真実を知ったら、それを受け入れなきゃいけないんだが」

「わかってます」

「話の一部は憶測だがね」本当に真相を知る者はふたりしかいない。ひとりは天性の嘘つき、もうひとりは脳に混乱をきたした死の床の娼婦だ。「十五年前、スパローはあるむかつく野郎とヤクの取引をした。彼女は盗品のビデオデッキひと山をヘロインに換えようとしていたんだ」

「キャシーが盗んだデッキですね？」

「ああ、そうだよ。それじゃ、娼婦たちがあの〝大トラック強盗〟の話をきみにしたわけだな？　おれが思うに、取引の場所を指定したのは売人のほうだったんだろう。窓に板が打ちつけられた、裏口もない空きビル。隣近所には誰もいない。両隣の建物はつぶされてた。それにそのビルも遠からず、真夜中に吹っ飛ぶことになってたんだ」

「なんですって？」

「所有者が保険金めあてで火をつけようとしてたのさ。そいつは火がよく燃えるように、全部の階に灯油やら塗料用シンナーやらを仕込んでいた。そのことがわかったのは、あとになってから――火事のあとなんだがね」

「キャシーが死んだ火事ですか？」

「そう、それだよ。おれの考えじゃ、その売人は――」

「フランキー・デライトですね？」

「ああ」〝娼婦のブックサロン〟の力を借りて、チャールズは何をどこまで解明したのだろう？「フランキーはスパローをだまし討ちにする気でいた。だから先にナイフを抜いたのはやつのほうだろうな」

「スパローの脇腹のあの大きな傷はそれでできたわけですね？」

ライカーはうなずいた。「そして彼女はその戦いに勝った。ところがナイフを残してきちまったのさ。フランキー・デライトの死体にそいつが刺さってるのを見たっていう証人がいるんだ。救急車はその三ブロック先でスパローを拾っている」

「それでキャシーは？」

「あの子は一部始終を目の当たりにした。別の娼婦が、翌日、スパローの病室にあの子がいたのを見ている。疲れ果てた小さな女の子をな。キャシーが凶器を回収するために現場に送り返されたのは、そのときだ」それはライカーが頭から閉め出したい光景だった。死体からナイフを引き抜くあの子供。

「無線の呼び出しが入ったとき、ルイとおれは車にいた。指令係は、手すきの班は全班、アベニューBの血だまりを調べに行くよう指示した。おれたちは知らん顔を決めこもうとしたんだが、そのあとまた連絡が入ってな、金髪の小さな女の子が同じ住所で目撃された、血痕をたどって空きビルに入っていったというじゃないか。おれたちが着いたのは、ちょうど火の手が上がったときだった。そして同時に、正面口からキャシーが出てきたんだ。おれたちをひと目見るなり、あの子はビルのなかに駆けもどった。まっすぐ炎のなかへと」

「でもそれは――」

「ふつうじゃない、か？　そう、子供はふつうそんなことはしない。だがキャシーはスパローのイニシャルが柄に入ったナイフを持っていたんだ。そこにはたぶん指紋もくっきり残っていただろう。その凶器を手にした状態で、フランキーの遺体のそばでつかまれば、キャシーの大好きな娼婦は監獄行きになっちまう」

「だから燃えている建物に逃げこんだって言うんですか？　死ぬかもしれないとわかっていながら？」

「いや、おれたちはそうは思わなかった。一瞬たりともだ。あの子は第一級の生存本能をそなえていたからな。ルイはこう考えた。あの子は屋上に向かったんだろう。たぶん非常階段を使う気だ」

「キャシーが自分の死を偽装した可能性は？」

「それも考えられる。彼女はとにかく利口だったし。だが非常階段はなかったんだ。その朝、所有者が鉄屑《てつくず》として売っ払っていたんだよ。おれたちはキャシーを追っかけてビルに入ろうとした。するとそのとき、最初の爆発で一階の窓の板がいっぺんに吹っ飛んだんだ。灯油やシンナーの缶が爆弾みたいに炸裂してたよ。もう入口も出口もなかった」ライカーは、火の壁と化した開いた戸口を思い起こした。炎はロケットのジェット噴射さながらに一階の窓から吹き出していた。「建物が離陸して飛んでくんじゃないかと思ったよ。裏口は板でふさがれていた。しかし消防隊はその板をぶち破ろうともしなかった。連中には、ひとつの建物に炎を収めておくだけで精一杯だったんだ」

ライカーはカウンターを平手でたたいた。「バーン、バーン、バーン！　促進剤が全部同時に爆発して噴き上がった。建物のてっぺんまで一気に。つづいて屋根が火の玉となって吹っ飛んだ。それでわかったんだ。あの子は死んだ……少なくとも、おれはそう思った」アルマゲドンでも来ないかぎり、ルイ・マーコヴィッツを納得させるのは無理だったろう。

「消防部長がおれたちにキャシーの靴を見せてくれたよ。あの子が屋上までたどり着いた証拠だな。靴のひもはまだ結んであった。最後の爆発であの子の足から吹っ飛んだときのまま。一方の靴はきれいなまま放り出されていて、もう一方は黒焦げだった。放火課は、あの子が最後の爆発のどまんなかにいたものと見ていた。あの子が無事に見つかるなんてことは期待しちゃいなかったよ」

「キャシーは死んだものとみなされたわけですね？」

「連中は彼女の名前も知らなかった。彼らの手に残されたのは、あの子の本、半分焼けたのが何冊か……それとあの靴だけだった。あとになって、あるたれこみ屋があのウェスタンと子供の、スパローとのつながりを警察にしゃべった。それで二人組の刑事がスパローの病室に行って、キャシーが死んだことを彼女に伝えたわけさ」

「ただし、ほんとは死んでいなかったわけですが」チャールズは、一本ずつ指を折りながら要点を挙げていった。「窓はふさがれていた。裏口はない。非常階段もない。両隣の屋根もない。彼女はどうやって脱出したんでしょう？」

「キャシーは教えようとしなかった。今後も絶対教えないだろうよ。こっちはいまもあの謎に頭を悩まされている。あいつにはそれがわかってるんだ。いまいましいあのチビは、仕返しのチャンスは絶対に逃さないのさ」

「頭を打って気を失ったのでは？」チャールズは言った。「それで何も覚えていないんじゃありませんか？」

「だとしたら、どうやって屋上から下りられたんだ？　もしかするとあいつは空を飛んだのかもな。絶対ないとは言えんぞ。それがスパローのお気に入りの説だった」

「ありえますね。靴がそっくり吹っ飛んだなら、小さな女の子が吹っ飛んでもおかしくはない。

近くの屋上に、何かゴミの袋みたいなやわらかいものがあれば――」

「いいや、チャールズ。確認したんだ。やわらかな場所はなかった。それにいいかい、そのビルは離れ小島だった。隣の屋上との距離が二十フィートだからな。それと同じ夜、おれたちはキャシーをつかまえた。あいつには切り傷も痣《あざ》もなんにもなかったよ。しばらく考えつづけてみな。頭が痛くなってくるから」

「なるほど」チャールズは一方の手で目を覆った。「あなたは彼女が死んだものと思った。でも彼女を見つけたのはその夜だったわけですよね。だとすると、あなたはまだ彼女をさがしていたことになりますが」

「そのとおり」ライカーはマホガニーのカウンターをぴしゃりとたたいた。「おれたちは――ルイとおれはこのバーにいた」彼は壁に設置されたテレビを見あげた。「ふたりでテレビを眺めてたんだ。トップニュースは、ウェスタン小説が大好きな緑の目をした女の子の話だった。キャシーはその夜のニュースで二分間だけ有名になったわけだよ」そして、もしゴミ収集作業員のストライキにお株を奪われなければ、彼女はもっと長い放送時間を獲得していたことだろう。

「そのときだ、急に店内がしんとなった。おれはドアのほうに目をやった。するとそこにスパローがいたんだ。ここは警官のたまり場だし、彼女はどこからどう見ても娼婦だった。ありゃあ、どうか腕をねじあげておっぽり出してください、とたのんでるようなもんだったよ。おれは彼女を追っ払おうとした。ジャンキーどもの言うことはいつもわけがわからんし、ルイはひどく落ちこんでたからな。彼にはこれ以上、辛抱《しんぼう》できまいと思ったわけさ。ところがそのとき、おれは彼女の服から血がにじみ出てるのに気づいた。それに彼女は病院のネームバンドをしてたんだよ」

「それで、売人を殺したのは彼女じゃないかと思ったわけですか?」

「いいや、その時点じゃまだ、やつの遺体は見つかってもいなかった。放火課が身元不明の死体としてやつを引き取ったのは、翌日になってからなんだ。検視の結果、わかったのは、大腿骨の二箇所に刃物の傷痕があるってことだ。ドクター・スロープは、そのナイフが大動脈を切断し、そこから大量の血が失われたものと見た。彼は刃の入った角度を示す図まで描いてくれたよ。その角度からすると、フランキー・デライトを刺したとき、スパローは膝立ちだったことになる。彼女の脇腹の傷から見ても、これは不自然じゃない。彼女はショックによって倒れたはずだからな」

「でも、殺人罪で訴えられたのはキャシーなんでしょう?」

「そう先走るなよ、チャールズ。話をもどそう。スパローはこのバーでおれたちに合流した。こっちは彼女を病院に連れもどしたかったんだが、彼女は動こうとしなかった。あの娼婦は汗をかいてた。それに、ぶるぶる震えてたしな。ルイは、禁断症状に襲われてるんだろうと考えた。それで、財布の中身を空っぽにしやがったのさ。八十ドルくらいあったんじゃないかな。薬の切れたジャンキーにはひと財産だよ。ルイはその金をカウンターの向こうにすべらせた。するとスパローが言った。『あの子の名前はキャシーだよ。よく聴いて、あれは並みの子供じゃないの。もしかすると生きてるかも』ルイはこう答えた。『いいや、スパロー。スーパーマンを信じられりゃいいんだがなあ。キャシーはただの女の子だ……空を飛んでいったわけはない……あの子は死んだんだよ』」

ライカーはグラスを持ちあげ、わずかに残った黄金色の液体を見つめた。「おれもジャンキーどもと大差はないんだよな。酒があるかぎり、おれはまあまあいいやつだ。だがこいつを取りあげられたら?」彼は首を振った。「おれはきみが好きだがね、チャールズ、それでもつぎの一杯ほしさにその喉を掻っ切るだろうよ。スパローの場合、それはヘロインだった。彼女は血まみれで街で稼げる状態じゃなかったし、つぎの注射を射つ金もなかった。禁断症状に苦しんでて、死ぬほど薬をほしがってたよ。なのに彼女はカウンターの向こうから金を押し返してこう言ったんだ。『あの子をさがし出さなきゃ。怪我をしてるかもしれない』」

「すると彼女はキャシーが生きてるのを知ってたわけですね?」

「いいや、知りゃあしないさ。ここがおもしろいとこでね。スパローはただ信じようとしてたんだ。金を返したとき彼女が買おうとしてたのは、まさにそれ、信仰だよ。彼女はルイにもキャシーを信じさせなきゃならなかった。なぜならあの子が暗闇にひとりぼっちでいるかもしれないから。たぶんひどい怪我をしてな」

ライカーは酒を飲み干した。「あの夜、スパローはおれ以上に男だったよ。そう、ついに彼女はおれたちの注意を引くのに成功した。あるオカマがジャガーの備品の盗みをあの子に委託したっていうんだ。スパローがなんでそれを知ったかと言うと、キャシーがブツを盗む前に、まずジャグってのがなんのことなのか、訊かなきゃならなかったからなんだがね。その話が出たのは、デカどもがスパローにキャシーは死んだと伝えるのよりちょっと前のことだ。彼女がまだ病院のベッドでつぎの薬をどう手に入れるか考えていたときだよ。彼女はキャシーに、毎週末、イースト・ヴィレッジのクラブを徘徊して、娼婦を漁《あさ》ってる金持ちのヤッピーのことを教えた。そいつがジャグを持ってるってな。ところで、それはたまたま、土曜日の夜だった。ルイに腕をつかまれたとき、おれは結構酔っ払ってたよ。そしておれたちは、スパローと一緒に店を出たんだ」

漫画のヒーローたちを本気で信じる馬鹿が三人。

ライカーにはいまも、雨の街を時速十マイルでのろのろ運転していくルイ・マーコヴィッツの姿が見える。彼らは以前にキャシーを目撃し、追いかけたすえ、取り逃したあらゆる場所に立ち寄った。あの子供があの火災から脱出したと信じるなど、正気の沙汰ではない。それでも彼らはそぼ降る雨のなかを走りつづけた。「キャシーが死んだのはわかっていた。それでもさがさずにいられなかったんだ。イカレてるよな？」

その夜がいま目の前で再現されている。ライカーは古い友のカーラジオを見つめた。あの夜、ロックンロールは彼の意に染まなかった。ルイは憂いを帯びた昔の曲を流している局を選んだ。もの哀しい調べやフレーズの合間には、運転席の哀れな男と会話するように小休止が入った。

「そしてついにおれたちは、めあてのジャグを見つけた。ルイは歩道に車を寄せて、ライトを消した」

三人は、低い音域で次第に弱まっていくピアノの甘いさざめきに耳を傾けた。三対の目が道の向かい側に駐められたスポーツカーに注がれていた。子供の足音さながらに、ピアノの和音が無音の空間に落下した。すると、まるでデューク・エリントンがその瞬間を演出したかのように、キャシーがやって来た。その黄金色の頭が、道に並ぶゴミ容器の陰で上下に弾み、さささっと動く。やがて路上に姿をさらした彼女は、ジャガーのトレードマークのボンネット・マスコットに狙いを定め、裸足で進みだした。

ベイビーには新しい靴がいるから。

灯火の落とす光のなかを出入りしながら、その濡れた小さな顔が雨の向こうできらめき、地下鉄の通気口から噴き上がる灰色の蒸気に包まれる。子供が近づいてくる。後部座席でスパローが身を沈めた。ルイ・マーコヴィッツとライカーはすっかり魅了され、前のめりになって、金属の道具で鍵穴をこじる女の子を見つめていた。針金ハンガーなど使わない。窓を割ったりもしない。彼女はプロの手腕でドアを開けた。

子供がジャガーの車内に消えると、刑事ふたりは車を降りて、すばやく音もなく進んだ。声をあげて笑いたいのを――あるいは、泣きたいのをこらえるのが、ひと苦労だった。ルイが身をかがめ、ジャガーのドアを開けたとき、女の子は前部座席にすわり、スパローのナイフをドライバー代わりにして、ダッシュボードの玩具、カセットデッキとラジオを静かに取りはずしているところだった。ルイは車内に身を乗り出して言った。「おいこら、何してるんだ?」

女の子は硫黄《いおう》と煙の匂いがした。ふつうならこれが警告となったろう。ナイフを突き出し、叫んだとき、彼女はどれほど憤慨し、怒っていたことか。「失せな、おやじ。怪我するよ」ルイの右手がさっと前に出た。キャシーがびくりとして視線を落とすと、その小さな手にはもう何も握られていなかった。

「ルイのやつ、あの子にこう言ったもんだ。『デブのおやじにしちゃかなり機敏だろう、キャシー？』そして、彼はあの子を車から引きずり出した。だが、あの子はすぐさま逃げ出した。まっすぐスパローの腕のなかに飛びこんでいったんだ。すると――そうだな、あの子にとっちゃあれは不意打ちだった。実に残酷だったよ。娼婦はキャシーをルイのとこへ引きずりもどしたんだ。彼女はこう言っていた。『あんたがあの人と行ってくれなきゃ、こっちは報酬がもらえないじゃない、ベイビー』」

「じゃあスパローはやっぱり金を――」

「いいや、一セントも受け取っちゃいない。つまるところ、彼女はすばらしく立派に振る舞ったわけだよ」ライカーは彼女を讃え、グラスを掲げた。そのなかが空っぽなのには気づいていなかった。彼はまだ、キャシーの顔、あの当惑した目を見ていたのだ。彼女のまわりじゅう、その頭上でも足もとでも、世界が崩れつつあった。「生き延びるためには逃げなきゃならない。ところがスパローは、逃げていくところがないこと、誰も気にかけてくれないことを、はっきりあの子にわからせたんだよ」

そしてそれは、キャシーが死んだ瞬間だった。その体が液体と化し、ずるずると地面にくずれ落ちていった。スパローのスカートにつかまってなんとか助かろうとしながら、彼女はその足もとにくずおれて、泣きだした。「キャシーは命を賭けた。その見返りがそれだったわけだ。スパローはそのまま行っちまった。さよならも何もなしで」ライカーはしばらくグラスを見つめていた。「そうすりゃキャシーは金のために売られたと思うだろ？　あの娼婦にとって自分はそれだけのもの、注射一本分の価値しかないんだってな？　それでもあの子はスパローのあとを追おうとしたよ」

「彼女を愛していたから？」

「あの子には、あの娼婦しかいなかったからさ」ライカーには、泣きながらスパローに哀願するあの小さな飢えた声が聞こえた。もどってきて、お願い、お願い。本当につらかった――あの子供も、彼自身も。ああ、スパローが角を曲がって消えたとき、キャシーの目に浮かんだあのパニック。

「それからキャシーは暴れだした。銃やらナイフやらがつぎつぎ出てきたよ。これはただのたとえじゃない。あの子はおれたちに空気銃を向けたんだ。ああ、ルイの憎まれようときたら。彼はあの子をさんざんな目に遭わせ、何もかも奪い取ったんだからな。最初は例のシリーズ本、おつぎはあの子の大事な娼婦」

「なるほど、最初のころの彼女の敵意もそれで説明がつきますね」チャールズが言った。「なぜキャシーが彼をマーコヴィッツとしか呼ばなかったのかも」

「ああ、あいつはスパローが自分に背を向けたのを、ルイのせいにしていた。彼は何年もその代償を支払わされてたよ。おれもおんなじさ。あのチビは絶対に忘れないし、絶対に許さないんだ」ライカーはカウンターの向こうへグラスを押しやった。「そのあと、おれたちはブルックリンに向かった。おれはうしろの席、チビはルイと並んで前にすわっていた」あのときのすべてが頭によみがえってきた。雨に洗われた空気の匂い、自転車や三輪車の散らかった家々の芝生。カーラジオは祝いのロックンロールで静けさを破り、道々ずっと鳴りつづけた。犬たちはその高い調べに吠えかかり、ホタルの光はバディ・ホリーの輝けるオールディーズのビートとともに明滅していた。

そして、ダッシュボードには野生児がひとり、手錠でつながれていた。キャシーは罵詈雑言《ばりぞうごん》を吐き散らす地獄の入口、手錠の鎖と格闘する小さな嵐だった。それを壊すのが不可能なことは、彼女ももちろん知っていただろうが。

「ここから先はちょっと不気味なんだがね」音楽は、ローリング・ストーンズに変わっていた。「こう言えば参考になるかな。ルイのかみさんは、他の惑星で泣いてる迷子たちの声まで聞き取れる人だった」ルイの古い緑のセダンが家の前に寄せられたとき、ヘレン・マーコヴィッツは四角い黄色の明かりに囲われて——待っていた。そして突然、彼女はその窓を離れ、大急ぎで玄関へと向かった。

車と音楽から、何事もないことはわかったろう。悪い知らせが、やかましいロックンロールをBGMに届けられることはまずないのだから。それにルイの妻に、暗い車内にいる小さな泥棒の姿が見えたはずはない。また、ロッカーらの歌声、スチール・ギターやドラムの音がけたたましく響くなか、子供の小さな怒声が聞こえたはずも。それでも玄関から飛び出してきたとき、ヘレンは明らかになんらかの使命を帯びていた。彼女はポーチの階段を飛ぶように駆けおりると、濡れた芝生の上を走ってきた。

声をかぎりに脅し文句を並べる女の子のかたわらで、ルイ・マーコヴィッツは馬鹿みたいに大きな笑みをたたえていた。彼の人生はこれで完璧になった。妻は助手席のドアを蝶番《ちょうつがい》から引きむしろうとしている。キャシーがうちに着くまであと少しだった。

第二十五章

長い夏の熱が下がった。湿った涼しい風と雨のなかで、あの暑さは消えようとしている。ふたりの男は歩道に出て、店の天幕の下で立ち止まった。

「ルイは、殺人の罪を問われたことをマロリーに教えたでしょうね」チャールズは言った。

「きっと、彼女が市警に入ったときにその話を――」

「ああ」ライカーは道に目を向け、家まで乗っていくタクシーをさがしていた。「ルイはそこまでは話した。で、マロリーは、その証言をしたのはスパローだと思ってる。ルイとしちゃ否定するわけにいかなかったんだ。なんであの娼婦を挙げなかったのかと彼女に思われるからな」

チャールズはしばらく黙って、しとしとと降る雨の音に耳を傾けていた。「マロリーは一生、安らぎを得られないでしょうね」

「きみもな……それにおれも」

タクシーをつかまえようとするライカーには取り合わず、チャールズは自分のメルセデスのドアを開け、彼を助手席に乗りこませた。シートベルトを締めるという酔っ払いの難題と連れが格闘しているあいだ、チャールズは礼儀正しく目をそらしていた。

それから、エンジンをかけ、車の流れに入った。「スパローはあなたたちに、キャシーをかばって刺されたんだと話しましたか?」

「いいや、こっちはあの夜に関しちゃどんなことであれ、訊くわけにいかなかった。〝犯罪を構成する事実の認識〟と言ってね、殺人について知ってる人間は、その犯行にかかわったことになるんだ。だが答えを出すのは、そうむずかしいことじゃない。フランキー・デライトは実力じゃ負けてた。まあフライ級だな。だが、スパローは喧嘩に強いとはいえ、攻撃的なタイプじゃない。ふつうなら、相手がナイフを抜くなり、ハイヒールを脱ぎ捨てて逃げ出してたろうよ。ところが彼女は子連れだった。子供の足じゃ、裸足の娼婦みたいに速く走れるわけはない。だからおれたちは、彼女はキャシーをかばって刺されたものと考えた。フランキーが先に傷を負わせたのは確かだよ。やつの脚にナイフを刺したとき、あの娼婦は膝をついてたんだからな」

チャールズは、スパローの傷の写真をまざまざと思い出した。彼にはいまそれが見えた。裂け目なんてものじゃない、脇腹にぽっかり開いた大きな穴が。それでも彼女は、男の衣類と筋肉を刺し貫くだけの力を出している。

ライカーが彼の心を読んで言った。「スパローのナイフは剃刀《かみそり》みたいに鋭かった。それに運よくその刃は動脈に刺さったわけだしな」

チャールズはルーフの雨音を聴きながら、上の空でうなずいた。「マロリーはいま病院なんでしょう?　だからあなたは行かなかったんですよね。彼女が許さなかったから」

彼の友の顔には驚きが浮かんでいた。自分の発言のどこからそのことがばれたのかと思っているのだろう。フロントガラスのワイパーの拍子に合わせ、ライカーはシートの肘掛けを指でトントンとたたいた。

「つまり」チャールズは言った。「あなたは、彼女が死の床の女性を痛めつけるのを放っておく気なんですね。ああ、もちろん拳《こぶし》は使わないでしょう。でもその病室で何が起こるか、あなたは知ってる。ちゃんとわかってるはずですよ」

「おれにはほんとのことは言えない。きみもおんなじだ。おれは彼女のために手ごろなストーリーをひとつ選んでやった。彼女にはルイを信じさせとくつもりだよ」

するとマロリーは、ルイが欺瞞《ぎまん》の申し合わせで十歳の自分の心を引き裂いたことを、生涯知らずに過ごすわけだ。「そして彼女は、手遅れになるまでスパローを憎みつづけるわけですね？」

「もう長いことじゃないさ」ライカーは窓を巻きおろして、雨のなかにタバコを放り捨てた。

チャールズはドアが閉じようとしているのを感じた。彼は話を前にもどした。「フランキーが膝を刺されていてよかったですね。子供に罪を着せるのに好都合だったでしょう？」

「まるでおれたちがあいつをはめたような言いかたじゃないか」ライカーはおかしそうな顔をしていた。「おれたちはあの事件の担当者ですらなかった。別の刑事ふたりが事務処理をしたんだ。殺したのは正当防衛だが、放火の罪もあるからな。ばれてりゃスパローはムショ行きだったろうよ」

「だからあなたたちは沈黙を守り、キャシーが罪を負わされたわけですか」

「放火のほうは、実際あいつがやってるんだ。キャシーは証拠を残らず始末することにした。

それで、遺体を灯油でずぶぬれにしたわけだ。そりゃもう念入りにな。検視官の手に渡ったのは、炭になった肉と骨だけだったよ。そして、名前のない死んだ子供がすべての罪を負ったわけさ」ライカーはあくびをした。「一件落着」そして彼の目も閉じた。

沈黙のうちに二十分が過ぎ、チャールズはライカーの住まいの前に車を寄せた。彼は眠っている男を起こしたりはせず、その体をかかえあげると、ドアを抜け、階段をのぼって、部屋まで運んでいった。乱れたままのベッドに刑事を下ろすと、リボルバーを取って引き出しにしまい、さらに靴も脱がせた。そのあと彼は、マロリーに与えられた指示の最後のひとつに従った。バスルームに行って、プラスチックのイエス像の常夜灯をつけたのだ。

家に向かってひとり車を走らせながら、チャールズはライカーの提示した事件の解釈について考え、本当はどうだったのか推理をめぐらせた。ある一点では、彼もあの刑事と同意見だった。最初に仕掛けたのは麻薬の売人のほうで、彼の動脈が血しぶきをあげる噴水と化したのはそのあとのことだ。スパローは先に傷を負った。でもそれは、子供をかばってではない。フランキー・デライトに脇腹を刺されたとき、あの女性は笑っていた。これはマロリー自身の言葉、目撃者の証言だ。

不意打ちを食らったスパローは、失血とショックによってくずおれ、床に膝をついた。つづいて、急激な血圧の低下とそれに伴うめまいや虚脱感、手足の脱力感が彼女を襲った。チャールズには、おぞましいその穴をふさごうとする彼女の手が見えた。おそらくナイフを抜く時間はあったろう。でも的を貫く力はなかったはずだ。それに売人は反撃に備え、身構えていたにちがいない。

フランキー・デライトの大腿骨には、傷が二箇所あった。これは、憤怒と恐怖に駆られた暴力行為だ。忍び寄って不意を突き、彼を倒すことができたのは、十歳の女の子だけだろう。チャールズには、倒れた娼婦の手からナイフを盗みとる小さな泥棒の姿が見えた。彼女が男の膝にそのナイフを突き立てる。仕返しとして、一度、二度と。フランキー・デライトが倒れて死ぬのを見て、その子はどれほど驚いたことか。きっと彼女はこう思ったろう。あれくらいの傷でなんで死んじゃうわけ？

その女の子はスパローのために人を殺し、さらに、火による試練に命をさらした。なのに、あれほどほしがっていた永続する愛は得られず、裏切られ、捨てられたのだ。これが、すべての事実に符合し、娼婦がなぜいまだ許されないのかを物語る唯一のシナリオだ。

スパローがいまどんな状況にあるのか、チャールズにはわかった。昏睡《こんすい》の深い夢のなかにいながらも、死に瀕したあの女性は医師らによる死の宣告に何日も抵抗してきた。生きようというこの意志は、彼女の夢の内容を示唆している。彼女に心残りがあることを。スパローはずっと、マロリーを待っていたのだ。

車がゆっくりと停まった。彼は痛みに目を閉じた。ふたりの再会など想像したくなかった。ひどい仕打ちに対する恨みつらみの詠唱、死の床の音楽など。

だから彼は、さっさとかたづけるつもりで、最後の謎に取りかかった。キャシーはいかにして火のなかから脱出したのか？

ロジックですべてがわかるわけではないが、かなり近いところまでは行ける。彼がいちばん気に入っているのは、スパローの仮説だ。子供は爆発で体ごと吹っ飛ばされたにちがいない。炎に取り巻かれたキャシーの姿を彼は思い描いた。彼女がフランキー・デライトの遺体の脇を駆け抜けていく。男の体は頭からつま先まで真っ赤に燃えている。キャシーの足はほとんど床に触れずに、宙を飛んでいき、炎が彼女をのみこむより早く階段にたどり着く。背後の床はうねり立つ火の波に覆われている。慈悲を請い、子供の知る唯一の祈りの言葉を彼女が叫ぶのが聞こえた。「ママ！」それとも彼女が呼んだのは、スパローだろうか？　炎が彼女とともに階段を駆けあがり、その髪を焦がしている。彼女は上へ上へとのぼっていく。下の階でつぎつぎと爆弾が爆発する。

バーン！　バーン！　バーン！

キャシーは屋上のドアを通り抜け、空を目にする——そして、そのあとは？　非常階段はない。脱出のすべはない。彼女は白く細い翼のように腕を広げる。それから？　キャシーの足もとで全世界が爆発する。彼女は体ごと吹っ飛ばされたにちがいない。しかし、無傷だったことはどう説明すればいい？　子供というものは、傷つけずにどれくらい遠くまで投げ飛ばせるものだろう？　推測される爆風の強さ、推進速度、衝撃の大きさから見て——論理的に考えれば、どうしたって、キャシーは死んでいるか大怪我をしているかなのだ。

この先、何年もの月日をかけて、チャールズは娼婦たちのあのこだわり、彼女らのブックサロンの意味、物語の結末を追い求める執念を理解するようになる。キャシーの脱出の謎は決して解けないだろう。ただし、長い長いその一生の晩年に、チャールズが日記に記す最後の一文を数に入れるなら、話は別だ。彼が秘密の守護者、罪の担い手の名に生涯背かなかったため、彼の子や孫たちは、漫画のヒーローを信じるスパローへのこのオマージュに永遠に首をかしげることになる。そのページには、中央に一行だけこうあるのだ――〝キャシー、きみは飛べるの？〟。

エピローグ

マロリー刑事は、隣にいる医師さえ気づかないほどかすかに身震いした。彼女は痛みをもたらすために、てのひらに爪を食いこませた。覚醒し、集中しつづけるため、最後までやり抜くために。

報復の時だ。

スパローの病室の窓を雨がたたいている。部屋の明かりはほのかだ。ローズ神父が魔法のロザリオで武装してベッドの前に立った。マロリーは、彼が白い衣を身に着け、最後の聖餐《せいさん》を行うのを見守った。貴重な時間の無駄遣いだ。

若い研修医がこの考えに賛同して言った。「彼女には何もわからないと思いますよ」

マロリーは、目玉をぐるぐる回し、涎《よだれ》を垂らしているベッドの女を見つめた。スパローは昔より小さく見えた。大人になってもどったとき、家が小さく見えるのと同じだ。「彼女が目覚めてないってどうしてわかるの？」

医師は肩をすくめた。「どうでもいいと思いますがね。覚醒と認識のあいだには大きなちがいがあるんです。彼女にはもう数時間しかありません。その点は確かですよ。全器官の機能が停止しようとしています」

そしてこの医師は、最後の時にこの場にいたくないのだ。自分の敗北にぐずぐずこだわる必要がどこにある？　彼は足早に部屋を出て――逃げていった。死から逃れようと廊下を急ぐその足音に、マロリーは耳をすませた。神父以外、いまのスパローに惹かれる者はないだろう。

「あなたは自身の罪を心から悔い改めますか？」

「神父さん、それには何年もかかるわよ。彼女は娼婦なんだから」マロリーは部屋のドアを開けた。出ていけ、早くしろ、とばかりに。神父はあっけにとられて彼女を見つめた。この露骨な追い立ての意味がわからないわけはないのだが。「さっさとすませて」マロリーは言った。「こっちは夜じゅう待ってはいられないの。スパローのほうも同じ」

ローズ神父は信徒に向かって身をかがめた。「悔恨を何かの合図で示してくれませんか？」

「彼女、後悔してるって」マロリーは言った。「いま目が動いた」

「あなたは無情な人だ」

「ええ、知ってる」

「彼女はもうじき死ぬんですよ。なぜそっとしておいてあげないんです？」そのあとの儀式の言葉は、無言劇も同然で聞き取れなかった。最後に神父は十字を切った。

「終わったのね。よかった」マロリーは歩いていって、彼のかたわらに立った。「神父さん、もう行って」彼女は金バッジを掲げてみせ、自分が警官であることを誇示した。「わたしにはやるべき仕事がある。従ってもらうわ」

もし神父が抵抗したなら、マロリーももっと彼に好感を抱いたろう。だが彼はスパローの目に目を向けると、肩をすくめた。その胸の内はそれですっかり読みとれた。神父はすでにこの娼婦を死体とみなしているのだ。これ以上、彼女の身に危害が及ぶことがありうるだろうか？自分がいることがなぐさめとなりうるだろうか？　いや。

彼が足早に出ていくと、マロリーはドアを閉め、さらに、外から開けられないよう、背もたれの長い椅子でノブの下につかえをした。今夜はこれ以降、面会謝絶だ。

彼女は古い敵が横たわるベッドへと引き返した。自分を裏切り、さらにそのうえに捨てた女のところへ。娼婦はいまや完全に無防備で、手を上げて身をかばうことすらできない。その肌はシーツのように白かった。

「スパロー？　わたしよ！」

反応はない。ただ、ゼイゼイと呼吸音がつづき、何も映らぬ青い目がぐるぐる動いているばかりだ。耳は聞こえるのだろうか？　言葉はわかるのだろうか？　それを知るすべはなかった。この室内で確実なのは、死のみだ。それは迫っている。

マロリーはベッドの上に身をかがめた。唇がスパローの髪をかすめるほど低くかがみこむと、その耳もとにささやいた。「キャシーよ」

迷っちゃったの。

彼女はベッドのそばの椅子にすわって、古いペーパーバックを——あのウェスタンの最終巻を開いた。頭が下を向き、本のページに目が注がれた。「お話を読んであげる」彼女は言った。その手がなぐさめを求め、スパローの手へと向かった。

解説――氷の天使を描く極上のタペストリー

村上貴史

■今日吊るされた女／二十年前に吊るされた女

キャシー・マロリー。ニューヨーク市警の巡査部長である。長身にして完璧な美貌を備えつつ、その眼差しは冷酷無慈悲であり、その倫理観は通常の善悪を超越している。ヒロインの器にアンチヒロインの心を宿した存在なのだ。

彼女の相棒である巡査部長のライカー。彼の情報屋の一人にスパローという売春婦がいた。そのスパローが何者かによって首に縄を巻き付けられ、ニューヨークのアパートメントの一室で吊るされた。事件現場にマロリーとライカーは急行。病理学者が死亡を宣告したスパローの口には、何故か切られた髪の毛の塊が押し込まれていた……。

マロリー・シリーズの第六弾である本書『吊るされた女』（二〇〇二年）の十八ページあたりまでで、事件の模様がこのように語られる。続いて二十一ページでライカーの奇妙な行動が提示され、さらに二十二ページにおいて最初の大きな衝撃が読者を襲う。なんともスピーディーな展開だ。そしてスピーディーであるだけでなく、ここで語られた要素が、本書全体を貫く役割を果たしている点も構図として美しい。

例えば、スパローの事件は、眠っていた過去の事件を呼び起こす。同様に吊るされ、髪を口に押し込まれて死んだ女性の事件を。二十年も前に発生し、未解決のその事件の捜査には、わずかばかりではあるが、マロリーの養父であるルイ・マーコヴィッツも関与していた。こうしてマロリーは養父の思い出と寄り添うように事件の捜査を進めることになるのである。

■生者と死者／現在と過去

このシリーズは、ヒロインの養父であるルイ・マーコヴィッツが連続殺人事件の捜査中に殺される『氷の天使』から始まった。シリーズの冒頭で早々に死者となったルイ・マーコヴィッツだが、『氷の天使』はもとより、その後のシリーズの各作品でも、死してなお実に強烈な存在感を放っている。生者として事件を追うマロリーと好一対となって、シリーズ全体を動かしているのだ。

この生者と死者の共存関係／二重性を象徴するような事件を、キャロル・オコンネルは、本書の中心に据えた。そしてその事件を、マロリーが現在と過去の両者を見ながら追及していくのである。つまり、生者と死者という共存関係／二重性と、現在と過去という共存関係／二重性が、本書に凝縮されているのだ。様々な色の糸が、なんと見事に織り上げられていることか。まさに極上のタペストリーといえよう。

生者と死者という題材については、本書を未読の方を考えると詳述は出来ないのだが（ああ、もどかしい！）、後者については、もう少し具体的なポイントを紹介しておこう。

二十年前の未解決事件がまず〝過去〟であり、そこにマーコヴィッツもわずかながら関与していたという〝過去〟もある。さらに本書には、既に警察をリタイヤしているが、二十年前の事件を独自に追い続けているゲルドルフという元刑事も登場している。この元刑事がマロリーや彼女の友人であるチャールズ・バトラーとともに事件解決に尽力していく姿を通じて、それこそ亡霊のように現在まで生き延びてきてしまったある〝過去〟が提示されている。甘やかすことなく、無慈悲でストレートなかたちで。

そこにさらにライカーの過去やマーコヴィッツの過去も絡んでくる。スパローの事件の捜査（すなわち現在）を通じて、だ。そしてそれらは、マロリーの過去へとも繋《つな》がっていくのである。シリーズ読者は、ここでまたマロリーが過ごしていた時間について知ることになるのだ。

物語の中盤以降では、ある〝生者〟に死が徐々に忍び寄る様も描かれ始める。スパローの事件と過去の事件に共通するかたちで、新たな事件が発生するのだ。この部分はまさに〝現在〟そのもの。サスペンス小説としての魅力をたっぷり備えたこの〝糸〟は、同時に、生と死を、現在と過去を対照させる役割も果たしている。極めて有効に。

また、本書では、ヒロインそのものの二重性についても語られている。善悪という二重性はもちろんのこと、キャシーとマロリーという二つの呼び名のもとに存在する〈キャシー・マロリー〉のそれぞれの顔に、本書はきちんとスポットライトを当てているのだ。

キャロル・オコンネルは、スパローの事件を起点として、過去の事件を掘り起こすとともに現在進行形の事件を配置してミステリとしての深みとサスペンスを十二分に読者に提供しつつ、こうした象徴的な要素をも巧みに織り込んだ。つくづく大した小説家である。

■画家／小説家

このシリーズの二重性を考えるヒントが、著者の二つのインタヴューから得られた。インタヴューによれば、キャロル・オコンネルが小説を書き始めた段階では、主役はルイ・マーコヴィッツだったという。だが、書き進めるうちに単なる周辺人物の一人に過ぎなかったキャシー・マロリーの存在が大きくなっていった。こうした二つの強烈な個性を一つの小説に共存させることは困難であると判断した著者は、一方を殺すことにしたのだという（『氷の天使』冒頭でのルイ・マーコヴィッツの死だ）。本シリーズは、マーコヴィッツとマロリーという二つの大きな存在を一つの器に押し込めるかたちで誕生しているのである。それ故に、そのかたちが基本となって続いているのも自然なことといえよう。

なお、このインタビュー全体は、〈http://triviana.com/books/oconn/carol03.htm〉及び〈http://uk.reuters.com/article/2012/02/16/uk-books-authors-oconnell-idUKTRE81F00N20120216〉で読めるので、是非目を通していただきたいと思う。なにしろ興味深い発言が満載なのだ。例えば、著者は個性的で魅力的なキャラクターを数多く生んできたが、登場人物たちが勝手に動き始めることを嫌う（そんなことを始めたキャラクターは即座にクビにするという）。また、執筆時間の大半は改稿に費やす。その過程で、様々なストーリーラインが共鳴し、小説が育っていくのだ（それ故、一番最初の草稿と完成原稿では、序盤も中盤も終盤も変わってしまっても構わないと認識している）。

売れない画家だったキャロル・オコンネルが、画廊のオーナーの目を気にして、マロリーが初めて登場する小説をクローゼットで書いていたことも語られている。そうした過去を知ると、画家と小説家という彼女自身の二重構造が、画家を殺すかたちでその後も継続しているととらえたくなる。本書における様々な要素（例えば生者と死者、現在と過去）の作中での配置の仕方が美しいことなどからも画家的センスが伝わってくるのだが、さて。

■Crime School／吊るされた女

話を『吊るされた女』に戻そう。この巧みに織り上げられたタペストリーは、その絵柄を眺めてみれば、実に贅沢な小説である。

前述したように中盤以降のサスペンスは極めて強烈。ターゲットの女性にストーカー的に忍び寄る影がある一方、狙われた彼女の内面のヒステリックな焦りも読み手に刺さってくる（彼女の焦りの軸が少々ずれている点も読者をやきもきさせる上で効果的だ）。

スパローの事件を解きほぐしていくと見えてくる闇の深さもミステリとしての魅力の一つだ。

様々な思惑で歪められていった過去の出来事や、その歪みが現代に表面化する様などが、マロリーたちの捜査によって徐々に明らかになっていく。その様子がとてもとてもスリリングであり、かつ、事件の背景の奥深さをも感じさせる。

そうしたなかに、ポーカーフェースで演じられるユーモアが交えられている点も嬉しい。マロリーが男たちを従わせる姿や、彼女のパンチなどがその代表例。なんてクールなんだ。

一冊のウェスタン小説が本書で果たす役割にも注目したい。スパローの事件とうっすらとした繋がりをもって登場したこの本は、あるシリーズの完結篇であった。読者としては、このシリーズに関し、徐々に明かされていく内容が気になるし、また、事件やマロリーの過去とどう関係しているのかも気になる。そうやって読者の心をくすぐり続けた末に、トンネルでの名場面に結びついていくのだから堪らない。愛することと殺すことを重ねる様にも注目必須だ。

名場面といえば、本書でライカーが披露する〝あれ〟が素敵だ（伏線もある）。彼が地下鉄の駅で突発的に行った行為は、本筋ではないが、本書で最も記憶に残る場面の一つである。

それにしても、本書の原題 *Crime School* とはなんと意味深長な言葉であることか。プロローグの前に掲示された〝教師たちに〟と題された一頁や、具体的に明かされる幼い頃のマロリーの日々、活力溢れる娼婦たち、そして舞台となったニューヨークという土地。それらをこのタイトルは鮮やかに串刺しにしているのだ。

そんな原題の第六弾『吊るされた女』を含む本シリーズは、米国では既に第十弾まで刊行されている。是非とも翻訳を続けて欲しいし、我が国の読者にも長く愛され続けて欲しい。

検印
廃止

訳者紹介　英米文学翻訳家。訳書にオコンネル「クリスマスに少女は還る」「氷の天使」「アマンダの影」「死のオブジェ」「天使の帰郷」「愛おしい骨」，デュ・モーリア「鳥」「レイチェル」，キングズバリー「ペニーフット・ホテル受難の日」などがある。

吊るされた女

2012年6月29日　初版

著　者　キャロル・オコンネル

訳　者　務《む》　台《たい》　夏《なつ》　子《こ》

発行所　（株）東京創元社
代表者　長谷川晋一

162-0814/東京都新宿区新小川町1-5
電　話　03・3268・8231-営業部
03・3268・8204-編集部
URL　http://www.tsogen.co.jp
振　替　00160-9-1565
工友会印刷・本間製本

ISBN978-4-488-19513-7　C0197